El Señor de los Anillos

Biografía

J. R. R. Tolkien nació el 3 de enero de 1892. Tras servir en la primera guerra mundial, se embarcó en una prestigiosa carrera como profesor de anglosajón en la Universidad de Oxford. Miembro del Pembroke College entre 1925 y 1945, profesor de lengua y literatura inglesa y miembro del Merton College desde 1945 hasta su jubilación, fue reconocido como uno de los mejores filólogos del mundo. Es el creador de la Tierra Media y autor de uno de los principales clásicos modernos, *El Hobbit*, preludio de su obra maestra, *El Señor de los Anillos*, y de *El Silmarillion*. Falleció en 1973.

J. R. R. Tolkien
El Señor de los Anillos
III. El Retorno del Rey

Traducción de Matilde Horne y Luis Domènech

minotauro

Obra editada en colaboración con Editorial Planeta – España

Título original: *The Lord of the Rings*
III. The Return of the King

© 1966, George Allen & Unwin Ltd.
© 1980, Traducción: Matilde Horne y Luis Domènech

© 1990 Frank Richard Williamson
y Christopher Reuel Tolkien,
albaceas de John Ronald Reuel Tolkien

© 1980, 2022, Editorial Planeta, S. A. – Barcelona, España

Derechos reservados

© 2022, Editorial Planeta Mexicana, S.A. de C.V.
Bajo el sello editorial BOOKET M.R.
Avenida Presidente Masarik núm. 111,
Piso 2, Polanco V Sección, Miguel Hidalgo
C.P. 11560, Ciudad de México
www.planetadelibros.com.mx

Adaptación de la portada: Booket / Área Editorial Grupo Planeta

Primera edición impresa en España en Booket: septiembre de 2022
ISBN: 978-84-450-1397-7

Primera edición impresa en esta presentación en Booket: septiembre de 2022
ISBN: 978-607-07-9241-0

Impreso en los talleres de Litográfica Ingramex, S.A. de C.V.
Centeno núm. 162-1, colonia Granjas Esmeralda, Ciudad de México
Impreso en México - *Printed in Mexico*

Tres anillos para los Reyes Elfos bajo el cielo.
Siete para los Señores Enanos en casas de piedra.
Nueve para los Hombres Mortales condenados a morir.
Uno para el Señor Oscuro, sobre el trono oscuro
en la Tierra de Mordor donde se extienden las Sombras.
Un Anillo para gobernarlos a todos. Un Anillo para encontrarlos,
un Anillo para atraerlos a todos y atarlos en las tinieblas
en la Tierra de Mordor donde se extienden las Sombras.

LIBRO QUINTO

1

MINAS TIRITH

Pippin miró fuera amparado en la capa de Gandalf. No sabía si estaba despierto o si dormía, dentro aún de ese sueño vertiginoso que lo había arrebujado desde el comienzo de la larga cabalgata. El mundo oscuro se deslizaba veloz, y el viento le canturreaba en los oídos. No veía nada más que estrellas fugitivas, y lejos a la derecha desfilaban las montañas del Sur como sombras extendidas contra el cielo. Despierto sólo a medias, trató de echar cuentas sobre las jornadas y el tiempo del viaje, pero todo lo que le venía a la memoria era nebuloso e impreciso.

Luego de una primera etapa a una velocidad terrible y sin un solo alto, había visto al alba un resplandor dorado y pálido, y luego llegaron a la ciudad silenciosa y a la gran casa desierta en la cresta de una colina. Y apenas habían tenido tiempo de refugiarse en ella cuando la sombra alada surcó otra vez el cielo, y todos se habían estremecido de horror. Pero Gandalf lo había tranquilizado con palabras dulces, y Pippin se había vuelto a dormir en un rincón, cansado pero inquieto, oyendo vagamente entre sueños el trajín y las conversaciones de los hombres y las voces de mando de Gandalf. Y luego a cabalgar otra vez, cabalgar, cabalgar en la noche. Era la segunda, no, la tercera noche desde que Pippin hurtara la Piedra y la escudriñara. Y con aquel recuerdo horrendo se despertó por completo y se estremeció, y el ruido del viento se pobló de voces amenazantes.

Una luz se encendió en el cielo, una llamarada de fuego amarillo detrás de unas barreras sombrías. Pippin se acurrucó, asustado un momento, preguntándose a qué país horrible lo llevaba Gandalf. Se restregó los ojos, y vio entonces que era la luna, ya casi llena, que asomaba en el este por encima de las sombras. La noche era joven aún y el viaje en la oscuridad proseguiría durante horas y horas. Se sacudió y habló.

—¿Dónde estamos, Gandalf? —preguntó.

—En el reino de Gondor —respondió el mago—. Todavía no hemos dejado atrás las tierras de Anórien.

Hubo un nuevo momento de silencio. Luego: —¿Qué es eso? —exclamó Pippin de improviso, aferrándose a la capa de Gandalf—. ¡Mira! ¡Fuego, fuego rojo! ¿Hay dragones en esta región? ¡Mira, allí hay otro!

En respuesta, Gandalf acicateó al caballo con voz vibrante.

—¡Corre, Sombragrís! ¡Llevamos prisa! El tiempo apremia. ¡Mira! Gondor ha encendido las almenaras pidiendo ayuda. La guerra ha comenzado. Mira, hay fuego sobre las crestas del Amon Dîn y llamas en el Eilenach; y avanzan veloces hacia el oeste: hacia el Nardol, el Erelas, Min-Rimmon, Calenhad y el Halifirien en los confines de Rohan.

Pero el corcel aminoró la marcha, y avanzando al paso, levantó la cabeza y relinchó. Y desde la oscuridad le respondió el relincho de otros caballos, seguido por un sordo rumor de cascos; y de pronto tres jinetes surgieron como espectros alados a la luz de la luna y desaparecieron, rumbo al oeste. Sombragrís corrió alejándose, y la noche lo envolvió como un viento rugiente.

Otra vez vencido por la somnolencia, Pippin escuchaba sólo a medias lo que le contaba Gandalf acerca de las costumbres de Gondor, y de por qué el Señor de la Ciudad había puesto almenaras en las crestas de las colinas a ambos lados de las fronteras, y mantenía allí postas de caballería siempre prontas a llevar mensajes a Rohan en el Norte, o a Belfalas en el Sur.

—Hacía mucho tiempo que no se encendían las almenaras del Norte —dijo Gandalf—; en los días de la antigua Gondor no eran necesarias, ya que entonces tenían las Siete Piedras.

Pippin se agitó, intranquilo.

—¡Duérmete otra vez y no temas! —le dijo Gandalf—. Tú no vas como Frodo, rumbo a Mordor, sino a Minas Tirith, y allí estarás a salvo, al menos tan a salvo como es posible en los tiempos que corren. Si Gondor cae, o si el

Anillo pasa a manos del Enemigo, entonces ni la Comarca será un refugio seguro.

—No me tranquilizan tus palabras —dijo Pippin, pero a pesar de todo volvió a dormirse. Lo último que alcanzó a ver antes de caer en un sueño profundo fue unas cumbres altas y blancas, que centelleaban como islas flotantes por encima de las nubes a la luz de una luna que descendía en el poniente. Se preguntó qué sería de Frodo, si ya habría llegado a Mordor, o si estaría muerto, sin sospechar que muy lejos de allí Frodo contemplaba aquella misma luna que se escondía detrás de las montañas de Gondor antes que clareara el día.

El sonido de unas voces despertó a Pippin. Otro día de campamento furtivo y otra noche de cabalgata habían quedado atrás. Amanecía: la aurora fría estaba cerca otra vez, y los envolvía en unas neblinas heladas. Sombragrís humeaba de sudor, pero erguía la cabeza con arrogancia y no mostraba signos de fatiga. Pippin vio en torno una multitud de hombres de elevada estatura envueltos en mantos pesados, y en la niebla detrás de ellos se alzaba un muro de piedra. Parecía estar casi en ruinas, pero ya antes del final de la noche empezaron a oírse los ruidos de una actividad incesante: el golpe de los martillos, el chasquido de las trullas, el chirrido de las ruedas. Las antorchas y las llamas de las hogueras resplandecían débilmente en la bruma. Gandalf hablaba con los hombres que le interceptaban el paso, y Pippin comprendió entonces que él era el motivo de la discusión.

—Sí, es verdad, a ti te conocemos, Mithrandir —decía el jefe de los hombres—, y puesto que conoces el santo y seña de las Siete Puertas, eres libre de proseguir tu camino. Pero a tu compañero no lo hemos visto nunca. ¿Qué es? ¿Un enano de las montañas del Norte? No queremos extranjeros en el país en estos tiempos, a menos que se trate de hombres de armas vigorosos, en cuya lealtad y ayuda podamos confiar.

—Yo responderé por él ante Denethor —dijo Gandalf—, y en cuanto al valor, no lo has de medir por el ta-

11

maño. Ha presenciado más batallas y sobrevivido a más peligros que tú, Ingold, aunque le dobles en altura; ahora viene del ataque a Isengard, del que traemos buenas nuevas, y está extenuado por la fatiga, de lo contrario ya lo habría despertado. Se llama Peregrin y es un hombre muy valiente.

—¿Un hombre? —dijo Ingold con aire dubitativo, y los otros se echaron a reír.

—¡Un hombre! —gritó Pippin, ahora bien despierto—. ¡Un hombre! ¡Nada menos cierto! Soy un hobbit, y de valiente tengo tan poco como de hombre, excepto quizá de tanto en tanto y sólo por necesidad. ¡No os dejéis engañar por Gandalf!

—Muchos protagonistas de grandes hazañas no podrían decir más que tú —dijo Ingold—. ¿Pero qué es un hobbit?

—Un Mediano —respondió Gandalf—. No, no aquél de quien se ha hablado —añadió, viendo asombro en los rostros—. No es ése, pero sí uno de la misma raza.

—Sí, y uno que ha viajado con él —dijo Pippin—. Y Boromir, de vuestra Ciudad, estaba con nosotros, y me salvó en las nieves del Norte, y finalmente perdió la vida defendiéndome de numerosos enemigos.

—¡Silencio!—dijo Gandalf—. Esta triste nueva tendría que serle anunciada al padre antes que a ninguno.

—Ya la habíamos adivinado —dijo Ingold—, pues en los últimos tiempos hubo aquí extraños presagios. Mas pasad ahora rápidamente. El Señor de Minas Tirith querrá ver en seguida a quien le trae las últimas noticias de su hijo, sea hombre o...

—Hobbit —dijo Pippin—. No es mucho lo que puedo ofrecerle a tu Señor, pero con gusto haré cuanto esté a mi alcance, en memoria de Boromir el valiente.

—¡Adiós! —dijo Ingold, mientras los hombres le abrían paso a Sombragrís que entró por una puerta estrecha tallada en el muro—. ¡Ojalá puedas aconsejar a Denethor en esta hora de necesidad, y a todos nosotros, Mithrandir! —gritó Ingold—. Pero llegas con noticias de dolor y de peligro, como es tu costumbre, según se dice.

—Porque no vengo a menudo, a menos que mi ayuda sea necesaria —respondió Gandalf—. Y en cuanto a consejos, os diré que habéis tardado mucho en reparar el muro del Pelennor. El coraje será ahora vuestra mejor defensa ante la tempestad que se avecina... el coraje y la esperanza que os traigo. Porque no todas las noticias son adversas. ¡Pero dejad por ahora las trullas y afilad las espadas!

—Los trabajos estarán concluidos antes del anochecer —dijo Ingold—. Ésta es la última parte del muro defensivo: la menos expuesta a los ataques pues mira hacia nuestros amigos de Rohan. ¿Sabes algo de ellos? ¿Crees que responderán a nuestra llamada?

—Sí, acudirán. Pero han librado muchas batallas a vuestras espaldas. Esta ruta ya no es segura, ni ninguna otra. ¡Estad alerta! Sin Gandalf el Cuervo de la Tempestad, lo que veríais venir de Anórien sería un ejército de enemigos y ningún Jinete de Rohan. Y todavía es posible. ¡Adiós, y no os durmáis!

Gandalf se internó entonces en las tierras que se abrían del otro lado del Rammas Echor. Así llamaban los hombres de Gondor al muro exterior que habían construido con tantos afanes, luego que Ithilien cayera bajo la sombra del Enemigo. Corría unas diez leguas o más desde el pie de las montañas, y después de describir una curva retrocedía nuevamente para cercar los campos del Pelennor: campiñas hermosas y feraces recostadas en las lomas y terrazas que descendían hacia el lecho del Anduin. En el punto más alejado de la Gran Puerta de la Ciudad, al nordeste, el muro se alejaba cuatro leguas, y allí, desde una orilla hostil, dominaba los bajíos extensos que costeaban el río; y los hombres lo habían construido alto y resistente; pues en ese paraje, sobre un terraplén fortificado, el camino venía de los vados y de los puentes de Osgiliath y atravesaba una puerta custodiada por dos torres almenadas. En el punto más cercano, el muro se alzaba a poco más de una legua de la Ciudad, al sudeste. Allí el Anduin, abrazando en una amplia curva las colinas de los Emyn Arnen en Ithilien del Sur, giraba bruscamente hacia el oeste, y el muro exterior se elevaba a la orilla misma del río; y más abajo se extendían los muelles y embarcaderos del Harlond destinados a las naves que remontaban la corriente desde los feudos del sur.

Las tierras cercadas por el muro eran ricas y estaban bien cultivadas: abundaban las huertas, las granjas con hornos de lúpulo y graneros, las dehesas y los establos, y muchos arroyos descendían en ondas a través de los prados verdes hacia el Anduin. Sin embargo eran pocos los agricultores y los criadores de ganado que moraban en la región, pues la mayor parte de la gente de Gondor vivía dentro de los siete círculos de la Ciudad, o en los altos valles a lo largo de los flancos de la montaña, en Lossarnach, o más al sur en la esplendente Lebennin, la de los cinco ríos rápidos. Allí, entre las montañas y el mar, habitaba un pueblo de hombres vigorosos e intrépidos. Se los consideraba hombres de Gondor, pero en realidad eran mestizos, y había entre ellos algunos pequeños de talla y endrinos de tez, cuya ascendencia se remontaba sin duda a los hombres olvidados que vivieran a la sombra de las montañas, en los Años Oscuros anteriores a los reyes. Pero más allá, en el gran feudo de Belfalas, residía el Príncipe Imrahil en el castillo de Dol Amroth a orillas del mar, y era de antiguo linaje, al igual que todos los suyos, hombres altos y arrogantes, de ojos grises como el mar.

Al cabo de algún tiempo de cabalgata, la luz del día creció en el cielo, y Pippin, ahora despierto, miró alrededor. Un océano de bruma, que hacia el este se agigantaba en una sombra tenebrosa, se extendía a la izquierda; pero a la derecha, y desde el ocste, unas montañas enormes erguían las cabezas en una cadena que se interrumpía bruscamente, como si el Río se hubiese precipitado a través de una gran barrera, excavando un valle ancho que sería terreno de batallas y discordias en tiempos por venir. Y allí donde terminaban las Montañas Blancas de Ered Nimrais, Pippin vio, como le había prometido Gandalf, la mole oscura del Monte Mindolluin, las profundas sombras bermejas de las altas gargantas, y la elevada cara de la montaña más blanca cada vez a la creciente luz del día. Allí, en un espolón, estaba la Ciudad Guardada, con siete muros de piedra, tan antiguos y poderosos que más que obra de hombres parecían tallados por gigantes en la osamenta misma de la montaña.

Y entonces, ante los ojos maravillados de Pippin, el color de los muros cambió de un gris espectral al blanco, un blanco que la aurora arrebolaba apenas, y de improviso el sol trepó por encima de las sombras del este y un rayo bañó la cara de la Ciudad. Y Pippin dejó escapar un grito de asombro, pues la Torre de Ecthelion, que se alzaba en el interior del muro más alto, resplandecía contra el cielo, rutilante como una espiga de perlas y plata, esbelta y armoniosa, y el pináculo centelleaba como una joya de cristal tallado; unas banderas blancas aparecieron de pronto en las almenas y flamearon en la brisa matutina, y Pippin oyó, alto y lejano, un repique claro y vibrante como de trompetas de plata.

Gandalf y Peregrin llegaron así a la salida del sol a la Gran Puerta de los Hombres de Gondor, y las batientes de hierro se abrieron ante ellos.

—¡Mithrandir! ¡Mithrandir! —exclamaron los hombres—. ¡Ahora sabemos con certeza que la tempestad se avecina!

—Está sobre vosotros —dijo Gandalf—. Yo he cabalgado en sus alas. ¡Dejadme pasar! Tengo que ver a vuestro Señor Denethor mientras aún ocupa el trono. Suceda lo que suceda, Gondor ya nunca será el país que habéis conocido. ¡Dejadme pasar!

Los hombres retrocedieron ante el tono imperioso de Gandalf, y no le hicieron más preguntas, pero observaron perplejos al hobbit que iba sentado delante de él y al caballo que lo transportaba. Pues las gentes de la Ciudad rara vez utilizaban caballos, y no era habitual verlos por las calles, excepto los que montaban los mensajeros de Denethor. Y dijeron: —Ha de ser sin duda uno de los grandes corceles del Rey de Rohan. Tal vez los Rohirrim llegarán pronto trayéndonos refuerzos. —Pero ya Sombragrís avanzaba con paso arrogante por el camino sinuoso.

La arquitectura de Minas Tirith era tal que la ciudad estaba construida en siete niveles, cada uno de ellos excavado en la colina y rodeado de un muro; y en cada muro había una puerta. Pero estas puertas no se sucedían en una línea recta: la Gran Puerta del Muro de la Ciudad se abría en el extremo oriental del circuito, pero la siguiente miraba casi al sur, y la tercera al norte y así sucesivamente, hacia uno y otro lado, siempre en ascenso, de modo que la ruta pavimentada que subía a la Ciudadela giraba primero en un sentido, luego en el otro a través de la cara de la colina. Y cada vez que cruzaba la línea de la Gran Puerta corría por un túnel abovedado, penetrando en un vasto espolón de roca, un enorme contrafuerte que dividía en dos todos los círculos de la Ciudad, con excepción del primero. Pues como resultado de la forma primitiva de la colina y de la notable destreza y esforzada labor de los hombres de antaño, detrás del patio espacioso al que la Puerta daba acceso, se alzaba un imponente bastión de piedra; la arista, aguzada como la quilla de un barco, miraba hacia el este. Culminaba coronado de almenas en el nivel del círculo superior, permitiendo de esta manera a los hombres que se encontraban en la Ciudadela, vigilar desde la cima, como los marinos de una nave montañosa, la Puerta situada setecientos pies más abajo. También la entrada de la Ciudadela miraba al este, pero estaba excavada en el corazón de la roca; desde allí, una larga pendiente alumbrada por faroles subía hasta la séptima puerta. Por ese camino llegaron al fin al Patio Alto, y a la Plaza del Manantial al pie de la Torre Blanca; alta y soberbia, medía cincuenta brazas desde la base hasta el pináculo, y allí la bandera de los Senescales flameaba a mil pies por encima de la llanura.

Era sin duda una fortaleza poderosa, y en verdad inexpugnable, si había en ella hombres capaces de tomar las armas, a menos que el adversario entrara desde atrás, y escalando las cuestas inferiores del Mindolluin consiguiendo llegar al brazo estrecho que unía la Colina de la Guardia a la montaña. Pero esa estribación, que alcanzaba la altura del quinto muro, estaba flanqueada por grandes bastiones hasta el borde mismo del precipicio en el extremo occidental; y en ese lugar se alzaban las moradas y las tumbas abovedadas de los reyes y señores de antaño, ahora para siempre silenciosos entre la montaña y la torre.

Pippin contemplaba con asombro creciente la enorme ciudad de piedra, más vasta y más espléndida que todo cuanto hubiera podido soñar: más grande y más fuerte que Isengard, y mucho más hermosa. Sin embargo, la ciudad declinaba en verdad año tras año: ya faltaba la mitad de los hombres que hubieran podido vivir allí cómodamente. En todas las calles pasaban por delante de alguna mansión o palacio y en lo alto de las fachadas o portales había hermosas letras grabadas, de perfiles raros y antiguos: los nombres, supuso Pippin, de los nobles señores y familias que habían vivido allí en otros tiempos; pero ahora ellos callaban, no había rumor de pasos en los vastos recintos embaldosados, ni voces que resonaran en los salones, ni un rostro que se asomara a las puertas o a las ventanas.

Salieron por fin de las sombras en la puerta séptima, y el mismo sol cálido que brillaba sobre el río, mientras Frodo se paseaba por los claros de Ithilien, iluminó los muros lisos y las columnas recias, y la cabeza majestuosa y coronada de un rey esculpida en la arcada. Gandalf desmontó, pues la entrada de caballos estaba prohibida en la Ciudadela, y Sombragrís, animado por la voz afectuosa de su amo, permitió que lo alejaran de allí.

Los Guardias de la puerta llevaban túnicas negras, y yelmos de forma extraña: altos de cimera y ajustados a las mejillas por largas orejeras que remataban en alas blancas de aves marinas; pero los cascos, preciados testimonios de las glorias de otro tiempo, eran de *mithril*, y resplandecían con una llama de plata. Y en las sobrevestas negras habían bordado un árbol blanco con flores como de nieve bajo una corona de plata y estrellas de numerosas puntas. Tal era la librea de los herederos de Elendil, y ya nadie la usaba en todo el Reino salvo los Guardias de la Ciudadela apostados en el Patio del Manantial, donde antaño floreciera el Árbol Blanco.

Al parecer la noticia de la llegada de Gandalf y Pippin había precedido a los viajeros: fueron admitidos inmediatamente, en silencio y sin interrogatorios. Gandalf cruzó con paso rápido el patio pavimentado de blanco. Un manantial canturreaba al sol de la mañana, rodeado por una franja de hierba de un verde luminoso; pero en el centro, encorvado sobre la fuente, se alzaba un árbol muerto, y las gotas resbalaban melancólicamente por las ramas quebradas y estériles y caían de vuelta en agua clara.

Pippin le echó una mirada fugaz mientras correteaba en pos de Gandalf. Le pareció triste y se preguntó por qué habrían dejado un árbol muerto en aquel lugar donde todo lo demás estaba tan bien cuidado.

Siete estrellas y siete piedras y un árbol blanco.

Las palabras que le oyera murmurar a Gandalf le volvieron a la memoria. Y en ese momento se encontró a las puertas del gran palacio, bajo la torre refulgente; y siguiendo al mago pasó junto a los ujieres altos y silenciosos y penetró en las sombras frescas y pobladas de ecos de la casa de piedra.

Mientras atravesaban una galería embaldosada, larga y desierta, Gandalf le hablaba a Pippin en voz muy baja:

—Cuida tus palabras, Peregrin Tuk. No es momento de mostrar el desparpajo típico de los hobbits. Théoden es un anciano bondadoso. Denethor es de otra raza, orgulloso y perspicaz, más poderoso y de más alto linaje, aunque no lo llamen rey. Pero querrá sobre todo hablar contigo, y te hará muchas preguntas, ya que tú puedes darle noticias de su hijo Boromir. Lo amaba de veras: demasiado tal vez; y más aún porque era tan diferente... Pero con el pretexto de ese amor supondrá que le es más fácil enterarse por ti que por mí de lo que desea saber. No le digas una palabra más de lo necesario, y no toques el tema de la misión de Frodo. Yo me ocuparé de eso a su tiempo. Y tampoco menciones a Aragorn, a menos que te veas obligado.

—¿Por qué no? ¿Qué pasa con Trancos? —preguntó Pippin en voz baja—. Tenía la intención de venir aquí ¿no? De todos modos, no tardará en llegar.

—Quizá, quizá —dijo Gandalf—. Pero si viene, lo hará de una manera inesperada para todos, incluso para el propio Denethor. Será mejor así. En todo caso, no nos corresponde a nosotros anunciar su llegada.

Gandalf se detuvo ante una puerta alta de metal pulido. —Escucha, Pippin, no tengo tiempo ahora de enseñarte la historia de Gondor; aunque sería preferible que tú mismo hubieras aprendido algo en los tiempos en que robabas huevos de los nidos y retozabas en los bosques de la Comarca. ¡Haz lo que te digo! No es prudente por cierto, cuando vienes a darle a un poderoso señor la noticia de la muerte de su heredero, hablarle en demasía de la llegada de aquel que puede reivindicar derechos sobre el trono. ¿Te alcanza con esto?

—¿Derechos sobre el trono? —dijo Pippin, estupefacto.

—Sí —dijo Gandalf—. Si has estado estos días con las orejas tapadas y la mente dormida, ¡es hora de que despiertes!

Llamó a la puerta.

La puerta se abrió, pero no había nadie allí. La mirada de Pippin se perdió en un salón enorme. La luz entraba por ventanas profundas alineadas en las naves laterales, más allá de las hileras de columnas que sostenían el cielo raso. Monolitos de mármol negro se elevaban hasta los soberbios chapiteles esculpidos con las más variadas y extrañas figuras de animales y follajes, y arriba, en la penumbra de la gran bóveda, centelleaba el oro mate de tracerías y arabescos multicolores. No se veían en aquel recinto largo y solemne tapices ni colgaduras historiadas, ni había un solo objeto de tela o de madera; pero entre los pilares se erguía una compañía silenciosa de altas estatuas talladas en la piedra fría.

Pippin recordó de pronto las rocas talladas de Argonath, y un temor extraño se apoderó de él, mientras miraba aquella galería de reyes muertos en tiempos remotos. En el otro extremo del salón, sobre un estrado precedido de muchos escalones, bajo un palio de mármol en forma de yelmo coronado, se alzaba un trono; detrás del trono, tallada en la pared y recamada de piedras preciosas, se veía la imagen de un árbol en flor. Pero el trono estaba vacío. Al pie del estrado, en el primer escalón que era ancho y profundo, había un sitial de piedra, negro y sin ornamentos, y en él, con la cabeza gacha y la mirada fija en el regazo, estaba sentado un anciano. Tenía en la mano un bastón blanco de pomo de oro. No levantó la vista. Gandalf y Pippin atravesaron el largo salón hasta detenerse a tres pasos del escabel en que el anciano apoyaba los pies.

—¡Salve, Señor y Senescal de Minas Tirith, Denethor hijo de Ecthelion! He venido a traerte consejo y noticias en esta hora sombría.

Entonces el anciano alzó los ojos. Pippin vio el rostro de estatua, la orgullosa osamenta bajo la piel de marfil, y la larga nariz aguileña entre los ojos sombríos y profundos; más que a Boromir, le recordó a Aragorn.

—Sombría es en verdad la hora —dijo el anciano—, y siempre vienes en momentos como éste, Mithrandir. Mas aunque todos los presagios anuncian la ruina próxima de Gondor, menos me afecta esta oscuridad que mi propia oscuridad. Me han dicho que traes contigo a alguien que ha visto morir a mi hijo. ¿Es él?

—Es él —dijo Gandalf—. Uno de los dos. El otro está con Théoden de Rohan, y es posible que también venga de un momento a otro. Son Medianos, como ves, mas no aquél de quien hablan los presagios.

—Un Mediano de todos modos —dijo Denethor con amargura—, y poco amor me inspira este nombre, desde que las palabras malditas vinieron a perturbar nuestros consejos y arrastraron a mi hijo a la loca aventura en que perdió la vida. ¡Mi Boromir! ¡Tanto que ahora necesitamos de ti! Faramir tenía que haber partido en lugar de él.

—Lo habría hecho —dijo Gandalf—. ¡No seas injusto en tu dolor! Boromir reclamó para sí la misión y no permitió que otro la cumpliese. Era un hombre autoritario que nunca daba el brazo a torcer. Viajé con él muy lejos y llegué a conocerlo. Pero hablas de su muerte. ¿Has tenido noticias antes de que llegáramos?

—He recibido esto —dijo Denethor, y dejando a un lado el cetro levantó del regazo el objeto que había estado mirando. Tenía en cada mano una mitad de un cuerno grande, partido en dos: un cuerno de buey salvaje guarnecido de plata.

—¡Es el cuerno que Boromir llevaba siempre consigo! —exclamó Pippin.

—Así es —dijo Denethor—. Y yo lo llevé en mis tiempos como todos los primogénitos de esta casa, hasta los años ya olvidados anteriores a la caída de los reyes, desde que Vorondil padre de Mardil cazaba las vacas salvajes de Araw en las tierras lejanas de Rhûn. Lo oí sonar débilmente en las marcas septentrionales hace trece días, y el Río me lo trajo, quebrado: ya nunca más volverá a sonar.

—Calló, y por un momento hubo un silencio pesado. De improviso, Denethor volvió hacia Pippin los ojos negros.— ¿Qué puedes decirme tú, Mediano?

—Trece, trece días —balbuceó Pippin—. Sí, creo que fue entonces. Sí, yo estaba con él, cuando sopló el cuerno. Pero nadie acudió en nuestra ayuda. Sólo más orcos.

—Ah —dijo Denethor—. De modo que tú estabas allí. ¡Cuéntame más! ¿Por qué nadie acudió en vuestra ayuda? ¿Y cómo fue que tú te salvaste, y no él, poderoso como era, y sin más adversarios que unos cuantos orcos?

Pippin se sonrojó y olvidó sus temores. —El más poderoso de los hombres puede morir atravesado por una sola flecha —replicó—, y Boromir recibió más de una. Cuando lo vi por última vez estaba caído al pie de un árbol y se arrancaba del flanco un dardo empenachado de negro. Luego me desmayé y fui hecho prisionero. Nunca más lo vi, y esto es todo cuanto sé. Pero lo recuerdo con honor, pues era muy valiente. Murió por salvarnos, a mi primo Meriadoc y a mí, cuando nos asediaba en los bosques la soldadesca del Señor Oscuro; y aunque haya sucumbido y fracasado, mi gratitud no será menos grande.

Ahora era Pippin quien miraba al anciano a los ojos, movido por un orgullo extraño, exacerbado aún por el desdén y la suspicacia que había advertido en la voz glacial de Denethor.

—Comprendo que un gran Señor de los Hombres juzgará de escaso valor los servicios de un hobbit, un Mediano de la Comarca septentrional, pero así y todo, los ofrezco, en retribución de mi deuda. —Y abriendo de un tirón nervioso los pliegues de la capa, sacó del cinto la pequeña espada y la puso a los pies de Denethor.

Una sonrisa pálida, como un rayo de sol frío en un atardecer de invierno, pasó por el semblante del viejo, pero en seguida inclinó la cabeza y tendió la mano, soltando los fragmentos del cuerno. —¡Dame esa espada! —dijo.

Pippin levantó el arma y se la presentó por la empuñadura.

—¿De dónde proviene? —inquirió Denethor—. Muchos, muchos años han pasado por ella. ¿No habrá sido forjada por los de mi raza en el Norte, en un tiempo ya muy remoto?

—Viene de los túmulos que flanquean las fronteras de mi país —dijo Pippin—. Pero ahora sólo viven allí seres malignos, y no querría hablar de ellos.

—Veo que te has visto envuelto en historias extrañas —dijo Denethor—, y una vez más compruebo que las apariencias pueden ser engañosas, en un hombre... o en un Mediano. Acepto tus servicios. Porque advierto que no te dejas intimidar por las palabras; y te expresas en un lenguaje cortés, por extraño que pueda sonarnos a nosotros, aquí en el Sur. Y en los días por venir tendremos mucha necesidad de personas corteses, grandes o pequeñas. ¡Ahora préstame juramento de lealtad!

—Toma la espada por la empuñadura —dijo Gandalf— y repite las palabras del Señor, si en verdad estás resuelto.

—Lo estoy —dijo Pippin.

El viejo depositó la espada sobre sus rodillas; Pippin apoyó la mano sobre la guardia y repitió lentamente las palabras de Denethor.

—Juro ser fiel y prestar mis servicios a Gondor, y al Señor y Senescal del Reino, con la palabra y el silencio, en el hacer y el dejar hacer, yendo y viniendo, en tiempos de abundancia o de necesidad, tanto en la paz como en la guerra, en la vida y en la muerte, a partir de este momento y hasta que mi señor me libere, o la muerte me lleve, o perezca el mundo. ¡Así he hablado yo, Peregrin hijo de Paladin de la Comarca de los Medianos!

—Y yo te he oído, yo, Denethor hijo de Ecthelion, Señor de Gondor, Senescal del Rey, y no olvidaré tus palabras, ni dejaré de recompensar lo que me será dado: fidelidad con amor, valor con honor, perjurio con venganza.

—La espada le fue restituida a Pippin, quien la enfundó de nuevo.— Y ahora —dijo Denethor— he aquí mi primera orden: ¡habla y no ocultes nada! Cuéntame tu historia y trata de recordar todo lo que puedas acerca de Boromir, mi hijo. ¡Siéntate ya, y comienza! —Y mientras hablaba golpeó un pequeño gong de plata que había junto al escabel, e instantáneamente acudieron los servidores. Pippin observó entonces que habían estado aguardando en nichos a ambos lados de la puerta, nichos que ni él ni Gandalf habían visto al entrar.

"Traed vino y comida y asientos para los huéspedes —dijo Denethor—, y cuidad que nadie nos moleste durante una hora.

"Es todo el tiempo que puedo dedicaros, pues muchas otras cosas reclaman mi atención —le dijo a Gandalf—. Problemas que pueden parecer más importantes pero que a mí en este momento me apremian menos. Sin embargo, tal vez volvamos a hablar al fin del día.

—Y quizá antes, espero —dijo Gandalf—. Porque no he cabalgado hasta aquí desde Isengard, ciento cincuenta leguas, a la velocidad del viento, con el único propósito de traerte a este pequeño guerrero, por muy cortés que sea. ¿No significa nada para ti que Théoden haya librado una gran batalla, que Isengard haya sido destruida, y que yo haya roto la vara de Saruman?

—Significa mucho para mí. Pero de esas hazañas conozco bastante como para tomar mis propias decisiones contra la amenaza del Este. —Volvió hacia Gandalf la mirada sombría, y Pippin notó de pronto un parecido entre los dos, y sintió la tensión entre ellos, como si viese una línea de fuego humeante que de un momento a otro pudiera estallar en una llamarada.

A decir verdad, Denethor tenía mucho más que Gandalf los aires de un gran mago: una apostura más noble y señorial, facciones más armoniosas; y parecía más poderoso; y más viejo. Sin embargo, Pippin adivinaba de algún modo que era Gandalf quien tenía los poderes más altos y la sabiduría más profunda, a la vez que una velada majestad. Y era más viejo, muchísimo más viejo.

—¿Cuánto más? —se preguntó, y le extrañó no haberlo pensado nunca hasta ese momento. Algo había dicho Bárbol a propósito de los magos, pero en ese entonces la idea de que Gandalf pudiera ser un mago no había pasado por la mente del hobbit. ¿Quién era Gandalf? ¿En qué tiempos remotos y en qué lugar había venido al mundo, y cuándo lo abandonaría? Pippin interrumpió sus cavilaciones y vio que Denethor y Gandalf continuaban mirándose, como si cada uno tratase de descifrar el pensamiento del otro. Pero fue Denethor el primero en apartar la mirada.

—Sí —dijo—, porque si bien las Piedras, según se dice, se han perdido, los señores de Gondor tienen aún la vista más penetrante que los hombres comunes, y captan muchos mensajes. Mas ¡tomad asiento ahora!

En ese momento entraron unos criados transportando un sillón y un taburete bajo; otro traía una bandeja con un botellón de plata, y copas, y pastelillos blancos. Pippin se sentó, pero no pudo dejar de mirar al anciano señor. No supo si era verdad o mera imaginación, pero le pareció que al mencionar las Piedras la mirada del viejo se había clavado en él un instante, con un resplandor súbito.

—Y ahora, vasallo mío, nárrame tu historia —dijo Denethor, en un tono a medias benévolo, a medias burlón—. Pues las palabras de alguien que era tan amigo de mi hijo serán por cierto bienvenidas.

Pippin no olvidaría nunca aquella hora en el gran salón bajo la mirada penetrante del Señor de Gondor, acosado una y otra vez por las preguntas astutas del anciano, consciente sin cesar de la presencia de Gandalf que lo observaba y lo escuchaba, y que reprimía (tal fue la impresión del hobbit) una cólera y una impaciencia crecientes. Cuando pasó la hora, y Denethor volvió a golpear el gong, Pippin estaba extenuado. —No pueden ser más de las nueve —se dijo—. En este momento podría engullir tres desayunos, uno tras otro.

—Conducid al señor Mithrandir a los aposentos que le han sido preparados —dijo Denethor—, y su compañero puede alojarse con él por ahora, si así lo desea. Pero que se sepa que le he hecho jurar fidelidad a mi servicio; de hoy en adelante se le conocerá con el nombre de Peregrin hijo de Paladin, y se le enseñarán las contraseñas menores. Mandad decir a los Capitanes que se presenten ante mí lo antes posible después que haya sonado la hora tercera.

"Y tú, mi señor Mithrandir, también podrás ir y venir a tu antojo. Nada te impedirá visitarme cuando tú lo quieras, salvo durante mis breves horas de sueño. ¡Deja pasar la cólera que ha provocado en ti la locura de un anciano, y vuelve luego a confortarme!

—¿Locura? —respondió Gandalf—. No, mi Señor, si alguna vez te conviertes en un viejo chocho, ese día morirás. Si hasta eres capaz de utilizar el dolor para ocultar tus maquinaciones. ¿Crees que no comprendí tus propósitos al interrogar durante una hora al que menos sabe, estando yo presente?

—Si lo has comprendido, date por satisfecho —replicó Denethor—. Locura sería, que no orgullo, desdeñar ayuda y consejos en tiempos de necesidad; pero tú sólo dispensas esos dones de acuerdo con tus designios secretos. Mas el Señor de Gondor no habrá de convertirse en instrumento de los designios de otros hombres, por nobles que sean. Y para él no hay en el mundo en que hoy vivimos una meta más alta que el bien de Gondor; y el gobierno de Gondor, mi Señor, está en mis manos y no en las de otro hombre, a menos que retornara el rey.

—¿A menos que retornara el rey? —repitió Gandalf—. Y bien, señor Senescal, tu misión es conservar del reino todo lo que puedas aguardando ese acontecimiento que ya muy pocos hombres esperan ver. Para el cumplimiento de esa tarea, recibirás toda la ayuda que desees. Pero una cosa quiero decirte: yo no gobierno en ningún reino, ni en el de Gondor ni en ningún otro, grande o pequeño. Pero me preocupan todas las cosas de valor que hoy peligran en el mundo. Y yo por mi parte, no fracasaré del todo en mi trabajo, aunque Gondor perezca, si algo aconteciera en esta noche que aún pueda crecer en belleza y dar otra vez flores y frutos en los tiempos por venir. Pues también yo soy un senescal. ¿No lo sabías? —Y con estas palabras dio media vuelta y salió del salón a grandes pasos, mientras Pippin corría detrás.

Gandalf no miró a Pippin mientras se marchaban, ni le dijo una sola palabra. El guía que esperaba a las puertas del palacio los condujo a través del Patio del Manantial hasta un callejón flanqueado por edificios de piedra. Después de varias vueltas llegaron a una casa vecina al muro de la Ciudadela, del lado norte, no lejos del brazo que unía la colina a la montaña. Una vez dentro, el guía los llevó por una amplia escalera tallada, al primer piso sobre la calle, y luego a una estancia acogedora, luminosa y aireada, decorada con hermosos tapices de colores lisos con reflejos de oro mate. La estancia estaba apenas amueblada, pues sólo había allí una mesa pequeña, dos sillas y un banco; pero a ambos lados detrás de unas cortinas había alcobas, provistas de buenos lechos y de vasijas y jofainas para lavarse. Tres ventanas altas y estrechas miraban al norte, hacia la gran curva del Anduin todavía envuelto en la niebla, y las Emyn Muil y el Rauros en lontananza. Pippin tuvo que subir al banco para asomarse por encima del profundo antepecho de piedra.

—¿Estás enfadado conmigo, Gandalf? —dijo cuando el guía salió de la habitación y cerró la puerta—. Hice lo mejor que pude.

—¡Lo hiciste, sin duda! —respondió Gandalf con una súbita carcajada; y acercándose a Pippin se detuvo junto a él y rodeó con un brazo los hombros del hobbit, mientras se asomaba por la ventana. Pippin echó una mirada perpleja al rostro ahora tan próximo al suyo, pues la risa del mago había sido suelta y jovial. Sin embargo, al principio sólo vio en el rostro de Gandalf arrugas de preocupación y tristeza; no obstante, al mirar con más atención advirtió que detrás había una gran alegría: un manantial de alegría que si empezaba a brotar bastaría para que todo un reino estallara en carcajadas—. Claro que lo hiciste —dijo el mago—; y espero que no vuelvas a encontrarte demasiado pronto en un trance semejante, entre dos viejos tan terribles. De todos modos el Señor de Gondor ha sabido por ti mucho más de lo que tú puedes sospechar, Pippin. No pudiste ocultar que no fue Boromir quien condujo a la Compañía fuera de Moria, ni que había entre vosotros alguien de alto rango que iba a Minas Tirith; y que llevaba una espada famosa. En Gondor la gente piensa mucho en las historias del pasado, y Denethor ha meditado largamente en el poema y en las palabras *el Daño de Isildur*, después de la partida de Boromir.

"No es semejante a los otros hombres de esta época, Pippin, y cualquiera que sea su ascendencia, por un azar extraño la sangre de Oesternesse le corre casi pura por las venas; como por las de su otro hijo, Faramir, y no por las de Boromir, en cambio, que sin embargo era el predilecto. Sabe ver a la distancia, y es capaz de adivinar, si se empeña, mucho de lo que pasa por la mente de los hombres, aun de los que habitan muy lejos. Es difícil engañarlo, y peligroso intentarlo.

"¡Recuérdalo! Pues ahora has prestado juramento de fidelidad a su servicio. No sé qué impulso o qué motivo te empujó, el corazón o la cabeza. Pero hiciste bien. No te lo impedí porque los actos generosos no han de ser reprimidos por fríos consejos. Tu actitud lo conmovió, y al mismo tiempo (permíteme que te lo diga) lo divirtió. Y por lo menos eres libre ahora de ir y venir a tu gusto por Minas Tirith... cuando no estés de servicio. Porque hay un reverso de la medalla: estás bajo sus órdenes, y él no lo olvidará. ¡Sé siempre cauteloso!

Calló un momento y suspiró.

—Bien, de nada vale especular sobre lo que traerá el mañana. Pero eso sí, ten la certeza de que por muchos días el mañana será peor que el hoy. Y yo nada más puedo hacer para impedirlo. El tablero está dispuesto, y ya las piezas están en movimiento. Una de ellas que con todas mis fuerzas deseo encontrar es Faramir, el actual heredero de Denethor. No creo que esté en la Ciudad; pero no he tenido tiempo de averiguarlo. Tengo que marcharme, Pippin. Tengo que asistir al consejo de estos señores y enterarme de cuanto pueda. Pero el Enemigo lleva la delantera, y está a punto de iniciar a fondo la partida. Y los peones participarán del juego tanto como cualquiera, Peregrin hijo de Paladin, soldado de Gondor. ¡Afila tu espada!

Gandalf se encaminó a la puerta, y al llegar a ella dio media vuelta. —Tengo prisa, Pippin —dijo—. Hazme un favor cuando salgas. Antes de irte a dormir, si no estás demasiado fatigado. Ve y busca a Sombragrís, y mira cómo está. Las gentes de aquí son prudentes y nobles de corazón, y bondadosas con los animales, pero no es mucho lo que entienden de caballos.

Y diciendo estas palabras, Gandalf salió; en ese momento se oyó la nota clara y melodiosa de una campana que repicaba en una torre de la ciudadela. Sonó tres veces, como plata en el aire, y calló: la hora tercera después de la salida del sol.

Al cabo de un minuto, Pippin se encaminó a la puerta, bajó por la escalera, y al llegar a la calle miró alrededor. Ahora el sol brillaba, cálido y luminoso, y las torres y las casas altas proyectaban hacia el oeste largas sombras nítidas. Arriba, en el aire azul, el Monte Mindolluin lucía su yelmo blanco y su manto de nieve. Hombres armados iban y venían por las calles de la Ciudad, como si el toque de la hora les señalara un cambio de guardias y servicios.

—En la Comarca diríamos que son las nueve de la mañana —se dijo Pippin en voz alta—. La hora justa para un buen desayuno junto a la ventana abierta, al sol primaveral. ¡Cuánto me gustaría tomar un desayuno! ¿No desayunarán las gentes de este país, o ya habrá pasado la hora? ¿Y a qué hora cenarán, y dónde?

A poco andar, vio un hombre vestido de negro y blanco que venía del centro de la ciudadela, y avanzaba por la calle estrecha hacia él. Pippin se sentía solo y resolvió hablarle cuando él pasara, pero no fue necesario. El hombre se le acercó.

—¿Eres tú Peregrin el Mediano? —le preguntó—. He sabido que has prestado juramento de fidelidad al servicio del Señor y de la Ciudad. ¡Bienvenido! —Le tendió la mano, y Pippin se la estrechó.— Me llamo Beregond hijo de Baranor. No estoy de servicio esta mañana y me han mandado a enseñarte el santo y seña, y a explicarte algunas de las muchas cosas que sin duda querrás saber. A mí, por mi parte, también me gustaría saber algo de ti. Porque nunca hasta ahora hemos visto Medianos en este país, y aunque hemos oído algunos rumores, poco se habla de ellos en las historias y leyendas que conocemos. Además, eres un amigo de Mithrandir. ¿Lo conoces bien?

—Bueno —repuso Pippin—. He oído hablar de él durante toda mi corta existencia, por así decir; y en los últimos tiempos he viajado mucho en su compañía. Pero es un libro en el que hay mucho que leer, y faltaría a la verdad si dijese que he recorrido más de un par de páginas. Sin embargo, es posible que lo conozca tan bien como cualquiera, salvo unos pocos. Aragorn era el único de nuestra Compañía que lo conocía de veras.

—¿Aragorn? —preguntó Beregond—. ¿Quién es ese Aragorn?

—Oh —balbuceó Pippin—, era un hombre que solía viajar con nosotros. Creo que ahora está en Rohan.

—Has estado en Rohan, por lo que veo. También sobre ese país hay cosas que me gustaría preguntarte; porque muchas de las menguadas esperanzas que aún alimentamos dependen de los hombres de Rohan. Pero me estoy olvidando de mi misión, que consistía en responder primeramente a todo cuanto tú quisieras preguntarme. Bien, ¿qué cosas te gustaría saber, Maese Peregrin?

—Mm... bueno —dijo Pippin—, si me atrevo a decirlo, la pregunta un tanto imperativa que en este momento me viene a la mente es... bueno ¿qué noticias hay del desayuno y de todo el resto? Quiero decir, no sé si me explico, ¿cuáles son las horas de las comidas, y dónde está el comedor, si es que existe? ¿Y las tabernas? Miré, pero no vi ni una sola en todo el camino, aunque antes tuve la esperanza de disfrutar de un buen trago de cerveza en cuanto llegásemos a esta ciudad de hombres tan sagaces como corteses.

Beregond observó a Pippin con aire grave.

—Un verdadero veterano de guerra, por lo que veo —dijo—. Dicen que los hombres que parten a combatir en países lejanos viven esperando la recompensa de comer y beber; aunque yo, a decir verdad, no he viajado mucho. ¿Así que hoy todavía no has comido?

—Bueno, sí, en honor a la verdad, sí —dijo Pippin—. Pero sólo una copa de vino y uno o dos pastelillos blancos, por gentileza de tu Señor; pero a cambio de eso, me torturó con preguntas durante una hora, y ése es un trabajo que abre el apetito.

Beregond se echó a reír.

—Es en la mesa donde los hombres pequeños realizan las mayores hazañas, decimos aquí. Sin embargo, has desayunado tan bien como cualquiera de los hombres de la Ciudadela, y con más altos honores. Esto es una fortaleza y una torre de guardia, y ahora estamos en pie de guerra. Nos levantamos antes del sol, comemos un bocado a la luz gris del amanecer y partimos de servicio al despuntar el día. ¡Pero no desesperes! —Otra vez rompió a reír, viendo la expresión desolada de Pippin.— Los que han realizado tareas pesadas toman algo para reparar fuerzas a media mañana. Luego viene el almuerzo, al mediodía o más tarde de acuerdo con las horas del servicio, y por último los hombres se reúnen a la puesta del sol para com partir la comida principal del día y la alegría que aún pueda quedarles. ¡Ven! Daremos un paseo y luego iremos a procurarnos un bocado con que engañar el estómago, y comeremos y beberemos en la muralla contemplando esta espléndida mañana.

—¡Un momento! —dijo Pippin, ruborizándose—. La gula, lo que tú por pura cortesía llamas hambre, ha hecho que me olvidara de algo. Pero Gandalf, Mithrandir como tú le dices, me encomendó que me ocupara de su caballo, Sombragrís, uno de los grandes corceles de Rohan, la niña de los ojos del rey, según me han dicho, aunque se lo haya dado a Mithrandir en prueba de gratitud. Creo que el nuevo amo quiere más al animal que a muchos hombres, y si la buena voluntad de Mithrandir es de algún valor para esta ciudad, trataréis a Sombragrís con todos los honores: con una bondad mayor, si es posible, que la que habéis mostrado a este hobbit.

—¿Hobbit? —dijo Beregond.

—Así es como nos llamamos —respondió Pippin.

—Me alegro de saberlo —dijo Beregond—, pues ahora puedo decirte que los acentos extraños no desvirtúan las palabras hermosas, y que los hobbits saben expresarse con gran nobleza. ¡Pero vamos! Hazme conocer a ese caballo notable. Adoro a los animales, y rara vez los vemos en esta ciudad de piedra; pero yo desciendo de un pueblo que bajó de los valles altos, y que antes residía en Ithilien. ¡No temas! Será una visita corta, una mera cortesía, y de allí iremos a las despensas.

Pippin comprobó que Sombragrís estaba bien alojado y atendido. Pues en el séptimo círculo, fuera de los muros de la ciudadela, había unas caballerizas espléndidas donde guardaban algunos corceles veloces, junto a las habitaciones de los correos del Señor: mensajeros siempre prontos para partir a una orden urgente del rey o de los capitanes principales. Pero ahora todos los caballos y jinetes estaban ausentes, en tierras lejanas.

Sombragrís relinchó cuando Pippin entró en el establo, y volvió la cabeza.

—¡Buen día! —le dijo Pippin—. Gandalf vendrá tan pronto como pueda. Ahora está ocupado, pero te manda saludos; y yo he venido a ver si todo anda bien para ti; y si descansas luego de tantos trabajos.

Sombragrís sacudió la cabeza y pateó el suelo. Pero permitió que Beregond le sostuviera la cabeza gentilmente y le acariciara los flancos poderosos.

—Se diría que está preparándose para una carrera, y no que acaba de llegar de un largo viaje —dijo Beregond—. ¡Qué fuerte y arrogante! ¿Dónde están los arneses? Tendrán que ser adornados y hermosos.

—Ninguno es bastante adornado y hermoso para él —dijo Pippin—. No los acepta. Si consiente en llevarte, te lleva, y si no, no hay bocado, brida, fuste o rienda que lo dome. ¡Adiós, Sombragrís! Ten paciencia. La batalla se aproxima.

Sombragrís levantó la cabeza y relinchó, y el establo entero pareció sacudirse y Pippin y Beregond se taparon los oídos. En seguida se marcharon, luego de ver que había pienso en abundancia en el pesebre.

—Y ahora nuestro pienso —dijo Beregond, y se encaminó de vuelta a la ciudadela, conduciendo a Pippin hasta una puerta en el lado norte de la torre. Allí descendieron por una escalera larga y fresca hasta una calle alumbrada con faroles. Había portillos en los muros, y uno de ellos estaba abierto.

”Este es el almacén y la despensa de mi compañía de la Guardia —dijo Beregond—. ¡Salud, Targon! —gritó por la abertura—. Es temprano aún, pero hay aquí un forastero que el Señor ha tomado a su servicio. Ha venido cabalgando de muy lejos, con el cinturón apretado, y ha cumplido una dura labor esta mañana; tiene hambre. ¡Danos lo que tengas!

Obtuvieron pan, mantequilla, queso y manzanas: las últimas de la reserva del invierno, arrugadas pero sanas y dulces; y un odre de cerveza bien servido, y escudillas y tazones de madera. Pusieron las provisiones en una cesta de mimbre y volvieron a la luz del sol. Beregond llevó a Pippin al extremo oriental del gran espolón de la muralla, donde había una tronera, y un asiento de piedra bajo el antepecho. Desde allí podían contemplar la mañana que se extendía sobre el mundo.

Comieron y bebieron, hablando ya de Gondor y de sus usos y costumbres, ya de la Comarca y de los países extraños que Pippin había conocido. Y cuanto más hablaban más se asombraba Beregond, y observaba maravillado al hobbit, que sentado en el asiento balanceaba las piernas cortas, o se erguía de puntillas para mirar por encima del alféizar las tierras de abajo.

—No te ocultaré, Maese Peregrin —dijo Beregond— que para nosotros pareces casi uno de nuestros niños, un chiquillo de unas nueve primaveras; y sin embargo has sobrevivido a peligros y has visto maravillas; pocos de nuestros viejos podrían jactarse de haber conocido otro tanto. Creí que era un capricho de nuestro Señor, tomar un paje noble a la usanza de los reyes de los tiempos antiguos, según dicen. Pero veo que no es así, y tendrás que perdonar mi necedad.

—Te perdono —dijo Pippin—. Sin embargo, no estás muy lejos de lo cierto. De acuerdo con los cómputos de mis gentes, soy casi un niño todavía, y aún me faltan cuatro años para llegar a la «mayoría de edad», como decimos en la Comarca. Pero no te preocupes por mí. Ven y mira y dime qué veo.

El sol subía. Abajo, en el valle, las nieblas se habían levantado, y las últimas se alejaban flotando como volutas de nubes blancas arrastradas por la brisa que ahora soplaba del este, y que sacudía y encrespaba las banderas y los estandartes blancos de la ciudadela. A lo lejos, en el fondo del valle, a unas cinco leguas a vuelo de pájaro, el Río Grande corría gris y resplandeciente desde el noroeste, describiendo una vasta curva hacia el sur, y volviendo hacia el oeste antes de perderse en una bruma centelleante; más allá, a cincuenta leguas de distancia, estaba el Mar.

Pippin veía todo el Pelennor extendido ante él, moteado a lo lejos de granjas y muros, graneros y establos pequeños, pero en ningún lugar vio vacas o algún otro animal. Numerosos caminos y senderos atravesaban los campos verdes, y filas de carretones avanzaban hacia la Gran Puerta, mientras otros salían y se alejaban. De tanto en tanto aparecía algún jinete, se apeaba de un salto, y entraba presuroso en la Ciudad. Pero el camino más transitado era la carretera mayor que se volvía hacia el sur, y en una curva más pronunciada que la del Río bordeaba luego las colinas y se perdía a lo lejos. Era un camino ancho y bien empedrado; a lo largo de la orilla oriental corría una pista ancha y verde, flanqueada por un muro. Los jinetes galopaban de aquí para allá, pero unos carromatos que iban hacia el sur parecían ocupar toda la calle. Sin embargo, Pippin no tardó en descubrir que todo se movía en perfecto orden: los carromatos avanzaban en tres filas, una más rápida tirada por caballos, otra más lenta, de grandes carretas adornadas de gualdrapas multicolores, tirada por bueyes; y a lo largo de la orilla oriental, unos carros más pequeños, arrastrados por hombres.

—Esa es la ruta que conduce a los valles de Tumladen y Lossarnach, y a las aldeas de las montañas, y llega hasta Lebennin —explicó Beregond—. Hacia allá se encaminan los últimos carromatos, llevando a los refugios a los ancianos, mujeres y niños. Es preciso que todos se encuentren a una legua de la Puerta y hayan despejado el camino antes del mediodía: ésa fue la orden. Es una triste necesidad. —Suspiró.— Pocos, quizá, de los que hoy se separan volverán a reunirse alguna vez. Nunca hubo muchos niños en esta ciudad; pero ahora no queda ninguno, excepto unos pocos que se negaron a marcharse y esperan que se les encomiende alguna tarea: mi hijo entre ellos.

Callaron un momento. Pippin miraba inquieto hacia el este, como si miles de orcos pudieran aparecer de improviso e invadir las campiñas.

—¿Qué veo allí? —preguntó, señalando un punto en el centro de la curva del Anduin—. ¿Es otra ciudad, o qué?

—Fue una ciudad —respondió Beregond—, la capital del reino, cuando Minas Tirith no era más que una fortaleza. Lo que ves en las márgenes del Anduin son las ruinas de Osgiliath, tomada e incendiada por nuestros enemigos hace mucho tiempo. Sin embargo la reconquistamos, en la época en que Denethor aún era joven: no para vivir en ella sino para mantenerla como puesto de avanzada, y reconstruimos el puente para el paso de nuestras tropas. Pero entonces vinieron de Minas Morgul los Jinetes Crueles.

—¿Los Jinetes Negros? —dijo Pippin, abriendo mucho los ojos, ensombrecidos por la reaparición de un viejo temor.

—Sí, eran negros —dijo Beregond—, y veo que algo sabes de esos Jinetes, aunque no los mencionaste en tus historias.

—Algo sé —dijo Pippin en voz baja—, pero no quiero hablar ahora, tan cerca, tan cerca... —Calló de pronto, y al alzar los ojos por encima del Río le pareció que todo cuanto veía alrededor era una sombra vasta y amenazante; tal vez fueran sólo unas montañas, unos picos mellados en el horizonte, desdibujados por veinte leguas de aire neblinoso; o quizá un banco de nubes que ocultaba una oscuridad todavía más profunda. Pero mientras miraba tenía la impresión de que la oscuridad crecía y se cerraba, muy lentamente, lentamente elevándose hasta ensombrecer las regiones del sol.

—¿Tan cerca de Mordor? —dijo Beregond en un susurro—. Sí, está allí. Rara vez la nombramos, pero hemos vivido siempre con esa oscuridad a la vista; algunas veces parece más tenue y distante; otras más cercana y espesa. Ahora la vemos crecer y crecer, y así crecen también nuestros temores y nuestra desazón. Hace menos de un año los Jinetes Crueles volvieron a conquistar los pasos, y muchos de nuestros mejores hombres cayeron allí. Luego Boromir echó al enemigo más allá de esta orilla occidental, y aún conservamos la mitad de Osgiliath. Por poco tiempo. Ahora esperamos un nuevo ataque, quizá el más violento de la guerra que se avecina.

—¿Cuándo? —preguntó Pippin—. ¿Tienes alguna idea? Porque anoche vi los fuegos de alarma, y a los correos. Y Gandalf dijo que era señal de que la guerra había comenzado. Me pareció que tenía mucha prisa por venir. Sin embargo, se diría que ahora todo está en calma.

—Sólo porque ya todo está pronto —dijo Beregond—. No es más que el último respiro, antes de echarse al agua.

—Pero ¿por qué anoche estaban encendidos los fuegos de llamada?

—Es tarde para ir en busca de socorros si ya ha empezado el sitio —respondió Beregond—. Pero el Señor y los Capitanes saben cómo obtener noticias, e ignoro qué deciden. Y el Señor Denethor no es como todos los hombres: tiene la vista larga. Algunos dicen que cuando por las noches se sienta a solas en la alta estancia de la Torre, y escudriña con el pensamiento por aquí y por allá, logra por momentos leer en el futuro; y que a veces hasta mira en la mente del Enemigo, y lucha con él. Por eso está tan envejecido, consumido antes de tiempo. De todos modos, mi señor Faramir ha partido a cumplir alguna misión peligrosa del otro lado del Río, y es posible que haya enviado noticias.

"Pero si quieres saber lo que pienso: fueron las noticias que llegaron anoche de Lebennin lo que encendió las hogueras. Una gran flota se acerca a la desembocadura del Anduin, tripulada por los corsarios de Umbar, un país del Sur. Hace tiempo que dejaron de temer el poderío de Gondor, y se han aliado al Enemigo, y ahora intentan ayudarle con un golpe duro. Porque este ataque nos restará gran parte del auxilio que contábamos recibir de Lebennin y Belfalas, donde los hombres son valientes y numerosos. Por eso nuestros pensamientos se vuelven tanto más hacia el norte, hacia Rohan, y tanto más nos alegran las noticias de victoria que habéis traído.

"Y sin embargo... —hizo una pausa y se puso de pie, y miró en derredor, al norte, al este, al sur—, los acontecimientos de Isengard eran inequívocos: estamos envueltos en una gran red estratégica. Ya no se trata de simples escaramuzas en los vados, de correrías organizadas por las gentes de Ithilien y Anórien, de emboscadas y pillaje. Ésta es una guerra grande, largamente planeada, y en la que somos sólo una pieza, diga lo que diga nuestro orgullo.

Las cosas se mueven en el lejano Este, más allá del Mar Interior, según las noticias; y en el norte y en cl Bosque Negro y más lejos aún; y en el sur en Harad. Y ahora todos los reinos tendrán que pasar por la misma prueba: resistir o sucumbir... bajo la Sombra.

"No obstante, Maese Peregrin, tenemos este honor: nos toca siempre soportar los más duros embates del odio del Señor Oscuro, un odio que viene de los abismos del tiempo y de lo más profundo del Mar. Aquí es donde el martillo golpeará ahora con mayor fuerza. Y por eso Mithrandir tenía tanta prisa. Porque si caemos ¿quién quedará en pie? ¿Y tú, Maese Peregrin, ves alguna esperanza de que podamos resistir?

Pippin no respondió. Miró los grandes muros, y las torres y los orgullosos estandartes, y el sol alto en el cielo, y luego la oscuridad que se acumulaba y crecía en el Este; y pensó en los largos dedos de aquella Sombra; en los orcos que invadían bosques y montañas, en la traición de Isengard, en los pájaros de mal agüero, y en los Jinetes Negros que cabalgaban por los senderos mismos de la Comarca... y en el terror alado, los Nazgúl. Se estremeció, y pareció que la esperanza se debilitaba. Y en ese preciso instante el sol vaciló y se oscureció un segundo, como si un ala tenebrosa hubiese pasado delante de él. Casi imperceptible, le pareció oír, alto y lejano, un grito en el cielo: débil pero sobrecogedor, cruel y frío. Pippin palideció y se acurrucó contra el muro.

—¿Qué fue eso? —preguntó Beregond—. ¿También tú oíste algo?

—Sí —murmuró Pippin—. Es la señal de nuestra caída y la sombra del destino, un Jinete Cruel del aire.

—Sí, la sombra del destino —dijo Beregond—. Temo que Minas Tirith esté a punto de caer. La noche se aproxima. Diría que hasta me han quitado el calor de la sangre.

Permanecieron sentados un rato, en silencio, cabizbajos. Luego, de improviso, Pippin levantó la mirada y vio que todavía brillaba el sol y que los estandartes todavía se movían en la brisa. Se sacudió.

—Ha pasado —dijo—. No, mi corazón aún no quiere desesperar. Gandalf cayó y ha vuelto y está con nosotros. Aún es posible que continuemos en pie, aunque sea sobre una sola pierna, o al menos sobre las rodillas.

—¡Bien dicho! —exclamó Beregond, y levantándose echó a caminar de un lado a otro a grandes trancos—. Aunque tarde o temprano todas las cosas hayan de perecer, a Gondor no le ha llegado todavía la hora. No, aun cuando los muros sean conquistados por un enemigo implacable, que levante una montaña de carroña delante de ellos. Todavía nos quedan otras fortalezas y caminos secretos de evasión en las montañas. La esperanza y los recuerdos sobrevivirán en algún valle oculto donde la hierba siempre es verde.

—De cualquier modo, quisiera que todo termine de una vez, para bien o para mal —dijo Pippin—. No tengo alma de guerrero, y el solo pensamiento de una batalla me desagrada; pero estar esperando una de la que no podré escapar es lo peor que podría ocurrirme. ¡Qué largo parece ya el día! Me sentiría mucho más feliz si no estuviésemos obligados a permanecer aquí en observación, sin dar un solo paso, sin ser los primeros en asestar el golpe. Creo que de no haber sido por Gandalf, ningún golpe habría caído jamás sobre Rohan.

—¡Ah, aquí pones el dedo en una llaga que a muchos les duele! —dijo Beregond—. Pero las cosas podrían cambiar cuando regrese Faramir. Es valiente, más valiente de lo que muchos suponen; pues en estos tiempos los hombres no quieren creer que alguien pueda ser un sabio, un hombre versado en los antiguos manuscritos y en las leyendas y canciones del pasado, y al mismo tiempo un capitán intrépido y de decisiones rápidas en el campo de batalla. Sin embargo, así es Faramir. Menos temerario y vehemente que Boromir, pero no menos resuelto. Mas ¿qué podrá hacer? No nos es posible tomar por asalto las montañas de... de ese reino tenebroso. Nuestros recursos son limitados y no nos permiten anticiparnos a la ofensiva del enemigo. ¡Pero eso sí, nuestra respuesta será violenta!

Beregond golpeó con fuerza la guardia de la espada.

Pippin lo miró: alto, noble y arrogante, como todos los hombres que hasta entonces había visto en aquel país; y los ojos le centelleaban de sólo pensar en la batalla.

—¡Ay! —reflexionó—. Débil y ligera como una pluma me parece mi propia mano. —Pero no dijo nada. ¿Un peón, había dicho Gandalf? Tal vez, pero en un tablero equivocado.

Hablaron así hasta que el sol llegó al cenit, y de pronto repicaron las campanas del mediodía, y en la ciudadela se observó un ajetreo de hombres: todos, con excepción de los centinelas de guardia, se encaminaban a almorzar.

—¿Quieres venir conmigo? —dijo Beregond—. Por hoy puedes compartir nuestro rancho. No sé a qué compañía te asignarán, o si el Señor Denethor desea tenerte a sus órdenes. Pero entre nosotros serás bienvenido. Conviene que conozcas el mayor número posible de hombres, mientras hay tiempo.

—Me hará feliz acompañarte —respondió Pippin—. A decir verdad, me siento solo. He dejado a mi mejor amigo en Rohan, y desde entonces no he tenido con quien charlar y bromear. Tal vez podría realmente entrar en tu Compañía. ¿Eres el Capitán? En ese caso podrías tomarme, ¿o quizá hablar en mi favor?

—No, no —dijo Beregond, riendo—, no soy un capitán. No tengo cargo, ni rango, ni señorío, y no soy más que un hombre de armas de la Tercera Compañía de la Ciudadela. Sin embargo, Maese Peregrin, ser un simple hombre de armas en la Guardia de la Torre de Gondor es considerado digno y honroso en la Ciudad, y en todo el reino se trata con honores a tales hombres.

—En ese caso, es algo que está por completo fuera de mi alcance —dijo Pippin—. Llévame de nuevo a nuestros aposentos, y si Gandalf no se encuentra allí, iré contigo a donde quieras... como tu invitado.

Gandalf no estaba en las habitaciones ni había enviado ningún mensaje; Pippin acompañó entonces a Beregond y fue presentado a los hombres de la Tercera Compañía. Al parecer Beregond ganó tanto prestigio entre sus camaradas como el propio Pippin, que fue muy bien recibido. Mucho se había hablado ya en la ciudadela del compañero de Mithrandir y de su largo y misterioso coloquio con el Señor; y corría el rumor de que un príncipe de los Medianos había venido del Norte a prestar juramento de lealtad a Gondor con cinco mil espadas. Y algunos decían que cuando los Jinetes vinieran de Rohan, cada uno traería en la grupa a un guerrero Mediano, pequeño quizá, pero valiente.

Si bien Pippin tuvo que desmentir de mala gana esta leyenda promisoria, no pudo librarse del nuevo título, el único, al decir de los hombres, digno de alguien tan estimado por Boromir y honrado por el Señor Denethor; le agradecieron que los hubiera visitado, y escucharon muy atentos el relato de sus aventuras en tierras extrañas, ofreciéndole de comer y de beber tanto como Pippin podía desear. Y en verdad, sólo le preocupaba la necesidad de ser «cauteloso», como le había recomendado Gandalf, y de no soltar demasiado la lengua, como hacen los hobbits cuando se sienten entre gente amiga.

Por fin Beregond se levantó.

—¡Adiós por esta vez! —dijo—. Estoy de guardia ahora hasta la puesta del sol, al igual que todos los aquí presentes, creo. Pero si te sientes solo, como dices, tal vez te gustaría tener un guía alegre que te lleve a visitar la Ciudad. Mi hijo se sentirá feliz de acompañarte. Es un buen muchacho, puedo decirlo. Si te agrada la idea, baja hasta el círculo inferior y pregunta por la Hostería Vieja en el Rath Celerdain, Calle de los Lampareros. Allí lo encontrarás con otros jóvenes que se han quedado en la Ciudad. Quizá haya cosas interesantes para ver allá abajo, junto a la Gran Puerta, antes que cierren.

Salió, y los otros no tardaron en seguirlo.

Aunque empezaba a flotar una bruma ligera, el día era todavía luminoso, y caluroso para un mes de marzo, aun en un país tan meridional. Pippin se sentía somnoliento, pero la habitación le pareció triste y decidió descender a explorar la Ciudad. Le llevó a Sombragrís unos bocados que había apartado, y que el animal recibió con alborozo, aunque nada parecía faltarle. Luego echó a caminar bajando por muchos senderos zigzagueantes.

La gente lo miraba con asombro, cuando él pasaba. Los hombres se mostraban con él solemnes y corteses, saludándolo a la usanza de Gondor con la cabeza gacha y las manos sobre el pecho; pero detrás de él oía muchos comentarios, a medida que la gente que andaba por las calles llamaba a quienes estaban dentro a que salieran a ver al Príncipe de los Medianos, el compañero de Mithrandir. Algunos hablaban un idioma distinto de la Lengua Común, pero Pippin no tardó mucho en aprender al menos qué significaba *Ernil i Pheriannath* y en saber que su condición de príncipe ya era conocida en toda la ciudad.

Recorriendo las calles abovedadas y las hermosas alamedas y pavimentos, llegó por fin al círculo inferior, el más amplio; allí le dijeron dónde estaba la Calle de los Lampareros, un camino ancho que conducía a la Gran Puerta. Pronto encontró la Hostería Vieja, un edificio de piedra gris desgastada por los años, con dos alas laterales; en el centro había un pequeño prado, y detrás se alzaba la casa de numerosas ventanas; todo el ancho de la fachada lo ocupaba un pórtico sostenido por columnas y una escalinata que descendía hasta la hierba. Algunos chiquillos jugaban entre las columnas: los únicos niños que Pippin había visto en Minas Tirith, y se detuvo a observarlos. De pronto, uno de ellos advirtió la presencia del hobbit, y precipitándose con un grito, llegó a la calle, seguido de otros. De pie frente a Pippin, lo miró de arriba abajo.

—¡Salud! —dijo el chiquillo—. ¿De dónde vienes? Eres un forastero en la Ciudad.

—Lo era —respondió Pippin—; pero dicen ahora que me he convertido en un hombre de Gondor.

—¡Oh, no me digas! —dijo el chiquillo—. Entonces aquí todos somos hombres. Pero ¿qué edad tienes y cómo te llamas? Yo he cumplido los diez, y pronto mediré cinco pies. Soy más alto que tú. Pero también mi padre es un Guardia, y uno de los más altos. ¿Qué hace tu padre?

—¿A qué pregunta he de responder primero? —dijo Pippin—. Mi padre cultiva las tierras de los alrededores de Fuente Blanca, cerca de Alforzada en la Comarca. Tengo casi veintinueve años, así que en eso te aventajo, aunque mida sólo cuatro pies, y es improbable que crezca, salvo en sentido horizontal.

—¡Veintinueve años!—exclamó el niño, lanzando un silbido—. Vaya, eres casi viejo, tan viejo como mi tío Iorlas. Sin embargo —añadió, esperanzado—, apuesto que podría ponerte cabeza abajo o tumbarte de espaldas.

—Tal vez, si yo te dejara —dijo Pippin, riendo—. Y quizá yo pudiera hacerte lo mismo a ti: conocemos unas cuantas triquiñuelas en mi pequeño país. Donde, déjame que te lo diga, se me considera excepcionalmente grande y fuerte; y jamás he permitido que nadie me pusiera cabeza abajo. Y si lo intentaras, y no me quedara otro remedio, quizá me viera obligado a matarte. Porque, cuando seas mayor, aprenderás que las personas no siempre son lo que parecen; y aunque quizá me hayas tomado por un jovenzuelo extranjero tonto y bonachón, y una presa fácil, quiero prevenirte: no lo soy; ¡soy un Mediano, duro, temerario, y malvado! —Y Pippin hizo una mueca tan fiera que el niño dio un paso atrás, pero en seguida volvió a acercarse, con los puños apretados y un centelleo belicoso en la mirada.— ¡No! —dijo Pippin, riendo—. ¡Tampoco creas todo lo que dice de sí mismo un extranjero! No soy un luchador. Sin embargo, sería más cortés que quien lanza el desafío se diera a conocer.

El chico se irguió con orgullo. —Soy Bergil hijo de Beregond de la Guardia —dijo.

—Era lo que pensaba —dijo Pippin—, pues te pareces mucho a tu padre. Lo conozco, y él mismo me ha enviado a buscarte.

—¿Por qué, entonces, no lo dijiste en seguida? —preguntó Bergil, y una expresión de desconsuelo le ensombreció la cara—. ¡No me digas que ha cambiado de idea y que quiere enviarme fuera de la Ciudad, junto con las mujeres! Pero no, ya han partido las últimas carretas.

—El mensaje, si no bueno, es menos malo de lo que supones —dijo Pippin—. Dice que si en lugar de ponerme cabeza abajo prefieres mostrarme la Ciudad, podrías acompañarme y aliviar mi soledad un rato. En compensación, yo podría contarte algunas historias de países remotos.

Bergil batió palmas y rió, aliviado. —¡Todo marcha bien, entonces! —gritó—. ¡Ven! Dentro de un momento íbamos hacia la Puerta, a mirar. Iremos ahora mismo.

—¿Qué pasa allí?

—Esperamos a los Capitanes de las Tierras Lejanas; se dice que llegarán antes del crepúsculo, por el Camino del Sur. Ven con nosotros, y verás.

Bergil mostró que era un buen camarada, la mejor compañía que había tenido Pippin desde que se separara de Merry, y pronto estuvieron parloteando y riendo alborozados, sin preocuparse por las miradas que la gente les echaba. A poco andar, se encontraron en medio de una muchedumbre que se encaminaba a la Gran Puerta. Y allí, el prestigio de Pippin aumentó considerablemente a los ojos de Bergil, pues cuando dio su nombre y el santo y seña, el guardia lo saludó y lo dejó pasar; y lo que es más, le permitió llevar consigo a su compañero.

—¡Maravilloso! —dijo Bergil—. A nosotros, los niños, ya no nos permiten franquear la Puerta sin un adulto. Ahora podremos ver mejor.

Del otro lado de la Puerta, una multitud de hombres ocupaba las orillas del camino y el gran espacio pavimentado en que desembocaban las distintas rutas a Minas Tirith. Todas las miradas se volvían al sur, y no tardó en elevarse un murmullo: —¡Hay una polvareda allá, a lo lejos! ¡Ya están llegando!

Pippin y Bergil se abrieron paso hasta la primera fila, y esperaron. Unos cuernos sonaron a la distancia, y el estruendo de los vítores llegó hasta ellos como un viento impetuoso. Se oyó luego un vibrante toque de clarín, y toda la gente que los rodeaba prorrumpió en gritos de entusiasmo.

—¡Forlong! ¡Forlong! —gritaban los hombres.

—¿Qué dicen? —preguntó Pippin.

—Ha llegado Forlong —respondió Bergil—, el viejo Forlong el Gordo, el Señor de Lossarnach. Allí vive mi abuelo. ¡Hurra! Ya está aquí, mira. ¡El buen viejo Forlong!

A la cabeza de la comitiva avanzaba un caballo grande y de osamenta poderosa, y montado en él iba un hombre ancho de espaldas y enorme de contorno; aunque viejo y barbicano, vestía una cota de malla, usaba un yelmo negro, y llevaba una lanza larga y pesada. Tras él marchaba, orgullosa, una polvorienta caravana de hombres armados y ataviados, que empuñaban grandes hachas de combate; eran fieros de rostro, y más bajos y un poco más endrinos que todos los que Pippin había visto en Gondor.

—¡Forlong! —lo aclamaba la multitud—. ¡Corazón leal, amigo fiel! ¡Forlong! —Pero cuando los hombres de Lossarnach hubieron pasado, murmuraron:— ¡Tan pocos! ¿Cuántos serán, doscientos? Esperábamos diez veces más. Les habrán llegado noticias de los navíos negros. Sólo han enviado un décimo de las fuerzas de Lossarnach. Pero aun lo pequeño es una ayuda.

Así fueron llegando las otras compañías, saludadas y aclamadas por la multitud, y cruzaron la Puerta, hombres de las Tierras Lejanas que venían a defender la Ciudad de Gondor en una hora sombría; pero siempre en número demasiado pequeño, siempre insuficiente para colmar las esperanzas o satisfacer las necesidades. Los hombres del Valle de Ringló detrás del hijo de su Señor, Dervorin, marchaban a pie: trescientos. De las mesetas de Morthond, el ancho Valle de la Raíz Negra, el alto Duinhir, acompañado por sus hijos, Duilin y Derufin, y quinientos arqueros. Del Anfalas, de la lejana Playa Larga, una columna de hombres muy diversos, cazadores, pastores, y habitantes de pequeñas aldeas, mal equipados, excepto la escolta de Golasgil, el soberano. De Lamedon, unos pocos montañeses salvajes y sin capitán. Pescadores del Ethir, un centenar o más, reclutados en las embarcaciones. Hirluin el Hermoso, venido de las Colinas Verdes de Pinnath Gelin con trescientos guerreros apuestos, vestidos de verde. Y por último el más soberbio, Imrahil, Príncipe de Dol Amroth, pariente del Señor Denethor, con estandartes de oro y el emblema del Navío y el Cisne de Plata, y una escolta de caballeros con todos los arreos, montados en corceles grises; los seguían setecientos hombres de armas, altos como señores, de ojos acerados y cabellos oscuros, que marchaban cantando.

Y eso era todo, menos de tres mil en total. Y no vendrían otros. Los gritos y el ruido de los pasos y los cascos se extinguieron dentro de la Ciudad. Los espectadores callaron un momento. El polvo flotaba en el aire, pues el viento había cesado y la atmósfera del atardecer era pesada. Se acercaba ya la hora de cerrar las puertas, y el sol rojo había desaparecido detrás del Mindolluin. La sombra se extendió sobre la Ciudad.

Pippin alzó los ojos, y le pareció que el cielo tenía un color gris ceniciento, como velado por una espesa nube de polvo que la luz atravesaba apenas. Pero en el oeste el sol agonizante había incendiado el velo de sombras, y ahora el Mindolluin se erguía como una forma negra envuelta en las ascuas de una humareda ardiente.

—¡Que así, con cólera, termine un día tan hermoso! —reflexionó Pippin en voz alta, olvidándose del chiquillo que estaba junto a él.

—Así terminará si no regreso antes de las campanas del crepúsculo —dijo Bergil—. ¡Vamos! Ya suena la trompeta que anuncia el cierre de la Puerta.

Tomados de la mano volvieron a la Ciudad, los últimos en traspasar la Puerta antes que se cerrara, y cuando llegaron a la Calle de los Lampareros todas las campanas de las torres repicaban solemnemente. Aparecieron luces en muchas ventanas, y de las casas y los puestos de los hombres de armas llegaban cantos.

—¡Adiós por esta vez! —dijo Bergil—. Llévale mis saludos a mi padre y agradécele la compañía que me mandó. Vuelve pronto, te lo ruego. Casi desearía que no hubiese guerra, porque podríamos haber pasado buenos momentos. Hubiéramos podido ir a Lossarnach, a la casa de mi abuelo: es maravilloso en primavera, los bosques y los campos cubiertos de flores. Pero quizá podamos ir algún día. El Señor Denethor jamás será derrotado, y mi padre es muy valiente. ¡Adiós y vuelve pronto!

Se separaron, y Pippin se encaminó de prisa hacia la ciudadela. El trayecto se le hacía largo, y empezaba a sentir calor y un hambre voraz. Y la noche se cerró, rápida y oscura. Ni una sola estrella parpadeaba en el cielo. Llegó tarde a la cena, y Beregond lo recibió con alegría, y lo sentó al lado de él para oír las noticias que le traía de su hijo. Una vez terminada la comida, Pippin se quedó allí un rato, pero no tardó en despedirse, pues sentía el peso de una extraña melancolía, y ahora tenía muchos deseos de ver otra vez a Gandalf.

—¿Sabrás encontrar el camino? —le preguntó Beregond en la puerta de la sala, en la parte norte de la ciudadela, donde habían estado sentados—. La noche es oscura, y aún más porque han dado órdenes de velar todas las luces dentro de la Ciudad; ninguna ha de ser visible desde fuera de los muros. Y puedo darte una noticia de otro orden: mañana por la mañana, a primera hora, serás convocado por el Señor Denethor. Me temo que no te destinarán a la Tercera Compañía. Sin embargo, es posible que volvamos a encontrarnos. ¡Adiós y duerme en paz!

La habitación estaba a oscuras, excepto una pequeña linterna puesta sobre la mesa. Gandalf no estaba. La tristeza de Pippin era cada vez mayor. Se subió al banco y trató de mirar por una ventana, pero era como asomarse a un lago de tinta. Bajó y cerró la persiana y se acostó. Durante un rato permaneció tendido y alerta, esperando el regreso de Gandalf, y luego cayó en un sueño inquieto.

En mitad de la noche lo despertó una luz, y vio que Gandalf había vuelto y que recorría la habitación a grandes trancos del otro lado de la cortina. Sobre la mesa había velas y rollos de pergamino. Oyó que el mago suspiraba y murmuraba: —¿Cuándo regresará Faramir?

—¡Hola! —dijo Pippin, asomando la cabeza por la cortina—. Creía que te habías olvidado de mí. Me alegro de verte de vuelta. El día fue largo.

—Pero la noche será demasiado corta —dijo Gandalf—. He vuelto aquí porque necesito un poco de paz, y de soledad. Harías bien en dormir, en una cama mientras sea posible. Al alba, te llevaré de nuevo al Señor Denethor. No, al alba no, cuando llegue la orden. La Oscuridad ha comenzado. No habrá amanecer.

2

EL PASO DE LA COMPAÑÍA GRIS

Gandalf había desaparecido, y los ecos de los cascos de Sombragrís se habían perdido en la noche. Merry volvió a reunirse con Aragorn. Apenas tenía equipaje, pues había perdido todo en Parth Galen, y sólo llevaba las pocas cosas útiles que recogiera entre las ruinas de Isengard. Hasufel ya estaba enjaezado. Legolas y Gimli y el caballo de ellos esperaban cerca.

—Así que todavía quedan cuatro miembros de la Compañía —dijo Aragorn—. Seguiremos cabalgando juntos. Pero no iremos solos, como yo pensaba. El rey está ahora decidido a partir inmediatamente. Desde que apareció la sombra alada, sólo piensa en volver a las colinas al amparo de la noche.

—¿Y de allí, adónde iremos luego? —le preguntó Legolas.

—No lo sé aún —respondió Aragorn—. En cuanto al rey, partirá para la revista de armas que ha convocado en Edoras dentro de cuatro noches. Y allí, supongo, tendrá noticias de la guerra, y los Jinetes de Rohan descenderán a Minas Tirith. Excepto yo, y los que quieran seguirme...

—¡Yo, para empezar! —gritó Legolas.

—¡Y Gimli con él! —dijo el Enano.

—Bueno —dijo Aragorn—, en cuanto a mí, todo lo que veo es oscuridad. También yo tendré que ir a Minas Tirith, pero aún no distingo el camino. Se aproxima una hora largamente anticipada.

—¡No me abandonéis! —dijo Merry—. Hasta ahora no he prestado mucha utilidad, pero no quiero que me dejen de lado, como esos equipajes que uno retira cuando todo ha concluido. No creo que los Jinetes quieran ocuparse de mí en este momento. Aunque en verdad el rey dijo que a su retorno me haría sentar junto a él, para que le hablase de la Comarca.

—Es verdad —dijo Aragorn—, y creo, Merry, que tu camino es el camino del rey. No esperes, sin embargo, un final feliz. Pasará mucho tiempo, me temo, antes que Théoden pueda reinar nuevamente en paz en Meduseld. Muchas esperanzas se marchitarán en esta amarga primavera.

Pronto todos estuvieron listos para la partida: veinticuatro jinetes, con Gimli en la grupa del caballo de Legolas y Merry delante de Aragorn. Poco después corrían a través de la noche. No hacía mucho que habían pasado los túmulos de los Vados del Isen, cuando un Jinete se adelantó desde la retaguardia.

—Mi Señor —dijo, hablándole al rey—, hay hombres a caballo detrás de nosotros. Me pareció oírlos cuando cruzábamos los Vados. Ahora estamos seguros. Vienen a galope tendido y están por alcanzarnos.

Sin pérdida de tiempo, Théoden ordenó un alto. Los jinetes dieron media vuelta y empuñaron las lanzas. Aragorn se apeó del caballo, depositó en el suelo a Merry, y desenvainando la espada aguardó junto al estribo del rey. Éomer y su escudero volvieron a la retaguardia. Merry se sentía más que nunca un trasto inútil, y se preguntó qué podría hacer en caso de que se librase un combate. En el supuesto de que la pequeña escolta del rey fuera atrapada y sometida, y él lograse huir en la oscuridad... solo en las tierras vírgenes de Rohan sin idea de dónde estaba en aquella infinidad de millas...

«¡Inútil!», se dijo. Desenvainó la espada y se ajustó el cinturón.

La luna declinaba oscurecida por una gran nube flotante, pero de improviso volvió a brillar. En seguida llegó a oídos de todos el ruido de los cascos, y en el mismo momento vieron unas formas negras que avanzaban rápidamente por el sendero de los vados. La luz de la luna centelleaba aquí y allá en las puntas de las lanzas. Era imposible estimar el número de los perseguidores, pero no parecía inferior al de los hombres de la escolta del rey.

Cuando estuvieron a unos cincuenta pasos de distancia, Éomer gritó con voz tonante: —¡Alto! ¡Alto! ¿Quién cabalga en Rohan?

Los perseguidores detuvieron de golpe a los caballos. Hubo un momento de silencio; y entonces, a la luz de la luna, vieron que uno de los jinetes se apeaba y se adelantaba lentamente. Blanca era la mano que levantaba, con la palma hacia adelante, en señal de paz; pero los hombres del rey empuñaron las armas. A diez pasos el hombre se detuvo. Era alto, una sombra oscura y enhiesta. De pronto habló, con voz clara y vibrante.

—¿Rohan? ¿Habéis dicho Rohan? Es una palabra grata. Desde muy lejos venimos buscando este país, y llevamos prisa.

—Lo habéis encontrado —contestó Éomer—. Allá, cuando cruzasteis los vados, entrasteis en Rohan. Pero éstos son los dominios del Rey Théoden, y nadie cabalga por aquí sin su licencia. ¿Quiénes sois? ¿Y por qué esa prisa?

—Yo soy Halbarad Dúnadan, Montaraz del Norte —respondió el hombre—. Buscamos a un tal Aragorn hijo de Arathorn, y habíamos oído que estaba en Rohan.

—¡Y lo habéis encontrado también! —exclamó Aragorn. Entregándole las riendas a Merry, corrió a abrazar al recién llegado—. ¡Halbarad! —dijo—. ¡De todas las alegrías, ésta es la más inesperada!

Merry dio un suspiro de alivio. Había pensado que se trataba de una nueva artimaña de Saruman para sorprender al rey cuando sólo lo protegían unos pocos hombres; pero al parecer no iba a ser necesario morir en defensa de Théoden, al menos por el momento. Volvió a envainar la espada.

—Todo bien —dijo Aragorn, regresando a la Compañía—. Son hombres de mi estirpe venidos del país lejano en que yo vivía. Pero a qué han venido, y cuántos son, Halbarad nos lo dirá.

—Tengo conmigo treinta hombres —dijo Halbarad—. Todos los de nuestra sangre que pude reunir con tanta prisa; pero los hermanos Elladan y Elrohir nos han acompañado, pues desean ir a la guerra. Hemos cabalgado lo más rápido posible, desde que llegó tu llamada.

—Pero yo no os llamé —dijo Aragorn—, salvo con el deseo; a menudo he pensado en vosotros, y nunca más que esta noche; sin embargo, no os envié ningún mensaje. ¡Pero vamos! Todas estas cosas pueden esperar. Nos encontráis viajando de prisa y en peligro. Acompañadnos por ahora, si el rey lo permite.

En realidad, la noticia alegró a Théoden.

—¡Magnífico! —dijo—. Si estos hombres de tu misma sangre se te parecen, mi señor Aragorn, treinta de ellos serán una fuerza que no puede medirse por el número.

Los Jinetes reanudaron la marcha, y Aragorn cabalgó algún tiempo con los Dúnedain; y luego que hubieron comentado las noticias del Norte y del Sur, Elrohir le dijo: —Te traigo un mensaje de mi padre: *Los días son cortos. Si el tiempo apremia, recuerda los Senderos de los Muertos.*

—Los días me parecieron siempre demasiado cortos para que mi deseo se cumpliera —dijo Aragorn—. Pero grande en verdad tendrá que ser mi prisa si tomo ese camino.

—Eso lo veremos pronto —dijo Elrohir—. ¡Pero no hablemos más de estas cosas a campo raso!

Entonces Aragorn le dijo a Halbarad: —¿Qué es eso que llevas, primo? —Pues había notado que en vez de lanza empuñaba un asta larga, como si fuera un estandarte, pero envuelta en un apretado lienzo negro, y atada con muchas correas.

—Es un regalo que te traigo de parte de la Dama de Rivendel —respondió Halbarad—. Lo hizo ella misma en secreto, y fue un largo trabajo. Y también te envía un mensaje: *Cortos son ahora los días. O nuestras esperanzas se cumplirán, o será el fin de toda esperanza. Por eso te he enviado lo que hice para ti. ¡Adiós, Piedra de Elfo!*

Y Aragorn dijo: —Ahora sé lo que traes. ¡Llévalo aún en mi nombre algún tiempo! —Y dándose vuelta miró a lo lejos hacia el Norte bajo las grandes estrellas, y se quedó en silencio y no volvió a hablar mientras duró la travesía nocturna.

La noche era vieja y el cielo gris en el Este cuando salieron por fin del Valle del Bajo y llegaron a Cuernavilla. Allí decidieron descansar un rato, y deliberar.

Merry durmió hasta que Legolas y Gimli lo despertaron.

—El sol está alto —le dijo Legolas—. Ya todos andan ocupados de aquí para allá. Vamos, Señor Zángano, ¡levántate y ve a echar una mirada, mientras todavía estás a tiempo!

—Hubo una batalla aquí, hace tres noches —dijo Gimli—, y aquí fue donde Legolas y yo jugamos una partida que yo gané por un solo orco. ¡Ven y verás cómo fue! ¡Y hay cavernas, Merry, cavernas maravillosas! ¿Crees que podremos visitarlas, Legolas?

—¡No! No tenemos tiempo —dijo el Elfo—. ¡No estropees la maravilla con la impaciencia! Te he dado mi palabra de que volveré contigo, si tenemos alguna vez un día de paz y libertad. Pero ya es casi mediodía, y a esa hora comeremos, y luego partiremos otra vez, tengo entendido.

Merry se levantó y bostezó. Las escasas horas de sueño habían sido insuficientes; se sentía cansado y bastante triste. Echaba de menos a Pippin, y tenía la impresión de no ser sino una carga, mientras todos los demás trabajaban de prisa preparando planes para algo que él no terminaba de entender.

—¿Dónde está Aragorn? —preguntó.

—En una de las cámaras altas de la Villa —le respondió Legolas—. No ha dormido ni descansado, me parece. Subió allí hace unas horas, diciendo que necesitaba reflexionar, y sólo lo acompañó su primo, Halbarad; pero tiene una duda oscura o alguna preocupación.

—Es una compañía extraña, la de estos recién llegados —dijo Gimli—. Son hombres recios y arrogantes; junto a ellos los Jinetes de Rohan parecen casi niños; tienen rostros feroces, como de roca gastada por los años casi todos ellos, hasta el propio Aragorn; y son silenciosos.

—Pero lo mismo que Aragorn, cuando rompen el silencio son corteses —dijo Legolas—. ¿Y has observado a los hermanos Elladan y Elrohir? Visten ropas menos sombrías que los demás, y tienen la belleza y la arrogancia de los señores Elfos; lo que no es extraño en los hijos de Elrond de Rivendel.

—¿Por qué han venido? ¿Lo sabes? —preguntó Merry. Se había vestido, y echándose sobre los hombros la capa gris, marchó con sus compañeros hacia la puerta destruida de la Villa.

—En respuesta a una llamada, tú mismo lo oíste —dijo Gimli—. Dicen que un mensaje llegó a Rivendel: *Aragorn necesita la ayuda de los suyos. ¡Que los Dúnedain se unan a él en Rohan!* Pero de dónde les llegó este mensaje, ahora es un misterio para ellos. Lo ha de haber enviado Gandalf, presumo yo.

—No, Galadriel —dijo Legolas—. ¿No habló por boca de Gandalf de la cabalgata de la Compañía Gris llegada del Norte?

—Sí, tienes razón —dijo Gimli—. ¡La Dama del Bosque! Ella lee en los corazones y las esperanzas. ¿Por qué, Legolas, no habremos deseado la compañía de algunos de los nuestros?

Legolas se había detenido frente a la puerta, el bello rostro atribulado, la mirada perdida en la lejanía, hacia el norte y el este.

—Dudo que alguno quisiera acudir —respondió—. No necesitan venir tan lejos a la guerra: la guerra avanza ya sobre ellos.

Durante un rato caminaron los tres, comentando tal o cual episodio de la batalla, y descendieron por la puerta rota y pasaron delante de los túmulos de los caídos en el prado que bordeaba el camino; al llegar a la Empalizada de Helm se detuvieron y se asomaron a contemplar el Bajo. Negra, alta y pedregosa, ya se alzaba allí la Quebrada de la Muerte, y podía verse la hierba que los Ucornos habían pisoteado y aplastado. Los Dunlendinos y numerosos hombres de la guarnición del Fuerte estaban trabajando en la Empalizada o en los campos, y alrededor de los muros semiderruidos; sin embargo, había una calma extraña: un valle cansado que reposa luego de una tempestad violenta. Los hombres regresaron pronto para el almuerzo, que se servía en la sala del Fuerte.

El rey ya estaba allí; ni bien los vio entrar, llamó a Merry y pidió que le pusieran un asiento junto al suyo.

—No es lo que yo hubiera querido —dijo Théoden—; poco se parece este lugar a mi hermosa morada de Edoras. Y tampoco nos acompaña tu amigo, aunque tendría que estar aquí. Sin embargo, es posible que pase mucho tiempo antes que podamos sentarnos, tú y yo, a la alta mesa de Meduseld; y no habrá ocasión para fiestas cuando yo regrese. ¡Adelante! Come y bebe, y hablemos ahora mientras podamos. Y luego cabalgarás conmigo.

—¿Puedo? —dijo Merry, sorprendido y feliz—. ¡Sería maravilloso! —Nunca una palabra amable había despertado en él tanta gratitud.— Temo no ser más que un impedimento para todos —balbuceó—, pero no me arredra ninguna empresa que yo pudiera llevar a cabo, os lo aseguro.

—No lo dudo —dijo el rey—. He hecho preparar para ti un buen poney de montaña. Te llevará al galope por los caminos que tomaremos, tan rápido como el mejor corcel. Pues pienso partir del Fuerte siguiendo los senderos de las montañas, sin atravesar la llanura, y llegar a Edoras por el camino de El Sagrario, donde me espera la Dama Éowyn. Serás mi escudero, si lo deseas. ¿Éomer, hay en el Fuerte algún equipo que pueda servirle a mi paje de armas?

—No tenemos aquí grandes reservas, mi Señor —respondió Éomer—. Tal vez pudiéramos encontrar un yelmo liviano, pero no cotas de malla ni espadas para alguien de esta estatura.

—Yo tengo una espada —dijo Merry, y saltando del asiento, sacó de la vaina negra la pequeña hoja reluciente. Lleno de un súbito amor por el viejo rey, se hincó sobre una rodilla, y le tomó la mano y se la besó—. ¿Permitís que deposite a vuestros pies la espada de Meriadoc de la Comarca, Rey Théoden? —exclamó—. ¡Aceptad mis servicios, os lo ruego!

—Los acepto de todo corazón —dijo el rey, y posando las manos largas y viejas sobre los cabellos castaños del hobbit, le dio su bendición—. ¡Y ahora levántate, Meriadoc, escudero de Rohan de la casa de Meduseld! —dijo—. ¡Toma tu espada y condúcela a un fin venturoso!

—Seréis para mí como un padre —dijo Merry.

—Por poco tiempo —dijo Théoden.

Hablaron así mientras comían, hasta que Éomer dijo: —Se acerca la hora de la partida, señor. ¿Diré a los hombres que toquen los cuernos? Mas ¿dónde está Aragorn? No ha venido a almorzar.

—Nos alistaremos para cabalgar —dijo Théoden—; pero manda aviso al Señor Aragorn de que se aproxima la hora.

El rey, escoltado por la guardia y con Merry al lado, descendió por la puerta del Fuerte hasta la explanada donde se reunían los Jinetes. Ya muchos de los hombres esperaban a caballo. Serían pronto una compañía numerosa, pues el rey estaba dejando en el Fuerte sólo una pequeña guarnición, y el resto de los hombres cabalgaba ahora hacia Edoras. Un millar de lanzas había partido ya durante la noche; pero aún quedaban unos quinientos para escoltar al rey, casi todos hombres de los campos y valles del Folde Oeste.

Los Montaraces se mantenían algo apartados, en un grupo ordenado y silencioso, armados de lanzas, arcos y espadas. Vestían oscuros mantos grises, y las capuchas les cubrían la cabeza y el yelmo. Los caballos que montaban eran vigorosos y de estampa arrogante, pero hirsutos de crines; y uno de ellos no tenía jinete: el corcel de Aragorn, que habían traído del Norte, y que respondía al nombre de Roheryn. En los arreos y gualdrapas de las cabalgaduras no había ornamentos ni resplandores de oro y pedrerías; y los jinetes mismos no llevaban insignias ni emblemas, excepto una estrella de plata que les sujetaba el manto en el hombro izquierdo.

El rey montó a Crinblanca, y Merry, a su lado, trepó a la silla del poney, Stybba de nombre. Éomer no tardó en salir por la puerta, acompañado de Aragorn, y de Halbarad que llevaba el asta enfundada en el lienzo negro, y de dos hombres de elevada estatura, ni viejos ni jóvenes. Eran tan parecidos estos hijos de Elrond, que muchos confundían a uno con otro; de cabellos oscuros, ojos grises, y rostros de una belleza élfica, vestían idénticas mallas brillantes bajo los mantos de color gris plata. Detrás de ellos iban Legolas y Gimli. Pero Merry sólo tenía ojos para Aragorn, tan asombroso era el cambio que notaba, como si muchos años hubiesen descendido en una sola noche sobre él. Tenía el rostro sombrío, macilento y fatigado.

—Me siento atribulado, Señor —dijo, de pie junto al caballo del rey—. He oído palabras extrañas, y veo a lo lejos nuevos peligros. He meditado largamente, y temo ahora tener que cambiar mi resolución. Decidme, Théoden, vais ahora a El Sagrario: ¿cuánto tardaréis en llegar?

—Ya ha pasado una hora desde el mediodía —dijo Éomer—. Antes de la noche del tercer día a contar desde ahora llegaremos al Baluarte. Será la primera noche después del plenilunio, y la revista de armas convocada por el rey se celebrará al día siguiente. Imposible adelantarnos, si hemos de reunir todas las fuerzas de Rohan.

Aragorn permaneció un momento en silencio.

—Tres días —murmuró—, y el reclutamiento de los hombres de Rohan apenas habrá comenzado. Pero ya veo que no podemos ir más de prisa. —Alzó la mirada al cielo, y pareció que había decidido algo al fin; tenía una expresión menos atormentada.— En ese caso, y con vuestro permiso, Señor, he de tomar una determinación que me atañe a mí y a mis gentes. Tenemos que seguir nuestro propio camino, y no más en secreto. Pues para mí el tiempo del sigilo ha pasado. Partiré hacia el este por el camino más rápido, y cabalgaré por los Senderos de los Muertos.

—¡Los Senderos de los Muertos! —repitió, temblando, Théoden—. ¿Por qué los nombras? —Éomer se volvió y escrutó el rostro de Aragorn, y a Merry le pareció que los Jinetes más próximos habían palidecido al oír esas palabras.— Si en verdad hay tales senderos —prosiguió el rey—, la puerta está en El Sagrario; pero ningún hombre viviente podrá franquearla.

—¡Ay, Aragorn, amigo mío! —dijo Éomer—. Tenía la esperanza de que partiríamos juntos a la guerra; pero si tú buscas los Senderos de los Muertos, ha llegado la hora de separarnos, y es improbable que volvamos a encontrarnos bajo el sol.

—Ese será, sin embargo, mi camino —dijo Aragorn—. Mas a ti, Éomer, te digo que quizá volvamos a encontrarnos en la batalla, aunque todos los ejércitos de Mordor se alcen entre nosotros.

—Harás lo que te parezca mejor, mi señor Aragorn —dijo Théoden—. Es tu destino tal vez transitar por senderos extraños que otros no se atreven a pisar. Esta separación me entristece, y me resta fuerzas; pero ahora tengo que partir, y ya sin más demora, por los caminos de la montaña. ¡Adiós!

—¡Adiós, señor! —dijo Aragorn—. ¡Galopad hacia la gloria! ¡Adiós, Merry! Te dejo en buenas manos, mejores que las que esperábamos cuando perseguíamos orcos en Fangorn. Legolas y Gimli continuarán conmigo la cacería, espero; mas no te olvidaremos.

—¡Adiós! —dijo Merry. No encontraba nada más que decir. Se sentía muy pequeño, y todas aquellas palabras oscuras lo desconcertaban y amilanaban. Más que nunca echaba de menos el inagotable buen humor de Pippin. Ya los Jinetes estaban prontos, los caballos piafaban, y Merry tuvo ganas de partir y que todo acabase de una vez.

Entonces Théoden le dijo algo a Éomer, y alzó la mano y gritó con voz tonante, y a esa señal los Jinetes se pusieron en marcha. Cruzaron la Empalizada, descendieron al Bajo y volviéndose rápidamente hacia el este, tomaron un sendero que corría al pie de las colinas a lo largo de una milla o más, y que luego de girar hacia el sur y replegarse otra vez hacia las lomas, desaparecía de la vista. Aragorn cabalgó hasta la Empalizada y los siguió con los ojos hasta que la tropa se perdió en lontananza, en lo más profundo del Bajo. Luego miró a Halbarad.

—Acabo de ver partir a tres seres muy queridos y el pequeño no menos querido que los otros —dijo—. No sabe qué destino le espera, pero si lo supiese, igualmente iría.

—Gente pequeña pero muy valerosa —dijo Halbarad—. Poco saben de cómo hemos trabajado en defensa de las fronteras de la Comarca, pero no les guardo rencor.

—Y ahora nuestros destinos se entrecruzan —dijo Aragorn—. Y sin embargo, ay, hemos de separarnos. Bien, tomaré un bocado, y luego también nosotros tendremos que apresurarnos a partir. ¡Venid, Legolas y Gimli! Quiero hablar con vosotros mientras como.

Volvieron juntos al Fuerte, y durante un rato Aragorn permaneció silencioso, sentado a la mesa de la sala, mientras los otros esperaban.

—¡Veamos! —dijo al fin Legolas—. ¡Habla y reanímate y ahuyenta las sombras! ¿Qué ha pasado desde que regresamos en la mañana gris a este lugar siniestro?

—Una lucha más siniestra para mí que la batalla de Cuernavilla —respondió Aragorn—. He escrutado la Piedra de Orthanc, amigos míos.

—¿Has escrutado esa piedra maldita y embrujada? —exclamó Gimli con cara de miedo y asombro—. ¿Le has dicho algo a... él? Hasta Gandalf temía ese encuentro.

—Olvidas con quién estás hablando —dijo Aragorn con severidad, y los ojos le relampaguearon—. ¿Acaso no proclamé abiertamente mi título ante las puertas de Edoras? ¿Qué temes que haya podido decirle a él? No, Gimli —dijo con voz más suave, y la expresión severa se le borró, y pareció más bien un hombre que ha trabajado en largas y atormentadas noches de insomnio—. No, amigos míos, soy el dueño legítimo de la Piedra, y no me faltaban ni el derecho ni la entereza para utilizarla o al menos eso creía yo. El derecho es incontestable. La entereza me alcanzó... a duras penas.

Aragorn tomó aliento.

—Fue una lucha ardua, y la fatiga tarda en pasar. No le hablé, y al final sometí la Piedra a mi voluntad. Soportar eso solo ya le será difícil. Y me vio. Sí, Maese Gimli, me vio, pero no como vosotros me veis ahora. Si eso le sirve de ayuda, habré hecho mal. Pero no lo creo. Supongo que saber que estoy vivo y que camino por la tierra fue un golpe duro para él, pues hasta hoy lo ignoraba. Los ojos de Orthanc no habían podido traspasar la armadura de Théoden; pero Sauron no ha olvidado Isildur ni la espada de Elendil. Y ahora, en el momento preciso en que pone en marcha sus ambiciosos designios, se le revelan el heredero de Elendil y la Espada; pues le mostré la hoja que fue forjada de nuevo. No es aún tan poderoso como para ser insensible al temor; no, y siempre lo carcome la duda.

—Pero a pesar de eso, tiene todavía un inmenso poder —dijo Gimli—; y ahora golpeará cuanto antes.

—Un golpe apresurado suele no dar en el blanco —dijo Aragorn—. Ahora hemos de hostigar al Enemigo, sin esperar ya a que sea él quien dé el primer paso. Porque ved, mis amigos: cuando conseguí dominar a la Piedra, me enteré de muchas cosas. Vi llegar del Sur un peligro grave e inesperado para Gondor, que privará a Minas Tirith de gran parte de las fuerza defensoras. Si no es contrarrestado rápidamente, temo que antes de diez días la Ciudad estará perdida para siempre.

—Entonces, está perdida —dijo Gimli—. Pues ¿qué socorros podríamos enviar, y cómo podrían llegar allí a tiempo?

—No tengo ningún socorro para enviar, y he de ir yo mismo —dijo Aragorn—. Pero hay un solo camino en las montañas que pueda llevarme a las tierras de la costa antes que todo se haya perdido: los Senderos de los Muertos.

—¡Los Senderos de los Muertos! —dijo Gimli—. Un nombre funesto; y poco grato para los Hombres de Rohan, por lo que he visto. ¿Pueden los vivos marchar por ese camino sin perecer? Y aun cuando te arriesgues a ir por ahí, ¿qué podrán tan pocos hombres contra los golpes de Mordor?

—Los vivos jamás utilizaron ese camino desde la venida de los Rohirrim —respondió Aragorn—, pues les está vedado. Pero en esta hora sombría el heredero de Isildur puede ir por él, si se atreve. ¡Escuchad! Éste es el mensaje que me transmitieron los hijos de Elrond de Rivendel, hombre versado en las antiguas tradiciones: *Exhortad a Aragorn a que recuerde las palabras del vidente, y los Senderos de los Muertos.*

—¿Y cuáles pueden ser las palabras del vidente? —preguntó Legolas.

—Así habló Malbeth el Vidente, en tiempos de Arvedui, último rey de Fornost —dijo Aragorn:

Una larga sombra se cierne sobre la tierra,
y con alas de oscuridad avanza hacia el oeste.
La Torre tiembla; a las tumbas de los reyes
se aproxima el destino. Los Muertos despiertan:
ha llegado la hora de los perjuros:
de nuevo en pie en la Piedra de Erech
oirán un cuerno que resuena en las montañas.
¿De quién será ese cuerno? ¿Quién a los olvidados
llama desde el gris del crepúsculo?
El heredero de aquel a quien juraron lealtad.
Traído por la necesidad, vendrá desde el norte:
y cruzará la Puerta que lleva a los Senderos de los Muertos.

—Sendas oscuras, sin duda alguna —dijo Gimli—, pero para mí no más que estas estrofas.

—Si deseas entenderlas mejor, te invito a acompañarme —dijo Aragorn—; pues ése es el camino que ahora tomaré. Pero no voy de buen grado; me obliga la necesidad. Por lo tanto, sólo aceptaré que me acompañéis si vosotros mismos lo queréis así, pues os esperan duras faenas, y grandes temores, si no algo todavía peor.

—Iré contigo aun por los Senderos de los Muertos, y a cualquier fin a que quieras conducirme —dijo Gimli.

—Yo también te acompañaré —dijo Legolas—, pues no temo a los Muertos.

—Espero que los olvidados no hayan olvidado las artes de la guerra —dijo Gimli—, porque si así fuera, los habríamos despertado en vano.

—Eso lo sabremos si alguna vez llegamos hasta Erech —dijo Aragorn—. Pero el juramento que quebrantaron fue el de luchar contra Sauron, y si han de cumplirlo, tendrán que combatir. Porque en Erech hay todavía una piedra negra que Isildur llevó allí de Númenor, dicen; y la puso en lo alto de una colina, y sobre ella el Rey de las Montañas le juró lealtad en los albores del reino de Gondor. Pero cuando Sauron regresó y fue otra vez poderoso, Isildur exhortó a los Hombres de las Montañas a que cumplieran el juramento, y ellos se negaron; pues en los Años Oscuros habían reverenciado a Sauron.

"Entonces Isildur le dijo al Rey de las Montañas: «Serás el último rey. Y si el Oeste demostrara ser más poderoso que ese Amo Negro, que esta maldición caiga sobre ti y sobre los tuyos: no conoceréis reposo hasta que hayáis cumplido el juramento. Pues la guerra durará años innumerables, y antes del fin seréis convocados una vez más». Y ante la cólera de Isildur, ellos huyeron, y no se atrevieron a combatir del lado de Sauron; se escondieron en lugares secretos de las montañas y no tuvieron tratos con los otros hombres, y poco a poco se fueron replegando en las colinas estériles. Y el terror de los Muertos Desvelados se extiende sobre la Colina de Erech y todos los parajes en que se refugió esa gente. Pero ese es el camino que he elegido, puesto que ya no hay hombres vivos que puedan ayudarme.

Entonces Aragorn se levantó.

—¡Venid! —exclamó, y desenvainó la espada, y la hoja centelleó en la penumbra de la sala del Fuerte—. ¡A la Piedra de Erech! Parto en busca de los Senderos de los Muertos. ¡Seguidme, los que queráis acompañarme!

Legolas y Gimli, sin responder, se levantaron y siguieron a Aragorn fuera de la sala. Allí, en la explanada, los Montaraces encapuchados aguardaban inmóviles y silenciosos. Legolas y Gimli montaron a caballo. Aragorn saltó a la grupa de Roheryn. Halbarad levantó entonces un gran cuerno, y los ecos resonaron en el Abismo de Helm; y a esa señal partieron al galope, y descendieron al Bajo como un trueno, mientras los hombres que permanecían en la Empalizada o el Fuerte los contemplaban estupefactos.

Y mientras Théoden iba por caminos lentos a través de las colinas, la Compañía Gris cruzaba veloz la llanura, llegando a Edoras en la tarde del día siguiente. Descansaron un momento antes de atravesar el valle, y entraron en El Sagrario al caer de la noche.

La Dama Éowyn los recibió con alegría, pues nunca había visto hombres más fuertes que los Dúnedain y los hermosos hijos de Elrond; pero ella miraba a Aragorn más que a ningún otro. Y cuando se sentaron a la mesa de la cena, hablaron largamente, y Éowyn se enteró de lo que había pasado desde la partida de Théoden, de quien no había tenido más que noticias breves y escuetas; y cuando le narraron la batalla del Abismo de Helm, y las bajas sufridas por el enemigo, y la acometida de Théoden y sus jinetes, le brillaron los ojos.

Pero al cabo dijo: —Señores, estáis fatigados e iréis ahora a vuestros lechos, tan cómodos como lo ha permitido la premura con que han sido preparados. Mañana os procuraremos habitaciones más dignas.

Pero Aragorn le dijo: —¡No, señora, no os preocupéis por nosotros! Bastará con que podamos descansar aquí esta noche y desayunar por la mañana. Porque la misión que he de cumplir es muy urgente, y tendremos que partir con las primeras luces.

La Dama sonrió, y dijo: —Entonces, señor, habéis sido muy generoso, al desviaros tantas millas del camino para venir aquí, a traerle noticias a Éowyn, y hablar con ella en su exilio.

—Ningún hombre en verdad contaría este viaje como tiempo perdido —le dijo Aragorn—; no obstante, no hubiera venido si el camino que he de tomar no pasara por El Sagrario.

Y ella le respondió como si lo que tenía que decir no le gustara: —En ese caso, señor, os habéis extraviado, pues del Valle Sagrado no parte ninguna senda, ni al este ni al sur; haríais mejor en volver por donde habéis venido.

—No, señora —dijo él—, no me he extraviado; conozco este país desde antes que vos vinierais a agraciarlo. Hay un camino para salir de este valle, y ese camino es el que he de tomar. Mañana cabalgaré por los Senderos de los Muertos.

Ella lo miró entonces como agobiada por un dolor súbito, y palideció, y durante un rato no volvió a hablar, mientras todos esperaban en silencio.

—Pero Aragorn —dijo al fin— ¿entonces vuestra misión es ir en busca de la muerte? Pues sólo eso encontraréis en semejante camino. No permiten que los vivos pasen por ahí.

—Acaso a mí me dejen pasar —dijo Aragorn—; de todos modos lo intentaré; ningún otro camino puede servirme.

—Pero es una locura —exclamó la Dama—. Hay con vos caballeros de reconocido valor, a quienes no tendríais que arrastrar a las sombras, sino guiarlos a la guerra, donde se necesitan tantos hombres. Esperad, os suplico, y partid con mi hermano; así habrá alegría en nuestros corazones, y nuestra esperanza será más clara.

—No es locura, señora —repuso Aragorn—: es el camino que me fue señalado. Quienes me siguen así lo decidieron ellos mismos, y si ahora prefieren desistir, y cabalgar con los Rohirrim, pueden hacerlo. Pero yo iré por los Senderos de los Muertos, solo, si es preciso.

Y no hablaron más, y comieron en silencio; pero Éowyn no apartaba los ojos de Aragorn, y el dolor que la atormentaba era visible para todos. Al fin se levantaron, se despidieron de la Dama, y luego de darle las gracias, se retiraron a descansar.

Pero cuando Aragorn llegaba al pabellón que compartiría esa noche con Legolas y Gimli, donde sus compañeros ya habían entrado, la Dama lo siguió y lo llamó. Aragorn se volvió y la vio, una luz en la noche, pues iba vestida de blanco; pero tenía fuego en la mirada.

—¡Aragorn! —le dijo— ¿por qué queréis tomar ese camino funesto?

—Porque he de hacerlo —fue la respuesta—. Sólo así veo alguna esperanza de cumplir mi cometido en la guerra contra Sauron. No elijo los caminos del peligro, Éowyn. Si escuchara la llamada de mi corazón, estaría a esta hora en el lejano Norte, paseando por el hermoso valle de Rivendel.

Ella permaneció en silencio un momento, como si pesara el significado de aquellas palabras. Luego, de improviso, puso una mano en el brazo de Aragorn.

—Sois un señor austero e inflexible —dijo—; así es como los hombres conquistan la gloria. —Hizo una pausa.— Señor —prosiguió—, si tenéis que partir, dejad que os siga. Estoy cansada de esconderme en las colinas, y deseo afrontar el peligro y la batalla.

—Vuestro deber está aquí entre los vuestros —respondió Aragorn.

—Demasiado he oído hablar de deber —exclamó ella—. Pero ¿no soy por ventura de la Casa de Eorl, una virgen guerrera y no una nodriza seca? Ya bastante he esperado con las rodillas flojas. Si ahora no me tiemblan, parece, ¿no puedo vivir mi vida como yo lo deseo?

—Pocos pueden hacerlo con honra —respondió Aragorn—. Pero en cuanto a vos, señora: ¿no habéis aceptado la tarea de gobernar al pueblo hasta el regreso del Señor? Si no os hubieran elegido, habrían nombrado a algún mariscal o capitán, y no podría abandonar el cargo, estuviese o no cansado de él.

—¿Siempre seré yo la elegida? —replicó ella amargamente—. ¿Siempre tendré yo que quedarme en casa cuando los Jinetes parten, dedicada a pequeños menesteres mientras ellos conquistan la gloria, para que al regresar encuentren lecho y alimento?

—Quizá no esté lejano el día en que nadie regrese —dijo Aragorn—. Entonces ese valor sin gloria será muy necesario, pues ya nadie recordará las hazañas de los últimos defensores. Las hazañas no son menos valerosas porque nadie las alabe.

Y ella respondió: —Todas vuestras palabras significan una sola cosa: Eres una mujer, y tu misión está en el hogar. Sin embargo, cuando los hombres hayan muerto con honor en la batalla, se te permitirá quemar la casa e inmolarte con ella, puesto que ya no la necesitarán. Pero soy de la Casa de Eorl, no una mujer de servicio. Sé montar a caballo y esgrimir una espada, y no temo el sufrimiento ni la muerte.

—¿A qué teméis, señora? —le preguntó Aragorn.

—A una jaula. A vivir encerrada detrás de los barrotes, hasta que la costumbre y la vejez acepten el cautiverio, y la posibilidad y aun el deseo de llevar a cabo grandes hazañas se hayan perdido para siempre.

—Y a mí me aconsejabais no aventurarme por el camino que he elegido, porque es peligroso.

—Es el consejo que una persona puede darle a otra —dijo ella—. No os pido, sin embargo, que huyáis del peligro, sino que vayáis a combatir donde vuestra espada puede conquistar la fama y la victoria. No me gustaría saber que algo tan noble y tan excelso ha sido derrochado en vano.

—Ni tampoco a mí —replicó Aragorn—. Por eso, señora, os digo: ¡Quedaos! Pues nada tenéis que hacer en el Sur.

—Tampoco los que os acompañan tienen nada que hacer allí. Os siguen porque no quieren separarse de vos... porque os aman. —Y dando media vuelta Éowyn se alejó desvaneciéndose en la noche.

Ni bien apareció en el cielo la luz del día, antes que el sol se elevara sobre las estribaciones del Este, Aragorn se preparó para partir. Ya todos los hombres de la compañía estaban montados en las cabalgaduras, y Aragorn se disponía a saltar a la silla, cuando vieron llegar a la Dama Éowyn. Vestida de Jinete, ciñendo una espada, venía a despedirlos. Tenía en la mano una copa; se la llevó a los labios y bebió un sorbo, deseándoles buena suerte; luego le tendió la copa a Aragorn, y también él bebió, diciendo: —¡Adiós, Señora de Rohan! Bebo por la prosperidad de vuestra Casa, y por vos, y por todo vuestro pueblo. Decidle esto a vuestro hermano: ¡Tal vez, más allá de las sombras, volvamos a encontrarnos!

Gimli y Legolas, que estaban muy cerca, creyeron ver lágrimas en los ojos de Éowyn y esas lágrimas, en alguien tan grave y tan altivo, parecían aún más dolorosas. Pero ella dijo: —¿Os iréis, Aragorn?

—Sí —respondió él.

—¿No permitiréis entonces que me una a esta compañía, como os lo he pedido?

—No, señora —dijo él—. Pues no podría concedéroslo sin el permiso del rey y vuestro hermano; y ellos no regresarán hasta mañana. Mas ya cuento todas las horas y todos los minutos. ¡Adiós!

Éowyn cayó entonces de rodillas, diciendo: —¡Os lo suplico!

—No, señora —dijo otra vez Aragorn, y le tomó la mano para obligarla a levantarse, y se la besó. Y saltando sobre la silla, partió al galope sin volver la cabeza; y sólo aquellos que lo conocían bien y que estaban cerca supieron de su dolor.

Pero Éowyn permaneció inmóvil como una estatua de piedra, las manos crispadas contra los flancos, siguiendo a los hombres con la mirada hasta que se perdieron bajo el negro Dwimor, el Monte de los Espectros, donde se encontraba la Puerta de los Muertos. Cuando los jinetes desaparecieron, dio media vuelta, y con el andar vacilante de un ciego regresó a su pabellón. Pero ninguno de los suyos fue testigo de aquella despedida; el miedo los mantenía escondidos en los refugios: se negaban a abandonarlos antes de la salida del sol, y antes que aquellos extranjeros temerarios se hubiesen marchado de El Sagrario.

Y algunos decían: —Son criaturas élficas. Que vuelvan a los lugares de donde han venido, y que no regresen nunca más. Ya bastante nefastos son los tiempos.

Continuaron cabalgando bajo un cielo todavía gris, pues el sol no había trepado aún hasta las crestas negras del Monte de los Espectros, que ahora tenían delante. Atemorizados, pasaron entre las hileras de piedras antiguas que conducían al Bosque Sombrío. Allí, en aquella oscuridad de árboles negros que ni el mismo Legolas pudo soportar mucho tiempo, en la raíz misma de la montaña, se abría una hondonada; y en medio del sendero se erguía una gran piedra solitaria, como un dedo del destino.

—Me hiela la sangre —dijo Gimli; pero ninguno más habló, y la voz del enano cayó muriendo en las húmedas agujas de pino. Los caballos se negaban a pasar junto a la piedra amenazante, y los jinetes tuvieron que apearse y llevarlos por la brida. De ese modo llegaron al fondo de la cañada; y allí, en un muro de roca vertical, se abría la Puerta Oscura, negra como las fauces de la noche. Figuras y signos grabados, demasiado borrosos para que pudieran leerlos, coronaban la arcada de piedra, de la que el miedo fluía como un vaho gris.

La compañía se detuvo; fuera de Legolas de los Elfos, a quien no asustaban los espectros de los Hombres, no hubo entre ellos un solo corazón que no desfalleciera.

—Es una puerta nefasta —dijo Halbarad—, y sé que del otro lado me aguarda la muerte. Me atreveré a cruzarla, sin embargo; pero ningún caballo querrá entrar.

—Pero nosotros tenemos que entrar —dijo Aragorn—, y por lo tanto han de entrar también los caballos. Pues si alguna vez salimos de esta oscuridad, del otro lado nos esperan muchas leguas, y cada hora perdida favorece el triunfo de Sauron. ¡Seguidme!

Aragorn se puso entonces al frente, y era tal la fuerza de su voluntad en esa hora que todos los Dúnedain fueron detrás de él. Y era en verdad tan grande el amor que los caballos de los Montaraces sentían por sus jinetes, que hasta el terror de la Puerta estaban dispuestos a afrontar, si el corazón de quien los llevaba por la brida no vacilaba. Sólo Arod, el caballo de Rohan, se negó a seguir adelante, y se detuvo, sudando y estremeciéndose, dominado por un terror lastimoso. Legolas le puso las manos sobre los ojos y canturreó algunas palabras que se perdieron lentamente en la oscuridad, hasta que el caballo se dejó conducir, y el Elfo traspuso la puerta. Gimli el Enano se quedó solo.

Las rodillas le temblaban, y estaba furioso consigo mismo.

—¡Esto sí que es inaudito! —dijo—. ¡Que un Elfo quiera penetrar en las entrañas de la tierra, y un Enano no se atreva! —Y con una resolución súbita, se precipitó en el interior. Pero le pareció que los pies le pesaban como plomo en el umbral; y una ceguera repentina cayó sobre él, sobre Gimli hijo de Glóin, que tantos abismos del mundo había recorrido sin acobardarse.

Aragorn había traído antorchas, y ahora marchaba a la cabeza llevando una en alto; y Elladan iba con otra a la retaguardia, y Gimli, tropezando tras él, trataba de darle alcance. No veía más que la débil luz de las antorchas; pero si la compañía se detenía un momento, le parecía oír alrededor un susurro, un interminable murmullo de palabras extrañas en una lengua desconocida.

Nada atacó a la compañía, ni le cerró el paso, y sin embargo el terror de Gimli no dejaba de crecer a medida que avanzaban: sobre todo porque sabía ya que no era posible retroceder; todos los senderos que iban dejando atrás eran invadidos al instante por un ejército invisible que los seguía en las tinieblas.

Pasó así un tiempo interminable, hasta que de pronto vio un espectáculo que siempre habría de recordar con horror. Por lo que alcanzaba a distinguir, el camino era ancho, pero ahora la compañía acababa de llegar a un vasto espacio vacío, ya sin muros a uno y otro lado. El pavor lo abrumaba y a duras penas podía caminar. A la luz de la antorcha de Aragorn, algo centelleó a cierta distancia, a la derecha. Aragorn ordenó un alto y se acercó a ver qué era.

—¿Será posible que no sienta miedo? —murmuró el Enano—. En cualquier otra caverna Gimli hijo de Glóin habría sido el primero en correr, atraído por el brillo del oro. ¡Pero no aquí! ¡Que siga donde está!

Sin embargo se aproximó, y vio que Aragorn estaba de rodillas, mientras Elladan sostenía en alto las dos antorchas. Delante yacía el esqueleto de un hombre de notable estatura. Había estado vestido con una cota de malla, y el arnés se conservaba intacto; pues el aire de la caverna era seco como el polvo. El plaquín era de oro, y el cinturón de oro y granates, y también de oro el yelmo que le cubría el cráneo descarnado, de cara al suelo. Había caído cerca de la pared opuesta de la caverna, y delante de él se alzaba una puerta rocosa cerrada a cal y canto: los huesos de los dedos se aferraban aún a las fisuras. Una espada mellada y rota yacía junto a él, como si en un último y desesperado intento, hubiese querido atravesar la roca con el acero.

Aragorn no lo tocó, pero luego de contemplarlo un momento en silencio, se levantó y suspiró.

—Nunca hasta el fin del mundo llegarán aquí las flores del *simbelmynë* —murmuró—. Nueve y siete túmulos hay ahora cubiertos de hierba verde, y durante todos los largos años ha yacido ante la puerta que no pudo abrir. ¿Adónde conduce? ¿Por qué quiso entrar? ¡Nadie lo sabrá jamás!

"¡Pues mi misión no es ésta! —gritó, volviéndose con presteza y hablándole a la susurrante oscuridad—. ¡Guardad los secretos y tesoros acumulados en los Años Malditos! Sólo pedimos prontitud. ¡Dejadnos pasar, y luego seguidnos! ¡Os convoco ante la Piedra de Erech!

No hubo respuesta; sólo un silencio profundo, más aterrador aún que los murmullos; y luego sopló una ráfaga fría que estremeció y apagó las antorchas, y fue imposible volver a encenderlas. Del tiempo que siguió, una hora o muchas, Gimli recordó muy poco. Los otros apresuraron el paso, pero él iba aún a la zaga, perseguido por un horror indescriptible que siempre parecía estar a punto de alcanzarlo un rumor que crecía a sus espaldas, como el susurro fantasmal de innumerables pies. Continuó avanzando y tropezando, hasta que se arrastró por el suelo como un animal y sintió que no podía más; o encontraba una salida o daba media vuelta y en un arranque de locura corría al encuentro del terror que venía persiguiéndolo.

De pronto, oyó el susurro cristalino del agua, un sonido claro y nítido, como una piedra que cae en un sueño de sombras oscuras. La luz aumentó, la compañía traspuso otra puerta, una arcada alta y ancha, y de improviso se encontró caminando a la vera de un arroyo; y más allá un camino descendía en brusca pendiente entre dos riscos verticales, como hojas de cuchillo contra el cielo lejano. Tan profundo y angosto era el abismo que el cielo estaba oscuro, y en él titilaban unas estrellas diminutas. Sin embargo, como Gimli supo más tarde, aún faltaban dos horas para el anochecer; aunque por lo que él podía entender en ese momento, bien podía tratarse del crepúsculo de algún año por venir, o de algún otro mundo.

La Compañía montó nuevamente a caballo, y Gimli volvió junto a Legolas. Cabalgaban en fila, y la tarde caía, dando paso a un anochecer de un azul intenso; y el miedo los perseguía aún. Legolas, volviéndose para hablar con Gimli, miró atrás, y el Enano alcanzó a ver el centelleo de los ojos brillantes del Elfo. Detrás iba Elladan, el último de la compañía, pero no el último en tomar el camino descendente.

—Los Muertos nos siguen —dijo Legolas—. Veo formas de hombres y de caballos, y estandartes pálidos como jirones de nubes, y lanzas como zarzas invernales en una noche de niebla. Los Muertos nos siguen.

—Sí, los Muertos cabalgan detrás de nosotros. Han sido convocados —dijo Elladan.

Tan repentinamente como si se hubiese escurrido por la grieta de un muro, la Compañía salió al fin de la hondonada; ante ellos se extendían las tierras montañosas de un gran valle, y el arroyo descendía con una voz fría, en numerosas cascadas.

—¿En qué lugar de la Tierra Media nos encontramos? —preguntó Gimli; y Elladan le respondió—: Hemos bajado desde las fuentes del Morthond, el largo río de aguas glaciales; desciende hasta volcarse en el mar que baña los muros de Dol Amroth. Ya no necesitarás preguntar el origen del nombre: Raíz Negra lo llaman.

El Valle del Morthond era como una bahía amplia recostada contra los escarpados riscos meridionales. Las barrancas empinadas estaban tapizadas de hierbas; pero a esa hora todo era gris, pues el sol se había ocultado, y abajo, en la lejanía, parpadeaban las luces de las moradas de los Hombres. Era un valle rico y muy poblado.

De pronto, sin darse vuelta, Aragorn gritó con voz tonante, de modo que todos pudieran oírlo: —¡Olvidad vuestra fatiga, amigos! ¡Galopad ahora, galopad! Es menester que lleguemos a la Piedra de Erech antes del fin del día, y el camino es todavía largo. Y luego, sin una mirada atrás, galoparon a través de las campiñas montañosas, hasta llegar a un puente sobre el río, ahora caudaloso, y encontraron un camino que bajaba a los llanos.

Al paso de la Compañía Gris, las luces de las casas y de las aldeas se apagaban, se cerraban las puertas, y la gente que aún estaba en los campos daba gritos de terror y huía despavorida, como ciervos acosados. En todas partes se oía el mismo clamor en la noche creciente: —¡El Rey de los Muertos! ¡El Rey de los Muertos marcha sobre nosotros!

Lejos y allá abajo repicaban campanas, y todos huían ante el rostro de Aragorn; pero los jinetes de la Compañía Gris pasaban de largo, rápidos como cazadores, y ya los caballos empezaban a trastabillar de cansancio. Así, justo antes de la medianoche, y en una oscuridad tan negra como las cavernas de las montañas, llegaron por fin a la Colina de Erech.

Largo tiempo hacía que el terror de los Muertos se había aposentado en esa colina y en los campos desiertos de alrededor. Pues allí en la cima se alzaba una piedra negra, redonda como un gran globo, de la altura de un hombre, aunque la mitad estaba enterrada en el suelo. Tenía un aspecto sobrenatural, como si hubiese caído de lo alto, y algunos lo creían; pero aquellos que aún recordaban las antiguas crónicas del Oesternesse aseguraban que había venido de las ruinas de Númenor y que había sido puesta por Isildur, cuando llegó allí. Ninguno de los habitantes del valle se atrevía a aproximarse a la piedra, ni quería vivir en las cercanías. Decían que en ese lugar celebraban sus cónclaves los Hombres Sombra, y que allí se reunían a cuchichear en horas de pavor, apiñados alrededor de la Piedra.

A esa Piedra llegó la Compañía en lo más profundo de la noche, y se detuvo. Elrohir le dio entonces a Aragorn un cuerno de plata, y Aragorn sopló en él; y a los hombres que estaban más cerca les pareció oír una respuesta, otros cuernos que resonaban en cavernas profundas y lejanas. No oían ningún otro ruido, pero sin embargo sentían la presencia de un gran ejército reunido alrededor de la colina; y el viento helado que soplaba de las montañas era como el aliento de una legión de espectros. Aragorn desmontó, y de pie junto a la Piedra, gritó con voz potente: —Perjuros ¿a qué habéis venido?

Y se oyó en la noche una voz que le respondió, desde lejos: —A cumplir el juramento y encontrar la paz.

Aragorn dijo entonces: —Por fin ha llegado la hora. Marcharé en seguida a Pelargir en la ribera del Anduin, y vosotros vendréis conmigo. Y cuando hayan desaparecido de esta tierra todos los servidores de Sauron, consideraré como cumplido vuestro juramento, y entonces tendréis paz y podréis partir para siempre. Porque yo soy Elessar, el heredero de Isildur de Gondor.

Dicho esto, le ordenó a Halbarad que desplegase el gran estandarte que había traído; y he aquí que era negro, y si tenía alguna insignia, no se veía en la oscuridad. Entonces se hizo el silencio; ni un murmullo ni un suspiro volvió a oírse en toda aquella larga noche. La Compañía acampó en las cercanías de la Piedra, aunque los hombres, atemorizados por las Sombras que los cercaban, casi no durmieron.

Pero cuando llegó la aurora, pálida y fría, Aragorn se levantó; y guió a la compañía en el viaje más precipitado y fatigoso que ninguno de los hombres, salvo él mismo, había conocido jamás; y sólo la indomable voluntad de Aragorn los sostuvo e impidió que se detuvieran. Nadie entre los mortales hubiera podido soportarlo, nadie excepto los Dúnedain del Norte, y con ellos Gimli el Enano y Legolas de los Elfos.

Pasaron por la Garganta de Tarlang y desembocaron en Lamedon, seguidos por el Ejército de las Sombras y precedidos por el terror. Y cuando llegaron a Calembel, a orillas del Ciril, el sol descendió como sangre en el oeste, detrás de los picos lejanos del Pinnath Gelin. Encontraron la ciudad desierta y los vados abandonados, pues muchos de los habitantes habían partido a la guerra, y los demás habían huido a las colinas ante el rumor de la venida del Rey de los Muertos. Y al día siguiente no hubo amanecer, y la Compañía Gris penetró en las tinieblas de la Tempestad de Mordor, y desapareció a los ojos de los mortales; pero los Muertos los seguían.

3

EL ACANTONAMIENTO DE ROHAN

Ahora todos los caminos corrían a la par hacia el Este, hacia la guerra ya inminente, a enfrentar el ataque de la Sombra. Y en el momento mismo en que Pippin asistía, en la Gran Puerta de la Ciudad, a la llegada del Príncipe de Dol Amroth con sus estandartes, Théoden Rey de Rohan descendía desde las colinas.

La tarde declinaba. A los últimos rayos del poniente, las sombras largas y puntiagudas de los Jinetes se adelantaban a las cabalgaduras. Ya la oscuridad se había agazapado bajo los abetos susurrantes que vestían los flancos de la montaña, y ahora, al final de la jornada, el rey cabalgaba lentamente. Pronto el camino contorneó un gran espolón de roca desnuda y se internó de improviso en la penumbra suspirante de una arboleda. Los Jinetes descendían, descendían sin cesar en una larga fila serpentina. Cuando llegaron por fin al fondo de la garganta, ya caía la noche en los bajíos. El sol había desaparecido. El crepúsculo se tendía sobre las cascadas.

Durante todo el día, abajo y a lo lejos, habían visto un arroyo que descendía a los saltos desde la alta garganta, y corría por un cauce estrecho entre unos muros revestidos de pinos; ahora, pasando por una puerta rocosa, penetraba en un valle más ancho.

Siguiendo el curso del arroyo los Jinetes se encontraron de pronto ante el Valle Sagrado, donde resonaban las voces del agua en la noche. En ese paraje, el blanco Nevado, engrosado con el caudal del arroyo, se precipitaba, humeante y espumoso sobre las rocas hacia Edoras y las colinas y las praderas verdes. A lo lejos y a la derecha, a la entrada del gran valle, asomaba erguida sobre vastos contrafuertes velados por las nubes la poderosa cabeza del Pico Afilado; pero la cresta resplandecía allá en las alturas, vestida de nieves eternas, solitaria y aislada del mundo, sombreada de azul en el Este, teñida del rojo del crepúsculo en el Oeste.

Merry contempló con asombro aquel país extraño, del que había oído tantas historias a lo largo del camino. Era un mundo sin cielo, en el que los ojos del hobbit, a través de resquicios de aire tenebroso, no veían nada más que pendientes cada vez más altas, murallones de piedra detrás de otros murallones, y precipicios amenazantes envueltos en nieblas. Por un momento, como en un duermevela, escuchó los rumores del agua, el murmullo de los árboles, el crujido de las piedras, y el vasto silencio expectante detrás de cada ruido. A Merry lo fascinaban las montañas, o lo había fascinado la idea de las montañas, marco sempiterno de las historias de países lejanos; pero ahora lo retenía abajo el peso insoportable de la Tierra Media. Hubiera querido cerrarle las puertas a aquella inmensidad, en una habitación tranquila junto a un fuego.

Estaba muy fatigado, pues si bien la cabalgata había sido lenta, rara vez se habían detenido a descansar. Hora tras hora durante casi tres días interminables había marchado a los tumbos, a través de gargantas y largos valles, y un sinfín de ríos y arroyos. A veces, cuando el camino era más ancho, cabalgó junto al rey, sin advertir que muchos de los Jinetes sonreían al verlos: el hobbit en el poney peludo y gris, y el Señor de Rohan en el esbelto corcel blanco. En esos momentos había conversado con Théoden, hablándole de su tierra natal y de las costumbres y los acontecimientos de la Comarca, o escuchando a su vez las historias de la Marca y las hazañas de los grandes hombres de antaño. Pero la mayor parte del tiempo, sobre todo en este último día, Merry había cabalgado solo cerca del rey, sin decir nada, y esforzándose por entender la lengua lenta y sonora que hablaban los hombres detrás de él. Era una lengua que parecía contener muchas palabras que él conocía, aunque la pronunciación era más rica y enfática que en la Comarca, pero no conseguía poner en relación unas palabras con otras. De vez en cuando algún Jinete entonaba con voz clara y vibrante un canto fervoroso, y a Merry se le encendía el corazón, aunque no entendía de qué se trataba.

A pesar de todo se sentía muy solo, y nunca tanto como ahora, al final de la tarde. Se preguntaba dónde, en qué lugar de todo ese mundo extraño, estaba Pippin; y qué había sido de Aragorn y Legolas y Gimli. Y de pronto, como una punzada fría en el corazón, pensó en Frodo y en Sam. —¡Me olvido de ellos! —se reprochó—. Y son más importantes que todos nosotros. Vine para ayudarlos; pero ahora, si aún viven, han de estar a centenares de millas de aquí. —Se estremeció.

—¡El Valle Sagrado, por fin! —exclamó Éomer—. Ya estamos llegando. —A la salida de la garganta los senderos descendían en una pendiente abrupta. El gran valle, envuelto allá abajo en las sombras del crepúsculo, se divisaba apenas, como contemplado desde una ventana alta. Y una luz pequeña centelleaba solitaria junto al río.

—Quizás este viaje haya terminado —dijo Théoden—, pero a mí me queda por recorrer un largo camino. Anoche hubo luna llena, y mañana por la mañana he de estar en Edoras, para la revista de las tropas de la Marca.

—Sin embargo, si queréis aceptar mi consejo —dijo en voz baja Éomer—, luego volveréis aquí, hasta que la guerra, perdida o ganada, haya concluido.

Théoden sonrió. —No, hijo mío, que así quiero llamarte, ¡no les hables a mis viejos oídos con las palabras melosas de Lengua de Serpiente! —Se irguió, y volvió la cabeza hacia la larga columna de hombres que se perdía en la oscuridad.— Parece que hubieran pasado largos años en estos días, desde que partí para el Oeste; pero ya nunca más volveré a apoyarme en un bastón. Si perdemos la guerra, ¿de qué podrá servir que me oculte en las montañas? Y si vencemos ¿sería acaso un motivo de tristeza que yo consumiera en la batalla mis últimas fuerzas? Pero no hablemos de eso ahora. Esta noche descansaré en el Baluarte de El Sagrario. ¡Nos queda al menos una noche de paz! ¡En marcha!

En la oscuridad creciente descendieron al fondo del valle. Allí, el Río Nevado corría cerca de la pared occidental. Y el sendero los llevó pronto a un vado donde las aguas murmuraban sonoras sobre las piedras. Había una guardia en el vado. Cuando el rey se acercó muchos hombres emergieron de entre las sombras de las rocas; y al reconocerlo, gritaron con voces de júbilo: —¡Théoden Rey! ¡Théoden Rey! ¡Vuelve el Rey de la Marca!

Entonces uno de ellos sopló un cuerno: una larga llamada cuyos ecos resonaron en el valle. Otros cuernos le respondieron, y en la orilla opuesta del río aparecieron unas luces.

De improviso, desde gran altura, se elevó un gran coro de trompetas; sonaban, se hubiera dicho, en algún sitio hueco, como si las diferentes notas se unieran en una sola voz que vibraba y retumbaba contra las paredes de piedra.

Así el Rey de la Marca retornó victorioso del Oeste, y en El Sagrario, al pie de las Montañas Blancas, estaban acantonadas las fuerzas que quedaban de su pueblo; pues no bien se enteraron de la llegada del rey, los capitanes partieron a encontrarlo en el vado, llevándole mensajes de Gandalf. Dúnhere, jefe de las gentes del Valle Sagrado, iba a la cabeza.

—Tres días atrás, al amanecer, Señor —dijo—, Sombragrís llegó a Edoras como un viento del oeste, y Gandalf trajo noticias de vuestra victoria para regocijo de todos nosotros. Pero también nos trajo vuestra orden: que apresuráramos el acantonamiento de los Jinetes. Y entonces vino la Sombra alada.

—¿La Sombra alada? —dijo Théoden—. También nosotros la vimos, pero eso fue en lo más profundo de la noche, antes que Gandalf nos dejase.

—Tal vez, Señor —dijo Dúnhere—. En todo caso la misma, u otra semejante, una oscuridad que tenía la forma de un pájaro monstruoso, voló esta mañana sobre Edoras, y todos los hombres se estremecieron. Porque se lanzó sobre Meduseld, y cuando estaba ya casi a la altura de los tejados, oímos un grito que nos heló el corazón. Fue entonces cuando Gandalf nos aconsejó que no nos reuniéramos en la campiña, y que viniéramos a encontraros aquí, en el valle al pie de los montes. Y nos ordenó no encender hogueras o luces innecesarias. Es lo que hicimos. Gandalf hablaba con autoridad. Esperamos que esto sea lo que vos hubierais querido. Ninguna de estas criaturas nefastas ha sido vista aquí en el Valle Sagrado.

—Está bien —dijo Théoden—. Ahora iré al Baluarte, y allí, antes de recogerme a descansar, me reuniré con los mariscales y los capitanes. ¡Que vengan a verme lo más pronto posible!

El camino, que en ese punto tenía apenas media milla de ancho, atravesaba el valle en línea recta hacia el este. Todo alrededor se extendían llanos y praderas de hierbas ásperas, grises ahora en la penumbra del anochecer; pero al frente, del otro lado del valle, Merry vio una hosca pared de piedra, última ramificación de las poderosas raíces del Pico Afilado, que el río había inundado en tiempos ya remotos.

Una multitud ocupaba todos los espacios llanos. Algunos de los hombres se apiñaban a orillas del camino y aclamaban alborozados al rey y a los jinetes venidos del Oeste; pero más atrás, y extendiéndose a lo largo del valle, había hileras de tiendas de campaña y cobertizos, filas de caballos sujetos a estacas, grandes reservas de armas, y haces de lanzas erizadas como montes de árboles recién plantados. La gran asamblea desaparecía ya en la oscuridad, y sin embargo, aunque el viento de la noche soplaba helado desde las cumbres, no brillaba una sola linterna, no chisporroteaba ningún fuego. Los centinelas rondaban envueltos en pesados capotes.

Merry se preguntó cuántos Jinetes habría allí reunidos. No podía contarlos en la creciente oscuridad, pero tenía la impresión de que era un gran ejército, de muchos miles de hombres. Mientras miraba a un lado y a otro, el rey y su escolta llegaron al pie del risco que flanqueaba el valle en el este; y allí el sendero trepaba de pronto, y Merry alzó la mirada, estupefacto. El camino en que ahora se encontraba no se parecía a ninguno que hubiera visto antes: una obra magistral del ingenio del hombre en un tiempo que las canciones no recordaban. Subía y subía, ondulante y sinuoso como una serpiente, abriéndose paso a través de la roca escarpada.

Empinado como una escalera, trepaba en idas y venidas. Los caballos podían subir por él, y hasta arrastrar lentamente las carretas; pero ningún enemigo podía salirles al paso, a no ser por el aire, si estaba defendido desde arriba. En cada recodo del camino, se alzaban unas grandes piedras talladas, enormes figuras humanas de miembros pesados, sentadas en cuclillas con las piernas cruzadas, los brazos replegados sobre los vientres prominentes. Algunas, desgastadas por los años, habían perdido todas las facciones, excepto los agujeros sombríos de los ojos que aún miraban con tristeza a los viajeros. Los Jinetes no les prestaron ninguna atención. Los llamaban los hombres Púkel, y apenas se dignaron mirarlos: ya no eran ni poderosos ni terroríficos. Merry en cambio contemplaba con extrañeza y casi con piedad aquellas figuras que se alzaban melancólicamente en las sombras del crepúsculo.

Al cabo de un rato volvió la cabeza y advirtió que se encontraba ya a varios centenares de pies por encima del valle, pero abajo y a lo lejos aún alcanzaba a distinguir la ondulante columna de Jinetes que cruzaba el vado y marchaba a lo largo del camino, hacia el campamento preparado para ellos. Sólo el rey y su escolta subirían al Baluarte.

La comitiva del rey llegó por fin a una orilla afilada, y el camino ascendente penetró en una brecha entre paredes rocosas, subió una cuesta corta y desembocó en una vasta altiplanicie. Firienfeld la llamaban los hombres: una meseta cubierta de hierbas y brezales, que dominaba los lechos profundamente excavados del Río Nevado asentada en el regazo de las grandes montañas: el Pico Afilado al sur, la dentada mole del Irensaga, y entre ambos, de frente a los Jinetes, el muro negro y siniestro del Dwimor, el Monte de los Espectros, que se elevaba entre pendientes empinadas de abetos sombríos. La meseta estaba dividida en dos por una doble hilera de piedras erectas e informes que se encogían en la oscuridad y se perdían entre los árboles. Quienes osaban tomar ese camino llegarían muy pronto al tenebroso Bosque Sombrío al pie del Monte Dwimor, a la amenaza del pilar de piedra y a la sombra bostezante de la puerta prohibida.

Tal era el oscuro refugio que llamaban el Baluarte de El Sagrario, obra de hombres olvidados en un pasado remoto. El nombre de esas gentes se había perdido, y ninguna canción, ninguna leyenda lo recordaba. Con qué propósito habían construido este lugar, si como ciudad, o templo secreto o para tumba de reyes, nadie hubiera podido decirlo. Allí habían sobrellevado las penurias de los Años Oscuros, antes que llegase a las costas occidentales el primer navío, antes aún que los Dúnedain fundaran el reino de Gondor; y ahora habían desaparecido, y allí sólo quedaban los hombres Púkel, eternamente sentados en los recodos del sendero.

Merry observaba con ojos azorados el desfile de las piedras: negras y desgastadas, algunas inclinadas, otras caídas, algunas rotas o resquebrajadas; parecían hileras de dientes viejos y ávidos. Se preguntó qué podían significar; esperaba que el rey no tuviese la intención de seguirlas hasta la oscuridad del otro lado. De pronto notó que había tiendas y barracas junto al camino de las piedras, y al borde de la escarpa, como si las hubieran agrupado evitando la cercanía de los árboles, y casi todas ellas estaban a la derecha del camino, donde Firienfeld era más ancho; a la izquierda se veía un campamento pequeño, y en el centro se elevaba un pabellón. En ese momento un jinete les salió al paso desde aquel lado, y la comitiva se desvió del camino.

Cuando se acercaron, Merry vio que el jinete era una mujer de largos cabellos trenzados que resplandecían en el crepúsculo; sin embargo, llevaba un casco y estaba vestida hasta la cintura como un guerrero, y ceñía una espada.

—¡Salve, Señor de la Marca! —exclamó—. Mi corazón se regocija con vuestro retorno.

—¿Y cómo estás tú, Éowyn? —dijo Théoden—. ¿Todo ha marchado bien?

—Todo bien —respondió ella. Pero a Merry le pareció que la voz desmentía las palabras, y hasta pensó que ella había estado llorando, si esto era posible en alguien de rostro tan austero—. Todo bien. Fue un viaje agotador para la gente, arrancada de improviso de sus hogares; hubo palabras duras, pues hacía tiempo que la guerra no nos obligaba a abandonar los campos verdes; pero no ocurrió nada malo. Y ahora, como veis, todo está en orden. Y vuestros aposentos están preparados, pues he tenido noticias recientes de vos, y hasta conocía la hora de vuestra llegada.

—Entonces Aragorn ha venido —dijo Éomer—. ¿Está todavía aquí?

—No, se ha marchado —dijo Éowyn desviando la mirada y contemplando las montañas oscuras en el Este y el Sur.

—¿Adónde? —preguntó Éomer.

—No lo sé —respondió ella—. Llegó en la noche y ayer por la mañana volvió a partir, antes que asomara el sol sobre las montañas. Se ha ido.

—Estás afligida, hija —dijo Théoden—. ¿Qué ha pasado? Dime, ¿habló de ese camino? —Señaló a lo lejos las ensombrecidas hileras de piedras que conducían al Monte Dwimor.— ¿Habló de los Senderos de los Muertos?

—Sí, Señor —dijo Éowyn—. Y desapareció en las sombras de donde nadie ha vuelto. No pude disuadirlo. Se ha marchado.

—Entonces nuestros caminos se separan —dijo Éomer—. Está perdido. Tendremos que partir sin él, y nuestra esperanza se debilita.

Lentamente y en silencio atravesaron el terreno de matorrales y pastos cortos que los separaban del pabellón del rey. Merry comprobó que en verdad todo estaba pronto, y que ni a él lo habían olvidado. Junto al pabellón del rey habían levantado una pequeña tienda; allí el hobbit se sentó a solas observando las idas y venidas constantes de los hombres que entraban a celebrar consejo con el rey. Cayó la noche, y en el oeste las cumbres apenas visibles de las montañas se nimbaron de estrellas, pero en el Este el cielo estaba oscuro y vacío. Las hileras de piedras desaparecieron lentamente; pero más allá, más negra que las tinieblas se agazapaba la sombra amenazante del Monte Dwimor.

—Los Senderos de los Muertos —murmuró Merry—. ¿Los Senderos de los Muertos? ¿Qué ocurre? Ahora todos me han abandonado. Todos han partido a algún destino último: Gandalf y Pippin a la guerra en el Este; y Sam y Frodo a Mordor; y Trancos con Legolas y Gimli a los Senderos de los Muertos. Pero pronto me llegará el turno a mí también, supongo. Me pregunto de qué estarán hablando, y qué se propone hacer el rey. Porque ahora tendré que seguirlo a donde vaya.

En medio de estos sombríos pensamientos recordó de pronto que tenía mucha hambre, y se levantó para ir a ver si alguien más en ese extraño campamento sentía lo mismo. Pero en ese preciso instante sonó una trompeta, y un hombre vino a invitarlo, a él, Merry, escudero del rey, a sentarse a la mesa del rey.

En el fondo del pabellón había un espacio pequeño, aislado del resto por colgaduras bordadas y recubierto de pieles; allí, alrededor de una pequeña mesa, estaba sentado Théoden con Éomer y Éowyn, y Dúnhere, señor del Valle Sagrado. Merry esperó de pie junto al asiento del rey, que parecía ensimismado; al fin el anciano se volvió a él y le sonrió.

—¡Vamos, Maese Meriadoc! —le dijo—. No vas a quedarte ahí de pie. Mientras yo esté en mis dominios, te sentarás a mi lado, y me aligerarás el corazón con tus cuentos.

Hicieron un sitio para el hobbit a la izquierda del rey, pero nadie le pidió que contase historias. Y en verdad hablaron poco, y la mayor parte del tiempo comieron y bebieron en silencio, pero al fin Merry se decidió e hizo la pregunta que lo atormentaba.

—Dos veces ya, Señor, he oído nombrar los Senderos de los Muertos. ¿Qué son? ¿Y adónde ha ido Trancos, quiero decir, el Señor Aragorn?

El rey suspiró, pero la pregunta de Merry quedó sin respuesta hasta que por último Éomer dijo: —No lo sabemos, y un gran peso nos oprime el corazón. Sin embargo, en cuanto a los Senderos de los Muertos, tú mismo has recorrido los primeros tramos. ¡No, no pronuncio palabras de mal augurio! El camino por el que hemos subido es el que da acceso a la Puerta, allá lejos, en el Bosque Sombrío. Pero lo que hay del otro lado, ningún hombre lo sabe.

—Ningún hombre lo sabe —dijo Théoden—; sin embargo, la antigua leyenda, rara vez recordada en nuestros días, tiene algo que decir. Si esas viejas historias transmitidas de padres a hijos en la Casa de Eorl cuentan la verdad, la Puerta que se abre a la sombra del Dwimor conduce a un camino oculto que corre bajo la montaña hacia una salida olvidada. Pero nadie se ha aventurado jamás a ir hasta allí y desentrañar esos secretos, desde que Baldor, hijo de Brego, traspuso la Puerta y nunca más se lo vio entre los hombres. Pronunció un juramento temerario, mientras vaciaba el cuerno en el festín que ofreció Brego para consagrar el palacio de Meduseld, en ese entonces recién construido; y nunca llegó a ocupar el alto trono del que era heredero.

"La gente dice que los Hombres Muertos de los Años Oscuros vigilan el camino y no permiten que ninguna criatura viviente penetre en esas moradas secretas; pero de tanto en tanto se los ve a ellos: franquean la Puerta como sombras y descienden por el camino de las piedras. Entonces los moradores del Valle Sagrado atrancan las puertas y tapian las ventanas y tienen miedo. Pero los Muertos salen rara vez y sólo en tiempo de gran inquietud y de muerte inminente.

—Sin embargo —observó Éomer en voz muy baja—, se dice en el Valle Sagrado que hace poco, en las noches sin luna, pasó por allí un gran ejército ataviado con extrañas galas. Nadie sabía de dónde venían pero subieron por el camino de las piedras y desaparecieron en la montaña, como si se encaminaran a una cita.

—¿Por qué entonces Aragorn fue por ese camino? —preguntó Merry—. ¿No tenéis ninguna explicación?

—A menos que a ti te haya confiado cosas que nosotros no hemos oído —dijo Éomer—, nadie en la tierra de los vivos puede ahora adivinar qué se propone.

—Lo noté muy cambiado desde que lo vi por primera vez en la casa del rey —dijo Éowyn—: más endurecido, más viejo. A punto de morir, me pareció, como alguien a quien los Muertos llaman.

—Tal vez lo llamaran —dijo Théoden—, y me dice el corazón que no lo volveré a ver. Sin embargo es un hombre de estirpe real y de elevado destino. Y que esto mitigue tus pesares, hija, ya que tanto te aflige la suerte de este huésped: se dice que cuando los Eorlingas descendieron del Norte y remontaron el curso del Río Nevado en busca de lugares seguros donde guarecerse en momentos de necesidad, Brego y su hijo Baldor subieron por la Escalera del Baluarte y así llegaron a la Puerta. En el umbral estaba sentado un anciano decrépito, de edad incontable en años; había sido alto y majestuoso, pero ahora estaba seco como una piedra vieja. Y en verdad por una piedra lo tomaron, porque no se movía ni pronunció una sola palabra hasta que pretendieron dejarlo atrás y entrar. Y entonces salió de él una voz, una voz que parecía venir de las entrañas de la tierra, y oyeron, estupefactos, que hablaba en la lengua del oeste: *El camino está cerrado.*

"Entonces se detuvieron, y al observarlo vieron que aún estaba vivo; pero no los miraba. *El camino está cerrado,* volvió a decir la voz. *Lo hicieron los Muertos, y los Muertos lo guardan, hasta que llegue la hora. El camino está cerrado.*

"*¿Y cuando llegará la hora?*, preguntó Baldor. Pero la respuesta no la supo jamás. Porque el viejo murió en ese mismo instante y cayó de cara al suelo; y nada más han sabido nuestras gentes de los antiguos habitantes de las montañas. Es posible sin embargo que la hora anunciada haya llegado, y que Aragorn pueda pasar.

—Pero ¿cómo sabría un hombre si ha llegado o no la hora, a menos que se atreviese a cruzar la Puerta? —preguntó Éomer—. Y yo no iría por ese camino aunque me acosaran todos los ejércitos de Mordor, y estuviera solo, y no viera otro sitio donde refugiarme. ¡Qué desdicha que el desánimo de la muerte se haya apoderado de un hombre tan valeroso en esta hora de necesidad! ¿Acaso no hay males suficientes a nuestro alrededor, para tener que ir a buscarlos bajo tierra? La guerra está al alcance de la mano.

Se interrumpió, pues en ese momento se oyó un ruido fuera, y la voz de un hombre que gritaba el nombre de Théoden, y el quién vive del guardia.

Un momento después el Capitán de la Guardia entreabrió la cortina.

—Hay un hombre aquí, Señor —dijo—, un mensajero de Gondor. Desea presentarse ante vos inmediatamente.

—¡Hazlo pasar! —dijo Théoden.

Entró un hombre de elevada estatura, y Merry contuvo un grito, pues por un instante le pareció que Boromir, resucitado, había vuelto a la tierra. Pero en seguida vio que no era así; el hombre era un desconocido, aunque se parecía a Boromir como un hermano, alto, arrogante y de ojos grises. Iba vestido a la usanza de los caballeros con una capa de color verde oscuro sobre una fina cota de malla; el yelmo que le cubría la cabeza tenía engastada en el frente una pequeña estrella de plata. Llevaba en la mano una sola flecha, empenachada de negro; la espiga era de acero, pero la punta estaba pintada de rojo. Se hincó a media rodilla y le presentó la flecha a Théoden.

—¡Salve, Señor de los Rohirrim, amigo de Gondor! —dijo—. Soy yo, Hirgon, mensajero de Denethor, quien os trae este símbolo de guerra. Un grave peligro se cierne sobre Gondor. Los Rohirrim nos han ayudado muchas veces, pero hoy el Señor Denethor necesita de todas vuestras fuerzas y toda vuestra diligencia, si es que se ha de evitar la pérdida de Gondor.

—¡La Flecha Roja! —dijo Théoden, sosteniendo la flecha en la mano, como alguien que recibiera con temor un aviso largamente esperado. La mano le temblaba—. ¡La Flecha Roja no se había visto en la Marca en todos mis años! ¿Es posible que las cosas hayan llegado a tal extremo? ¿Y en cuánto estima el Señor Denethor lo que llama mis fuerzas y mi diligencia?

—Eso nadie lo sabe mejor que vos, Señor —dijo Hirgon—. Pero bien puede ocurrir que antes de mucho Minas Tirith sea cercada, y a menos que vuestras fuerzas os permitan desbaratar un sitio de varios ejércitos, el Señor Denethor me ha pedido que os diga que los valientes brazos de los Rohirrim estarán mejor protegidos detrás de las murallas que fuera de ellas.

—Pero el Señor Denethor sabe que somos un pueblo más apto para combatir a caballo y en campo abierto, y que vivimos dispersos y necesitamos cierto tiempo para reunir a nuestros Jinetes. ¿No es verdad, Hirgon, que el Señor de Minas Tirith sabe más de lo que da a entender en su mensaje? Porque ya estamos en guerra, como tú mismo has visto, y tu llegada nos encuentra en parte preparados. Gandalf el Gris estuvo entre nosotros, y ahora mismo nos acantonamos para combatir en el Este.

—Lo que el Señor Denethor puede conocer o adivinar de todas estas cosas, no lo sé decir —respondió Hirgon—. Pero nuestra situación es realmente desesperada. Mi señor no os envía ninguna orden, os pide solamente que recordéis una antigua amistad y unos juramentos pronunciados hace mucho tiempo; y que por vuestro propio bien hagáis todo cuanto esté a vuestro alcance. Hemos sabido que muchos reyes han venido del Este al servicio de Mordor. Desde el Norte hasta el campo de Dagorlad hay escaramuzas y rumores de guerra. En el Sur, los Haradrim avanzan: en todas nuestras costas ha cundido el miedo, de suerte que poca o ninguna ayuda contamos recibir de allí. ¡Daos prisa! Es el destino de nuestro tiempo lo que se decidirá delante de los muros de Minas Tirith, y si la marea no es contenida ahora inundará los campos fértiles de Rohan, y entonces ni aun este Baluarte en las colinas será un abrigo para nadie.

—Son tristes noticias —dijo Théoden—, mas no del todo inesperadas. Dile a Denethor que aun cuando Rohan no corriese peligro alguno, igualmente acudiríamos en su auxilio. Pero hemos tenido muchas bajas en nuestras batallas con el traidor Saruman, y como bien lo demuestran las noticias que él mismo nos envía, no podemos descuidar las fronteras del norte y del este. El Señor Oscuro parece disponer ahora de un poder tan enorme que no sólo podría contenernos ante los muros de la Ciudad, sino también golpear con gran fuerza del otro lado del río, más allá de la Puerta de los Reyes.

"Pero no hablemos más de los consejos que dictaría la prudencia. Acudiremos. La revista de las tropas ha sido convocada para mañana. En cuanto todo esté en orden, partiremos. Diez mil lanzas hubiera podido enviar a través de la llanura para consternación de vuestros enemigos. Ahora serán menos, me temo; no dejaré todas mis fortalezas indefensas. No obstante, seis mil jinetes me seguirán. Pues habrás de decirle a Denethor que en esta hora el Rey de la Marca en persona descenderá al País de Gondor, aunque quizá no regrese. Pero el camino es largo, y es preciso que hombres y bestias lleguen a destino con fuerzas para combatir. Tal vez dentro de una semana, a contar de mañana por la mañana, oigáis llegar desde el Norte el clamor de los Hijos de Eorl.

—¡Una semana! —dijo Hirgon—. Si no puede ser antes, que así sea. Pero es probable que dentro de siete días no encontréis nada más que muros en ruinas, a menos que nos llegue algún socorro inesperado. En todo caso, alcanzaréis a desbaratarles los festejos a los orcos y a los hombres endrinos en la Torre Blanca.

—Al menos eso haremos —dijo Théoden—. Pero yo mismo acabo de regresar del campo de batalla, y de un largo viaje, y ahora quiero retirarme a descansar. Pasa la noche aquí. Mañana podrás partir más tranquilo, luego de haber visto las tropas, y más rápido luego de haber descansado. Las decisiones es preferible tomarlas por la mañana; la noche cambia muchos pensamientos.

Dicho esto, el rey se levantó, y todos lo imitaron.

—Id ahora a descansar —dijo—, y dormid bien. A ti, Maese Meriadoc, no te necesitaré más por esta noche.

Pero mañana ni bien salga el sol, tendrás que estar pronto, esperando mi llamada.

—Estaré pronto —dijo Merry— aunque lo que me ordenéis sea que os acompañe a los Senderos de los Muertos.

—¡No pronuncies palabras de mal augurio! —dijo el rey—. Pues puede haber otros caminos que merezcan llevar ese nombre. Pero no dije que te ordenaría que cabalgaras conmigo por ningún camino. ¡Buenas noches!

«¡No me van a dejar aquí para venir a recogerme cuando regresen! —se dijo Merry—. No me van a dejar, ¡no y no!» —Y mientras se repetía una y otra vez estas palabras, terminó por quedarse dormido en la tienda.

Abrió los ojos, y un hombre lo estaba zamarreando para despertarlo. —¡Despierte, Señor Holbytla! —gritaba el hombre—. ¡Despierte!

Merry dejó al fin el mundo de los sueños y se sentó de golpe, sobresaltado. «Todavía está demasiado oscuro», pensó.

—¿Qué sucede? —preguntó.

—El rey lo llama.

—Pero si aún no ha salido el sol —dijo Merry.

—No, ni saldrá hoy, Señor Holbytla. Ni nunca más, se diría, de atrás de esa nube. Pero aunque el sol esté perdido, el tiempo no se detiene. ¡Dése prisa!

Mientras se precipitaba a echarse encima algunas ropas, Merry miró fuera. La tierra estaba en tinieblas. El aire mismo tenía un color pardo, y alrededor todo era negro y gris y sin sombras; había una gran quietud. Los contornos de las nubes eran invisibles, y sólo en lontananza, en el oeste, entre los dedos distantes de la gran oscuridad que aún trepaba a tientas por la noche, se filtraban unos hilos luminosos. Una techumbre informe, espesa y sombría ocultaba el cielo, y la luz más parecía menguar que crecer.

Merry vio un gran número de hombres de pie, que observaban el cielo y murmuraban; todos los rostros eran grises y tristes, y en algunos había miedo. Con el corazón oprimido, se encaminó al pabellón del rey. Hirgon, el Jinete de Gondor, ya estaba allí, en compañía de otro hombre parecido a él, y vestido de la misma manera, pero más bajo y corpulento. Cuando Merry entró, el hombre estaba hablando con Théoden.

—Viene de Mordor, Señor —decía—. Comenzó anoche hacia el crepúsculo. Desde las colinas del Folde Este de vuestro reino vi cómo se levantaba e invadía el cielo poco a poco, y durante toda la noche, mientras yo cabalgaba, venía atrás devorando las estrellas. Ahora la nube se cierne sobre toda la región, desde aquí hasta las Montañas de la Sombra; y se oscurece cada vez más. La guerra ha comenzado.

Luego de un momento de silencio, el rey habló.

—De modo que ha llegado el fin —dijo—: la gran batalla de nuestro tiempo, en la que tantas cosas habrán de perecer. Pero al menos ya no es necesario seguir ocultándose. Cabalgaremos en línea recta, por el camino abierto, y con la mayor rapidez posible. La revista comenzará en seguida, sin esperar a los rezagados. ¿Tenéis en Minas Tirith provisiones suficientes? Porque si hemos de partir ahora con la mayor celeridad, no podemos cargarnos en demasía, salvo los víveres y el agua necesarios para llegar al lugar de la batalla.

—Tenemos abundantes reservas, que hemos ido acumulando —respondió Hirgon—. ¡Partid ahora, tan ligeros y tan veloces como podáis!

—Entonces, Éomer, ve y llama a los heraldos —dijo Théoden—. ¡Que los Jinetes se preparen!

Éomer salió; pronto las trompetas resonaron en el Baluarte, y muchas otras les respondieron desde abajo; pero las voces no eran vibrantes y límpidas como las que oyera Merry la noche anterior; le parecieron sordas y destempladas en el aire espeso; un sonido bronco y ominoso.

El rey se volvió a Merry. —Maese Meriadoc, parto a la guerra —le dijo—. Dentro de un momento me pondré en camino. Te eximo de mi servicio, mas no de mi amistad. Permanecerás aquí, y si lo deseas estarás al servicio de la Dama Éowyn, quien gobernará el pueblo en mi ausencia.

—Pero... pero Señor —tartamudeó Merry—, os he ofrecido mi espada. No deseo separarme así de vos, Rey Théoden. Todos mis amigos se han ido a combatir, y si no pudiera hacerlo también yo, me sentiría abochornado.

—Es que nuestros caballos son altos y veloces —replicó Théoden—, y por muy grande que sea tu corazón, no podrás montarlos.

—Pues bien, atadme al lomo de uno de ellos, o dejadme ir colgado de un estribo, o algo así —dijo Merry—. El trayecto es largo para que os siga corriendo, pero si no puedo cabalgar correré, aunque me gaste los pies y llegue con varias semanas de atraso.

Théoden sonrió.

—Antes que eso te llevaría en la grupa de Crinblanca —dijo—. Pero al menos cabalgarás conmigo hasta Edoras, y verás el palacio de Meduseld; pues ese es el camino que tomaré ahora. Hasta allí, Stybba podrá llevarte: la gran carrera sólo comenzará cuando lleguemos a las llanuras.

Entonces Éowyn se levantó.

—¡Venid conmigo, Meriadoc! —dijo—. Os mostraré lo que os he preparado. —Salieron juntos.— Sólo esto me pidió Aragorn —dijo mientras pasaban entre las tiendas—: que os proveyera de armas para la batalla. Y yo he tratado de atender a ese deseo lo mejor que he podido. Porque el corazón me dice que antes del fin las necesitaréis.

Éowyn llevó a Merry a un cobertizo entre las tiendas de la guardia del rey, y allí un armero le trajo un casco pequeño, y un escudo redondo, y otras piezas.

—No tenemos una cota de malla que os pueda venir bien —dijo Éowyn—, ni tiempo para forjar un plaquín a vuestra medida; pero aquí hay también un justillo de buen cuero, un cinturón y un puñal. En cuanto a la espada, ya la tenéis.

Merry se inclinó, y la dama le mostró el escudo, que era semejante al que había recibido Gimli, y llevaba la insignia del caballo blanco.

—Tomad todas estas cosas —prosiguió— ¡y conducid-las a un fin venturoso! Y ahora, ¡adiós, señor Meria-doc! Aunque quizá alguna vez volvamos a encontrarnos, vos y yo.

Así, en medio de una oscuridad siempre creciente, el Rey de la Marca se preparó para conducir a los Jinetes por el camino del este. Bajo la sombra, los corazones estaban oprimidos, y muchos hombres parecían desanima-dos. Pero era un pueblo austero, leal a su señor, y se oye-ron pocos llantos y murmullos, aun en el campamento del Baluarte, donde se alojaban los exiliados de Edoras, mujeres, niños y ancianos. Un destino mortal los amena-zaba, y ellos lo enfrentaban en silencio.

Dos horas pasaron veloces, y ya el rey estaba montado en el caballo blanco, que resplandecía en la oscuridad. Alto y arrogante parecía el rey, aunque los cabellos que le flotaban bajo el casco eran de nieve; y muchos lo con-templaban maravillados, y se animaban al verlo erguido e imperturbable.

Allí en los extensos llanos que bordeaban el río tumul-tuoso estaban alineadas numerosas compañías: más de cinco mil quinientos Jinetes armados de pies a cabeza, y varios centenares de hombres con caballos de posta que cargaban un ligero equipaje. Sonó una sola trompeta. El rey alzó la mano, y el ejército de la Marca empezó a mo-verse en silencio. A la cabeza marchaban doce hombres del séquito personal del rey: Jinetes de renombre. Los se-guía el rey con Éomer a la diestra. Le había dicho adiós a Éowyn en el Baluarte, y el recuerdo le pesaba; pero aho-ra observaba con atención el camino que se extendía de-lante de él. Detrás iba Merry montado en Stybba, con los mensajeros de Gondor, y por último, otros doce hombres de la escolta del rey. Pasaron delante de las largas filas de rostros que esperaban, severos e impasibles. Pero cuando ya habían llegado casi al extremo de la fila, un hombre le echó al hobbit una mirada rápida y penetrante. Un hom-bre joven, pensó Merry al devolverle la mirada, más bajo de estatura y menos corpulento que la mayoría. Reparó en el fulgor de los claros ojos grises, y se estremeció, pues se le ocurrió de pronto que era el rostro de alguien que ha perdido toda esperanza y va al encuentro de la muerte.

Continuaron bajando por el camino gris, siguiendo el curso del Río Nevado que se precipitaba sobre las piedras, y atravesaron las aldeas de Bajo del Sagrario y de Nevado Alto, donde muchos rostros tristes de mujeres los miraban pasar desde los portales sombríos; y así, sin cuernos ni arpas ni música de voces humanas, la gran cabalgata hacia el Este comenzó con el tema que aparecería en las canciones de Rohan durante muchas generaciones:

> *Del Sagrario sombrío en la mañana lóbrega*
> *parte con escudero y capitán el hijo de Thengel*
> *hacia Edoras. Las brumas amortajan*
> *el palacio de los guardianes de la Marca,*
> *las tinieblas envuelven las columnas de oro.*
> *Adiós, saluda a las gentes libres,*
> *el hogar, el trono, en los sitios sagrados*
> *de las celebraciones en los tiempos de luz.*
> *Avanza el rey: atrás el miedo*
> *y adelante el destino. Leal y fiel,*
> *todos los juramentos serán cumplidos.*
> *Avanza Théoden. Cinco noches y cinco días*
> *hacia el Este galopan los Eorlingas: seis mil lanzas*
> *en el Folde, la Frontera de los Pantanos y el Bosque de Firien,*
> *camino al Sunlending, a Mundburgo, la fortaleza*
> *de los reyes del mar al pie del Mindolluin,*
> *sitiada por el enemigo, cercada por el fuego.*
> *El Destino los llama. La Oscuridad se cierra*
> *y aprisiona caballo y caballero: los golpes lejanos de los cascos*
> *se pierden en el silencio: así cuentan las canciones.*

Y en verdad la oscuridad continuaba aumentando cuando el rey llegó a Edoras, aunque apenas era el mediodía. Allí hizo un breve alto para fortalecer el ejército con unas tres veintenas de Jinetes que llegaban con atraso a la leva. Luego de haber comido se preparó para reanudar la marcha, y se despidió afectuosamente de su escudero. Merry le suplicó por última vez que no lo abandonase.

—Éste no es viaje para un animal como Stybba, ya te lo he dicho —respondió Théoden—. Y en una batalla como la que pensamos librar en los campos de Gondor ¿qué harías, Maese Meriadoc, por muy paje de armas que seas, y aun mucho más grande de corazón que de estatura?

—En cuanto a eso ¿quién puede saberlo? —respondió Merry—. Pero entonces, Señor, ¿por qué me aceptasteis como paje de armas, sino para que permaneciera a vuestro lado? Y no me gustaría que las canciones no dijeran nada de mí sino que siempre me dejaban atrás.

—Te acepté para protegerte —respondió Théoden—, y también para que hagas lo que yo mande. Ninguno de mis Jinetes podrá llevarte como carga. Si la batalla se librase a mis puertas, tal vez los hacedores de canciones recordaran tus hazañas; pero hay cien leguas de aquí a Mundburgo, donde Denethor es el soberano. Y no diré una palabra más.

Merry se inclinó, y se alejó tristémente, contemplando las filas de Jinetes. Ya las compañías se preparaban para la partida: los hombres ajustaban las correas, examinaban las sillas, acariciaban a los animales; algunos observaban con inquietud el cielo cada vez más oscuro. Un Jinete se acercó al hobbit, y le habló al oído.

—*Donde no falta voluntad, siempre hay un camino*, decimos nosotros —susurró—, y yo mismo he podido comprobarlo. —Merry lo miró, y vio que era el Jinete joven que le había llamado la atención esa mañana.— Deseas ir a donde vaya el señor de la Marca: lo leo en tu rostro.

—Sí —dijo Merry.

—Entonces irás conmigo —dijo el Jinete—. Te llevaré en la cruz de mi caballo, debajo de mi capa hasta que estemos lejos, en campo abierto, y esta oscuridad sea todavía más densa. Tanta buena voluntad no puede ser desoída. ¡No digas nada a nadie, pero ven!

—¡Gracias, gracias de veras! —dijo Merry—. Os agradezco, señor, aunque no sé vuestro nombre.

—¿No lo sabes? —dijo en voz baja el Jinete—. Entonces llámame Dernhelm.

Así pues, cuando el rey partió, Meriadoc el hobbit iba sentado delante de Dernhelm, y el gran corcel gris Hoja de Viento casi no sintió la carga, pues Dernhelm, aunque ágil y vigoroso, pesaba menos que la mayoría de los hombres.

Cabalgaron en una oscuridad cada vez más densa, y esa noche acamparon entre los saucedales, en la confluencia del Nevado con el Entaguas, doce leguas al este de Edoras. Y luego cabalgaron de nuevo a través del Folde; y a través de la Frontera de los Pantanos, mientras a la derecha grandes bosques de robles trepaban por las laderas de las colinas a la sombra del oscuro Halifirien, en los confines de Gondor; pero a lo lejos, a la izquierda, una bruma espesa flotaba sobre las ciénagas que alimentaban las bocas del Entaguas. Y mientras cabalgaban, los rumores de la guerra en el Norte les salían al paso. Hombres solitarios llegaban a la carrera, y anunciaban que los enemigos habían atacado las fronteras orientales, y que ejércitos de orcos avanzaban por la Meseta de Rohan.

—¡Adelante! ¡Adelante! —gritó Éomer—. Ya es demasiado tarde para cambiar de rumbo. Los pantanos del Entaguas defenderán nuestros flancos. Lo que ahora necesitamos es darnos prisa. ¡Adelante!

Y así el Rey Théoden dejó el reino, y el largo camino se alejó serpeando, y las almenaras fueron quedando atrás: Calenhad, Min-Rimmon, Erelas y Nardol. Pero los fuegos habían sido apagados. Todas las tierras estaban grises y silenciosas; y la sombra crecía sin cesar ante ellos, y la esperanza se debilitaba en todos los corazones.

4

EL SITIO DE GONDOR

Despertado por Gandalf, Pippin abrió los ojos. Había velas encendidas en el aposento, pues por las ventanas sólo entraba una pálida luz crepuscular; el aire era pesado, como si se avecinara una tormenta.

—¿Qué hora es? —preguntó Pippin, bostezando.

—La hora segunda ha pasado —le respondió Gandalf—. Tiempo de que te levantes y te pongas presentable. Has sido convocado por el Señor de la Ciudad, para instruirte acerca de tus nuevos deberes.

—¿Y me servirá el desayuno?

—¡No! De eso me he ocupado yo: y no tendrás más hasta el mediodía. Han racionado los víveres.

Pippin miró con desconsuelo el panecillo minúsculo y la mezquina (pensó) redondela de manteca, junto a un tazón de leche aguada.

—¿Por qué me trajiste aquí? —preguntó.

—Lo sabes demasiado bien —dijo Gandalf—. Para alejarte del mal. Y si no te agrada, recuerda que tú mismo te lo buscaste.

Pippin no dijo más.

Poco después recorría de nuevo en compañía de Gandalf el frío corredor que conducía a la puerta de la Sala de la Torre. Allí, en una penumbra gris, estaba sentado Denethor, como una araña vieja y paciente, pensó Pippin; parecía que no se hubiese movido de allí desde la víspera. Le indicó a Gandalf que se sentara, pero a Pippin lo dejó un momento de pie, sin prestarle atención. Al fin el viejo se volvió hacia él.

—Bien, Maese Peregrin, espero que hayas aprovechado a tu gusto el día de ayer. Aunque temo que en esta ciudad la mesa sea bastante más austera de lo que tú desearías.

Pippin tuvo la desagradable impresión de que la mayor

parte de lo que había dicho o hecho había llegado de algún modo a oídos del Señor de la Ciudad, y que además muchos de sus pensamientos eran conocidos por todos. No respondió.

—¿Qué querrías hacer a mi servicio?

—Pensé, señor, que vos me señalaríais mis deberes.

—Lo haré, una vez que conozca tus aptitudes —dijo Denethor—. Pero eso lo sabré quizá más pronto teniéndote a mi lado. Mi paje de cámara ha solicitado licencia para enrolarse en la guarnición exterior, de modo que por un tiempo ocuparás su lugar. Me servirás, llevarás mensajes, y conversarás conmigo, si la guerra y las asambleas me dejan algún momento de ocio. ¿Sabes cantar?

—Sí —dijo Pippin—. Bueno, sí, bastante bien para mi gente. Pero no tenemos canciones apropiadas para grandes palacios y para tiempos de infortunio, señor. Rara vez nuestras canciones tratan de algo más terrible que el viento o la lluvia. Y la mayor parte de mis canciones hablan de cosas que nos hacen reír: o de la comida y la bebida, por supuesto.

—¿Y por qué esos cantos no serían apropiados para mis salones, o para tiempos como éstos? Nosotros, que hemos vivido tantos años bajo la Sombra ¿no tenemos acaso el derecho de escuchar los ecos de un pueblo que no ha conocido un castigo semejante? Quizá sintiéramos entonces que nuestra vigilia no ha sido en vano, aun cuando nadie la haya agradecido.

A Pippin se le encogió el corazón. No le entusiasmaba la idea de tener que cantar ante el Señor de Minas Tirith las canciones de la Comarca, y menos aún las cómicas que conocía mejor; y además eran... bueno, demasiado rústicas para ese momento. No se le ordenó que cantase. Denethor se volvió a Gandalf haciéndole preguntas sobre los Rohirrim y la política del reino de Rohan, y sobre la posición de Éomer, el sobrino del rey. A Pippin le maravilló que el Señor pareciera saber tantas cosas acerca de un pueblo que vivía muy lejos, aunque hacía muchos años sin duda, pensó, que Denethor no salía de las fronteras del reino.

Al cabo Denethor llamó a Pippin y le ordenó que se ausentase otra vez por algún tiempo.

—Ve a la armería de la Ciudadela —le dijo— y retira de allí la librea de la Torre y los avíos necesarios. Estarán listos. Fueron encargados ayer. ¡Vuelve en cuanto estés vestido!

Todo sucedió como Denethor había dicho, y pronto Pippin se vio ataviado con extrañas vestimentas, de color negro y plata: un pequeño plaquín, de malla de acero tal vez, pero negro como el azabache; y un yelmo de alta cimera, con pequeñas alas de cuervo a cada lado y en el centro de la corona una estrella de plata. Sobre la cota de malla llevaba una sobreveste corta, también negra pero con la insignia del árbol bordada en plata a la altura del pecho. Las ropas viejas de Pippin fueron dobladas y guardadas: le permitieron conservar la capa gris de Lórien, pero no usarla durante el servicio. Ahora sí que parecía, sin saberlo, la viva imagen del *Ernil i Pheriannath,* el Príncipe de los Medianos, como la gente había dado en llamarlo; pero se sentía incómodo, y la tiniebla empezaba a pesarle.

Todo aquel día fue oscuro y tétrico. Desde el amanecer sin sol hasta la noche, la sombra había ido aumentando, y los corazones de la Ciudad estaban oprimidos. Arriba, a lo lejos, una gran nube, llevada por un viento de guerra, flotaba lentamente hacia el oeste desde la Tierra Tenebrosa, devorando la luz; pero abajo el aire estaba inmóvil, sin un soplo, como si el Valle del Anduin esperase el estallido de una tormenta devastadora.

A eso de la hora undécima, liberado al fin por un rato de las obligaciones del servicio, Pippin salió en busca de comida y bebida, algo que lo animara e hiciese más soportable la espera. En el rancho se encontró nuevamente con Beregond, que acababa de regresar de una misión del otro lado del Pelennor, en las Torres de la Guardia de la Calzada. Pasearon juntos sin alejarse de los muros, pues en los recintos cerrados Pippin se sentía como prisionero, y hasta el aire de la alta ciudadela le parecía sofocante. Y otra vez se sentaron en el antepecho de la tronera que miraba al este, donde se habían entretenido la víspera, comiendo y hablando.

Era la hora del crepúsculo, pero ya el enorme palio había avanzado muy lejos en el Oeste, y un instante apenas, al hundirse por fin en el Mar, logró el sol escapar para lanzar un breve rayo de adiós antes de dar paso a la noche, el mismo rayo que Frodo, en la Encrucijada, veía en ese momento en la cabeza del rey caído. Pero para los campos del Pelennor, a la sombra del Mindolluin, nada resplandecía: todo era pardo y lúgubre.

Pippin tenía la impresión de que habían pasado años desde la primera vez que se había sentado allí, en un tiempo ya a medias olvidado, cuando todavía era un hobbit, un viajero despreocupado, indiferente a los peligros que había atravesado hacía poco. Ahora era un pequeño soldado, un soldado entre muchos otros en una ciudad que se preparaba para soportar un gran ataque, y vestía las ropas nobles pero sombrías de la Torre de la Guardia.

En otro momento y en otro lugar, tal vez Pippin habría aceptado de buen grado ese nuevo atuendo, pero ahora sabía que no estaba representando un papel en una comedia; estaba, seria e irremisiblemente al servicio de un amo severo que corría un gravísimo peligro.

El plaquín lo agobiaba, y el yelmo le pesaba sobre la cabeza. Se había quitado la capa y la había puesto sobre la piedra del asiento. Apartó los ojos fatigados de los campos sombríos y bostezó, y luego suspiró.

—¿Estás cansado del día de hoy? —le preguntó Beregond.

—Sí —dijo Pippin—, muy cansado: cansado de la inactividad y la espera. He estado de plantón a la puerta de la cámara de mi señor durante horas interminables, mientras él discutía con Gandalf y el Príncipe y otros grandes. Y no estoy acostumbrado, Maese Beregond, a servir con hambre la mesa de otros. Es una prueba muy dura para un hobbit. Has de pensar sin duda que tendría que sentirme profundamente honrado. Pero ¿para qué quiero yo un honor semejante? Y a decir verdad ¿para qué comer y beber bajo esta sombra invasora? ¿Qué significa? ¡El aire mismo parece espeso y pardo! ¿Son frecuentes aquí estos oscurecimientos cuando el viento sopla en el Este?

—No —dijo Beregond—. Ésta no es una oscuridad natural del mundo. Es algún artificio creado por la malicia del Enemigo; alguna emanación de la Montaña de Fuego, que envía para ensombrecer los corazones y las deliberaciones. Y lo consigue por cierto. Ojalá vuelva el Señor Faramir. Él no se dejaría amilanar. Pero ahora, ¿quién sabe si alguna vez podrá regresar de la Oscuridad a través del Río?

—Sí —dijo Pippin—. Gandalf también está impaciente. Fue una decepción para él, creo, no encontrar aquí a Faramir. Y Gandalf ¿por dónde andará? Se retiró del consejo del Señor antes de la comida de mediodía, y no de buen humor, me pareció. Quizá tenga el presentimiento de alguna mala nueva.

De pronto, mientras hablaban, enmudecieron de golpe; inmóviles, paralizados, convertidos de algún modo en dos piedras que escuchaban. Pippin se tiró al suelo, tapándose los oídos con las manos; pero Beregond, que mientras hablaba de Faramir había estado mirando a lo lejos por encima del parapeto almenado, se quedó donde estaba, tieso, los ojos desencajados. Pippin conocía aquel grito estremecedor: sí, era el mismo que mucho tiempo atrás había oído en los Marjales de la Comarca; pero ahora había crecido en potencia y en odio, y atravesaba el corazón con una venenosa desesperanza.

Al fin Beregond habló, con un esfuerzo.

—¡Han llegado! —dijo—. ¡Atrévete y mira! Hay cosas terribles allá abajo.

Pippin se encaramó de mala gana en el asiento y asomó la cabeza por encima del muro. Abajo el Pelennor se extendía en las sombras e iba a perderse en la línea adivinada apenas del Río Grande. Pero ahora, girando vertiginosamente sobre los campos como sombras de una noche intempestiva, vio a media altura cinco formas de pájaros, horripilantes como buitres, pero más grandes que águilas, y crueles como la muerte. Ya bajaban de pronto, aventurándose hasta ponerse casi al alcance de los arqueros apostados en el muro, ya se alejaban volando en círculos.

—¡Jinetes Negros! —murmuró Pippin—. ¡Jinetes Negros del aire! ¡Pero mira, Beregond! —exclamó—. ¡Están buscando algo! ¡Mira cómo vuelan y descienden, siempre hacia el mismo punto! ¿Y no ves algo que se mueve en el suelo? Formas oscuras y pequeñas. ¡Sí, hombres a caballo: cuatro o cinco! ¡Ah, no lo puedo soportar! ¡Gandalf! ¡Gandalf! ¡Socorro!

Otro alarido largo vibró en el aire y se apagó, y Pippin, jadeando como un animal perseguido, se arrojó de nuevo al suelo y se acurrucó al pie del muro. Débil, y aparentemente remota a través de aquel grito escalofriante, tremoló desde abajo la voz de una trompeta y culminó en una nota aguda y prolongada.

—¡Faramir! ¡El Señor Faramir! ¡Es su llamada! —gritó Beregond—. ¡Corazón intrépido! ¿Pero cómo podrá llegar a la Puerta, si esos halcones inmundos e infernales cuentan con otras armas además del terror? ¡Pero míralos! ¡No se arredran! Llegarán a la Puerta. ¡No! Los caballos se encabritan. ¡Oh! Arrojan al suelo a los jinetes; ahora corren a pie. No, uno sigue montado, pero retrocede hacia los otros. Tiene que ser el Capitán: él sabe cómo dominar a las bestias y a los hombres. ¡Ay! Una de esas cosas inmundas se lanza sobre él. ¡Socorro! ¡Socorro! ¿Nadie acudirá en su auxilio? ¡Faramir!

Y Beregond dio un salto, echó a correr y desapareció en la oscuridad. Asustado y avergonzado, mientras que Beregond de la Guardia pensaba ante todo en su amado capitán, Pippin se levantó y miró fuera. En ese momento alcanzó a ver un destello de nieve y de plata que venía del norte, como una estrella diminuta que hubiese descendido a los campos sombríos. Avanzaba como una flecha y crecía a medida que se acercaba a los cuatro hombres que huían hacia la Puerta. Parecía esparcir una luz pálida, y Pippin tuvo la impresión de que la sombra espesa retrocedía delante de la luz, y en seguida, cuando estuvo más cerca, creyó oír, como un eco entre los muros, una voz poderosa que llamaba.

—¡Gandalf! —gritó Pippin—. ¡Gandalf! Siempre llega en el momento más sombrío. ¡Adelante! ¡Adelante! ¡Caballero Blanco! ¡Gandalf! ¡Gandalf! —gritó, con la vehemencia del espectador de una gran carrera, como alentando a un corredor que no necesita la ayuda de exhortaciones.

Mas ya las sombras aladas habían advertido la presencia del recién llegado. Una de ellas voló en círculos hacia él; pero a Pippin le pareció ver que Gandalf levantaba una mano y que de ella brotaba como un dardo un haz de luz blanca. El Nazgûl dejó escapar un grito largo y doliente y se apartó; y los otros cuatro, tras un instante de vacilación, se elevaron en espirales vertiginosas y desaparecieron en el este, entre las nubes bajas; y por un momento los campos del Pelennor parecieron menos oscuros.

Pippin observaba, y vio que los jinetes y el Caballero Blanco se reunían al fin, y se detenían a esperar a los que iban a pie. Grupos de hombres les salían al encuentro desde la Ciudad; y pronto Pippin los perdió de vista bajo los muros exteriores, y adivinó que estaban trasponiendo la Puerta. Sospechando que subirían inmediatamente a la Torre, y a ver al Senescal, corrió a la entrada de la ciudadela. Allí se le unieron muchos otros que habían observado la carrera y el rescate desde los muros.

Pronto en las calles que subían de los círculos exteriores se elevó un gran clamor, y hubo muchos vítores, y por todas partes voceaban y aclamaban los nombres de Faramir y Mithrandir. Pippin vio unas antorchas, y luego dos jinetes que cabalgaban lentamente seguidos por una gran multitud: uno estaba vestido de blanco, pero ya no resplandecía, pálido en el crepúsculo como si el fuego que ardía en él se hubiese consumido o velado. El otro era sombrío y tenía la cabeza gacha. Desmontaron y mientras los palafreneros se llevaban a Sombragrís y al otro caballo, avanzaron hacia el centinela de la puerta: Gandalf con paso firme, el manto gris flotándole a la espalda y en los ojos un fuego todavía encendido; el otro, vestido de verde, más lentamente, vacilando un poco como un hombre herido o fatigado.

Pippin se adelantó entre el gentío, y en el momento en que los hombres pasaban bajo la lámpara de la arcada vio el rostro pálido de Faramir y se quedó sin aliento. Era el rostro de alguien que asaltado por un miedo terrible o una inmensa angustia ha conseguido dominarse y recobrar la calma. Orgulloso y grave, se detuvo un momento a hablar con el guardia, y Pippin, que no le quitaba los ojos de encima, vio hasta qué punto se parecía a su hermano Boromir, a quien él había querido desde el principio, admirando la hidalguía y la bondad del gran hombre. De pronto, sin embargo, en presencia de Faramir, un sentimiento extraño que nunca había conocido antes, le embargó el corazón. Éste era un hombre de alta nobleza, semejante a la que por momentos viera en Aragorn, menos sublime quizá pero a la vez menos imprevisible y remota: uno de los Reyes de los Hombres nacido en una época más reciente, pero tocado por la sabiduría y la tristeza de la Antigua Raza. Ahora sabía por qué Beregond lo nombraba con veneración. Era un capitán a quien los hombres seguirían ciegamente, a quien él mismo seguiría, aún bajo la sombra de las alas negras.

—¡Faramir! —gritó junto con los otros—. ¡Faramir! —Y Faramir, advirtiendo el acento extraño del hobbit entre el clamor de los hombres de la Ciudad, se dio vuelta, y lo miró estupefacto.

—¿Y tú de dónde vienes? —le preguntó—. ¡Un Mediano, y vestido con la librea de la Torre! ¿De dónde...?

Pero en ese momento Gandalf se le acercó y habló: —Ha venido conmigo desde el país de los Medianos —dijo—. Ha venido conmigo. Pero no nos demoremos aquí. Hay mucho que decir y mucho por hacer, y tú estás fatigado. Él nos acompañará. En realidad, tiene que acompañarnos, pues si no olvida más fácilmente que yo sus nuevas obligaciones, dentro de menos de una hora ha de tomar servicio con su señor. ¡Ven, Pippin, síguenos!

Así llegaron por fin a la cámara privada del Señor de la Ciudad. Alrededor de un brasero de carbón de leña, habían dispuesto asientos bajos y mullidos; y trajeron vino; y allí Pippin, cuya presencia nadie parecía advertir, de pie detrás del asiento de Denethor, escuchaba con tanta avidez todo cuanto se decía que olvidó su propio cansancio.

Una vez que Faramir hubo tomado el pan blanco y bebido un sorbo de vino, se sentó en uno de los asientos bajos a la izquierda de su padre. Un poco más alejado, a la derecha de Denethor, estaba Gandalf, en un sillón de madera tallada; y al principio parecía dormir. Pues en un comienzo Faramir habló sólo de la misión que le había sido encomendada diez días atrás; y traía noticias del Ithilien y de los movimientos del Enemigo y sus aliados; y narró la batalla del camino, en la que los hombres de Harad y la bestia descomunal que los acompañaba fueran derrotados: un capitán que comunica a un superior sucesos de un orden casi cotidiano, los episodios insignificantes de una guerra de fronteras que ahora parecían vanos y triviales, sin grandeza ni gloria.

Entonces, de improviso, Faramir miró a Pippin.

—Pero ahora llegamos a la parte más extraña —dijo—. Porque éste no es el primer Mediano que veo salir de las leyendas del norte para aparecer en las Tierras del Sur.

Al oír esto Gandalf se irguió y se aferró a los brazos del sillón; pero no dijo nada, y con una mirada detuvo la exclamación que estaba a punto de brotar de los labios de Pippin. Denethor observó los rostros de todos y sacudió la cabeza, como indicando que ya había adivinado mucho, aun antes de escuchar el relato de Faramir. Lentamente, mientras los otros permanecían inmóviles y silenciosos, Faramir narró su historia, casi sin apartar los ojos de Gandalf, aunque de tanto en tanto miraba un instante a Pippin, como para refrescarse la memoria.

Cuando Faramir llegó a la parte del encuentro con Frodo y su sirviente, y hubo narrado los sucesos de Henneth Annûn, Pippin notó que un temblor agitaba las manos de Gandalf, aferradas como garras a la madera tallada. Blancas parecían ahora, y muy viejas, y Pippin adivinó, con un sobresalto, que Gandalf, el gran Gandalf, estaba inquieto, y que tenía miedo. En la estancia cerrada el aire no se movía. Y cuando Faramir habló por fin de la despedida de los viajeros, y de la resolución de los hobbits de ir a Cirith Ungol, la voz le flaqueó, y meneó la cabeza, y suspiró. Gandalf se levantó de un salto.

—¿Cirith Ungol, dijiste? ¿El Valle de Morgul? —preguntó—. ¿En qué momento, Faramir, en qué momento? ¿Cuándo te separaste de ellos? ¿Cuándo pensaban llegar a ese valle maldito?

—Nos separamos hace dos días, por la mañana —dijo Faramir—. Hay quince leguas de allí al valle del Morgulduin, si siguieron en línea recta hacia el sur; y entonces estarían aún a cinco leguas de la Torre maldita. Por muy rápido que hayan ido, no pueden haber llegado antes de hoy, y es posible que aún estén en camino. En verdad, veo lo que temes. Pero la oscuridad no proviene de la aventura de tus amigos. Comenzó ayer al caer la tarde, y ya anoche todo el Ithilien estaba envuelto en sombras. Es evidente para mí que el Enemigo preparaba este ataque desde hace mucho tiempo, y que la hora ya había sido fijada antes del momento en que me separé de los viajeros, dejándolos sin mi custodia.

Gandalf iba y venía con paso nervioso por la habitación.

—¡Anteayer por la mañana, casi tres días de viaje! ¿A qué distancia queda el lugar en que os separasteis?

—Unas veinticinco leguas a vuelo de pájaro —respondió Faramir—. Pero me fue imposible llegar antes. Anoche dormí en Cair Andros, la isla larga en el norte del Río, donde mantenemos una guarnición; y caballos en nuestra orilla. Cuando vi cerrarse la oscuridad, comprendí que la premura era necesaria, y entonces partí con otros tres hombres que disponían de caballos. El resto de mi compañía lo envié al sur, a reforzar la guarnición de los vados del Osgiliath. Espero no haber actuado mal. —Miró a su padre.

—¿Mal? —gritó Denethor, y de pronto los ojos le relampaguearon—. ¿Por qué lo preguntas? Los hombres estaban bajo tu mando. ¿O acaso me pides que juzgue todo lo que haces? Tu actitud es humilde en mi presencia; pero hace tiempo ya que te has desviado de tu camino y desoyes mis consejos. Has hablado con tacto y desenvoltura, como siempre; pero ¿crees que no he visto por ventura que tenías los ojos fijos en Mithrandir, tratando de saber si decías lo preciso o más de lo conveniente? Es él quien se ha adueñado de tu corazón desde hace mucho tiempo.

"Hijo mío, tu padre está viejo, pero aún no chochea. Todavía soy capaz de ver y de oír, igual que antes; y poco de cuanto has dicho a medias o callado es un secreto para mí. Conozco la respuesta de muchos enigmas. ¡Ay, ay, mi pobre Boromir!

—Si lo que he hecho os desagrada, padre mío —dijo con calma Faramir—, hubiera deseado conocer vuestro pensamiento antes que se me impusiera el peso de tamaña decisión.

—¿Acaso eso te habría hecho cambiar de parecer? —dijo Denethor—. Estoy seguro de que te habrías comportado de la misma manera. Te conozco bien. Siempre quieres parecer noble y generoso como un rey de los tiempos antiguos, amable y benévolo. Una actitud que cuadraría tal vez a alguien de elevado linaje, si es poderoso y si gobierna en paz. Pero en los momentos desesperados, la benevolencia puede ser recompensada con la muerte.

—Pues que así sea —dijo Faramir.

—¡Que así sea! —gritó Denethor—. Pero no sólo con tu muerte, Señor Faramir: también con la de tu padre, y la de todo tu pueblo, a quien tendrías que proteger ahora que Boromir se ha ido.

—¿Desearíais entonces —dijo Faramir— que yo hubiese estado en su lugar?

—Sí, lo desearía, sin duda —dijo Denethor—. Porque Boromir era leal para conmigo, no el discípulo de un mago. En vez de desperdiciar lo que le ofrecía la suerte, hubiera recordado que su padre necesitaba ayuda. Me habría traído un regalo poderoso.

La reserva de Faramir pareció ceder entonces un momento.

—Os rogaría, padre mío, que recordéis por qué fui yo al Ithilien, y no él. En una oportunidad al menos, y no hace de esto mucho tiempo, prevaleció vuestra decisión. Fue el Señor de la Ciudad quien le confió a Boromir esa misión.

—No remuevas la amargura de la copa que yo mismo me he preparado —dijo Denethor—. ¿Acaso no la he sentido ya muchas noches en la lengua, previendo que lo peor está aún en el fondo? Como ahora lo compruebo por cierto. ¡Ojalá no fuera así! ¡Ojalá ese objeto hubiese llegado a mi poder!

—¡Consuélate! —dijo Gandalf—. En ningún caso te lo hubiera traído Boromir. Está muerto, y ha tenido una muerte digna: ¡que descanse en paz! Pero te engañas. Boromir habría extendido la mano para tomarlo, y ni bien lo hubiera tocado, estaría perdido sin remedio. Lo habría guardado para él, y cuando viniera aquí, no hubieras reconocido a tu hijo.

El semblante de Denethor se contrajo en un rictus frío y duro.

—Encontraste que Boromir era menos dúctil en tus manos, ¿no es verdad? —dijo con voz suave—. Pero yo que era su padre digo que me lo hubiera traído. Serás sabio, Mithrandir, pero pese a tus sutilezas no eres dueño de toda la sabiduría. No siempre los consejos han de encontrarse en los artilugios de los magos o en la precipitación de los locos. En esta materia mi sabiduría y mi prudencia son más altas de lo que imaginas.

—¿Y qué te dice la prudencia?

—Lo suficiente como para saber que es necesario evitar dos locuras. Utilizarlo es peligroso. Y en un momento como éste, enviarlo al país mismo del Enemigo en las manos de un Mediano sin inteligencia, como lo has hecho tú, tú y este hijo mío, es un disparate.

—¿Y qué habría hecho el Señor Denethor?

—Ni una cosa ni la otra. Pero con toda seguridad y contra todo argumento, no lo habría entregado a los azares de la suerte, una esperanza que sólo cabe en la mente de un loco, y arriesgarnos así a una ruina total, si el Enemigo lo recupera. No, hubiera sido necesario guardarlo, esconderlo: ocultarlo en un sitio secreto y oscuro. No hablo de utilizarlo, no, salvo en caso de extrema necesidad, pero sí ponerlo fuera de su alcance, a menos que sufriéramos una derrota tan definitiva que lo que pudiese acontecernos nos fuera indiferente, pues estaríamos muertos.

—Como es tu costumbre, mi Señor, sólo piensas en Gondor —dijo Gandalf—. Sin embargo, hay otros hombres, y otras vidas y tiempos por venir. Y yo por mi parte, compadezco aun a los esclavos del Enemigo.

—¿Y dónde buscarán ayuda los otros hombres, si Gondor cae? —replicó Denethor—. Si yo lo tuviese ahora aquí, guardado en las bóvedas profundas de esta ciudadela, no estaríamos temblando de terror bajo esta oscuridad, temiendo lo peor, y nada entorpecería nuestras decisiones. Si no me crees capaz de soportar la prueba, es porque aún no me conoces.

—Sin embargo, no te creo capaz —dijo Gandalf—. Si hubiera confiado en ti, te lo hubiera enviado para que lo tuvieras aquí, bajo tu custodia, con lo que habría ahorrado muchas angustias, a mí y a otros. Y ahora, oyéndote hablar, confío menos aún, no más que en Boromir. ¡No, refrena tu ira! En este caso ni en mí mismo confío: me fue ofrecido como regalo y lo rechacé. Eres fuerte, Denethor, y capaz aún de dominarte en ciertas cosas; pero si lo hubieras recibido, te habría derrotado. Aunque estuviese enterrado en las raíces mismas del Mindolluin, te consumiría la mente a medida que vieras crecer la oscuridad, y las cosas peores aún que no tardarán en caer sobre nosotros.

Los ojos de Denethor relampaguearon otra vez por un momento, y Pippin volvió a sentir la tensión entre las dos voluntades: pero ahora las miradas de los dos adversarios le parecían las hojas de dos espadas centelleantes, batiéndose de ojo a ojo. Pippin se estremeció, temiendo algún golpe terrible. Pero de pronto Denethor recobró la calma. Se encogió de hombros.

—¡Si yo hubiera! ¡Si yo hubiera! —exclamó—. Todas esas palabras, todos esos *si* son vanos. Ahora va camino de la Sombra, y sólo el tiempo dirá lo que el destino prepara, para el objeto, y para nosotros. En el plazo que aún queda, que no será largo, que todos los que luchan contra el Enemigo cada uno a su manera se unan, y que conserven la esperanza mientras sea posible, y cuando ya no les quede ninguna, que tengan al menos la entereza necesaria para morir libres. —Se volvió a Faramir.— ¿Qué piensas de la guarnición de Osgiliath?

—No es fuerte —respondió Faramir—. Como os he dicho, he enviado allí la compañía de Ithilien, para reforzarla.

—No creo que baste —dijo Denethor—. Allí es donde caerá el primer golpe. Lo que les hará falta es un capitán enérgico.

—A esa guarnición y a muchas otras —dijo Faramir, y suspiró—. ¡Ay, si estuviera con vida mi pobre hermano; yo también lo amaba! —Se levantó.— ¿Puedo retirarme, padre? —Y al decir esto se tambaleó, y tuvo que apoyarse en el sillón de su padre.

—Estás fatigado, ya lo veo —dijo Denethor—. Has cabalgado mucho y lejos, y bajo las sombras del mal en el aire, me han dicho.

—¡No hablemos de eso! —dijo Faramir.

—No hablaremos pues —dijo Denethor—. Ahora ve y descansa como puedas. Las necesidades de mañana serán más duras.

Todos se despidieron entonces del Señor de la Ciudad para retirarse a descansar mientras fuese posible. Fuera había una oscuridad negra y sin estrellas mientras Gandalf se alejaba en compañía de Pippin que llevaba una pequeña antorcha. Hasta que se encontraron a puertas cerradas no cambiaron una sola palabra. Entonces Pippin tomó al fin la mano de Gandalf.

—Dime —preguntó— ¿queda todavía alguna esperanza? Para Frodo, quiero decir; o al menos sobre todo para Frodo.

Gandalf posó la mano en la cabeza de Pippin.

—Nunca hubo muchas esperanzas —respondió—. Nada más que esperanzas desatinadas, me dijeron. Y cuando oí el nombre de Cirith Ungol... —Se interrumpió y a grandes pasos caminó hasta la ventana como si pudiese ver del otro lado de la noche, allá en el Este.— ¡Cirith Ungol! ¿Por qué ese camino, me pregunto? —Se volvió.— En ese instante, Pippin, al oír ese nombre, mi corazón estuvo a punto de desfallecer. Y a pesar de todo, Pippin, creo de verdad que en las noticias que trajo Faramir hay alguna esperanza. Pues es evidente que el Enemigo se ha decidido al fin a declararnos la guerra, y que ha dado el primer paso cuando Frodo aún estaba en libertad. De manera que por ahora, durante muchos días, apuntará la mirada aquí y allá, siempre fuera de su propio territorio. Y sin embargo, Pippin, siento desde lejos la prisa y el miedo que lo dominan. Ha empezado mucho antes de lo previsto. Algo tiene que haberlo impulsado a actuar en seguida.

Permaneció un momento pensativo.

—Quizá —murmuró—. Quizá también tu insensatez ayudó de algún modo. Veamos: hace unos cinco días habrá descubierto que derrotamos a Saruman y que nos apoderamos de la Piedra. Sí, pero entonces ¿qué? No podíamos utilizarla para un fin preciso, sin que él lo supiera. ¡Ah! Podría ser. ¿Aragorn? Se le acerca la hora. Y es fuerte, e inflexible por dentro, Pippin; temerario y resuelto, capaz de tomar por sí mismo decisiones heroicas y de correr grandes riesgos, si es necesario. Podría ser, sí. Quizá Aragorn haya utilizado la Piedra y se haya mostrado al Enemigo desafiándolo justamente con este propósito. ¡Quién sabe! De todos modos no conoceremos la respuesta hasta que lleguen los Jinetes de Rohan, siempre y cuando no lleguen demasiado tarde. Nos esperan días infaustos. ¡A dormir, mientras sea posible!

—Pero... —dijo Pippin.

—¿Pero qué? —dijo Gandalf—. Esta noche te concedo un solo *pero*.

—Gollum —dijo Pippin—. ¿Cómo se entiende que estuvieran viajando con él, y que hasta lo siguieran? Y me di cuenta de que a Faramir no le gustaba más que a ti el lugar a donde los conducía. ¿Qué pasa?

—No puedo contestar a esa pregunta por el momento —dijo Gandalf—. Sin embargo, mi corazón presentía que Frodo y Gollum se encontrarían antes del fin. Para bien o para mal. Pero de Cirith Ungol no quiero hablar esta noche. Traición, una traición, es lo que temo: una traición de esa criatura miserable. Pero así tenía que ser.

Recordemos que un traidor puede traicionarse a sí mismo y hacer involuntariamente un bien. Ocurre a veces. ¡Buenas noches!

El día siguiente llegó con una mañana semejante a un crepúsculo pardo, y los corazones de los hombres, reconfortados por el regreso de Faramir, se hundieron otra vez en un profundo desaliento. Las Sombras aladas no volvieron a verse en todo el día, pero de vez en cuando, alto sobre la ciudad, se oía un grito lejano, que por un momento paralizaba de terror a muchos de los hombres; y los más pusilánimes se estremecían y sollozaban.

Y ahora Faramir había vuelto a ausentarse.

—No le dan ningún sosiego —murmuraban algunos—. El Señor es demasiado duro con su hijo, y ahora tiene que cumplir los deberes de dos, los suyos propios y los del hermano que no volverá. —Y miraban sin cesar hacia el norte y preguntaban:— ¿Dónde están los Jinetes de Rohan?

En verdad no era Faramir quien había decidido partir de nuevo. Pero el Señor de la Ciudad presidía el Consejo, y ese día no estaba de humor como para prestar oídos al parecer de otros. El Consejo había sido convocado a primera hora de la mañana, y todos los capitanes habían opinado que en vista del grave peligro que los amenazaba en el Sur, la fuerza de Gondor era demasiado débil para intentar cualquier acción de guerra, a menos que por ventura llegasen aún los Jinetes de Rohan. Mientras tanto no podían hacer nada más que guarnecer los muros y esperar.

—Sin embargo —dijo Denethor—, no convendría abandonar a la ligera las defensas exteriores, el Rammas edificado con tanto esfuerzo. Y el Enemigo tendrá que pagar caro el cruce del Río. No podrá atacar la Ciudad ni por el norte de Cair Andros a causa de los pantanos, ni por el sur en las cercanías de Lebennin, pues allí el Río es muy ancho, y necesitaría muchas embarcaciones. Es en Osgiliath donde descargará el golpe, como ya lo hizo una vez cuando Boromir le cerró el paso.

—Aquello no fue más que una intentona —dijo Faramir—. Hoy quizá pudiéramos hacerle pagar al enemigo diez veces nuestras pérdidas, y sin embargo ser nosotros los perjudicados. Pues a él no le importaría perder todo un ejército, pero nosotros no podemos permitirnos la pérdida de una sola compañía. Y la retirada de las que enviemos lejos sería peligrosa, en caso de una irrupción violenta.

—¿Y Cair Andros? —dijo el Príncipe—. También Cair Andros tendrá que resistir, si vamos a defender Osgiliath. No olvidemos el peligro que nos amenaza desde la izquierda. Los Rohirrim pueden venir o no venir. Pero Faramir nos ha hablado de una fuerza formidable que avanza resueltamente hacia la Puerta Negra. De ella podrían desmembrarse varios ejércitos y atacar desde distintos frentes.

—Mucho hay que arriesgar en la guerra —dijo Denethor—. Cair Andros está guarnecida, y no puedo enviar tan lejos ni un hombre más. Pero el Río y el Pelennor no los cederé sin combatir... si hay aquí un capitán que aún tenga el coraje suficiente para ejecutar la voluntad de su superior.

Entonces todos guardaron silencio, hasta que al cabo habló Faramir: —No me opongo a vuestra voluntad, Señor. Puesto que habéis sido despojado de Boromir, iré yo y haré lo que pueda en su lugar... si me lo ordenáis.

—Te lo ordeno —dijo Denethor.

—¡Adiós, entonces! —dijo Faramir—. ¡Pero si yo volviera un día, tened mejor opinión de mí!

—Eso dependerá de cómo regreses —dijo Denethor.

Fue Gandalf el último en hablar con Faramir antes de que partiera para el Este.

—No sacrifiques tu vida ni por temeridad ni por amargura —le dijo—. Serás necesario aquí, para cosas distintas de la guerra. Tu padre te ama, Faramir, y lo recordará antes del fin. ¡Adiós!

Así pues el Señor Faramir había vuelto a marcharse, llevando consigo todos los voluntarios que quisieron acompañarlo o de quienes se podía prescindir. Desde lo alto de los muros algunos escudriñaban a través de la oscuridad la ciudad en ruinas, y se preguntaban qué estaría aconteciendo allí, pues nada era visible. Y otros, como siempre, oteaban el norte, y contaban las leguas que los separaban de Théoden en Rohan. —¿Vendrá? ¿Recordará nuestra antigua alianza? —decían.

—Sí, vendrá —decía Gandalf—, aunque llegue demasiado tarde. ¡Pero reflexionad! En el mejor de los casos, la Flecha Roja no puede haberle llegado hace más de dos días, y las leguas son largas desde Edoras.

Era nuevamente de noche cuando recibieron por fin otras noticias. Un hombre llegó al galope desde los vados, diciendo que un ejército había salido de Minas Morgul y que ya se acercaba a Osgiliath; y que se le habían unido regimientos del Sur, los Haradrim, altos y crueles.

—Y nos hemos enterado —prosiguió el mensajero— de que el Capitán Negro conduce una vez más las tropas, y de que el terror se extiende delante de él, y que ya ha cruzado el Río.

Con estas palabras de mal augurio concluyó el tercer día desde la llegada de Pippin a Minas Tirith. Pocos se retiraron a descansar esa noche, pues ya nadie esperaba que ni siquiera Faramir pudiese defender por mucho tiempo los vados.

Al día siguiente, aunque la Sombra había dejado de crecer, pesaba aún más sobre los corazones de los hombres, y el miedo empezó a dominarlos. No tardaron en llegar otras malas noticias. El cruce del Anduin estaba ahora en poder del Enemigo. Faramir se batía en retirada hacia los muros del Pelennor, reuniendo a todos sus hombres en los Fuertes de la Calzada; pero el enemigo era diez veces superior en número.

—Si acaso decide regresar a través del Pelennor, tendrá el enemigo pisándole los talones —dijo el mensajero—. Han pagado caro el paso del Río, pero menos de lo que nosotros esperábamos. El plan estaba bien trazado. Ahora se ve que desde hace mucho tiempo estaban construyendo en secreto flotillas de balsas y lanchones al este de Osgiliath. Atravesaron el Río como un enjambre de escarabajos. Pero el que nos derrota es el Capitán Negro. Pocos se atreverán a soportar y afrontar aún el mero rumor de que viene hacia aquí. Sus propios hombres tiemblan ante él, y se matarían si él así lo ordenase.

—En ese caso, allí me necesitan más que aquí —dijo Gandalf; e inmediatamente partió al galope, y el resplandor blanco pronto se perdió de vista. Y Pippin permaneció toda esa noche de pie sobre el muro, solo e insomne con la mirada fija en el este.

Apenas habían sonado las campanas anunciando el nuevo día, una burla en aquella oscuridad sin tregua, cuando Pippin vio que unas llamas brotaban en la lejanía, en los espacios indistintos en que se alzaban los muros del Pelennor. Los centinelas gritaron con voz fuerte, y todos los hombres de la Ciudad se pusieron en pie de combate. De tanto en tanto se veía ahora un relámpago rojo, y unos fragores sordos atravesaban lentamente el aire inmóvil y pesado.

—¡Han tomado el muro! —gritaron los hombres—. Están abriendo brechas. ¡Ya vienen!

—¿Dónde está Faramir? —preguntó Beregond, aterrorizado—. ¡No me digáis que ha caído!

Fue Gandalf quien trajo las primeras noticias. Llegó a media mañana con un puñado de jinetes, escoltando una fila de carretas. Estaban cargadas de heridos, todos aquellos que habían podido salvarse del desastre de los Fuertes de la Calzada. En seguida se presentó ante Denethor. El Señor de la Ciudad se encontraba ahora en una cámara alta sobre el Salón de la Torre Blanca con Pippin a su lado; y se asomaba a las ventanas oscuras abiertas al norte, al sur y al este, como si quisiera hundir los ojos negros en las sombras del destino que ahora lo cercaban. Miraba sobre todo hacia el Norte, y por momentos se detenía a escuchar, como si en virtud de alguna antigua magia alcanzase a oír el trueno de los cascos en las llanuras distantes.

—¿Ha vuelto Faramir? —preguntó.

—No —dijo Gandalf—. Pero estaba todavía con vida

cuando lo dejé. Sin embargo parecía decidido a quedarse con la retaguardia, pues teme que un repliegue a través del Pelennor pueda terminar en una fuga precipitada. Tal vez consiga mantener unidos a sus hombres el tiempo suficiente, aunque lo dudo. El enemigo es demasiado poderoso. Pues ha venido uno que yo temía.

—¿No... no el Señor Oscuro? —gritó Pippin aterrorizado, olvidando con quien estaba.

Denethor rió amargamente.

—No, todavía no, ¡Maese Peregrin! No vendrá sino a triunfar sobre mí, cuando todo esté perdido. Él utiliza otras armas. Es lo que hacen todos los grandes señores, si son sabios, señor Mediano. ¿O por qué crees que permanezco aquí en mi torre, meditando, observando y esperando, y hasta sacrificando a mis hijos? Porque todavía soy capaz de esgrimir un arma.

Se levantó y se abrió bruscamente el largo manto negro, y he aquí que debajo llevaba una cota de malla y ceñía una espada larga de gran empuñadura en una vaina de plata y azabache.

—Así he caminado y así duermo ahora, desde hace muchos años —dijo— a fin de que la edad no me ablande y me amilane el cuerpo.

—Sin embargo ahora, el Señor de Barad-dûr, el más feroz de los capitanes enemigos, se ha apoderado ya de los muros exteriores —dijo Gandalf—. Soberano de Angmar en tiempos pasados, Hechicero, Espectro, Servidor del Anillo, Señor de los Nazgûl, lanza de terror en la mano de Sauron, sombra de desesperación.

—Entonces, Mithrandir, tuviste un enemigo digno de ti —dijo Denethor—. En cuanto a mí, he sabido desde hace tiempo quién es el gran capitán de los ejércitos de la Torre Oscura. ¿Has regresado sólo para decirme eso? ¿No será acaso que te retiraste al tropezar con alguien más poderoso que tú?

Pippin tembló, temiendo que en Gandalf se encendiese una cólera súbita; pero el temor era infundado.

—Tal vez —respondió Gandalf serenamente—. Pero aún no ha llegado el momento de poner a prueba nuestras fuerzas. Y si las palabras pronunciadas en los días antiguos dicen la verdad, no será la mano de ningún hombre la que habrá de abatirlo, y el destino que le aguarda es aún ignorado por los Sabios. Como quiera que sea, el Capitán de la Desesperación no se apresura todavía a adelantarse. Conduce en verdad a sus esclavos de acuerdo con las normas de la prudencia que tú mismo acabas de enunciar, desde la retaguardia, enviándolos delante de él en una acometida de locos.

"No, he venido ante todo a custodiar a los heridos que aún pueden sanar; porque ahora hay brechas todo a lo largo del Rammas, y el ejército de Morgul no tardará en penetrar por distintos puntos. Dentro de poco habrá aquí una batalla campal. Es necesario preparar una salida. Que sea de hombres montados. En ellos se apoya nuestra breve esperanza, pues sólo de una cosa no está bien provisto el enemigo: tiene pocos jinetes.

—Nosotros también. Si ahora viniesen los de Rohan, el momento sería oportuno —dijo Denethor.

—Quizás antes veamos llegar a otros —dijo Gandalf—. Ya se nos han unido muchos fugitivos de Cair Andros. La isla ha caído. Un nuevo ejército ha salido por la Puerta Negra, y viene hacia aquí a través del noreste.

—Algunos te han acusado, Mithrandir, de complacerte en traer malas nuevas —dijo Denethor—, pero para mí ésta ya no es nueva: la supe ayer, antes del caer de la noche. Y en cuanto a la salida, ya había pensado en eso. Descendamos.

Pasaba el tiempo. Los vigías apostados en los muros vieron al fin la retirada de las compañías exteriores. Al principio iban llegando en grupos pequeños y dispersos: hombres extenuados y a menudo heridos que marchaban en desorden; algunos corrían, como escapando a una persecución. A lo lejos, en el este, vacilaban unos fuegos distantes, que ahora parecían extenderse a través de la llanura. Ardían casas y graneros. De pronto, desde muchos puntos, empezaron a correr unos arroyos de llamas rojas que serpeaban en la sombra, y todos iban hacia la línea del camino ancho que llevaba desde la Puerta de la Ciudad hasta Osgiliath.

—El enemigo —murmuraron los hombres—. El dique ha cedido. ¡Allí vienen, como un torrente por las brechas! Y traen antorchas. ¿Dónde están los nuestros?

Según la hora, la noche se acercaba, y la luz era tan mortecina que ni aun los hombres de buena vista de la Ciudadela llegaban a distinguir lo que acontecía en los campos, excepto los incendios que se multiplicaban, y los ríos de fuego que crecían en longitud y rapidez. Por fin, a menos de una milla de la Ciudad, apareció a la vista una columna más ordenada; marchaba sin correr, en filas todavía unidas.

Los vigías contuvieron el aliento. —Faramir ha de venir con ellos —dijeron—. Él sabe dominar a los hombres y las bestias. Aún puede conseguirlo.

Ahora la columna estaba a apenas un cuarto de milla. Tras ellos, saliendo de la oscuridad, galopaba un grupo reducido de jinetes, todo cuanto quedaba de la retaguardia. Otra vez acorralados, se volvieron para enfrentar las líneas de fuego cada vez más próximas. De improviso, hubo un tumulto de gritos feroces. Una horda de jinetes del enemigo se lanzó hacia adelante. Los arroyos de fuego se transformaron en torrentes rápidos: fila tras fila de orcos que llevaban antorchas encendidas, y sureños feroces, que blandían estandartes rojos y daban gritos destemplados y se adelantaban a la columna que se batía en retirada y le cerraban el paso. Y con un alarido las sombras aladas se precipitaron cayendo del cielo tenebroso: los Nazgûl que se inclinaban hacia adelante, preparados para matar.

La retirada se convirtió en una fuga. Ya unos hombres rompían filas, huyendo aquí y allá, arrojando las armas, gritando de terror, rodando por el suelo.

Una trompeta sonó entonces en la Ciudadela, y Denethor dio por fin la orden de salida. Cobijados a la sombra de la Puerta y bajo los muros elevados los hombres habían estado esperando esa señal: todos los jinetes que quedaban en la Ciudad. Ahora avanzaron en orden, y en

116

seguida apresuraron el paso, y en medio de un gran clamor corrieron al galope hacia el enemigo. Y un grito se elevó en respuesta desde los muros, pues en el campo de batalla y a la vanguardia galopaban los caballeros del cisne de Dol Amroth, con el Príncipe Imrahil a la cabeza, seguido de su estandarte azul.

—¡Amroth por Gondor! —exclamaban los hombres—. ¡Amroth por Faramir!

Como un trueno cayeron sobre el enemigo, atacándolo por los flancos; pero un jinete se adelantó a todos, rápido como el viento entre la hierba: iba montado en Sombragrís, y resplandecía: una vez más sin velos, y de la mano alzada le brotaba una luz.

Los Nazgûl chillaron y se alejaron rápidamente, pues no estaba todavía allí el Capitán, para desafiar el fuego blanco de este enemigo. Tomadas por sorpresa mientras corrían, las hordas de Morgul se desbandaron, dispersándose como chispas al viento. La columna que se batía en retirada dio media vuelta y se lanzó gritando contra el enemigo. Los perseguidos eran ahora perseguidores. La retirada era ahora un ataque. El campo de batalla quedó cubierto de orcos y hombres abatidos, y las antorchas, abandonadas en el suelo, crepitaban y se extinguían en acres humaredas. Y la caballería continuó avanzando.

Sin embargo Denethor no les permitió ir muy lejos. Aunque habían jaqueado al enemigo, por el momento obligándolo a replegarse, un torrente de refuerzos avanzaba ya desde el Este. La trompeta sonó otra vez: la señal de la retirada. La caballería de Gondor se detuvo, y detrás las compañías de campaña volvieron a formarse. Pronto regresaron marchando. Y entraron en la Ciudad; pisando con orgullo; y con orgullo los contemplaba la gente y los saludaba dando gritos de alabanza, aunque todos estaban acongojados. Pues las compañías habían sido diezmadas. Faramir había perdido un tercio de sus hombres. ¿Y dónde estaba Faramir?

Fue el último en llegar. Ya todos sus hombres habían entrado. Ahora regresaban los caballeros, seguidos por el estandarte de Dol Amroth, y el Príncipe. Y en los brazos del Príncipe, sobre la cruz del caballo, el cuerpo de un pariente, Faramir hijo de Denethor, recogido en el campo de batalla.

—¡Faramir! ¡Faramir! —gritaban los hombres, y lloraban por las calles. Pero Faramir no les respondía, y a lo largo del camino sinuoso, lo llevaron a la Ciudadela, a su padre. En el momento mismo en que los Nazgûl huían del ataque del Caballero Blanco, un dardo mortífero había alcanzado a Faramir, que tenía acorralado a un jinete, uno de los campeones de Harad. Faramir se había caído del caballo. Sólo la carga de Dol Amroth había conseguido salvarlo de las espadas rojas de las tierras del sur, que sin duda lo habrían atravesado mientras yacía en el suelo.

El Príncipe Imrahil llevó a Faramir a la Torre Blanca, y dijo: —Tu hijo ha regresado, señor, después de grandes hazañas —y narró todo cuanto había visto. Pero Denethor se puso de pie y miró el rostro de Faramir y no dijo nada. Luego ordenó que preparasen un lecho en la estancia, y que acostaran en él a Faramir, y que se retirasen. Pero él subió a solas a la cámara secreta bajo la cúpula de la Torre; y muchos de los que en ese momento alzaron la mirada, vieron brillar una luz pálida que vaciló un instante detrás de las ventanas estrechas, y luego llameó y se apagó. Y cuando Denethor volvió a bajar, fue a la habitación donde había dejado a Faramir, y se sentó a su lado en silencio, pero la cara del Señor estaba gris, y parecía más muerta que la de su hijo.

Y ahora al fin la Ciudad estaba sitiada, cercada por un anillo de adversarios. El Rammas estaba destruido, y todo el Pelennor en poder del Enemigo. Las últimas noticias del otro lado de las murallas las habían traído unos hombres que llegaron corriendo por el camino del norte, antes del cierre de la Puerta. Eran los últimos que quedaban de la guardia del camino de Anórien y de Rohan en las zonas pobladas de Gondor. Iban al mando de Ingold, el mismo guardia que cinco días atrás había dejado entrar a Gandalf y Pippin, cuando aún salía el sol y la mañana traía esperanzas.

—No hay ninguna noticia de los Rohirrim —dijo—. Los de Rohan ya no vendrán. O si vienen al fin, todo será inútil. El nuevo ejército que nos fue anunciado se ha adelantado a ellos, y ya llega desde el otro lado del Río, a través de Andros, por lo que parece. Es poderosísimo: batallones de orcos del Ojo e innumerables compañías de Hombres de una raza nueva que nunca habíamos visto hasta ahora. No muy altos, pero fornidos y feroces, barbudos como enanos, y empuñan grandes hachas. Vienen sin duda de algún país salvaje en las vastas tierras del Este. Ya se han apoderado del camino del norte, y muchos han penetrado en Anórien. Los Rohirrim no podrán acudir.

La Puerta se cerró. Durante toda la noche los centinelas apostados en los muros oyeron los rumores del enemigo que iba de un lado a otro incendiando campos y bosques, traspasando con las lanzas a todos los hombres que encontraban delante, vivos o muertos. En aquellas tinieblas era imposible saber cuántos habían cruzado ya el Río, pero cuando la mañana, o una sombra mortecina, asomó sobre la llanura, entendieron que ni siquiera en el miedo de la noche habían exagerado el número. Las compañías en marcha cubrían toda la llanura, y en aquella oscuridad y hasta donde los ojos alcanzaban a ver, grandes campamentos de tiendas negras o de un rojo sombrío, como inmundas excrecencias de hongos, brotaban alrededor de la ciudad sitiada.

Afanosos como hormigas, los orcos cavaban, cavaban líneas de profundas trincheras en un círculo enorme, justo fuera del alcance de los arcos de los muros; y cada vez que terminaban una trinchera, la llenaban inmediatamente de fuego, sin que nadie llegara a ver cómo las encendían y alimentaban, si mediante algún artificio o por brujería. El trabajo continuó el día entero, mientras los hombres de Minas Tirith observaban; y nada podían hacer. Y a medida que cada tramo de trinchera quedaba terminado, veían acercarse grandes carretas; y pronto nuevas compañías enemigas montaban de prisa grandes máquinas de proyectiles, cada una al reparo de una trinchera. No había ni una sola en los muros de la ciudad de tanto alcance o capaz de detenerlas.

Al principio, los hombres se rieron, pues no les temían demasiado a tales artilugios. El muro principal de la Ciudad, construido antes de la declinación en el exilio del poderío y las artes de Númenor, era extraordinariamente alto y de una solidez maravillosa; y la cara externa podía compararse a la de la Torre de Orthanc, dura, sombría y lisa, invulnerable al fuego o al acero, indestructible, a menos que alguna convulsión desgarrase la tierra misma en que se elevaba.

—No —decían—, ni aunque viniera el Sin Nombre en persona, ni él podría entrar mientras nosotros estuviésemos con vida. —Pero algunos replicaban:— ¿Mientras nosotros estuviésemos con vida? ¿Cuánto tiempo? Él tiene un arma que ha destruido muchas fortalezas inexpugnables desde que el mundo es mundo. El hambre. Los caminos están cortados. Rohan no vendrá.

Pero las máquinas no derrocharon proyectiles contra el muro indomable. No era un bandolero ni un cabecilla orco quien había planeado el ataque al peor enemigo del Señor de Mordor, sino una mente y un poder malignos. Tan pronto como las grandes catapultas estuvieron instaladas, con gran acompañamiento de alaridos y el chirrido de cuerdas y poleas, empezaron a arrojar proyectiles a una altura prodigiosa, de modo que pasaban por encima de las almenas e iban a caer con un ruido sordo dentro del primer círculo de la Ciudad; y muchos de esos proyectiles, en virtud de algún arte misterioso, estallaban en llamas cuando golpeaban el suelo.

Pronto hubo un grave peligro de incendio detrás de la muralla, y todos los hombres disponibles se dedicaron a apagar las llamas que brotaban aquí y allá. De súbito, en medio de los grandes proyectiles, empezó a caer otra clase de lluvia, menos destructiva pero más horripilante. Caían y rodaban por las calles y callejones detrás de la Puerta, proyectiles pequeños y redondos que no ardían. Pero cuando la gente se acercaba a ver qué podían ser, gritaban o se echaban a llorar. Porque lo que el Enemigo estaba arrojando a la Ciudad eran las cabezas de todos los que habían caído combatiendo en Osgiliath, o en el Rammas, o en los campos. Era horroroso mirarlas, pues si bien algunas estaban aplastadas e informes, y otras habían sido salvajemente acuchilladas, muchas tenían aún facciones reconocibles, y parecía que habían muerto con dolor; y todas llevaban marcada a fuego la inmunda insignia del Ojo Sin Párpado. Sin embargo, desfiguradas y profanadas como estaban, de tanto en tanto permitían a un hombre que viese por última vez el rostro de alguien conocido, que en otro tiempo había llevado armas con orgullo, o cultivado los campos, o cabalgado desde los valles a las colinas en un día de fiesta.

En vano los defensores amenazaban con los puños a los enemigos implacables, apiñados delante de la Puerta. Aquellos hombres no les temían a las maldiciones, ni entendían las lenguas del oeste, y gritaban con voces ásperas, como bestias y aves de rapiña. Pero pronto no quedaron en Minas Tirith hombres de tanta entereza como para desafiar a los ejércitos de Mordor. Porque el Señor de la Torre Oscura tenía otra arma, más rápida que el hambre: el miedo y la desesperación.

Los Nazgûl retornaron, y como ya el Señor Oscuro empezaba a medrar y a desplegar fuerza, las voces de los siervos, que sólo expresaban la voluntad y la malicia del amo tenebroso, se cargaron de maldad y de horror. Giraban sin cesar sobre la Ciudad, como buitres que esperan su ración de carne de hombres condenados. Volaban fuera del alcance de la vista y de las armas, pero siempre estaban presentes, y sus voces siniestras desgarraban el aire. Y cada nuevo grito era más intolerable para los hombres. Hasta los más intrépidos terminaban arrojándose al suelo cuando la amenaza oculta volaba sobre ellos, o si permanecían de pie, las armas se les caían de las manos temblorosas, y la mente invadida por las tinieblas ya no pensaba en la guerra sino tan sólo en esconderse, en arrastrarse, y morir.

Durante todo aquel día sombrío Faramir estuvo tendido en el lecho en la cámara de la Torre Blanca, extraviado en una fiebre desesperada; moribundo, decían algunos, y pronto todo el mundo repetía en los muros y en las calles: moribundo. Y Denethor no se movía de la cabecera, y observaba a su hijo en silencio, y ya no se ocupaba de la defensa de la Ciudad.

Nunca, ni aun en las garras de los Uruk-hai, había conocido Pippin horas tan negras. Tenía la obligación de atender al Senescal, y la cumplía, aunque Denethor parecía haberlo olvidado. De pie junto a la puerta de la estancia a oscuras, mientras trataba de dominar su propio miedo, observaba y le parecía que Denethor envejecía momento a momento, como si algo hubiese quebrantado aquella voluntad orgullosa, aniquilando la mente severa del Senescal. El dolor quizá, y el remordimiento. Vio lágrimas en aquel rostro antes impasible, más insoportables aún que la cólera.

—No lloréis, Señor —balbuceó—. Tal vez sane. ¿Habéis consultado a Gandalf?

—¡No me reconfortes con magos! —replicó Denethor—. La esperanza de ese insensato ha sido vana. El Enemigo lo ha descubierto, y ahora es cada día más poderoso; adivina nuestros pensamientos, y todo cuanto hacemos acelera nuestra ruina.

"Sin una palabra de gratitud, sin una bendición, envié a mi hijo a afrontar un peligro inútil, y ahora aquí yace con veneno en las venas. No, no, cualquiera que sea el desenlace de esta guerra, también mi propia casta está cerca del fin: hasta la Casa de los Senescales ha declinado. Seres despreciables dominarán a los últimos descendientes de los Reyes de los Hombres, obligándolos a vivir ocultos en las montañas hasta que los hayan desterrado o exterminado a todos.

Unos hombres llamaron a la puerta reclamando la presencia del Señor de la Ciudad.

—No, no bajaré —dijo Denethor—. Es aquí donde he de permanecer, junto a mi hijo. Tal vez hable aún, antes del fin, que ya está próximo. Seguid a quien queráis, incluso al Loco Gris, por más que su esperanza haya fallado. Yo me quedaré aquí.

Así fue como Gandalf tomó el mando en la defensa última de la Ciudad. Y por donde iba, renacían las esperanzas en los corazones de los hombres, y nadie recordaba las sombras aladas. Infatigable, el mago cabalgaba desde la Ciudadela hasta la Puerta, al pie del muro de norte a sur; y lo acompañaba el Príncipe de Dol Amroth, en brillante cota de malla. Pues él y sus caballeros se consideraban todavía señores de la auténtica raza de Númenor. Y los hombres al verlos murmuraban:

—Tal vez dicen la verdad las antiguas leyendas: les corre sangre élfica por las venas, pues las gentes de Nimrodel habitaron aquellas tierras en tiempos remotos. —Y de pronto alguno entonaba en la oscuridad unas estrofas de la Balada de Nimrodel, u otras baladas del Valle del Anduin de años desvanecidos.

Sin embargo, en cuanto los caballeros se alejaban, las sombras se cerraban otra vez, los corazones se helaban, y el valor de Gondor se marchitaba en cenizas. Y así pasaron lentamente de un oscuro día de miedos a las tinieblas de una noche desesperada. Las llamas rugían ahora en el primer círculo de la Ciudad, impidiendo la retirada en muchos sitios a la guarnición del muro exterior. Pero eran pocos los que permanecían en sus puestos: la mayoría había huido a refugiarse detrás de la segunda puerta.

Lejos, detrás de la batalla, habían tendido un puente, y durante todo ese día nuevos refuerzos de tropas y pertrechos habían cruzado el Río. Y por fin, en mitad de la noche, lanzaron el ataque. La vanguardia cruzó las trincheras de fuego siguiendo unos senderos tortuosos, disimulados entre las llamas. Y avanzaban, avanzaban sin preocuparse por las bajas, agazapados y en grupos, al alcance de los arqueros. Pero en verdad, pocos quedaban allí para causarles grandes daños, aunque la luz de las hogueras mostraba muchos blancos para arqueros de la destreza de que antaño se enorgulleciera Gondor. Entonces, al darse cuenta de que el valor de la Ciudad ya había sido aniquilado, el Capitán oculto presionó un poco más.

Lentamente, las grandes torres de asedio construidas en Osgiliath avanzaron en las tinieblas.

Otra vez subieron a la cámara de la Torre Blanca los mensajeros, y como necesitaban ver con urgencia al Señor de la Ciudad, Pippin los dejó pasar. Denethor, que no apartaba los ojos del rostro de Faramir, volvió lentamente la cabeza, y los observó en silencio.

—El primer círculo de la Ciudad está en llamas, Señor —dijeron—. ¿Cuáles son vuestras órdenes? Aún sois el Señor y Senescal. No todos obedecen a Mithrandir. Muchos abandonan los muros, dejándolos indefensos.

—¿Por qué? ¿Por qué huyen los imbéciles? —dijo Denethor—. Puesto que arder en la hoguera es inevitable, más vale arder antes que después. ¡Volved al fuego del holocausto! ¿Y yo? También yo iré ahora a mi pira. ¡Mi pira! ¡No habrá tumbas para Denethor y para Faramir! ¡No tendrán sepultura! ¡No conocerán el lento y largo sueño de la muerte embalsamada! Antes que ningún navío zarpe hacia aquí desde el Oeste, nos habremos consumido en la hoguera como reyes paganos. El Oeste ha fallado. ¡Volved, y sacrificaos en la hoguera!

Sin una reverencia ni una palabra de respuesta, los mensajeros dieron media vuelta y huyeron.

Entonces Denethor se levantó y soltó la mano afiebrada de Faramir, que tenía entre las suyas.

—¡Él ya está ardiendo, ardiendo! —dijo con tristeza—. La morada de su espíritu se derrumba. —Y luego, acercándose a Pippin con pasos silenciosos, lo miró largamente.

"¡Adiós! —dijo—. ¡Adiós, Peregrin hijo de Paladin! Breve ha sido tu servicio, y terminará pronto. Te libero de lo poco que queda. Vete ahora, y muere en la forma que te parezca más digna. Y con quien tú quieras, hasta con ese amigo loco que te ha arrastrado a la muerte. Llama a mis servidores, y márchate. ¡Adiós!

—No os diré adiós, mi Señor —dijo Pippin hincando la rodilla. Y de improviso, reaccionando otra vez como el hobbit que era, se levantó rápidamente y miró al anciano en los ojos—. Acepto vuestra licencia, Señor —dijo—, porque en verdad quisiera ver a Gandalf. Pero no es un loco; y hasta que él no desespere de la vida, yo no pensaré en la muerte. Mas de mi juramento y de vuestro servicio no deseo ser liberado mientras vos sigáis con vida. Y si finalmente entran en la Ciudadela, espero estar aquí, junto a vos, y merecer quizá las armas que me habéis dado.

—Haz lo que mejor te parezca, señor Mediano —dijo Denethor—. Pero mi vida está destrozada. Haz venir a mis servidores. —Y se volvió de nuevo a Faramir.

Pippin salió y llamó a los servidores: seis hombres de la Casa, fuertes y hermosos; sin embargo temblaron al ser convocados. Pero Denethor les rogó con voz serena que pusieran mantas tibias sobre el lecho de Faramir, y que lo levantasen. Los hombres obedecieron, y alzando el lecho lo sacaron de la cámara. Avanzaban lentamente, para perturbar lo menos posible al herido, y Denethor los seguía, encorvado ahora sobre un bastón; y tras él iba Pippin.

Salieron de la Torre Blanca como si fueran a un funeral, y penetraron en la oscuridad; un resplandor mortecino iluminaba desde abajo el espeso palio de las nubes. Atravesaron lentamente el patio amplio, y a una palabra de Denethor se detuvieron junto al Árbol Marchito.

Excepto los rumores lejanos de la guerra allá abajo en la Ciudad, todo era silencio, y oyeron el triste golpeteo del agua que caía gota a gota de las ramas muertas al estanque sombrío. Luego marcharon otra vez y traspusieron la puerta de la Ciudadela, ante la mirada estupefacta y anonadada del guardia. Y doblando hacia el oeste llegaron por fin a una puerta en el muro trasero del círculo sexto. Fen Hollen la llamaban, porque siempre estaba cerrada excepto en tiempos de funerales, y sólo el Señor de la Ciudad podía utilizarla, o quienes llevaban la insignia de las tumbas y cuidaban las moradas de los muertos. Del otro lado de la puerta un sendero sinuoso descendía en curvas hasta la angosta lengua de tierra a la sombra de los precipicios del Mindolluin, donde se alzaban las mansiones de los Reyes muertos y de sus Senescales.

Un portero que estaba sentado en una casilla al borde

del camino, acudió con miedo en la mirada, llevando en la mano una linterna. A una orden del Señor Denethor, quitó los cerrojos, y la puerta se deslizó hacia atrás en silencio; y luego de tomar la linterna de manos del portero, todos entraron. Había una profunda oscuridad en aquel camino flanqueado de muros antiguos y parapetos de numerosos balaustres, que se agigantaban a la trémula luz de la linterna. Escuchando los lentos ecos de sus propios pasos, descendieron, descendieron hasta que llegaron por último a la Calle del Silencio, Rath Dínen, entre cúpulas pálidas, salones vacíos y efigies de hombres muertos en días lejanos; y entraron en la Casa de los Senescales y depositaron la carga.

Allí Pippin, mirando con inquietud alrededor, vio que se encontraba en una vasta cámara abovedada, tapizada de algún modo por las grandes sombras que la pequeña linterna proyectaba sobre las paredes, recubiertas de oscuros sudarios. Se alcanzaban a ver en la penumbra numerosas hileras de mesas, esculpidas en mármol; y en cada mesa yacía una forma dormida, con las manos cruzadas sobre el pecho, la cabeza descansando en una almohada de piedra. Pero una mesa cercana era amplia y estaba vacía. A una señal de Denethor, los hombres depositaron sobre ella a Faramir y a su padre lado a lado, envolviéndolos en un mismo lienzo; y allí permanecieron inmóviles, la cabeza gacha, como plañideras junto a un lecho mortuorio. Denethor habló entonces en voz baja.

—Aquí esperaremos —dijo—. Pero no mandéis llamar a los embalsamadores. Traednos pronto leña para quemar, y disponedla alrededor y debajo de nosotros, y rociadla con aceite. Y cuando yo os lo ordene arrojaréis una antorcha. Haced esto y no me digáis una palabra más. ¡Adiós!

—¡Con vuestro permiso, Señor! —dijo Pippin, y dando media vuelta huyó despavorido de la casa de los muertos—. ¡Pobre Faramir! —pensó—. Tengo que encontrar a Gandalf. ¡Pobre Faramir! Es muy probable que más necesite medicinas que lágrimas. Oh, ¿dónde podré encontrar a Gandalf? En lo más reñido de la batalla, supongo; y no tendrá tiempo para perder con moribundos o con locos.

Al llegar a la puerta se volvió a uno de los servidores que había quedado allí de guardia.

—Vuestro amo no es dueño de sí mismo —agregó—. Actuad con lentitud. ¡No traigáis fuego aquí mientras Faramir continúe con vida! ¡No hagáis nada hasta que venga Gandalf!

—¿Quién es entonces el amo de Minas Tirith? —preguntó el hombre—. ¿El Señor Denethor o el Peregrino Gris?

—El Peregrino Gris o nadie, pareciera —dijo Pippin, y continuó trepando rápidamente por el sendero tortuoso, y pasó delante del portero desconcertado, y salió por la puerta, y siguió, hasta que llegó cerca de la puerta de la Ciudadela.

Cuando iba a cruzarla el centinela lo llamó, y Pippin reconoció la voz de Beregond.

—¿Adónde vas con tanta prisa, Maese Peregrin?

—En busca de Mithrandir —respondió Pippin.

—Las misiones del Señor Denethor son urgentes, y no me corresponde a mí retardarlas —dijo Beregond—; pero dime en seguida, si puedes: ¿qué está pasando? ¿Adónde ha ido mi Señor? Acabo de tomar servicio, pero me han dicho que lo vieron ir hacia la Puerta Cerrada, y que unos hombres marchaban delante llevando a Faramir.

—Sí —dijo Pippin—, a la Calle del Silencio.

Beregond inclinó la cabeza sobre el pecho para esconder las lágrimas.

—Decían que estaba moribundo —suspiró—, y que ahora está muerto.

—No —dijo Pippin—, aún no. Y creo que todavía es posible evitar que muera. Pero el Señor Denethor ha sucumbido antes que tomaran la Ciudad, Beregond. Desvaría, y es peligroso. —Habló brevemente de las palabras y las actitudes extrañas de Denethor.— Necesito encontrar a Gandalf cuanto antes.

—En ese caso, tendrás que bajar hasta la batalla.

—Lo sé. El Señor me ha dado licencia. Pero, Beregond: si puedes, haz algo para impedir que ocurran cosas terribles.

—El Señor no permite que quienes llevan la insignia de negro y plata abandonen su puesto por ningún motivo, a menos que él mismo lo ordene.

—Pues bien, se trata de elegir entre las órdenes y la vida de Faramir —dijo Pippin—. Y en cuanto a órdenes, creo que estás tratando con un loco, no con un señor. Tengo prisa. Volveré, si puedo.

Partió a todo correr, bajando siempre hacia la parte externa de la ciudad. Se cruzaba en el camino con hombres que huían del incendio, y algunos, al reconocer la librea del hobbit, volvían la cabeza y gritaban. Pero Pippin no les prestaba atención. Por fin llegó a la Segunda Puerta; del otro lado las llamas saltaban cada vez más alto entre los muros. Sin embargo, todo parecía extrañamente silencioso. No se oía ningún ruido, ni gritos de guerra ni fragor de armas. De pronto Pippin escuchó un grito aterrador, seguido por un golpe violento y un ruido como de trueno profundo y prolongado. Obligándose a avanzar no obstante el acceso de miedo y horror que por poco lo hizo caer de rodillas, Pippin volvió el último recodo y desembocó en la plaza detrás de la Puerta de la Ciudad. Y allí se detuvo, como fulminado por el rayo. Había encontrado a Gandalf; pero retrocedió precipitadamente y se agazapó ocultándose en la sombra.

Desde que comenzara en mitad de la noche, la gran acometida había proseguido sin interrupción. Los tambores retumbaban. Una tras otra, en el norte y en el sur, nuevas compañías enemigas asaltaban los muros. Unas bestias enormes, que a la luz trémula y roja parecían verdaderas casas ambulantes, los *mûmakil* de los Harad, arrastraban enormes torres y máquinas de guerra a lo largo de los senderos y entre las llamas. Pero al Capitán no le preocupaba lo que hicieran ni las bajas que pudieran sufrir: su único propósito era poner a prueba la fuerza de la defensa y mantener a los hombres de Gondor ocupados en sitios dispersos. El blanco de la embestida más violenta era la Puerta de la Ciudad. Por muy resistente que fuese, forjada en acero y hierro, y custodiada por torres y bastiones de piedra inexpugnables, la Puerta era la llave, el punto débil de aquella muralla impenetrable y alta.

Se oyó más fuerte el redoble de los tambores. Las llamas saltaban por doquier. A través del campo reptaban unas grandes máquinas; y en medio de ellas avanzaba un ariete de proporciones gigantescas, como un árbol de los bosques de cien pies de longitud, balanceándose sobre unas cadenas poderosas. Largo tiempo les había llevado forjarlo en las sombrías fraguas de Mordor, y la cabeza horrible, fundida en acero negro, reproducía la imagen de un lobo enfurecido, y portaba maleficios de ruina. Grond lo llamaban, en memoria del Martillo Infernal de los días antiguos. Arrastrado por las grandes bestias y custodiado por orcos, unos trolls de las montañas avanzaban detrás, listos para manejarlo en el momento preciso.

Sin embargo, alrededor de la Puerta la defensa era aún fuerte, pues allí resistían los caballeros de Dol Amroth y los hombres más intrépidos de la guarnición. La lluvia de dardos y proyectiles arreciaba; las torres de asedio se desplomaban o ardían, consumiéndose como antorchas. Todo alrededor de los muros, a ambos lados de la Puerta, una espesa capa de despojos y cadáveres cubría el suelo; pero la violencia del asalto no cejaba, y como impulsados por alguna locura, nuevos refuerzos se precipitaban sobre los muros.

Y Grond seguía avanzando. La cobertura del ariete era invulnerable al fuego; y si de tanto en tanto una de las grandes bestias que lo arrastraba enloquecía, y pisoteaba a muerte a los innumerables orcos que lo custodiaban, quitaban los cuerpos del camino, y nuevos orcos corrían a reemplazar a los muertos.

Y Grond seguía avanzando. Los tambores redoblaban rápidamente ahora. De pronto, sobre las montañas de muertos apareció una sombra horrenda: un jinete, alto, encapuchado, envuelto en una capa negra. Indiferente a los dardos, avanzó lentamente, sobre los cadáveres. Se detuvo, y blandió una espada larga y pálida. Y al verlo, un gran temor se apoderó de todos, defensores y enemigos por igual; los brazos de los hombres cayeron a los costados, y ningún arco volvió a silbar. Por un instante, todo fue inmovilidad y silencio.

Batieron y redoblaron los tambores. En una fuerte embestida, unas manos enormes empujaron a Grond hacia adelante. Llegó a la Puerta. Se sacudió. Un gran estruendo resonó en la Ciudad, como un trueno que corre por las nubes. Pero las puertas de hierro y los montantes de acero resistieron el golpe.

Entonces el Capitán Negro se irguió sobre los estribos y gritó, con una voz espantosa, pronunciando en alguna lengua olvidada palabras de poder y terror, destinadas a lacerar los corazones y las piedras.

Tres veces gritó. Tres veces retumbó contra la Puerta el gran ariete. Y al recibir el último golpe, la Puerta de Gondor se rompió. Como al conjuro de algún maleficio siniestro, estalló y voló por el aire; hubo un relámpago enceguecedor, y las batientes cayeron al suelo rotas en mil pedazos.

El Señor de los Nazgûl entró a caballo en la Ciudad. Una gran forma negra recortada contra las llamas, agigantándose en una inmensa amenaza de desesperación. Así pasó el Señor de los Nazgûl bajo la arcada que ningún enemigo había franqueado antes, y todos huyeron ante él.

Todos menos uno. Silencioso e inmóvil, aguardando en el espacio que precedía a la Puerta, estaba Gandalf montado en Sombragrís; Sombragrís que desafiaba el terror, impávido, firme como una imagen tallada en Rath Dínen, único entre los caballos libres de la tierra.

—No puedes entrar aquí —dijo Gandalf, y la sombra se detuvo—. ¡Vuelve al abismo preparado para ti! ¡Vuelve! ¡Húndete en la nada que te espera, a ti y a tu Amo! ¡Vete!

El Jinete Negro se echó hacia atrás la capucha, y todos vieron con asombro una corona real; pero ninguna cabeza visible la sostenía. Las llamas brillaban, rojas, entre la corona y los hombros anchos y sombríos envueltos en la capa. Una boca invisible estalló en una risa sepulcral.

—¡Viejo loco! —dijo—. ¡Viejo loco! Ha llegado mi hora. ¿No reconoces a la Muerte cuando la ves? ¡Muere y maldice en vano! —Y al decir esto levantó en alto la hoja, y del filo brotaron unas llamas.

Gandalf no se movió. Y en ese instante, lejano en algún patio de la Ciudad, cantó un gallo. Un canto claro y agudo, ajeno a la guerra y a los maleficios, de bienvenida a la mañana que en el cielo, más allá de las sombras de la muerte, llegaba con la aurora.

Y como en respuesta se elevó en la lejanía otra nota. Cuernos, cuernos, cuernos. Los ecos resonaban débiles en los flancos sombríos del Mindolluin. Grandes cuernos del Norte, soplados con una fuerza salvaje. Al fin Rohan había llegado.

5

LA CABALGATA DE LOS ROHIRRIM

Estaba oscuro y Merry, acostado en el suelo y envuelto en una manta, no veía nada; sin embargo, aunque era una noche serena y sin viento, alrededor de él los árboles suspiraban invisibles. Levantó la cabeza. Entonces lo volvió a escuchar: un rumor semejante al redoble apagado de unos tambores en las colinas boscosas y en las estribaciones de las montañas. El tamborileo cesaba de golpe para luego recomenzar en algún otro punto, a veces más cercano, a veces más distante. Se preguntó si lo habrían oído los centinelas.

No los veía, pero sabía que allí, muy cerca, alrededor de él estaban las compañías de los Rohirrim. Le llegaba en la oscuridad el olor de los caballos, los oía moverse, y escuchaba el ruido amortiguado de los cascos contra el suelo cubierto de agujas de pino. El ejército acampaba esa noche en los frondosos pinares de las Laderas de Eilenach, que se erguía por encima de las largas lomas del Bosque de Drúadan al borde del gran camino en el Anórien oriental.

Cansado como estaba, Merry no conseguía dormir. Había cabalgado sin pausa durante cuatro días, y la oscuridad siempre creciente empezaba a oprimirle el corazón. Se preguntaba por qué había insistido tanto en venir, cuando le habían ofrecido todas las excusas posibles, hasta una orden terminante del Señor, para no acompañarlos. Se preguntaba además si el viejo Rey estaría enterado de su desobediencia, y si se habría enfadado. Tal vez no. Tenía la impresión de que había una cierta connivencia entre Dernhelm y Elfhelm, el mariscal que capitaneaba el *éored* en que cabalgaban ahora. Elfhelm y sus hombres parecían ignorar la presencia del hobbit, y fingían no oírlo cada vez que hablaba. Bien hubiera podido ser un bulto más del equipaje de Dernhelm. Pero Dernhelm mismo no era un compañero de viaje reconfortante: jamás hablaba con nadie. Y Merry se sentía solo, insignificante y superfluo. Eran horas de apremio y ansiedad, y el ejército estaba en peligro. Se encontraban a menos de un día de cabalgata de los burgos amurallados de Minas Tirith, y antes de seguir avanzando habían enviado batidores en busca de noticias. Algunos no habían vuelto. Otros regresaron a galope tendido, anunciando que el camino estaba bloqueado. Un ejército del enemigo había acampado a tres millas al oeste de Amon Dîn, y las fuerzas que ya avanzaban por la carretera estaban a no más de tres leguas de distancia. Patrullas de orcos recorrían las colinas y los bosques de alrededor. En el vivac de la noche el rey y Éomer celebraron consejo.

Merry tenía ganas de hablar con alguien, y pensó en Pippin. Pero esto lo puso más intranquilo aún. Pobre Pippin, encerrado en la gran ciudad de piedra, solo y asustado. Merry deseó ser un Jinete alto como Éomer: entonces haría sonar un cuerno, y partiría al galope a rescatar a su compañero. Se sentó, y escuchó los tambores que volvían a redoblar, ahora cercanos. Por fin oyó voces, voces muy quedas, y vio luces que pasaban entre los árboles, el resplandor mortecino de unas linternas veladas. Algunos hombres empezaron a moverse a tientas en la oscuridad.

Una figura alta irrumpió de pronto entre las sombras, y al tropezar con el cuerpo de Merry maldijo las raíces de los árboles. Merry reconoció la voz de Elfhelm, el mariscal.

—No soy la raíz de ningún árbol, señor —dijo—, ni tampoco un saco de equipaje, sino un hobbit maltrecho. Y lo menos que podéis hacer a modo de reparación es decirme qué hay de nuevo bajo el sol.

—No mucho que uno pueda ver en esta condenada oscuridad —respondió Elfhelm—. Pero mi señor manda decir que estemos prontos: es posible que llegue de improviso una orden urgente.

—¿Quiere decir entonces que el enemigo se acerca? —preguntó Merry con inquietud—. ¿Son sus tambores los que se oyen? Casi empezaba a pensar que era pura imaginación de mi parte, ya que nadie parecía hacerles caso.

—No, no —respondió Elfhelm—, el enemigo está en el camino, no aquí en las colinas. Estás oyendo a los Hombres Salvajes de los Bosques: así se comunican entre ellos a distancia. Se dice que aún hay algunos escondidos en el Bosque de Drúadan. Vestigios de un tiempo ya remoto, viven secretamente, en grupos pequeños, y son cautos e indómitos como bestias. No combaten a Gondor ni a la Marca; pero ahora la oscuridad y la presencia de los orcos los han inquietado, y temen la vuelta de los Años Oscuros, cosa bastante probable. Agradezcamos que no nos persigan, pues se dice que tienen flechas envenenadas, y nadie conoce tan bien como ellos los secretos de los bosques. Pero le han ofrecido sus servicios a Théoden. En este mismo momento uno de sus jefes es conducido hasta el rey. Allá, donde se ven las luces. Esto es todo lo que he oído decir. Y ahora tengo que cumplir las órdenes de mi amo. ¡Levántate, Señor Equipaje! —Y se desvaneció en la oscuridad.

Esa historia de hombres salvajes y flechas envenenadas no tranquilizó a Merry, pero además el peso del miedo lo abrumaba. La espera se le hacía insoportable. Quería saber qué iba a pasar. Se levantó, y un momento después caminaba con cautela en persecución de la última linterna antes que desapareciera entre los árboles.

No tardó en llegar a un claro donde habían levantado una pequeña tienda para el rey, al reparo de un árbol grande. Un gran farol, velado en la parte superior, colgaba de una rama y arrojaba abajo un círculo de luz pálida. Allí estaban Théoden y Éomer, y sentado en cuclillas ante ellos, un extraño ejemplar de hombre, apeñuscado como una piedra vieja, la barba rala como manojos de musgo seco en el mentón protuberante. De piernas cortas y brazos gordos, membrudo y achaparrado, llevaba como única prenda unas hierbas atadas a la cintura. Merry tuvo la impresión de que lo había visto antes en alguna parte, y recordó de pronto a los hombres Púkel de El Sagrario. Era como si una de aquellas imágenes legendarias hubiese cobrado vida, o quizá un auténtico descendiente de los hombres que sirvieran de modelos a los artistas hacía tiempo olvidados.

Estaban en silencio cuando Merry se aproximó, pero al cabo de un momento el Hombre Salvaje empezó a hablar, como en respuesta a una pregunta. Tenía una voz profunda y gutural, y Merry oyó con asombro que hablaba en la Lengua Común, aunque de un modo entrecortado e intercalando palabras extrañas.

—No, padre de los Jinetes —dijo—, nosotros no peleamos, solamente cazamos. Matamos a los *gorgûn* en los bosques, aborrecemos a los orcos. También vosotros aborrecéis a los *gorgûn*. Ayudamos como podemos. Los Hombres Salvajes tienen orejas largas, ojos largos. Conocen todos los senderos. Los Hombres Salvajes viven aquí antes que Casas-de-Piedra; antes que los Hombres Altos vinieran de las Aguas.

—Pero lo que necesitamos es ayuda en la batalla —dijo Éomer—. ¿Cómo podréis ayudarnos, tú y tu gente?

—Traemos noticias —dijo el Hombre Salvaje—. Nosotros observamos desde las lomas. Trepamos a la montaña alta y miramos abajo. Ciudad de Piedra está cerrada. Hay fuego allá fuera; ahora también dentro. ¿Allí queréis ir? Entonces, hay que darse prisa. Pero los *gorgûn* y los hombres venidos de lejos —movió un brazo corto y nudoso apuntando al este— esperan en el camino de los caballos. Muchos, muchos más que todos los Jinetes.

—¿Cómo lo sabes? —preguntó Éomer.

El rostro chato y los ojos oscuros del viejo no expresaban nada, pero en la voz había un hosco descontento.

—Hombres Salvajes son salvajes, libres, pero no niños —replicó—. Yo soy gran jefe Ghân-buri-Ghân. Yo cuento muchas cosas: estrellas en el cielo, hojas en los árboles, hombres en la oscuridad. Vosotros tenéis veinte veintenas contadas cinco veces más cinco. Ellos tienen más. Gran batalla ¿y quién ganará? Y muchos otros caminan alrededor de los muros de Casas-de-Piedra.

—Ay, con demasiado tino habla —dijo Théoden—. Y los batidores nos dicen que han cavado fosos y que hay hogueras emboscadas a lo largo del camino. Nos será imposible tomarlos por sorpresa y arrasarlos.

—Pero tenemos que actuar con rapidez —dijo Éomer—. ¡Mundburgo está en llamas!

—¡Dejad terminar a Ghân-buri-Ghân! —dijo el Hombre Salvaje—. Él conoce más de un camino. Él os guiará por senderos sin fosos, que los *gorgûn* no pisan, sólo los Hombres Salvajes y las bestias. Muchos caminos construyó la Gente de Casas-de-Piedra cuando era más fuerte. Despedazaban colinas como cazadores despedazan carne de animales. Los Hombres Salvajes creen que comían piedras. Iban con grandes carretas a Rimmon a través del Drúadan. Ahora no van más. El camino fue olvidado, pero no por los Hombres Salvajes. Por encima de la colina y detrás de la colina, todavía sigue allí bajo la hierba y el árbol, atrás del Rimmon; y bajando por el Dîn, vuelve a unirse al camino de los Jinetes. Los Hombres Salvajes os mostrarán ese camino. Entonces mataréis *gorgûn* y con el hierro brillante ahuyentaréis la oscuridad maligna, y los Hombres Salvajes podrán dormir otra vez en los bosques salvajes.

Éomer y el rey deliberaron un momento en la lengua de ellos. Al cabo, Théoden se volvió al Hombre Salvaje.

—Aceptamos tu ofrecimiento —le dijo—. Pues aun cuando dejemos atrás una hueste de enemigos ¿qué puede importarnos? Si la Ciudad de Piedra sucumbe, no habrá retorno para nosotros, y si se salva, entonces serán las huestes de los orcos las que tendrán cortada la retirada. Si eres leal, Ghân-buri-Ghân, recibirás una buena recompensa, y contarás para siempre con la amistad de la Marca.

—Los hombres muertos no son amigos de los vivos y no hacen regalos —dijo el Hombre Salvaje—. Pero si sobrevivís a la Oscuridad, dejad que los Hombres Salvajes vivan tranquilos en los bosques y nunca más los persigáis como a bestias. Ghân-buri-Ghân no os conducirá a ninguna trampa. Él mismo irá con el padre de los Jinetes, y si lo guía mal, lo mataréis.

—Sea —dijo Théoden.

—¿Cuánto tardaremos en adelantarnos al enemigo y volver al camino? —preguntó Éomer—. Si tú nos guías tendremos que avanzar al paso; y el camino será estrecho.

—Los Hombres Salvajes son de pies ligeros —dijo Ghân—. Allá lejos el camino es ancho, para cuatro caballos en el Pedregal de las Carretas —señaló con la mano hacia el sur—, pero es estrecho al comienzo y al final. El Hombre Salvaje puede caminar de aquí a Dîn entre la salida del sol y mediodía.

—Entonces hemos de estimar por lo menos siete horas para las primeras filas —dijo Éomer—; pero más vale contar unas diez en total. Algo imprevisible podría retrasarnos, y si el ejército tiene que avanzar en filas, necesitaremos un tiempo para reordenarlo al salir de las lomas. ¿Qué hora es?

—¿Quién puede saberlo? —dijo Théoden—. Todo es noche ahora.

—Todo está oscuro, pero no todo es noche —dijo Ghân—. Cuando el sol se levanta nosotros lo sentimos, aunque esté escondido. Ya trepa sobre las montañas del este. Se abre el día en los campos del cielo.

—Entonces tenemos que partir cuanto antes —dijo Éomer—. Aun así, no hay esperanzas de que lleguemos hoy a socorrer a Gondor.

Sin esperar a oír más, Merry se escurrió, y fue a prepararse para la orden de partida. Ésta era la última jornada anterior a la batalla. Y aunque le parecía improbable que muchos pudieran sobrevivir, pensó en Pippin y en las llamas de Minas Tirith, y sofocó sus propios temores.

Todo anduvo bien aquel día, y no vieron ni oyeron ninguna señal de que el enemigo estuviese al acecho con una celada. Los Hombres Salvajes pusieron una cortina de cazadores alertas y avispados alrededor del ejército, a fin de que ningún orco o espía merodeador pudiese conocer los movimientos en las lomas. Cuando empezaron a acercarse a la ciudad sitiada, la luz era más débil que nunca, y las largas columnas de Jinetes pasaban como sombras de hombres y de caballos. Cada una de las compañías de los Rohirrim llevaba como guía un Hombre Salvaje de los Bosques; pero el viejo Ghân caminaba a la par del rey. La partida había sido más lenta de lo previsto, pues los jinetes, a pie y llevando los caballos por la brida, habían tardado algún tiempo en abrirse camino en la espesura de las lomas y en descender al escondido Pedregal de las Carretas. Era ya entrada la tarde cuando la vanguardia llegó a los vastos boscajes grises que se extendían más allá de la ladera oriental del Amon Dîn, enmascarando una amplia abertura en la cadena de cerros que desde Nardol a Dîn corría hacia el este y el oeste. Por ese paso descendía en tiempos lejanos la carretera olvidada que atravesando Anórien volvía a unirse al camino principal para cabalgaduras; pero a lo largo de numerosas generaciones de hombres, los árboles habían crecido allí, y ahora yacía sumergida, enterrada bajo el follaje de años innumerables. En realidad, la espesura ofrecía a los Rohirrim un último reparo antes que salieran a cara descubierta al fragor de la batalla: pues delante de ellos se extendían el camino y las llanuras del Anduin, en tanto que en el este y el sur las pendientes eran desnudas y rocosas, y se apeñuscaban y trepaban, bastión sobre bastión, para unirse a la imponente masa montañosa y a las estribaciones del Mindolluin.

Las primeras filas hicieron alto, y mientras las que venían detrás atravesaban el paso del Pedregal de las Carretas, se desplegaron para acampar bajo los árboles grises. El rey convocó a consejo a los capitanes. Éomer envió batidores a vigilar el camino, pero el viejo Ghân meneó la cabeza.

—Inútil mandar hombres a caballo —dijo—. Los Hombres Salvajes ya han visto todo lo que es posible ver en este aire malo. Pronto vendrán a hablar conmigo.

Los capitanes se reunieron; y de entre los árboles salieron con cautela otros hombres púkel, tan parecidos al viejo Ghân que Merry no hubiera podido distinguir entre ellos. Hablaron con Ghân en una lengua extraña y gutural.

Pronto Ghân se volvió al rey.

—Los Hombres Salvajes dicen muchas cosas —anunció—. Primero: ¡sed cautelosos! Todavía hay muchos hombres acampando del otro lado de Dîn, a una hora de marcha, por allí. —Agitó el brazo señalando el oeste, las negras colinas.— Pero ninguno a la vista de aquí a los muros nuevos de Gente de Piedra. Allí hay muchos y muy atareados. Los muros ya no resisten: los *gorgûn* los derriban con trueno de tierra y mazas de hierro negro. Son imprudentes y no miran alrededor. Creen que sus amigos vigilan todos los caminos. —Y al decir esto soltó un extraño gorgoteo, que bien podía parecer una carcajada.

—¡Buenas noticias! —dijo Éomer—. Aun en esta oscuridad brilla de nuevo una luz de esperanza. Más de una vez los artilugios del Enemigo nos han favorecido. La maldita oscuridad puede ser para nosotros un manto protector. Y ahora, encarnizados como están en la destrucción de Gondor, decididos a no dejar piedra sobre piedra, los orcos me han librado del mayor de mis temores. El muro exterior habría resistido largo tiempo a nuestros embates. Ahora podremos atravesarlo como un trueno... si llegamos a él.

—Gracias otra vez, Ghân-buri-Ghân de los bosques —dijo Théoden—. ¡Que la fortuna te sea propicia en recompensa por las noticias y la ayuda que nos has traído!

—¡Matad *gorgûn*! ¡Matad orcos! Los Hombres Salvajes no conocen palabras más placenteras —respondió Ghân—. ¡Ahuyentad el aire malo y la oscuridad con el hierro brillante!

—Para eso hemos venido desde muy lejos —afirmó el rey—, y lo intentaremos. Pero lo que consigamos, sólo mañana se verá.

Ghân-buri-Ghân se inclinó hasta tocar el suelo con la frente en señal de despedida. Luego se levantó como si se dispusiera a marcharse. Pero de pronto se quedó quieto con la cabeza levantada, como un animal del bosque que husmea un olor extraño. Un resplandor le iluminó los ojos.

—¡El viento está cambiando! —gritó, y con estas palabras, como en un parpadeo, él y sus compañeros desaparecieron en las tinieblas, y los hombres de Rohan no los volvieron a ver nunca más. Poco después se oyó otra vez en el este lejano el batir apagado de los tambores. Pero en todo el ejército de los Rohirrim nadie temió un instante que los Hombres Salvajes pudieran cometer una traición, por más que pareciesen extraños y poco atractivos.

—Ya no tenemos necesidad de guías —comentó Elfhelm—. Hay entre nosotros Jinetes que han cabalgado hasta Mundburgo en tiempos de paz. Empezando por mí. Cuando lleguemos al camino, doblará hacia el sur, y desde allí hasta el muro de los confines de los burgos, habrá otras siete leguas. La hierba abunda a los lados de casi todo el camino. En ese tramo los mensajeros de Gondor corrían más que nunca. Podremos cabalgar rápidamente y sin hacer mucho ruido.

—Pues como nos espera una lucha cruenta y necesitaremos de todas nuestras fuerzas —dijo Éomer—, yo propondría que ahora descansáramos, y que partiéramos por la noche; de ese modo podríamos llegar a los campos cuando haya tanta luz como pueda haberla, o cuando nuestro señor nos dé la señal.

El rey estuvo de acuerdo y los capitanes se retiraron. Pero Elfhelm volvió poco después.

—Los batidores no han encontrado nada más allá del bosque gris, Señor —dijo—, salvo dos hombres: dos hombres muertos y dos caballos muertos.

—¿Entonces? —dijo Éomer.

—Entonces esto, Señor: eran mensajeros de Gondor; uno de ellos podría ser Hirgon. En todo caso aún apretaba en la mano la Flecha Roja, pero lo habían decapitado. Y también esto: según los indicios, parecería que huían *hacia el oeste* cuando fueron abatidos. A mi entender, al regresar encontraron al Enemigo ya dueño del muro exterior, o atacándolo, y eso ha de haber ocurrido hace dos noches, si utilizaron los caballos de recambio de las postas, como es costumbre. Al no poder entrar en la ciudad, han de haber dado media vuelta.

—¡Ay! —dijo Théoden—. Eso quiere decir que Denethor no ha tenido noticias de nuestra partida, y ya habrá desesperado.

—*La necesidad no tolera tardanzas, pero más vale tarde que nunca* —dijo Éomer—. Y acaso ahora el viejo refrán demuestra ser más cierto que en todos los tiempos pasados, desde que los hombres se expresan con la boca.

Era de noche. Por las dos orillas del camino avanzaba en silencio el ejército de Rohan. El camino que contorneaba las pendientes del Mindolluin corría ahora hacia el sur. En lontananza, delante de ellos y casi en línea recta, había un resplandor rojo, y bajo el cielo negro las laderas de la gran montaña eran sombrías y amenazantes. Ya se estaban acercando al Rammas del Pelennor, pero aún no había llegado el día.

En medio de la primera compañía cabalgaba el rey, rodeado por su escolta. Seguía el *éored* de Elfhelm, y Merry notó que Dernhelm se separaba de los suyos y avanzaba hasta cabalgar detrás de la guardia del rey. La columna hizo un alto. Merry oyó que hablaban en voz baja. Algunos de los batidores que se habían aventurado hasta las cercanías del muro acababan de regresar. Se acercaron al rey.

—Hay grandes hogueras, Señor —dijo uno—. La Ciudad está toda en llamas, y el enemigo cubre los campos. Pero todos parecen tener una única preocupación: el asalto de la fortaleza y hasta donde hemos podido ver son pocos los que quedan fuera de los muros, y empeñados como están en la destrucción, no se dan cuenta de lo que pasa alrededor.

—¿Recordáis las palabras del Hombre Salvaje, Señor? —dijo otro—. Yo, en tiempos de paz, vivo en la campiña y al aire libre. Me llamo Wídfara, y también a mí el aire me trae mensajes. Ya el viento está cambiando. Ahora sopla una ráfaga del Sur, con olores marinos, aunque todavía leves. La mañana traerá novedades. Por encima del humo llegará el alba, cuando paséis el muro.

—Si es cierto lo que dices, Wídfara, ojalá la vida te conceda cien años de bendiciones a partir de este día —dijo Théoden. Y volviéndose a los hombres del séquito les habló con voz clara, para que los Jinetes del primer *éored* también pudiesen escucharlo—. ¡Jinetes de la Marca, hijos de Eorl, la hora ha llegado! Lejos os encontráis de vuestros hogares, y ya tenéis por delante el fuego y el enemigo. Vais a combatir en campos extranjeros, pero la gloria que ganéis será vuestra para siempre. Habéis prestado juramento: ¡Id ahora a cumplirlo, en nombre de vuestro rey, de vuestra tierra y la alianza de amistad!

Las lanzas golpearon contra el brocal de los escudos.

—¡Éomer, hijo mío! Tú irás a la cabeza del primer *éored* —dijo Théoden—, que marchará en el centro detrás del estandarte real. Elfhelm, conduce a tu compañía hacia la derecha cuando hayamos pasado el muro. Y que Grimbold lleve la suya hacia la izquierda. Las compañías restantes seguirán a estas tres primeras, a medida que vayan llegando. Y allí donde encontréis hordas de enemigos, atacad. Otros planes no podemos hacer, pues ignoramos aún cómo están las cosas en el campo. ¡Adelante ahora, y que no os arredre la oscuridad!

La primera compañía partió tan rápidamente como pudo, pues pese a lo augurado por Wídfara la oscuridad era todavía profunda. Merry iba montado en la grupa del caballo de Dernhelm, y mientras se sostenía con la mano izquierda, con la otra procuraba desenvainar la espada. Ahora sentía en carne viva cuánto había de verdad en las palabras del rey: *¿Qué harías tú, Meriadoc, en semejante batalla?* —Lo que estoy haciendo, ni más ni menos —se dijo—: convertirme en un estorbo para un jinete, ¡y tratar de mantenerme en la silla y no morir aplastado bajo los cascos!

Una distancia de apenas una legua los separaba del sitio donde antes se alzaban las murallas, y poco les llevó recorrerlas: demasiado poco para el gusto de Merry. Hubo gritos salvajes y algún ruido de armas, pero la escaramuza fue breve. Los orcos en actividad alrededor de las murallas eran poco numerosos, y tomados por sorpresa fue fácil abatirlos, o al menos obligarlos a retroceder. Ante la puerta en ruinas del norte del Rammas, el rey ordenó un nuevo alto. Tras él, y flanqueándolo por ambos lados, se detuvo el primer *éored*. Dernhelm continuaba cabalgando a pocos pasos del rey, pese a que la compañía de Elfhelm se había desviado a la derecha. Los hombres de Grimbold fueron hacia el este y un poco más lejos penetraron por una brecha en el muro.

Merry espió por detrás de la espalda de Dernhelm. A lo lejos, a diez millas o quizá más, había un gran incendio; pero a media distancia las líneas de fuego ardían en una vasta media luna, y el cuerno más próximo estaba a sólo una legua de las primeras filas de Jinetes. Nada más distinguió el hobbit en la oscuridad de la llanura, ni vio por el momento ninguna esperanza de amanecer, ni sintió el más leve soplo de viento, cambiante o no.

Ahora el ejército de Rohan avanzaba en silencio por los campos de Gondor, una corriente lenta pero continua, como la marea alta cuando irrumpe por las fisuras de un dique que se consideraba seguro. Pero el pensamiento y la voluntad del Capitán Negro estaban dedicados por entero al asedio y la destrucción de la Ciudad, y hasta ese momento no había llegado a él ninguna noticia que anunciara una posible falla en sus planes.

Al cabo de cierto tiempo el rey desvió la cabalgata ligeramente hacia el este, para pasar entre los fuegos del asedio y los campos exteriores. Hasta allí habían avanzado sin encontrar resistencia, y Théoden no había dado aún ninguna señal. Por fin hicieron un último alto. Ahora la Ciudad estaba cerca. El olor de los incendios flotaba en el aire, y la sombra misma de la muerte. Los caballos piafaban, inquietos. Pero el rey, inmóvil, montado en Crinblanca, contemplaba la agonía de Minas Tirith, como si la angustia o el terror lo hubieran paralizado. Parecía encogido, acobardado de pronto por la edad. Hasta Merry se sentía abrumado por el peso insoportable del horror y la duda. El corazón le latía lentamente. El tiempo parecía haberse detenido en la incertidumbre. ¡Habían llegado demasiado tarde! ¡Demasiado tarde era peor que nunca! Acaso Théoden estuviera a punto de ceder, de dejar caer la vieja cabeza, dar media vuelta, y huir furtivamente a esconderse en las colinas.

Entonces, de improviso, Merry sintió por fin, inequívoco, el cambio: el cambio de viento. ¡Le soplaba en la cara! Asomó una luz. Lejos, muy lejos en el sur, las nubes eran formas grises y remotas que se amontonaban flotando a la deriva: más allá se abría la mañana.

Pero en ese mismo instante hubo un resplandor, como si un rayo hubiese salido de las entrañas mismas de la tierra, bajo la Ciudad. Durante un segundo vieron la forma incandescente, enceguecedora y lejana en blanco y negro, y la torre más alta resplandeció como una aguja rutilante; y un momento después, cuando volvió a cerrarse la oscuridad, un trueno ensordecedor y prolongado llegó desde los campos.

Como al conjuro de aquel ruido atronador, la figura encorvada del rey se enderezó súbitamente. Y otra vez se lo vio en la montura alto y orgulloso; e irguiéndose sobre los estribos gritó, con una voz más fuerte y clara que la que oyera jamás ningún mortal:

¡De pie, de pie, Jinetes de Théoden!
Un momento cruel se avecina: ¡fuego y matanza!
Trepidarán las lanzas, volarán en añicos los escudos,
¡un día de la espada, un día rojo, antes que llegue el alba!
¡Galopad ahora, galopad! ¡A Gondor!

Y al decir esto, tomó un gran cuerno de las manos de Guthláf, el portaestandarte, y lo sopló con tal fuerza que el cuerno se quebró. Y al instante se elevaron juntas las voces de todos los cuernos del ejército, y el sonido de los cuernos de Rohan en esa hora fue como una tempestad sobre la llanura y como un trueno en las montañas.

¡Galopad ahora, galopad! ¡A Gondor!

De pronto, a una orden del rey, Crinblanca se lanzó hacia adelante. Detrás, el estandarte flameaba al viento: un caballo blanco en un campo verde: pero Théoden ya se alejaba. En pos del rey galopaban los Jinetes de la escolta, pero ninguno lograba darle alcance. Con ellos galopaba

Éomer, y la crin blanca de la cimera del yelmo le flotaba al viento, y la vanguardia del primer *éored* rugía como un oleaje embravecido al estrellarse contra las rocas de la orilla, pero nadie era tan rápido como el rey Théoden. Galopaba con un furor demente, como si la fervorosa sangre guerrera de sus antepasados le corriera por las venas en un fuego nuevo; y transportado por Crinblanca parecía un dios de la antigüedad, el propio Oromë el Grande, se hubiera dicho, en la batalla de los Valar, cuando el mundo era joven. El escudo de oro resplandecía y centelleaba como una imagen del sol, y la hierba reverdecía alrededor de las patas del caballo. Pues llegaba la mañana, la mañana y un viento del mar; y ya se disipaban las tinieblas; y los hombres de Mordor gemían, y conocían el pánico, y huían y morían, y los cascos de la ira pasaban sobre ellos. Y de pronto los ejércitos de Rohan rompieron a cantar, y cantaban mientras mataban, pues el júbilo de la batalla estaba en todos ellos, y los sonidos de ese canto que era hermoso y terrible llegaron aun a la Ciudad.

6

LA BATALLA DE LOS CAMPOS DEL PELENNOR

Pero no era un cabecilla orco ni un bandolero el que conducía el asalto de Gondor. Las tinieblas parecían disiparse demasiado pronto, antes de lo previsto por su Amo: momentáneamente la suerte le era adversa, y el mundo parecía volverse contra él; y ahora se le escapaba la victoria, cuando ya iba a ponerle las manos encima. No obstante, él tenía aún el brazo largo, autoridad, y grandes poderes. Rey, Espectro del Anillo, Señor de los Nazgûl, disponía de muchas armas. Se alejó de la Puerta y desapareció.

Théoden Rey de la Marca había llegado al camino que iba de la Puerta al Río; de allí había marchado a la Ciudad, distante ahora a menos de una milla. Moderando el galope del caballo, buscó nuevos enemigos, y los caballeros de la escolta lo rodearon, y entre ellos estaba Dernhelm. Un poco más adelante, en las cercanías de los muros, los hombres de Elfhelm luchaban entre las máquinas de asedio, matando enemigos, traspasándolos con las lanzas, empujándolos hacia las trincheras de fuego. Casi toda la mitad norte de Pelennor estaba ocupada por los Rohirrim, y los campamentos ardían, y los orcos huían en dirección al Río como manadas de animales salvajes perseguidas por cazadores; y los hombres de Rohan galopaban libremente, a lo largo y a lo ancho de los campos. Sin embargo, no habían desbaratado aún el asedio, ni reconquistado la Puerta.

Los enemigos que la custodiaban eran numerosos, y la otra mitad de la llanura estaba ocupada por ejércitos todavía intactos. Al sur, del otro lado del camino, aguardaba la fuerza principal de los Haradrim, y la caballería estaba reunida en torno del estandarte del Capitán. Y él miró el horizonte a la creciente luz de la mañana y vio muy adelante y en pleno campo de batalla la bandera del rey, con unos pocos hombres alrededor. Poseído por una furia roja, lanzó un grito de guerra y desplegó el estandarte —una serpiente negra sobre fondo escarlata— y se precipitó con una gran horda sobre el corcel blanco en campo verde, y las cimitarras desnudas de los Sureños centellearon como estrellas.

Sólo entonces reparó Théoden en la presencia del Capitán Negro; sin esperar el ataque, azuzó con un grito a Crinblanca y salió al paso de su adversario. Terrible fue el fragor de aquel encuentro. Pero la furia blanca de los Hombres del Norte era la más ardiente, y sus caballeros más hábiles con las largas lanzas, y despiadados. Como el fuego del rayo en un bosque, irrumpieron entre las filas de los Sureños abriendo grandes brechas. En medio de la refriega luchaba Théoden hijo de Thengel, y la lanza se le rompió en mil pedazos cuando abatió al capitán enemigo. Atravesó con la espada desnuda el estandarte, golpeando al mismo tiempo asta y jinete, y la serpiente negra se derrumbó.

Entonces todos los sobrevivientes de la caballería enemiga dieron media vuelta y huyeron lejos.

Mas he aquí que de súbito, en la plenitud de la gloria del rey, el escudo de oro empezó a oscurecerse. La nueva mañana fue quitada del cielo. Las tinieblas cayeron alrededor. Los caballos gritaban, encabritados. Los Jinetes arrojados de las sillas se arrastraban por el suelo.

—¡A mí! ¡A mí! —gritó Théoden—. ¡De pie, Eorlingas! ¡No os amedrente la oscuridad! —Pero Crinblanca, enloquecido de terror, se había levantado sobre las patas, luchaba con el aire, y de pronto, con un grito desgarrador, se desplomó de flanco: un dardo negro lo había traspasado. Y el rey cayó debajo de él.

Rápida como una nube de tormenta descendió la Sombra. Y se vio entonces que era una criatura alada: un ave quizá, pero más grande que cualquier ave conocida; y parecía desnuda, pues no tenía plumas. Las alas enormes eran como membranas coriáceas entre dedos callosos;

hedían. Una criatura acaso de un mundo ya extinguido, cuya especie, escondida en montañas olvidadas y frías bajo la Luna, había sobrevivido incubando en algún nido horripilante esta progenie última y maligna. Y el Señor Oscuro la había adoptado, alimentándola con carnes putrefactas, hasta que fue mucho más grande que todas las otras criaturas aladas; y como cabalgadura la había entregado a su servidor. Descendió, descendió, y luego, replegando las palmas digitadas, lanzó un graznido ronco, y se posó de pronto sobre Crinblanca, y le hincó las garras encorvando el largo cuello implume.

Una figura envuelta en un manto negro, enorme y amenazante, venía montada en aquella criatura. Llevaba una corona de acero, pero nada visible había entre el aro de la corona y el manto, salvo el fulgor mortal de unos ojos: el Señor de los Nazgûl. Llamando a su corcel antes que se desvaneciera otra vez la oscuridad, había retornado al aire, y ahora volvía a atacar, trayendo consigo la ruina, transformando la esperanza en desesperación, y la victoria en muerte. Blandía una gran maza negra.

Pero Théoden no había quedado totalmente abandonado. Los caballeros del séquito yacían sin vida en torno o habían sido llevados lejos de allí, arrastrados por la locura de sus corceles. Uno, sin embargo, permanecía junto al rey: el joven Dernhelm, fiel más allá del miedo, y lloraba, pues había amado a su señor como a un padre. Durante la batalla, y hasta que la Sombra bajó, Merry se había mantenido a salvo en la grupa de Hoja de Viento, pero de pronto, el corcel aterrorizado había arrojado al suelo a sus jinetes, y ahora corría desbocado a través de la llanura. Merry se arrastraba en cuatro patas como una alimaña aturdida; se sentía ciego y enfermo de terror.

«¡Paje del rey! ¡Paje del rey! —le gritaba el corazón dentro del pecho—. Tu obligación es seguir junto a él. Seréis como un padre para mí, dijiste.» Pero la voluntad no le obedecía, y el cuerpo le temblaba. No se atrevía a abrir los ojos ni a levantar la cabeza.

De improviso, en medio de aquella oscuridad que le ocupaba la mente, creyó oír la voz de Dernhelm; pero le sonó extraña, como si le recordase la de alguien que conocía.

—¡Vete de aquí, dwimmerlaik, señor de la carroña! ¡Deja en paz a los muertos!

Una voz glacial le respondió: —¡No te interpongas entre el Nazgûl y su presa! No es tu vida lo que arriesgas perder si te atreves a desafiarme; a ti no te mataré: te llevaré conmigo muy lejos, a las casas de los lamentos, más allá de todas las tinieblas, y te devorarán la carne, y te desnudarán la mente, expuesta a la mirada del Ojo Sin Párpado.

Se oyó el ruido metálico de una espada que salía de la vaina.

—Haz lo que quieras; mas yo lo impediré, si está en mis manos.

—¡Impedírmelo! ¿A mí? Estás loco. ¡Ningún hombre viviente puede impedirme nada!

Lo que Merry oyó entonces no podía ser más insólito para esa hora: le pareció que Dernhelm se reía, y que la voz límpida vibraba como el acero.

—¡Es que no soy ningún hombre viviente! Lo que tus ojos ven es una mujer. Soy Éowyn hija de Éomund. Pretendes impedir que me acerque a mi señor y pariente. ¡Vete de aquí si no eres una criatura inmortal! Porque vivo o espectro oscuro, te traspasaré con mi espada si lo tocas.

La criatura alada respondió con un alarido, pero el Espectro del Anillo quedó en silencio, como si de pronto dudara. Estupefacto más allá del miedo, Merry se atrevió a abrir los ojos: las tinieblas que le oscurecían la vista y la mente se desvanecieron. Y allí, a pocos pasos, vio a la gran bestia, rodeada de una profunda oscuridad; y montado en ella como una sombra de desesperación, al Señor de los Nazgûl. Un poco hacia la izquierda, delante de la bestia alada y su jinete, estaba ella, la mujer que hasta ese momento Merry llamara Dernhelm. Pero el yelmo que ocultaba el secreto de Éowyn había caído, y los cabellos sueltos de oro pálido le resplandecían sobre los hombros. La mirada de los ojos grises como el mar era dura y despiadada, pero había lágrimas en las mejillas. La mano esgrimía una espada, y alzando el escudo se defendía de la horrenda mirada del enemigo.

Era Éowyn y también era Dernhelm. Y el recuerdo del rostro que había visto en el Sagrario a la hora de la partida reapareció una vez más en la mente del hobbit: el rostro de alguien que ha perdido toda esperanza y busca la muerte. Y sintió piedad, y asombro; y de improviso, el coraje de los de su raza, lento en encenderse, volvió a mostrarse en él. Apretó los puños. Tan hermosa, tan desesperada, Éowyn no podía morir. En todo caso no iba a morir a solas, sin ayuda.

El enemigo no lo miraba, pero Merry, no se atrevía a moverse temiendo que los ojos asesinos lo descubrieran. Lenta, muy lentamente, se arrastró a un lado; pero el Capitán Negro, movido por la duda y la malicia, sólo miraba a la mujer que tenía delante, y a Merry no le prestó más atención que a un gusano en el fango.

De pronto, la bestia horripilante batió las alas, levantando un viento hediondo. Subió en el aire, y luego se precipitó sobre Éowyn, atacándola con el pico y las garras abiertas.

Tampoco ahora se inmutó Éowyn: doncella de Rohan, descendiente de reyes, flexible como un junco pero templada como el acero, hermosa pero terrible. Descargó un golpe rápido, hábil y mortal. Y cuando la espada cortó el cuello extendido, la cabeza cayó como una piedra, y la mole del cuerpo se desplomó con las alas abiertas. Éowyn dio un salto atrás. Pero ya la sombra se había desvanecido. Un resplandor la envolvió y los cabellos le brillaron a la luz del sol naciente.

El Jinete Negro emergió de la carroña, alto y amenazante. Con un grito de odio que traspasaba los tímpanos como un veneno, descargó la maza. El escudo se quebró en muchos pedazos, y Éowyn vaciló y cayó de rodillas: tenía el brazo roto. El Nazgûl se abalanzó sobre ella como una nube; los ojos le relampaguearon, y otra vez levantó la maza, dispuesto a matar.

Pero de pronto se tambaleó también él, y con un alarido de dolor cayó de bruces, y la maza, desviada del blanco, fue a morder el polvo del terreno. Merry lo había herido por la espalda. Atravesando el manto negro, subiendo por el plaquín, la espada del hobbit se había clavado en el tendón detrás de la poderosa rodilla.

—¡Éowyn! ¡Éowyn! —gritó Merry.

Entonces Éowyn, trastabillando, había logrado ponerse de pie una vez más, y juntando fuerzas había hundido la espada entre la corona y el manto, cuando ya los grandes hombros se encorvaban sobre ella. La espada chisporroteó y voló por los aires hecha añicos. La corona rodó a lo lejos con un ruido de metal. Éowyn cayó de bruces sobre el enemigo derribado. Mas he aquí que el manto y el plaquín estaban vacíos. Ahora yacían en el suelo, despedazados y en un montón informe; y un grito se elevó por el aire estremecido y se transformó en un lamento áspero, y pasó con el viento, una voz tenue e incorpórea que se extinguió, y fue engullida, y nunca más volvió a oírse en aquella era del mundo.

Y allí, de pie entre los caídos estaba Meriadoc el hobbit, parpadeando como un búho a la luz del día, cegado por las lágrimas; y a través de una bruma vio la hermosa cabeza de Éowyn, que yacía inmóvil; y miró el rostro del rey, caído en la plenitud de la gloria. Pues Crinblanca, en su agonía, había rodado alejándose del cuerpo del soberano; de cuya muerte era sin embargo la causa.

Merry se inclinó, y en el momento en que tomaba la mano del rey para besársela, Théoden abrió los ojos, que aún estaban límpidos, y habló con una voz fatigada pero serena.

—¡Adiós, señor Holbytla! —dijo—. Tengo el cuerpo deshecho. Voy a reunirme con mis padres. Pero ahora ni aun en esa soberbia compañía me sentiré avergonzado. ¡Abatí a la serpiente negra! ¡Un amanecer siniestro, un día feliz, y un crepúsculo de oro!

Merry no podía decir una palabra y no dejaba de llorar.

—Perdonadme, señor —logró decir al fin—, por haber desobedecido vuestra orden, y por no haberos prestado otro servicio que llorar en la hora de la despedida.

El viejo rey sonrió: —No te preocupes. Ya has sido perdonado. Que el magnánimo hable en nosotros. Vive ahora años de bendiciones; y cuando te sientes en paz a fumar tu pipa ¡acuérdate de mí! Porque ya nunca más podré cumplir la promesa de sentarme contigo en Meduseld, ni de aprender de ti los secretos de la hierba. —Cerró los ojos, y Merry se inclinó de nuevo, pero él pronto volvió a hablar.— ¿Dónde está Éomer? Se me enturbia la vista y me gustaría verlo antes de irme. Él será el próximo rey. Y también quisiera enviarle un mensaje a Éowyn. No quería separarse de mí, y ahora nunca la volveré a ver, a Éowyn, más cara para mí que una hija.

—Señor, Señor —empezó a decir Merry con voz entrecortada—, está...

Pero en ese mismo instante hubo un gran clamor, y resonaron los cuernos y las trompetas. Merry levantó la cabeza y miró en derredor; se había olvidado de la guerra, y del resto del mundo; tenía la impresión de que habían pasado muchas horas desde que el rey cabalgara al encuentro de la muerte, cuando en realidad todo había ocurrido pocos minutos antes. Pero en ese momento cayó en la cuenta de que corrían el riesgo de quedar atrapados en medio de la gran batalla que no tardaría en comenzar.

Nuevas huestes enemigas llegaban presurosas desde el Río; y desde los muros avanzaban los ejércitos de Morgul; y más al sur desde los campos, la infantería de Harad, precedida por la caballería y seguida por los *mûmakil* de lomos gigantescos que transportaban torres de guerra. Pero, en el norte, una vez más reunida y reorganizada por Éomer, detrás del penacho blanco de su cimera, avanzaba la gran vanguardia de los Rohirrim; y desde la Ciudad descendían todos los hombres que habían quedado dentro; llevaban el cisne de plata de Dol Amroth, y dispersaron a los enemigos que custodiaban la Puerta.

Un pensamiento cruzó un instante por la mente de Merry: —¿Dónde anda Gandalf? ¿Por qué no está aquí? ¿No podría haber salvado al rey y a Éowyn?

En ese momento llegó Éomer al galope, acompañado por los sobrevivientes de la escolta del rey que habían logrado dominar a los caballos. Y todos miraron con asombro el cadáver de la bestia abominable; y los caballos se negaban a acercarse. Pero Éomer se apeó de un salto, y el dolor y el desconsuelo cayeron de pronto sobre él cuando llegó junto al rey y se quedó allí en silencio.

Entonces uno de los caballeros tomó de la mano de Guthláf, el portaestandarte que yacía muerto, la bandera del rey, y la levantó en alto. Théoden abrió lentamente los ojos, y al ver el estandarte indicó con una seña que se lo entregaran a Éomer.

—¡Salve, Rey de la Marca! —dijo—. ¡Marcha ahora a la victoria! ¡Llévale mis adioses a Éowyn! —Y así murió Théoden sin saber que Éowyn yacía a su lado. Y quienes lo rodeaban lloraron, clamando:— ¡Théoden Rey! ¡Théoden Rey!

Pero Éomer les dijo:

¡No derraméis excesivas lágrimas! Noble fue en vida el caído y tuvo una muerte digna. Cuando el túmulo se levante llorarán las mujeres. ¡Ahora la guerra nos reclama!

Sin embargo, Éomer mismo lloraba al hablar.

—Que los caballeros de la escolta monten guardia junto a él, y con honores retiren de aquí el cuerpo, para que no lo pisoteen las tropas en la batalla. Sí, el cuerpo del rey y el de todos los caballeros de su escolta que aquí yacen.

Y Éomer miró a los caídos, y recordó sus nombres. De pronto vio a Éowyn, su hermana, y la reconoció. Quedó un instante en suspenso, como un hombre herido en el corazón por una flecha en la mitad de un grito. Una palidez cadavérica le cubrió el rostro, y una furia mortal se alzó en él, y por un momento no pudo decir nada. Parecía que había perdido la razón.

—¡Éowyn, Éowyn! —gritó al fin—. ¡Éowyn! ¿Cómo llegaste aquí? ¿Qué locura es ésta, qué artificio diabólico? ¡Muerte, muerte, muerte! ¡Que la muerte nos lleve a todos!

Entonces, sin consultar a nadie, sin esperar la llegada de los hombres de la Ciudad, montó y volvió al galope hacia la vanguardia del gran ejército, hizo sonar un cuerno y dio con fuertes gritos la orden de iniciar el ataque. Clara resonó la voz de Éomer a través del campo: —¡Muerte! ¡Galopad, galopad hacia la ruina y el fin del mundo!

A esta señal, el ejército de los Rohirrim se puso en movimiento. Pero los hombres ya no cantaban. *Muerte,* gritaban con una sola voz poderosa y terrible, y acelerando el galope de las cabalgaduras, pasaron como una inmensa marea alrededor del rey caído, y se precipitaron rugiendo rumbo al sur.

Y Meriadoc el hobbit seguía allí sin moverse, parpadeando a través de las lágrimas, y nadie le hablaba: nadie, en realidad, parecía verlo. Se enjugó las lágrimas y agachándose a recoger el escudo verde que le regalara Éowyn, se lo colgó al hombro. Buscó entonces la espada, que se le había caído, pues en el momento de asestar el golpe el brazo se le había entumecido, y ahora sólo podía utilizar la mano izquierda. Y de pronto vio el arma en el suelo, pero la hoja crepitaba y echaba humo como una rama seca echada a una hoguera; y mientras Merry la observaba estupefacto, el arma ardió, se retorció, y se consumió hasta desaparecer.

Tal fue el destino de la espada de las Quebradas de los Túmulos, fraguada en el Oesternesse. Hubiera querido conocerlo el artífice que la forjara en otros tiempos en el Reino del Norte, cuando los Dúnedain eran jóvenes, y tenían como principal enemigo al temible reino de Angmar y a su rey hechicero. Ninguna otra hoja, ni aun esgrimida por manos mucho más poderosas, habría podido infligir una herida más cruel, hundirse de ese modo en la carne venida de la muerte, romper el hechizo que ataba los tendones invisibles a la voluntad del espectro.

Varios hombres levantaron al rey, y tendiendo mantas sobre las varas de las lanzas, improvisaron unas angarillas para transportarlo a la Ciudad; otros recogieron con delicadeza el cuerpo de Éowyn y siguieron al cortejo. Mas no pudieron retirar del campo a todos los hombres de la casa del rey, pues eran siete los caídos en la batalla, entre ellos Déorwine el jefe de la escolta. Entonces, agrupándolos lejos de los cadáveres de los enemigos y la bestia abominable, los rodearon con una empalizada de lanzas. Y más tarde, cuando todo hubo pasado, regresaron y encendieron una gran hoguera y quemaron la carroña de la bestia; pero para Crinblanca cavaron una tumba, y pusieron sobre ella una lápida con un epitafio grabado en las lenguas de Gondor y de la Marca:

> *Fiel servidor y perdición del amo.*
> *Hijo de Piesligeros, el rápido Crinblanca.*

Verde y alta creció la hierba sobre el túmulo de Crinblanca, pero el sitio donde incineraron el cadáver de la bestia estuvo siempre negro y desnudo.

Ahora Merry caminaba con paso lento y triste junto al cortejo, y había perdido todo interés en la batalla. Se sentía dolorido y cansado, y los miembros le temblaban como si tuviese frío. Una fuerte lluvia llegó desde el Mar, y fue como si todas las cosas lloraran por Théoden y Éowyn, apagando con lágrimas grises los incendios de la Ciudad. Como a través de una niebla, vio llegar la vanguardia de los hombres de Gondor. Imrahil, Príncipe de Dol Amroth, se adelantó hasta ellos y se detuvo.

—¿Qué es esa carga que lleváis, Hombres de Rohan? —gritó.

—Théoden Rey —le respondieron—. Ha muerto. Pero ahora Éomer Rey galopa en la batalla: el de la crin blanca al viento.

El príncipe se apeó del caballo, y arrodillándose junto a las parihuelas improvisadas, rindió homenaje al rey y a su heroísmo; y lloró. Y al levantarse, vio de pronto a Éowyn, y la miró, estupefacto.

—¿No es una mujer? —exclamó—. ¿Acaso las mujeres de los Rohirrim han venido también a la guerra, a prestarnos ayuda?

—¡Nada de eso! —le respondieron—. Sólo una ha venido. Es la Dama Éowyn, hermana de Éomer; y hasta este momento ignorábamos que estuviese aquí, y lo deploramos amargamente.

Entonces el príncipe, al verla tan hermosa, pese a la palidez del rostro frío, le tomó la mano y se inclinó para mirarla más de cerca.

—¡Hombres de Rohan! —gritó—. ¿No hay un médico entre vosotros? Está herida, tal vez de muerte, pero creo que todavía vive. —Le acercó a los labios fríos el brazal brillante y pulido de la armadura, y he aquí que una niebla tenue y apenas visible empañó la superficie bruñida.

"Ahora —dijo— tenemos que darnos prisa —y ordenó a uno de los hombres que corriera a la Ciudad en busca de socorro. Pero él mismo se despidió de los caídos con una reverencia, y volviendo a montar partió al galope hacia el campo de batalla.

La furia del combate arreciaba en los campos del Pelennor; el fragor de las armas crecía con los gritos de los hombres y los relinchos de los caballos. Resonaban los cuernos, vibraban las trompetas, y los *mûmakil* mugían con estrépito empujados a la batalla. Al pie de los muros del sur, la infantería de Gondor atacaba a las legiones de Morgul que aún seguían apiñadas allí. Pero la caballería galopaba hacia el este en auxilio de Éomer: Húrin el Alto, Guardián de las Llaves, y el Señor de Lossarnach, e Hirluin de las Colinas Verdes, y el Príncipe Imrahil el hermoso rodeado por todos sus caballeros.

En verdad, esta ayuda no les llegaba a los Rohirrim antes de tiempo: la fortuna le había dado la espalda a Éomer; su propia furia lo había traicionado. La violencia de la primera acometida había devastado el frente enemigo y los Jinetes de Rohan habían irrumpido en las filas de los Sureños, dispersando a la caballería y aplastando a la infantería. Pero en presencia de los *mûmakil* los caballos se plantaban negándose a avanzar; nadie atacaba a los grandes monstruos, erguidos como torres de defensa, y en torno se atrincheraban los Haradrim. Y si al comienzo del ataque la fuerza de los Rohirrim era tres veces menor que la del enemigo, ahora la situación se había agravado: desde Osgiliath, donde las huestes enemigas se habían reunido a esperar la señal del Capitán Negro para lanzarse al saqueo de la Ciudad y la ruina de Gondor, llegaban sin cesar nuevas fuerzas. El Capitán había caído; pero Gothmog, el lugarteniente de Morgul, los exhortaba ahora a la contienda: Hombres del Este que empuñaban hachas, Variags que venían de Khand, Sureños vestidos de escarlata, y Hombres Negros que de algún modo parecían trolls llegados de la Lejana Harad, de ojos blancos y lenguas rojas. Algunos se precipitaban a atacar a los Rohirrim por la espalda, mientras otros contenían en el oeste a las fuerzas de Gondor, para impedir que se reunieran con las de Rohan.

Entonces, a la hora precisa en que la suerte parecía volverse contra Gondor, y las esperanzas flaqueaban, se elevó un nuevo grito en la Ciudad. Mediaba la mañana; soplaba un viento fuerte, y la lluvia huía hacia el norte; y el sol brilló de pronto. En el aire límpido los centinelas apostados en los muros atisbaron a lo lejos una nueva visión de terror; y perdieron la última esperanza.

Pues desde el recodo del Harlond, el Anduin corría de tal modo que los hombres de la Ciudad podían seguir con la mirada el curso de las aguas hasta muchas leguas de distancia, y los de vista más penetrante alcanzaban a ver cualquier nave que se acercase desde el mar. Y mirando hacia allí, los centinelas prorrumpieron en gritos desesperados: negra contra el agua centellante vieron una flota de galeones y navíos de gran calado y muchos remos, las velas negras henchidas por la brisa.

—¡Los Corsarios de Umbar! —gritaron—. ¡Los Corsarios de Umbar! ¡Mirad! ¡Los Corsarios de Umbar vienen hacia aquí! Entonces ha caído Belfalas, y también el Ethir y Lebennin. ¡Los Corsarios ya están sobre nosotros! ¡Es el último golpe del destino!

Y algunos, sin que nadie lo mandase, pues no quedaba en la Ciudad ningún hombre que pudiera dar órdenes, corrían a las campanas y tocaban la alarma; y otros soplaban las trompetas llamando a la retirada de las tropas.

—¡Retornad a los muros! —gritaban—. ¡Retornad a los muros! ¡Volved a la Ciudad antes que todos seamos arrasados!

Pero el mismo viento que empujaba los navíos se llevaba lejos el clamor de los hombres.

Los Rohirrim no necesitaban de esas llamadas y voces de alarma: demasiado bien veían con sus propios ojos los velámenes negros. Pues en aquel momento Éomer combatía a apenas una milla del Harlond, y entre él y el puerto había una compacta hueste de adversarios; y mientras tanto los nuevos ejércitos se arremolinaban en la retaguardia, separándolo del Príncipe. Y cuando miró el Río, la esperanza se extinguió en él, y maldijo el viento que poco antes había bendecido. Pero las huestes de Mordor cobraron entonces nuevos ánimos, y enardecidas por una vehemencia y una furia nuevas, se lanzaron al ataque dando gritos.

Éomer se había tranquilizado, y tenía ahora la mente clara. Hizo sonar los cuernos para reunir alrededor del estandarte a los hombres que pudieran llegar hasta él; pues se proponía levantar al fin un muro de escudos, y resistir, y combatir a pie hasta que cayera el último hombre, y llevar a cabo en los campos del Pelennor hazañas dignas de ser cantadas, aunque nadie quedase con vida en el Oeste para recordar al último Rey de la Marca. Cabalgó entonces hasta una loma verde y allí plantó el estandarte, y el Corcel Blanco flameó al viento.

Saliendo de la duda, saliendo de las tinieblas
vengo cantando al sol, y desnudo mi espada.
Yo cabalgaba hacia el fin de la esperanza, y la aflicción del corazón.
¡Ha llegado la hora de la ira, la ruina y un crepúsculo rojo!

Pero mientras recitaba esta estrofa se reía a carcajadas. Pues una vez más había renacido en él el espíritu guerrero; y aún seguía indemne, y era joven, y era el rey: el señor de un pueblo indómito. Y mientras reía de desesperación, miró otra vez las embarcaciones negras, y levantó la espada en señal de desafío.

Entonces, de pronto, quedó mudo de asombro. En seguida lanzó en alto la espada a la luz del sol, y cantó al recogerla en el aire. Todos los ojos siguieron la dirección de la mirada de Éomer, y he aquí que la primera nave había enarbolado un gran estandarte, que se desplegó y flotó en el viento mientras la embarcación viraba hacia el Harlond. Y un Árbol Blanco, símbolo de Gondor, floreció en el paño; y Siete Estrellas lo circundaban, y lo nimbaba una corona, el emblema de Elendil, que en años innumerables no había ostentado ningún señor. Y las estrellas centelleaban a la luz del sol, porque eran gemas talladas por Arwen, la hija de Elrond; y la corona resplandecía al sol de la mañana, pues estaba forjada en oro y mithril.

Así, traído de los Senderos de los Muertos por el viento del Mar, llegó Aragorn hijo de Arathorn, Elessar, heredero de Isildur al Reino de Gondor. Y la alegría de los Rohirrim estalló en un torrente de risas y en un relampagueo de espadas, y el júbilo y el asombro de la Ciudad se volcaron en fanfarrias y trompetas y en campanas al viento. Pero los ejércitos de Mordor estaban estupefactos, pues les parecía cosa de brujería que sus propias naves llegasen a puerto cargadas de enemigos; y un pánico negro se apoderó de ellos, viendo que la marea del destino había cambiado, y que la hora de la ruina estaba próxima.

Hacia el este galopaban los caballeros del Dol Amroth, empujando delante al enemigo: trolls, Variags y orcos que aborrecían la luz del sol. Y hacia el sur galopaba Éomer, y todos los que huían ante él quedaban atrapados entre el martillo y el yunque. Pues ya una multitud de hombres saltaba de las embarcaciones al muelle del Harlond e invadía el norte como una tormenta. Y con ellos venían Legolas, y Gimli esgrimiendo el hacha, y Halbarad portando el estandarte, y Elladan y Elrohir con las estrellas en la frente, y los indómitos Dúnedain, Montaraces del Norte, al frente de un ejército de hombres de Lebennin, Lamedon y los feudos del Sur. Pero delante de todos iba Aragorn, blandiendo la Llama del Oeste, Andúril, que chisporroteaba como un fuego recién encendido, Narsil forjada de nuevo, y tan mortífera como antaño; y Aragorn llevaba en la frente la Estrella de Elendil.

Y así Éomer y Aragorn volvieron a encontrarse por fin, en la hora más reñida del combate; y apoyándose en las espadas se miraron a los ojos y se alegraron.

—Ya ves cómo volvemos a encontrarnos, aunque todos los ejércitos de Mordor se hayan interpuesto entre nosotros —dijo Aragorn—. ¿No te lo predije en Cuernavilla?

—Sí, eso dijiste —respondió Éomer—, pero las esperanzas suelen ser engañosas, y en ese entonces yo ignoraba que fueses vidente. No obstante, es dos veces bendita la ayuda inesperada, y jamás un reencuentro entre amigos fue más jubiloso. —Y se estrecharon las manos.— Ni más oportuno, en verdad —añadió Éomer—. Tu llegada no es prematura, amigo mío. Hemos sufrido grandes pérdidas y terribles pesares.

—¡A vengarlos, entonces, más que a hablar de ellos! —exclamó Aragorn; y juntos cabalgaron de vuelta a la batalla.

Dura y agotadora fue la larga batalla que los esperaba, pues los Sureños eran temerarios y encarnizados, y feroces en la desesperación; y los del Este, recios y aguerridos, no pedían cuartel. Aquí y allá, en las cercanías de algún granero o una granja incendiados, en las lomas y montecillos, al pie de una muralla o en campo raso, volvían a reunirse y a organizarse, y la lucha no cejó hasta que acabó el día.

Y cuando el sol desapareció detrás del Mindolluin y los grandes fuegos del ocaso llenaron el cielo, las montañas y colinas de alrededor parecían tintas en sangre; las llamas rutilaban en las aguas del Río, y las hierbas que tapizaban los campos del Pelennor eran rojas a la luz del atardecer. A esa hora terminó la gran Batalla de los campos de Gondor; y dentro del circuito del Rammas no quedaba con vida un solo enemigo. Todos habían muerto allí, salvo aquellos que huyeron para encontrar la muerte o perecer ahogados en las espumas rojas del Río. Pocos pudieron regresar al Este, a Morgul o a Mordor; y sólo rumores de las regiones lejanas llegaron a las tierras de los Haradrim: los rumores de la ira y el terror de Gondor.

Extenuados más allá de la alegría y el dolor, Aragorn, Éomer e Imrahil regresaron cabalgando a la Puerta de la Ciudad: ilesos los tres por obra de la fortuna y el poder y la destreza de sus brazos; pocos se habían atrevido a enfrentarlos o desafiarlos en la hora de la cólera. Pero los caídos en el campo de batalla, heridos, mutilados o muertos eran numerosos. Las hachas enemigas habían decapitado a Forlong mientras combatía desmontado y a solas; y Duilin de Morthond y su hermano habían perecido pisoteados por los *mûmakil* cuando al frente de los arqueros se acercaban para disparar a los ojos de los monstruos. Ni Hirluin el Hermoso volvería jamás a Pinnath Gelin, ni Grimbold al Bosque Oscuro, ni Halbarad a las Tierras Septentrionales, montaraz de mano inflexible. Muchos fueron los caídos, caballeros de renombre o desconocidos, capitanes y soldados; porque grande fue la batalla, y ninguna historia ha narrado aún todas sus peripecias. Así decía muchos años después en Rohan un hacedor de canciones al cantar la balada de los Montículos de Mundburgo:

En las colinas oímos resonar cuernos;
brillaron las espadas en el Reino del Sur.
Como un viento en la mañana los caballos galoparon
hacia los Pedregales. Ya la guerra arreciaba.
Allí cayó Théoden, hijo de Thengel,
y a los palacios de oro y las praderas verdes
de los campos del Norte nunca más regresó.
Allí en tierras lejanas murieron combatiendo
Guthláf y Hardin, Dúnhere, Déorwine y el valiente Grimbold,
Herefara, Herubrand, Horn y Fastred.
Hoy en Mundburgo yacen bajo los Montículos
junto a sus aliados, señores de Gondor.
Ni Hirluin el Hermoso a las colinas junto al mar,
ni Forlong el Viejo a los valles floridos del reino de Arnach

retornaron en triunfo. Y los altos arqueros Derufin y Duilin
nunca más contemplaron a la sombra de las montañas
las aguas oscuras del Morthond.
La muerte se llevó a nobles y a humildes
desde la mañana hasta el término del día.
Un largo sueño duermen ahora
junto al Río Grande, bajo las hierbas de Gondor.
Las aguas que corrían rugiendo y eran rojas
son grises ahora como lágrimas, de plata centelleante;
la espuma teñida de sangre llameaba al atardecer;
las montañas ardían como hogueras en la noche;
rojo cayó el rocío en el Rammas Echor.

7

LA PIRA DE DENETHOR

Cuando la sombra negra se retiró de la Puerta, Gandalf se quedó sentado, inmóvil. Pero Pippin se levantó, como si se hubiera liberado de un gran peso, y al escuchar las voces de los cuernos le pareció que el corazón le iba a estallar de alegría. Y nunca más en los largos años de su vida pudo oír el sonido lejano de un cuerno sin que unas lágrimas le asomaran a los ojos.

De pronto recordó la misión que lo había traído, y echó a correr. En ese momento Gandalf se movió, y diciéndole una palabra a Sombragrís, se disponía a trasponer la Puerta.

—¡Gandalf! ¡Gandalf! —gritó Pippin, y Sombragrís se detuvo.

—¿Qué haces aquí? —le preguntó Gandalf—. ¿No dice una ley de la Ciudad que quienes visten de negro y plata han de permanecer en la Ciudadela, a menos que el señor les haya dado licencia?

—Me la ha dado —dijo Pippin—. Me ha despedido. Pero tengo miedo. Temo que allí pueda acontecer algo terrible. El Señor ha perdido la razón, me parece. Temo que se mate y que mate también a Faramir. ¿No podrías hacer algo?

Gandalf miró por la Puerta entreabierta, y oyó que el fragor creciente de la batalla ya invadía los campos. Apretó el puño.

—He de ir —dijo—. El Jinete Negro está allí fuera, y todavía puede llevarnos a la ruina. No tengo tiempo.

—¡Pero Faramir! —gritó Pippin—. No está muerto, y si nadie los detiene lo quemarán vivo.

—¿Lo quemarán vivo? —dijo Gandalf—. ¿Qué historia es ésa? ¡Habla, rápido!

—Denethor ha ido a las Tumbas —explicó Pippin—, y ha llevado a Faramir. Y dice que todos moriremos quemados en las hogueras, pero que él no esperará, y ha ordenado que preparen una pira y lo inmolen, junto con Faramir. Y ha enviado en busca de leña y aceite. Yo se lo he dicho a Beregond, pero no creo que se atreva a abandonar su puesto, pues está de guardia. Y de todas maneras ¿que podría hacer? —Así, a los borbotones, mientras se empinaba para tocar con las manos trémulas la rodilla de Gandalf, contó Pippin la historia.— ¿No puedes salvar a Faramir?

—Tal vez sí —dijo Gandalf—, pero entonces morirán otros, me temo. Y bien, tendré que ir, si nadie más puede ayudarlo. Pero esto traerá males y desdichas. Hasta en el corazón de nuestra fortaleza tiene el Enemigo armas para golpearnos: porque esto es obra del poder de su voluntad.

Una vez que hubo tomado una decisión, Gandalf actuó con rapidez: alzó en vilo a Pippin y lo sentó en la cruz, y susurrándole una orden a Sombragrís, dio media vuelta. Y mientras a espaldas de ellos arreciaba el fragor del combate, los cascos repicaron subiendo las calles empinadas de Minas Tirith. Por toda la Ciudad los hombres despertaban del miedo y la desesperación, y empuñaban las armas y se gritaban unos a otros: —¡Han llegado los de Rohan! —Y los Capitanes daban grandes voces, y las compañías se ordenaban, y muchas marchaban ya hacia la Puerta.

Se cruzaron con el Príncipe Imrahil, quien les gritó: —¿Adónde vas ahora, Mithrandir? ¡Los Rohirrim están combatiendo en los campos de Gondor! Necesitamos todas las fuerzas que podamos encontrar.

—Necesitaréis de todos los hombres y muchos más aún —respondió Gandalf—. Daos prisa. Yo iré en cuanto pueda. Pero ahora tengo una misión impostergable que cumplir, junto a Denethor. ¡Toma el mando, en ausencia del Señor!

Continuaron galopando; y a medida que ascendían y se acercaban a la Ciudadela, sentían el azote del viento en las mejillas, y divisaban a lo lejos el resplandor de la mañana, una luz que aumentaba en el cielo del Sur. Pero no tenían muchas esperanzas; ignoraban qué desdichas encontrarían, y temían llegar demasiado tarde.

—Las tinieblas se están disipando —dijo Gandalf—, pero todavía pesan sobre la Ciudad.

En la puerta de la Ciudadela no encontraron ningún guardia.

—Entonces Beregond ha de haber ido allí —dijo Pippin, más esperanzado. Dieron media vuelta, y corrieron por el camino que llevaba a la Puerta Cerrada. Estaba abierta de par en par y el portero yacía ante ella. Lo habían matado y le habían robado la llave.

—¡Obra del Enemigo! —dijo Gandalf—. Éstos son los golpes con que se deleita: enconando al amigo contra el amigo, transformando en confusión la lealtad. —Se apeó del caballo y con un ademán le ordenó a Sombragrís que volviese al establo.— Porque has de saber, amigo mío —le dijo—, que tú y yo tendríamos que haber galopado hasta los campos ya hace tiempo, pero otros asuntos me retienen. ¡Ven rápido, si te llamo!

Traspusieron la Puerta y descendieron por el camino sinuoso y escarpado. La luz crecía, y las columnas elevadas y las figuras esculpidas que flanqueaban el sendero desfilaban lentamente como fantasmas grises.

De improviso el silencio se rompió y oyeron abajo gritos y espadas que se entrechocaban: ruidos que nunca habían resonado en los recintos sagrados desde la construcción de la Ciudad. Llegaron por fin al Rath Dínen y fueron rápidamente hacia la Casa de los Senescales, que se alzaba en el crepúsculo bajo la alta cúpula.

—¡Deteneos! ¡Deteneos! —gritó Gandalf, precipitándose hacia la escalera de piedra que llevaba a la puerta—. ¡Acabad esta locura!

Porque allí, en la escalera, con antorchas y espadas en la mano, estaban los servidores de Denethor, y en el peldaño más alto, vistiendo el negro y plata de la Guardia, se erguía Beregond, y él solo defendía la puerta. Ya dos de los hombres habían caído bajo los golpes de la espada de Beregond, profanando con sangre el santuario; y los otros lo maldecían, tildándolo de descastado y de traidor al rey.

Y cuando Gandalf y Pippin corrían aún se oyó la voz de Denethor que gritaba desde la morada de los muertos: —¡Pronto, pronto! ¡Haced lo que he dicho! ¡Matad a este renegado! ¿O tendré que hacerlo yo mismo? —Y en ese instante la puerta que Beregond mantenía cerrada con la mano izquierda se abrió de golpe, y allí en el vano se irguió la figura del Señor de la Ciudad, alta y terrible; una luz le ardía en los ojos, y esgrimía una espada desnuda.

Pero Gandalf llegó de un salto al último peldaño, y los hombres retrocedieron y se cubrieron los ojos con las manos; porque fue como si una luz blanquísima irrumpiera de pronto en un recinto oscuro, y Gandalf venía con una gran cólera. Alzó la mano, y la espada se desprendió del puño de Denethor y voló por el aire, y fue a caer detrás de él, en las sombras de la casa; y Denethor retrocedió ante Gandalf, como estupefacto.

—¿Qué significa esto, mi señor? —dijo el mago—. Las casas de los muertos no fueron hechas para los vivos. ¿Y por qué los hombres están combatiendo aquí, en los Recintos Sagrados cuando hay guerra suficiente ante las puertas de la Ciudad? ¿O acaso el Enemigo ha penetrado hasta el Rath Dínen?

—¿Desde cuándo el Señor de Gondor ha de rendirte cuentas de lo que hace? —dijo Denethor—. ¿O ya no puedo mandar a mis propios sirvientes?

—Puedes —respondió Gandalf—. Pero otros quizá se opongan a tu voluntad, si conduce a la locura y la desgracia. ¿Dónde está Faramir, tu hijo?

—Yace aquí, en la Casa de los Senescales —dijo Denethor—. Ardiendo, ya ardiendo. Pusieron fuego a la carne. Pero pronto arderán todos. El Oeste ha sucumbido. Todo será devorado por un gran incendio, y todo acabará. ¡Cenizas! ¡Cenizas y humo al viento!

Entonces Gandalf, viendo que en verdad Denethor había perdido la razón, y temiendo que hubiese hecho ya algo irreparable, se precipitó en el interior, seguido por Beregond y Pippin, en tanto Denethor retrocedía hasta la mesa. Y allí yacía Faramir, todavía hundido en sueños de fiebre. Había haces de leña debajo de la mesa, y grandes pilas alrededor; y todo estaba impregnado de aceite, hasta las ropas de Faramir y las mantas que lo cubrían; pero aún no habían encendido el fuego. Gandalf reveló entonces la fuerza oculta que había en él, como la luz de poder que ocultaba bajo el manto gris. Se encaramó de un salto sobre las pilas de leña, y levantando al enfermo saltó otra vez al suelo; y con Faramir en los brazos fue hacia la puerta. Y mientras lo llevaba Faramir se quejó en sueños, y llamó a su padre.

Denethor se sobresaltó como alguien que despierta de un trance, y el fuego se le apagó en los ojos, y lloró; y dijo:

—¡No me quites a mi hijo! Me llama.

—Te llama, sí —dijo Gandalf—, pero aún no puedes acudir a él. Porque ahora en el umbral de la muerte necesita ir en busca de curación, y quizá no la encuentre. Tu sitio, en cambio, está en la batalla de tu Ciudad, donde acaso la muerte te espera. Y tú lo sabes, en lo profundo de tu corazón.

—Ya no despertará nunca más —dijo Denethor—. Es en vano la batalla. ¿Para qué desearíamos seguir viviendo? ¿Por qué no partir juntos hacia la muerte?

—Nadie te ha autorizado, Senescal de Gondor —respondió Gandalf—, a decidir la hora de tu muerte. Sólo los reyes paganos sometidos al Poder Oscuro lo hacían, inmolándose por orgullo y desesperación y asesinando a sus familiares para sobrellevar mejor la propia muerte.

Y al decir esto traspuso el umbral y sacó a Faramir de la morada, y lo depositó otra vez en el féretro en que lo habían llevado, y que ahora estaba bajo el pórtico. Denethor lo siguió, y se detuvo tembloroso, mirando con ojos ávidos el rostro de su hijo. Y por un instante, mientras todos observaban silenciosos e inmóviles aquella escena de dolor, pareció que Denethor vacilaba.

—¡Ánimo! —le dijo Gandalf—. Nos necesitan aquí. Todavía puedes hacer muchas cosas.

Entonces, de improviso, Denethor rompió a reír. De nuevo se irguió, alto y orgulloso, y volviendo a la mesa con paso rápido tomó de ella la almohada en que había apoyado la cabeza. Y mientras iba hacia la puerta le quitó la mantilla que la cubría, y todos pudieron ver lo que llevaba en las manos: ¡una *palantír*! Y cuando levantó la Piedra en alto, tuvieron la impresión de que una llama empezaba a arder en el corazón de la esfera; y el rostro enflaquecido del Senescal, iluminado por aquel resplandor rojizo, les pareció como esculpido en piedra dura, perfilado y de sombras negras: noble, altivo y terrible. Y los ojos le relampagueaban.

—¡Orgullo y desesperación! —gritó—. ¿Creíste por ventura que estaban ciegos los ojos de la Torre Blanca? No, Loco Gris, he visto más cosas de las que tú sabes. Pues tu esperanza sólo es ignorancia. ¡Ve, afánate en curar! ¡Parte a combatir! Vanidad. Quizá triunfes un momento en el campo, por un breve día. Mas contra el Poder que ahora se levanta no hay victoria posible. Porque el dedo que ha extendido hasta esta Ciudad no es más que el primero de la mano. Ya todo el Este está en movimiento. Hasta el viento de tu esperanza te ha engañado: en este instante empuja por el Anduin y aguas arriba una flota de velámenes negros. El Oeste ha caído. Y para aquellos que no quieren convertirse en esclavos, ha llegado la hora de partir.

—Tales razonamientos sólo ayudarán a la victoria del Enemigo —dijo Gandalf.

—¡Sigue esperando, entonces! —exclamó Denethor con una risa amarga—. ¿No te conozco acaso, Mithrandir? Lo que tú esperas es gobernar en mi lugar, estar siempre tú, detrás de cada trono, en el norte, en el sur, en el oeste. He leído tus pensamientos y conozco tus artimañas. ¿No sé que fuiste tú quien le ordenó callar a este Mediano? ¿Qué lo trajiste aquí para tener un espía en mis propias habitaciones? Y sin embargo hablando con él me he enterado del nombre y la misión de cada uno de tus compañeros. ¡Sí! Con la mano izquierda quisiste utilizarme un tiempo como escudo contra Mordor, pero con la derecha intentabas traer aquí a este Montaraz del Norte, para que me suplantase.

"Pero óyeme bien, Gandalf Mithrandir, yo no seré un instrumento en tus manos. Soy un Senescal de la Casa de Anárion. No me rebajaré a ser el chambelán ñoño de un advenedizo. Porque aun cuando pruebe la legitimidad de su derecho, tendrá que descender de la dinastía de Isildur. Y yo no voy a doblegarme ante alguien como él, último retoño de una casa arruinada que perdió hace tiempo todo señorío y dignidad.

—¿Qué querrías entonces —dijo Gandalf—, si pudieras hacer tu voluntad?

—Querría que las cosas permanecieran tal como fueron durante todos los días de mi vida —respondió Denethor—, y en los días de los antepasados que vinieron antes: ser el Señor de la Ciudad y gobernar en paz, y dejarle mi sitial a un hijo mío, un hijo que fuera dueño de sí mismo y no el discípulo de un mago. Pero si el destino me niega todo esto, entonces no quiero nada: ni una vida degradada, ni un amor compartido, ni un honor envilecido.

—A mí no me parece que devolver con lealtad un cargo que le ha sido confiado sea motivo para que un Senescal se sienta empobrecido en el amor y el honor —replicó Gandalf—. Y al menos no privarás a tu hijo del derecho de elegir, en un momento en que su muerte es todavía incierta.

Al oír estas palabras los ojos de Denethor volvieron a relampaguear, y poniéndose la Piedra bajo el brazo, sacó un puñal y se acercó a grandes pasos al féretro. Pero Beregond se adelantó de un salto, irguiéndose entre Denethor y Faramir.

—¡Ah, eso era! —gritó Denethor—. Ya me habías robado la mitad del corazón de mi hijo. Ahora me robas también el corazón de mis súbditos, y así ellos podrán arrebatarme a mi hijo para siempre. Pero en algo al menos no podrás desafiar mi voluntad: decidir mi propio fin.

"¡Venid, venid! —gritó a los sirvientes—. ¡Venid a mí, si no sois todos traidores! —Dos hombres se lanzaron escaleras arriba. Denethor arrancó una antorcha de la mano de uno de ellos y volvió a entrar rápidamente en la casa. Y antes que Gandalf pudiera impedírselo, había arrojado el tizón sobre la pira; la leña crepitó y estalló al instante en llamaradas.

De un salto Denethor subió a la mesa, y de pie, entre el fuego y el humo, recogió del suelo el cetro de la Senescalía, y apoyándolo contra la rodilla lo partió en dos. Y arrojando los fragmentos en la hoguera se inclinó y se tendió sobre la mesa, mientras con ambas manos apretaba contra el pecho la *palantír*. Y se dice que desde entonces, todos aquellos que escudriñaban la Piedra, a menos que tuvieran una fuerza de voluntad capaz de desviarla hacia algún otro propósito, sólo veían dos manos arrugadas y decrépitas que se consumían entre las llamas.

Gandalf, horrorizado y consternado, volvió la cabeza y cerró la puerta. Y mientras los que habían quedado fuera oían el rugido de las llamas dentro de la casa, Gandalf permaneció un momento inmóvil en el umbral, en silencio. De pronto, Denethor lanzó un grito horripilante, y ya nunca habló, ni ningún mortal volvió a verlo en el mundo de los vivos.

—Éste es el fin de Denethor, hijo de Ecthelion —dijo Gandalf, y se volvió a Beregond y a los servidores que aún miraban la escena como petrificados—. Y también el fin de los días de Gondor que habéis conocido: para bien o para mal, han terminado. Acciones viles se han cometido en este lugar, mas dejad ahora de lado los rencores que puedan dividiros: fueron urdidos por el Enemigo y están al servicio de su voluntad. Os habéis dejado atrapar en una red de obligaciones antagónicas que vosotros no tejisteis. Pero pensad vosotros, servidores del Señor, ciegos en vuestra obediencia, que sin la traición de Beregond, Faramir, Capitán de la Torre Blanca, habría perecido en las llamas.

"Llevaos de este lugar funesto a vuestros camaradas caídos. Nosotros conduciremos a Faramir, Senescal de Gondor, a un lugar donde podrá dormir en paz, o morir si tal es su destino.

Luego Gandalf y Beregond levantaron el féretro y se encaminaron a las Casas de Curación, y detrás de ellos, con la cabeza gacha, iba Pippin. Pero los servidores del Señor seguían paralizados, con los ojos fijos en la morada de los muertos; y en el momento en que Gandalf llegaba al extremo de Rath Dínen se oyó un ruido ensordecedor. Y al volver la cabeza vieron que el techo del edificio se había resquebrado, y que el humo brotaba por las fisuras; y luego con un estruendo de piedras que se desmoronan, la casa se derrumbó; pero las llamas continuaron danzando y revoloteando entre las ruinas.

Entonces los servidores aterrorizados huyeron a la carrera en pos de Gandalf.

Llegaron por fin a la Puerta del Senescal, y Beregond miró con aflicción al portero caído.

—Eternamente lamentaré este acto —dijo—, pero la prisa me hizo perder la cabeza, y él no quiso escuchar razones, y me amenazó con la espada. —Y sacando la llave que le arrebatara al muerto, cerró la puerta.— Esta llave —dijo— ha de ser entregada al Señor Faramir.

—Quien tiene el mando ahora, en ausencia del Señor, es el Príncipe de Dol Amroth —dijo Gandalf—; pero al no estar él presente, me corresponde a mí tomar la decisión. Guarda tú mismo la llave hasta tanto vuelva el orden a la Ciudad.

Se internaron finalmente en los circuitos más altos de la Ciudad, y a la luz de la mañana siguieron camino hacia las Casas de Curación que eran residencias hermosas y apacibles, destinadas al cuidado de los enfermos graves, aunque ahora acogían también a los heridos en la batalla y a los moribundos. Se alzaban no lejos de la puerta de la Ciudadela, en el círculo sexto, cerca del muro del sur, y estaban rodeadas de jardines y de un prado arbolado, el único lugar de esa naturaleza en toda la Ciudad. Allí moraban las pocas mujeres a quienes porque eran hábiles en las artes de curar o de ayudar a los curadores, se les había permitido quedarse en Minas Tirith.

Y en el momento en que Gandalf y sus compañeros llegaban con el féretro a la puerta principal de las Casas, un grito estremecedor se elevó desde el campo delante de la Puerta, y hendiendo el cielo con una nota aguda y penetrante, se desvaneció en el viento. Fue un grito tan terrible que por un instante todos quedaron inmóviles; pero en cuanto hubo pasado sintieron de pronto que la esperanza les reanimaba los corazones, una esperanza que no conocían desde que llegara del Este la oscuridad; y tuvieron la impresión de que la luz era más clara, y que por detrás de las nubes asomaba el sol.

Pero el semblante de Gandalf tenía un aire grave y entristecido; y rogando a Beregond y Pippin que entrasen a Faramir a las Casas de Curación, subió al muro más cercano; y allí, enhiesto, mirando en lontananza a la luz del nuevo sol, parecía una estatua esculpida en piedra blanca. Y mirando así, y por los poderes que le habían sido dados, supo todo lo que había acontecido; y cuando Éomer se separó del frente de batalla y se detuvo junto a los que yacían en el campo, Gandalf suspiró, y ciñéndose la capa se alejó de los muros. Y cuando Beregond y Pippin volvían de las Casas, lo encontraron de pie y pensativo delante de la puerta.

Durante un rato, mientras lo miraban, siguió en silencio. Pero al fin habló. —Amigos —dijo—, ¡y todos vosotros, habitantes de esta Ciudad y de las tierras del Oeste! Hoy han ocurrido hechos muy dolorosos y a la vez memorables, que la fama no olvidará. ¿Habremos de llorar o de regocijarnos? El Capitán enemigo ha sido destruido contra toda esperanza, y lo que habéis oído es el eco de su desesperación final. No obstante, no ha partido sin dejar dolores y pérdidas amargas. Pérdidas que si Denethor no hubiera enloquecido, yo habría podido impedir. ¡Tan largo es el brazo del Enemigo! Ay, pero ahora entiendo cómo su voluntad pudo invadir el corazón mismo de la Ciudad.

"Aunque los Senescales creían ser los únicos que conocían el secreto, yo había adivinado hacía tiempo que aquí en la Torre Blanca se guardaba por lo menos una de las Siete Piedras Que Ven. En los tiempos en que aún estaba cuerdo, Denethor jamás pensó en utilizarla, ni en desafiar a Sauron, pues conocía sus propias limitaciones. Pero al fin la prudencia le falló, y cuando vio que el peligro no dejaba de crecer, temo que haya escudriñado la piedra, y se dejara engañar; más de una vez, sospecho, después de la muerte de Boromir. Y aunque era demasiado grande para someterse a la voluntad del Poder Oscuro, sólo vio lo que ese Poder quiso mostrarle. No cabe duda de que los conocimientos así obtenidos le eran a menudo provechosos; pero el poder de Mordor que le habían mostrado alimentó la desesperación en el corazón de Denethor, hasta trastornarle el entendimiento.

—¡Ahora comprendo lo que me pareció tan extraño! —dijo Pippin, estremeciéndose al recordarlo—. El Señor salió de la alcoba donde yacía Faramir; y al rato volvió, y entonces y por primera vez lo noté transformado, viejo y vencido.

—Y a la hora justa en que trajeron a Faramir a la Torre Blanca —dijo Beregond—, muchos vimos una luz extraña en la cámara más alta. Pero ya la habíamos visto antes, y desde hacía tiempo se decía en la Ciudad que el Señor Denethor luchaba a menudo con la mente del Enemigo.

—¡Ay! De modo que yo había adivinado la verdad —dijo Gandalf—. Así fue como entró la voluntad de Sauron en Minas Tirith; y por este motivo he tenido que retrasarme aquí. Y aún estaré obligado a quedarme, pues pronto tendré a otros bajo mi cuidado, además de Faramir.

"Ahora he de ir al encuentro de los que están llegando. Lo que he visto en el campo me es muy doloroso, y acaso nos esperen nuevos pesares. ¡Tú, Pippin, ven conmigo! Pero tú, Beregond, volverás a la Ciudadela, e informarás al jefe de la Guardia. Mucho me temo que él tenga que separarte de la Guardia; mas dile, si me está permitido darle un consejo, que convendría enviarte a las Casas de Curación, como custodia y servidor de tu Capitán, para estar junto a él cuando despierte, si alguna vez despierta. Porque fuiste tú quien lo salvó de las llamas. ¡Ve ahora! Yo no tardaré en regresar.

Y dicho esto dio media vuelta y fue con Pippin hacia la parte baja de la ciudad. Y mientras apretaban el paso, el viento trajo consigo una lluvia gris, y todas las hogueras se anegaron, y una gran humareda se alzó delante de ellos.

8

LAS CASAS DE CURACIÓN

Una nube de lágrimas y de cansancio empañaba los ojos de Merry cuando se acercaban a la Puerta en ruinas de Minas Tirith. Apenas si notó la destrucción y la muerte que lo rodeaban por todas partes. Había fuego y humo en el aire, y un olor nauseabundo, pues muchas de las máquinas habían sido consumidas por las llamas o arrojadas a los fosos de fuego, y muchos de los caídos habían corrido la misma suerte; y aquí y allá yacían los cadáveres de los grandes monstruos sureños, calcinados a medias, destrozados a pedradas, o con los ojos traspasados por las flechas de los valientes arqueros de Morthond. La lluvia había cesado, y en el cielo brillaba el sol; pero toda la ciudad baja seguía envuelta en el humo acre de los incendios.

Ya había hombres atareados en abrir un sendero entre los despojos; otros, entre tanto, salían por la Puerta llevando literas. A Éowyn la levantaron y la depositaron sobre almohadones mullidos; pero al cuerpo del rey lo cubrieron con un gran lienzo de oro, y lo acompañaron con antorchas, y las llamas, pálidas a la luz del sol, se movían en el viento.

Así entraron Théoden y Éowyn en la Ciudad de Gondor, y todos los que los veían se descubrían la cabeza y se inclinaban; y así prosiguieron entre las cenizas y el humo del circuito incendiado, y subieron por las empinadas calles de piedra. A Merry el ascenso le parecía eterno, un viaje sin sentido en una pesadilla abominable, que continuaba y continuaba hacia una meta imprecisa que la memoria no alcanzaba a reconocer.

Poco a poco las llamas de las antorchas parpadearon y se extinguieron, y Merry se encontró caminando en la oscuridad; y pensó: «Éste es un túnel que conduce a una tumba; allí nos quedaremos para siempre». Pero de improviso una voz viva interrumpió la pesadilla del hobbit.

—¡Ah, Merry! ¡Te he encontrado al fin, gracias al cielo!

Levantó la cabeza, y la niebla que le velaba los ojos se disipó un poco. ¡Era Pippin! Estaban frente a frente en un callejón estrecho y desierto. Se restregó los ojos.

—¿Dónde está el rey? —preguntó—. ¿Y Éowyn? —De pronto se tambaleó, se sentó en el umbral de una puerta, y otra vez se echó a llorar.

—Han subido a la Ciudadela —dijo Pippin—. Sospecho que el sueño te venció mientras ibas con ellos, y que tomaste un camino equivocado. Cuando notamos tu ausencia, Gandalf mandó que te buscara. ¡Pobrecito, Merry! ¡Qué felicidad volver a verte! Pero estás extenuado y no quiero molestarte con charlas. Dime una cosa, solamente: ¿estás herido, o maltrecho?

—No —dijo Merry—. Bueno, no, creo que no. Pero tengo el brazo derecho inutilizado, Pippin, desde que lo herí. Y mi espada ardió y se consumió como un trozo de leña.

Pippin observó a su amigo con aire preocupado.

—Bueno, será mejor que vengas conmigo en seguida —dijo—. Me gustaría poder llevarte en brazos. No puedes seguir a pie. No sé cómo te permitieron caminar; pero tienes que perdonarlos. Han ocurrido tantas cosas terribles en la Ciudad, Merry, que un pobre hobbit que vuelve de la batalla bien puede pasar inadvertido.

—No siempre es una desgracia pasar inadvertido —dijo Merry—. Hace un momento pasé inadvertido... No, no, no puedo hablar. ¡Ayúdame, Pippin! El día se oscurece otra vez, y mi brazo está tan frío.

—¡Apóyate en mí, Merry, muchacho! —dijo Pippin—. ¡Adelante! Primero un pie, y luego el otro. No es lejos.

—¿Me llevas a enterrar?

—¡Claro que no! —dijo Pippin, tratando de parecer alegre, aunque tenía el corazón destrozado por la piedad y el miedo—. No, ahora iremos a las Casas de Curación.

Salieron del callejón que corría entre edificios altos y el muro exterior del cuarto círculo, y tomaron nuevamente la calle principal que subía a la Ciudadela. Avanzaban lentamente, y Merry se tambaleaba y murmuraba como un sonámbulo.

—Nunca llegaremos —pensó Pippin—. ¿No habrá nadie que me ayude? No puedo dejarlo solo aquí.

En ese momento vio a un muchacho que subía corriendo por el camino, y reconoció sorprendido a Bergil, el hijo de Beregond.

—¡Salud, Bergil! —le gritó—. ¿Adónde vas? ¡Qué alegría volver a verte, y vivo por añadidura!

—Llevo recados urgentes para los Curadores —respondió Bergil—. No puedo detenerme.

—¡Claro que no! —dijo Pippin—. Pero diles allá arriba que tengo conmigo a un hobbit enfermo, un *perian* acuérdate, que regresa del campo de batalla. Dudo que pueda recorrer a pie todo el camino. Si Mithrandir está allí, le alegrará recibir el mensaje.

Bergil volvió a partir a la carrera.

«Será mejor que espere aquí», pensó Pippin. Y ayudando a Merry a dejarse caer lentamente sobre el pavimento en un sitio asoleado, se sentó junto a él y apoyó en sus rodillas la cabeza del amigo. Le palpó con suavidad el cuerpo y los miembros, y le tomó las manos. La derecha estaba helada.

Gandalf en persona no tardó en llegar en busca de los hobbits. Se inclinó sobre Merry y le acarició la frente; luego lo levantó con delicadeza.

—Tendrían que haberlo traído a esta Ciudad con todos los honores —dijo—. Se mostró digno de mi confianza; pues si Elrond no hubiese cedido a mis ruegos, ninguno de vosotros habría emprendido este viaje, y las desdichas de este día habrían sido mucho más nefastas. —Suspiró.— Y ahora tengo un herido más a mi cargo, mientras la suerte de la batalla está todavía indecisa.

Así pues Faramir, Éowyn y Meriadoc reposaron por fin en las Casas de Curación y recibieron los mejores cuidados. Porque si bien últimamente todas las ramas del saber habían perdido la pujanza de otros tiempos, la medicina de Gondor era aún sutil, apta para curar heridas y lesiones y todas aquellas enfermedades a que estaban expuestos los mortales que habitaban al este del Mar. Con la sola excepción de la vejez, para la que no habían encontrado remedio; más aún, la longevidad había declinado: ahora vivían pocos años más que los otros hombres, y los que sobrepasaban el centenar con salud y vigor eran contados, salvo en algunas familias de sangre más pura. Sin embargo, las artes y el saber se encontraban ahora en un atolladero: muchos de los enfermos padecían un mal incurable, al que llamaban la Sombra Negra, pues provenía de los Nazgûl. Los afectados por aquella dolencia caían lentamente en un sueño cada vez más profundo, y luego en el silencio y en un frío mortal, y así morían. Y a quienes velaban por los enfermos les parecía que este mal se había ensañado sobre todo con el Mediano y con la Dama de Rohan. A ratos, sin embargo, a medida que transcurría la mañana, los oían hablar y murmurar en sueños, y escuchaban con atención todo cuanto decían, esperando tal vez enterarse de algo que les ayudase a entender la naturaleza del mal. Pero pronto los enfermos se hundieron en las tinieblas, y a medida que el sol descendía hacia el oeste, una sombra gris les cubrió los rostros. Y mientras tanto Faramir ardía de fiebre.

Gandalf iba preocupado, de uno a otro lecho, y los cuidadores le repetían todo lo que habían oído. Y así transcurrió el día, mientras afuera la gran batalla continuaba con esperanzas cambiantes y extrañas nuevas; pero Gandalf esperaba, vigilaba, y no se apartaba de los enfermos; y al fin, cuando la luz bermeja del crepúsculo se extendió por el cielo, y a través de la ventana el resplandor bañó los rostros grises, les pareció a quienes estaban velándolos que las mejillas de los enfermos se sonrosaban como si les volviera la salud; pero no era más que una burla de esperanza.

Entonces una mujer vieja, la más anciana de las servidoras de la casa, miró el rostro hermoso de Faramir, y lloró, porque todos lo amaban. Y dijo: —¡Ay de nosotros, si llega a morir! ¡Ojalá hubiera en Gondor reyes como los de antaño, según cuentan! Porque dice la tradición: *Las manos del rey son manos que curan.* Así el legítimo rey podía ser reconocido.

Y Gandalf, que se encontraba cerca, dijo: —¡Que por largo tiempo recuerden los hombres tus palabras, Ioreth! Pues hay esperanza en ellas. Tal vez un rey haya retornado en verdad a Gondor: ¿No has oído las extrañas nuevas que han llegado a la Ciudad?

—He estado demasiado atareada con una cosa y otra para prestar oídos a todos los clamores y rumores —respondió Ioreth—. Sólo espero que esos demonios sanguinarios no vengan ahora a esta Casa y perturben a los enfermos.

Poco después Gandalf salió apresuradamente de la Casa; el fuego se extinguía ya en el cielo, y las colinas humeantes se desvanecían, y la ceniza gris de la noche se tendía sobre los campos.

Ahora el sol se ponía, y Aragorn y Éomer e Imrahil se acercaban a la Ciudad escoltados por capitanes y caballeros; y cuando estuvieron delante de la Puerta, Aragorn dijo:

—¡Mirad cómo se oculta el sol envuelto en llamas! Es la señal del fin y la caída de muchas cosas, y de un cambio en las mareas del mundo. Sin embargo, los Senescales administraron durante años esta Ciudad y este reino, y si yo entrase ahora sin ser convocado, temo que pudieran despertarse controversias y dudas, que es preciso evitar mientras dure la guerra. No entraré, ni reivindicaré derecho alguno hasta tanto se sepa quién prevalecerá, nosotros o Mordor. Los hombres levantarán mis tiendas en el campo, y aquí esperaré la bienvenida del Señor de la Ciudad.

Pero Éomer le dijo: —Ya has desplegado el estandarte de los Reyes y los emblemas de la Casa de Elendil. ¿Tolerarías acaso que fueran desafiados?

—No —respondió Aragorn—. Pero creo que aún no ha llegado la hora; no he venido a combatir sino a nuestro Enemigo y a sus servidores.

Y el Príncipe Imrahil dijo: —Sabias son tus palabras, Señor, si alguien que es pariente del Señor Denethor puede opinar sobre este asunto. Es un hombre orgulloso y tenaz como pocos, pero viejo; y desde que perdió a su hijo le ha cambiado el humor. No obstante, no me gustaría verte esperando junto a la puerta como un mendigo.

—No un mendigo —dijo Aragorn—. Di más bien un capitán de los Montaraces, poco acostumbrado a las ciudades y a las casas de piedra. —Y ordenó que plegaran el estandarte; y retirando la Estrella del Reino del Norte, la entregó en custodia a los hijos de Elrond.

El Príncipe Imrahil y Éomer de Rohan se separaron entonces de Aragorn, y atravesando la Ciudad y el tumulto de las gentes, subieron a la Ciudadela y entraron en la Sala de la Torre, en busca del Senescal. Y encontraron el sitial vacío, y delante del estrado yacía Théoden Rey de la Marca, en un lecho de ceremonia: y doce antorchas rodeaban el lecho, y doce guardias, todos caballeros de Rohan y de Gondor. Y las colgaduras eran verdes y blancas, pero el gran manto de oro le cubría el cuerpo hasta la altura del pecho, y allí encima tenía la espada, y a los pies el escudo. La luz de las antorchas centelleaba en los cabellos blancos como el sol en la espuma de una fuente, y el rostro del monarca era joven y hermoso, pero había en él una paz que la juventud no da; y parecía dormir.

Imrahil permaneció un momento en silencio junto al lecho del rey; luego preguntó: —¿Dónde puedo encontrar al Senescal? ¿Y dónde está Mithrandir?

Y uno de los guardias le respondió: —El Senescal de Gondor está en las Casas de Curación.

Y dijo Éomer: —¿Dónde está la Dama Éowyn, mi hermana? Tendría que yacer junto al rey, y con idénticos honores. ¿Dónde la habéis dejado?

E Imrahil respondió: —La Dama Éowyn vivía aún cuando la trajeron aquí. ¿No lo sabías?

Entonces una esperanza ya perdida renació tan repentinamente en el corazón de Éomer, y con ella la mordedura de una inquietud y un temor renovados, que no dijo más, y dando media vuelta abandonó la estancia; y el Príncipe salió tras él. Y cuando llegaron fuera, había caído la noche y el cielo estaba estrellado. Y vieron venir a Gandalf acompañado por un hombre embozado en una capa gris; y se reunieron con ellos delante de las puertas de las Casas de Curación.

Y luego de saludar a Gandalf, dijeron: —Venimos en busca del Senescal, y nos han dicho que se encuentra en esta Casa. ¿Ha sido herido? ¿Y dónde está la dama Éowyn?

Y Gandalf respondió: —Yace en un lecho de esta Casa, y no ha muerto, aunque está cerca de la muerte. Pero un dardo maligno ha herido al Señor Faramir, como sabéis, y él es ahora el Senescal; pues Denethor ha muerto, y la casa se ha derrumbado en cenizas. —Y el relato que hizo Gandalf los llenó de asombro y de aflicción.

Y dijo Imrahil: —Entonces, si en un solo día Gondor y Rohan han sido privados de sus señores, habremos conquistado una victoria amarga, una victoria sin júbilo. Éomer es quien gobierna ahora a los Rohirrim. Más ¿quién regirá entre tanto los destinos de la Ciudad? ¿No habría que llamar al Señor Aragorn?

El hombre de la capa habló entonces y dijo: —Ya ha venido. —Y cuando se adelantó hasta la puerta y a la luz de la linterna, vieron que era Aragorn, y bajo la capa gris de Lórien vestía la cota de malla, y llevaba como único emblema la piedra verde de Galadriel.— Si he venido es porque Gandalf me lo pidió —dijo—. Pero por el momento soy sólo el Capitán de los Dúnedain de Arnor; y hasta que Faramir despierte, será el Señor de Dol Amroth quien gobernará en la Ciudad. Pero es mi consejo que sea Gandalf quien nos gobierne a todos en los próximos días, y en nuestros tratos con el Enemigo. —Y todos estuvieron de acuerdo.

Gandalf dijo entonces: —No nos demoremos junto a la puerta, el tiempo apremia. ¡Entremos ya! Los enfermos que yacen postrados en la Casa no tienen otra esperanza que la venida de Aragorn. Así habló Ioreth, vidente de Gondor: *Las manos del rey son manos que curan, y el legítimo rey será así reconocido.*

Aragorn fue el primero en entrar, y los otros lo siguieron. Y allí en la puerta había dos guardias que vestían la librea de la Ciudadela: uno era alto, pero el otro tenía apenas la estatura de un niño; y al verlos dio gritos de sorpresa y de alegría.

—¡Trancos! ¡Qué maravilla! Yo adiviné en seguida que tú estabas en los navíos negros ¿sabes? Pero todos gritaban ¡*los corsarios!* y nadie me escuchaba. ¿Cómo lo hiciste?

Aragorn se echó a reír y estrechó entre las suyas la mano del hobbit.

—¡Un feliz reencuentro, en verdad!—dijo—. Pero no es tiempo aún para historias de viajeros.

Pero Imrahil le dijo a Éomer: —¿Es así como hemos de hablarles a nuestros reyes? ¡Aunque quizás use otro nombre cuando lleve la corona!

Y Aragorn al oírlo se volvió y le dijo: —Es verdad, porque en la lengua noble de antaño yo soy *Elessar,* Piedra de Elfo, y *Envinyatar,* el Restaurador. —Levantó la piedra que llevaba en el pecho, y agregó:— Pero Trancos será el nombre de mi casa, si alguna vez se funda: en la alta lengua no sonará tan mal, y yo seré *Telcontar,* así como todos mis descendientes.

Y con esto entraron en la Casa; y mientras se encaminaban a las habitaciones de los enfermos, Gandalf narró las hazañas de Éowyn y Meriadoc.

—Porque velé junto a ellos muchas horas —dijo—, y al principio hablaban a menudo en sueños antes de hundirse en esa oscuridad mortal. También tengo el don de ver muchas cosas lejanas.

Aragorn visitó en primer lugar a Faramir, luego a la Dama Éowyn, y por último a Merry. Cuando hubo observado los rostros de los enfermos y examinado las heridas, suspiró.

—Tendré que recurrir a todo mi poder y mi habilidad —dijo—. Ojalá estuviese aquí Elrond: es el más anciano de toda nuestra raza, y el de poderes más altos.

Y Éomer, viéndolo fatigado y triste, le dijo: —¿No sería mejor que antes descansaras, que comieras siquiera un bocado?

Pero Aragorn le respondió: —No, porque para estos tres, y más aún para Faramir, el tiempo apremia. Hay que actuar ahora mismo.

Llamó entonces a Ioreth y le dijo:

—¿Tenéis en esta casa reservas de hierbas curativas?

—Sí, señor —respondió la mujer—; aunque no en cantidad suficiente, me temo, para tantos como van a necesitarlas. Pero sé que no podríamos conseguir más; pues todo anda atravesado en estos días terribles, con fuego e incendios, y tan pocos jóvenes para llevar recados, y barricadas en todos los caminos. ¡Si hasta hemos perdido la cuenta de cuándo llegó de Lossarnach la última carga para el mercado! Pero en esta Casa aprovechamos bien lo que tenemos, como sin duda sabe Vuestra Señoría.

—Eso podré juzgarlo cuando lo haya visto —dijo Aragorn—. Hay muchas otras cosas que escasean por aquí: tiempo para charlar. ¿Tenéis *athelas?*

—Eso no lo sé con certeza, señor —respondió Ioreth—, o al menos no la conozco por ese nombre. Iré a preguntárselo al herborista; él conoce bien todos los nombres antiguos.

—También la llaman *hojas de reyes* —dijo Aragorn—, y quizá tú la conozcas con ese nombre; así la llaman ahora los campesinos.

—¡Ah, ésa! —dijo Ioreth—. Bueno, si Vuestra Señoría hubiera empezado por ahí, yo le habría respondido. No, no hay, estoy segura. Y nunca supe que tuviera grandes virtudes; cuántas veces les habré dicho a mis hermanas, cuando la encontrábamos en los bosques: «Hojas de reyes», decía, «qué nombre tan extraño, quién sabe por qué la llamarán así; porque si yo fuera rey, tendría en mi jardín plantas más coloridas». Sin embargo, da una fragancia dulce cuando se la machaca, ¿no es verdad? Aunque tal vez dulce no sea la palabra: saludable sería quizá más apropiado.

—Saludable en verdad —dijo Aragorn—. Y ahora, mujer, si amas al Señor Faramir, corre tan rápido como tu lengua y consígueme hojas de reyes, si aún hay alguna en la Ciudad.

—Y si no queda ninguna —dijo Gandalf— yo mismo cabalgaré hasta Lossarnach llevando a Ioreth en la grupa, y ella me conducirá a los bosques, pero no a ver a sus hermanas. Y Sombragrís le enseñará entonces lo que es la rapidez.

Cuando Ioreth se hubo marchado, Aragorn pidió a las otras mujeres que calentaran agua. Tomó entonces en una mano la mano de Faramir, y apoyó la otra sobre la frente del enfermo. Estaba empapada en sudor; pero Faramir no se movió ni dio señales de vida, y apenas parecía respirar.

—Está casi agotado —dijo Aragorn volviéndose a Gandalf—. Pero no a causa de la herida. ¡Mira, está cicatrizando! Si lo hubiera alcanzado un dardo de los Nazgûl, como tú pensabas, habría muerto esa misma noche. Esta herida viene de alguna flecha sureña, diría yo. ¿Quién se la extrajo? ¿La habéis conservado?

—Yo se la extraje —dijo Imrahil—. Y le restañé la herida. Pero no guardé la flecha, pues estábamos muy ocupados. Recuerdo que era un dardo común de los Sureños. Sin embargo, pensé que venía de la Sombra de allá arriba, pues de otro modo no podía explicarme la enfermedad y la fiebre, ya que la herida no era ni profunda ni mortal. ¿Qué explicación le das tú?

—Agotamiento, pena por el estado del padre, una herida, y ante todo el Hálito Negro —dijo Aragorn—. Es un hombre de mucha voluntad, pues ya antes de combatir en los muros exteriores había estado bastante cerca de la Sombra. La oscuridad ha de haber entrado en él lentamente, mientras combatía y luchaba por mantenerse en su puesto de avanzada. ¡Ojalá yo hubiera podido acudir antes!

En aquel momento entró el herborista. —Vuestra Señoría ha pedido hojas de reyes como la llaman los rústicos —dijo—, o *athelas*, en el lenguaje de los nobles, o para quienes conocen algo del valinoreano...

—Yo lo conozco —dijo Aragorn—, y me da lo mismo que la llames *hojas de reyes* o *asëa aranion*, con tal que tengas algunas.

—¡Os pido perdón, señor! —dijo el hombre—. Veo que sois versado en la tradición, y no un simple capitán de guerra. Por desgracia, señor, no tenemos de estas hierbas en las Casas de Curación, donde sólo atendemos heridos o enfermos graves. Pues no les conocemos ninguna virtud particular, excepto tal vez la de purificar un aire viciado, o la de aliviar una pesadez pasajera. A menos, naturalmente, que uno preste oídos a las viejas coplas que las mujeres como la buena de Ioreth repiten todavía sin entender.

> *Cuando sople el hálito negro*
> *y crezca la sombra de la muerte,*
> *y todas las luces se extingan,*
> *¡ven athelas, ven athelas!*
> *¡En la mano del rey*
> *da vida al moribundo!*

"No es más que una copla, temo, guardada en la memoria de las viejas comadres. Dejo a vuestro juicio la interpretación del significado, si en verdad tiene alguno. Sin embargo, los viejos toman aún hoy una infusión de esta hierba para combatir el dolor de cabeza.

—¡Entonces en nombre del rey, ve y busca algún viejo menos erudito y más sensato que tenga un poco en su casa! —gritó Gandalf.

Arrodillándose junto a la cabecera de Faramir, Aragorn le puso una mano sobre la frente. Y todos los que miraban sintieron que allí se estaba librando una lucha. Pues el rostro de Aragorn se iba volviendo gris de cansancio y de tanto en tanto llamaba a Faramir por su nombre, pero con una voz cada vez más débil, como si él mismo estuviese alejándose, y caminara en un valle remoto y sombrío, llamando a un amigo extraviado.

Por fin llegó Bergil a la carrera; traía seis hojuelas envueltas en un trozo de lienzo.

—Hojas de reyes, señor —dijo—, pero no son frescas, me temo. Las habrán recogido hace unas dos semanas.

Ojalá puedan servir, Señor. —Y luego, mirando a Faramir, se echó a llorar.

Aragorn le sonrió.

—Servirán —le dijo—. Ya ha pasado lo peor. ¡Serénate y descansa! —En seguida tomó dos hojuelas, las puso en el hueco de las manos, y luego de calentarlas con el aliento, las trituró; y una frescura vivificante llenó la estancia, como si el aire mismo despertase, zumbando y chisporroteando de alegría. Luego echó las hojas en las vasijas de agua humeante que le habían traído, y todos los corazones se sintieron aliviados. Pues aquella fragancia que lo impregnaba todo era como el recuerdo de una mañana de rocío, a la luz de un sol sin nubes, en una tierra en la que el mundo hermoso de la primavera es apenas una imagen fugitiva. Aragorn, se puso de pie, como reanimado, y los ojos le sonrieron mientras sostenía un tazón delante del rostro dormido de Faramir.

—¡Vaya, vaya! ¡Quién lo hubiera creído! —le dijo Ioreth a una mujer que tenía al lado—. Esta hierba es mejor de lo que yo pensaba. Me recuerda las rosas de Imloth Melui, cuando yo era niña, y ningún rey soñaba con tener una flor más bella.

De pronto Faramir se movió, abrió los ojos, y miró largamente a Aragorn, que estaba inclinado sobre él; y una luz de reconocimiento y de amor se le encendió en la mirada, y habló en voz baja.

—Me has llamado, mi Señor. He venido. ¿Qué ordena mi rey?

—No sigas caminando en las sombras, ¡despierta! —dijo Aragorn—. Estás fatigado. Descansa un rato, y come, así estarás preparado cuando yo regrese.

—Estaré, Señor —dijo Faramir—. ¿Quién se quedaría acostado y ocioso cuando ha retornado el rey?

—Adiós entonces, por ahora —dijo Aragorn—. He de ver a otros que también me necesitan. —Y salió de la estancia seguido por Gandalf e Imrahil; pero Beregond y su hijo se quedaron, y no podían contener tanta alegría. Mientras seguía a Gandalf y cerraba la puerta, Pippin oyó la voz de Ioreth.

—¡El rey! ¿Lo habéis oído? ¿Qué dije yo? Las manos de un curador, eso dije. —Y pronto la noticia de que el rey se encontraba en verdad entre ellos, y que luego de la guerra traía la curación, salió de la Casa y corrió por toda la Ciudad.

Pero Aragorn fue a la estancia donde yacía Éowyn, y dijo: —Aquí se trata de una herida grave y de un golpe duro. El brazo roto ha sido atendido con habilidad y sanará con el tiempo, si ella tiene fuerzas para sobrevivir; es el que sostenía el escudo. Pero el mal mayor está en el brazo que esgrimía la espada: parece no tener vida, aunque no está quebrado.

”Por desgracia, enfrentó a un adversario superior a sus fuerzas, físicas y mentales. Y quien se atreva a levantar un arma contra un enemigo semejante necesita ser más duro que el acero, pues de lo contrario caerá destruido por el golpe mismo. Fue un destino nefasto el que la llevó a él. Pues es una doncella hermosa, la dama más hermosa de una estirpe de reinas. Y sin embargo, no encuentro palabras para hablar de ella. Cuando la vi por primera vez y adiviné su profunda tristeza, me pareció estar contemplando una flor blanca, orgullosa y enhiesta, delicada como un lirio; y sin embargo supe que era inflexible, como forjada en duro acero en las fraguas de los Elfos. ¿O acaso una escarcha le había helado ya la savia, y por eso era así, dulce y amarga a la vez, hermosa aún pero ya herida, destinada a caer y morir? El mal empezó mucho antes de este día, ¿no es verdad, Éomer?

—Me asombra que tú me lo preguntes, señor —respondió Éomer—. Porque en este asunto, como en todo lo demás, te considero libre de culpas; mas nunca supe que frío alguno haya herido a Éowyn, mi hermana, hasta el día en que posó los ojos en ti por vez primera. Angustias y miedos sufría, y los compartió conmigo, en los tiempos de Lengua de Serpiente y del hechizo del rey; de quien cuidaba con un temor siempre mayor. ¡Pero eso no la puso así!

—Amigo mío —dijo Gandalf—, tú tenías tus caballos, tus hazañas de guerra, y el campo libre; pero ella, nacida en el cuerpo de una doncella, tenía un espíritu y un coraje que no eran menores que los tuyos. Y sin embargo se veía condenada a cuidar de un anciano, a quien amaba como a un padre, y a ver cómo se hundía en una chochez mezquina y deshonrosa; y este papel le parecía más innoble que el del bastón en que el rey se apoyaba.

"¿Supones que Lengua de Serpiente sólo tenía veneno para los oídos de Théoden? *¡Viejo chocho! ¿Qué es la casa de Eorl sino un cobertizo donde la canalla bebe hasta embriagarse, mientras la prole se revuelca por el suelo entre los perros?*

"¿Acaso no has oído antes estas palabras? Saruman las pronunció, el amo de Lengua de Serpiente. Aunque no dudo que Lengua de Serpiente empleara frases más arteras para decir lo mismo. Mi señor, si el amor de tu hermana hacia ti, y el deber no le hubiesen sellado los labios, quizá habría oído escapar de ellos palabras semejantes. Pero ¿quién sabe las cosas que decía a solas, en la oscuridad, durante las amargas vigilias de la noche, cuando sentía que la vida se le empequeñecía, cuando las paredes de la alcoba parecían cerrarse alrededor de ella, como para retener a alguna bestia salvaje?

Éomer no respondió, y miró a su hermana, como estimando de nuevo todos los días compartidos en el pasado.

Pero Aragorn dijo: —También yo vi lo que tú viste, Éomer. Pocos dolores entre los infortunios de este mundo amargan y avergüenzan tanto a un hombre como ver el amor de una dama tan hermosa y valiente y no poder corresponderle. La tristeza y la piedad no se han separado de mí ni un solo instante desde que la dejé, desesperada en El Sagrario, y cabalgué a los Senderos de los Muertos; y a lo largo de ese camino, ningún temor estuvo en mí tan presente como el temor de lo que a ella pudiera pasarle. Y sin embargo, Éomer, puedo decirte que a ti te ama con un amor más verdadero que a mí: porque a ti te ama y te conoce; pero de mí sólo ama una sombra y una idea: una esperanza de gloria y de grandes hazañas, y de tierras muy distantes de las llanuras de Rohan.

"Tal vez yo tenga el poder de curarle el cuerpo, y de traerla del valle de las sombras. Pero si habrá de despertar a la esperanza, al olvido o a la desesperación, no lo sé. Y si despierta a la desesperación, entonces morirá, a menos que aparezca otra cura que yo no conozco. Pues las hazañas de Éowyn la han puesto entre las reinas de gran renombre.

Aragorn se inclinó y observó el rostro de Éowyn; y parecía en verdad blanco como un lirio, frío como la escarcha y duro como tallado en piedra. Y encorvándose, le besó la frente, y la llamó en voz baja, diciendo: —¡Éowyn, hija de Éomund, despierta! Tu enemigo ha partido para siempre.

Éowyn no hizo movimiento alguno, pero empezó a respirar otra vez profundamente, y el pecho le subió y bajó debajo de la sábana de lino. Una vez más Aragorn trituró dos hojas de *athelas* y las echó en el agua humeante; y mojó con ella la frente de Éowyn y el brazo derecho que yacía frío y exánime sobre el cobertor.

Entonces, sea porque Aragorn poseyera en verdad algún olvidado poder del Oesternesse, o acaso por el simple influjo de las palabras que dedicara a la Dama Éowyn, a medida que el aroma suave de la hierba se expandía en la habitación todos los presentes tuvieron la impresión de que un viento vivo entraba por la ventana, no un aire perfumado, sino un aire fresco y límpido y joven, como si ninguna criatura viviente lo hubiera respirado antes, y llegara recién nacido desde montañas nevadas bajo una bóveda de estrellas, o desde playas de plata bañadas allá lejos por océanos de espuma.

—¡Despierta, Éowyn, Dama de Rohan! —repitió Aragorn, y cuando le tomó la mano derecha sintió que el calor de la vida retornaba a ella—. ¡Despierta! ¡La sombra ha partido para siempre, y las tinieblas se han disipado! —Puso la mano de Éowyn en la de Éomer y se apartó del lecho.— ¡Llámala! —dijo, y salió en silencio de la sala.

—¡Éowyn, Éowyn! —clamó Éomer en medio de las lágrimas.

Y ella abrió los ojos y dijo: —¡Éomer! ¿Qué dicha es ésta? Me decían que estabas muerto. Pero no, eran las voces lúgubres de mi sueño. ¿Cuánto tiempo he estado soñando?

—No mucho, hermana mía —respondió Éomer—. ¡Pero no pienses más en eso!

—Siento un cansancio extraño —dijo ella—. Necesito reposo. Pero dime ¿qué ha sido del Señor de la Marca? ¡Ay de mí! No me digas que también eso fue un sueño, porque sé que no lo fue. Ha muerto, tal como él lo había presagiado.

—Ha muerto, sí —dijo Éomer—, pero rogándome que le trajera un saludo de adiós a Éowyn, más amada que una hija. Yace ahora en la Ciudadela de Gondor con todos los honores.

—Es doloroso, todo esto —dijo ella—. Y sin embargo, es mucho mejor que todo cuanto yo me atrevía a esperar en aquellos días sombríos, cuando la dignidad de la Casa de Eorl amenazaba caer más bajo que el refugio de un pastor. ¿Y qué ha sido del escudero del rey, el Mediano? ¡Éomer, tendrás que hacer de él un Caballero de la Marca, porque es un valiente!

—Reposa cerca de aquí en esta Casa, y ahora iré a asistirlo —dijo Gandalf—. Éomer se quedará contigo. Pero no hables de guerra e infortunios hasta que te hayas recobrado. ¡Grande es la alegría de verte despertar de nuevo a la salud y a la esperanza, valerosa dama!

—¿A la salud? —dijo Éowyn—. Tal vez. Al menos mientras quede vacía la silla de un Jinete caído, y yo la pueda montar, y haya hazañas que cumplir. ¿Pero a la esperanza? No sé.

Cuando Gandalf y Pippin entraron en la habitación de Merry, ya Aragorn estaba de pie junto al lecho.

—¡Pobre viejo Merry! —exclamó Pippin, corriendo hasta la cabecera; tenía la impresión de que su amigo había empeorado, que tenía el semblante ceniciento, como si soportara el peso de largos años de dolor; de pronto tuvo miedo de que pudiera morir.

—No temas —le dijo Aragorn—. He llegado a tiempo, he podido llamarlo. Ahora está extenuado, y dolorido, y ha sufrido un daño semejante al de la Dama Éowyn, por haber golpeado también él a ese ser nefasto. Pero son males fáciles de reparar, tan fuerte y alegre es el espíritu de tu amigo. El dolor, no lo olvidará; pero no le oscurecerá el corazón, y le dará sabiduría.

Y posando la mano sobre la cabeza de Merry, le acarició los rizos castaños, le rozó los párpados, y lo llamó. Y cuando la fragancia del *athelas* inundó la habitación, como el perfume de los huertos y de los brezales a la luz del sol colmada de abejas, Merry abrió de pronto los ojos y dijo:

—Tengo hambre. ¿Qué hora es?

—La hora de la cena ya pasada —dijo Pippin—; sin embargo, creo que podría traerte algo, si me lo permiten.

—Te lo permitirán, sin duda —dijo Gandalf—. Y cualquier otra cosa que este Jinete de Rohan pueda desear, si se la encuentra en Minas Tirith, donde su nombre es altamente honrado.

—¡Bravo! —dijo Merry—. Entonces, ante todo quisiera cenar, y luego fumarme una pipa. —Y al decir esto una nube le ensombreció la cara.— No, no quiero ninguna pipa. No creo que vuelva a fumar nunca más.

—¿Por qué no? —preguntó Pippin.

—Bueno —dijo lentamente Merry—. Él está muerto. Y al pensar en fumarme una pipa, todo me ha vuelto a la memoria. Me dijo que ya nunca más podría cumplir su promesa de aprender de mí los secretos de la hierba. Fueron casi sus últimas palabras. Nunca más podré volver a fumar sin pensar en él, y en ese día, Pippin, cuando cabalgábamos rumbo a Isengard, y se mostró tan cortés.

—¡Fuma entonces, y piensa en él! —dijo Aragorn—. Porque tenía un corazón bondadoso y era un gran rey, leal a todas sus promesas; y se levantó desde las sombras a una última y hermosa mañana. Aunque le serviste poco tiempo, es un recuerdo que guardarás con felicidad y orgullo hasta el fin de tus días.

Merry sonrió. —En ese caso, está bien, y si Trancos me da de todo lo necesario, fumaré y pensaré. Traía en mi equipaje un poco del mejor tabaco de Saruman, pero qué habrá sido de él en la batalla, no lo sé, por cierto.

—Maese Meriadoc —dijo Aragorn—, si supones que he cabalgado a través de las montañas y del reino de Gondor a sangre y a fuego para venir a traerle hierba a un soldado distraído que pierde sus avíos, estás muy equivocado. Si nadie ha hallado tu paquete, tendrás que mandar en busca del herborista de esta Casa. Y él te dirá que ignoraba que la hierba que deseas tuviera virtud alguna, pero que el vulgo la conoce como *tabaco occidental,* y que los nobles la llaman *galenas,* y tiene otros nombres en lenguas más cultas; y luego de recitarte unos versos casi olvidados que ni él mismo entiende, lamentará decirte que no la hay en la casa, y te dejará cavilando sobre la historia de las lenguas. Que es lo que ahora haré yo. Porque no he dormido en una cama como ésta desde que partí de El Sagrario, ni he probado bocado desde la oscuridad que precedió al alba.

Merry tomó la mano de Aragorn y la besó.

—¡No te imaginas cuánto lo lamento! —dijo—. ¡Ve ahora mismo! Desde aquella noche en Bree, no hemos sido para ti nada más que un estorbo. Pero en semejantes circunstancias es natural que nosotros los hobbits hablemos a la ligera, y digamos menos de lo que pensamos. Tememos decir demasiado, y no encontramos las palabras justas cuando todas las bromas están fuera de lugar.

—Lo sé, de lo contrario no te respondería en el mismo tono —dijo Aragorn— ¡Que la Comarca viva siempre y no se marchite! —Y luego de besar a Merry abandonó la estancia seguido por Gandalf.

Pippin se quedó a solas con su amigo.

—¿Hubo alguna vez otro como él? —dijo—. Descontando a Gandalf, desde luego. Sospecho que han de estar emparentados. Mi querido asno, tu paquete lo tienes al lado de la cama, y lo llevabas a la espalda cuando te encontré. Y él lo estuvo viendo todo el tiempo, como es natural. De todos modos, aquí tengo un poco de la mía. ¡Mano a la obra! Es Hoja del Valle Largo. Llena la pipa mientras yo voy en busca de algo para comer. Y luego a tomar la vida con calma por un rato. ¡Qué le vamos a hacer! Nosotros, los Tuk y los Brandigamo no podemos vivir mucho tiempo en las alturas.

—Es cierto —dijo Merry—. Yo no lo consigo. No por el momento, en todo caso. Pero al menos, Pippin, ahora podemos verlas, y honrarlas. Lo mejor es amar ante todo aquello que nos corresponde amar, supongo; hay que empezar por algo, y echar raíces, y el suelo de la Comarca es profundo. Sin embargo, hay cosas más profundas y más altas. Y si no fuera por ellas, y aunque no las conozca, ningún compadre podría cultivar la huerta en lo que él llama paz. A mí me alegra saber de estas cosas, un poco. Pero no se por qué estoy hablando así. ¿Dónde tienes esa hoja? Y saca la pipa de mi paquete, si no está rota.

Aragorn y Gandalf fueron a ver al Mayoral de las Casas de Curación, y le explicaron que Faramir y Éowyn necesitaban permanecer allí y ser atendidos con cuidado aún durante muchos días.

—La Dama Éowyn —dijo Aragorn—. Pronto querrá levantarse y partir; es menester impedirlo y tratar de retenerla aquí hasta que hayan pasado por lo menos diez días.

—En cuanto a Faramir —dijo Gandalf—, pronto tendrá que enterarse de que su padre ha muerto. Pero no habrá que contarle la historia de la locura de Denethor hasta que haya curado del todo, y tenga tareas que cumplir. ¡Cuida que Beregond y el *perian* que presenciaron la muerte no le hablen todavía de estas cosas!

—Y el otro *perian*, Meriadoc, que tengo a mi cuidado ¿qué hago con él? —preguntó el Mayoral.

—Es probable que mañana esté en condiciones de levantarse un rato —dijo Aragorn—. Permíteselo, si lo desea. Podrá hacer un breve paseo, en compañía de sus amigos.

—Qué raza tan extraordinaria —dijo el Mayoral, meneando la cabeza—. De fibra dura, diría yo.

Un gran gentío esperaba a Aragorn junto a las puertas de las Casas de Curación; y lo siguieron; y cuando hubo cenado, fueron y le suplicaron que curase a sus parientes o amigos cuyas vidas corrían peligro a causa de heridas o lesiones, o que yacían bajo la Sombra Negra. Y Aragorn se levantó y salió, y mandó llamar a los hijos de Elrond; y juntos trabajaron afanosamente hasta altas horas de la noche. Y la voz corrió por toda la Ciudad: —En verdad, el rey ha retornado. —Y lo llamaban Piedra de Elfo, a causa de la piedra verde que él llevaba, y así el nombre que el día de su nacimiento le fuera predestinado, lo eligió entonces para él su propio pueblo.

Y cuando por fin el cansancio lo venció, se envolvió en la capa y se deslizó fuera de la Ciudad, y llegó a la tienda justo antes del alba, a tiempo apenas para dormir un poco. Y por la mañana el estandarte de Dol Amroth, un navío blanco como un cisne sobre aguas azules, flameó en la torre, y los hombres alzaron la mirada y se preguntaron si la llegada del Rey no habría sido un sueño.

9

LA ÚLTIMA DELIBERACIÓN

Amaneció el día siguiente a la batalla, una mañana clara, de nubes ligeras y un viento que viraba hacia el oeste. Legolas y Gimli, que estaban en pie desde temprano, pidieron permiso para subir a la ciudad, pues querían ver en seguida a Merry y a Pippin.

—Es bueno saber que están vivos —dijo Gimli—; porque durante nuestra marcha a través de Rohan nos costaron no pocas penurias, y no me gustaría que todo ese esfuerzo hubiera sido en vano.

El Elfo y el Enano entraron juntos en Minas Tirith, y la gente que los veía pasar contemplaba maravillada a esos dos extraños compañeros: porque Legolas era de una belleza más que humana, y mientras caminaba en la mañana entonaba con voz clara una canción élfica; Gimli en cambio marchaba junto al Elfo con un andar reposado, y se acariciaba la barba, y miraba todo alrededor.

—Hay buena mampostería —dijo Gimli, observando los muros—; pero también otras no tan buenas, y las calles podrían estar mejor trazadas. Cuando Aragorn recupere lo que le pertenece, le ofreceré los servicios de los picapedreros de la Montaña, y entonces convertiremos a Minas Tirith en una ciudad de la que podrá sentirse muy orgulloso.

—Lo que necesitan son más jardines —dijo Legolas—. Las casas están como muertas, y es demasiado poco lo que crece aquí con alegría. Si Aragorn obtiene un día lo que es suyo, los habitantes del Bosque le traerán pájaros que cantan y árboles que no mueren.

Encontraron por fin al Príncipe Imrahil, y Legolas lo miró, y se inclinó ante él profundamente; porque vio que en verdad estaba ante alguien que tenía sangre élfica en las venas.

—¡Salve, Señor! —dijo—. Hace ya mucho tiempo que el pueblo de Nimrodel abandonó los bosques de Lórien, pero se puede ver aún que no todos dejaron el puerto de Amroth y navegaron rumbo al Oeste.

—Así lo dicen las tradiciones de mi tierra —respondió el Príncipe—; y sin embargo nunca se ha visto allí a uno de la hermosa gente en años incontables. Y me maravilla encontrar uno aquí y ahora, en medio de la guerra y la tristeza. ¿Qué buscas?

—Soy uno de los Nueve Compañeros que partieron de Imladris con Mithrandir —dijo Legolas—, y con este Enano, mi amigo, he acompañado al Señor Aragorn. Pero ahora deseamos ver a nuestros amigos Meriadoc y Peregrin, que están a tu cuidado, nos han dicho.

—Los encontraréis en las Casas de Curación, y yo mismo os conduciré —dijo Imrahil.

—Bastará que mandes a alguien que nos guíe, Señor —dijo Legolas—. Aragorn te envía este mensaje. Porque no desea entrar de nuevo en la Ciudad en este momento. No obstante, es necesario que los capitanes se reúnan inmediatamente a deliberar, y os ruega, a ti y a Éomer de Rohan, que bajéis hasta la tienda cuanto antes. Mithrandir ya está allí.

—Iremos —dijo Imrahil; y se despidieron con palabras corteses.

—Es un noble señor y un gran capitán de hombres —dijo Legolas—. Si todavía hay aquí hombres de tal condición, aun en estos días de decadencia, grande ha de haber sido la gloria de Gondor en tiempos de esplendor.

—Y no cabe duda de que la buena mampostería es la más vieja, de la época de las primeras construcciones —dijo Gimli—. Siempre es así con las obras que emprenden los Hombres: una helada en primavera, o una sequía en el verano, y las promesas se frustran.

—Y sin embargo, rara vez dejan de sembrar —dijo Legolas—. Y la semilla yacerá en el polvo y se pudrirá, sólo para germinar nuevamente en los tiempos y lugares más inesperados. Las obras de los Hombres nos sobrevivirán, Gimli.

—Para acabar en meras posibilidades fallidas, supongo —dijo el Enano.

—De esto los Elfos no conocen la respuesta —dijo Legolas.

En aquel momento llegó el sirviente del Príncipe y los condujo a las Casas de Curación; y allí se reunieron con sus amigos en el jardín, y fue un alegre reencuentro. Durante un rato pasearon y conversaron y disfrutaron de una tregua de paz y reposo, al sol de la mañana en los circuitos ventosos de la Ciudad alta. Más tarde, cuando Merry empezó a sentirse cansado, se sentaron en el muro, de espaldas al prado verde de las Casas de Curación. Frente a ellos, el Anduin centelleaba a la luz y se perdía en el sur, tan lejano que ni el mismo Legolas alcanzaba a ver cómo se internaba en las llanuras y la bruma verde de Lebennin y el Ithilien Meridional.

De pronto, mientras los otros hablaban, Legolas se quedó callado; y mirando a lo lejos vio unas aves marinas blancas que volaban al sol por encima del Río.

—¡Mirad! —exclamó—. ¡Gaviotas! Se alejan volando tierra adentro. Me maravillan, y al mismo tiempo me turban el corazón. Nunca en mi vida las había visto, hasta que llegamos a Pelargir, y allí las oí gritar en el aire mientras cabalgábamos a combatir en la batalla de los navíos. Y quedé como petrificado, olvidándome de la guerra de la Tierra Media: pues las voces quejumbrosas de esas aves me hablaban del Mar. ¡El Mar! ¡Ay! Aún no he podido contemplarlo. Pero en lo profundo del corazón de todos los de mi raza late la nostalgia del Mar, una nostalgia que es peligroso remover. ¡Ay, las gaviotas! Nunca más volveré a tener paz, ni bajo las hayas ni bajo los olmos.

—¡No hables así! —dijo Gimli—. Todavía hay innumerables cosas para ver en la Tierra Media, y grandes obras por realizar. Pero si toda la hermosa gente se marcha a los Puertos, este mundo será muy monótono para los que están condenados a quedarse.

—¡Monótono y triste por cierto! —dijo Merry—. No marches a los Puertos, Legolas. Siempre habrá gente, grande o buena, y hasta algún Enano sabio como Gimli, que tendrá necesidad de ti. Al menos eso espero. Aunque me parece a veces que lo peor de esta guerra no ha pasado aún. ¡Cuánto desearía que todo terminase, y terminase bien!

—¡No te pongas tan lúgubre! —exclamó Pippin—. El sol brilla, y aquí estamos, otra vez reunidos, por lo menos por un día o dos. Quiero saber más acerca de todos vosotros. ¡A ver, Gimli! Esta mañana tú y Legolas habéis mencionado no menos de una docena de veces el extraordinario viaje con Trancos. Pero no me habéis contado nada.

—Aquí puede que brille el sol —replicó Gimli—, pero hay recuerdos de ese camino que prefiero no sacar de las sombras. De haber sabido lo que me esperaba, creo que ninguna amistad me hubiera obligado a tomar los Senderos de los Muertos.

—¡Los Senderos de los Muertos! —dijo Pippin—. Se los oí nombrar a Aragorn, y me preguntaba de qué hablaría. ¿No nos quieres decir algo más?

—No por mi gusto —respondió Gimli—. Pues en ese camino me cubrí de vergüenza: Gimli hijo de Glóin, que se consideraba más resistente que los hombres y más intrépido bajo tierra que ningún Elfo. Pero no demostré ni lo uno ni lo otro, y si continué hasta el fin, fue sólo por la voluntad de Aragorn.

—Y también por amor a él —dijo Legolas—. Porque todos cuantos llegan a conocerle llegan a amarlo, cada cual a su manera, hasta la fría doncella de los Rohirrim. Partimos de El Sagrario a primera hora de la mañana del día en que tú llegaste, Merry, y era tal el miedo que los dominaba a todos, que nadie se atrevió a asistir a la partida salvo la Dama Éowyn, que ahora yace herida en esta Casa. Hubo tristeza en esa separación, y me apenó presenciarla.

—Y yo ¡ay!, sólo me compadecía de mí mismo —dijo Gimli—. ¡No! No hablaré de ese viaje.

Y no pronunció una palabra más; pero Pippin y Merry estaban tan ávidos de noticias que Legolas dijo, al cabo:

—Os contaré lo que baste para apaciguar vuestra ansiedad; porque yo no sentí el horror, ni temí a los espectros de los Hombres, que me parecieron frágiles e impotentes.

Habló entonces brevemente de la senda siniestra bajo las montañas, de la tétrica cita en Erech, y de la larga cabalgata, noventa y tres leguas de camino hasta Pelargir en las márgenes del Anduin.

—Cuatro días y cuatro noches cabalgamos desde la Piedra Negra —dijo—, y entrábamos en el quinto día cuando he aquí que de pronto, en las tinieblas de Mordor, renació mi esperanza; porque en aquella oscuridad el Ejército de las Sombras parecía cobrar fuerzas, transformarse en una visión todavía más terrible. Algunos marchaban a caballo, otros a pie, y sin embargo todos avanzaban con la misma prodigiosa rapidez. Iban en silencio, pero un resplandor les iluminaba los ojos. En las altiplanicies de Lamedon se adelantaron a nuestras cabalgaduras, y nos rodearon, y nos habrían dejado atrás si Aragorn no los hubiera retenido.

"A una palabra de él, volvieron a la retaguardia. «Hasta los espectros de los Hombres le obedecen», pensé. «¡Tal vez puedan aún servir a sus propósitos!»

"Cabalgamos durante todo un día de luz, y al día siguiente no amaneció, y continuamos cabalgando, y atravesamos el Ciril y el Ringló; y el tercer día llegamos a Linhir, sobre la desembocadura del Gilrain. Y allí los habitantes del Lamedon se disputaban los vados con las huestes feroces de Umbar y de Harad que habían llegado remontando el río. Pero defensores y enemigos abandonaron la lucha a nuestra llegada, y huyeron gritando que el Rey de los Muertos había venido a atacarlos. El único que conservó el ánimo y nos esperó fue Angbor, Señor de Lamedon, y Aragorn le pidió que reuniese a los hombres y nos siguieran, si se atrevían, una vez que el Ejército de las Sombras hubiese pasado.

"«En Pelargir, el Heredero de Isildur tendrá necesidad de nosotros», dijo.

"Así cruzamos el Gilrain, dispersando a nuestro paso a los fugitivos aliados de Mordor; luego descansamos un rato. Pero pronto Aragorn se levantó, diciendo: «¡Oíd! Minas Tirith ya ha sido invadida. Temo que caiga antes que podamos llegar a socorrerla». Así pues, no había pasado aún la noche cuando ya estábamos otra vez en las sillas, galopando a través de los llanos de Lebennin, esforzando las cabalgaduras.

Legolas se interrumpió un momento, suspiró, y volviendo la mirada al sur cantó dulcemente:

> *¡De plata fluyen los ríos del Celos al Erui*
> *en los verdes prados de Lebennin!*
> *Alta crece la hierba. El viento del Mar*
> *mece los lirios blancos.*
> *Y las campánulas doradas caen del mallos y el alfirin,*
> *en los verdes prados de Lebennin,*
> *en el viento del Mar.*

—Verdes son esos prados en las canciones de mi pueblo; pero entonces estaban oscuros: un piélago gris en la oscuridad que se extendía ante nosotros. Y a través de la vasta pradera, pisoteando a ciegas las hierbas y las flores, perseguimos a nuestros enemigos durante un día y una noche, hasta llegar como amargo final al Río Grande.

"Pensé entonces en mi corazón que nos estábamos acercando al Mar; pues las aguas parecían anchas en la sombra, y en las riberas gritaban muchas aves marinas. ¡Ay de mí! ¡Por qué habré escuchado el lamento de las gaviotas! ¿No me dijo la Dama que tuviera cuidado? Y ahora no las puedo olvidar.

—Yo en cambio no les presté atención —dijo Gimli—; pues en ese mismo momento comenzó por fin la batalla. Allí, en Pelargir se encontraba la flota principal de Umbar, cincuenta navíos de gran envergadura y una infinidad de embarcaciones más pequeñas. Muchos de los que perseguíamos habían llegado a los puertos antes que nosotros, trayendo consigo el miedo; y algunas de las naves habían zarpado, intentando huir Río abajo o ganar la otra orilla; y muchas de las embarcaciones más pequeñas estaban en llamas. Pero los Haradrim, ahora acorralados al borde mismo del agua, se volvieron de golpe, con una ferocidad exacerbada por la desesperación; y se rieron al vernos, porque sus huestes eran todavía numerosas.

"Pero Aragorn se detuvo, y gritó con voz tonante: «¡Venid ahora! ¡Os llamo en nombre de la Piedra Negra!» Y súbitamente, el Ejército de las Sombras, que había permanecido en la retaguardia, se precipitó como una marea gris, arrasando todo cuanto encontraba a su paso. Oí gritos y cuernos apagados, y un murmullo como de voces innumerables muy distantes; como si escuchara los ecos de alguna olvidada batalla de los Años Oscuros, en otros tiempos. Pálidas eran las espadas que allí desenvainaban; pero ignoro si las hojas morderían aún, pues los Muertos no necesitaban más armas que el miedo. Nadie se les resistía.

"Trepaban a todas las naves que estaban en los diques, y pasaban por encima de las aguas a las que se encontraban ancladas; y los marineros enloquecidos de terror se arrojaban por la borda, excepto los esclavos, que estaban encadenados a los remos. Y nosotros cabalgábamos implacables entre los enemigos en fuga, arrastrándolos como hojas caídas, hasta que llegamos a la orilla. Entonces, a cada uno de los grandes navíos que aún quedaban en los muelles, Aragorn envió a uno de los Dúnedain, para que reconfortaran a los cautivos que se encontraban a bordo, y los instaran a olvidar el miedo y a recobrar la libertad.

"Antes que terminara aquel día oscuro no quedaba ningún enemigo capaz de resistirnos: los que no habían perecido ahogados, huían precipitadamente rumbo al sur con la esperanza de regresar a sus tierras. Extraño y prodigioso me parecía que los designios de Mordor hubieran sido desbaratados por aquellos espectros de oscuridad y de miedo. ¡Derrotado con sus propias armas!

—Extraño en verdad —dijo Legolas—. En aquella hora yo observaba a Aragorn y me imaginaba en qué Señor poderoso y terrible se habría podido convertir si se hubiese apropiado del Anillo. No por nada le teme Mordor. Pero es más grande de espíritu que Sauron de entendimiento. ¿No lleva por ventura la sangre de los hijos de Lúthien? Es de una estirpe que jamás habrá de corromperse, así perdure en años innumerables.

—Tales predicciones escapan a la visión de los Enanos —dijo Gimli—. Pero en verdad poderoso fue Aragorn aquel día. Sí, toda la flota negra se encontraba en sus manos; y eligió para él la mayor de las naves, y subió a bordo. Entonces hizo sonar un gran coro de trompetas tomadas al enemigo; y el Ejército de las Sombras se replegó hasta la orilla. Y allí permanecieron, inmóviles y silenciosos, casi invisibles excepto un fulgor rojo en las pupilas, que reflejaban los incendios de las naves. Y Aragorn habló entonces a los Hombres Muertos, gritando con voz fuerte:

"«¡Escuchad ahora las palabras del Heredero de Isildur! Habéis cumplido vuestro juramento. ¡Retornad, y no volváis a perturbar el reposo de los valles! ¡Partid, y descansad!»

"Y entonces, el Rey de los Muertos se adelantó, y rompió la lanza en dos y arrojó al suelo los pedazos. Luego se inclinó en una reverencia, y dando media vuelta se alejó; y todo el ejército siguió detrás de él, y se desvaneció como una niebla arrastrada por un viento súbito; y yo me sentí como si despertara de un sueño.

"Esa noche, nosotros descansamos mientras otros trabajaban. Porque muchos de los cautivos y esclavos liberados eran antiguos habitantes de Gondor, capturados por el Enemigo en correrías; y no tardó en congregarse una gran multitud, formada por hombres que llegaban de Lebennin y del Ethir, y Angbor de Lamedon vino con todos los caballeros que había podido reunir. Ahora que el temor a los Muertos había desaparecido, todos acudían en nuestra ayuda y a ver al Heredero de Isildur; pues el rumor de ese nombre se había extendido como un fuego en la oscuridad.

"Y hemos llegado casi al final de nuestra historia. En las últimas horas de la tarde y durante la noche se repararon y equiparon numerosos navíos; y por la mañana la flota pudo zarpar. Ahora parece que hubiera pasado mucho tiempo, y sin embargo fue sólo en la mañana de anteayer, el sexto día desde que partimos de El Sagrario. Pero Aragorn temía aún que el tiempo fuese demasiado corto.

"«Hay cuarenta y dos leguas desde Pelargir hasta los fondeaderos del Harlond» dijo. «Es preciso, sin embargo, que mañana lleguemos al Harlond, o fracasaremos por completo.»

"Ahora los que manejaban los remos eran hombres libres, y trabajaban con vigor; sin embargo, remontábamos con lentitud el Río Grande, pues teníamos que luchar contra la corriente, y aunque no es rápida en el sur, el viento no nos ayudaba. A mí se me habría encogido el corazón, a pesar de nuestra reciente victoria en los puertos, si Legolas no hubiese reído de pronto.

"«¡Arriba esas barbas, hijo de Durin!» exclamó. «Porque se ha dicho: *Cuando todo está perdido, llega a menudo la esperanza.*» Pero qué esperanza veía él a lo lejos, no me lo quiso decir. Llegó la noche, y la oscuridad creció y estábamos impacientes, pues allá lejos en el norte veíamos bajo la nube un resplandor rojizo; y Aragorn dijo: «Minas Tirith está en llamas».

"Pero a la medianoche vino en verdad la esperanza. Hombres del Ethir, lobos de mar, avezados, atisbando el cielo del sur anunciaron un cambio, un viento fresco que soplaba del Mar. Mucho antes del día, los navíos izaron las velas, y empezamos a navegar con mayor rapidez, hasta que el alba blanqueó la espuma en nuestras proas. Y así, como sabéis, llegamos a la hora tercera de la mañana, con el viento a favor y un sol despejado, y en la batalla desplegamos el gran estandarte. Fue un gran día y una gran hora, aunque no sepamos qué pasará mañana.

—Pase lo que pase, el valor de las grandes hazañas no merma nunca —dijo Legolas—. Una gran hazaña fue la cabalgata por los Senderos de los Muertos, y lo seguirá siendo aunque nadie quede en Gondor para cantarla.

—Cosa bastante probable —dijo Gimli—. Pues Aragorn y Gandalf parecen muy serios. Me pregunto qué decisiones estarán tomando allá abajo en la tienda. Yo por mi parte, lo mismo que Merry, desearía que con nuestra victoria la guerra hubiese terminado para siempre. Pero si aún queda algo por hacer, espero participar, por el honor del pueblo de la Montaña Solitaria.

—Y yo por el del pueblo del Gran Bosque —dijo Legolas—, y por amor al Señor del Árbol Blanco.

Luego los compañeros callaron, pero se quedaron sentados un tiempo en aquel sitio elevado, cada uno ocupado con sus propios pensamientos, mientras los Capitanes deliberaban.

Tan pronto como se hubo separado de Legolas y Gimli, el Príncipe Imrahil mandó llamar a Éomer; y salió con él de la Ciudad, y descendieron hasta las tiendas de Aragorn en el campo, no lejos del sitio en que cayera el Rey Théoden. Y allí, reunidos con Gandalf y Aragorn y los hijos de Elrond, celebraron consejo.

—Señores —dijo Gandalf—, escuchad las palabras del Senescal de Gondor antes de morir: *Durante un tiempo triunfarás quizá en los campos del Pelennor, por un breve día, mas contra el Poder que ahora se levanta no hay victoria posible.* No es que os exhorte a que como él os dejéis llevar por la desesperación, pero sí a que sopeséis la verdad que encierran estas palabras.

"Las Piedras Que Ven no engañan: ni el mismísimo Señor de Barad-dûr podría obligarlas a eso. Podría quizá decidir sobre lo que verán las mentes más débiles, o hacer que interpreten mal el significado de lo que ven. No obstante, es indudable que cuando Denethor veía en Mordor grandes fuerzas que se disponían a atacarlo, mientras reclutaban otras nuevas, veía algo que era cierto.

"Nuestra fuerza ha alcanzado apenas para contener la primera gran acometida. La próxima será más violenta. Ésta es, por lo tanto, una guerra sin esperanza, como Denethor adivinó. La victoria no podrá conquistarse por las armas, ya no os mováis de aquí y soportéis un asedio tras otro, ya avancéis para ser aniquilados al otro lado del Río. Sólo os queda elegir entre dos males; y la prudencia aconsejaría reforzar las defensas, y esperar el ataque; así podréis prolongar un poco el tiempo que os resta.

—¿Propones entonces que nos retiremos a Minas Tirith, o a Dol Amroth, o a El Sagrario, y que nos sentemos allí como niños sobre castillos de arena mientras sube la marea? —dijo Imrahil.

—No habría en tal consejo nada nuevo —dijo Gandalf—. ¿No es acaso lo que habéis hecho, o poco más, durante los años de Denethor? ¡Pero no! Dije que eso sería lo prudente. Yo no aconsejo la prudencia. Dije que la victoria no podía ser conquistada con las armas. Confío aún en la victoria, ya no en las armas. Porque en todo esto cuenta el Anillo de Poder: el sostén de Barad-dûr y la esperanza de Sauron.

"Y de este asunto conocéis todos bastante como para entender en qué situación estamos, así como Sauron. Si reconquista el Anillo, vuestro valor es vano, y la victoria de él será rápida y definitiva: tan definitiva que nadie puede saber si terminará alguna vez, mientras dure este mundo. Y si el Anillo es destruido, Sauron caerá; y tan baja será su caída que nadie puede saber si volverá a levantarse algún día. Pues habrá perdido la mejor parte de la fuerza que era innata en él en un principio, y todo cuanto fue creado o construido con ese poder se derrumbará, y él quedará mutilado para siempre, convertido en un mero espíritu maligno que se atormenta a sí mismo en las tinieblas, y nunca más volverá a crecer y a tener forma. Y así uno de los grandes males de este mundo habrá desaparecido.

"Otros males podrán sobrevenir, porque Sauron mismo no es nada más que un siervo o un emisario. Pero no nos atañe a nosotros dominar todas las mareas del mundo, sino hacer lo que está en nuestras manos por el bien de los días que nos ha tocado vivir, extirpando el mal en los campos que conocemos, y dejando a los que vendrán después una tierra limpia para la labranza. Pero que tengan sol o lluvia, no depende de nosotros.

"Ahora Sauron sabe todo esto, y sabe además que el tesoro perdido ha sido encontrado otra vez, aunque ignora todavía dónde está, o al menos eso esperamos. Y una duda lo atormenta. Porque si lo tuviésemos, hay entre nosotros hombres fuertes que podrían utilizarlo. También eso lo sabe. Pues ¿me equivoco, Aragorn, al pensar que te mostraste a él en la Piedra de Orthanc?

—Lo hice poco antes de partir de Cuernavilla —respondió Aragorn—. Consideré que el momento era propicio, y que la Piedra había llegado a mis manos para ese fin. Hacía entonces diez días que el Portador del Anillo había salido de Rauros, rumbo al este, y pensé que era necesario atraer al Ojo de Sauron fuera de su propio país. Pocas veces, muy pocas ha sido desafiado desde que se retiró a la Torre. Aunque si hubiera previsto la rapidez con que respondería atacándonos, tal vez no me habría mostrado a él. Apenas me alcanzó el tiempo para acudir en vuestra ayuda.

—Pero ¿cómo? —preguntó Éomer—. Todo es en vano, dices, si él tiene el Anillo. ¿Por qué no pensaría Sauron que es en vano atacarnos, si nosotros lo tenemos?

—Porque aún no está seguro —dijo Gandalf—, y no ha edificado su poder esperando a que el enemigo se fortaleciese, como hemos hecho nosotros. Además, no podíamos aprender en un día a manejar la totalidad del poder. En verdad, un amo, sólo uno, puede usar el Anillo; y Sauron espera un tiempo de discordia, antes que entre nosotros uno de los grandes se proclame amo y señor y prevalezca sobre los demás. En ese intervalo, si actúa pronto, el Anillo podría ayudarle.

"Ahora observa. Ve y oye muchas cosas. Los Nazgûl están aún fuera de Mordor. Volaron por encima de este campo antes del alba, aunque pocos entre los vencidos por el sueño o la fatiga de la batalla los hayan visto. Y estudia los signos: la espada que lo despojó del tesoro forjada de nuevo; los vientos de la fortuna girando a nuestro favor, con el fracaso inesperado del primer ataque; la caída del Gran Capitán.

"En este mismo momento la duda crece en él mientras estamos aquí deliberando. Y el Ojo apunta hacia aquí, ciego casi a toda otra cosa. Y así tenemos que mantenerlo: fijo en nosotros. Es nuestra única esperanza. He aquí, por lo tanto, mi consejo. No tenemos el Anillo. Sabios o insensatos, lo hemos enviado lejos, para que sea destruido, y no nos destruya. Y sin él no podemos derrotar con la fuerza la fuerza de Sauron. Pero es preciso ante todo que el Ojo del Enemigo continúe apartado del verdadero peligro que lo amenaza. No podemos conquistar la victoria con las armas, pero con las armas podemos prestar al Portador del Anillo la única ayuda posible, por frágil que sea.

«Así lo comenzó Aragorn, y así hemos de continuar nosotros: hostigando a Sauron hasta el último golpe; atrayendo fuera del país las fuerzas secretas de Mordor, para que quede sin defensas. Tenemos que salir al encuentro de Sauron. Tenemos que convertirnos en carnada, aunque las mandíbulas de Sauron se cierren sobre nosotros. Y morderá el cebo, pues esperanzado y voraz creerá reconocer en nuestra temeridad el orgullo del nuevo Señor del Anillo. Y dirá: «¡Bien! Estira el cuello demasiado pronto y se acerca más de lo prudente. Que continúe así, y ya veréis cómo yo le tiendo una trampa de la que no podrá escapar. Entonces lo aplastaré, y lo que ha tomado con insolencia, será mío otra vez y para siempre».

"Hacia esa trampa hemos de encaminarnos con entereza y los ojos bien abiertos, y hay las esperanzas para nosotros. Porque es probable, señores, que todos perezcamos en una negra batalla lejos de las tierras de los vivos, y que aun en el caso de que Barad-dûr sucumba, no vivamos para ver una nueva era. Sin embargo esto es, en mi opinión, lo que hemos de hacer. Mejor que perecer de todos modos, como sin duda ocurriría si nos quedáramos aquí a esperar, y sabiendo al morir que no habrá ninguna nueva era.

Durante un rato todos guardaron silencio. Al fin habló Aragorn: —Así como he comenzado, así continuaré. Nos acercamos al borde del abismo, donde la esperanza y la desesperación se hermanan. Titubear equivale a caer. Que nadie se oponga ahora a los consejos de Gandalf, cuya larga lucha contra Sauron culmina al fin. Si no fuese por él, hace tiempo que todo se habría perdido para siempre. Sin embargo, no pretendo todavía dar órdenes a nadie; que cada cual decida según su propia voluntad.

Entonces dijo Elrohir: —Del Norte hemos venido con este propósito, y de Elrond nuestro padre recibimos el mismo consejo. No volveremos sobre nuestros pasos.

—En cuanto a mí —dijo Éomer— poco entiendo de tan profundas cuestiones; mas no lo necesito. Lo que sé, y con ello me basta, es que así como mi amigo Aragorn me socorrió a mí y a mi pueblo, así acudiré yo en ayuda de él, cuando él me llame. Iré.

—Yo, por mi parte —dijo Imrahil—, considero al Señor Aragorn como mi soberano, quiera él o no reivindicar tal derecho. Los deseos de él son órdenes para mí. También yo iré. No obstante, puesto que reemplazo por algún tiempo al Senescal de Gondor, primero he de pensar en su pueblo. No desoigamos aún del todo la voz de la prudencia. Pues hemos de estar preparados contra cualquier posibilidad, buena o mala. Todavía puede ocurrir que triunfemos, y mientras quede alguna esperanza, Gondor tiene que ser protegida. No quisiera retornar en triunfo a una ciudad en ruinas y ver a nuestro paso las tierras devastadas. Y sabemos por los Rohirrim que en nuestra frontera septentrional espera un ejército todavía intacto.

—Es cierto —dijo Gandalf—. No te aconsejo que dejes la Ciudad indefensa. Y en verdad, no es necesario que llevemos al este una fuerza poderosa, como para emprender un ataque verdadero y en serio contra Mordor, pero sí suficiente para desafiarlos a presentar batalla. Y tendrá que ponerse en marcha muy pronto. Yo pregunto a los Capitanes: ¿con qué fuerza podríamos contar en un plazo de dos días? Es imprescindible que sean hombres valerosos, que vayan voluntariamente, conscientes del peligro.

—Todos los hombres están fatigados, y hay numerosos heridos, leves y graves —dijo Éomer—, y también se han perdido muchos caballos, lo que es difícil de reparar. Si en verdad tenemos que partir tan pronto, dudo que pueda llevar conmigo más de dos mil hombres, dejando otros tantos para la defensa.

—No hemos de contar sólo con los que combatieron en este campo —dijo Aragorn—. Ahora que las costas han quedado libres de enemigos, llegan nuevas fuerzas de los feudos del sur. Cuatro mil envié dos días atrás desde Pelargir a través de Lossarnach; y Angbor el intrépido cabalga al frente. Si partimos dentro de dos días, estarán cerca de aquí bastante antes. Además he ordenado a muchos otros que me siguieran, y remontaran el Río en tantas embarcaciones como pudieran conseguir; y con este viento no tardarán en llegar: en verdad, varias naves han anclado ya en los muelles del Harlond. Estimo que podremos llevar unos siete mil hombres, entre infantes y jinetes, y a la vez dejar la Ciudad mejor defendida que cuando comenzó el ataque.

—La Puerta ha sido destruida —dijo Imrahil—. ¿Dónde está ahora la pericia para reconstruirla y ponerla de nuevo?

—En Erebor en el Reino de Dáin —dijo Aragorn—, y si no se desbaratan todas nuestras esperanzas, llegado el momento enviaré a Gimli hijo de Glóin en busca de los picapedreros de la Montaña. Pero los hombres son una defensa más eficaz que las puertas, y no habrá puerta que resista al Enemigo si los hombres la abandonan.

Tales fueron, pues, las conclusiones del debate: en la mañana del segundo día partirían con siete mil hombres, si conseguían reunirlos; la mayor parte de esta fuerza iría a pie a causa de las regiones accidentadas en que tendría que internarse. Aragorn trataría de reunir unos dos mil de los que se habían plegado a él en el Sur; pero Imrahil tenía que reclutar tres mil quinientos; y Éomer quinientos de los Rohirrim, que aun desmontados eran guerreros diestros y valientes. Y él mismo iría a la cabeza de una columna formada por quinientos de sus mejores Jinetes; en una segunda compañía de otros quinientos Jinetes, junto con los hijos de Elrond marcharían los Dúnedain y los Caballeros de Dol Amroth: en total seis mil hombres a pie y mil a caballo. Pero la fuerza principal de los Rohirrim, la que aún contaba con cabalgaduras y estaba en condiciones de combatir, tres mil hombres al mando de Elfhelm, defendería el Camino del Oeste de los ejércitos enemigos apostados en Anórien. E inmediatamente enviaron jinetes veloces en busca de noticias hacia el norte; y al este de Osgiliath y del camino a Minas Morgul.

Y cuando hubieron contado todas las fuerzas, y luego de discutir las etapas del viaje y los caminos que tomarían, Imrahil estalló de pronto en una sonora carcajada.

—Ésta es, sin duda —exclamó—, la mayor farsa en toda la historia de Gondor: ¡que partamos con siete mil, una hueste que equivale apenas a la vanguardia del ejército de este país en los días de esplendor, al asalto de las montañas y de la puerta impenetrable de la Tierra Tenebrosa! ¡Como si un niño amenazara a un caballero armado, con un arco de madera de sauce verde y cordel! Si el Señor Oscuro supiera tanto como tú dices, Mithrandir, ¿no te parece que en vez de temer sonreiría, y nos aplastaría con el dedo meñique como a un mosquito que intentara clavarle el aguijón?

—No, querrá cazar al mosquito y quitarle el aguijón —dijo Gandalf—. Y algunos de nuestros hombres valen más que un millar de caballeros de armadura. No, no sonreirá.

—Tampoco nosotros sonreiremos —dijo Aragorn—. Si esto es una farsa, es demasiado amarga para provocar risa. No, es el último lance de una partida peligrosa, y será de algún modo el final del juego. —En seguida desenvainó a Andúril y la sostuvo centelleante a la luz del sol.— No volveré a envainarte hasta que se haya librado la última batalla —dijo.

10

LA PUERTA NEGRA SE ABRE

Dos días después el ejército del Oeste se encontraba reunido en el Pelennor. Las huestes de Orcos y Hombres del Este se habían retirado de Anórien, pero hostigados y desbandados por los Rohirrim habían huido casi sin presentar batalla hacia Cair Andros; destruida pues esa amenaza, y con las nuevas fuerzas que llegaban del Sur, la Ciudad estaba relativamente bien defendida.

Y los batidores informaban que en los caminos del este y hasta la Encrucijada del Rey Caído no quedaba un solo enemigo con vida. Ya todo estaba preparado para el golpe final.

Una vez más Legolas y Gimli cabalgarían juntos en compañía de Aragorn y Gandalf, que marchaban a la vanguardia con los Dúnedain y los hijos de Elrond. Merry, avergonzado, se enteró de que él no los acompañaría.

—No estás bien todavía para un viaje semejante —le dijo Aragorn—. Pero no te avergüences. Aunque no hagas nada más en esta guerra, ya has conquistado grandes honores. Peregrin será la representación de la Comarca; y no le envidies esta oportunidad de afrontar el peligro, pues aunque haya hecho todo tan bien como se lo ha permitido la suerte, aún no ha igualado tu hazaña. Pero en verdad todos corremos ahora un peligro igual. Tal vez nuestro destino sea encontrar un triste fin ante la Puerta de Mordor, y en tal caso también a vosotros os habrá llegado la última hora, sea aquí o dondequiera que os atrape la marea negra. ¡Adiós!

Merry siguió observando de mala gana los preparativos de la partida. Bergil lo acompañaba, pero también él estaba abatido: su padre marcharía a la cabeza de una compañía de Hombres de la Ciudad, pues hasta tanto no se lo juzgase, no se podría reintegrar a la Guardia. En esa misma compañía partía Pippin, soldado de Gondor.

Merry alcanzó a verlo no muy lejos: una figura pequeña pero erguida entre los altos hombres de Minas Tirith.

Sonaron por fin las trompetas, y el ejército se puso en movimiento. Escuadrón tras escuadrón, compañía tras compañía, dieron media vuelta y partieron rumbo al este. Y hasta después que se perdieran de vista en el fondo de la carretera que conducía a la Calzada, Merry se quedó allí. Los últimos yelmos y lanzas de la retaguardia centellearon a la luz del sol de la mañana y desaparecieron a lo lejos, y Merry aún seguía allí, con la cabeza gacha y el corazón oprimido, sintiéndose solo y abandonado. Los seres que más quería habían partido hacia las tinieblas en el distante cielo del Este; y pocas esperanzas le quedaban de volver a ver a alguno de ellos.

Como llamado por la desesperación, le volvió el dolor del brazo. Se sentía viejo y débil, y la luz del sol le parecía pálida. El contacto de la mano de Bergil lo sacó de estas cavilaciones.

—¡Vamos, Maese Perian! —dijo el muchacho—. Veo que todavía te duele. Te ayudaré a regresar a las Casas de Curación. ¡Pero no temas! Volverán. Los Hombres de Minas Tirith jamás serán derrotados. Y ahora tienen al Señor Piedra de Elfo, y también a Beregond de la Guardia.

El ejército llegó a Osgiliath antes del mediodía. Allí todos los operarios y artesanos disponibles estaban ocupados. Algunos reforzaban las barcazas y los puentes que el enemigo había construido, y destruido en parte al huir; otros almacenaban los víveres y recogían el botín, y otros levantaban de prisa obras de defensa en la margen oriental del Río.

La vanguardia pasó por las ruinas de la Antigua Gondor, y luego por encima del ancho Río, y tomó el camino largo y recto construido en otros días entre la hermosa Torre del Sol y la elevada Torre de la Luna, ahora convertida en Minas Morgul, en el valle maldito. Cinco leguas más allá de Osgiliath se detuvieron, concluyendo la primera jornada de marcha.

Pero los jinetes continuaron avanzando y antes de la noche habían llegado a la Encrucijada y al gran círculo de árboles: allí todo era silencio. No se veían rastros del enemigo, ni se escuchaban gritos ni clamores; ni un solo dardo había volado desde las rocas o los matorrales próximos, y sin embargo mientras avanzaban sentían cada vez más que la tierra vigilaba alrededor. Los árboles, las piedras y el follaje, las briznas de hierba, todo parecía escuchar. La oscuridad se había disipado, y el sol se ponía a lo lejos en el Valle del Anduin, y los picos blancos de las montañas se arrebolaban en el aire azul; pero había una sombra y una tiniebla sobre los Ephel Dúath.

Apostando a los trompetas del ejército en cada uno de los cuatro senderos que desembocaban en el círculo de árboles, Aragorn ordenó que tocasen una gran fanfarria, y a los heraldos que gritasen: «Los Señores de Gondor han vuelto, y han rescatado estos territorios que les pertenecen». Y la horrorosa máscara de orco sobre la mutilada estatua de piedra fue arrojada al suelo y rota en mil pedazos, y recogiendo la cabeza del viejo rey, todavía coronada de flores blancas y doradas, la colocaron de nuevo en su sitio; y limpiaron y borraron todas las inscripciones inmundas que los orcos habían puesto en la piedra.

Durante el debate, algunos habían aconsejado que Minas Morgul fuese el primer blanco, y que si lograban tomarla, la destruyesen totalmente, sin dejar piedra sobre piedra. —Y acaso —había dicho Imrahil— el camino que desde allí conduce al paso entre las cumbres sea una vía de ataque al Señor Oscuro más accesible que la puerta del norte.

Pero Gandalf se había opuesto terminantemente, no sólo a causa de los maleficios que pesaban sobre el valle, donde las mentes de los vivos enloquecían de horror, sino también por las noticias que había traído Faramir. Porque si el Portador del Anillo había en verdad intentado ese camino, era menester, por sobre todas las cosas, no atraer hacia allí la mirada del Ojo de Mordor. Y al día siguiente, cuando llegó el grueso del ejército, pusieron una guardia numerosa en la Encrucijada para contar con alguna defensa, en caso de que Mordor mandase fuerzas a través del Paso de Morgul, o enviara nuevas huestes desde el sur. Para esta guardia escogieron arqueros que conocían los caminos de Ithilien; permanecería oculta en los bosques y pendientes del cruce de caminos. Pero Gandalf y Aragorn cabalgaron con la vanguardia hasta la entrada del Valle de Morgul y contemplaron la ciudad maldita.

Estaba a oscuras y sin vida: porque los orcos y las otras criaturas innobles que habitaran allí, habían perecido en la batalla, y los Nazgûl estaban fuera. No obstante, el aire del valle era opresivo, cargado de temor y hostilidad. Destruyeron entonces el puente siniestro, incendiaron los campos malsanos, y se alejaron.

Al día siguiente, el tercero desde que partieran de Minas Tirith, el ejército emprendió la marcha hacia el norte. Por esa ruta, la distancia entre la Encrucijada y el Morannon era de unas cien millas, y lo que la suerte podía depararles antes de llegar tan lejos, nadie lo sabía. Avanzaban abiertamente pero con cautela, precedidos por batidores montados, mientras otros exploraban a pie los flancos del camino, y más los del lado oriental: porque allí se extendía un boscaje sombrío y una zona anfractuosa de barrancos y despeñaderos rocosos, y detrás se alzaban las laderas largas y empinadas de Ephel Dúath. El tiempo del mundo se mantenía apacible y hermoso, y el viento soplaba aún desde el oeste, pero nada podía disipar las tinieblas y las brumas que se acumulaban alrededor de las Montañas de la Sombra; y por detrás de ellas brotaban intermitentemente grandes humaredas que se elevaban y quedaban suspendidas, flotando entre los vientos de las cumbres.

De tanto en tanto Gandalf hacía sonar las trompetas y los heraldos pregonaban: —¡Los Señores de Gondor han llegado! ¡Que todos abandonen el territorio o se sometan!

Pero Imrahil dijo: —No digáis *«los Señores de Gondor»*. Decid *«el Rey Elessar»*. Porque es la verdad, aunque no haya ocupado el trono todavía; y dará más que pensar al Enemigo, si así lo nombran los heraldos.

Y a partir de ese momento, tres veces al día proclamaban los heraldos la venida del Rey Elessar. Mas nadie recogía el desafío.

No obstante, aunque en una paz aparente, todos los hombres marchaban oprimidos, desde el más encumbrado al más humilde, y a cada milla que avanzaban hacia el norte, más pesaban sobre ellos unos presentimientos funestos. Al final del segundo día de marcha desde la Encrucijada tuvieron por primera vez la oportunidad de una batalla: una poderosa hueste de Orcos y Hombres del Este intentó hacer caer en una emboscada a las primeras compañías; el paraje era el mismo en que Faramir había acechado a los hombres de Harad, y el camino atravesaba un estribación de las montañas orientales y penetraba en una garganta estrecha. Pero los Capitanes del Oeste, oportunamente prevenidos por los batidores —un grupo de hombres avezados de Henneth Annûn bajo la conducción de Mablung— los hicieron caer en su propia trampa: desplegando la caballería en un movimiento envolvente hacia el oeste, los sorprendieron por el flanco y por la retaguardia, destruyéndolos, u obligándolos a huir a las montañas.

Sin embargo, la victoria no fue suficiente para reconfortar a los capitanes.

—No es más que una treta —dijo Aragorn—. Lo que se proponían, sospecho, no era causarnos grandes daños, no por ahora, sino darnos una falsa impresión de debilidad, e inducirnos a seguir adelante.

Y esa noche volvieron los Nazgûl, y a partir de entonces vigilaron cada uno de los movimientos del ejército. Volaban siempre a gran altura, invisibles a los ojos de todos excepto los de Legolas, pero una sombra más profunda, un oscurecimiento del sol los delataba. Y si bien no se abatían sobre sus enemigos, y se limitaban a acecharlos en silencio, sin un solo grito, un miedo invencible los dominaba a todos.

Así transcurría el tiempo y con él el viaje sin esperanzas. En el cuarto día de marcha desde la Encrucijada y el sexto desde Minas Tirith llegaron a los confines de las tierras fértiles y comenzaron a internarse en los páramos que precedían a las puertas del Paso de Cirith Gorgor; y divisaron los pantanos, y el desierto que se extendía al norte y al oeste hasta los Emyn Muil. Era tal la desolación de aquellos parajes, tan profundo el horror, que una parte del ejército se detuvo amilanada, incapaz de continuar avanzando hacia el norte, ni a pie ni a caballo.

Aragorn los miró, no con cólera sino con piedad: porque todos eran hombres jóvenes de Rohan, del Lejano Folde Oeste, o labriegos venidos desde Lossarnach, para quienes Mordor había sido desde la infancia un nombre maléfico, y a la vez irreal, una leyenda que no tenía relación con la sencilla vida campesina; y ahora se veían a sí mismos como imágenes de una pesadilla hecha realidad, y no comprendían esta guerra ni por qué el destino los había puesto en semejante trance.

—¡Volved! —les dijo Aragorn—. Pero tened al menos un mínimo de dignidad, y no huyáis. Y hay una misión que podríais cumplir para atenuar en parte vuestra vergüenza. Id por el sudoeste hasta Cair Andros, y si aún está en manos del Enemigo, como lo sospecho, reconquistadla, si podéis, y resistid allí hasta el final, en defensa de Gondor y de Rohan.

Abochornados por la indulgencia de Aragorn, algunos lograron sobreponerse al miedo y seguir adelante; los demás partieron, alentados por la perspectiva de una empresa honrosa y a la medida de sus fuerzas; y así, con menos de seis mil hombres, pues ya habían dejado muchos en la Encrucijada, los Capitanes del Oeste marcharon al fin a desafiar la Puerta Negra y el poder de Mordor.

Ahora avanzaban lentamente, esperando a cada momento una respuesta, y en filas más compactas, comprendiendo que enviar batidores o pequeños grupos de avanzada era un despilfarro de hombres. Al anochecer del quinto día de viaje desde el Valle de Morgul, prepararon el último campamento, y encendieron hogueras alrededor con las pocas ramas y malezas secas que pudieron encontrar. Pasaron en vela las horas de la noche, y alcanzaron a ver unas formas indistintas que iban y venían en la oscuridad, y escucharon los aullidos de los lobos. El viento había muerto y el aire de la noche parecía estancado. Apenas veían, pues aunque no había nubes, y la luna creciente era de cuatro noches, humos y emanaciones brotaban de la tierra, y las nieblas de Mordor amortajaban el creciente blanco.

Empezaba a hacer frío. Al amanecer, el viento se levantó otra vez, ahora desde el norte, y no tardó en convertirse en un hálito helado. Todos los merodeadores nocturnos habían desaparecido, y el paraje parecía desierto. Al norte, entre los pozos mefíticos, se alzaban los primeros promontorios y colinas de escoria y roca carcomida y tierra dilapidada, el vómito de las criaturas inmundas de Mordor; pero ya cerca en el sur asomaba el baluarte de Cirith Gorgor, y en el centro mismo la Puerta Negra, flanqueada por las dos Torres de los Dientes, altas y oscuras. Porque en la última etapa los Capitanes, para evitar posibles emboscadas en las colinas, se habían desviado del viejo camino en el punto en que se curvaba hacia el este, y ahora, como lo hiciera antes Frodo, se acercaban al Morannon desde el noroeste.

Los poderosos batientes de hierro de la Puerta Negra estaban herméticamente cerrados bajo la arcada hostil. En las murallas almenadas no había señales de vida. El silencio era sepulcral, pero expectante. Habían llegado por fin a la meta última de una aventura descabellada, y ahora, a la luz gris del alba, contemplaban descorazonados y tiritando de frío aquellas torres y murallas que jamás podrían atacar con esperanzas, ni aunque hubiesen traído consigo máquinas de guerra de mucho poder, y las fuerzas del Enemigo apenas alcanzasen a defender la puerta y la muralla. Sabían que en todas las colinas y peñascos de alrededor del Morannon había enemigos ocultos, y que del otro lado, en los túneles y cavernas excavados bajo el desfiladero sombrío, pululaban unas criaturas siniestras. De improviso, vieron a los Nazgûl, revoloteando como una bandada de buitres por encima de las Torres de los Dientes; y supieron que estaban al acecho. Pero el Enemigo no se mostraba aún.

No les quedaba otro remedio que representar la comedia hasta el final. Aragorn ordenó el ejército del mejor modo posible, en dos grandes colinas de piedra y tierra que los orcos habían amontonado en años y años de labor. Ante ellos y hacia Mordor, se abrían como un foso un gran cenagal infecto y unos pantanos pestilentes. Cuando todo estuvo en orden, los Capitanes cabalgaron hacia la Puerta Negra con una fuerte guardia de caballería, llevando el estandarte, y acompañados por los heraldos y los trompetas. A la cabeza iban Gandalf de primer heraldo, y Aragorn con los hijos de Elrond, y Éomer de Rohan, e Imrahil; y Legolas y Gimli y Peregrin fueron invitados a seguirlos, pues deseaban que todos los pueblos enemigos de Mordor contaran con un testigo.

Cuando estuvieron al alcance de la voz, desplegaron el estandarte y soplaron las trompetas; y los heraldos se adelantaron y elevaron sus voces por encima del muro almenado de Mordor.

—¡Salid! —gritaron—. ¡Que salga el Señor de la Tierra Tenebrosa! Se le hará justicia. Porque ha declarado contra Gondor una guerra injusta, y ha devastado sus territorios. El Rey de Gondor le exige que repare los daños, y que se marche para siempre. ¡Salid!

Siguió un largo silencio; ni un grito, ni un rumor llegó como respuesta desde la puerta y los muros. Pero ya Sauron había trazado sus planes: antes de asestar el golpe mortal, se proponía jugar cruelmente con aquellos ratones. De pronto, en el momento en que los Capitanes ya estaban a punto de retirarse, el silencio se quebró. Se oyó un prolongado redoble de tambores, como un trueno en las montañas, seguido de una algarabía de cuernos que estremeció las piedras y ensordeció a los hombres; y el batiente central de la Puerta Negra rechinó con estrépito y se abrió de golpe dando paso a una embajada de la Torre Oscura.

La encabezaba una figura alta y maléfica, montada en un caballo negro, si aquella criatura enorme y horrenda era en verdad un caballo; la máscara de terror de la cara más parecía una calavera que una cabeza con vida; y echaba fuego por las cuencas de los ojos y por los ollares. Un manto negro cubría por completo al jinete, y negro era también el yelmo de cimera alta; no se trataba, sin embargo, de uno de los Espectros del Anillo; era un hombre y estaba vivo. Era el Lugàrteniente de la Torre de Barad-dûr, y ninguna historia recuerda su nombre, porque hasta él lo había olvidado, y decía: —Yo soy la Boca de Sauron. —Pero se murmuraba que era un renegado, descendiente de los Númenóreanos Negros, que se habían establecido en la Tierra Media durante la supremacía de Sauron. Veneraban a Sauron, pues estaban enamorados de las ciencias del mal. Había entrado al servicio de la Torre Oscura en tiempos de la primera reconstrucción, y con astucia se había elevado en los favores del Señor; y aprendió los secretos de la hechicería, y conocía muchos de los pensamientos de Sauron; y era más cruel que el más cruel de los orcos.

Éste era pues el personaje que ahora avanzaba hacia ellos, con una pequeña compañía de soldados de armadura negra, y enarbolando un único estandarte negro, pero con el Ojo Maléfico pintado en rojo. Deteniéndose a pocos pasos de los Capitanes del Oeste, los miró de arriba abajo y se echó a reír.

—¿Hay en esta pandilla alguien con autoridad para tratar conmigo? —preguntó—. ¿O en verdad con seso suficiente como para comprenderme? ¡No tú, por cierto! —se burló, volviéndose a Aragorn con una mueca de desdén—. Para hacer un rey, no basta con un trozo de vidrio élfico y una chusma semejante. ¡Si hasta un bandolero de las montañas puede reunir un séquito como el tuyo!

Aragorn no respondió, pero clavó en el otro la mirada, y la sostuvo, y así lucharon un momento, ojo contra ojo; pero pronto, sin que Aragorn se hubiera movido, ni llevara la mano a la espada, el otro retrocedió acobardado, como bajo la amenaza de un golpe. —¡Soy un heraldo y un embajador, y nadie debe atacarme! —gritó.

—Donde mandan esas leyes —dijo Gandalf—, también es costumbre que los embajadores sean menos insolentes. Nadie te ha amenazado. Nada tienes que temer de nosotros, hasta que hayas cumplido tu misión. Pero si tu amo no ha aprendido nada nuevo, correrás entonces un gran peligro, tú y todos los otros servidores.

—¡Ah! —dijo el Emisario—. De modo que tú eres el portavoz, ¿viejo barbagrís? ¿No hemos oído hablar de ti de tanto en tanto, y de tus andanzas, siempre tramando intrigas y maldades a una distancia segura? Pero esta vez has metido demasiado la nariz, Maese Gandalf; y ya verás qué le espera a quien echa unas redes insensatas a los pies de Sauron el Grande. Traigo conmigo testimonios que me han encomendado mostrarte, a ti en particular, si te atrevías a venir aquí. —Hizo una señal, y un guardia se adelantó llevando un paquete envuelto en lienzos negros.

El Emisario apartó los lienzos, y allí, ante el asombro y la consternación de todos los Capitanes, levantó primero la espada corta de Sam, luego una capa gris con un broche élfico, y por último la cota de malla de mithril que Frodo vestía bajo las ropas andrajosas. Una negrura repentina cegó a todos, y en un momento de silencio pensaron que el mundo se había detenido; pero tenían los corazones muertos y habían perdido la última esperanza. Pippin, que estaba detrás del Príncipe Imrahil, se precipitó hacia adelante ahogando un grito de dolor.

—¡Silencio! —le dijo Gandalf con severidad, mientras lo empujaba hacia atrás; pero el Emisario estalló en una carcajada.

—¡Así que tenéis con vosotros a otro de esos trasgos! —gritó—. Qué utilidad les encontráis, no lo sé. Pero enviarlos a Mordor como espías, sobrepasa vuestra inveterada imbecilidad. Sin embargo, tengo que darle las gracias, pues es evidente que ese alfeñique ha reconocido los objetos, y ahora sería inútil que pretendierais desmentirlo.

—No pretendo desmentirlo —dijo Gandalf—. Y en verdad, yo mismo los conozco, así como la historia de cada uno de ellos, y tú, inmundo Boca de Sauron, a pesar de tus sarcasmos, no puedes decir otro tanto. Mas ¿por qué los has traído?

—Cota de malla de enano, capa élfica, hoja forjada en el derrotado Oeste, y espía de ese territorio de ratas, la Comarca... ¡No, calma! Bien lo sabemos... éstas son las pruebas de una conspiración. Y bien, tal vez quien llevaba estas prendas es alguien que no lamentaríais perder, o tal vez sí, acaso alguien muy querido. Si es así, decididlo de prisa, con el poco seso que aún os queda. Porque Sauron no simpatiza con los espías, y el destino de éste depende ahora de vosotros.

Nadie le respondió; pero viendo las caras grises de miedo y el horror en todos los ojos, volvió a reír, pues le pareció que estaba ganando la partida.

—¡Magnífico, magnífico! —exclamó—. Veo que era alguien muy querido. ¿O acaso la misión que llevaba era tal que no querríais que fracasara? Pues bien, ha fracasado. Y ahora tendrá que soportar el lento tormento de los años, tan largo y tan lento como sólo pueden conseguirlo nuestros artificios en la Gran Torre; ya nunca más será liberado, salvo tal vez cuando esté quebrado y consumido, y entonces irá a vosotros, y veréis lo que le habéis hecho. Todo esto le ocurrirá ciertamente... a menos que aceptéis las condiciones de mi Señor.

—Di esas condiciones —dijo Gandalf con voz firme, pero quienes lo rodeaban vieron angustia en el semblante del mago; y ahora parecía un anciano decrépito, aplastado y derrotado al fin. Nadie pensó que no las aceptaría.

—He aquí las condiciones —sonrió el Emisario, mientras observaba uno a uno a los Capitanes—. La chusma de Gondor y sus engañados secuaces se retirarán en seguida a la otra orilla del Anduin, pero ante todo jurarán no atacar nunca más a Sauron el Grande con las armas abierta o secretamente. Todos los territorios al este del Anduin pertenecerán a Sauron para siempre y sólo a él. Las tierras que se extienden al oeste del Anduin hasta las Montañas Nubladas y el Paso de Rohan serán tributarias de Mordor, y a sus habitantes les estará prohibido llevar armas, pero se les permitirá manejar sus propios asuntos. No obstante, tendrán la obligación de ayudar a reconstruir Isengard, que ellos destruyeron para nada, y la ciudad pertenecerá a Sauron, y allí residirá el lugarteniente de Sauron: no Saruman sino otro, más digno de confianza.

Mirando los ojos del Emisario era fácil leerle el pensamiento. Él sería el lugarteniente de Sauron, y él mandaría en todo cuanto quedara del Oeste: él sería el tirano y ellos los esclavos.

Pero Gandalf dijo: —Es demasiado pedir por la devolución de un servidor: que tu Amo reciba en canje lo que de otro modo tendría que conquistar a lo largo de muchas guerras. ¿O acaso luego de la batalla de Gondor ya no confía en la guerra, y ahora se rebaja a negociar? Y si en verdad tanto valoráramos a este prisionero ¿qué seguridad tenemos de que Sauron, Vil Maestro de Traiciones, cumplirá su palabra? ¿Dónde está el prisionero? Que lo traigan y lo muestren, y entonces estudiaremos vuestras condiciones.

A Gandalf, que lo miraba con fijeza, como en duelo con un enemigo mortal, le pareció que por un instante el Emisario no supo qué decir, aunque en seguida rió de nuevo.

—¡No le hables a la Boca de Sauron con palabras insolentes! —gritó—. ¡Pides seguridades! Sauron no da ninguna. Si pretendes clemencia, antes haréis lo que él exige. Éstas son sus condiciones. ¡Aceptadlas o rechazadlas!

—¡Éstas aceptaremos! —dijo Gandalf de pronto. Se abrió la capa, y una luz blanca centelleó como una espada en la oscuridad. Ante la mano levantada de Gandalf el Emisario retrocedió y Gandalf dio un paso adelante y le arrancó los objetos de las manos: la cota de malla, la capa y la espada—. Los llevaremos en recuerdo de nuestro amigo —gritó—. Y en cuanto a tus condiciones, las rechazamos de plano. Vete ya, pues tu misión ha concluido y la hora de tu muerte se aproxima. No hemos venido aquí a derrochar palabras con Sauron, desleal y maldito, y menos aún con uno de sus esclavos. ¡Vete!

El Emisario de Mordor ya no se reía. Con la cara crispada por la estupefacción y la furia, parecía un animal salvaje que en el momento en que se agazapa para saltar sobre la presa, recibe un garrotazo en el hocico. Loco de rabia, echó baba por la boca, mientras unos sonidos de furia se le estrangulaban en la garganta. Pero miró los rostros feroces y las miradas mortíferas de los Capitanes, y el miedo fue más fuerte que la ira. Dando un alarido, se volvió, trepó de un salto a su cabalgadura, y partió en desenfrenado galope hacia Cirith Gorgor. Entonces, mientras se alejaban, los soldados de Mordor soplaron los cuernos, respondiendo a una señal convenida; y no habían llegado aún a la puerta cuando Sauron soltó la trampa que había preparado.

Los tambores redoblaron, y las hogueras se encendieron. Los poderosos batientes de la Puerta Negra se abrieron de par en par, y una gran hueste se precipitó como las aguas turbulentas de un dique cuando levantan una compuerta.

Los Capitanes del Oeste volvieron a montar y se retiraron al galope, y un aullido de burlas brotó del ejército de Mordor. Una nube de polvo oscureció el aire, y desde las cercanías vino marchando un ejército de Hombres del Este que había estado esperando la señal oculto entre las sombras del Ered Lithui, junto a la torre más distante. De las colinas que flanqueaban el Morannon se precipitó un torrente de orcos. Los hombres del Oeste estaban atrapados, y pronto en aquellos montes grises unas fuerzas diez y más veces superiores los envolverían en un mar de enemigos. Sauron había mordido la carnada con mandíbulas de acero.

Poco tiempo le quedaba a Aragorn para preparar la batalla. En una misma colina estaban él y Gandalf, y allí enarbolaron el estandarte, hermoso y desesperado del Árbol y las Estrellas. En la colina opuesta flameaban los estandartes de Rohan y de Dol Amroth, Caballo Blanco y Cisne de Plata. Un círculo de lanzas y espadas defendía las dos colinas. Pero al frente, en dirección a Mordor, allí donde esperaban la primera embestida violenta, estaban los hijos de Elrond a la izquierda, rodeados por los Dúnedain, y a la derecha el Príncipe Imrahil con los apuestos caballeros de Dol Amroth, y algunos hombres escogidos de la Torre de la Guardia.

Soplaba el viento, cantaban las trompetas, y las flechas gemían; y el sol que ahora subía hacia el sur estaba empañado por los vapores infectos de Mordor; brillaba remoto, tétrico y bermejo, como a la hora postrera de la tarde, o a la hora postrera de la luz del mundo. Y a través de la bruma cada vez más espesa llegaron con sus voces frías los Nazgûl, gritando palabras de muerte. Y entonces la última esperanza se desvaneció.

Cuando oyó a Gandalf rechazar las condiciones del Emisario, condenando a Frodo al tormento de la Torre, Pippin se dobló hacia adelante, aplastado por el horror; pero había logrado sobreponerse y ahora estaba de pie junto a Beregond en la primera fila de Gondor, con los hombres de Imrahil. Pues pensaba que lo mejor sería morir cuanto antes y abandonar aquella amarga historia, ya que la ruina era total.

—Ojalá estuviera Merry aquí —se oyó decir, y se le cruzaron unos pensamientos rápidos, aun mientras miraba al enemigo que se precipitaba al ataque—. Bien, ahora al menos comprendo un poco mejor al pobre Denethor. Si hemos de morir ¿por qué no morir juntos, Merry y yo? Sí, pero él no está aquí, y ojalá tenga entonces un fin más apacible. Pero ahora he de hacer lo que pueda.

Desenvainó la espada y miró las formas entrelazadas de rojo y oro, y los caracteres fluidos de la escritura númenoreana centellearon en la hoja como un fuego. «Fue forjada de propósito para un momento como éste —pensó—. Si pudiera herir con ella a ese Emisario inmundo, al menos quedaríamos iguales, el viejo Merry y yo. Bueno, destruiré a unos cuantos de esa ralea maldita, antes del fin. ¡Ojalá pueda ver por última vez la luz límpida del sol y la hierba verde!»

Y mientras pensaba esto, cayó sobre ellos el primer ataque. Impedidos por los pantanos que se extendían al pie de las colinas, los orcos se detuvieron y dispararon una lluvia de flechas sobre los defensores. Pero entre los orcos, a grandes trancos, rugiendo como bestias, llegó entonces una gran compañía de trolls de las montañas de Gorgoroth. Más altos y más corpulentos que los Hombres, no llevaban otra vestimenta que una malla ceñida de escamas córneas, o quizás esto fuera la repulsiva piel natural de las criaturas; blandían escudos enormes, redondos y negros, y las manos nudosas empuñaban martillos pesados. Saltaron a los pantanos sin arredrarse y los vadearon, aullando y mugiendo mientras se acercaban. Como una tempestad se abalanzaron sobre los hombres de Gondor, golpeando cabezas y yelmos, brazos y escudos, como herreros que martillaran un hierro doblado al rojo. Junto a Pippin, Beregond los miraba aturdido y estupefacto, y cayó bajo los golpes; y el gran jefe de los trolls que lo había derribado se inclinó sobre él, extendiendo una garra ávida; pues esas criaturas horrendas tenían la costumbre de morder en el cuello a los vencidos.

Entonces Pippin lanzó una estocada hacia arriba, y la hoja del Oesternesse atravesó la membrana coriácea y penetró en los órganos; y la sangre negra manó a borbotones. El troll se tambaleó, y se desplomó como una roca despeñada, sepultando a los que estaban abajo. Una negrura y un hedor y un dolor opresivo asaltaron a Pippin, y la mente se le hundió en las tinieblas.

«Bueno, esto termina como yo esperaba» oyó que decía el pensamiento ya a punto de extinguirse; y hasta le pareció que se reía un poco antes de hundirse en la nada, como si le alegrase liberarse por fin de tantas dudas y preocupaciones y miedos. Y aún mientras se alejaba volando hacia el olvido, oyó voces, gritos, que parecían venir de un mundo olvidado y remoto.

—¡Llegan las Águilas! ¡Llegan las Águilas!

El pensamiento de Pippin flotó un instante todavía.

—¡Bilbo! —dijo—. ¡Pero no! Eso ocurría en la historia de él, hace mucho, mucho tiempo. Ésta es mi historia, y ya se acaba. ¡Adiós! —Y el pensamiento del hobbit huyó a lo lejos, y sus ojos ya no vieron más.

LIBRO SEXTO

1

LA TORRE DE CIRITH UNGOL

Sam se levantó trabajosamente del suelo. Por un momento no supo dónde se encontraba, pero luego toda la angustia y la desesperación volvieron a él. Estaba en las tinieblas, ante la puerta subterránea de la fortaleza de los orcos; y los batientes de bronce continuaban cerrados. Sin duda había caído aturdido al abalanzarse contra la puerta; pero cuánto tiempo había permanecido allí, tendido en el suelo, no lo sabía. Entonces había sentido un fuego de furia y desesperación; ahora tenía frío y tiritaba. Se escurrió hasta la puerta y apoyó el oído.

Dentro, lejanos e indistintos, oyó los clamores de los orcos; pero pronto callaron o se alejaron y todo quedó en silencio. Le dolía la cabeza y veía luces fantasmales en la oscuridad, pero trató de serenarse y reflexionar. Era evidente, en todo caso, que no tenía ninguna esperanza de entrar en la fortaleza por aquella puerta: quizá tuviera que esperar allí días y días antes que se abriese, y él no podía esperar: el tiempo era desesperadamente precioso. Y ahora ya no dudaba acerca de lo que tenía que hacer: salvar a su amo, o perecer en el intento.

«Que perezca es lo más probable, y además mucho más fácil», se dijo, taciturno, mientras envainaba a Dardo y se alejaba de la puerta de bronce. Lentamente a tientas volvió sobre sus pasos a lo largo de la galería oscura, sin atreverse a usar la luz élfica; y en camino, trató de recordar los hechos del viaje, desde que partiera con Frodo de la Encrucijada. Se preguntó qué hora sería. Algún momento del tiempo entre un día y otro, pensó, pero hasta de los días había perdido la cuenta. Estaba en un país de tinieblas en que los días del mundo parecían olvidados, y todos aquellos que entraban en él también eran olvidados.

«Me pregunto si alguna vez se acuerdan de nosotros

—se dijo—, y qué les estará pasando a todos ellos, allá lejos.»

Movió la mano señalando vagamente adelante; pero en realidad ahora, al volver al túnel de Ella-Laraña, caminaba hacia el sur, no hacia el oeste. En el oeste, en el mundo de fuera, era casi el mediodía del décimo cuarto día de marzo según el Cómputo de la Comarca, y en aquel momento Aragorn conducía la flota negra desde Pelargir, y Merry cabalgaba con los Rohirrim a lo largo del Pedregal de las Carretas, mientras en Minas Tirith se multiplicaban las llamas, y Pippin veía crecer la locura en los ojos de Denethor. No obstante, en medio de tantas preocupaciones y temores, una y otra vez los pensamientos de los compañeros se volvían a Frodo y a Sam. No los habían olvidado. Pero estaban lejos, más allá de toda posible ayuda, y ningún pensamiento podía socorrer aún a Samsagaz hijo de Hamfast; estaba completamente solo.

Regresó por fin a la puerta de piedra de la galería de los orcos, y al no descubrir tampoco ahora el mecanismo o el cerrojo que la retenía, la escaló como la primera vez, y se dejó caer en el suelo del otro lado. Luego fue furtivamente a la salida del túnel de Ella-Laraña, donde aún flotaban los andrajos de la tela enorme, oscilando en el aire frío. Frío le pareció a Sam después de las tinieblas fétidas que acababa de dejar atrás; pero lo respiró y se sintió reanimado. Avanzando con cautela, salió al aire libre.

Todo alrededor la calma era ominosa. La luz brillaba apenas, como en el crepúsculo de un día sombrío. Los grandes vapores que brotaban de Mordor y se alejaban en estelas hacia el oeste flotaban a baja altura, apenas por encima de la cabeza del hobbit, una marejada de nubes y humo iluminada de tanto en tanto desde abajo por un lúgubre resplandor rojizo.

Sam alzó la cabeza hacia la torre, y en las ventanas estrechas vio de pronto unas luces que se asomaban, como pequeños ojos rojos. Se preguntó si se trataría de una señal. El miedo que les tenía a los orcos, olvidado por algún tiempo en la furia y la desesperación, volvió a él. No le quedaba en apariencia sino un solo camino: seguir adelante y tratar de descubrir la entrada principal de la torre terrible, pero las rodillas le flaqueaban, y descubrió que estaba temblando. Apartó la mirada de la torre y de los cuernos del Desfiladero que se alzaban ante él, y obligó a los pies a que le obedecieran, y lentamente, aguzando los oídos, escudriñando las sombras negras de las rocas que flanqueaban el sendero, volvió sobre sus pasos, dejó atrás el sitio en que cayera Frodo, y donde aún persistía el hedor de Ella-Laraña, y continuó subiendo hasta encontrarse otra vez en la misma hendidura donde se había puesto el Anillo y de donde viera pasar la compañía de Shagrat.

Allí se detuvo y se sentó. Por el momento no contaba con fuerzas para ir más lejos. Sentía que una vez que hubiera dejado atrás la cresta del desfiladero y diera un paso hollando al fin el suelo mismo de Mordor, ese paso sería irrevocable. Nunca más podría regresar. Sin ninguna intención precisa sacó el Anillo y se lo volvió a poner. Al instante sintió el peso abrumador de la carga, y otra vez, y ahora más poderoso y apremiante que nunca, la malicia del Ojo de Mordor, escudriñando, tratando de traspasar las sombras que él mismo había creado para defenderse, pero que ahora sólo le traían inquietud y dudas.

Como la primera vez, Sam advirtió que el oído se le había agudizado, pero que las cosas visibles de este mundo eran vagas y borrosas. Las paredes de piedra del sendero le parecían pálidas, como si las viera a través de una bruma, pero en cambio oía a lo lejos el desconsolado burbujeo de Ella-Laraña; y ásperos y claros, y al parecer muy próximos, oyó gritos y un fragor de metales. Se levantó de un salto y se aplastó contra el muro que bordeaba el sendero. Se alegró de tener puesto el Anillo, porque otra compañía de orcos se acercaba. O eso le pareció al principio. De pronto cayó en la cuenta de que no era así, que el oído lo había engañado: los gritos de los orcos provenían de la torre, cuyo cuerno más elevado se alzaba ahora en línea recta por encima de él, a la izquierda del Desfiladero.

Sam se estremeció y trató de obligarse a avanzar. Era evidente que allá arriba estaba ocurriendo algo diabólico. Tal vez los orcos, pese a todas las órdenes, se habían dejado llevar por la crueldad y estaban torturando a Frodo, o hasta cortándolo en pedazos, como salvajes que eran. Escuchó, y un rayo de esperanza llegó a él. No cabía ninguna duda: había lucha en la torre, los orcos estaban en guerra unos contra otros, la rivalidad entre Shagrat y Gorbag había llegado a los golpes. Por débil que fuera, la esperanza de esta conjetura bastó para reconfortarlo. Quizás había aún una posibilidad. El amor que sentía por Frodo se alzó por encima de todos los otros pensamientos, y olvidando el peligro gritó con voz fuerte: —¡Ya voy, señor Frodo!

Corrió por el sendero ascendente, y pasó la cresta. Allí el camino doblaba a la izquierda y se hundía en una pendiente brusca. Sam había entrado en Mordor.

Se quitó el Anillo del dedo, inspirado quizá por alguna misteriosa premonición de peligro, aunque a sí mismo se dijo solamente que deseaba ver con mayor claridad.

—Más vale que eche una mirada a lo peor —murmuró—. ¡No es prudente andar a tientas en una niebla!

Duro, cruel y áspero era el paisaje que se mostró a los ojos del hobbit. A sus pies, la cresta más alta de Ephel Dúath descendía en riscos enormes y escarpados a un valle sombrío; y del otro lado asomaba una cresta mucho más baja, de bordes mellados y dentados y rocas puntiagudas que a la luz roja del fondo parecían colmillos negros: era el siniestro Morgai, la más interior de las empalizadas naturales que defendían el país. A lo lejos, pero casi en línea recta, más allá de un vasto lago de oscuridad moteado de fuegos diminutos, se veía el resplandor de un gran incendio; y de él se elevaban en remolinos inquietos unas enormes columnas de humo, de color rojo polvoriento en las raíces, y negras donde se fundían con el palio de nubes abultadas que cubría la tierra maldita.

Lo que Sam contemplaba era el Orodruin, la Montaña de Fuego. Una y otra vez los hornos encendidos en el fondo abismal del cono de ceniza se calentaban al rojo, y entonces la montaña se henchía y rugía como una marea tempestuosa, y derramaba por las grietas de los flancos ríos de roca derretida. Algunos corrían incandescentes hacia Barad-dûr a lo largo de canales profundos; otros se abrían paso a través de la llanura pedregosa, hasta que se enfriaban y yacían como retorcidas figuras de dragones vomitadas por la tierra atormentada. En esa hora de trabajos, contemplaba Sam el Monte del Destino, y la luz oculta detrás de la mole enorme de los Ephel Dúath para quienes subían desde el oeste, se volcaba ahora resplandeciendo sobre las caras desnudas de las rocas, que parecían tintas en sangre.

En aquella luz terrible, Sam se detuvo horrorizado, pues ahora, mirando a la izquierda, veía en todo su poderío la Torre de Cirith Ungol. El cuerno que había visto desde el otro lado no era sino la atalaya más alta. La fachada oriental tenía tres grandes niveles; el primero se extendía allá abajo en un espolón de la pared rocosa; la cara posterior se apoyaba en un acantilado, del que emergían bastiones puntiagudos y superpuestos, más pequeños a medida que la torre ganaba altura, y los flancos casi verticales de buena albañilería miraban al noreste y al sudeste. Alrededor del nivel inferior, doscientos pies por debajo de Sam, un muro almenado cercaba un patio estrecho. La puerta de la fortaleza, en la pared más cercana, la que miraba al sudeste, se abría a un camino ancho, cuyo parapeto exterior corría al borde de un precipicio, y luego de doblar hacia el sur serpeaba cuesta abajo en la oscuridad y alcanzaba la ruta que llevaba al Paso de Morgul. Y desde allí cruzaba por una grieta del Morgai e iba a desembocar en el valle de Gorgoroth hasta llegar a Barad-dûr. La senda en que Sam estaba descendía en algunos trechos mediante tramos de escalones tallados en la roca, en otros por un sendero empinado, para unirse al camino principal bajo los muros amenazantes próximos a la Puerta.

Al observarla Sam comprendió de pronto, casi con un sobresalto, que aquella fortaleza había sido construida no para impedir que los enemigos entrasen en Mordor, sino para retenerlos dentro. Era en verdad una de las antiguas obras de Gondor, un puesto oriental de avanzada de las defensas de Ithilien, edificado luego de la Última Alianza, cuando los Hombres del Oesternesse vigilaban el maléfico país de Sauron, donde todavía acechaban muchas criaturas. Pero aquí como en Narchost y Carchost, las Torres de los Dientes, la vigilancia se había debilitado, y la traición había entregado la Torre al Señor de los Espectros del Anillo; y ahora, desde hacía largos años, estaba en manos de seres maléficos. Al retornar a Mordor, Sauron la había considerado útil, pues aunque no tenía muchos servidores, le sobraban en cambio los esclavos sometidos por el terror; y ahora, como antaño, el propósito principal de la Torre era impedir que huyesen de Mordor. Pero si un enemigo era tan temerario como para tratar de introducirse secretamente en el país, entonces la Torre era también una atalaya última y siempre alerta contra cualquiera que lograse burlar la vigilancia de Morgul y de Ella-Laraña.

Sam entendía muy bien que deslizarse por debajo de aquellos muros de muchos ojos y evitar la vigilancia de la puerta era del todo imposible. Y aun si entraba, no podría llegar muy lejos: el camino del otro lado de la puerta estaba vigilado y ni las sombras negras agazapadas en los recovecos donde no llegaba la luz roja lo protegerían durante mucho tiempo de los orcos. Pero por desesperado que fuera aquel camino, la empresa que ahora le aguardaba era mucho peor: no evitar la puerta y escapar, sino trasponerla, a solas.

Pensó por un momento en el Anillo, pero no encontró en él ningún consuelo, sólo peligro y miedo. Tan pronto como viera el Monte del Destino, ardiendo en lontananza, había notado un cambio en el Anillo. A medida que se acercaba a los grandes hornos donde fuera forjado y modelado, en los abismos del tiempo, el poder del Anillo aumentaba, y se volvía cada vez más maligno, indomable excepto quizá para alguien de una voluntad muy poderosa.

Y aunque no lo llevaba en el dedo, sino colgado del cuello en una cadena, Sam mismo se sentía como agigantado, como envuelto en una enorme y deformada sombra de sí mismo, una amenaza funesta suspendida sobre los muros de Mordor. Sabía que en adelante no le quedaba sino una alternativa: resistirse a usar el Anillo, por mucho que lo atormentase; o reclamarlo, y desafiar el Poder aposentado en la fortaleza oscura del otro lado del valle de las sombras. El Anillo lo tentaba ya, carcomiéndole la voluntad y la razón. Fantasías descabelladas le invadían la mente; y veía a Samsagaz el Fuerte, el Héroe de la Era, avanzando con una espada flamígera a través de la tierra tenebrosa, y los ejércitos acudían a su llamada mientras corría a derrocar el poder de Barad-dûr. Entonces se disipaban todas las nubes, y el sol blanco volvía a brillar, y a una orden de Sam el valle de Gorgoroth se transformaba en un jardín de muchas flores, donde los árboles daban frutos. No tenía más que ponerse el Anillo en el dedo, y reclamarlo, y todo aquello podría convertirse en realidad.

En aquella hora de prueba fue sobre todo el amor a Frodo lo que le ayudó a mantenerse firme; y además conservaba, en lo más hondo de sí mismo, el indomable sentido común de los hobbits: sabía que no estaba hecho para llevar una carga semejante aun en el caso de que aquellas visiones de grandeza no fueran sólo un señuelo. El pequeño jardín de un jardinero libre era lo único que respondía a los gustos y a las necesidades de Sam; no un jardín agigantado hasta las dimensiones de un reino; el trabajo de sus propias manos, no las manos de otros bajo sus órdenes.

«Y además todas estas fantasías no son más que una trampa —se dijo—. Me descubriría y caería sobre mí, antes que yo pudiera gritar. Si ahora me pusiera el Anillo me descubriría, y muy rápidamente, en Mordor. Y bien, todo cuanto puedo decir es que la situación me parece tan desesperada como una helada en primavera. ¡Justo cuando hacerme invisible podría ser realmente útil, no puedo utilizar el Anillo! Y si encuentro alguna vez un modo de seguir adelante, no será más que un estorbo, y una carga más pesada a cada paso. ¿Qué tengo que hacer, entonces?»

En el fondo, no le quedaba a Sam ninguna duda. Sabía que tenía que bajar hasta la puerta, y sin más dilación. Con un encogimiento de hombros, como para ahuyentar las sombras y alejar a los fantasmas, comenzó lentamente el descenso. A cada paso se sentía más pequeño. No había avanzado mucho, y ya era otra vez un hobbit disminuido y aterrorizado. Ahora pasaba justo por debajo del muro de la Torre, y sus oídos naturales escuchaban los gritos y el fragor de la lucha. En aquel momento los ruidos parecían venir del patio detrás del muro exterior.

Sam había recorrido casi la mitad del camino, cuando dos orcos aparecieron corriendo en el portal oscuro y salieron al resplandor rojo. No se volvieron a mirarlo. Iban hacia el camino principal; pero en plena carrera se tambalearon y cayeron al suelo, y allí se quedaron tendidos e inmóviles. Sam no había visto flechas, pero supuso que habían sido abatidos por otros orcos apostados en los muros o escondidos a la sombra del portal. Siguió avanzando pegado al muro de la izquierda. Una sola mirada le había bastado para comprender que no tenía ninguna esperanza de escalarlo. La pared de piedra, sin grietas ni salientes, tenía unos treinta pies de altura, y culminaba en un alero de gradas invertidas. La puerta era el único camino.

Continuó adelante, sigilosamente, preguntándose cuántos orcos vivirían en la Torre junto con Shagrat, y con cuántos contaría Gorbag, y cuál sería el motivo de la pelea, si en verdad era una pelea. Le había parecido que la compañía de Shagrat estaba compuesta de unos cuarenta orcos, y la de Gorbag de más del doble; pero la patrulla de Shagrat no era por supuesto más que una parte de la guarnición. Casi con seguridad estaban disputando a causa de Frodo y del botín. Sam se detuvo un segundo, pues de pronto las cosas le parecieron claras, casi como si las tuviera delante de los ojos. ¡La cota de malla de mithril! Frodo, como es natural, la llevaba puesta, y los orcos tenían que haberla descubierto. Y por lo que Sam había oído, Gorbag la codiciaba. Pero las órdenes de la Torre Oscura eran por ahora la única protección de Frodo, y en caso de que fueran desacatadas, Frodo podía morir en cualquier momento.

—¡Adelante, miserable holgazán! —se increpó Sam—. ¡A la carga! —Desenvainó a Dardo y se precipitó hacia la puerta. Pero en el preciso momento en que estaba a punto de pasar bajo la gran arcada, sintió un choque: como si hubiese tropezado con una especie de tela parecida a la de Ella-Laraña, pero invisible. No veía ningún obstáculo, y sin embargo algo demasiado poderoso le cerraba el camino. Miró alrededor, y entonces, a la sombra de la puerta, vio a los Dos Centinelas.

Eran como grandes figuras sentadas en tronos. Cada una de ellas tenía tres cuerpos unidos, coronados por tres cabezas que miraban adentro, afuera, y al portal. Las caras eran de buitre, y las manos que apoyaban sobre las rodillas eran como garras. Parecían esculpidos en enormes bloques de piedra: impasibles, pero a la vez vigilantes: algún espíritu maléfico y alerta habitaba en ellos. Reconocían a un enemigo: visible o invisible, ninguno escapaba. Le impedían la entrada, o la fuga.

Sam tomó aliento y se lanzó una vez más hacia adelante, pero se detuvo en seco, trastabillando como si le hubiesen asestado un golpe en el pecho y en la cabeza. Entonces, en un arranque de audacia, porque no se le ocurría ninguna otra solución, inspirado por una idea repentina, sacó con lentitud la redoma de Galadriel y la levantó. La luz blanca se avivó rápidamente, dispersando las sombras bajo la arcada oscura. Allí estaban, frías e inmóviles, las figuras monstruosas de los Centinelas. Por un instante vislumbró un centelleo en las piedras negras de los ojos, de una malignidad sobrecogedora, pero poco a poco sintió que la voluntad de los Centinelas empezaba a flaquear y se desmoronaba en miedo.

Pasó de un salto por delante de ellos, pero en ese instante, mientras volvía a guardar el frasco en el pecho, sintió tan claramente como si una barra de acero hubiera descendido de golpe detrás de él, que habían redoblado la vigilancia. Y de las cabezas maléficas brotó un alarido estridente que retumbó en los muros. Y como una señal de respuesta resonó lejos, en lo alto, una campanada única.

—¡Bueno, bueno! —dijo Sam—. ¡Parece que he llamado a la puerta principal! ¡Pues bien, a ver si acude alguien! —gritó—. ¡Anunciadle al Capitán Shagrat que ha llamado el gran guerrero Elfo, y que trae consigo la espada élfica!

Ninguna respuesta. Sam, se adelantó a grandes pasos. Dardo le centelleaba en la mano con una luz azul. Las sombras eran profundas en el patio, pero alcanzó a ver que el pavimento estaba sembrado de cadáveres. Justo a sus pies yacían dos arqueros orcos apuñalados por la espalda. Un poco más lejos había muchos más, algunos aparte, como abatidos por una estocada o un flechazo, otros en parejas, como sorprendidos en plena lucha, muertos en el acto mismo de apuñalar, estrangular, morder. Los pies resbalaban en las piedras, cubiertas de sangre negra.

Sam notó que había dos uniformes diferentes, uno marcado con la insignia del Ojo Rojo, el otro con una Luna desfigurada en una horrible efigie de la muerte; pero no se detuvo a observarlos más de cerca. Del otro lado del patio, al pie de la torre, vio una puerta grande; estaba entreabierta y por ella salía una luz roja; un orco corpulento yacía sin vida en el umbral. Sam saltó por encima del cadáver y entró; y entonces miró alrededor, desorientado.

Un corredor amplio y resonante conducía otra vez desde la puerta al flanco de la montaña. Estaba iluminado por la lumbre incierta de unas antorchas en las ménsulas de los muros, y el fondo se perdía en las tinieblas. A uno y otro lado había numerosas puertas y aberturas; pero salvo dos o tres cuerpos más tendidos en el suelo el corredor estaba vacío. Por lo que había oído de la conversación de los capitanes, Sam sabía que vivo o muerto era probable que Frodo se encontrase en una estancia de la atalaya más alta; pero quizás él tuviera que buscar un día entero antes de encontrar el camino.

—Supongo que ha de estar en la parte de atrás —murmuró—. Toda la Torre crece hacia atrás. Y de cualquier modo convendrá que siga esas luces.

Avanzó por el corredor, pero ahora con lentitud; cada paso era más trabajoso que el anterior. El terror volvía a dominarlo. No oía otro ruido que el roce de sus pies, que parecía crecer y resonar como palmadas gigantescas sobre las piedras. Los cuerpos sin vida; el vacío; las paredes negras y húmedas que a la luz de las antorchas parecían rezumar sangre; el temor de que una muerte súbita lo acechase detrás de cada puerta, en cada sombra; y la imagen siempre presente de la maldad vigilante que custodiaba la entrada: era casi más de lo que Sam se sentía capaz de afrontar. Una lucha —con no demasiados adversarios a la vez— hubiera sido preferible a aquella incertidumbre espantosa. Hizo un esfuerzo por pensar en Frodo, que en alguna parte de este sitio terrible yacía dolorido o muerto. Continuó avanzando.

Había dejado atrás las antorchas, y llegado casi a una gran puerta abovedada en el fondo del corredor (la cara interna de la puerta subterránea, adivinó), cuando desde lo alto se elevó un grito aterrador y sofocado. Sam se detuvo en seco. En seguida oyó pasos que se acercaban. Allí, justo por encima de él, alguien bajaba de prisa una escalera.

La voluntad de Sam, lenta y debilitada, no pudo contener el movimiento de la mano: tironeando de la cadena, aferró el Anillo. Pero no llegó a ponérselo en el dedo, pues en el preciso instante en que lo apretaba contra el pecho, un orco saltó de un vano oscuro a la derecha, y se precipitó hacia él. Cuando estuvo a no más de seis pasos de distancia, levantó la cabeza, y descubrió a Sam. Sam oyó la respiración jadeante del orco, y vio el fulgor de los ojos inyectados en sangre. El orco se detuvo, despavorido. Porque lo que vio no fue un hobbit pequeño y asustado tratando de sostener con mano firme una espada: vio una gran forma silenciosa, embozada en una sombra gris, que se erguía ante él a la trémula luz de las antorchas; en una mano esgrimía una espada, cuya sola luz era un dolor lacerante; la otra la tenía apretada contra el pecho, escondiendo alguna amenaza innominada de poder y destrucción.

El orco se agazapó un momento, y en seguida, con un alarido espeluznante dio media vuelta y huyó por donde había venido. Jamás un perro a la vista de la inesperada fuga de un adversario con el rabo entre las piernas se sintió más envalentonado que Sam en aquel momento. Con un grito de triunfo, partió en persecución del fugitivo.

—¡Sí! ¡El guerrero elfo anda suelto! —exclamó—. Ya voy y te alcanzo. ¡O me indicas el camino para subir, o te desuello!

Pero el orco estaba en su propia guarida, era ágil, y comía bien. Sam era un extraño, y estaba hambriento y cansado. La escalera subía en espiral, alta y empinada. Sam empezó a respirar con dificultad. Y el orco no tardó en desaparecer, y ya sólo se oía, cada vez más débil, el golpeteo de los pies que corrían y trepaban. De tanto en tanto el orco lanzaba un grito y el eco resonaba en las paredes. Pero poco a poco los pasos se perdieron a lo lejos.

Sam avanzaba pesadamente. Tenía la impresión de estar en el buen camino y esto le daba nuevos ánimos. Soltó el Anillo y se ajustó el cinturón.

—¡Bravo! —dijo—. Si a todos les disgustamos tanto, Dardo y yo, las cosas pueden terminar mejor de lo que yo pensaba. En todo caso, parece que Shagrat, Gorbag y compañía han hecho casi todo mi trabajo. ¡Fuera de esa rata asustada, creo que no queda nadie con vida en este lugar!

Y entonces se detuvo bruscamente como si se hubiese golpeado la cabeza contra el muro de piedra. De pronto, con la fuerza de un golpe, entendió lo que acababa de decir. «¡No queda nadie con vida!» ¿De quién había sido entonces aquel escalofriante grito de agonía?

—¡Frodo, Frodo! ¡Mi amo! —gritó, casi sollozando—. Si te han matado ¿qué haré? Bueno, estoy llegando al final, a la cúspide, y veré lo que haya que ver.

Subía y subía. Salvo una que otra antorcha encendida en un recodo de la escalera, o junto a una de las entradas que conducían a los niveles superiores de la Torre, todo era oscuridad. Sam trató de contar los peldaños, pero después de los doscientos perdió la cuenta. Ahora avanzaba con sigilo, pues creía oír unas voces que hablaban un poco más arriba. Al parecer, quedaba con vida más de una rata.

De pronto, cuando empezaba a sentir que le faltaba el aliento, que las rodillas no le obedecían, la escalera terminó. Sam se quedó muy quieto. Las voces se oían ahora fuertes y cercanas. Miró a su alrededor. Había subido hasta el techo plano del tercer nivel, el más elevado de la Torre: un espacio abierto de unas veinte yardas de lado, rodeado de un parapeto bajo. En el centro mismo de la terraza desembocaba la escalera, cubierta por una cámara pequeña y abovedada, con puertas bajas orientadas al este y al oeste. Abajo, hacia el este, Sam vio la llanura dilatada y sombría de Mordor, y a lo lejos la montaña incandescente. Una nueva marejada hervía ahora en los cauces profundos, y los ríos de fuego ardían tan vivamente que aún a muchas millas de distancia iluminaban la torre con un resplandor bermejo. La base de la torre de atalaya, cuyo cuerno superaba en altura las crestas de las colinas próximas, ocultaba el oeste. En una de las troneras brillaba una luz. La puerta asomaba a no más de diez yardas de Sam. Estaba en tinieblas pero abierta, y de allí, de la oscuridad, venían las voces.

Al principio Sam no les prestó atención; dio un paso hacia afuera por la puerta del este y miró alrededor. Al instante advirtió que allá arriba la lucha había sido más cruenta. El patio estaba atiborrado de cadáveres, cabezas y miembros de orcos mutilados. Un olor a muerte flotaba en el lugar. Se oyó un gruñido, seguido de un golpe y un grito, y Sam buscó de prisa un escondite. Una voz de orco se elevó, iracunda, y él la reconoció inmediatamente, áspera, brutal y fría: era Shagrat, Capitán de la Torre.

—¿Así que no volverás? ¡Maldito seas, Snaga, gusano infecto! Te equivocas si crees que estoy tan estropeado como para que puedas burlarte de mí. Ven, y te arrancaré los ojos, como se los acabo de arrancar a Radbug. Y cuando lleguen algunos muchachos de refuerzo, me ocuparé de ti: te mandaré a Ella-Laraña.

—No vendrán, no antes de que hayas muerto, en todo caso —respondió Snaga con acritud—. Te dije dos veces que los cerdos de Gorbag fueron los primeros en llegar a la puerta, y que de los nuestros no salió ninguno. Lagduf y Muzgash consiguieron escapar, pero los mataron. Lo vi desde una ventana, te lo aseguro. Y fueron los últimos.

—Entonces tienes que ir. De todos modos yo estoy obligado a quedarme. ¡Que los Pozos Negros se traguen a ese inmundo rebelde de Gorbag! —La voz de Shagrat se perdió en una retahíla de insultos y maldiciones.— Él se llevó la peor parte, pero consiguió apuñalarme, esa escoria, antes que yo lo estrangulase. Irás, o te comeré vivo. Es preciso que las noticias lleguen a Lugbúrz, o los dos iremos a parar a los Pozos Negros. Sí, tú también. No creas que te salvarás escondiéndote aquí.

—No pienso volver a bajar por esa escalera —gruñó Snaga—, seas o no mi capitán. ¡Nooo! Y aparta las manos de tu cuchillo, o te ensartaré una flecha en las tripas. No serás capitán por mucho tiempo cuando ellos se enteren de todo lo que pasó. Combatí por la Torre contra esas pestilentes ratas de Morgul, pero menudo desastre habéis provocado vosotros dos, valientes capitanes, al disputaros el botín.

—Ya has dicho bastante —gruñó Shagrat—. Yo tenía órdenes. Fue Gorbag quien empezó, al tratar de birlarme la bonita camisa.

—Sí, pero tú lo sacaste de sus casillas, con tus aires de superioridad. Y de todos modos, él fue más sensato que tú. Te dijo más de una vez que el más peligroso de estos espías todavía anda suelto, y no quisiste escucharlo. Y ahora tampoco quieres escuchar. Te digo que Gorbag tenía razón. Hay un gran guerrero que anda merodeando por aquí, uno de esos Elfos sanguinarios, o uno de esos *tarcos** inmundos. Te digo que viene hacia aquí. Has oído la campana. Pudo eludir a los Centinelas, y eso es cosa de

* Hombre de Gondor; cf. Apéndice F, p. 556.

tarcos. Está en la escalera. Y hasta que no salga de allí, no pienso bajar. Ni aunque fuera un Nazgûl lo haría.

—Con que esas tenemos ¿eh? —aulló Shagrat—. ¿Harás esto, y no harás aquello? ¿Y cuando llegue, saldrás disparado y me abandonarás? ¡No, no lo harás! ¡Antes te llenaré la panza de agujeros rojos!

Por la puerta de la torre de atalaya salió volando Snaga, el orco más pequeño. Y detrás de él apareció Shagrat, un orco enorme cuyos largos brazos, al correr encorvado, tocaban el suelo. Pero uno de los brazos le colgaba inerte, y parecía estar sangrando; con el otro apretaba un gran bulto negro. Desde detrás de la puerta de la escalera, Sam alcanzó a ver a la luz roja la cara maligna del orco: estaba marcada como por garras afiladas y embadurnada de sangre; de los colmillos salientes le goteaba la baba; la boca gruñía como un animal.

Por lo que Sam pudo ver, Shagrat persiguió a Snaga alrededor del techo hasta que el orco más pequeño se agachó y logró esquivarlo; dando un alarido, corrió hacia la torre y desapareció. Shagrat se detuvo. Desde la puerta que miraba al este, Sam lo veía ahora junto al parapeto, jadeando, abriendo y cerrando débilmente la garra izquierda. Dejó el bulto en el suelo, y con la garra derecha extrajo un gran cuchillo rojo y escupió sobre él. Fue hasta el parapeto, e inclinándose se asomó al lejano patio exterior. Gritó dos veces pero no le respondieron.

De pronto, mientras Shagrat seguía inclinado sobre la almena, de espaldas al techo, Sam vio con asombro que uno de los supuestos cadáveres empezaba a moverse: se arrastraba. Estiró una garra y tomó el bulto. Se levantó, tambaleándose. La otra mano empuñaba una lanza de punta ancha y mango corto y quebrado. La alzó preparándose para asestar una estocada mortal. De pronto, un siseo se le escapó entre los dientes, un jadeo de dolor o de odio. Rápido como una serpiente Shagrat se hizo a un lado, dio media vuelta y hundió el cuchillo en la garganta del enemigo.

—¡Te pesqué, Gorbag! —vociferó—. No estabas muerto del todo ¿eh? Bueno, ahora completaré mi obra. —Saltó sobre el cuerpo caído, pateándolo y pisoteándolo con furia, mientras se agachaba una y otra vez para acuchillarlo. Satisfecho al fin, levantó la cabeza con un horrible y gutural alarido de triunfo. Lamió el puñal, se lo puso entre los dientes, y recogiendo el bulto se encaminó cojeando hacia la puerta más cercana de la escalera.

Sam no tuvo tiempo de reflexionar. Hubiera podido escabullirse por la otra puerta, pero difícilmente sin ser visto; y no hubiera podido jugar mucho tiempo al escondite con aquel orco abominable. Hizo sin duda lo mejor que podía hacer en aquellas circunstancias. Dio un grito, y salió de un salto al encuentro de Shagrat. Aunque ya no lo apretaba contra el pecho, el Anillo estaba presente: un poder oculto, una amenaza para los esclavos de Mordor; y en la mano tenía a Dardo, cuya luz hería los ojos del orco como el centelleo de las estrellas crueles en los temibles países élficos, y que se aparecían a los de su raza en unas pesadillas de terror helado. Y Shagrat no podía pelear y retener al mismo tiempo el tesoro. Se detuvo, gruñendo, mostrando los colmillos. Entonces una vez más, a la manera de los orcos, saltó a un lado, y utilizando el pesado bulto como arma y escudo, en el momento en que Sam se abalanzaba sobre él, se lo arrojó con fuerza a la cara. Sam trastabilló, y antes que pudiera recuperarse, Shagrat corría ya escaleras abajo.

Sam se precipitó detrás maldiciendo, pero no llegó muy lejos. Pronto le volvió a la mente el pensamiento de Frodo, y recordó que el otro orco había entrado en la torre. Se encontraba ante otra terrible disyuntiva, y no era tiempo de ponerse a pensar. Si Shagrat lograba huir, pronto regresaría con refuerzos. Pero si Sam lo perseguía, el otro orco podía cometer entre tanto alguna atrocidad. Y de todos modos, quizá Sam no alcanzara a Shagrat, o quizás él lo matara. Se volvió con presteza y corrió escaleras arriba.

—Me imagino que he vuelto a equivocarme —suspiró—. Pero ante todo tengo que subir a la cúspide pase lo que pase.

Allá abajo Shagrat descendió saltando las escaleras, cruzó el patio y traspuso la puerta, siempre llevando la preciosa carga. Si Sam hubiera podido verlo e imaginarse las tribulaciones que desencadenaría esta fuga, quizás habría vacilado. Pero ahora estaba resuelto a proseguir la busca hasta el fin. Se acercó con cautela a la puerta de la torre y entró. Dentro, todo era oscuridad. Pero la mirada alerta del hobbit pronto distinguió una luz tenue a la derecha. Venía de una abertura que daba a otra escalera estrecha y oscura: y parecía subir en espiral alrededor de la pared exterior de la torre. Arriba, en algún lugar, brillaba una antorcha.

Sam empezó a trepar en silencio. Llegó hasta la antorcha que vacilaba en lo alto de una puerta a la izquierda, frente a una tronera que miraba al oeste: uno de los ojos rojos que Frodo y él vieran desde abajo a la entrada del túnel. Pasó la puerta rápidamente y subió de prisa hasta la segunda rampa, temiendo a cada momento que lo atacaran o unos dedos lo estrangularan apretándole el cuello desde atrás. Se acercó a una ventana que miraba al este; otra puerta iluminada por una antorcha se abría a un corredor en el centro de la torre. La puerta estaba entornada y el corredor a oscuras, excepto por la lumbre de la antorcha y el resplandor rojo que se filtraba a través de la tronera. Pero aquí la escalera se interrumpía. Sam se deslizó por el corredor. A cada lado había una puerta baja; las dos estaban cerradas. No se oía ningún ruido.

—Un callejón sin salida —masculló Sam—, ¡después de tanto subir! No es posible que ésta sea la cúspide de la torre. ¿Pero qué puedo hacer ahora?

Volvió a todo correr a la rampa inferior y probó la puerta. No se movió. Subió otra vez corriendo; el sudor empezaba a gotearle por la cara. Sentía que cada minuto era precioso, pero uno a uno se le escapaban; y nada podía hacer. Ya no le preocupaban Shagrat ni Snaga ni ningún orco alguna vez nacido. Sólo quería encontrar a Frodo, volver a verle la cara, tocarle la mano.

Por fin, cansado y sintiéndose vencido, se sentó en un escalón, bajo el nivel del suelo del corredor, y hundió la cabeza entre las manos. El silencio era inquietante. La antorcha ya casi consumida chisporroteó y se extinguió; y las tinieblas lo envolvieron como una marea. Pronto, sorprendido él mismo, impulsado no sabía por qué pensamiento oculto, al término de aquella larga e infructuosa travesía, Sam se puso a cantar en voz baja.

En aquella torre fría y oscura la voz de Sam sonaba débil y temblorosa: la voz de un hobbit desesperanzado y exhausto que un orco nunca podría confundir con el canto claro de un Señor de los Elfos. Canturreó viejas tonadas infantiles de la Comarca, y fragmentos de los poemas del señor Bilbo que le venían a la memoria como visiones fugitivas del hogar. Y de pronto, como animada por una nueva fuerza, la voz de Sam vibró, improvisando palabras que se ajustaban a aquella tonada sencilla.

> *En las tierras del Oeste bajo el sol*
> *las flores crecen en Primavera,*
> *los árboles brotan, las aguas fluyen,*
> *los pinzones cantan.*
> *O quizás es una noche sin nubes*
> *y de las hayas que se mecen,*
> *entre el ramaje del cabello,*
> *las Estrellas Élficas*
> *cuelgan como joyas blancas.*
>
> *Aquí yazgo, al término de mi viaje*
> *hundido en una oscuridad profunda:*
> *más allá de todas las montañas escarpadas,*
> *por encima de todas las sombras cabalga el Sol*
> *y eternamente moran las Estrellas.*
> *Ni diré que el Día ha terminado,*
> *ni he de decir adiós a las Estrellas.*

—Más allá de todas las torres altas y poderosas —recomenzó, y se interrumpió de golpe. Creyó oír una voz lejana que le respondía. Pero ahora no oía nada. Sí, algo oía, pero no una voz: pasos que se acercaban. Arriba en el corredor se abrió una puerta: rechinaban los goznes. Sam se acurrucó, escuchando. La puerta se cerró con un golpe sordo; y la voz gruñona de un orco resonó en el corredor.

—¡Eh! ¡Tú ahí arriba, rata de albañal! Acaba con tus chillidos, o iré a arreglar cuentas contigo. ¿Me has oído?

No hubo respuesta.

—Está bien —refunfuñó Snaga—. De todos modos iré a echarte un vistazo, a ver en qué andas.

Los goznes volvieron a rechinar, y Sam, espiando desde el umbral del pasadizo, vio el parpadeo de una luz en un portal abierto, y la silueta imprecisa de un orco que se aproximaba. Parecía cargar una escalera de mano. Y de pronto comprendió: el acceso a la cámara más alta era una puerta trampa en el techo del corredor. Snaga lanzó la escalerilla hacia arriba, la afirmó, y trepó por ella hasta desaparecer. Sam lo oyó quitar un cerrojo. Luego la voz aborrecible habló de nuevo.

—¡Te quedas quieto, o las pagarás! Sospecho que ya no vivirás mucho; pero si no quieres que el baile empiece ahora mismo, cierra el pico, ¿me has oído? ¡Aquí va una muestra!

Y se oyó el restallido de un látigo.

Una furia repentina se encendió entonces en el corazón de Sam. Se levantó de un salto, corrió y trepó como un gato por la escalerilla. Asomó la cabeza en el suelo de una amplia cámara redonda. Una lámpara roja colgaba del techo; la tronera que miraba al este era alta y estaba oscura. En el suelo junto a la pared y bajo la ventana yacía una forma, y sobre ella, a horcajadas, se veía la figura negra de un orco. Levantó el látigo por segunda vez, pero el golpe nunca cayó.

Sam, Dardo en mano, lanzó un grito y entró en la habitación. El orco giró en redondo, pero antes que pudiera hacer un solo movimiento, Sam le cortó la mano que empuñaba el látigo. Aullando de dolor y de miedo, en un intento desesperado, el orco se arrojó de cabeza contra Sam. La estocada siguiente no dio en el blanco; Sam perdió el equilibrio y al caer hacia atrás se aferró al orco que se derrumbaba sobre él. Antes que pudiera incorporarse oyó un alarido y un golpe sordo. El orco, al huir, había chocado con el cabezal de la escalerilla, precipitándose por la abertura de la puerta-trampa. Sam no se ocupó más de él. Corrió hacia la figura encogida en el suelo. Era Frodo.

Estaba desnudo, y yacía como desvanecido sobre un montón de trapos mugrientos; tenía el brazo levantado, protegiéndose la cabeza, y la huella cárdena de un latigazo le marcaba el flanco.

—¡Frodo! ¡Querido señor Frodo! —gritó Sam, casi cegado por las lágrimas—. ¡Soy Sam, he llegado! —Levantó a medias a su amo y lo estrechó contra el pecho. Frodo abrió los ojos.

—¿Todavía estoy soñando? —musitó—. Pero los otros sueños eran pavorosos.

—No, mi amo, no está soñando —dijo Sam—. Es real. Soy yo. He llegado.

—Casi no puedo creerlo —dijo Frodo, aferrándose a él—. ¡Había un orco con un látigo, y de pronto se transforma en Sam! Entonces, después de todo, no estaba soñando cuando oí cantar ahí abajo, y traté de responder. ¿Eras tú?

—Sí, señor Frodo, era yo. Casi había perdido las esperanzas. No podía encontrarlo a usted.

—Bueno, ahora me has encontrado, querido Sam —dijo Frodo, y se reclinó en los brazos afectuosos de Sam, y cerró los ojos como un niño que descansa tranquilo cuando una mano o una voz amada han ahuyentado los miedos de la noche.

Sam hubiera deseado permanecer así, eternamente feliz, hasta el fin del mundo: pero no le estaba permitido. No bastaba que hubiera encontrado a Frodo, todavía tenía que tratar de salvarlo. Le besó la frente.

—¡Vamos! ¡Despierte, señor Frodo! —dijo, procurando parecer tan animado como cuando en Bolsón Cerrado abría las cortinas de la alcoba en las mañanas de estío.

Frodo suspiró y se incorporó.

—¿Dónde estamos? ¿Cómo llegué aquí? —preguntó.

—No hay tiempo para historias hasta que lleguemos a alguna otra parte, señor Frodo —dijo Sam—. Pero estamos en la cúspide de la torre que vimos allá abajo, cerca del túnel, antes que los orcos lo capturasen. Cuánto tiempo hace de esto, no lo sé. Más de un día, sospecho.

—¿Nada más? —dijo Frodo—. Parece que fueran semanas. Si hay una oportunidad, tendrás que contármelo todo. Algo me golpeó ¿no es así? Y me hundí en las tinieblas y en sueños horripilantes, y al despertar descubrí que la realidad era peor aún. Estaba rodeado de orcos. Creo que me habían estado echando por la garganta algún brebaje inmundo y ardiente. La cabeza se me iba despejando, pero me sentía dolorido y agotado. Me desnudaron por completo, y luego vinieron dos bestias gigantescas y me interrogaron, me interrogaron hasta que creí volverme loco; y me acosaban, y se regodeaban viéndome sufrir, y mientras tanto acariciaban los cuchillos. Nunca podré olvidar aquellas garras, aquellos ojos.

—No los olvidará, si sigue hablando de ellos, señor Frodo —dijo Sam—. Si no queremos verlos otra vez, cuanto antes salgamos de aquí, mejor que mejor. ¿Puede caminar?

—Sí, puedo —dijo Frodo, mientras se ponía de pie con lentitud—. No estoy herido, Sam. Sólo que me siento muy fatigado, y me duele aquí. —Se tocó la nuca por encima del hombro izquierdo. Y cuando se irguió, Sam tuvo la impresión de que estaba envuelto en llamas: a la luz de la lámpara que pendía del techo la piel desnuda de Frodo tenía un tinte escarlata. Dos veces recorrió Frodo la habitación de extremo a extremo.

"¡Me siento mejor! —dijo, un tanto reanimado—. No me atrevía ni a moverme cuando me dejaban solo, pues en seguida venía uno de los guardias. Hasta que comenzó la pelea y el griterío. Los dos brutos grandes: se peleaban, creo. Por mí o por mis cosas. Y yo yacía allí, aterrorizado. Y luego siguió un silencio de muerte, lo que era aún peor.

—Sí, se pelearon, evidentemente —dijo Sam—. Creo que había aquí más de doscientas de esas criaturas infectas. Demasiado para Sam Gamyi, diría yo. Pero se mataron todos entre ellos. Fue una suerte, pero es un tema demasiado largo para inventar una canción, hasta que hayamos salido de aquí. ¿Qué haremos ahora? Usted no puede pasearse en cueros por la Tierra Tenebrosa, señor Frodo.

—Se han llevado todo, Sam —dijo Frodo—. Todo lo que tenía. ¿Entiendes? ¡*Todo!* —Se acurrucó en el suelo con la cabeza gacha, abrumado por la desesperación, al comprender, a medida que hablaba, la magnitud del desastre.— La misión ha fracasado, Sam. Aunque logremos salir de aquí, no podremos escapar. Sólo quizá los Elfos. Lejos, lejos de la Tierra Media, allá del otro lado del Mar. Si es bastante ancho para escapar a la mano de la Sombra.

—No, *no todo*, señor Frodo. Y no ha fracasado, aún no. Yo lo tomé, señor Frodo, con el perdón de usted. Y lo he guardado bien. Ahora lo tengo colgado del cuello, y por cierto que es una carga terrible. —Sam buscó a tientas el Anillo en la cadena.— Pero supongo que tendré que devolvérselo. —Ahora que había llegado el momento, Sam se resistía a dejar el Anillo y cargar nuevamente a su amo con aquel fardo.

—¿Lo tienes? —jadeó Frodo—. ¿Lo tienes aquí? ¡Sam, eres una maravilla! —De improviso, la voz de Frodo cambió extrañamente.— ¡Dámelo! —gritó, poniéndose de pie, y extendiendo una mano trémula—. ¡Dámelo ahora mismo! ¡No es para ti!

—Está bien, señor Frodo —dijo Sam, un tanto sorprendido—. ¡Aquí lo tiene! —Sacó lentamente el Anillo y se pasó la cadena por encima de la cabeza.— Pero usted está ahora en el país de Mordor, señor; y cuando salga, verá la Montaña de Fuego, y todo lo demás. Ahora el Anillo le parecerá muy peligroso, y una carga muy pesada de soportar. Si es una faena demasiado ardua, yo quizá podría compartirla con usted.

—¡No, no! —gritó Frodo, arrancando el Anillo y la cadena de las manos de Sam—. ¡No, no lo harás, ladrón! —Jadeaba, mirando a Sam con los ojos grandes de miedo y hostilidad. Entonces, de pronto, cerrando el puño con fuerza alrededor del Anillo, se interrumpió, espantado. Se pasó una mano por la frente dolorida, como disipando una niebla que le empañaba los ojos. La visión abominable le había parecido tan real, atontado como estaba aún a causa de la herida y el miedo. Había visto cómo Sam se transformaba otra vez en un orco, una pequeña criatura infecta de boca babeante, que pretendía arrebatarle un codiciado tesoro. Pero la visión ya había desaparecido. Ahí estaba Sam de rodillas, la cara contraída de pena, como si le hubieran clavado un puñal en el corazón, los ojos arrasados en lágrimas.

«¡Oh, Sam! —gritó Frodo—. ¿Qué he dicho? ¿Qué he hecho? ¡Perdóname! Hiciste tantas cosas por mí. Es el horrible poder del Anillo. Ojalá nunca, nunca lo hubiese encontrado. Pero no te preocupes por mí, Sam. Tengo que llevar esta carga hasta el final. Nada puede cambiar. Tú no puedes interponerte entre mí y este malhadado destino.

—Está bien, señor Frodo —dijo Sam, mientras se restregaba los ojos con la manga—. Lo entiendo. Pero todavía puedo ayudarlo, ¿no? Tengo que sacarlo de aquí. En seguida, ¿comprende? Pero primero necesita algunas ropas y avíos, y luego algo de comer. Las ropas serán lo más fácil. Como estamos en Mordor, lo mejor será vestirnos a la usanza de Mordor; de todos modos no hay otra opción. Me temo que tendrán que ser ropas orcas para usted, señor Frodo. Y para mí también. Si tenemos que ir juntos, convendrá que estemos vestidos de la misma manera. ¡Ahora envuélvase en esto!

Sam se desabrochó la capa gris y la echó sobre los hombros de Frodo. Luego, desatándose la mochila, la depositó en el suelo. Sacó a Dardo de la vaina. La hoja de la espada apenas centelleaba. —Me olvidaba de esto, señor Frodo —dijo—. ¡No, no se llevaron todo! No sé si usted recuerda que me prestó a Dardo, y el frasco de la Dama. Todavía los tengo conmigo. Pero préstemelos un rato más, señor Frodo. Iré a ver qué puedo encontrar. Usted quédese aquí. Camine un poco y estire las piernas. Yo no tardaré. No tendré que alejarme mucho.

—¡Cuidado, Sam! —gritó Frodo— ¡Y date prisa! Puede haber orcos vivos todavía, esperando en acecho.

—Tengo que correr el riesgo —dijo Sam. Fue hacia la puerta trampa y se deslizó por la escalerilla. Un momento después volvió a asomar la cabeza. Arrojó al suelo un cuchillo largo—. Ahí tiene algo que puede serle útil —dijo—. Está muerto el que le dio el latigazo. La prisa le quebró el pescuezo, parece. Ahora, si puede, señor Frodo, levante la escalerilla; y no la vuelva a bajar hasta que me oiga gritar la contraseña. *Elbereth,* gritaré. Es lo que dicen los Elfos. Ningún orco lo diría.

Frodo permaneció sentado un rato, temblando, asaltado por una sucesión de imágenes aterradoras. Luego se levantó, se ciñó la capa élfica, y para mantener la mente ocupada, comenzó a pasearse de un lado a otro, escudriñando y espiando cada recoveco de la prisión.

No había pasado mucho tiempo, aunque a Frodo le pareció por lo menos una hora, cuando oyó la voz de Sam que llamaba quedamente desde abajo: *Elbereth, Elbereth.* Frodo soltó la escalerilla. Sam subió, resoplando; llevaba un bulto grande sobre la cabeza. Lo dejó caer en el suelo con un golpe sordo.

—¡De prisa ahora, señor Frodo! —dijo—. Tuve que buscar un buen rato hasta encontrar algo pequeño como para nosotros. Tendremos que arreglarnos, pero de prisa. No he tropezado con nadie, ni he visto nada, pero no estoy tranquilo. Creo que este lugar está siendo vigilado. No lo puedo explicar, pero tengo la impresión de que uno de esos horribles Jinetes anda por aquí, volando en la oscuridad donde no se le puede ver.

Abrió el atado. Frodo miró con repugnancia el contenido, pero no había otro remedio: tenía que ponerse esas prendas, o salir desnudo. Había un par de pantalones de montar largos y peludos confeccionados con el pellejo de alguna bestia inmunda, y una túnica sucia de cuero. Se los puso. Sobre la túnica iba una cota de malla redonda, corta para un orco adulto, pero demasiado larga para Frodo, y pesada por añadidura. Se la ajustó con un cinturón, del que pendía una vaina corta con una espada de hoja ancha y afilada. Sam había traído varios yelmos de orcos. Uno de ellos le quedaba bastante bien a Frodo: un capacete negro con guarnición de hierro, y argollas de hierro revestidas de cuero; sobre el cubre-nariz en forma de pico brillaba pintado en rojo el Ojo maléfico.

—Las prendas de Morgul, las de los hombres de Gorbag, nos habrían sentado mejor y eran de más calidad —dijo Sam—; pero hubiera sido peligroso andar por Mordor con las insignias de esa gente, después de los problemas que hubo aquí. Bien, ahí tiene, señor Frodo. Un perfecto orco pequeño, si me permite el atrevimiento, o lo parecería de verdad si pudiésemos cubrirle la cara con una máscara, estirarle los brazos y hacerlo patizambo. Con esto disimulará algunas fallas del disfraz. —Le puso sobre los hombros un amplio capote negro.— ¡Ya está pronto! A la salida podrá escoger un escudo.

—¿Y tú, Sam? ¿No dijiste que iríamos vestidos los dos iguales?

—Bueno, señor Frodo, he estado reflexionando —dijo Sam—. No es conveniente que deje mis cosas aquí, pero tampoco podemos destruirlas. Y no me puedo poner una malla de orco encima de todas mis ropas, ¿no? Tendré que encapucharme de la cabeza a los pies.

Se arrodilló, y doblando con cuidado la capa élfica, la convirtió en un rollo asombrosamente pequeño. Lo guardó en la mochila que estaba en el suelo, e irguiéndose se la cargó a la espalda; se puso en la cabeza un casco orco y se echó otro capote negro sobre los hombros. —¡Listo! —dijo—. Ahora estamos iguales, casi. ¡Y es hora de partir!

—No podré hacer todo el trayecto en una sola etapa, Sam —dijo Frodo con una sonrisa forzada—. Me imagino que habrás averiguado si hay posadas en el camino. ¿O has olvidado que necesitaremos comer y beber?

—¡Córcholis, sí, lo olvidé! —Sam silbó, desanimado—. ¡Ay, señor Frodo, me ha dado usted un hambre y una sed! No recuerdo cuándo fue la última vez que una gota o un bocado me pasó por los labios. Tratando de encontrarlo a usted, no lo he pensado más. ¡Pero espere! La última vez que miré todavía me quedaba bastante de ese pan del camino, y lo que nos dio el Capitán Faramir, como para mantenernos en pie un par de semanas. Pero si en mi botella queda algo, no ha de ser más que una gota. De ninguna manera va a alcanzar para dos. ¿Acaso los orcos no comen, no beben? ¿O sólo viven de aire rancio y de veneno?

—No, comen y beben, Sam. La Sombra que los engendró sólo puede remedar, no crear: no seres verdaderos, con vida propia. No creo que haya dado vida a los orcos, pero los malogró y los pervirtió; y si están vivos, tienen que vivir como los otros seres vivos. Se alimentarán de aguas estancadas y carnes putrefactas, si no consiguen otra cosa, pero no de veneno. A mí me han dado de comer, y estoy en mejores condiciones que tú. Por aquí, en alguna parte, tiene que haber agua y víveres.

—Pero no hay tiempo para buscarlos —dijo Sam.

—Bueno, las cosas no pintan tan mal como piensas —dijo Frodo—. En tu ausencia tuve un golpe de suerte. En realidad, no se llevaron todo. Encontré mi saco de provisiones entre algunos trapos tirados en el suelo. Lo revisaron, naturalmente. Pero supongo que el aspecto y el olor de las *lembas* les repugnó tanto o más que a Gollum. Las encontré desparramadas por el suelo y algunas estaban rotas y pisoteadas, pero pude recogerlas. No es mucho más de lo que tú tienes. En cambio se llevaron las provisiones de Faramir, y acuchillaron la cantimplora.

—Bueno, no hay nada más que hablar —dijo Sam—. Tenemos lo suficiente para ahora. Pero lo del agua va a ser un problema. No importa, señor Frodo, ¡coraje! En marcha, o de nada nos servirá todo un lago.

—No, no me moveré de aquí hasta que hayas comido, Sam —dijo Frodo—. Aquí tienes, come esta galleta élfica, y bébete la última gota de tu botella. Esta aventura es un desatino y no vale la pena preocuparse por el mañana. Lo más probable es que no llegue.

Al fin se pusieron en marcha. Bajaron por la escalera de mano, y Sam la descolgó y la dejó en el pasadizo junto al cuerpo encogido del orco. La escalera estaba en tinieblas, pero en el tejado se veía aún el resplandor de la Montaña, ahora de un rojo mortecino. Recogieron dos escudos para completar el disfraz, y siguieron caminando.

Bajaron pesadamente la larga escalera. La cámara de la torre donde se habían reencontrado parecía casi acogedora ahora que estaban otra vez al aire libre, y el terror corría a lo largo de los muros. Aunque todo hubiera muerto en Cirith Ungol, la Torre se alzaba aún envuelta en miedo y maldad.

Llegaron por fin a la puerta del patio exterior, y se detuvieron. Ya allí podían sentir sobre ellos la malicia de los centinelas: formas negras y silenciosas apostadas a cada lado de la puerta, por la que alcanzaban a verse los fulgores de Mordor. Los pies les pesaban cada vez más a medida que avanzaban entre los cadáveres repugnantes de los orcos. Y aún no habían llegado a la arcada cuando algo los paralizó. Intentar dar un paso más era doloroso y agotador para la voluntad y para los miembros.

Frodo no se sentía con fuerzas para semejante batalla. Se dejó caer en el suelo.

—No puedo seguir, Sam —murmuró—. Me voy a desmayar. No sé qué me pasa.

—Yo lo sé, señor Frodo. ¡Manténgase en pie! Es la puerta. Está embrujada. Pero si pude entrar, también podré salir. No es posible que ahora sea más peligrosa que antes. ¡Adelante!

Volvió a sacar la redoma élfica de Galadriel. Como para rendir homenaje al temple del hobbit, y agraciar con esplendor la mano fiel y morena que había llevado a cabo tantas proezas, el frasco brilló súbitamente iluminando el patio en sombras con una luz deslumbradora, como un relámpago; pero era una luz firme, y que no se extinguía.

—*Gilthoniel, A Elbereth!* —gritó Sam. Sin saber por qué, su pensamiento se había vuelto de pronto a los Elfos de la Comarca, y al canto que había ahuyentado al Jinete Negro oculto entre los árboles.

—*Alya elenion ancalima!* —gritó Frodo, detrás de Sam.

La voluntad de los Centinelas se quebró de repente como una cuerda demasiado tensa, y Frodo y Sam trastabillaron. Pero en seguida echaron a correr. Traspusieron la puerta y dejaron atrás las grandes figuras sentadas de ojos fulgurantes. Se oyó un estallido. La dovela de la arcada se derrumbó casi sobre los talones de los fugitivos, y el muro superior se desmoronó, cayendo en ruinas. Habían escapado. Repicó una campana; y un gemido agudo y horripilante se elevó de los Centinelas. Desde muy arriba, desde la oscuridad, llegó una respuesta. Del cielo tenebroso descendió como un rayo una figura alada, desgarrando las nubes con un grito siniestro.

2

EL PAÍS DE LA SOMBRA

Sam apenas alcanzó a esconder el frasco en el pecho.

—¡Corra, señor Frodo! —gritó—. ¡No, por ahí no! Del otro lado del muro hay un precipicio. ¡Sígame!

Huyeron camino abajo y se alejaron de la puerta. Unos cincuenta pasos más adelante, la senda contorneó uno de los bastiones del risco, y los ocultó a los ojos de la Torre. Por el momento estaban a salvo. Se agazaparon contra las rocas y respiraron llevándose las manos al pecho. Posado ahora en lo alto del muro junto a la puerta en ruinas, el Nazgûl lanzaba sus gritos funestos. Los ecos retumbaban entre los riscos.

Avanzaron tropezando, aterrorizados. Pronto el camino dobló bruscamente hacia el este, y por un momento los expuso a la mirada pavorosa de la Torre. Echaron a correr, y al volver la cabeza vieron la gran forma negra encaramada en la muralla, y se internaron en una garganta que descendía en rápida pendiente al camino de Morgul. Así llegaron a la encrucijada. No había aún señales de los orcos, ni había habido respuesta al grito del Nazgûl; pero sabían que aquel silencio no podía durar mucho, que de un momento a otro comenzaría la persecución.

—Todo esto es inútil —dijo Frodo—. Si fuésemos orcos de verdad, estaríamos ahora corriendo hacia la Torre en vez de huir. El primer enemigo con que nos topemos nos reconocerá. De alguna manera tenemos que salir de este camino.

—Pero es imposible —dijo Sam—. No sin alas.

Las laderas orientales de Ephel Dúath caían a pique en una sucesión de riscos y precipicios hacia la cañada negra que se abría entre ellos y la cadena interior. No lejos del cruce, luego de trepar otra cuesta empinada, el camino se prolongaba en un puente volante de piedra, cruzaba el abismo, y se internaba por fin en faldas desmoronadas y en los valles del Morgai. En una carrera desesperada, Frodo y Sam llegaron al puente, pero ya antes de cruzar comenzaron a oír los gritos y la algarabía. A lo lejos, a espaldas de ellos, asomaba en la cresta la Torre de Cirith Ungol, y las piedras centelleaban ahora con un fulgor mortecino. De improviso la campana discordante tañó otra vez. Sonaron los cuernos. Y del otro lado de la cabecera del puente llegaron los clamores de respuesta. Allá abajo, en la hondonada sombría, oculta a los fulgores moribundos del Orodruin, no veían nada, pero oían ya las pisadas de unas botas de hierro, y allá arriba en el camino resonaba el repiqueteo de unos cascos.

—¡Pronto, Sam! ¡Saltemos! —gritó Frodo. Se arrastraron hasta el parapeto bajo del puente. Por fortuna, ya no había peligro de que se despeñaran, pues las laderas del Morgai se elevaban casi hasta el nivel del camino; pero había demasiada oscuridad para que pudieran estimar la profundidad del precipicio.

—Bueno, allá voy, señor Frodo —dijo Sam—. ¡Hasta la vista!

Se dejó caer. Frodo lo siguió. Y mientras caían oyeron el galope de los jinetes que pasaban por el puente, y el golpeteo de los pies de los orcos. Sin embargo, de haberse atrevido, Sam se habría reído a carcajadas. Temiendo una caída casi violenta entre rocas invisibles, los hobbits, luego de un descenso de apenas una docena de pies, aterrizaron con un golpe sordo y un crujido en el lugar más inesperado: una maraña de arbustos espinosos. Allí Sam se quedó quieto, chupándose en silencio una mano rasguñada.

Cuando el ruido de los cascos se alejó, se aventuró a susurrar: —¡Por mi alma, señor Frodo, creía que en Mordor no crecía nada! De haberlo sabido, esto sería precisamente lo que me habría imaginado. A juzgar por los pinchazos, estas espinas han de tener un pie de largo; han atravesado todo lo que llevo encima. ¡Por qué no me habré puesto esa cota de malla!

—Las cotas de malla de los orcos no te protegerían de estas espinas —dijo Frodo—. Ni siquiera un justillo de cuero te serviría.

No les fue fácil salir del matorral. Los espinos y las zarzas eran duros como alambres y se les prendían como garras. Cuando al fin consiguieron librarse, tenían las capas desgarradas y en jirones.

—Ahora bajemos, Sam —murmuró Frodo—. Rápido al valle, y luego doblaremos al norte tan pronto como sea posible.

Afuera, en el resto del mundo, nacía un nuevo día, y muy lejos, más allá de las tinieblas de Mordor, el Sol despuntaba en el horizonte, al este de la Tierra Media; pero aquí todo estaba oscuro, como si aún fuera de noche. En la Montaña las llamas se habían extinguido y los rescoldos humeaban bajo las cenizas. El resplandor desapareció poco a poco de los riscos. El viento del este, que no había dejado de soplar desde que partieran de Ithilien, ahora parecía muerto. Lenta y penosamente bajaron gateando en las sombras, a tientas, tropezando, arrastrándose entre peñascos y matorrales y ramas secas, bajando y bajando hasta que ya no pudieron continuar.

Se detuvieron al fin, y se sentaron uno al lado del otro, recostándose contra una roca, sudando los dos.

—Si Shagrat en persona viniera a ofrecerme un vaso de agua, le estrecharía la mano —dijo Sam.

—¡No digas eso! —replicó Frodo—. ¡Sólo consigues empeorar las cosas! —Luego se tendió en el suelo, mareado y exhausto, y no volvió a hablar durante un largo rato. Por fin, se incorporó otra vez, trabajosamente. Descubrió con asombro que Sam se había quedado dormido.— ¡Despierta, Sam! —dijo Frodo—. ¡Vamos! Es hora de hacer otro esfuerzo.

Sam se levantó a duras penas.

—¡Bueno, nunca lo hubiera imaginado! —dijo—. Supongo que el sueño me venció. Hace mucho tiempo, señor Frodo, que no duermo como es debido, y los ojos se me cerraron solos.

Ahora Frodo encabezaba la marcha, yendo todo lo posible hacia el norte, entre las piedras y los peñascos amontonados en el fondo de la gran hondonada. Pero a poco de andar se detuvieron de nuevo.

—No hay nada que hacerle, Sam —dijo—. No puedo soportarla. Esta cota de malla, quiero decir. No hoy, al menos. Aun la cota de mithril me pesaba a veces. Ésta pesa muchísimo más. ¿Y de qué me sirve? De todos modos no será peleando como nos abriremos paso.

—Sin embargo, quizá nos esperen algunos encuentros. Y puede haber cuchillos y flechas perdidas. Para empezar, ese tal Gollum no está muerto. No me gusta pensar que sólo un trozo de cuero lo protege de una puñalada en la oscuridad.

—Escúchame, Sam, hijo querido —dijo Frodo—: estoy cansado, exhausto. No me queda ninguna esperanza. Pero mientras pueda caminar, tengo que tratar de llegar a la Montaña. El Anillo ya es bastante. Esta carga excesiva me está matando. Tengo que deshacerme de ella. Pero no creas que soy desagradecido. Me repugna pensar en ese trabajo que tuviste que hacer entre los cadáveres para encontrarla.

—Ni lo mencione, señor Frodo. ¡Por lo que más quiera! ¡Lo llevaría sobre mis espaldas, si pudiese! ¡Quítesela, entonces!

Frodo se sacó la capa, se despojó de la cota de malla orca y la tiró lejos. Se estremeció ligeramente.

—Lo que en realidad necesito es algún abrigo —dijo—. O ha refrescado, o he tomado frío.

—Puede ponerse mi capa, señor Frodo —dijo Sam. Se descolgó la mochila de la espalda y sacó la capa élfica—. ¿Qué le parece, señor Frodo? Se envuelve en ese trapo orco, y se ajusta el cinturón por fuera. Y encima de todo se pone la capa. No es exactamente a la usanza orca, pero estará más abrigado; y hasta diría que lo protegerá mejor que cualquier otra vestimenta. Fue hecha por la Dama.

Frodo tomó la capa y cerró el broche.

—¡Así me siento mejor! —dijo—. Y mucho más liviano. Ahora puedo continuar. Pero esta oscuridad ciega invade de algún modo el corazón. Cuando estaba preso, Sam, trataba de pensar en el Brandivino, en el Bosque Cerrado, y en El Agua corriendo por el molino en Hobbiton. Pero ahora no puedo recordarlos.

—¡Vamos, señor Frodo, ahora es usted el que habla de agua! —dijo Sam—. Si la Dama pudiera vernos u oírnos, yo le diría: «Señora, todo cuanto necesitamos es luz y agua: sólo un poco de agua pura y la clara luz del día, mejor que cualquier joya, con el perdón de usted». Pero estamos muy lejos de Lórien. —Suspiró y movió una mano señalando las cumbres de Ephel Dúath, ahora apenas visibles como una oscuridad más profunda contra el cielo en tinieblas.

Reanudaron la marcha. No habían avanzado mucho cuando Frodo se detuvo.

—Hay un Jinete Negro volando sobre nosotros —dijo—. Siento su presencia. Será mejor que nos quedemos quietos por un tiempo.

Se acurrucaron debajo de un gran peñasco, de cara al oeste, y durante un rato permanecieron callados. Al fin Frodo dejó escapar un suspiro de alivio.

—Ya pasó —dijo.

Se levantaron, y lo que vieron los dejó mudos de asombro. A la izquierda y hacia el sur, contra un cielo que ya casi era gris, comenzaban a asomar oscuros y negros los picos y las crestas de la gran cordillera. Por detrás de ella crecía la luz. Trepaba lentamente hacia el norte. En las alturas lejanas, en los ámbitos del cielo, se estaba librando una batalla. Las turbulentas nubes de Mordor se alejaban, como rechazadas, con los bordes hechos jirones, mientras un viento que soplaba desde el mundo de los vivos barría las emanaciones y las humaredas hacia la tierra tenebrosa de donde habían venido. Bajo las orlas del palio lúgubre, una luz tenue se filtraba en Mordor como un amanecer pálido a través de las ventanas sucias de una prisión.

—¡Mire, señor Frodo! —dijo Sam—. ¡Mire! El viento ha cambiado. Algo ocurre. No se va a salir del todo con la suya. Allá en el mundo la oscuridad se desvanece. ¡Me gustaría saber qué está pasando!

Era la mañana del décimoquinto día de marzo, y en el Valle del Anduin el Sol asomaba por encima de las sombras del este, y soplaba un viento del sudoeste. En los Campos del Pelennor, Théoden yacía moribundo.

Mientras Frodo y Sam observaban inmóviles el horizonte, la cinta de luz se extendió a lo largo de las crestas de los Ephel Dúath; y de pronto una forma rápida apareció en el oeste, al principio apenas una mancha negra en la franja luminosa de las cumbres, pero en seguida creció, y atravesando como una flecha el manto de oscuridad, pasó muy alto por encima de ellos. Al alejarse lanzó un chillido agudo y penetrante: la voz de un Nazgûl; pero este grito ya no los asustaba: era un grito de dolor y de espanto, malas nuevas para la Torre Oscura. La suerte del Señor de los Espectros del Anillo estaba echada.

—¿Qué le dije? ¡Algo está ocurriendo! —gritó Sam—. «La guerra marcha bien», dijo Shagrat; pero Gorbag no estaba tan seguro. Y también en eso tenía razón. Parece que las cosas mejoran, señor Frodo. ¿No se siente más esperanzado ahora?

—Bueno, no, no mucho, Sam —suspiró Frodo—. Eso está ocurriendo muy lejos, más allá de las montañas. Nosotros vamos hacia el Este, no hacia el Oeste. Y estoy tan cansado... Y el Anillo pesa tanto, Sam... Y empiezo a verlo en mi mente todo el tiempo, una gran rueda de fuego.

El optimismo de Sam decayó rápidamente. Miró ansioso a su amo, y le tomó la mano.

—¡Vamos, señor Frodo! —dijo—. Conseguí una de las cosas que quería: un poco de luz. La suficiente para ayudarnos, y sin embargo sospecho que también es peligrosa. Trate de avanzar un poco más, y luego nos echaremos juntos a descansar. Pero ahora coma un bocado, un trocito del pan de los Elfos; le reconfortará.

Compartiendo una oblea de *lembas,* y masticándola lo mejor que pudieron con las bocas resecas, Frodo y Sam continuaron adelante. La luz, aunque apenas un crepúsculo gris, bastaba para que vieran alrededor: estaban ahora en lo más profundo del valle entre las montañas. Descendía en una suave pendiente hacia el norte, y por el fondo corría el lecho seco y calcinado de un arroyo. Más allá del curso pedregoso vieron un sendero trillado que serpeaba al pie de los riscos occidentales. Si lo hubieran sabido, habrían podido llegar a él más rápidamente, pues era una senda que se desprendía de la ruta principal a Morgul en la cabecera occidental del puente y descendía por una larga escalera tallada en la roca hasta el fondo mismo del valle; y la utilizaban las patrullas o los mensajeros que viajaban deprisa a los puestos y fortalezas menores del lejano norte, entre Cirith Ungol y los desfiladeros de la Garganta de Hierro, las mandíbulas férreas de Carach Angren.

Era un sendero peligroso para los hobbits, pero el tiempo apremiaba, y Frodo no se sentía capaz de trepar y gatear entre los peñascos o en las hondonadas del Morgai. Y suponía además que el del norte era el camino en que sus perseguidores menos esperarían encontrarlos. Sin duda comenzarían la búsqueda por el camino al este de la llanura, o por el paso que volvía hacia el oeste. Sólo cuando estuvieran bien al norte de la Torre se proponía cambiar de rumbo y buscar una salida hacia el este: hacia la última y desesperada etapa de aquel viaje. Cruzaron pues el lecho de piedras, y tomaron el sendero orco, y avanzaron por él durante un tiempo. Los riscos altos y salientes de la izquierda impedían que pudieran verlos desde arriba; pero el sendero tenía muchas curvas, y en cada recodo aferraban la empuñadura de la espada y avanzaban con cautela.

La luz no aumentaba, porque el Orodruin continuaba vomitando una espesa humareda que subía cada vez más arriba, empujada por corrientes antagónicas, y al llegar a una región por encima de los vientos, se desplegaba en una bóveda inconmensurable, cuya columna central emergía de las sombras fuera de la vista de los hobbits. Habían caminado penosamente durante más de una hora, cuando un rumor hizo que se detuvieran: increíble, pero a la vez inconfundible. El susurro del agua. A la izquierda de una cañada tan pronunciada y estrecha que se hubiera dicho que el risco negro había sido hendido por un hacha enorme, corría un hilo de agua: acaso los últimos vestigios de alguna lluvia dulce recogida en mares soleados, pero con la triste suerte de ir a caer sobre los muros de la Tierra Tenebrosa, y perderse luego en el polvo. Aquí brotaba de la roca en pequeña cascada, y fluía a lo largo del camino, y girando hacia el sur huía entre las piedras muertas.

Sam saltó hacia la cascada.

—¡Si alguna vez vuelvo a ver a la Dama, se lo diré! —gritó—. ¡Luz, y ahora agua! —Se detuvo.— ¡Déjeme beber primero, señor Frodo! —dijo.

—Está bien, pero hay sitio suficiente para dos.

—No es eso —dijo Sam—. Quiero decir: si es venenosa, o si hay en ella algo malo que se manifieste en seguida; bueno, es preferible que sea yo y no usted, mi amo, si me entiende.

—Te entiendo. Pero me parece que tendremos que confiar juntos en nuestra suerte, Sam, mala o buena. ¡De todos modos, ten cuidado, si está muy fría!

El agua estaba fresca pero no helada, y tenía un sabor desagradable, a la vez amargo y untuoso, o por lo menos eso habrían opinado en la Comarca. Aquí, les pareció maravillosa, y la bebieron sin temor ni prudencia. Bebieron hasta saciarse, y Sam llenó la cantimplora. Después de esto Frodo se sintió mejor, y prosiguieron la marcha durante varias millas, hasta que un ensanchamiento del camino y la aparición de un muro tosco que lo flanqueaba, les advirtió que se estaban acercando a otra fortaleza orca.

—Aquí es donde cambiamos de rumbo, Sam —dijo Frodo—. Y ahora tenemos que marchar hacia el este. —Miró las crestas sombrías del otro lado del valle, y suspiró.— Apenas me quedan fuerzas para buscar algún agujero allá arriba. Y luego necesito descansar un poco.

*

El lecho del río corría un poco más abajo del sendero. Descendieron hasta él gateando, y comenzaron a atravesarlo. Sorprendidos, encontraron charcos oscuros alimentados por hilos de agua que bajaban de algún manantial en lo alto del valle. Las cercanías de Mordor al pie de las montañas occidentales eran una tierra moribunda, pero aún no estaba muerta. Y aquí crecía alguna vegetación, áspera, retorcida, amarga, que trataba de sobrevivir. En las cañadas del Morgai, del otro lado del valle, se aferraban al suelo unos árboles bajos y achaparrados, matorrales de hierba grises luchaban con las piedras, y líquenes resecos se enroscaban en los matorrales, y grandes marañas de zarzas retorcidas crecían por doquier. Algunas tenían largas espinas punzantes, otras púas ganchudas y afiladas como cuchillos. Las hojas marchitas y arrugadas del último verano colgaban crujiendo y crepitando en el aire triste, pero los brotes infestados de larvas todavía estaban abriéndose. Moscas, pardas, grises o negras, marcadas como los orcos con una mancha roja que parecía un ojo, zumbaban y picaban; y sobre los brezales danzaban y giraban nubes de mosquitos hambrientos.

—Los atavíos orcos no sirven —dijo Sam, agitando los brazos—. ¡Ojalá tuviera el pellejo de un orco!

Por último Frodo no pudo continuar. Habían trepado a una barranca empinada y angosta, pero aún les quedaba un largo trecho antes que pudieran ver la última cresta escarpada.

—Ahora lo que necesito es descansar, Sam, y dormir, si puedo —dijo Frodo. Miró alrededor, pero en aquel paraje lúgubre no parecía haber un sitio donde al menos un animal salvaje pudiera guarecerse. Al cabo, exhaustos, se escondieron debajo de una cortina de zarzas que colgaba como una estera de una pared de roca.

Allí se sentaron y comieron como mejor pudieron. Conservando las preciosas *lembas* para los malos días del futuro, tomaron la mitad de lo que quedaba en la bolsa de Sam de las provisiones de Faramir: algunas frutas secas y una pequeña lonja de carne ahumada, y bebieron unos sorbos de agua. Habían vuelto a beber en los charcos del valle, pero otra vez tenían mucha sed. Había un dejo amargo en el aire de Mordor que secaba la boca. Cada vez que Sam pensaba en el agua, hasta él mismo se sentía desanimado. Más allá del Morgai les quedaba aún por atravesar la temible llanura de Gorgoroth.

—Ahora usted dormirá primero, señor Frodo —dijo—. Ya oscurece otra vez. Me parece que este día está por acabar.

Frodo suspiró y se durmió casi antes que Sam hubiese dicho esto. Luchando con su propio cansancio, Sam tomó la mano de Frodo; y así permaneció, en silencio, hasta que cayó la noche. Luego, para mantenerse despierto, se deslizó fuera del escondite y miró en torno. El lugar parecía poblado de crujidos y crepitaciones y ruidos furtivos, pero no se oían voces ni rumores de pasos. A lo lejos, sobre los Ephel Dúath en el oeste, el cielo nocturno era aún pálido y lívido. Allá, asomando entre las nubes por encima de un peñasco sombrío en lo alto de los montes, Sam vio de pronto una estrella blanca que titilaba. Tanta belleza, contemplada desde aquella tierra desolada e inhóspita, le llegó al corazón, y la esperanza renació en él. Porque frío y nítido como una saeta lo traspasó el pensamiento de que la Sombra era al fin y al cabo una cosa pequeña y transitoria, y que había algo que ella nunca alcanzaría: la luz, y una belleza muy alta. Más que una esperanza, la canción que había improvisado en la Torre era un reto, pues en aquel momento pensaba en sí mismo. Ahora, por un momento, su propio destino, y aun el de su amo, lo tuvieron sin cuidado. Se escabulló otra vez entre las zarzas y se acostó junto a Frodo, y olvidando todos los temores se entregó a un sueño profundo y apacible.

Despertaron al mismo tiempo, tomados de la mano. Sam se sentía casi recuperado, listo para afrontar un nuevo día; pero Frodo suspiró. Había dormido mal, acosado por sueños de fuego, y no despertaba de buen ánimo. Aun así, el descanso no había dejado de tener un efecto curativo. Se sentía más fuerte, más dispuesto a soportar la carga durante una nueva jornada. No sabían qué hora era ni cuánto tiempo habían dormido; pero luego de comer un bocado y beber un sorbo de agua continuaron escalando el barranco, que terminaba en un despeñadero. Allí las últimas cosas vivas renunciaban a la lucha: las cumbres del Morgai eran yermas, melladas, desnudas y negras como un techo de pizarra.

Después de errar durante largo rato en busca de un camino, descubrieron uno por el que podían trepar. Subieron penosamente un centenar de pies, y al fin llegaron a la cresta. Atravesaron una hendidura entre dos riscos oscuros, y se encontraron en el borde mismo de la última empalizada de Mordor. Abajo, en el fondo de una depresión de unos mil quinientos pies, la llanura interior se dilataba hasta perderse de vista en una tiniebla informe. El viento del mundo soplaba ahora desde el oeste levantando las nubes espesas, que se alejaban flotando hacia el este; pero a los temibles campos de Gorgoroth sólo llegaba una luz grisácea. Allí los humos reptaban a ras del suelo y se agazapaban en los huecos, y los vapores escapaban por las grietas de la tierra.

Todavía lejano, a unas cuarenta millas por lo menos, divisaron el Monte del Destino, la base sepultada en ruinas de cenizas, el cono elevándose, gigantesco, con la cabeza humeante envuelta en nubes. Ahora aletargado, los fuegos momentáneamente aplacados, se erguía, peligroso y hostil, como una bestia adormecida. Y por detrás asomaba una sombra vasta, siniestra como una nube de tormenta: los velos distantes de Barad-dûr, que se alzaba a lo lejos sobre un espolón largo, una de las estribaciones septentrionales de los Montes de Ceniza. El Poder Oscuro cavilaba, con el Ojo vuelto hacia adentro, sopesando las noticias de peligro e incertidumbre; veía una espada refulgente y un rostro majestuoso y severo, y por el momento había dejado de lado los otros problemas; y la poderosa fortaleza, puerta tras puerta, y torre sobre torre, estaba envuelta en una tiniebla de preocupación.

Frodo y Sam contemplaban el país abominable con una mezcla de repugnancia y asombro. Entre ellos y la montaña humeante, y alrededor de ella al norte y al sur, todo parecía muerto y destruido, un desierto calcinado y convulso. Se preguntaron cómo haría el Señor de aquel reino para mantener y alimentar a los esclavos y los ejércitos. Porque ejércitos tenía, sin duda. Hasta perderse de vista, a lo largo de las laderas del Morgai y a lo lejos hacia el sur, se sucedían los campamentos, algunos de tiendas, otros ordenados como pequeñas ciudades. Uno de los mayores se extendía justo abajo de donde se encontraban los hobbits: semejante a un apiñado nido de insectos, y entrecruzado por callejuelas rectas y lóbregas de chozas y barracas grises, ocupaba casi una milla de llanura. Alrededor, la gente iba y venía; un camino ancho partía del caserío hacia el sudeste y se unía a la carretera de Morgul, por la que se apresuraban filas y filas de pequeñas formas negras.

—No me gusta nada cómo pinta esto —dijo Sam—. No es muy alentador... excepto que donde vive tanta gente tiene que haber pozos, o agua; y comida, ni qué hablar. Y éstos no son Orcos sino Hombres, si la vista no me engaña.

Ni él ni Frodo sabían nada de los extensos campos cultivados por esclavos en el extremo sur del reino, más allá de las emanaciones de la Montaña y en las cercanías de las aguas sombrías y tristes del Lago Núrnen; ni de las grandes carreteras que corrían hacia el este y el sur a los países tributarios, de donde los soldados de la Torre venían con largas caravanas de víveres y botines y nuevas legiones de esclavos. Allí, en las regiones septentrionales, se encontraban las fraguas y las minas, allí se acantonaban las reservas humanas para una guerra largamente premeditada; y allí también el Poder Oscuro reunía sus ejércitos, moviéndolos como peones sobre el tablero. Las primeras movidas, con las que había probado fuerzas, habían puesto las piezas en jaque en el frente occidental, en el sur y en el norte. Y ahora las había retirado, y engrosándolas con nuevos refuerzos, las había apostado en las cercanías de Cirith Gorgor en espera del momento propicio para tomarse la revancha. Y si lo que se proponía era defender a la vez la Montaña de una probable tentativa de asalto, no podía haberlo hecho mejor.

—¡Y bien! —prosiguió Sam—. No sé qué tienen de comer y de beber, pero no está a nuestro alcance. No veo ningún camino que nos permita llegar allá abajo. Y aunque lográsemos descender, jamás podríamos atravesar ese territorio plagado de enemigos.

—No obstante tendremos que intentarlo —replicó Frodo—. No es peor de lo que yo me imaginaba. Nunca tuve la esperanza de llegar; tampoco la tengo ahora. Pero aun así, he de hacer lo que esté a mi alcance. Por el momento impedir que me capturen, tanto tiempo como sea posible. Me parece pues que tendremos que continuar hacia el norte, y ver cómo se presentan las cosas allí donde la llanura comienza a estrecharse.

—Creo adivinar cómo se presentarán —dijo Sam—. En la parte más estrecha de la llanura los Orcos y los Hombres estarán más apiñados que nunca. Ya lo verá, señor Frodo.

—Supongo que lo veré, si alguna vez llegamos —dijo Frodo, y dio media vuelta.

No tardaron en descubrir que no podían continuar avanzando a lo largo de la cresta del Morgai, ni por los niveles más altos, donde no había senderos y abundaban las hondonadas profundas. Por último tuvieron que regresar por el barranco que habían escalado, en busca de una salida desde el valle. Fue una caminata ardua, pues no se atrevían a cruzar hasta el sendero que corría del lado occidental. Al cabo de una milla o más, oculto en una cavidad al pie del risco, vieron el bastión orco que estaban esperando encontrar: un muro y un apretado grupo de construcciones de piedra dispuestas a los lados de una caverna sombría. No se advertía ningún movimiento, pero los hobbits avanzaron con cautela, manteniéndose lo más cerca posible de los zarzales que a esta altura crecían en abundancia a ambos lados del lecho seco del arroyo. Continuaron por espacio de dos o tres millas, y el bastión orco desapareció detrás de ellos; pero cuando empezaban a sentirse más tranquilos, oyeron unas voces de orcos, ásperas y estridentes. Se escondieron detrás de un arbusto pardusco y achaparrado. Las voces se acercaban. De pronto dos orcos aparecieron a la vista. Uno vestía harapos pardos e iba armado con un arco de cuerno; era de una raza más bien pequeña, negro de tez, y la nariz, de orificios muy dilatados, husmeaba el aire sin cesar: sin duda una especie de rastreador. El otro era un orco corpulento y aguerrido, como los de la compañía de Shagrat, y lucía la insignia del Ojo. También él llevaba un arco a la espalda y una lanza corta de punta ancha. Como de costumbre se estaban peleando, y por pertenecer a razas diferentes empleaban a su manera la Lengua Común.

A sólo veinte pasos de donde estaban escondidos los hobbits, el orco pequeño se detuvo. —¡Nar! —gruñó—. Yo me vuelvo a casa. —Señaló a través del valle en dirección al fuerte orco.— No vale la pena que me siga gastando la nariz olfateando piedras. No queda ni un rastro, te digo. Por hacerte caso a ti les perdí la pista. Subían por las colinas, no a lo largo del valle, te digo.

—¿No servís de mucho, eh, vosotros, mis pequeños husmeadores? —dijo el orco grande—. Creo que los ojos son más útiles que vuestras narices mocosas.

—¿Qué has visto con ellos, entonces? —gruñó el otro—. ¡Garn! ¡Si ni siquiera sabes lo que andas buscando!

—¿Y quién tiene la culpa? —replicó el soldado—. Yo no. Eso viene de Arriba. Primero dicen que es un gran Elfo con una armadura brillante, luego que es una especie de hombrecito-enano, y luego que puede tratarse de una horda de Uruk-hai rebeldes; o quizá son todos ellos juntos.

—¡Ar! —dijo el rastreador—. Han perdido el seso, eso es lo que les pasa. Y algunos de los jefes también van a perder el pellejo, sospecho, si lo que he oído es verdad: que han invadido la Torre, que centenares de tus compañeros han sido liquidados, y que el prisionero ha huido. Si así es como os comportáis vosotros, los combatientes, no es de extrañar que haya malas noticias desde los campos de batalla.

—¿Quién dice que hay malas noticias? —vociferó el soldado.

—¡Ar! ¿Quién dice que no las hay?

—Así es como hablan los malditos rebeldes, y si no callas te ensarto. ¿Me has oído?

—¡Está bien, está bien! —dijo el rastreador—. No diré más y seguiré pensando. Pero ¿qué tiene que ver en todo esto ese monstruo negro y escurridizo? Ese de las manos como paletas y que habla en gorgoteos.

—No lo sé. Nada, quizá. Pero apuesto que no anda en nada bueno, siempre husmeando por ahí. ¡Maldito sea! Ni bien se nos escabulló y huyó, llegó la orden de que lo querían vivo, y cuanto antes.

—Bueno, espero que lo encuentren y le den su merecido —masculló el rastreador—. Nos confundió el rastro allá atrás, cuando se apropió de esa cota de malla, y anduvo palmoteando por todas partes antes que yo consiguiera llegar.

—En todo caso le salvó la vida —dijo el soldado—. Antes de saber que lo buscaban, yo le disparé, a cincuenta pasos y por la espalda; pero siguió corriendo.

—¡Garn! Le erraste —dijo el rastreador—. Para empezar, disparas a tontas y a locas, luego corres con demasiada lentitud, y por último mandas buscar a los pobres rastreadores. Estoy harto de ti. —Se alejó rápidamente a grandes trancos.

—¡Vuelve! —vociferó el soldado—, ¡vuelve o te denunciaré!

—¿A quién? No a tu precioso Shagrat. Ya no será más el capitán.

—Daré tu nombre y tu número a los Nazgûl —dijo el soldado bajando la voz hasta un siseo—. Uno de *ellos* está ahora a cargo de la Torre.

El otro se detuvo, la voz cargada de miedo y de furia.

—¡Soplón, maldito! —aulló—. No sabes hacer tu trabajo, y ni siquiera defiendes a los tuyos. ¡Vete con tus inmundos gritones y ojalá te arranquen el pellejo! Si el enemigo no se les adelanta. ¡He oído decir que han liquidado al Número Uno, y espero que sea cierto!

El orco grande, lanza en mano, echó a correr detrás de él. Pero el rastreador, brincando por detrás de una piedra, le disparó una flecha en el ojo, y el otro se desplomó con estrépito en plena carrera. El rastreador huyó a valle traviesa y desapareció.

Durante un rato los hobbits permanecieron en silencio. Por fin Sam se movió. —Bueno, esto es lo que yo llamo las cosas claras —dijo—. Si esta simpática cordialidad se extendiera por Mordor, la mitad de nuestros problemas estarían ya resueltos.

—En voz baja, Sam —susurró Frodo—. Puede haber otros por aquí. Es evidente que escapamos por un pelo, y que los cazadores no estaban tan descaminados como pensábamos. Pero ese es el espíritu de Mordor, Sam; y ha llegado a todos los rincones. Los orcos siempre se han comportado de esa manera o así lo cuentan las leyendas, cuando están solos. Pero no puedes confiar demasiado. A nosotros nos odian mucho más, de todas formas y en todo tiempo. Si estos dos nos hubiesen visto, habrían interrumpido la pelea hasta terminar con nosotros.

Hubo otro silencio prolongado. Sam volvió a interrumpirlo, esta vez en un murmullo.

—¿Oyó lo que decían del que habla *en gorgoteos*, señor Frodo? Le dije que Gollum no estaba muerto, ¿no?

—Sí, recuerdo. Y me preguntaba cómo lo sabrías —dijo Frodo—. Bueno. Creo que es mejor que no salgamos de aquí hasta que haya oscurecido por completo. Así podrás decirme cómo lo sabes, y contarme todo lo sucedido. Si puedes hablar en voz baja.

—Trataré —dijo Sam—, pero cada vez que pienso en ese bribón, me pongo tan frenético que me dan ganas de gritar.

Allí permanecieron los hobbits, al amparo del arbusto espinoso, mientras la luz lúgubre de Mordor se extinguía lentamente para dar paso a una noche profunda y sin estrellas; y Sam, hablándole a Frodo al oído, le contó todo cuanto pudo poner en palabras del ataque traicionero de Gollum, el horror de Ella-Laraña, y sus propias aventuras con los orcos. Cuando hubo terminado, Frodo no dijo nada, pero tomó la mano de Sam y se la apretó. Al cabo de un rato se sacudió y dijo: —Bueno, supongo que hemos de reanudar la marcha. Me pregunto cuánto tiempo pasará antes que seamos realmente capturados, y acaben al fin estas penurias y escapadas, y todo haya sido inútil. —Se puso de pie.— Está oscuro, y no podemos usar el frasco de la Dama. Quédate con él por ahora, Sam, y cuídalo bien. Yo no tengo dónde guardarlo, excepto las manos, y necesitaré de las dos en esta noche ciega. Pero a Dardo, te la doy. Ahora tengo una espada orca, aunque no creo que me toque asestar algún otro golpe.

Era difícil y peligroso caminar de noche por aquella región sin senderos; pero poco a poco, tropezando con frecuencia, los dos hobbits avanzaron hacia el norte a lo largo de la orilla oriental del valle pedregoso. Y cuando una tímida luz gris volvió a asomar por encima de las cumbres occidentales, mucho después de que naciera el día en las tierras lejanas, se escondieron otra vez y durmieron un poco, por turno. En los ratos de vigilia a Sam lo obsesionaba el problema de la comida. Por fin, cuando Frodo despertó y habló de comer y de prepararse para otro nuevo esfuerzo, Sam le hizo la pregunta que más lo preocupaba.

—Con el perdón de usted, señor Frodo —dijo—, pero ¿tiene alguna idea de cuánto nos falta por recorrer?

—No, ninguna idea demasiado precisa, Sam —respondió Frodo—. En Rivendel, antes de partir, me mostraron un mapa de Mordor anterior al retorno del enemigo; pero lo recuerdo vagamente. Lo que recuerdo con más precisión es que en un determinado lugar de las cadenas del oeste y el norte se desprendían unas estribaciones que casi llegaban a unirse. Estimo que se encontraban a no menos de veinte leguas del puente próximo a la Torre. Podría ser un buen paso. Pero por supuesto, si llegamos allí, estaremos aún más lejos de la Montaña, a unas sesenta millas diría yo. Sospecho que nos hemos alejado unas doce leguas al norte del puente. Aunque todo marchara bien, no creo que llegáramos a la Montaña en menos de una semana. Me temo, Sam, que la carga se hará muy pesada, y que avanzaré con mayor lentitud a medida que nos vayamos acercando.

Sam suspiró. —Eso es justamente lo que yo temía —dijo—. Y bien, por no mencionar el agua, tendremos que comer menos, señor Frodo, o de lo contrario movernos un poco más rápido, al menos mientras continuemos en este valle. Un bocado más, y se nos habrán acabado todas las provisiones, excepto el pan del camino de los Elfos.

—Trataré de caminar un poco más rápido, Sam —dijo Frodo respirando hondo—. ¡Adelante! ¡En marcha otra vez!

Aún no había oscurecido por completo. Avanzaban penosamente, adentrándose en la noche. Las horas pasaban, y los hobbits caminaban fatigados dando traspiés, con uno que otro breve descanso. Al primer atisbo de luz gris bajo las orlas del palio de sombra se escondieron otra vez en una cavidad oscura al pie de una pared de roca.

La luz aumentó poco a poco, en un cielo cada vez más límpido. Un viento fuerte del oeste arrastraba los vapores de Mordor en las capas altas del aire. Al poco tiempo los hobbits pudieron ver el territorio que se extendía alrededor. La hondonada entre las montañas y el Morgai se había ido estrechando paulatinamente a medida que ascendían, y el borde interior no era más que una cornisa en las caras escarpadas de los Ephel Dúath; pero en el este se precipitaba tan a pique como siempre hacia Gorgoroth. Delante de ellos, el lecho del arroyo se interrumpía en escalones de roca resquebrajada; pues de la cadena principal emergía bruscamente un espolón alto y árido, que se adelantaba hacia el este como un muro. La cadena septentrional gris y brumosa de Ered Lithui extendía allí un largo brazo sobresaliente que se unía al espolón, y entre uno y otro extremo corría un valle estrecho: Carach Angren, la Garganta de Hierro, que más allá se abría en el valle profundo de Udûn. En esa llanura detrás del Morannon se escondían los túneles y arsenales subterráneos construidos por los servidores de Mordor como defensas de la Puerta Negra; y allí el Señor Oscuro estaba reuniendo de prisa unos ejércitos poderosos para enfrentar a los Capitanes del Oeste. Sobre los espolones habían construido fuertes y torres, y ardían los fuegos de guardia; y a todo lo largo de la garganta habían erigido una pared de adobe, y cavado una profunda trinchera atravesada por un solo puente.

Algunas millas más al norte, en el ángulo en que el espolón del oeste se desprendía de la cadena principal, se levantaba el viejo castillo de Durthang, convertido ahora en una de las numerosas fortalezas orcas que se apiñaban alrededor del valle de Udûn. Y desde él, visible ya a la luz creciente de la mañana, un camino descendía serpenteando, hasta que a sólo una milla o dos de donde estaban los hobbits, doblaba al este y corría a lo largo de una cornisa cortada en el flanco del espolón, y continuaba en descenso hacia la llanura, para desembocar en la Garganta de Hierro.

Mirando esta escena, a los hobbits les pareció de pronto que el largo viaje al norte había sido inútil. En la llanura que se extendía a la derecha envuelta en brumas y humos, no se veían campamentos ni tropas en marcha; pero toda aquella región estaba bajo la vigilancia de los fuertes de Carach Angren.

—Hemos llegado a un punto muerto, Sam —dijo Frodo—. Si continuamos, sólo llegaremos a esa torre orca; pero el único camino que podemos tomar es el que baja de la torre... a menos que volvamos por donde vinimos. No podemos trepar hacia el oeste, ni descender hacia el este.

—En ese caso tendremos que seguir por el camino, señor Frodo —dijo Sam—. Tendremos que seguirlo y tentar fortuna. Si hay fortuna en Mordor. Ahora da igual que nos rindamos o que intentemos volver. La comida no nos alcanzará. ¡Tendremos que darnos prisa!

—Está bien, Sam —dijo Frodo—. ¡Guíame! Mientras te quede una esperanza. A mí no me queda ninguna. Pero no puedo darme prisa, Sam. A duras penas podré arrastrarme detrás de ti.

—Antes de seguir arrastrándose, necesita dormir y comer, señor Frodo. Vamos, aproveche lo que pueda.

Le dio a Frodo agua y una oblea de pan del camino, y quitándose la capa improvisó una almohada para la cabeza de su amo. Frodo estaba demasiado agotado para discutir, y Sam no le dijo que había bebido la última gota de agua, y que había comido la otra ración además de la propia. Cuando Frodo se durmió, Sam se inclinó sobre él y lo oyó respirar y le examinó el rostro. Estaba ajado y enflaquecido, y sin embargo, ahora mientras dormía parecía tranquilo y sin temores.

—¡Bueno, amo, no hay más remedio! —murmuró Sam—. Tendré que abandonarlo un rato y confiar en la suerte. Agua vamos a necesitar, o no podremos seguir adelante.

Sam salió con sigilo del escondite, y saltando de piedra en piedra con más cautela de la habitual en los hobbits, descendió hasta el lecho seco del arroyo y lo siguió por un trecho en su ascenso hacia el norte, hasta que llegó a los escalones de roca donde antaño el manantial se precipitaba sin duda en una pequeña cascada. Ahora todo parecía seco y silencioso; pero Sam no se dio por vencido: inclinó la cabeza y escuchó deleitado un susurro cristalino. Trepando algunos escalones descubrió un arroyuelo de agua oscura que brotaba del flanco de la colina y llenaba un pequeño estanque desnudo, del que volvía a derramarse, y desaparecía luego bajo las piedras áridas.

Sam probó el agua, y le pareció suficientemente buena. Entonces bebió hasta saciarse, llenó la botella y dio media vuelta para regresar. En aquel momento vislumbró una forma o una sombra negra que saltaba entre las rocas un poco más lejos, cerca del escondite de Frodo. Reprimiendo un grito, bajó de un brinco del manantial y corrió saltando de piedra en piedra. Era una criatura astuta, difícil de ver, pero Sam tenía pocas dudas: no pensaba en otra cosa que en retorcerle el pescuezo. Pero la criatura lo oyó acercarse, y se escabulló alejándose de prisa. Sam creyó ver por último que la forma se asomaba al borde del precipicio oriental, antes de esconder la cabeza y desaparecer.

—Bueno, la suerte no me ha abandonado —murmuró Sam—, pero, ¡por un pelo! ¡Como si no bastara que haya orcos por millares, tenía que venir a meter la nariz ese villano maloliente! ¡Ojalá lo hubieran liquidado!

Se sentó junto a Frodo y no lo despertó; pero no se atrevió a echarse a dormir. Por fin, cuando sintió que se le cerraban los ojos y supo que no podía seguir luchando por mantenerse despierto mucho tiempo más, despertó a Frodo tocándolo apenas.

—Me temo que ese Gollum anda rondando otra vez, señor Frodo —dijo—. O al menos, si no era él, quiere decir que tiene un doble. Salí a buscar un poco de agua y lo descubrí husmeando por los alrededores justo cuando volvía. Me parece que no es prudente que ambos durmamos al mismo tiempo, y con el perdón de usted, no puedo tener los ojos abiertos un minuto más.

—¡Bendito seas, Sam! —le dijo Frodo—. ¡Acuéstate y duerme cuanto necesites! Pero yo prefiero a Gollum antes que a los orcos. En todo caso no nos entregará... a menos que lo capturen.

—Pero podría tratar de robar y asesinar por cuenta propia —gruñó Sam—. ¡Mantenga los ojos bien abiertos, señor Frodo! Hay una botella llena de agua. Beba usted. Podemos volverla a llenar cuando nos vayamos. —Y con esto Sam se hundió en el sueño.

La luz se extinguía cuando despertó. Frodo estaba sentado contra una roca, pero se había quedado dormido. La botella de agua estaba vacía. No había señales de Gollum.

Había vuelto la oscuridad de Mordor; y cuando los hobbits se pusieron nuevamente en marcha en la etapa más peligrosa del viaje, los fuegos de los vivaques ardían en las alturas feroces y rojos. Fueron primero al pequeño manantial, y luego, trepando con cautela llegaron al camino en el punto en que doblaba hacia el este y la Garganta de Hierro, ahora a veinte millas de distancia. No era un camino ancho, y no tenía ni muro ni parapeto, y a medida que avanzaba, la caída a pique a lo largo del borde era cada vez más profunda. No oían que nada se moviera, y luego de escuchar un rato partieron con paso firme rumbo al este.

Después de unas doce millas de marcha, se detuvieron. Detrás, el camino describía una ligera curva hacia el norte, y las tierras que acababan de dejar atrás ya no se veían. Esta circunstancia resultó desastrosa. Descansaron algunos minutos y otra vez se pusieron en camino; pero habían avanzado unos pocos pasos cuando en el silencio de la noche oyeron de pronto el ruido que habían estado temiendo en secreto: un rumor de pasos en marcha. Parecían no estar muy cerca todavía, pero al volver la cabeza Frodo y Sam vieron el chisporroteo de las antorchas, que ya habían pasado la curva a menos de una milla, y se acercaban con rapidez: con demasiada rapidez para que Frodo escapara a todo correr por el camino.

—Me lo temía, Sam —dijo Frodo—. Hemos confiado en nuestra buena suerte, y nos ha traicionado. Estamos atrapados. —Miró con desesperación el muro amenazante; los constructores de caminos de antaño habían cortado la roca a pique a muchas brazas de altura. Corrió al otro lado y se asomó a un precipicio de tinieblas.— ¡Nos han atrapado al fin! —dijo. Se dejó caer en el suelo al pie de la pared rocosa y hundió la cabeza entre los hombros.

—Así parece —dijo Sam—. Bueno, no nos queda más remedio que esperar y ver.

Y se sentó junto a Frodo a la sombra del acantilado.

No tuvieron mucho que esperar. Los orcos avanzaban a grandes trancos. Los de las primeras filas llevaban antorchas. Y se acercaban: llamas rojas que crecían rápidamente en la oscuridad. Ahora también Sam inclinó la cabeza, con la esperanza de que no se le viera la cara cuando llegasen las antorchas; y apoyó los escudos contra las rodillas de ambos, para que les ocultasen los pies.

—¡Ojalá lleven prisa y pasen de largo, dejando en paz a un par de soldados fatigados! —pensó.

Y al parecer iban a pasar de largo. La vanguardia orca

llegó trotando, jadeante, con las cabezas gachas. Era una banda de la raza más pequeña, arrastrados a pelear en las guerras del Señor Oscuro: no querían otra cosa que terminar de una vez con aquella marcha forzada, y esquivar los latigazos. Con ellos, corriendo de arriba abajo a lo largo de la fila, iban dos de los corpulentos y feroces *uruks,* blandiendo los látigos y vociferando órdenes. Marchaban, fila tras fila; la delatora luz de las antorchas empezaba a alejarse. Sam contuvo el aliento. Ya más de la mitad de la compañía había pasado. De pronto uno de los *uruks* descubrió las dos figuras acurrucadas a la vera del camino. Hizo chasquear el látigo y les increpó:

—¡Eh, vosotros! ¡Arriba! —No le respondieron y detuvo con un grito a toda la compañía.— ¡Arriba, zánganos! —aulló—. No es ahora momento de dormir.

Dio un paso hacia los hobbits, y aún en la oscuridad reconoció las insignias de los escudos.

—¿Con que desertando, eh? —gritó—. ¿O conspirando para desertar? Todos vosotros teníais que haber llegado a Udûn ayer antes de la noche. Bien lo sabéis. De pie y a la fila, o tomaré vuestros números y os denunciaré.

Los hobbits se levantaron con dificultad, y caminando encorvados, cojeando como soldados con los pies doloridos, se pusieron en la última fila. —¡No, en la última no! —vociferó el guardián de los esclavos—. ¡Tres filas más adelante! ¡Y quedaos allí, o en mi próxima recorrida sabréis lo que es bueno! —La larga correa chasqueó no muy lejos de las cabezas de los hobbits; en seguida, tras otro latigazo en el aire y un nuevo alarido, la compañía reanudó la marcha con un trote rápido.

Era duro para el pobre Sam, cansado como estaba; pero para Frodo era una tortura, y no tardó en convertirse en una pesadilla. Apretó los dientes y tratando de no pensar, continuó avanzando. El hedor de los orcos sudorosos lo sofocaba; jadeaba y tenía sed. Y seguían trotando y trotando, y Frodo empeñándose en respirar y en obligar a sus piernas a que se flexionaran; no se atrevía ni a imaginar cuál podía ser el término nefasto de tantas fatigas y tantos padecimientos. No tenía la más remota esperanza de salir de la fila sin ser descubierto. Y el guardián de los orcos volvía a la retaguardia una y otra vez y se mofaba de ellos con ferocidad.

—¡A ver! —reía, amenazando azotarles las piernas—. ¡Donde hay un látigo hay una voluntad, zánganos míos! ¡Fuerza! Ahora mismo os daría una buena zurra, aunque cuando lleguéis con retraso a vuestro campamento recibiréis tantos latigazos como os quepan en el pellejo. Os sentarán bien. ¿No sabéis que estamos en guerra?

Habían recorrido algunas millas, y el camino comenzaba por fin a descender hacia la llanura en una larga pendiente, cuando las fuerzas empezaron a flaquearle a Frodo. Se tambaleaba y tropezaba. Sam trató de ayudarlo, de sostenerlo, aunque tampoco él se sentía capaz de soportar mucho tiempo más aquella marcha. Sabía que el final llegaría de un momento a otro: Frodo acabaría por desvanecerse o por caer rendido, y entonces los descubrirían, y todos los esfuerzos y sufrimientos habrían sido en vano.

—De todas maneras, antes le daré su merecido a ese gigante endiablado que arrea las tropas.

Entonces, en el preciso momento en que llevaba la mano a la empuñadura de la espada, hubo un alivio inesperado. Ahora estaban en plena llanura, y se acercaban a la entrada de Udûn. No lejos de ella, delante de la puerta próxima a la cabecera del puente, el camino del oeste convergía con otros que venían del sur y de Barad-dûr, y en todos ellos se veía un agitado movimiento de tropas; pues los Capitanes del Oeste estaban avanzando, y el Señor Oscuro se apresuraba a acantonar en el norte todos sus ejércitos. Así ocurrió que a la encrucijada envuelta en tinieblas, inaccesible a la luz de las hogueras que ardían en lo alto de los muros, llegaron simultáneamente varias compañías. Hubo encontronazos violentos y una gran confusión, y gritos y maldiciones, porque cada compañía trataba de ser la primera en llegar a la puerta y al final de la marcha. A pesar de los gritos de los cabecillas y del chasquido de los látigos, hubo escaramuzas, y algunas espadas se desenvainaron. Una tropa de *uruks* de Barad-dûr armados hasta los dientes atacó a los de Durthang, desordenando las filas.

Aturdido como estaba por el dolor y el cansancio, Sam se despabiló de golpe, y aprovechando en seguida la ocasión se arrojó al suelo, arrastrando a Frodo. Lentamente, a cuatro patas y a la rastra, los hobbits se alejaron del tumulto, hasta que por fin y sin que nadie los viera llegaron a la orilla opuesta del camino y trepándose a una especie de parapeto bajo destinado a orientar a los guías de las tropas en las noches oscuras o brumosas, se dejaron caer al otro lado.

Durante un rato permanecieron inmóviles. La oscuridad era demasiado impenetrable para buscar un refugio, si había alguno en aquel lugar; pero Sam tenía la impresión de que les convenía en todo caso alejarse un poco más de las carreteras principales y de la luz de las antorchas.

—¡Vamos, señor Frodo! —murmuró—. Arrástrese usted un poquito más, y en seguida podrá descansar.

Con un último esfuerzo desesperado, Frodo se apoyó sobre las manos y avanzó unas veinte yardas. Y entonces cayó en un pozo poco profundo que inesperadamente se abrió delante de ellos, y allí permaneció inmóvil como un cuerpo sin vida.

3

EL MONTE DEL DESTINO

Sam se quitó la rotosa capa de orco y la deslizó debajo de la cabeza de su amo; luego abrigó su cuerpo y el de Frodo con el manto gris de Lórien; y mientras lo hacía recordó de nuevo aquella tierra maravillosa y a la hermosa gente, confiando contra toda esperanza que el paño tejido por las manos élficas tendría la virtud de esconderlos en ese páramo aterrador. Los gritos y rumores de la refriega se fueron alejando a medida que las tropas se internaban en la Garganta de Hierro. Al parecer, en medio de la confusión y el tumulto la desaparición de los hobbits había pasado inadvertida, al menos por el momento.

Sam tomó un sorbo de agua, pero consiguió que Frodo también bebiera, y no bien lo vio algo recobrado le dio una oblea entera del precioso pan del camino y lo obligó a comerla. Entonces, demasiado rendidos hasta para sentir miedo, se echaron a descansar. Durmieron durante un rato, pero con un sueño intranquilo y entrecortado; el sudor se les helaba contra la piel, y las piedras duras les mordían la carne; y tiritaban de frío. Desde la Puerta Negra en el norte y a través de Cirith Ungol corría susurrando a ras del suelo un soplo cortante y glacial.

Con la mañana volvió la luz gris; pues en las regiones altas soplaba aún el Viento del Oeste, pero abajo, sobre las piedras y en los recintos de la Tierra Tenebrosa, el aire parecía muerto, helado, y a la vez sofocante. Sam se asomó a mirar. Todo alrededor el paisaje era chato, pardo y tétrico. En los caminos próximos nada se movía; pero Sam temía los ojos avizores del muro de la Garganta de Hierro, a apenas unas doscientas yardas de distancia hacia el norte. Al sudeste, lejana como una sombra oscura y vertical, se erguía la Montaña. Y de ella brotaban humaredas espesas, y aunque las que trepaban a las capas superiores del aire se alejaban a la deriva rumbo al este, alrededor de los flancos rodaban unos nubarrones que se extendían por toda la región. Algunas millas más al noreste se elevaban como fantasmas grises y sombríos los contrafuertes de los Montes de Ceniza, y por detrás de ellos, como nubes lejanas apenas más oscuras que el cielo sombrío, asomaban envueltas en brumas las cumbres septentrionales.

Sam trató de medir las distancias y de decidir qué camino les convendría tomar.

—Yo diría que hay por lo menos unas cincuenta millas —murmuró, preocupado, mientras contemplaba la montaña amenazadora—, y si es un trecho que en condiciones normales se recorre en un día, a nosotros, en el estado en que se encuentra el señor Frodo, nos llevará una semana.

Meneó la cabeza, y mientras reflexionaba, un nuevo pensamiento sombrío creció poco a poco en él. La esperanza nunca se había extinguido por completo en el corazón animoso y optimista de Sam, y hasta entonces siempre había confiado en el retorno. Pero ahora, de pronto, veía a todas luces la amarga verdad: en el mejor de los casos las provisiones podrían alcanzar hasta el final del viaje, pero una vez cumplida la misión, no habría nada más: se encontrarían solos, sin un hogar, sin alimentos en medio de un pavoroso desierto. No había ninguna esperanza de retorno.

«¿Así que era ésta la tarea que yo me sentía llamado a cumplir, cuando partimos? —pensó Sam—. ¿Ayudar al señor Frodo hasta el final, y morir con él? Y bien, si ésta es la tarea, tendré que llevarla a cabo. Pero desearía con toda el alma volver a ver Delagua, y a Rosita Coto y sus hermanos, y al Tío, y a Maravilla y a todos. Me cuesta creer que Gandalf le encomendara al señor Frodo esta misión, si se trataba de un viaje sin esperanza de retorno. Fue en Moria donde las cosas empezaron a andar atravesadas, cuando Gandalf cayó al abismo. ¡Qué mala suerte! Él habría hecho algo.»

Pero la esperanza que moría, o parecía morir en el corazón de Sam, se transformó de pronto en una fuerza nueva. El rostro franco del hobbit se puso serio, casi adusto; la voluntad se le fortaleció de súbito, un estremecimiento lo recorrió de arriba abajo, y se sintió como transmutado en una criatura de piedra y acero, inmune a la desesperación y la fatiga, a quien ni las incontables millas del desierto podían amilanar.

Sintiéndose de algún modo más responsable, volvió los ojos al mundo, y pensó en la próxima movida. Y cuando la claridad aumentó, notó con sorpresa que lo que a la distancia le habían parecido bajíos desnudos e informes era en realidad una llanura anfractuosa y resquebrajada. La altiplanicie de Gorgoroth estaba surcada en toda su extensión por grandes cavidades, como si en los tiempos en que era aún un desierto de lodo hubiera sido azotada por una lluvia de rayos y peñascos. Los bordes de los fosos más grandes eran de roca triturada, y de ellos partían largas fisuras en todas direcciones. Un terreno de esa naturaleza se habría prestado para que alguien fuerte y que no tuviese prisa alguna pudiera arrastrarse de un escondite a otro sin ser visto, excepto por ojos especialmente avizores. Para los hambrientos y cansados, y que todavía tenían por delante un largo camino antes de morir, era de un aspecto siniestro.

Reflexionando en todas estas cosas, Sam volvió junto a su amo. No tuvo necesidad de despertarlo. Frodo estaba acostado boca arriba con los ojos abiertos, y observaba el cielo nuboso.

—Bueno, señor Frodo —dijo Sam—, fui a echar un vistazo y estuve pensando un poquito. No se ve un alma en los caminos, y convendría que nos alejáramos de aquí cuanto antes. ¿Le parece que podrá?

—Podré —dijo Frodo—. Tengo que poder.

Una vez más emprendieron la marcha, arrastrándose de hueco en hueco, escondiéndose detrás de cada reparo, pero avanzando siempre en una línea sesgada hacia los contrafuertes de la cadena septentrional. Al principio, el camino que corría más al este iba en la misma dirección, pero luego se desvió, y bordeando las faldas de las montañas se perdió a lo lejos en un muro de sombra negra. En las extensiones chatas y grises no se veían señales de vida, ni de hombres ni de orcos, pues el Señor Oscuro casi había puesto fin a los movimientos de tropas, y hasta en la fortaleza donde reinaba, buscaba el amparo de la noche, temeroso de los vientos del mundo que se habían vuelto contra él quitándole los velos, desazonado por la noticia de que espías temerarios habían logrado atravesar las defensas.

Al cabo de unas pocas millas agotadoras, los hobbits se detuvieron. Frodo parecía casi exhausto. Sam comprendió que de esa manera, a la rastra, o doblado en dos, o trastabillando en precipitada carrera, o internándose con lentitud en un camino desconocido, no podrían llegar mucho más lejos.

—Yo volveré al camino mientras haya luz, señor Frodo —dijo—. ¡Probemos de nuevo la suerte! Casi nos falló la última vez, pero no del todo. Una caminata de algunas millas a buen paso, y luego un descanso.

Se arriesgaba a un peligro mucho mayor de lo que imaginaba, pero Frodo, demasiado ocupado con el peso del fardo y la lucha que se libraba dentro de él, no pensó en discutir; además, se sentía tan desesperanzado que casi no valía la pena preocuparse. Treparon al terraplén y continuaron avanzando penosamente por el camino duro y cruel que conducía a la Torre Oscura. Pero la suerte los acompañó, y durante el resto de aquel día no se toparon con ningún ser viviente ni observaron movimiento alguno; y cuando cayó la noche desaparecieron de la vista, engullidos por las tinieblas de Mordor. Todo el país parecía recogido, como en espera de una tempestad: pues los Capitanes del Oeste habían pasado la Encrucijada e incendiado los campos ponzoñosos de Imlad Morgul.

Así prosiguió el viaje sin esperanzas, mientras el Anillo se encaminaba al sur y los estandartes de los reyes cabalgaban rumbo al norte. Para los hobbits, cada jornada de marcha, cada milla era más ardua que la anterior, a medida que las fuerzas los abandonaban y se internaban en regiones más siniestras. Durante el día no encontraban enemigos. A veces, por la noche, mientras dormitaban acurrucados e inquietos en algún escondite a la vera del camino, oían clamores y el rumor de numerosos pies o el galope rápido de algún caballo espoleado con crueldad. Pero mucho peor que todos aquellos peligros era la amenaza cada vez más inminente que se cernía sobre ellos: la terrible amenaza del Poder que aguardaba, abismado en profundas cavilaciones y en una malicia insomne detrás del velo oscuro que ocultaba el Trono. Se acercaba, se acercaba cada vez más, negro y espectral, alzándose como un muro de tinieblas en el confín último del mundo.

Llegó por fin una noche, una noche terrible; y mientras los Capitanes del Oeste se acercaban a los lindes de las tierras vivas, los dos viajeros llegaron a una hora de desesperación ciega. Hacía cuatro días que habían escapado de las filas de los orcos, pero el tiempo los perseguía como un sueño cada vez más oscuro. Durante todo aquel día Frodo no había hablado ni una sola vez, y caminaba encorvado, tropezando a cada rato, como si ya no distinguiera el camino. Sam adivinaba que de todas las penurias que compartían, a Frodo le tocaba lo peor: soportar el peso siempre creciente del Anillo, una carga para el cuerpo y un tormento para la mente. Y veía con desesperación que la mano de Frodo se alzaba de tanto en tanto como para esquivar un golpe, o para proteger los ojos contraídos de la mirada inquisitiva de un Ojo abominable. Y que la mano derecha subía de vez en cuando al pecho para aferrarse a algo; y que luego como dominándose, lo soltaba lentamente.

La noche retornaba, y Frodo se sentó con la cabeza entre las rodillas; los brazos colgantes tocaban el suelo y las manos le temblaban ligeramente. Sam no dejó de observarlo hasta que la oscuridad los envolvió, y no pudieron verse. Entonces, no encontrando más que decir, se volvió a sus propios y sombríos pensamientos. Pero a él, aunque exhausto y bajo una sombra de temor, aún le quedaban fuerzas. En verdad, las *lembas* tenían una virtud sin la cual hacía tiempo se habrían acostado a morir. Pero no saciaban el hambre, y por momentos Sam soñaba despierto con comida, y suspiraba por el pan y las viandas sencillas de la Comarca. Y sin embargo este pan del camino de los Elfos tenía una potencia que se acrecentaba a medida que los viajeros dependían sólo de él para sobrevivir, y lo comían sin mezclarlo con otros alimentos. Nutría la voluntad, y daba fuerza y resistencia, permitiendo dominar los músculos y los miembros más allá de toda medida humana. Ahora, sin embargo, era menester tomar una determinación. Por aquel camino ya no podían continuar, pues llevaba al este, hacia la gran Sombra, mientras que la Montaña se erguía ahora a la derecha, casi en línea recta al sur, y hacia allí tenían que ir. Pero ante ella se extendía una vasta región de tierra humeante, yerma, cubierta de cenizas.

—¡Agua, agua! —murmuró Sam. Había evitado beber y ahora tenía la boca reseca y la lengua pastosa e hinchada; aún así les quedaba bien poca, tal vez una media botella, y para quién sabe cuántos días de marcha. Y se les habría agotado hacía tiempo, si no se hubieran atrevido a tomar por el camino de los orcos. Porque a lo largo del camino, a grandes intervalos, habían construido cisternas para las tropas que enviaban con urgencia a las regiones sin agua. En una de aquellas cisternas Sam había encontrado un fondo de agua, enlodada por los orcos, pero suficiente en este caso desesperado. Sin embargo, de eso hacía ya un día entero. Y no tenía esperanzas de encontrar más.

Al fin, abrumado por las preocupaciones, Sam se adormeció; quizá la mañana, cuando llegase, traería algo nuevo; por el momento no podía hacer más. Los sueños se le confundían con la vigilia en un duermevela desasosegado. Veía luces semejantes a ojos voraces y malévolos, y formas oscuras y rastreras, y oía ruidos como de bestias salvajes o los gritos escalofriantes de criaturas torturadas; y cuando se despertaba sobresaltado, se encontraba en un mundo oscuro, perdido en un vacío de tinieblas. Una vez, al incorporarse y mirar en torno con ojos despavoridos creyó ver unas luces pálidas que parecían ojos, pero que al instante parpadearon y se desvanecieron.

Lenta, como con desgana, transcurrió aquella noche espantosa. La mañana que siguió fue lívida y apagada: pues allí, ya cerca de la Montaña, el aire era eternamente lóbrego, y los velos de la Sombra que Sauron tejía alrededor salían arrastrándose desde la Torre Oscura. Tendido de espaldas en el suelo, Frodo continuaba inmóvil, y Sam de pie junto a él, no se decidía a hablar, aunque sabía que era él ahora quien tenía la palabra: era menester que convenciera a Frodo de la necesidad de un nuevo esfuerzo. Por fin se agachó, y acariciando la frente de Frodo, le habló al oído.

—¡Despiértese, mi amo! —dijo—. Es hora de volver a partir.

Como arrancado del sueño por el sonido repentino de una campanilla, Frodo se levantó rápidamente y miró en lontananza, hacia el sur; pero cuando sus ojos tropezaron con la Montaña y el desierto, volvió a desanimarse.

—No puedo, Sam —dijo—. Es tan pesado, tan pesado.

Sam sabía aun antes de hablar que sus palabras serían inútiles, y que hasta podían causar más mal que bien, pero movido por la compasión no pudo contenerse.

—Entonces, deje usted que lo lleve yo un rato, mi amo —dijo—. Usted sabe que lo haría de buen grado, mientras me queden fuerzas.

Un resplandor feroz apareció en los ojos de Frodo.

—¡Atrás! ¡No me toques! —gritó—. Es mío, te he dicho. ¡Vete! —La mano buscó a tientas la empuñadura de la espada. Pero al instante habló con otra voz.— No, no, Sam —dijo con tristeza—. Pero tienes que entenderlo. Es mi fardo, y sólo a mí me toca soportarlo. Ya es demasiado tarde, Sam querido. Ya no puedes volver a ayudarme de esa forma. Ahora me tiene casi en su poder. No podría confiártelo, y si tú intentaras arrebatármelo, me volvería loco.

Sam asintió. —Comprendo —dijo—. Pero he estado reflexionando, señor Frodo, y creo que hay otras cosas de las que podríamos prescindir. ¿Por qué no aligerar un poco esta carga? Ahora tenemos que ir derecho hacia allá.

—Señaló la Montaña.— Es inútil cargar con cosas que quizá no necesitemos.

Frodo miró de nuevo la Montaña.

—No —dijo—, en ese camino no necesitaremos muchas cosas. Y cuando lleguemos al final, no necesitaremos nada.

Recogió el escudo orco y lo arrojó a lo lejos, y con el yelmo hizo lo mismo. Luego, abriéndose el manto élfico, desabrochó el pesado cinturón y lo dejó caer, y junto con él la espada y la vaina. Rasgó los jirones de la capa negra y los desparramó por el suelo.

—Listo, ya no seré más un orco —gritó—, ni llevaré arma alguna, hermosa o aborrecible. ¡Que me capturen, si quieren!

Sam lo imitó, dejando a un lado los atavíos orcos; luego vació la mochila. De algún modo, les había tomado apego a todas las cosas que llevaba, acaso por la simple razón de que lo habían acompañado en un viaje tan largo y penoso. De lo que más le costó desprenderse fue de los enseres de cocina. Los ojos se le llenaron de lágrimas.

—¿Se acuerda de aquella presa de conejo, señor Frodo? —le comentó—. ¿Y de nuestro refugio abrigado en el país del Capitán Faramir, el día que vi el olifante?

—No, Sam, temo que no —dijo Frodo—. Sé que esas cosas ocurrieron, pero no puedo verlas. Ya no me queda nada, Sam: ni el sabor de la comida, ni la frescura del agua, ni el susurro del viento, ni el recuerdo de los árboles, la hierba y las flores, ni la imagen de la luna y las estrellas. Estoy desnudo en la oscuridad, Sam, y entre mis ojos y la rueda de fuego no queda ningún velo. Hasta con los ojos abiertos empiezo a verlo ahora, mientras todo lo demás se desvanece.

Sam se acercó y le besó la mano.

—Entonces, cuanto antes nos libremos de él, más pronto descansaremos —dijo con la voz entrecortada, no encontrando palabras mejores—. Con hablar no remediamos nada —murmuró para sus adentros, mientras recogía todos los objetos que habían decidido abandonar. No le entusiasmaba la idea de dejarlos allí, en medio de aquel páramo, expuestos a la vista de vaya a saber quién—. Por lo que oí decir, el Bribón birló una cota de orco, y ahora sólo falta que complete sus avíos con una espada. Como si sus manos no fueran ya bastante peligrosas cuando están vacías. ¡Y no permitiré que ande toqueteando mis cacerolas!

Llevó entonces los utensilios a una de las muchas fisuras que surcaban el terreno y los echó allí. El ruido que hicieron las preciosas marmitas al caer en la oscuridad resonó en el corazón del hobbit como una campanada fúnebre. Regresó, y cortó un trozo de la cuerda élfica para que Frodo se ciñera la capa gris alrededor del talle. Enrolló con cuidado lo que quedaba y lo volvió a guardar en la mochila. Aparte de la cuerda, sólo conservó los restos del pan del camino y la cantimplora; y también a Dardo, que aún le pendía del cinturón; y ocultos en un bolsillo de la túnica, junto a su pecho, la redoma de Galadriel y la cajita que le había regalado la Dama.

Y ahora por fin emprendieron la marcha de cara a la Montaña, ya sin pensar en ocultarse, empeñados, a pesar de la fatiga y la voluntad vacilante, en el esfuerzo único de seguir y seguir. En la penumbra de aquel día lóbrego, aun en aquella tierra siempre alerta, pocos hubieran sido capaces de descubrir la presencia de los hobbits, salvo a corta distancia. Entre todos los esclavos del Señor Oscuro, sólo los Nazgûl hubieran podido ponerlo en guardia contra el peligro que se arrastraba, pequeño pero indomable, hacia el corazón mismo del bien resguardado territorio. Pero los Nazgûl y sus alas negras estaban ausentes del reino, cumpliendo la misión que les había sido encomendada: la de acechar, muy lejos de allí, la marcha de los Capitanes del Oeste, y hacia ellos se volvía el pensamiento de la Torre Oscura.

Aquel día Sam creyó ver en su amo una nueva fuerza, más de lo que podía justificar el aligeramiento casi insignificante de la carga. Durante las primeras etapas progresaron más rápidamente de lo que Sam se había atrevido a esperar. Aunque el terreno era escabroso y hostil, avanzaron mucho, y la Montaña se veía cada vez más próxima. Pero con el correr del día, cuando la escasa luz empezó a declinar, Frodo volvió a encorvarse, y a tropezar, como si el reiterado esfuerzo hubiese consumido todas las energías que le quedaban.

En el último alto se dejó caer y dijo: —Tengo sed, Sam. —Y no volvió a pronunciar palabra.

Sam le hizo beber un largo sorbo de agua; ahora en la botella quedaba sólo otro trago. Sam no bebió, pero más tarde, cuando de nuevo cayó sobre ellos la noche de Mordor, el recuerdo del agua se le apareció una y otra vez; y cada arroyuelo, cada río, cada manantial que había visto en su vida, a la sombra verde de los sauces o centelleante al sol, danzaba y se rizaba en la oscuridad, atormentándolo. Sentía en los dedos de los pies la caricia refrescante del barro cuando chapoteaba en el Lago de Delagua con Alegre Coto y Tom y Nibs, y con la hermana de ellos, Rosita. —Pero hace añares de esto —suspiró—, y tan lejos de aquí. El camino de regreso, si lo hay pasa por la Montaña.

No podía dormir, y discutió consigo mismo.

«Y bien, veamos, nos ha ido mejor de lo que esperabas —se dijo con firmeza—. En todo caso, fue un buen comienzo. Me parece que hemos recorrido la mitad del camino, antes de detenernos. Un día más, y asunto terminado.»

Hizo una pausa.

—No seas tonto, Sam Gamyi —se respondió con su propia voz—. Él no podrá continuar como hasta ahora un día más, y eso si puede moverse. Y tampoco tú podrás seguir así mucho tiempo, si le das a él toda el agua, y casi todo lo que queda para comer.

«Todavía puedo seguir un largo trecho, y lo haré.»

«¿Hasta dónde?»

«Hasta la Montaña, naturalmente.»

«¿Pero entonces, Sam Gamyi, entonces qué? Cuando llegues allí ¿qué vas a hacer? Él solo no podrá conseguir nada.»

Sam comprendió desconsolado que para esa pregunta no tenía respuesta. Frodo nunca le había hablado mucho de la misión, y Sam sabía vagamente que de algún modo había que arrojar el Anillo al fuego.

—Las Grietas del Destino —murmuró, mientras el viejo nombre le volvía a la memoria—. Pues bien, si el Amo sabe cómo encontrarlas, yo no lo sé.

«¡Ahí lo tienes! —llegó la respuesta—. Todo es completamente inútil. Él mismo lo dijo. Tú eres el tonto, tú que sigues afanándote, siempre con esperanzas. Hace días que podías haberte echado a dormir junto a él, si no estuvieras tan emperrado. De todos modos te espera la muerte, o algo peor aún. Tanto da que te acuestes ahora y te des por vencido. Nunca llegarás a la cima.»

«Llegaré, aunque deje todo menos los huesos por el camino. Y llevaré al señor Frodo a cuestas, aunque me rompa el lomo y el corazón. ¡Así que basta de discutir!»

En aquel momento Sam sintió temblar la tierra bajo sus pies y oyó o sintió un rumor prolongado, profundo y remoto, como de un trueno prisionero en las entrañas de la tierra. Una llama roja centelleó un instante por debajo de las nubes, y se extinguió. También la Montaña dormía intranquila.

Llegó la última etapa del viaje al Orodruin, y fue un tormento mucho mayor que todo cuanto Sam se había creído capaz de soportar. Se sentía enfermo, y tenía la garganta tan reseca que no podía tragar un solo bocado. La oscuridad no cambiaba, no sólo a causa de los humos de la Montaña: una tormenta parecía a punto de estallar, y a lo lejos, en el sudeste, los relámpagos estriaban el cielo encapotado. Para colmo de males el aire estaba impregnado de vapores; respirar era doloroso y difícil, y aturdidos como estaban, tropezaban y caían con frecuencia. Aun así, no cedían, y proseguían la penosa marcha.

La Montaña crecía y crecía, cada vez más cercana, tan cercana que cuando levantaban las pesadas cabezas, no veían otra cosa que una enorme mole de ceniza y escoria y roca calcinada, y en el centro un cono de flancos empinados que trepaba hasta las nubes. Antes que la luz crepuscular de todo aquel día se extinguiera para dar paso a una noche real, los hobbits habían llegado arrastrándose y tropezando a la base misma de la Montaña.

Frodo jadeó y se dejó caer. Sam se sentó junto a él. Descubrió sorprendido que se sentía cansado pero ligero, y la cabeza parecía habérsele despejado. Ya no le turbaban la mente nuevas discusiones. Conocía todas las argucias de la desesperación, y no les prestaba oídos. Estaba decidido, y sólo la muerte podría detenerlo. Ya no sentía ni el deseo ni la necesidad de dormir, sino la de mantenerse alerta. Sabía que ahora todos los azares y peligros convergían hacia un punto: el día siguiente sería un día decisivo, el día del esfuerzo final o del desastre, el último aliento.

Pero ¿cuándo llegaría? La noche parecía interminable e intemporal; los minutos morían uno tras otro para formar una hora que no traía ningún cambio. Sam se preguntó si aquello no sería el comienzo de una nueva oscuridad, si la luz del día no reaparecería nunca. Al fin buscó a tientas la mano de Frodo. Estaba fría y trémula. Frodo tiritaba.

—Hice mal en abandonar mi manta —murmuró Sàm. Y acostándose en el suelo trató de abrigar y reconfortar a Frodo con los brazos y el cuerpo. Luego el sueño lo venció, y la débil luz del último día de la misión los encontró lado a lado. El viento había cesado el día anterior, cuando empezaba a soplar del Oeste, y ahora se levantaba otra vez, no ya desde el Oeste sino del Norte; la luz de un sol invisible se filtró en la sombra en que yacían los hobbits.

—¡Fuerza ahora! ¡El último aliento! —dijo Sam mientras se incorporaba con dificultad.

Se inclinó sobre Frodo y lo despertó. Frodo gimió, pero con un gran esfuerzo logró ponerse en pie; vaciló, y en seguida cayó de rodillas. Alzó los ojos a los flancos oscuros del Monte del Destino, y apoyándose sobre las manos empezó a arrastrarse.

Sam que lo observaba, lloró por dentro, pero ni una sola lágrima le asomó a los ojos secos y arrasados.

—Dije que lo llevaría a cuestas aunque me rompiese el lomo —murmuró— ¡y lo haré!

"¡Venga, señor Frodo! —llamó—. No puedo llevarlo por usted, pero puedo llevarlo a usted junto con él. ¡Vamos, querido señor Frodo! Sam lo llevará a babuchas. Usted le dice por dónde, y él irá.

Frodo se le colgó a la espalda, echándole los brazos alrededor del cuello y apretando firmemente las piernas; y Sam se enderezó, tambaleándose; y entonces notó sorprendido que la carga era ligera. Había temido que las fuerzas le alcanzaran a duras penas para alzar al amo, y que por añadidura tendrían que compartir el peso terrible y abrumador del Anillo maldito. Pero no fue así. O Frodo estaba consumido por los largos sufrimientos, la herida del puñal, la mordedura venenosa, las penas, y el miedo y las largas caminatas a la intemperie, o él, Sam, era capaz aún de un último esfuerzo: lo cierto es que levantó a Frodo con la misma facilidad con que llevaba a horcajadas a algún hobbit niño cuando retozaba en los prados o los henares de la Comarca. Respiró hondo y se puso en camino.

Habían llegado al pie de la cara septentrional de la Montaña, un poco hacia el oeste; allí los largos flancos grises, aunque anfractuosos, no eran escarpados. Frodo no hablaba y Sam avanzó como pudo, sin otro guía que la resolución inquebrantable de trepar lo más alto posible antes que le flaquearan las fuerzas y la voluntad. Trepaba y trepaba, doblando el cuerpo hacia uno u otro lado para atenuar la subida, trastabillando con frecuencia, y ya al final arrastrándose como un caracol que lleva a cuestas una pesada carga. Cuando la voluntad se negó a obedecerle, y las piernas cedieron, se detuvo, y bajó con cuidado a su amo.

Frodo abrió los ojos y aspiró una bocanada de aire. Aquí, lejos de los vapores que allá abajo flotaban a la deriva y se retorcían en espirales, respirar era mucho más fácil.

—Gracias, Sam —dijo en un susurro entrecortado—. ¿Cuánto falta aún para llegar?

—No lo sé —respondió Sam—, pues no sé en verdad adónde vamos.

Volvió la cabeza, y luego miró para arriba, y al ver el largo trecho que acababa de recorrer quedó estupefacto.

Vista desde abajo, solitaria y siniestra, la Montaña le había parecido más alta. Ahora veía que era menos elevada que las gargantas que él y Frodo habían escalado en los Ephel Dúath. Los contrafuertes informes y dilapidados de la enorme base se elevaban hasta unos tres mil pies por encima de la llanura, y sobre ellos, en el centro, se erguía el cono central, que sólo tenía la mitad de aquella altura, y que parecía un horno o una chimenea gigantesca coronada por un cráter mellado. Pero ya Sam había subido hasta la mitad, y la llanura de Gorgoroth apenas se veía, envuelta en humos y sombras. Y si la garganta reseca se lo hubiese permitido, Sam habría dado un grito de triunfo al mirar hacia la altura; porque allá arriba, entre las jibas y las estribaciones escabrosas, acababa de ver claramente un sendero o camino. Trepaba como una cinta desde el oeste, y serpeando alrededor de la montaña, y antes de desaparecer en un recodo, llegaba a la base del cono en la cara occidental.

Sam no alcanzaba a ver por dónde pasaba el camino directamente encima, pues una cuesta empinada lo ocultaba a lo lejos; pero adivinaba que lo encontraría si era capaz de hacer un último esfuerzo, y la esperanza volvió a él. Quizá pudieran aún conquistar la Montaña.

«¡Hasta diría que lo han puesto a propósito! —se dijo—. Si ese sendero no estuviera allí, ahora tendría que aceptar que he sido derrotado.»

El camino no había sido construido a propósito para Sam. Él no lo sabía, pero aquél era el Camino de Sauron, el que iba desde Barad-dûr hasta los Sammath Naur, las Cámaras del Fuego. Partía de la gran puerta occidental de la Torre Oscura, atravesaba por un largo puente de hierro un abismo profundo, y se internaba luego en los llanos; durante una legua corría entre dos precipicios humeantes y llegaba a un extenso terraplén empinado en el flanco oriental. Desde allí, girando y enroscándose en la ancha cintura de la Montaña de norte a sur, trepaba por fin alrededor del cono, pero lejos aún de la cima humeante, hasta una entrada oscura que miraba al este, a la Ventana del Ojo en la fortaleza envuelta en sombras de Sauron. La vorágine de los hornos de la Montaña obstruía o destruía el camino con frecuencia, y una tropa de orcos trabajaba día y noche reparándolo y limpiándolo.

Sam respiró con fuerza. Había un sendero, pero no sabía cómo escalaría la ladera que llevaba a él. Ante todo necesitaba aliviar la espalda dolorida. Se acostó un rato junto a Frodo. Ninguno de los dos hablaba. La claridad crecía lentamente. De pronto lo asaltó un sentimiento inexplicable de apremio, como si alguien le hubiese gritado: «¡Ahora, ahora, o será demasiado tarde!» Se incorporó. También Frodo parecía haber sentido la llamada. Trató de ponerse de rodillas.

—Me arrastraré, Sam —jadeó.

Y así, palmo a palmo, como pequeños insectos grises, reptaron cuesta arriba. Cuando llegaron al sendero notaron que era ancho, y que estaba pavimentado con cascajo y ceniza apisonada. Frodo gateó hasta él, y luego, como de mala gana, giró con lentitud sobre sí mismo para mirar al Este. Las sombras de Sauron flotaban a lo lejos; pero desgarradas por una ráfaga de algún viento del mundo, o movidas quizá por una profunda desazón interior, las nubes envolventes ondularon y se abrieron un instante; y entonces Frodo vio, negros, más negros y más tenebrosos que las vastas sombras de alrededor, los pináculos crueles y la corona de hierro de la torre más alta de Barad-dûr: espió un segundo apenas, pero fue como si desde una ventana enorme e inconmensurablemente alta brotara una llama roja, un puñal de fuego que apuntaba hacia el norte: el parpadeo de un Ojo escrutador y penetrante; en seguida las sombras se replegaron y la terrible visión desapareció. El Ojo no apuntaba hacia ellos: tenía la mirada fija en el norte, donde se encontraban acorralados los Capitanes del Oeste; y en ellos concentraba ahora el Poder toda su malicia, mientras se preparaba a asestar el golpe mortal; pero Frodo, ante aquella visión pavorosa, cayó como herido mortalmente. La mano buscó a tientas la cadena alrededor del cuello.

Sam se arrodilló junto a él. Débil, casi inaudible, escuchó la voz susurrante de Frodo: —¡Ayúdame, Sam! ¡Ayúdame! ¡Deténme la mano! Yo no puedo hacerlo.

Sam le tomó las dos manos y juntándolas, palma contra palma, las besó; y las retuvo entre las suyas. De pronto, tuvo miedo. «¡Nos han descubierto! —se dijo—. Todo ha terminado, o terminará muy pronto. Sam Gamyi, éste es el fin del fin.»

Levantó de nuevo a Frodo, y sosteniéndole las manos apretadas contra su propio pecho, lo cargó una vez más, con las piernas colgantes. Luego inclinó la cabeza, y echó a andar cuesta arriba. El camino no era tan fácil de recorrer como le había parecido a primera vista. Por fortuna, los torrentes de fuego que la Montaña había vomitado cuando Sam se encontraba en Cirith Ungol, se habían precipitado sobre todo a lo largo de las laderas meridional y occidental, y de este lado el camino no estaba obstruido, aunque sí desmoronado en muchos sitios, o atravesado por largas y profundas fisuras. Luego de trepar hacia el este durante un trecho, se replegaba sobre sí mismo en un ángulo cerrado, y continuaba avanzando hacia el oeste. Allí, en la curva, lo cortaba un risco de vieja piedra carcomida por la intemperie, vomitada en días remotos por los hornos de la Montaña. Jadeando bajo su carga, Sam volvió el recodo; y en el momento mismo en que doblaba alcanzó a ver de soslayo algo que caía desde el risco, algo que parecía ser un pedacito de roca negra que se hubiera desprendido mientras él pasaba.

Sintió el golpe de un peso repentino, y cayó de bruces, lastimándose el dorso de las manos, que aún sujetaban las de Frodo. Entonces comprendió lo que había pasado, porque por encima de él, mientras yacía en el suelo, oyó una voz que odiaba.

—¡Amo malvado! —siseó la voz—. ¡Amo malvado que nos traiciona; traiciona a Sméagol, *gollum*! No tiene que ir en esta dirección. No tiene que dañar el Tesoro. ¡Dáselo a Sméagol, dáselo a nosotros! ¡Dáselo a nosotros!

De un tirón violento, Sam se levantó y desenvainó a Dardo; pero no pudo hacer nada. Gollum y Frodo estaban en el suelo, trabados en lucha. De bruces sobre Frodo, Gollum manoteaba, tratando de aferrar la cadena y el Anillo. Aquello, un ataque, una tentativa de arrebatarle por la fuerza el tesoro, era quizá lo único que podía avivar las ascuas moribundas en el corazón y en la voluntad de Frodo. Se debatía con una furia repentina que dejó atónito a Sam, y también a Gollum. Sin embargo, el desenlace habría sido quizá muy diferente, si Gollum hubiera sido la criatura de antes; pero los senderos tormentosos que había transitado, solo, hambriento y sin agua, impulsado por una codicia devoradora y un miedo aterrador, habían dejado en él huellas lastimosas. Estaba flaco, consumido y macilento, todo piel y huesos. Una luz salvaje le ardía en los ojos, pero ya la fuerza de los pies y las manos no respondía como antes a la malicia de la criatura. Frodo se desembarazó de él de un empujón, y se levantó temblando.

—¡Al suelo, al suelo! —jadeó, mientras apretaba la mano contra el pecho para aferrar el Anillo bajo el justillo de cuero—. ¡Al suelo, criatura rastrera, apártate de mi camino! Tus días están contados. Ya no puedes traicionarme ni matarme.

Entonces, como le sucediera ya una vez a la sombra de los Emyn Muil, Sam vio de improviso con otros ojos a aquellos dos adversarios. Una figura acurrucada, la sombra pálida de un ser viviente, una criatura destruida y derrotada, y poseída a la vez por una codicia y una furia monstruosas; y ante ella, severa, insensible ahora a la piedad, una figura vestida de blanco, que lucía en el pecho una rueda de fuego. Y del fuego brotó imperiosa una voz.

—¡Vete, no me atormentes más! ¡Si me vuelves a tocar, también tú serás arrojado al Fuego del Destino!

La forma acurrucada retrocedió; los ojos contraídos reflejaban terror, pero también un deseo insaciable.

Entonces la visión se desvaneció, y Sam vio a Frodo de pie, la mano sobre el pecho, respirando afanoso, y a Gollum de rodillas a los pies de su amo, las palmas abiertas apoyadas en el suelo.

—¡Cuidado! —gritó Sam—. ¡Va a saltar! —Dio un paso hacia adelante, blandiendo la espada.— ¡Pronto, Señor! —jadeó—. ¡Siga adelante! ¡Adelante! No hay tiempo que perder. Yo me encargo de él. ¡Adelante!

—Sí, tengo que seguir adelante —dijo Frodo—. ¡Adiós, Sam! Éste es el fin. En el Monte del Destino se cumplirá el destino. ¡Adiós! —Dio media vuelta, y lento pero erguido echó a andar por el sendero ascendente.

—¡Ahora! —dijo Sam—. ¡Por fin puedo arreglar cuentas contigo! —Saltó hacia adelante, con la espada pronta para la batalla. Pero Gollum no reaccionó. Se dejó caer en el suelo cuan largo era, y se puso a lloriquear.

—No mates a nosssotros —gimió—. No lassstimes a nosssotros con el horrible y cruel acero. ¡Déjanosss vivir, sssí, déjanos vivir sólo un poquito más! ¡Perdidos perdidos! Essstamos perdidos. Y cuando el Tesssoro desaparezca, nosssotros moriremos, sí, moriremos en el polvo. —Con los largos dedos descarnados manoteó un puñado de cenizas.— ¡Sssí! —siseó—, ¡en el polvo!

La mano de Sam titubeó. Ardía de cólera, recordando pasadas felonías. Matar a aquella criatura pérfida y asesina sería justo: se lo había merecido mil veces; y además, parecía ser la única solución segura. Pero en lo profundo del corazón, algo retenía a Sam: no podía herir de muerte a aquel ser desvalido, deshecho, miserable que yacía en el polvo. Él, Sam, había llevado el Anillo, sólo por poco tiempo, pero ahora imaginaba oscuramente la agonía del desdichado Gollum, esclavizado al Anillo en cuerpo y alma, abatido, incapaz de volver a conocer en la vida paz y sosiego. Pero Sam no tenía palabras para expresar lo que sentía.

—¡Maldita criatura pestilente! —dijo—. ¡Vete de aquí! ¡Lárgate! No me fío de ti, no, mientras te tenga lo bastante cerca como para darte un puntapié; pero lárgate. De lo contrario te lastimaré, *sí,* con el horrible y cruel acero.

Gollum se levantó en cuatro patas y retrocedió varios pasos, y de improviso, en el momento en que Sam amenazaba un puntapié, dio media vuelta y echó a correr sendero abajo. Sam no se ocupó más de él. De pronto se había acordado de Frodo. Escudriñó la cuesta y no alcanzó a verlo. Corrió arriba, trepando. Si hubiera mirado para atrás, habría visto a Gollum que un poco más abajo daba otra vez media vuelta, y con una luz de locura salvaje en los ojos, se arrastraba veloz pero cauto, detrás de Sam: una sombra furtiva entre las piedras.

El sendero continuaba en ascenso. Un poco más adelante describía una nueva curva, y luego de un último tramo hacia el este, entraba en un saliente tallado en la cara del cono, y llegaba a una puerta sombría en el flanco de la Montaña, la Puerta de los Sammath Naur. Subiendo ahora hacia el sur a través de la bruma y la humareda, el sol ardía amenazante, un disco borroso de un rojo casi lívido; y Mordor yacía como una tierra muerta alrededor de la Montaña, silencioso, envuelto en sombras, a la espera de algún golpe terrible.

Sam fue hasta la boca de la cavidad y se asomó a escudriñar. Estaba a oscuras y exhalaba calor, y un rumor profundo vibraba en el aire. —¡Frodo! ¡Mi amo! —llamó. No hubo respuesta. Sintiendo que el miedo le encogía el corazón, aguardó un momento, y luego se precipitó a la cavidad. Una sombra se escurrió detrás de él.

Al principio no vio nada. Sacó una vez más el frasco de Galadriel, pero estaba pálido y frío en la mano temblorosa, y en aquella oscuridad asfixiante no emitía ninguna luz. Sam había penetrado en el corazón del reino de Sauron y en las fraguas de su antiguo poderío, el más omnipotente de la Tierra Media, que subyugara a todos los otros poderes. Había avanzado unos pasos temerosos e inciertos en la oscuridad, cuando un relámpago rojo saltó de improviso, y se estrelló contra el techo negro y abovedado. Sam vio entonces que se encontraba en una caverna larga o en una galería perforada en el cono humeante de la Montaña. Un poco más adelante el pavimento y las dos paredes laterales estaban atravesados por una profunda fisura, y de ella brotaba el resplandor rojo, que de pronto trepaba en una súbita llamarada, de pronto se extinguía abajo, en la oscuridad; desde los abismos subía un rumor y una conmoción, como de máquinas enormes que golpearan y trabajaran.

La luz volvió a saltar, y allí, al borde del abismo, de pie delante de la Grieta del Destino, vio a Frodo, negro contra el resplandor, tenso, erguido pero inmóvil, como si fuera de piedra.

—¡Amo! —gritó Sam.

Entonces Frodo pareció despertar, y habló con una voz clara, una voz límpida y potente que Sam no le conocía, y que se alzó sobre el tumulto y los golpes del Monte del Destino, y retumbó en el techo y las paredes de la caverna.

—He llegado —dijo—. Pero ahora he decidido no hacer lo que he venido a hacer. No lo haré. ¡El Anillo es mío! —Y de pronto se lo puso en el dedo, y desapareció de la vista de Sam. Sam abrió la boca y jadeó, pero no llegó a gritar, porque en aquel instante ocurrieron muchas cosas.

Algo le asestó un violento golpe en la espalda, que lo hizo volar piernas arriba y caer a un costado, de cabeza contra el pavimento de piedra, mientras una forma oscura saltaba por encima de él. Se quedó tendido allí un momento, y luego todo fue oscuridad.

Y allá lejos, mientras Frodo se ponía el Anillo y lo reclamaba para él, hasta en los Sammath Naur, el corazón mismo del reino de Sauron, el Poder en Barad-dûr se estremecía, y la Torre temblaba desde los cimientos hasta la cresta fiera y orgullosa. El Señor Oscuro comprendió de pronto que Frodo estaba allí, y el Ojo, capaz de penetrar en todas las sombras, escrutó a través de la llanura hasta la puerta que él había construido; y la magnitud de su propia locura le fue revelada en un relámpago enceguecedor, y todos los ardides de sus enemigos quedaron por fin al desnudo. Y la ira ardió en él con una llama devoradora, y el miedo creció como un inmenso humo negro, sofocándolo. Pues conocía ahora qué peligro mortal lo amenazaba, y el hilo del que pendía su destino.

Y al abandonar de pronto todos los planes y designios, las redes de miedo y perfidia, las estratagemas y las guerras, un estremecimiento sacudió al reino entero, de uno a otro confín; y los esclavos se encogieron, y los ejércitos suspendieron la lucha, y los capitanes, de pronto sin guía, privados de voluntad, temblaron y desesperaron. Porque habían sido olvidados. La mente y los afanes del poder que los conducía se concentraban ahora con una fuerza irresistible en la Montaña. Convocados por él, remontándose con un grito horripilante, en una última carrera desesperada, más raudos que los vientos volaron los Nazgûl, los Espectros del Anillo, y en medio de una tempestad de alas se precipitaron al sur, hacia el Monte del Destino.

Sam se levantó. Se sentía aturdido, y la sangre que le manaba de la cabeza le oscurecía la vista. Avanzó a tientas, y de pronto se encontró con una escena terrible y extraña. Gollum en el borde del abismo luchaba frenéticamente con un adversario invisible. Se balanceaba de un lado a otro, tan cerca del borde que por momentos parecía que iba a despeñarse; retrocedía, se caía, se levantaba y volvía a caer. Y siseaba sin cesar, pero no decía nada.

Los fuegos del abismo despertaron iracundos, la luz roja se encendió en grandes llamaradas, y un resplandor incandescente llenó la caverna. Y de pronto Sam vio que las largas manos de Gollum subían hasta la boca; los blancos colmillos relucieron y se cerraron con un golpe seco al morder. Frodo lanzó un grito, y apareció, de rodillas en el borde del abismo. Pero Gollum bailaba desenfrenado, y levantaba en alto el Anillo, con un dedo todavía ensartado en el aro. Y ahora brillaba como si en verdad lo hubiesen forjado en fuego vivo.

—¡Tesssoro, tesssoro, tesssoro! —gritaba Gollum—. ¡Mi tesssoro! ¡Oh mi Tesssoro! —Y entonces, mientras alzaba los ojos para deleitarse en el botín, dio un paso de más, se tambaleó un instante en el borde, y cayó, con un alarido. Desde los abismos llegó un último lamento *¡Tesssoro!* y Gollum desapareció.

Hubo un rugido y una gran confusión de ruidos. Las llamas brincaron y lamieron el techo. Los golpes aumentaron y se convirtieron en un tumulto, y la Montaña tembló. Sam corrió hacia Frodo, lo levantó y lo llevó en brazos hasta la puerta. Y allí, en el oscuro umbral de los Sammath Naur, allá arriba, lejos, muy lejos de las llanuras de Mordor, quedó de pronto inmóvil de asombro y de terror, y olvidándose de todo miró en torno, como petrificado.

Tuvo una visión fugaz de nubes turbulentas, en medio de las cuales se erguían torres y murallas altas como colinas, levantadas sobre el poderoso trono de la montaña por encima de fosos insondables; vastos patios y mazmorras, y prisiones de muros ciegos y verticales como acantilados, y puertas entreabiertas de acero y adamante; y de pronto todo desapareció. Se desmoronaron las torres y se hundieron las montañas; los muros se resquebrajaron, derrumbándose en escombros; trepó el humo en espirales, y unos grandes chorros de vapor se encresparon, estrellándose como la cresta impetuosa de una ola, para volcarse en espuma sobre la tierra. Y entonces, por fin, llegó un rumor sordo y prolongado que creció y creció hasta transformarse en un estruendo y en un estrépito ensordecedor; tembló la tierra, la llanura se hinchó y se agrietó, y el Orodruin vaciló. Y por la cresta hendida vomitó ríos de fuego. Estriados de relámpagos, atronaron los cielos. Restallando como furiosos latigazos, cayó un torrente de lluvia negra. Y al corazón mismo de la tempestad, con un grito que traspasó todos los otros ruidos, desgarrando las nubes, llegaron los Nazgûl; y atrapados como dardos incandescentes en la vorágine de fuego de las montañas y los cielos, crepitaron, se consumieron, y desaparecieron.

—Y bien, éste es el fin, Sam Gamyi —dijo una voz junto a Sam. Y allí estaba Frodo, pálido y consumido, pero otra vez él, y ahora había paz en sus ojos: no más locura, ni lucha interior, ni miedos. Ya no llevaba la carga consigo. Era ahora el querido amo de los dulces días de la Comarca.

—¡Mi amo! —gritó Sam, y cayó de rodillas. En medio de todo aquel mundo en ruinas, por el momento sólo sentía júbilo, un gran júbilo. El fardo ya no existía. El amo se había salvado y era otra vez Frodo, el Frodo de siempre, y estaba libre. De pronto Sam reparó en la mano mutilada y sangrante.

—¡Oh, esa mano de usted! —exclamó—. Y no tengo nada con que aliviarla o vendarla. Con gusto le habría cedido a cambio una de las mías. Pero ahora se ha ido, se ha ido para siempre.

—Sí —dijo Frodo—. Pero ¿recuerdas las palabras de Gandalf? *Hasta Gollum puede tener aún algo que hacer.* Si no hubiera sido por él, Sam, yo no habría podido destruir el Anillo. Y el amargo viaje habría sido en vano, justo al fin. ¡Entonces, perdonémoslo! Pues la Misión ha sido cumplida, y todo ha terminado. Me hace feliz que estés aquí conmigo. Aquí al final de todas las cosas, Sam.

4

EL CAMPO DE CORMALLEN

El océano embravecido de los ejércitos de Mordor inundaba las colinas. Los Capitanes del Oeste empezaban a zozobrar bajo la creciente marejada. El sol rojo, ardía, y bajo las alas de los Nazgûl las sombras negras de la muerte se proyectaban sobre la tierra. Aragorn, erguido al pie de su estandarte, silencioso y severo, parecía abismado en el recuerdo de cosas remotas; pero los ojos le resplandecían, como las estrellas que brillan más cuanto más profunda y oscura es la noche. En lo alto de la colina estaba Gandalf, blanco y frío, y sobre él no caía sombra alguna. El asalto de Mordor rompió como una ola sobre los montes asediados, y las voces rugieron como una marca tempestuosa en medio de la zozobra y el fragor de las armas.

De pronto, como despertado por una visión súbita, Gandalf se estremeció; y volviendo la cabeza miró hacia el norte, donde el cielo estaba pálido y luminoso. Entonces levantó las manos y gritó con una voz poderosa que resonó por encima del estrépito: —*¡Llegan las Águilas! ¡Llegan las Águilas!*

Y muchas voces respondieron, gritando: —*¡Llegan las Águilas! ¡Llegan las Águilas!*

Los de Mordor levantaron la vista, preguntándose qué podía significar aquella señal.

Y vieron venir a Gwaihir el Señor de los Vientos, y a su hermano Landroval, las más grandes de todas las Águilas del Norte, los descendientes más poderosos del viejo Thorondor, aquel que en los tiempos en que la Tierra Media era joven, construía sus nidos en los picos inaccesibles de las Montañas Circundantes. Detrás de las Águilas, rápidas como un viento creciente, llegaban en largas hileras todos los vasallos de las montañas del Norte. Y desplomándose desde las altas regiones del aire, se lanzaron sobre los Nazgûl, y el batir de las grandes alas era como el rugido de un huracán.

Pero los Nazgûl, respondiendo a la súbita llamada de un grito terrible en la Torre Oscura, dieron media vuelta y huyeron, desvaneciéndose en las tinieblas de Mordor; y en el mismo instante todos los ejércitos de Mordor se estremecieron, la duda oprimió los corazones; enmudecieron las risas, las manos temblaron, los miembros flaquearon. El Poder que los conducía, que los alimentaba de odio y de furia, vacilaba; ya su voluntad no estaba con ellos; y al mirar a los ojos a los enemigos, vieron allí una luz de muerte, y tuvieron miedo.

Entonces todos los Capitanes del Oeste prorrumpieron en gritos, porque en medio de tanta oscuridad una nueva esperanza henchía los corazones. Y desde las colinas sitiadas los Caballeros de Gondor, los Jinetes de Rohan, los Dúnedain del Norte, compañías compactas de valientes guerreros, se precipitaron sobre los adversarios vacilantes, abriéndose paso con el filo implacable de las lanzas. Pero Gandalf alzó los brazos, y una vez más los exhortó con voz clara.

—¡Deteneos, Hombres del Oeste! ¡Deteneos y esperad! Ha sonado la hora del destino.

Y aun mientras pronunciaba estas palabras, la tierra se estremeció bajo los pies de los hombres, una vasta oscuridad llameante invadió el cielo, y se elevó por encima de las Torres de la Puerta Negra, más alta que las montañas. Tembló y gimió la tierra. Las Torres de los Dientes se inclinaron, vacilaron un instante y se desmoronaron; en escombros se desplomó la poderosa muralla; la Puerta Negra saltó en ruinas, y desde muy lejos, ora apagado, ora creciente, trepando hasta las nubes, se oyó un tamborileo sordo y prolongado, un estruendo, los largos ecos de un redoble de destrucción y ruina.

—¡El reino de Sauron ha sucumbido! —dijo Gandalf—. El Portador del Anillo ha cumplido la Misión. —Y al volver la mirada hacia el sur, hacia el país de Mordor, los Capitanes creyeron ver, negra contra el palio de las nubes, una inmensa forma de sombra impenetrable, coronada de relámpagos, que invadía toda la bóveda del cielo; se desplegó gigantesca sobre el mundo, y tendió hacia ellos una gran mano amenazadora, terrible pero impotente: porque en el momento mismo en que empezaba a descender, un viento fuerte la arrastró y la disipó; y siguió un silencio profundo.

Los Capitanes del Oeste bajaron entonces las cabezas; y cuando las volvieron a alzar he aquí que los enemigos se dispersaban en fuga y el poder de Mordor se deshacía como polvo en el viento. Así como las hormigas que cuando ven morir a la criatura despótica y malévola que las tiene sometidas en la colina pululante, echan a andar sin meta ni propósito, y se dejan morir, así también las criaturas de Sauron, orcos y trolls, y bestias hechizadas, corrían despavoridas de un lado a otro; y algunas se dejaban morir o se mataban entre ellas, otras se arrojaban a los fosos, o huían gimiendo a esconderse en agujeros oscuros, lejos de toda esperanza. Pero los Hombres de Rhûn y de Harad, los del Este y los Sureños, viendo la gran majestad de los Capitanes del Oeste, daban ya por perdida la guerra. Y los que por más largo tiempo habían estado al servicio de Mordor, los que más se habían sometido a aquella servidumbre, aquellos que odiaban al Oeste, y eran aún arrogantes y temerarios, se unieron decididos a dar una última batalla desesperada. Pero los demás huían hacia el este; y algunos arrojaban las armas e imploraban clemencia.

Entonces Gandalf, dejando la conducción de la batalla en manos de Aragorn y de los otros capitanes, llamó desde la colina; y la gran águila Gwaihir, el Señor de los Vientos, descendió y se posó a los pies del mago.

—Dos veces me has llevado ya en tus alas, Gwaihir, amigo mío —dijo Gandalf—. Ésta será la tercera y la última, si tú quieres. No seré una carga mucho más pesada que cuando me recogiste en Zirak-zigil, donde ardió y se consumió mi vieja vida.

—A donde tú me pidieras te llevaría —respondió Gwaihir—, aunque fueses de piedra.

—Vamos, pues, y que tu hermano nos acompañe, junto con otro de tus vasallos más veloces. Es menester que volemos más raudos que todos los vientos, superando a las alas de los Nazgûl.

—Sopla el Viento del Norte —dijo Gwaihir—, pero lo venceremos. —Y levantó a Gandalf y voló rumbo al sur, seguido por Landroval, y por el joven y veloz Meneldor. Y volando pasaron sobre Udûn y Gorgoroth, y vieron toda la tierra destruida y en ruinas, y ante ellos el Monte del Destino, que humeaba y vomitaba fuego.

—Me hace feliz que estés aquí conmigo —dijo Frodo—. Aquí al final de todas las cosas, Sam.

—Sí, estoy con usted, mi amo —dijo Sam, con la mano herida de Frodo suavemente apretada contra el pecho—. Y usted está conmigo. Y el viaje ha terminado. Pero después de haber andado tanto, no quiero aún darme por vencido. No sería yo, si entiende lo que le quiero decir.

—Tal vez no, Sam —dijo Frodo—, pero así son las cosas en el mundo. La esperanza se desvanece. Se acerca el fin. Ahora sólo nos queda una corta espera. Estamos perdidos en medio de la ruina y de la destrucción, y no tenemos escapatoria.

—Bueno, mi amo, de todos modos podríamos alejarnos un poco de este lugar tan peligroso, de esta Grieta del Destino, si así se llama. ¿No le parece? Venga, señor Frodo, bajemos al menos al pie de este sendero.

—Está bien, Sam, si ése es tu deseo, yo te acompañaré —dijo Frodo; y se levantaron y lentamente bajaron la cuesta sinuosa; y cuando alcanzaron el vacilante pie de la Montaña, los Sammath Naur escupieron un chorro de vapor y humo y el flanco del cono se resquebrajó, y un vómito enorme e incandescente rodó en una cascada lenta y atronadora por la ladera oriental de la Montaña.

Frodo y Sam no pudieron seguir avanzando. Las últimas energías del cuerpo y de la mente los abandonaban con rapidez. Se habían detenido en un montículo de cenizas al pie de la Montaña; y desde allí no había ninguna vía de escape. Ahora era como una isla, pero no resistiría mucho tiempo más, en medio de los estertores del Orodruin. La tierra se agrietaba por doquier, y de las fisuras y de los pozos insondables saltaban cataratas de humo y de vapores. Detrás, la Montaña se contraía atormentada. Grandes heridas rojas se abrían en los flancos, mientras ríos de fuego descendían lentos hacia ellos. No tardarían mucho en sepultarlos. Caía una lluvia de ceniza incandescente.

Ahora estaban de pie, inmóviles; Sam, que aún sostenía la mano de Frodo, se la acarició. Luego suspiró.

—Qué cuento hemos vivido, señor Frodo, ¿no le parece? —dijo—. ¡Me gustaría tanto oírlo! ¿Cree que dirán: *Y aquí empieza la historia de Frodo Nuevededos y el Anillo del Destino*? Y entonces se hará un gran silencio, como cuando en Rivendel nos relataban la historia de Beren el Manco y la Gran Joya. ¡Cuánto me gustaría escucharla! Y cómo seguirá, me pregunto, después de nuestra parte.

Pero mientras hablaba así, para alejar el miedo hasta el final, la mirada de Sam se perdía en el norte, en el norte dentro del ojo del huracán, allí donde el cielo distante aparecía límpido, pues un viento frío, que soplaba como un vendaval, disipaba la oscuridad y la ruina de las nubes.

Y así fue como los vio desde lejos la mirada de largo alcance de Gwaihir, cuando llevada por el viento huracanado, y desafiando el peligro de los cielos, volaba en círculos altos: dos figuras diminutas y oscuras, desamparadas, de pie sobre una pequeña colina, y tomadas de la mano mientras alrededor el mundo agonizaba jadeando y estremeciéndose, y rodeadas por torrentes de fuego que se les acercaban. Y en el momento en que los descubrió y bajaba hacia ellos, los vio caer, exhaustos, o asfixiados por el calor y las exhalaciones, o vencidos al fin por la desesperación, tapándose los ojos para no ver llegar la muerte.

Yacían en el suelo, lado a lado; y Gwaihir descendió y se posó junto a ellos; y detrás de él llegaron Landroval y el veloz Meneldor; y como en un sueño, sin saber qué destino les había tocado, los viajeros fueron recogidos y llevados fuera, lejos de las tinieblas y los fuegos.

Cuando despertó, Sam notó que estaba acostado en un lecho mullido, pero sobre él se mecían levemente grandes ramas de abedul, y la luz verde y dorada del sol se filtraba a través del follaje. Todo el aire era una mezcla de fragancias dulces.

Recordaba aquel perfume: los aromas de Ithilien.

—¡Córcholis! —murmuró—. ¿Por cuánto tiempo habré dormido? —Pues aquella fragancia lo había transportado al día que encendiera la pequeña fogata al pie del barranco soleado, y por un instante todo lo que ocurrió después se le había borrado de la memoria. Se desperezó.— ¡Qué sueño he tenido! —murmuró—. ¡Qué alegría haberme despertado! —Se sentó y vio junto a él a Frodo, que dormía apaciblemente, una mano bajo la cabeza, la otra apoyada en la manta: la derecha, y le faltaba el dedo mayor de la mano derecha.

Recordó todo de pronto, y gritó: —¡No era un sueño! ¿Entonces, dónde estamos?

Y una voz suave respondió detrás de él: —En la tierra de Ithilien, y al cuidado del rey, que os espera. —Y al decir esto, Gandalf apareció ante él vestido de blanco, y la barba le resplandecía como nieve al centelleo del sol en el follaje.— Y bien, señor Samsagaz, ¿cómo se siente usted? —dijo.

Pero Sam se volvió a acostar y lo miró boquiabierto, con los ojos agrandados por el asombro, y por un instante, entre el estupor y la alegría, no pudo responder. Al fin exclamó: —¡Gandalf ¡Creía que estaba muerto! Pero yo mismo creía estar muerto. ¿Acaso todo lo triste era irreal? ¿Qué ha pasado en el mundo?

—Una gran Sombra ha desaparecido —dijo Gandalf, y rompió a reír, y aquella risa sonaba como una música, o como agua que corre por una tierra reseca; y al escucharla Sam se dio cuenta de que hacía muchos días que no oía una risa verdadera, el puro sonido de la alegría. Le llegaba a los oídos como un eco de todas las alegrías que había conocido. Pero él, Sam, se echó a llorar. Luego, como una dulce llovizna que se aleja llevada por un viento de primavera, las lágrimas cesaron, y se rió, y riendo saltó del lecho.

—¿Que cómo me siento? —exclamó—. Bueno, no tengo palabras. Me siento, me siento... —agitó los brazos en el aire— ... me siento como la primavera después del invierno, y el sol sobre el follaje; ¡y como todas las trompetas y las arpas y todas las canciones que he escuchado en mi vida! —calló y miró a su amo—. Pero, ¿cómo está el señor Frodo? —dijo—. ¿No es terrible lo que le ha sucedido en la mano? Aunque espero que por lo demás se encuentre bien. Ha pasado momentos muy crueles.

—Sí, por lo demás estoy muy bien —dijo Frodo, mientras se sentaba y se echaba a reír también él—. Me dormí de nuevo mientras esperaba a que tú despertaras, dormilón. Yo desperté temprano, y ahora ha de ser casi el mediodía.

—¿Mediodía? —dijo Sam, tratando de echar cuentas—. ¿De qué día?

—El décimocuarto del Año Nuevo —dijo Gandalf—, o si lo prefieres, el octavo día de abril según el Cómputo de la Comarca.* Pero en adelante el Año Nuevo siempre comenzará en Gondor el veinticinco de marzo, el día en que cayó Sauron, el mismo en que fuisteis rescatados del fuego y traídos aquí, a que el Rey os curara. Porque es él quien os ha curado, y ahora os espera. Comeréis y beberéis con él. Cuando estéis prontos os llevaré a verlo.

—¿El Rey? —dijo Sam— ¿Qué rey? ¿Y quién es?

—El Rey de Gondor y Soberano de las Tierras Occidentales —dijo Gandalf—, que ha recuperado todo su antiguo reino. Pronto irá a su coronación, pero os espera a vosotros.

—¿Qué nos pondremos? —dijo Sam, porque no veía más que las ropas viejas y andrajosas con que habían viajado, dobladas en el suelo al pie de los lechos.

* En el calendario de la Comarca el mes de marzo (o Rethe) tenía treinta días.

—Las ropas que habéis usado durante el viaje a Mordor —dijo Gandalf—. Hasta los harapos de orcos con que te disfrazaste en la tierra tenebrosa serán conservados, Frodo. No puede haber sedas ni linos ni armaduras ni blasones dignos de más altos honores. Luego quizá os consiga otros atavíos.

Y extendió hacia ellos las manos, y vieron que una le resplandecía, envuelta en luz.

—¿Qué tienes allí? —exclamó Frodo—. ¿Es posible que sea...?

—Sí, os he traído vuestros dos tesoros. Los tenía Sam, cuando fuisteis rescatados. Los regalos de la Dama Galadriel: el frasco, Frodo, y la cajita, Sam. Os alegrará tenerlos de nuevo.

Una vez lavados y vestidos, y después de un ligero refrigerio, los hobbits siguieron a Gandalf. Salieron del bosquecillo de abedules donde habían dormido, y cruzaron un largo prado verde que relucía al sol, flanqueado de árboles majestuosos de oscuro follaje y cargados de flores rojas. A espaldas de ellos canturreaba una cascada, y un arroyo corría adelante, entre riberas florecidas, y en el linde del prado se internaba en un bosque frondoso y pasaba luego bajo una arcada de árboles, y entre ellos y a lo lejos centelleaba el agua.

Al llegar al claro del bosque les sorprendió ver unos caballeros de armadura brillante y unos guardias altos engalanados de negro y de plata que los saludaban con respetuosas y profundas reverencias. Se oyó un largo toque de trompeta, y siguieron avanzando por la alameda, a la vera de las aguas cantarinas. Y llegaron a un amplio campo verde, y más allá corría un río ancho en cuyo centro asomaba un islote boscoso con numerosas naves ancladas en las costas. Pero en ese campo se había congregado un gran ejército, en filas y compañías que resplandecían al sol. Y al ver llegar a los hobbits desenvainaron las espadas y agitaron las lanzas; y resonaron las trompetas y los cuernos, y muchas voces gritaron en muchas lenguas.

¡Vivan los Medianos! ¡Alabados sean con grandes
*   alabanzas!*
Cuio i Pheriain anann! Aglar'ni Pheriannath!
¡Alabados sean con grandes alabanzas, Frodo y Samsagaz!
Daur a Berhael, Conin en Annûn! Eglerio!
¡Alabados sean!
Eglerio!
A laita te, laita te! Andave laituvalmet!
¡Alabados sean!
Cormacolindor, a laita tárienna!
¡Alabados sean! ¡Alabados sean con grandes alabanzas los
*   Portadores del Anillo!*

Y así, arreboladas las mejillas por la sangre roja, con los
ojos brillantes de asombro, Frodo y Sam continuaron
avanzando y vieron, en medio de la hueste clamorosa,
tres altos sitiales de hierba verde. Sobre el sitial de la derecha, blanco sobre verde, flameando al viento, un gran
corcel galopaba en libertad; sobre el de la izquierda se alzaba un estandarte, y en él una nave de plata con la proa
en forma de cisne surcaba un mar azul. Pero sobre el trono del centro, el más elevado, flotaba un gran estandarte,
y en él, sobre un campo de sable, nimbado por una corona resplandeciente de siete estrellas, florecía un árbol
blanco. Y en el trono estaba sentado un hombre vestido
en una cota de malla; no usaba yelmo, pero en sus rodillas descansaba una espada larga. Y al ver que llegaban los
hobbits se puso en seguida de pie. Y entonces lo reconocieron, cambiado como estaba, tan alto y alegre de semblante, majestuoso, soberano de los Hombres, oscuro el
cabello, grises los ojos.

Frodo corrió a su encuentro, y Sam lo siguió.

—Bueno, si esto parece de veras el colmo de los col-
mos —exclamó—. ¡Trancos! ¿O acaso estoy soñando todavía?

—Sí, Sam, Trancos —dijo Aragorn—. Qué lejana está
Bree, ¿no es verdad?, donde dijiste que no te gustaba mi
aspecto. Largo ha sido el camino para todos, pero a vosotros os ha tocado recorrer el más oscuro.

Y entonces, ante la profunda sorpresa y turbación de Sam, hincó ante ellos la rodilla; y tomándolos de la mano, a Frodo con la diestra y a Sam con la siniestra, los condujo hasta el trono, y luego de hacerlos sentar en él, se volvió a los hombres y a los capitanes que estaban cerca, y habló con voz fuerte para que la hueste entera pudiese escucharlo: —¡Alabados sean con grandes alabanzas!

Y cuando una vez más se acallaron los clamores de júbilo, un juglar de Gondor se adelantó, y arrodillándose, pidió permiso para cantar. Y, oh maravilla, como para dar a Sam una satisfacción total y colmarlo de pura alegría, he aquí lo que dijo:

—¡Escuchad, señores y caballeros y hombres de valor sin tacha, reyes y príncipes, y leal pueblo de Gondor; y Jinetes de Rohan, y vosotros, hijos de Elrond, y los Dúnedain del Norte, y Elfo y Enano, y nobles corazones de la Comarca, y de todos los pueblos libres del Oeste! Escuchad ahora mi canción. Porque he venido a cantar para vosotros la balada de Frodo Nuevededos y el Anillo del Destino.

Y Sam al oírlo estalló en una carcajada de puro regocijo, y se levantó y gritó: —¡Oh gloria y esplendor! ¡Todos mis deseos se ven realizados! —Y lloró.

Y el ejército en pleno reía y lloraba, y en medio del júbilo y de las lágrimas se elevó la voz límpida de oro y plata del juglar, y todos enmudecieron. Y cantó para ellos, en lengua élfica y en las lenguas del Oeste, hasta que los corazones, traspasados por la dulzura de las palabras, se desbordaron; y la alegría de todos centelleó como espadas, y los pensamientos se elevaron hasta las regiones donde el dolor y la felicidad fluyen juntos y las lágrimas son el vino de la ventura.

Y por fin, cuando el sol descendía del cenit y alargaba las sombras de los árboles, el juglar terminó su canción:

—¡Alabados sean con grandes alabanzas! —dijo, y se hincó de rodillas. Y entonces Aragorn se puso de pie, y el ejército entero lo siguió, y todos se encaminaron a los pabellones que habían sido preparados para comer y beber y festejar hasta el final del día.

A Frodo y a Sam los condujeron a una tienda, donde luego de quitarles los viejos ropajes, que sin embargo doblaron y guardaron con honores, los vistieron con lino limpio. Y entonces llegó Gandalf, y ante el asombro de Frodo, traía en los brazos la espada y la capa élficas y la cota de malla de mithril que le fueran robadas en Mordor. Y para Sam traía una cota de malla dorada, y la capa élfica, limpia ahora de todas las manchas y daños; y depositó dos espadas a los pies de los hobbits.

—Yo no deseo llevar una espada —dijo Frodo.

—Tendrás que llevarla al menos esta noche —le dijo Gandalf.

Frodo tomó entonces la espada pequeña, la que fuera de Sam y que había quedado junto a él en Cirith Ungol.

—Dardo es tuya, Sam —dijo—. Yo mismo te la di.

—¡No, mi amo! El señor Bilbo se la regaló a usted, y hace juego con la cota de plata; a él no le gustaría que otro la usara ahora.

Frodo cedió; y Gandalf, como si fuera el escudero de los dos, se arrodilló y les ciñó las hojas; y luego les puso sobre las cabezas unas pequeñas diademas de plata. Y así ataviados se encaminaron al festín; y se sentaron a la mesa del Rey con Gandalf, y el Rey Éomer de Rohan, y el Príncipe Imrahil y todos los grandes capitanes; y también Gimli y Legolas estaban con ellos.

Y cuando después del Silencio Ritual trajeron el vino, dos escuderos entraron para servir a los reyes; o escuderos parecían al menos: uno vestía la librea negra y plateada de los Guardias de Minas Tirith, y el otro de verde y de blanco. Y Sam se preguntó qué harían dos mozalbetes como aquellos en un ejército de hombres fuertes y poderosos. Y entonces, cuando se acercaron, los vio de pronto más claramente, y exclamó: —¡Mire, señor Frodo! ¡Mire! ¿No es Pippin? ¡El señor Peregrin Tuk, tendría que decir, y el señor Merry! ¡Cuánto han crecido! ¡Córcholis! Veo que además de la nuestra hay otras historias para contar.

—Claro que las hay —dijo Pippin volviéndose hacia él—. Y empezaremos ni bien termine este festín. Mientras tanto, puedes probar suerte con Gandalf. Ya no es tan misterioso como antes, aunque ahora se ríe más de lo que habla. Por el momento, Merry y yo estamos ocupados. Somos caballeros de la Ciudad y de la Marca, como espero habrás notado.

Concluyó al fin el día de júbilo; y cuando el sol desapareció y la luna subió redonda y lenta sobre las brumas del Anduin, y centelleó a través del follaje inquieto, Frodo y Sam se sentaron bajo los árboles susurrantes, allí en la hermosa y perfumada tierra de Ithilien; y hasta muy avanzada la noche conversaron con Merry y Pippin y Gandalf, y pronto se unieron a ellos Legolas y Gimli. Allí fue donde Frodo y Sam oyeron buena parte de cuanto le había ocurrido a la Compañía, desde el día infausto en que se habían separado en Parth Galen, cerca de las Cascadas del Rauros; y siempre tenían otras cosas que preguntarse, nuevas aventuras que narrar.

Los orcos, los árboles parlantes, las praderas de leguas interminables, los jinetes al galope, las cavernas relucientes, las torres blancas y los palacios de oro, las batallas y los altos navíos surcando las aguas, todo desfiló ante los ojos maravillados de Sam. Sin embargo, entre tantos y tantos prodigios, lo que más le asombraba era la estatura de Merry y de Pippin; y los medía, comparándolos con Frodo y con él mismo, y se rascaba la cabeza.

—¡Esto sí que no lo entiendo, a la edad de ustedes! —dijo—. Pero lo que es cierto es cierto, y ahora miden tres pulgadas más de lo normal. O yo soy un enano.

—Eso sí que no —dijo Gimli—. Pero ¿no os lo previne? Los mortales no pueden beber los brebajes de los Ents y pensar que no les hará más efecto que un jarro de cerveza.

—¿Brebajes de los Ents? —dijo Sam—. Ahora vuelves a mencionar a los Ents. Pero ¿qué son? No alcanzo a comprenderlo. Pasarán semanas y semanas antes que hayamos aclarado todo esto.

—Semanas por cierto —dijo Pippin—. Y luego habrá que encerrar a Frodo en alguna torre de Minas Tirith para que lo ponga todo por escrito. De lo contrario se olvidará de la mitad, y el pobre viejo Bilbo tendrá una tremenda decepción.

Al cabo Gandalf se levantó.

—Las manos del Rey son las de un curador, mis queridos amigos —dijo—. Pero antes que él os llamara, recurriendo a todo su poder para llevaros al dulce olvido del sueño, estuvisteis al borde de la muerte. Y aunque sin duda habéis dormido largamente y en paz, ya es hora de ir a dormir de nuevo.

—Y no sólo Sam y Frodo —dijo Gimli—, sino también tú, Pippin. Te quiero mucho, aunque sólo sea por las penurias que me has causado, y que no olvidaré jamás. Tampoco me olvidaré de cuando te encontré en la cresta de la colina en la última batalla. Sin Gimli el Enano, te habrías perdido. Pero ahora al menos sé reconocer el pie de un hobbit, aunque sea la única cosa visible en medio de un montón de cadáveres. Y cuando libré tu cuerpo de aquella carroña enorme, creí que estabas muerto. Poco faltó para que me arrancara las barbas. Y hace apenas un día que estás levantado y que saliste por primera vez. Así que ahora te irás a la cama. Y yo también.

—Y yo —dijo Legolas— iré a caminar por los bosques de esta tierra hermosa, que para mí es descanso suficiente. En días por venir, si el señor de los Elfos lo permite, algunos de nosotros vendremos a morar aquí, y cuando lleguemos estos lugares serán bienaventurados, por algún tiempo. Por algún tiempo: un mes, una vida, un siglo de los Hombres. Pero el Anduin está cerca, y el Anduin conduce al Mar. ¡Al Mar!

¡Al mar, al Mar! Claman las gaviotas blancas,
el viento sopla y la espuma blanca vuela.
Lejos al Oeste se pone el Sol redondo.
Navío gris, navío gris ¿no escuchas la llamada,
las voces de los míos que antes que yo partieron?
Partiré, dejaré los bosques donde vi la luz;
nuestros días se acaban, nuestros años declinan.
Surcaré siempre solo las grandes aguas.

Largas son las olas que se estrellan en la Playa Última,
dulces son las voces que llaman desde la Isla Perdida.
En Eressëa, el Hogar de los Elfos que los Hombres nunca
*   descubrirán.*
Donde los hojas no caen: la tierra de los míos para siempre.

Y así, cantando, Legolas se alejó colina abajo.

Entonces también los otros se separaron, y Frodo y
Sam volvieron a sus lechos y durmieron. Y por la mañana
se levantaron, tranquilos y esperanzados, y se quedaron
muchos días en Ithilien. Y desde el campamento, instala-
do ahora en el Campo de Cormallen, en las cercanías de
Henneth Annûn, oían por la noche el agua que caía impetuosa por las cascadas y corría susurrando a través de la
puerta de roca para fluir por las praderas en flor y derramarse en las tumultuosas aguas del Anduin, cerca de la
Isla de Cair Andros. Los hobbits paseaban por aquí y por
allá, visitando de nuevo los lugares donde ya habían estado; y Sam no perdía la esperanza de ver aparecer, entre la
fronda de algún bosque o en un claro secreto, el gran Olifante. Y cuando supo que muchas de aquellas bestias habían participado en la batalla de Gondor, y que todas
habían sido exterminadas, lo lamentó de veras.

—Y bueno, uno no puede estar en todas partes al mismo tiempo —dijo—. Pero por lo que parece, me he perdido de ver un montón de cosas.

Entretanto el ejército se preparaba a regresar a Minas
Tirith. Los fatigados descansaban y los heridos eran cu-
rados. Porque algunos habían tenido que luchar con de-
nuedo antes de desbaratar la resistencia postrera de los
Hombres del Este y de los Sureños. Y los últimos en regresar fueron los hombres que habían entrado en Mordor, y destruido las fortalezas en el norte del país.

Pero por fin, cuando se aproximaba el mes de mayo,
los Capitanes del Oeste se pusieron nuevamente en camino: levaron anclas en Cair Andros, y fueron por el Anduin aguas abajo hasta Osgiliath; allí se detuvieron un

día; y al siguiente llegaron a los campos verdes del Pelennor, y volvieron a ver las torres blancas al pie del imponente Mindolluin, la Ciudad de los Hombres de Gondor, el último recuerdo del Oesternesse, que salvado del fuego y de la oscuridad había despertado a un nuevo día.

Y allí en medio de los campos levantaron las tiendas en espera de la mañana: pues era la Víspera de Mayo, y el Rey entraría por las puertas a la salida del sol.

5

EL SENESCAL Y EL REY

La Ciudad de Gondor había vivido en la incertidumbre y un gran miedo. El buen tiempo y el sol límpido parecían burlarse de los hombres que ya casi no tenían ninguna esperanza, y sólo aguardaban cada mañana noticias de perdición. El Senescal había muerto abrasado por las llamas, muerto yacía el Rey de Rohan en la Ciudadela, y el nuevo Rey, que había entrado en la noche, había vuelto a partir a una guerra contra potestades demasiado oscuras y terribles para esperar poder doblegarlas sólo con el valor y la entereza. Y no se recibían noticias. Desde que el ejército partiera del Valle de Morgul por el camino del norte, a la sombra de las montañas, ningún mensajero había regresado, ni habían llegado rumores de lo que acontecía en el Este amenazante.

Cuando apenas habían transcurrido dos días desde que habían partido, la Dama Éowyn rogó a las mujeres que la cuidaban que le trajesen sus ropas, y nadie pudo disuadirla: se levantó, y cuando la vistieron, con el brazo sostenido en un cabestrillo de lienzo, se presentó ante el Mayoral de las Casas de Curación.

—Señor —dijo—, siento una profunda inquietud y no puedo seguir ociosa por más tiempo.

—Señora —respondió el Mayoral—, aún no estáis curada, y se me encomendó que os atendiera con especial cuidado. No tendríais que haberos levantado hasta dentro de siete días, o ésa fue en todo caso la orden que recibí. Os ruego que volváis a vuestra estancia.

—Estoy curada —dijo ella—, curada de cuerpo al menos, excepto el brazo izquierdo, que también mejora. Y si no tengo nada que hacer, volveré a enfermar. ¿No hay noticias de la guerra? Las mujeres no saben decirme nada.

—No tenemos noticias —dijo el Mayoral—, excepto que los Señores han llegado al Valle de Morgul; y dicen que el nuevo capitán venido del Norte es ahora el jefe. Es un gran señor, y un curador; extraño me parece que la mano que cura sea también la que empuña la espada. No ocurren cosas así hoy en Gondor, aunque fueran comunes antaño, si las antiguas leyendas dicen la verdad. Pero ahora, y desde hace largos años, nosotros los curanderos no hacemos otra cosa que reparar las desgarraduras causadas por los hombres de armas. Aunque sin ellos tendríamos ya trabajo suficiente: bastantes miserias y dolores hay en el mundo sin que las guerras vengan a multiplicarlos.

—Para que haya guerra, señor Mayoral, basta con un enemigo, no dos —respondió Éowyn—. Y aun aquellos que no tienen espada pueden morir bajo una espada. ¿Querríais acaso que la gente de Gondor juntara sólo hierbas, mientras el Señor Oscuro junta ejércitos? Y no siempre lo bueno es estar curado del cuerpo. Ni tampoco es siempre lo malo morir en la batalla, aun con grandes sufrimientos. Si me fuera permitido, en esta hora oscura yo no vacilaría en elegir lo segundo.

El Mayoral la miró. Éowyn estaba muy erguida, con los ojos brillantes en el rostro pálido, y el puño crispado cuando miraba a la ventana del este. El Mayoral suspiró y meneó la cabeza. Al cabo de un silencio, Éowyn volvió a hablar.

—¿No queda ya ninguna tarea que cumplir? —dijo—. ¿Quién manda en esta Ciudad?

—No lo sé bien —respondió el Mayoral—. No son asuntos de mi incumbencia. Hay un mariscal que capitanea a los Jinetes de Rohan; y el Señor Húrin, por lo que me han dicho, está al mando de los hombres de Gondor. Pero el Señor Faramir es por derecho el Senescal de la Ciudad.

—¿Dónde puedo encontrarlo?

—En esta misma casa, señora. Fue gravemente herido, pero ahora ya está recobrándose. Sin embargo no sé...

—¿No me conduciríais ante él? Entonces sabréis.

El Señor Faramir se paseaba a solas por el jardín de las Casas de Curación, y el sol lo calentaba y sentía que la vida le corría de nuevo por las venas; pero le pesaba el corazón, y miraba a lo lejos, en dirección al este, por encima de los muros. Acercándose a él, el Mayoral lo llamó, y Faramir se volvió y vio a la Dama Éowyn de Rohan; y se sintió conmovido y apenado, porque advirtió que estaba herida, y que había en ella tristeza e inquietud.

—Señor —dijo el Mayoral—. Ésta es la Dama Éowyn de Rohan. Cabalgó junto con el rey y fue malherida, y ahora se encuentra bajo mi custodia. Pero no está contenta, y desea hablar con el Senescal de la Ciudad.

—No interpretéis mal estas palabras, señor —dijo Éowyn—. No me quejo porque no me atiendan. Ninguna casa podría brindar mejores cuidados a quienes buscan la curación. Pero no puedo continuar así, ociosa, indolente, enjaulada. Quise morir en la batalla. Pero no he muerto, y la batalla continúa.

A una señal de Faramir, el Mayoral se retiró con una reverencia.

—¿Qué querríais que hiciera, señora? —preguntó Faramir—. Yo también soy un prisionero de los curadores. —La miró, y como era hombre inclinado a la piedad sintió que la hermosura y la tristeza de Éowyn le traspasarían el corazón. Y ella lo miró, y vio en los ojos de él una grave ternura, y supo, porque había crecido entre hombres de guerra, que se encontraba ante un guerrero a quien ninguno de los Jinetes de la Marca podría igualar en la batalla.

—¿Qué deseáis? —le repitió Faramir—. Si está en mis manos, lo haré.

—Quisiera que le ordenaseis a este Mayoral que me deje partir —respondió Éowyn; y si bien las palabras eran todavía arrogantes, el corazón le vaciló, y por primera vez dudó de sí misma. Temió que aquel hombre alto, a la vez severo y bondadoso, pudiese juzgarla caprichosa, como un niño que no tiene bastante entereza para llevar a cabo una tarea aburrida.

—Yo mismo dependo del Mayoral —dijo Faramir—. Y todavía no he tomado mi cargo en la Ciudad. No obstante, aun cuando lo hubiese hecho, escucharía los consejos del Mayoral, y en cuestiones que atañen a su arte no me opondría a él, salvo en un caso de necesidad extrema.

—Pero yo no deseo curar —dijo ella—. Deseo partir a la guerra como mi hermano Éomer, o mejor aún como Théoden el rey, porque él ha muerto y ha conquistado a la vez honores y paz.

—Es demasiado tarde, señora, para seguir a los Capitanes, aunque tuvierais las fuerzas necesarias —dijo Faramir—. Pero la muerte en la batalla aún puede alcanzarnos a todos, la deseemos o no. Y estaríais más preparada para afrontarla como mejor os parezca si mientras aún queda tiempo hicierais lo que ordena el Mayoral. Vos y yo hemos de soportar con paciencia las horas de espera.

Éowyn no respondió, pero a Faramir le pareció que algo en ella se ablandaba, como si una escarcha dura comenzara a ceder al primer anuncio de la primavera. Una lágrima le resbaló por la mejilla como una gota de lluvia centelleante. La orgullosa cabeza se inclinó ligeramente. Luego dijo en voz muy queda, más como si hablara consigo misma que con él: —Pero los curadores pretenden que permanezca acostada siete días más —dijo—. Y mi ventana no mira al este.

La voz de Éowyn era ahora la de una muchacha joven y triste.

Faramir sonrió, aunque compadecido. —¿Vuestra ventana no mira al este? —dijo—. Eso tiene arreglo. Por cierto que daré órdenes al Mayoral. Si os quedáis a nuestro cuidado en esta casa, señora, y descansáis el tiempo necesario, podréis caminar al sol en este jardín como y cuando queráis; y miraréis al este, donde ahora están todas nuestras esperanzas. Y aquí me encontraréis a mí, que camino y espero, también mirando al este. Aliviaríais mis penas si me hablarais, o si caminarais conmigo alguna vez.

Ella levantó entonces la cabeza y de nuevo lo miró a los ojos; y un ligero rubor le coloreó el rostro pálido.

—¿Cómo podría yo aliviar vuestras penas, señor? —dijo—. No deseo la compañía de los vivos.

—¿Queréis una respuesta sincera? —dijo él.

—La quiero.

—Entonces, Éowyn de Rohan, os digo que sois hermosa. En los valles de nuestras colinas crecen flores bellas y brillantes, y muchachas aún más encantadoras; pero hasta ahora no había visto en Gondor ni una flor ni una dama tan hermosa, ni tan triste. Tal vez nos queden pocos días antes que la oscuridad se desplome sobre el mundo, y cuando llegue espero enfrentarla con entereza; pero si pudiera veros mientras el sol brilla aún, me aliviaríais el corazón. Porque los dos hemos pasado bajo las alas de la Sombra, y la misma mano nos ha salvado.

—¡Ay, no a mí, señor! —dijo ella—. Sobre mí pesa todavía la Sombra. ¡No soy yo quien podría ayudaros a curar! Soy una doncella guerrera y mi mano no es suave. Pero os agradezco que me permitáis al menos no permanecer encerrada en mi estancia. Por la gracia del Senescal de la Ciudad podré caminar al aire libre.

Y con una reverencia dio media vuelta y regresó a la casa. Pero Faramir continuó caminando a solas por el jardín durante largo rato, y ahora volvía los ojos más a menudo a la casa que a los muros del este.

Cuando estuvo de nuevo en su habitación, Faramir mandó llamar al Mayoral e hizo que le contase todo cuanto sabía acerca de la Dama de Rohan.

—Sin embargo, señor —dijo el Mayoral—, mucho más podría deciros sin duda el Mediano que está con nosotros; porque él era parte de la comitiva del Rey, y según dicen estuvo con la Dama al final de la batalla.

Y Merry fue entonces enviado a Faramir, y mientras duró aquel día conversaron largamente, y Faramir se enteró de muchas cosas, más de las que Merry dijo con palabras; y le pareció comprender en parte la tristeza y la inquietud de Éowyn de Rohan. Y en el atardecer luminoso Faramir y Merry pasearon juntos por el jardín, pero no vieron a la Dama aquella noche.

Pero a la mañana siguiente, cuando Faramir salió de las Casas, la vio, de pie en lo alto de las murallas; estaba toda vestida de blanco y resplandecía al sol. La llamó, y ella descendió, y juntos pasearon por la hierba, y se sentaron a la sombra de un árbol verde, a ratos silenciosos, a ratos hablando. Y desde entonces volvieron a reunirse cada día. Y al Mayoral, que los miraba desde la ventana, y que era un curador, se le alegró el corazón; verlos juntos aligeraba sus preocupaciones; y tenía la certeza de que en medio de los temores y presagios sombríos que en aquellos días oprimían a todos, ellos, entre los muchos que él cuidaba, mejoraban y ganaban fuerza hora tras hora.

Y llegó así el quinto día desde aquel en que la Dama Éowyn fuera por primera vez a ver a Faramir; y de nuevo subieron juntos a las murallas de la Ciudad y miraron en lontananza. Todavía no se habían recibido noticias y los corazones de todos estaban ensombrecidos. Ahora tampoco el tiempo se mostraba apacible. Hacía frío. Un viento que se había levantado durante la noche soplaba inclemente desde el norte, y aumentaba, y las tierras de alrededor estaban lóbregas y grises.

Se habían vestido con prendas de abrigo y mantos pesados, y la Dama Éowyn estaba envuelta en un amplio manto azul, como una noche profunda de estío, adornado en el cuello y el ruedo con estrellas de plata. Faramir había mandado que trajeran el manto y se lo había puesto a ella sobre los hombros; y la vio hermosa y una verdadera reina allí de pie junto a él. Lo habían tejido para Finduilas de Amroth, la madre de Faramir, muerta en la flor de la edad, y era para él como un recuerdo de una dulce belleza lejana, y de su primer dolor. Y el manto le parecía adecuado a la hermosura y la tristeza de Éowyn.

Pero ella se estremeció de pronto bajo el manto estrellado, y miró al norte, más allá de las tierras grises, hacia el ojo del viento frío donde el cielo era límpido y yerto.

—¿Que buscáis, Éowyn? —preguntó Faramir.

—¿No queda acaso en esa dirección la Puerta Negra? —dijo ella—. ¿Y no estará él por llegar allí? Siete días hace que partió.

—Siete días —dijo Faramir—. No penséis mal de mí si os digo: a mí me han traído a la vez una alegría y una pena que ya no esperaba conocer. La alegría de veros; pero pena, porque los temores y las dudas de estos tiempos funestos se han vuelto más sombríos que nunca. Éowyn, no quisiera que este mundo terminase ahora, y perder tan pronto lo que he encontrado.

—¿Perder lo que habéis encontrado, señor? —respondió ella; y clavó en él una mirada grave pero bondadosa—. Ignoro qué habéis encontrado en estos días, y qué podríais perder. Pero os lo ruego, no hablemos de eso, amigo mío. ¡No hablemos más! Estoy al borde de un terrible precipicio y en el abismo que se abre a mis pies, la oscuridad es profunda, y no sé si a mis espaldas hay alguna luz. Porque aún no puedo volverme. Espero un golpe del destino.

—Sí, esperemos el golpe del destino —dijo Faramir. Y no hablaron más; y mientras permanecían allí, de pie sobre el muro, les pareció que el viento moría, que la luz se debilitaba y se oscurecía el sol; que cesaban todos los rumores de la Ciudad y las tierras cercanas: el viento, las voces, los reclamos de los pájaros, los susurros de las hojas; ni respirar se oían; hasta los corazones habían dejado de latir. El tiempo se había detenido.

Y mientras esperaban, las manos de los dos se encontraron y se unieron, aunque ellos no lo sabían. Y así siguieron, esperando sin saber qué esperaban. Entonces, de improviso, les pareció que por encima de las crestas de las montañas distantes se alzaba otra enorme montaña de oscuridad envuelta en relámpagos, se agigantaba y ondulaba como una marea que quisiera devorar el mundo. Un temblor estremeció la tierra y los muros de la Ciudad trepidaron. Un sonido semejante a un suspiro se elevó desde los campos de alrededor, y de pronto los corazones les latieron de nuevo.

—Esto me recuerda a Númenor —dijo Faramir, y le asombró oírse hablar.

—¿Númenor? —repitió Éowyn.

—Sí —dijo Faramir—, el país del Oesternesse que se hundió en los abismos, y la enorme ola oscura que inundó todos los prados verdes y todas las colinas, y que avanzaba como una oscuridad inexorable. A menudo sueño con ella.

—¿Entonces creéis que ha llegado la Oscuridad? —dijo Éowyn—. ¿La Oscuridad Inexorable? —Y en un impulso repentino se acercó a él.

—No —dijo Faramir mirándola a la cara—. Fue una imagen que tuve. No sé qué está pasando. La razón y la mente me dicen que ha ocurrido una terrible catástrofe y que se aproxima el fin de los tiempos. Pero el corazón me dice lo contrario; y siento los miembros ligeros, y una esperanza y una alegría que la razón no puede negar. ¡Éowyn, Éowyn, Blanca Dama de Rohan!, no creo en esta hora que ninguna oscuridad dure mucho. —Y se inclinó y le besó la frente.

Y así permanecieron sobre los muros de la Ciudad de Gondor, mientras se levantaba y soplaba un fuerte viento, que les agitó los cabellos mezclándolos en el aire, azabache y oro. Y la Sombra se desvaneció y el velo que cubría el sol desapareció, y se hizo la luz; y las aguas del Anduin brillaron como la plata, y en todas las casas de la Ciudad los hombres cantaban con una alegría cada vez mayor, aunque nadie sabía por qué.

Y antes que el sol se hubiera alejado mucho del cenit, una gran Águila llegó volando desde el este, portadora de nuevas inesperadas de los Señores del Oeste, gritando:

¡Cantad ahora, oh gente de la Torre de Anor,
porque el Reino de Sauron ha sucumbido para siempre,
y la Torre Oscura ha sido derruida!

¡Cantad y regocijaos, oh gente de la Torre de Guardia,
pues no habéis vigilado en vano,
y la Puerta Negra ha sido destruida,
y vuestro Rey ha entrado por ella
trayendo la victoria!

Cantad y alegraos, todos los hijos del Oeste,
porque vuestro Rey retornará,
y todos los días de vuestra vida
habitará entre vosotros.

Y el Árbol marchito volverá a florecer,
y él lo plantará en sitios elevados,
  y bienaventurada será la Ciudad.

  ¡Cantad oh todos!

Y la gente cantaba en todos los caminos de la Ciudad.

Los días que siguieron fueron dorados, y la Primavera y el Verano se unieron en los festejos de los campos de Gondor. Y desde Cair Andros llegaron jinetes veloces trayendo las nuevas de todo lo acontecido, y la Ciudad se preparó a recibir al Rey. Merry fue convocado y tuvo que partir con los carretones que llevaban víveres a Osgiliath, y de allí por agua hasta Cair Andros; pero Faramir no partió, pues como ya estaba curado había reclamado el mando y ahora era el Senescal de la Ciudad, aunque por poco tiempo; y tenía que ordenar todas las cosas para aquel que pronto vendría a reemplazarlo.

Tampoco partió Éowyn, a pesar del mensaje que le enviara su hermano rogándole que se reuniese con él en el Campo de Cormallen. Y a Faramir le sorprendió que se quedara, si bien ahora, atareado como estaba con tantos menesteres, tenía poco tiempo para verla; y ella seguía viviendo en las Casas de Curación, y caminaba sola por el jardín, y de nuevo tenía el rostro pálido, y parecía ser la única persona triste y dolorida en toda la Ciudad. Y el Mayoral de las Casas estaba preocupado, y habló con Faramir.

Entonces Faramir fue a buscarla, y de nuevo fueron juntos a los muros; y él le dijo: —Éowyn ¿por qué os habéis quedado aquí en vez de ir a los festejos de Cormallen del otro lado de Cair Andros, donde vuestro hermano os espera?

Y ella dijo: —¿No lo sabéis?

Pero él respondió: —Hay dos motivos posibles, pero cuál es el verdadero, no lo sé.

Y dijo ella: —No quiero jugar a las adivinanzas. ¡Hablad claro!

—Entonces, si eso es lo que queréis, señora —dijo él—, no vais porque sólo vuestro hermano mandó por vos, y ahora, admirar en su triunfo al Señor Aragorn, el heredero de Elendil, no os causará ninguna alegría. O porque no voy yo, y deseáis permanecer cerca de mí. O quizá por los dos motivos, y vos misma no podéis elegir entre uno y otro. Éowyn ¿no me amáis, o no queréis amarme?

—Quería el amor de otro hombre —respondió ella—. Mas no quiero la piedad de ninguno.

—Lo sé —dijo Faramir—. Deseabais el amor del Señor Aragorn. Pues era noble y poderoso, y queríais la fama y la gloria: elevaros por encima de las cosas mezquinas que se arrastran sobre la tierra. Y como un gran capitán a un joven soldado, os pareció admirable. Porque lo es, un Señor entre los hombres, y el más grande de los que hoy existen. Pero cuando sólo recibisteis de él comprensión y piedad, entonces ya no quisisteis ninguna otra cosa, salvo una muerte gloriosa en el combate. ¡Miradme, Éowyn!

Y Éowyn miró a Faramir largamente y sin pestañear; y Faramir dijo: —¡No desdeñéis la piedad, que es el don de un corazón generoso, Éowyn! Pero yo no os ofrezco mi piedad. Pues sois una dama noble y valiente y habéis conquistado sin ayuda una gloria que no será olvidada; y sois tan hermosa que ni las palabras de la lengua de los Elfos podrían describiros, y yo os amo. En un tiempo tuve piedad por vuestra tristeza. Pero ahora, aunque no tuvierais pena alguna, ningún temor, aunque nada os faltase y fuerais la bienaventurada Reina de Gondor, lo mismo os amaría. Éowyn ¿no me amáis?

Entonces algo cambió en el corazón de Éowyn, o acaso ella comprendió al fin lo que ocurría en él. Y desapareció el invierno que la habitaba, y el sol brilló en ella.

—Ésta es Minas Anor, la Torre del Sol —dijo—, y ¡mirad! ¡La Sombra ha desaparecido! ¡Ya nunca más volveré a ser una doncella guerrera, ni rivalizaré con los grandes caballeros, ni gozaré tan sólo con cantos de matanzas! Seré una curadora, y amaré todo cuanto crece, todo lo que no es árido. —Y miró de nuevo a Faramir.— Ya no deseo ser una reina —dijo.

Entonces Faramir rió, feliz.

—Eso me parece bien —dijo—, porque yo no soy un rey. Y me casaré con la Dama Blanca de Rohan, si ella consiente. Y si ella consiente, cruzaremos el Río y en días más venturosos viviremos en la bella Ithilien y cultivaremos un jardín. Y en él todas las cosas crecerán con alegría, si la Dama Blanca consiente.

—¿Habré entonces de abandonar a mi propio pueblo, hombre de Gondor? —dijo ella—. Y querríais que vuestro orgulloso pueblo dijera de vos: «¡Allá va un Señor que ha domado a una doncella guerrera del Norte! ¿No había acaso ninguna mujer de la raza de los Númenor que pudiera elegir?»

—Lo querría, sí —dijo Faramir. Y la tomó en los brazos y la besó a la luz del sol, y no le preocupó que estuvieran en lo alto de los muros y a la vista de muchos. Y muchos los vieron por cierto, y vieron la luz que brillaba sobre ellos cuando descendían de los muros tomados de la mano y se encaminaban a las Casas de Curación.

Y Faramir dijo al Mayoral de las Casas: —Aquí veis a la Dama Éowyn de Rohan, y ahora está curada.

Y el Mayoral dijo: —Entonces la libro de mi custodia y le digo adiós, y ojalá nunca más sufra heridas ni enfermedades. La confío a los cuidados del Senescal de la Ciudad, hasta el regreso de su hermano.

Pero Éowyn dijo: —Sin embargo, ahora que me han autorizado a partir, quisiera quedarme. Porque de todas las moradas, ésta se ha convertido para mí en la más venturosa.

Y allí permaneció hasta el regreso del Rey Éomer.

Ya todo estaba pronto en la Ciudad; y había un gran concurso de gente, pues la noticia había llegado a todos los ámbitos del Reino de Gondor, desde el Min-Rimmon y hasta las Pinnath Gelin y las lejanas costas del mar; y todos aquellos que pudieron hacerlo se apresuraron a encaminarse a la Ciudad. Y la Ciudad se llenó una vez más de mujeres y de niños hermosos que volvían a sus hogares cubiertos de flores, y de Dol Amroth acudieron los tocadores de arpa más virtuosos de todo el país; y hubo tocadores de viola y de flauta y de cuernos de plata; y cantores de voces claras venidos de los valles de Lebennin.

Por fin un día, al caer de la tarde pudieron verse desde lo alto de las murallas los pabellones levantados en el campo, y las luces nocturnas ardieron durante toda aquella noche mientras los hombres esperaban en vela la llegada del alba. Y cuando el sol despuntó sobre las montañas del Este, ya no más envueltas en sombras, todas las campanas repicaron al unísono, y todos los estandartes se desplegaron y flamearon al viento; y en lo alto de la Torre Blanca de la Ciudadela, de argén resplandeciente como nieve al sol, sin insignias ni lemas, el Estandarte de los Senescales fue izado por última vez sobre Gondor.

Los Capitanes del Oeste condujeron entonces el ejército hacia la Ciudad, y la gente los veía pasar, fila tras fila, como plata rutilante a la luz del amanecer. Y llegaron así al Atrio, y allí, a unas doscientas yardas de la muralla, se detuvieron. Todavía no habían vuelto a colocar las puertas, pero una barrera atravesada cerraba la entrada a la Ciudad, custodiada por hombres de armas engalanados con las libreas de color plata y negro, las largas espadas desenvainadas. Delante de aquella barrera aguardaban Faramir el Senescal, y Húrin el Guardián de las Llaves, y otros capitanes de Gondor, y la Dama Éowyn de Rohan con Elfhelm el Mariscal y numerosos caballeros de la Marca; y a ambos lados de la Puerta se había congregado una gran multitud ataviada con ropajes multicolores y adornada con guirnaldas de flores.

Ante las murallas de Minas Tirith quedaba pues un ancho espacio abierto, flanqueado en los costados por los caballeros y los soldados de Gondor y de Rohan, y por la gente de la Ciudad y de todos los confines del país. Hubo un silencio en la multitud cuando de entre las huestes se adelantaron los Dúnedain, de gris y plata; y al frente de ellos avanzó lentamente el Señor Aragorn. Vestía cota de malla negra, cinturón de plata y un largo manto blanquísimo sujeto al cuello por una gema verde que centelleaba desde lejos; pero llevaba la cabeza descubierta, salvo una estrella en la frente sujeta por una fina banda de plata. Con él estaban Éomer de Rohan, y el Príncipe Imrahil, y Gandalf, todo vestido de blanco, y cuatro figuras pequeñas que a muchos dejaron mudos de asombro.

—No, mujer, no son niños —le dijo Ioreth a su prima de Imloth Melui—. Son *Periain,* del lejano país de los Medianos, y príncipes de gran fama, dicen. Si lo sabré yo, que tuve que atender en las Casas a uno de ellos. Son pequeños, sí, pero valientes. Figúrate, prima: uno de ellos, acompañado sólo por su escudero, entró en el País Tenebroso, y allí luchó con el Señor Oscuro, y le prendió fuego a la Torre, ¿puedes creerlo? O al menos ésa es la voz que corre por la Ciudad. Ha de ser aquél, el que camina con nuestro Rey, el Señor Piedra de Elfo. Son amigos entrañables, por lo que he oído. Y el Señor Piedra de Elfo es una maravilla: un poco duro cuando de hablar se trata, es cierto, pero tiene lo que se dice un corazón de oro; y manos de curador. «Las manos del rey son manos que curan» eso dije yo; y así fue como se descubrió todo. Y Mithrandir me dijo: «Ioreth, los hombres recordarán largo tiempo tus palabras, y...»

Pero Ioreth no pudo seguir instruyendo a su prima del campo, porque de pronto, a un solo toque de trompeta, hubo un silencio de muerte. Desde la Puerta se adelantaron entonces Faramir y Húrin de las Llaves, y sólo ellos, aunque cuatro hombres iban detrás luciendo el yelmo de cimera alta y la armadura de la Ciudadela, y transportaban un gran cofre de *lebethron* negro con guarniciones de plata.

Al encontrarse con Aragorn en el centro del círculo, Faramir se arrodilló ante él y dijo: —El último Senescal de Gondor solicita licencia para renunciar a su mandato. —Y le tendió una vara blanca; pero Aragorn tomó la vara y se la devolvió, diciendo:— Tu mandato no ha terminado, y tuyo será y de tus herederos mientras mi estirpe no se haya extinguido. ¡Cumple ahora tus obligaciones!

Entonces Faramir se levantó y habló con voz clara: —¡Hombres de Gondor, escuchad ahora al Senescal del Reino! He aquí que alguien ha venido por fin a reivindicar derechos de realeza. Ved aquí a Aragorn hijo de Arathorn, jefe de los Dúnedain de Arnor, Capitán del Ejército del Oeste, portador de la Estrella del Norte, el que empuña la Espada que fue Forjada de Nuevo, aquél cuyas manos traen la curación, Piedra de Elfo, Elessar de la estirpe de Valandil, hijo de Isildur, hijo de Elendil de Númenor. ¿Lo queréis por Rey y deseáis que entre en la Ciudad y habite entre vosotros?

Y el Ejército todo y el pueblo entero gritaron *sí* con una sola voz.

Y Ioreth le dijo a su prima: —Esto no es más que una de las ceremonias de la Ciudad, prima; porque como te iba diciendo, él ya había entrado; y me dijo... —Y en seguida tuvo que callar, porque Faramir hablaba de nuevo.

—Hombres de Gondor, los sabios versados en las tradiciones dicen que la costumbre de antaño era que el Rey recibiese la corona de manos de su padre, antes que él muriera; y si esto no era posible, él mismo iba a buscarla a la tumba del padre; no obstante, puesto que en este caso el ceremonial ha de ser diferente, e invocando mi autoridad de Senescal, he traído hoy aquí de Rath Dínen la corona de Eärnur, el último Rey, que vivió en la época de nuestros antepasados remotos.

Entonces los guardias se adelantaron, y Faramir abrió el cofre, y levantó una corona antigua. Tenía la forma de los yelmos de los Guardias de la Ciudadela, pero era más espléndida y enteramente blanca, y las alas laterales de perlas y de plata imitaban las alas de un ave marina, pues aquél era el emblema de los Reyes venidos de los Mares y tenía engarzadas siete gemas de diamante, y alta en el centro brillaba una sola gema cuya luz se alzaba como una llama.

Aragorn tomó la corona en sus manos, y levantándola en alto, dijo:

—*Et Eärello Endorenna utúlien. Sinome maruvan ar Hildinyar tenn' Ambar-metta!*

Eran las palabras que había pronunciado Elendil al llegar del Mar en alas del viento: «Del Gran Mar he llegado a la Tierra Media. Y ésta será mi morada, y la de mis descendientes, hasta el fin del mundo».

Entonces, ante el asombro de casi todos, en lugar de ponerse la corona en la cabeza, Aragorn se la devolvió a Faramir, diciendo: —Gracias a los esfuerzos y al valor de muchos entraré ahora en posesión de mi heredad. En prueba de gratitud quisiera que fuese el Portador del Anillo quien me trajera la corona, y Mithrandir quien me la pusiera, si lo desea: porque él ha sido el alma de todo cuanto hemos realizado, y esta victoria es en verdad su victoria.

Entonces Frodo se adelantó y tomó la corona de manos de Faramir y se la llevó a Gandalf; y Aragorn se arrodilló en el suelo y Gandalf le puso en la cabeza la Corona Blanca, y dijo: —¡En este instante se inician los días del Rey, y ojalá sean venturosos mientras perduren los tronos de los Valar!

Y cuando Aragorn volvió a levantarse, todos lo contemplaron en profundo silencio, porque era como si se revelara ante ellos por primera vez. Alto como los Reyes de los Mares de la antigüedad, se alzaba por encima de todos los de alrededor; entrado en años parecía, y al mismo tiempo en la flor de la virilidad; y la frente era asiento de sabiduría, y las manos fuertes tenían el poder de curar; y estaba envuelto en una luz. Entonces Faramir gritó:

—¡He aquí el Rey!

Y de pronto sonaron al unísono todas las trompetas; y el Rey Elessar avanzó hasta la barrera, y Húrin de las Llaves la levantó; y en medio de la música de las arpas y las violas y las flautas y el canto de las voces claras, el Rey atravesó las calles cubiertas de flores, y llegó a la Ciudadela y entró; y el estandarte del Árbol y las Estrellas fue desplegado en la torre más alta, y así comenzó el reinado del Rey Elessar, que inspiró tantas canciones.

Durante su reinado la Ciudad llegó a ser más bella que nunca, más aún que en los días de su primitiva gloria; y hubo árboles y fuentes por doquier, y las puertas fueron de acero y de mithril, y las calles pavimentadas con mármol blanco; allí iba a trabajar la Gente de la Montaña, y para los Habitantes de los Bosques visitarla era una alegría; y todo fue saneado y mejorado, y las casas se llenaron de hombres y de mujeres y de risas de niños, y no hubo más ventanas ciegas ni patios vacíos; y luego del fin de la Tercera Edad del mundo, el esplendor y los recuerdos de los años idos perduraron en la memoria de la nueva edad.

En los días que siguieron a la coronación, el Rey se sentó en el trono del Palacio de los Reyes y dictó sentencias. Y llegaron embajadas de numerosos pueblos y países, del Este y del Sur, y desde los lindes del Bosque Negro, y desde las Tierras Brunas del Oeste. Y el Rey perdonó a los Hombres del Este que se habían rendido, y los dejó partir en libertad, e hizo la paz con las gentes de Harad; y liberó a los esclavos de Mordor y les dio en posesión todas las tierras que se extendían alrededor del Lago Núrnen. Y numerosos soldados fueron conducidos ante él, a recibir alabanzas y recompensas, y finalmente el Capitán de la Guardia llevó a Beregond a presencia del Rey, para que fuese juzgado.

Y el Rey dijo a Beregond: —Por tu espada, Beregond, hubo sangre vertida en los Recintos Sagrados, donde eso está prohibido. Además, abandonaste tu puesto sin la licencia del Señor o del Capitán. Por estas culpas, el castigo en el pasado era la muerte. Por lo tanto he de pronunciar ahora tu sentencia.

”Quedas absuelto de todo castigo por tu valor en la batalla, y más aún porque todo cuanto hiciste fue por amor al Señor Faramir. No obstante, tendrás que dejar la Guardia de la Ciudadela y marcharte de la Ciudad de Minas Tirith.

La sangre abandonó el semblante de Beregond, y con el corazón traspasado, inclinó la cabeza. Pero el Rey continuó.

—Y así ha de ser, porque has sido destinado a la Compañía Blanca, la Guardia de Faramir, Príncipe de Ithilien, y serás su Capitán, y en paz y con honores residirás en Emyn Arnen, al servicio de aquél por quien todo lo arriesgaste, para salvarlo de la muerte.

Y entonces Beregond, comprendiendo la clemencia y la justicia del Rey, se sintió feliz, e hincándose le besó la

335

mano, y partió alegre y satisfecho. Y Aragorn le dio a Faramir el principado de Ithilien, y le rogó que viviese en las colinas de Emyn Arnen, a la vista de la Ciudad.

—Porque Minas Ithil —dijo—, en el Valle de Morgul, será destruida hasta los cimientos, y aunque quizá un día sea saneada, ningún hombre podrá habitar allí hasta que pasen muchos años.

Por último Aragorn dio la bienvenida a Éomer de Rohan; y se abrazaron, y Aragorn dijo: —Entre nosotros no hablaremos de dar o recibir, ni de recompensas; porque somos hermanos. En buena hora partió Eorl cabalgando desde el Norte, y nunca hubo entre pueblos una alianza más venturosa, en la que ni uno ni otro dejó ni dejará jamás de cumplir lo pactado. Ahora, como sabes, hemos puesto a Théoden el Glorioso en una tumba de los Recintos Sagrados, y allí podrá reposar para siempre entre los Reyes de Gondor, si así lo deseas. O si prefieres, lo llevaremos a Rohan para que descanse entre su gente.

Y Éomer respondió: —Desde el día en que apareciste ante mí en las lomas, como brotado de la hierba verde, te he amado, y ese amor no se extinguirá. Mas ahora es menester que parta por algún tiempo, pues también en mi reino hay muchas cosas que sanear y ordenar. Y en cuanto al Caído, cuando todo esté preparado, volveremos por él; mientras tanto dejémosle reposar aquí.

Y Éowyn le dijo a Faramir: —Ahora he de regresar a mi tierra, a contemplarla por última vez, y ayudar a mi hermano; pero cuando aquél a quien por largo tiempo amé como a un padre descanse al fin entre los suyos, volveré.

Así fueron pasando los días de regocijo; y en el octavo día de mayo los Jinetes de Rohan se alistaron y partieron galopando por el Camino del Norte, y con ellos iban los hijos de Elrond. Apiñada a ambos lados de la carretera desde la Puerta de la Ciudad hasta los muros del Pelennor, la gente los aclamaba al pasar, rindiéndoles honores y alabanzas. Más tarde, todos los que habitaban lejos volvieron felices a sus hogares; pero en la Ciudad había muchas manos dispuestas a construir y a reparar, y a borrar todas las cicatrices y rastros de la guerra y todos los recuerdos de la sombra.

Los hobbits aún permanecían en Minas Tirith, y con ellos Legolas y Gimli, porque Aragorn no se resignaba a que la Compañía se disolviera. —Todo esto tendrá que terminar alguna vez —dijo—, pero me gustaría que os quedarais un tiempo más; la culminación de todo cuanto hemos hecho juntos no ha llegado aún. El día que he esperado durante todos los años de mi madurez se aproxima, y cuando llegue quiero tener a todos mis amigos junto a mí.

Pero nada más quiso decirles acerca de ese día.

Los Compañeros del Anillo vivían en una casa hermosa junto con Gandalf, e iban y venían a su antojo por la Ciudad. Y Frodo le dijo a Gandalf. —¿Sabes qué día es ése del que habla Aragorn? Porque aquí somos felices; y no deseo marcharme; pero pasan los días, y Bilbo está esperando; y mi hogar es la Comarca.

—En cuanto a Bilbo —dijo Gandalf—, también él está esperando ese día, y sabe qué te retiene aquí. Y en cuanto al correr de los días, todavía estamos en mayo y aún falta para el solsticio de verano; y aunque todo parece distinto, como si hubiera transcurrido una edad del mundo, para los árboles y las hierbas no ha pasado un año desde que partisteis.

—Pippin —dijo Frodo— ¿no decías que Gandalf estaba menos misterioso que antes? Seguramente estaría fatigado después de tanto esfuerzo. Ahora se está reponiendo.

Y Gandalf dijo: —A mucha gente le gusta saber de antemano qué se va a servir en la mesa; pero los que han trabajado en la preparación del festín prefieren mantener el secreto; pues la sorpresa hace más sonoras las palabras de elogio. Aragorn espera una señal.

Y hubo un día en el que los Compañeros no pudieron encontrar a Gandalf, y se preguntaron qué se estaría preparando. Pero en la oscuridad de la noche Gandalf salió con Aragorn de la Ciudad, y lo condujo a la falda meridional del Monte Mindolluin; y allí encontraron un sendero abierto en tiempos remotos que ahora pocos se atrevían a transitar. Pues subía hasta un paraje elevado de la montaña, un refugio que sólo los Reyes visitaban. Y trepando por sendas escarpadas, llegaron a un altiplano bajo las nieves que coronaban los picos, y que dominaba el precipicio que se abría a espaldas de la Ciudad. Y contemplaron las tierras, porque ya había despuntado el alba; y abajo en lontananza, semejantes a pinceles blancos tocados por los rayos del sol, vieron las torres de la Ciudad, y el Valle del Anduin se extendía como un huerto, y una bruma dorada velaba las Montañas de la Sombra. De un lado alcanzaban a ver el color gris de los Emyn Muil, y los reflejos del Rauros eran como el centelleo de una estrella lejana; y del otro lado veían el Río, que se extendía como una cinta hasta Pelargir, y más allá una luminosidad en el filo del horizonte que hablaba del Mar.

Y Gandalf dijo: —He aquí tu reino, y el corazón del reino más grande de los tiempos futuros. La Tercera Edad del Mundo ha terminado y se ha iniciado una nueva; y a ti te toca ordenar los comienzos y preservar todo cuanto sea posible. Pues aunque muchas cosas se han salvado, muchas otras habrán de perecer; también el Poder de los Tres Anillos ha terminado. Y en todas las tierras que aquí ves, y en las de alrededor, habitarán los Hombres. Pues se acercan los tiempos de la Dominación de los Hombres, y la Antigua Estirpe tendrá que partir o desaparecer.

—Eso lo sé muy bien, querido amigo —dijo Aragorn—, pero todavía necesito tu consejo.

—No por mucho tiempo ya —dijo Gandalf—. Mi tiempo era la Tercera Edad. Yo era el Enemigo de Sauron; y mi tarea ha concluido. Pronto habré de partir. En adelante, el peso recaerá sobre ti y los tuyos.

—Pero yo moriré —dijo Aragorn—. Porque soy un mortal, y aunque siendo quien soy y de la pura estirpe del Oeste tendré una vida mucho más larga que los demás mortales, esto es sólo un breve momento; y cuando aquellos que ahora están en los vientres de las madres hayan nacido y envejecido, también a mí me llegará la vejez. ¿Y quién gobernará entonces a Gondor y a quienes aman a esta Ciudad como a una Reina, si mi deseo no se cumple? En el Patio del Manantial el Árbol está aún marchito y estéril. ¿Cuándo veré la señal de que algún día cambiarán las cosas?

—Aparta la mirada del mundo verde, y vuélvela hacia todo cuanto parece yermo y frío —dijo Gandalf.

Y Aragorn volvió la cabeza, y vio a sus espaldas una pendiente rocosa que descendía desde la orilla de la nieve; y mientras miraba advirtió que algo crecía en medio del desierto; y bajó hasta allí, y vio que en el borde mismo de la nieve despuntaba el retoño de un árbol de apenas tres pies de altura. Ya tenía hojas jóvenes largas y delicadas, oscuras en la faz, plateadas en el dorso, y la copa esbelta estaba coronada por un pequeño racimo de flores, cuyos pétalos blancos resplandecían como la nieve al sol.

Aragorn exclamó entonces: —*Ye! utúvienyes!* ¡Lo he encontrado! ¡Mira! Un retoño del más anciano de los Árboles. Mas ¿cómo ha crecido aquí? Porque no ha de tener ni siete años.

Y Gandalf se acercó, lo miró, y dijo: —Es en verdad un retoño de la estirpe de Nimloth el hermoso; semilla de Galathilion, fruto de Telperion, el más anciano de los Árboles, el de los muchos nombres. ¿Quién puede decir cómo ha llegado aquí, a la hora señalada? Pero este lugar es un antiguo sagrario, y antes de la extinción de los Reyes, antes que el Árbol se agostara en el Patio, uno de sus frutos fue sin duda depositado aquí. Porque aunque se ha dicho que el fruto del Árbol rara vez madura, la vida que late en él puede permanecer aletargada largos años, y nadie puede prever el momento en que habrá de despertar. Recuerda mis palabras. Porque si alguna vez un fruto del Árbol entra en sazón, tendrás que plantarlo, para que la estirpe no desaparezca del mundo para siempre. Aquí sobrevivió, escondido en la montaña, mientras la estirpe de Elendil sobrevivía oculta en los desiertos del Norte. Pero la de Nimloth es más antigua que la tuya, Rey Elessar.

Entonces Aragorn posó suavemente la mano en el retoño, y he aquí que parecía estar apenas hundido en la tierra, y lo levantó sin dañarlo, y lo llevó consigo a la Ciudadela. Y el Árbol marchito fue arrancado de raíz, pero con reverencia; y no lo quemaron: lo llevaron a Rath Dínen, y allí lo depositaron, para que reposara en el silencio. Y Aragorn plantó el árbol nuevo en el patio al pie del Manantial, y pronto empezó a crecer, vigoroso y lozano, y cuando llegó el mes de junio estaba cubierto de flores.

—La señal ha llegado —dijo Aragorn—, y el día ya no está lejos.

Y apostó centinelas en las murallas.

Era la víspera del Solsticio de Verano, y unos mensajeros llegaron desde Amon Dîn a la Ciudad, anunciando que una espléndida cabalgata venía del norte, y se acercaba a los muros del Pelennor. Y el Rey dijo: —Han llegado al fin. Que toda la Ciudad se prepare.

Y esa misma noche, víspera del Día de Pleno Verano, cuando el cielo era azul como el zafiro y las estrellas blancas aparecían en el este, y el oeste era todavía dorado, y el aire fragante y fresco, los Jinetes llegaron por el Camino del Norte a las puertas de Minas Tirith. A la cabeza cabalgaban Elrohir y Elladan con un estandarte de plata; los seguían Glorfindel y Erestor y la gente de la casa de Rivendel, y detrás de ellos venían la Dama Galadriel y Celeborn, Señor de Lothlórien, montados en corceles blancos, con mantos grises, y gemas blancas en los cabellos; y por último el Señor Elrond, poderoso entre los Elfos y los Hombres, llevando el cetro de Annúminas, y junto a él, montada en un palafrén gris, cabalgaba la hija de Elrond, Arwen, Estrella de la Tarde de su pueblo.

Y Frodo al verla llegar resplandeciente a la luz del atardecer, con las estrellas en la frente y envuelta en una dulce fragancia, quedó maravillado, y le dijo a Gandalf: —¡Al fin comprendo por qué hemos esperado! Esto es el fin. Ahora no sólo el día será bien amado, también la noche será bienaventurada y hermosa, y desaparecerán todos los temores.

Entonces el Rey les dio la bienvenida, y los huéspedes se apearon de los caballos, y Elrond dejó el cetro, y puso en la mano del Rey la mano de su hija, y así juntos se encaminaron a la Ciudad Alta, mientras en el cielo florecían las estrellas. Y en la Ciudad de los Reyes, en el día del Solsticio de Verano, Aragorn, Rey Elessar, desposó a Arwen Undómiel, y así culminó la historia de una larga espera y muchos trabajos.

6

NUMEROSAS SEPARACIONES

Cuando al fin terminaron los días de regocijo, los Compañeros pensaron en el regreso. Y Frodo fue a ver al Rey, y lo encontró sentado junto al manantial con la Reina Arwen; y ella cantaba una canción de Valinor, y mientras tanto el Árbol crecía y florecía. Recibieron de buen grado a Frodo, y se levantaron para saludarlo; y Aragorn dijo:

—Sé lo que has venido a decirme, Frodo: deseas volver a tu casa. Y bien, entrañable amigo, el árbol crece mejor en la tierra de sus antepasados; pero siempre serás bienvenido en todos los países del Oeste. Y aunque en las antiguas gestas de los grandes tu pueblo haya conquistado poca fama, de ahora en adelante tendrá más renombre que muchos vastos reinos hoy desaparecidos.

—Es verdad que deseo volver a la Comarca —dijo Frodo—. Pero antes quiero pasar por Rivendel. Porque si bien nada pudo faltarme en días tan colmados de bendiciones, he echado de menos a Bilbo; y en verdad me quedé triste cuando vi que no llegaba con la comitiva de Elrond.

—¿Acaso te ha sorprendido, Portador del Anillo? —dijo Arwen—: Porque tú conoces el poder del objeto que ha sido destruido; y todo cuanto fue creado por él está desapareciendo ahora. Pero tu pariente tuvo el Anillo más tiempo que tú, y ahora es un anciano para los suyos; y te espera, pues ya nunca más hará un largo viaje, excepto el último.

—En ese caso pido licencia para partir cuanto antes —dijo Frodo.

—Partiremos dentro de siete días —dijo Aragorn—. Porque yo haré con vosotros buena parte del camino, hasta el país de Rohan. Dentro de tres días regresará Éomer y se llevará a Théoden a que repose en la Marca, y nosotros lo acompañaremos para honrar al caído. Pero ahora, antes de tu partida, deseo confirmarte lo que antes te dijo Faramir: eres libre para siempre en el reino de Gondor, al igual que todos tus compañeros. Y si hubiera presentes dignos de vuestras hazañas, os los daré; pero si deseáis alguna cosa, podéis llevarla; y cabalgaréis con los honores y la pompa de los príncipes de este reino.

Pero la Reina Arwen dijo:

—Yo te haré un regalo. Porque soy la hija de Elrond. No partiré con él cuando se encamine a los Puertos; porque mi elección es la de Lúthien, y como ella he elegido a la vez lo dulce y lo amargo. Pero tú podrás partir en mi lugar, Portador del Anillo, si cuando llegue la hora ése es tu deseo. Si los daños aún te duelen, y si la carga todavía te pesa en la memoria, podrás cruzar al Oeste, hasta que todas tus heridas y pesares hayan cicatrizado. Pero ahora lleva esto en recuerdo de Piedra de Elfo y de Estrella de la Tarde, que ya siempre formarán parte de tu vida.

Y quitándose una gema blanca como una estrella que le pendía sobre el pecho engarzada en una cadena de plata, la puso alrededor del cuello de Frodo.

—Cuando los recuerdos del miedo y de la oscuridad te atormenten —dijo—, esto podrá ayudarte.

Tres días después, tal como lo anunciara el Rey, Éomer de Rohan llegó cabalgando a la Ciudad, escoltado por un *éored* de los más nobles caballeros de la Marca. Fue recibido con grandes agasajos, y cuando todos se sentaron a la mesa en Merethrond, el Gran Salón de los Festines, vio la belleza de las damas y quedó maravillado. Y antes de irse a descansar mandó buscar a Gimli el Enano, y le dijo:

—Gimli hijo de Glóin, ¿tienes tu hacha preparada?

—No, señor —dijo Gimli— pero puedo ir a buscarla en seguida, si es menester.

—Tú mismo lo juzgarás —dijo Éomer—. Porque aún quedan pendientes entre nosotros ciertas palabras irreflexivas a propósito de la Dama del Bosque de Oro. Y ahora la he visto con mis propios ojos.

—Y bien, señor —dijo Gimli—, ¿qué opinas ahora?

343

—¡Ay! —dijo Éomer—. No diré que es la dama más hermosa de todas cuantas viven.

—Entonces tendré que ir en busca de mi hacha —dijo Gimli.

—Pero antes he de alegar una disculpa —dijo Éomer—. Si la hubiera visto en otra compañía, habría dicho todo cuanto tú quisieras. Pero ahora pondré en primer lugar a la Reina Arwen Estrella de la Tarde, y estoy dispuesto a desafiar a quienquiera que se atreva a contradecirme. ¿Haré traer mi espada?

Entonces Gimli saludó a Éomer inclinándose en una reverencia.

—No, por lo que a mí toca, estás disculpado, señor —dijo—. Tú has elegido la Tarde; pero yo he entregado mi amor a la Mañana. Y el corazón me dice que pronto desaparecerá para siempre.

Llegó por fin el día de la partida, y una comitiva brillante y numerosa se preparó para cabalgar rumbo al norte. Los reyes de Gondor y Rohan fueron entonces a los Recintos Sagrados y llegaron a las tumbas de Rath Dínen, y llevaron al Rey Théoden en un féretro de oro, y en silencio atravesaron la Ciudad; y depositaron el féretro en un gran carruaje, flanqueado por los Jinetes de Rohan y precedido por el estandarte; y Merry, por ser el escudero de Théoden, viajó en el carruaje acompañando las armas del Rey.

A los otros Compañeros les trajeron caballos adecuados a la estatura de cada uno; y Frodo y Samsagaz cabalgaban a los flancos de Aragorn, y Gandalf iba montado en Sombragrís, y Pippin con los caballeros de Gondor; y Legolas y Gimli como siempre, cabalgaban juntos en la grupa de Arod.

De aquella cabalgata participaban también la Reina Arwen, y Celeborn y Galadriel con su gente, y Elrond y sus hijos; y los príncipes de Dol Amroth y de Ithilien, y numerosos capitanes y caballeros. Jamás un Rey de la Marca había marchado con un séquito como el que acompañó a Théoden hijo de Thengel a la tierra de los antepasados.

Sin prisa y en paz atravesaron Anórien, y llegaron al Bosque Gris al pie del Amon Dîn; y allí oyeron sobre las colinas un redoble como de tambores, aunque no se veía ninguna criatura viviente. Entonces Aragorn hizo sonar las trompetas; y los heraldos pregonaron:

—¡Escuchad! ¡Ha venido el Rey Elessar! ¡A Ghân-buri-Ghân y a los suyos les da para siempre la Floresta de Drúadan; y que en adelante ningún hombre entre ahí si ellos no lo autorizan!

El redoble de tambores creció un momento, y luego calló.

Por fin y al cabo de quince jornadas el carruaje que transportaba al Rey Théoden cruzó los prados verdes de Rohan y llegó a Edoras; y allí todos descansaron. El Castillo Dorado había sido engalanado con hermosas colgaduras y había luces en todas partes, y en aquellos salones se celebró el festín más fastuoso que allí se hubiera conocido. Porque pasados tres días, los Hombres de la Marca prepararon los funerales de Théoden, y lo depositaron en una casa de piedra con las armas y muchos otros objetos hermosos que él había tenido, y sobre la casa levantaron un gran túmulo, y lo cubrieron de arriates de hierba verde y de blancos nomeolvides. Y ahora había ocho túmulos en el ala oriental del Campo Tumulario.

Entonces los Jinetes de la Escolta del Rey cabalgaron alrededor del túmulo montados en caballos blancos, y cantaron a coro una canción que la gesta de Théoden hijo de Thengel había inspirado a Gléowine, el hacedor de canciones, y que fue la última que compuso en vida. Las voces lentas de los Jinetes conmovieron aun a aquellos que no comprendían la lengua del país; pero las palabras de la canción encendieron los ojos de la gente de la Marca, pues volvían a oír desde lejos el trueno de los cascos del Norte, y la voz de Eorl elevándose por encima de los gritos y el fragor de la batalla en el Campo de Celebrant; y proseguía la historia de los Reyes, y el Cuerno de Helm resonaba en las Montañas, hasta que caía la Oscuridad, y el Rey Théoden se erguía y galopaba hacia el fuego a través de la Sombra, y moría con gloria y esplendor mientras el sol, retornando de más allá de la esperanza, resplandecía en la mañana sobre el Mindolluin.

Salido de la duda, libre de las tinieblas,
cantando al sol galopó hacia el amanecer, desnudando la espalda.
Encendió una nueva esperanza, y murió esperanzado;
fue más allá de la muerte, el miedo y el destino;
dejó atrás la ruina, y la vida, y entró en la larga gloria.

Pero Merry lloraba al pie del túmulo verde, y cuando la canción terminó, se incorporó y gritó: —¡Théoden Rey! ¡Théoden Rey! Como un padre fuiste para mí, por poco tiempo. ¡Adiós!

Terminados los funerales, cuando cesó el llanto de las mujeres y Théoden reposó al fin en paz bajo el túmulo, la gente se reunió en el Castillo Dorado para el gran festín y dejó de lado la tristeza; porque Théoden había vivido largos años y había acabado sus días con tanta gloria como los más insignes de la estirpe. Y cuando llegó la hora de beber en memoria de los Reyes, como era costumbre en la Marca, Éowyn Dama de Rohan se acercó a Éomer y le puso en la mano una copa llena.

Entonces un trovador y maestro de tradiciones se levantó y fue enunciando uno a uno y en orden los nombres de todos los Señores de la Marca: Eorl el Joven; y Brego el Constructor del Castillo; y Aldor hermano de Baldor el Infortunado; y Fréa, y Fréawine, y Goldwine, y Déor, y Gram; y Helm, el que permaneció oculto en el Abismo de Helm cuando invadieron la Marca; y así fueron nombrados todos los túmulos del ala occidental, pues en aquella época el linaje se había interrumpido, y luego fueron enumerados los túmulos del ala oriental: Fréalaf, hijo de la hermana de Helm, y Léofa, y Walda, y Folca, y Folcwine, y Fengel y Thengel, y finalmente Théoden. Y cuando Théoden fue nombrado, Éomer vació la copa. Éowyn pidió entonces a los servidores que llenaran las copas, y todos los presentes se pusieron de pie y bebieron y brindaron por el nuevo Rey, exclamando: —¡Salve, Éomer, Rey de la Marca!

Y más tarde, cuando ya la fiesta concluía, Éomer se levantó y dijo:

—Éste es el festín funerario de Théoden Rey; pero antes de separarnos quiero anunciaros una noticia feliz, pues sé que a él no le disgustaría que yo así lo hiciera, ya que siempre fue un padre para Éowyn mi hermana. Escuchad, todos mis invitados, noble y hermosa gente de numerosos reinos, como jamás se viera antes congregada en este palacio: ¡Faramir, Senescal de Gondor y Príncipe de Ithilien pide la mano de Éowyn Dama de Rohan, y ella se la concede de buen grado! Y aquí mismo celebrarán la boda ante todos nosotros.

Y Faramir y Éowyn se adelantaron y se tomaron de la mano; y todos los presentes brindaron por ellos y estaban contentos.

—De este modo —dijo Éomer— la amistad entre la Marca y Gondor queda sellada con un nuevo vínculo, y esto me regocija todavía más.

—No eres avaro por cierto, Éomer —dijo Aragorn—, al dar así a Gondor lo más hermoso de tu reino.

Entonces Éowyn miró a Aragorn a los ojos, y dijo:

—¡Deséame ventura, mi Señor y Curador!

Y él respondió: —Siempre te deseé ventura desde el día en que te conocí. Y verte ahora feliz cura una herida en mi corazón.

Cuando la fiesta concluyó, los huéspedes que tenían que irse se despidieron del Rey Éomer. Aragorn y sus caballeros, y la gente de la casa de Lórien y de Rivendel se prepararon para la partida; pero Faramir e Imrahil quedaron en Edoras; y también Arwen Estrella de la Tarde, y despidió a sus hermanos. Nadie presenció el último encuentro de ella y Elrond, pues subieron a las colinas y allí hablaron a solas largamente, y amarga fue aquella separación que duraría hasta más allá del fin del mundo.

Poco antes de la hora de la partida, Éomer y Éowyn se acercaron a Merry y le dijeron: —Hasta la vista ahora, Me-

347

riadoc de la Comarca y Escanciador de la Marca. Cabalga hacia la ventura, y luego cabalga de vuelta, pues aquí siempre serás bienvenido.

Y Éomer dijo: —Los Reyes de antaño te habrían hecho tantos presentes por tus hazañas en los campos de Mundburgo, que un carromato no habría bastado para transportarlos; pero tú dices que sólo quieres llevar las armas que te fueron dadas. Respeto tu voluntad, porque nada puedo ofrecerte que sea digno de ti; pero mi hermana te ruega que aceptes este pequeño regalo, en memoria de Dernhelm y de los cuernos de la Marca al despuntar el día.

Entonces Éowyn le dio a Merry un cuerno antiguo, con un tahalí verde; era pequeño pero estaba hábilmente forjado, todo en hermosa plata; y los artífices habían grabado en él unos jinetes al galope en una línea que descendía en espiral desde la boquilla al pabellón, y runas de altas virtudes.

—Es una reliquia de nuestra casa —dijo Éowyn—. Fue forjado por los Enanos, y formaba parte del botín de Scatha el Gusano. Eorl el Joven lo trajo del Norte. Aquel que lo sople en una hora de necesidad, despertará temor en el corazón de los enemigos y alegría en el de los amigos, y ellos lo oirán y acudirán.

Merry tomó entonces el cuerno, pues no podía rehusarlo, y besó la mano de Éowyn; y ellos lo abrazaron, y así se separaron aquella vez.

Ya los huéspedes estaban prontos para la partida; y luego de beber el vino del estribo, con grandes alabanzas y demostraciones de amistad, emprendieron la marcha, y al cabo de algún tiempo llegaron al Abismo de Helm, y allí descansaron dos días. Legolas cumplió entonces la promesa que le había hecho a Gimli, y fue con él a las Cavernas Centelleantes; y volvió silencioso, y dijo que sólo Gimli era capaz de encontrar palabras apropiadas para describir las cavernas.

—Y nunca hasta ahora un Enano había derrotado a un Elfo en un torneo de elocuencia —añadió—. ¡Pero ahora iremos a Fangorn e igualaremos los tantos!

Partiendo del Valle del Bajo cabalgaron hasta Isengard, y allí vieron los asombrosos trabajos que habían llevado a cabo los Ents. El círculo de piedras había desaparecido, y las tierras antes cercadas se habían transformado en un jardín de árboles y huertas, y por él corría un arroyo, pero en el centro había un lago de agua clara, y allí se levantaba aún, alta e inexpugnable, la Torre de Orthanc, y la roca negra se reflejaba en el estanque.

Los viajeros se sentaron a descansar en el sitio en que antes se alzaban las antiguas puertas de Isengard; allí se erguían ahora dos árboles altos, como centinelas a la entrada del sendero bordeado de vegetación que conducía a Orthanc; y contemplaron con admiración los trabajos, pero no vieron un alma viviente, ni cerca ni lejos. Pronto sin embargo oyeron una voz que llamaba *huum-hoom, hum-hoon*, y de improviso Bárbol les salió al encuentro, caminando a grandes trancos; y con él venía Ramaviva.

—¡Bienvenidos al Patio del Árbol de Orthanc! —exclamó—. Supe que veníais, pero estaba atareado en lo alto del valle; todavía queda mucho por hacer. Pero por lo que he oído, vosotros tampoco habéis estado ociosos allá en el sur y en el oeste; y todo cuanto ha llegado a mis oídos es bueno, buenísimo.

Y Bárbol ensalzó las hazañas de todos, de las que parecía estar perfectamente enterado; por fin hizo una pausa y miró largamente a Gandalf.

—¡Y bien, veamos! —dijo—. Has demostrado ser el más poderoso, y todas tus empresas han concluido bien. Mas ¿adónde irás ahora? ¿Y a qué has venido aquí?

—A ver cómo marchan tus trabajos, amigo mío —respondió Gandalf—, y a agradecerte tu ayuda en todo lo que se ha conseguido.

—*Huum*, bien, me parece muy justo —dijo Bárbol—, pues es indiscutible que también los Ents desempeñaron un papel en todo esto. Y no sólo dándole su merecido a ese... *huum*... ese mata-árboles maldito que vivía aquí. Porque tuvimos una gran invasión de esos... *burárum*... esos ojizainos, maninegros, patituertos, lapidíficos, manilargos, carroñosos, sanguinosos, *morimaitre-sincahonda*, *huum,* bueno, puesto que sois gente que vive de prisa, y el nombre completo es largo como años de tormento, esos gusanos de los orcos llegaron remontando el Río, y descendiendo del norte, y rodearon el bosque de Laurelindórenan, pero no pudieron entrar gracias a los Grandes aquí presentes.

Se inclinó ante el Señor y la Dama de Lórien.

"Y esas criaturas abominables quedaron más que estupefactas al vernos en la Floresta, pues nunca habían oído hablar de nosotros; aunque lo mismo puede decirse de alguna gente más honorable. Y no habrá muchos que nos recuerden, porque tampoco fueron muchos los que escaparon con vida, y a la mayoría se los llevó el Río. Pero fue una suerte para vosotros, porque si no nos hubieras encontrado, el Rey de las praderas no habría llegado muy lejos, y si hubiera podido hacerlo, no habría tenido un hogar a donde regresar.

—Lo sabemos muy bien —dijo Aragorn—, y es algo que ni en Minas Tirith ni en Edoras se olvidará jamás.

—*Jamás* —dijo Bárbol— es una palabra demasiado larga hasta para mí. Mientras perduren vuestros reinos, querrás decir; y mucho tendrán que perdurar por cierto para que les parezcan largos a los Ents.

—La Nueva Edad comienza —dijo Gandalf—, y en ella bien puede ocurrir que los reinos de los Hombres te sobrevivan, Fangorn, amigo mío. Mas, dime ahora una cosa: ¿qué fue de la tarea que te encomendé? ¿Cómo está Saruman? ¿No se ha hastiado aún de Orthanc? No creo que piense que has mejorado el panorama que se ve desde su ventana.

Bárbol clavó en Gandalf una mirada larga, casi astuta, pensó Merry.

—Ah —dijo Bárbol—. Me imaginé que llegarías a eso. ¿Hastiado de Orthanc? Más que hastiado, al final; pero no tan hastiado de la torre como de mi voz. *¡Huum!* Me oyó unos largos sermones, o al menos lo que consideraríais largos en vuestra habla.

—¿Entonces por qué se quedó a escucharlos? ¿Has entrado en Orthanc? —preguntó Gandalf.

—*Huum,* no, no en Orthanc —dijo Bárbol—. Pero se asomaba a la ventana y escuchaba, porque sólo así podía enterarse de alguna noticia y detestaba oírme, lo consumía la ansiedad; y te aseguro que las escuchó, todas y bien. Pero agregué muchas cosas, para que reflexionara. Al final estaba muy cansado. Siempre tenía prisa, y esa fue su ruina.

—Observo, mi buen Fangorn —dijo Gandalf—, que pones cuidado en decir *vivía, fue, estaba.* ¿Por qué no en presente? ¿Acaso ha muerto?

—No, no ha muerto, hasta donde yo sé —dijo Bárbol—. Pero se ha marchado. Sí, se fue hace siete días. Lo dejé partir. Poco quedaba de él cuando salió arrastrándose, y en cuanto a esa especie de serpiente que lo acompañaba, era como una sombra pálida. Ahora no vengas a decirme, Gandalf, que te prometí retenerlo encerrado; pues ya lo sé. Pero las cosas han cambiado desde entonces. Y lo mantuve encerrado hasta que yo mismo tuve la certeza de que ya no podía causar nuevos males. Tú no puedes ignorar que lo que más detesto es ver enjaulados a los seres vivos; ni aun a criaturas como ésta tendría yo encerradas, excepto en casos de extrema necesidad. Una serpiente desdentada puede arrastrarse por donde quiera.

—Quizá tengas razón —dijo Gandalf—, pero creo que a esta víbora aún le queda un diente. Tenía el veneno de la voz, y sospecho que te persuadió, aun a ti, Bárbol, pues conocía tu lado flaco. Y bien, ahora se ha ido, y no hay más que hablar. Pero la Torre de Orthanc vuelve a manos del Rey, a quien pertenece. Aunque quizá no llegue a necesitarla.

—Eso se verá más adelante —dijo Aragorn—. Pero todo este valle lo doy a los Ents para que hagan con él lo que deseen, siempre y cuando vigilen la Torre de Orthanc y se aseguren de que nadie penetre en ella sin mi autorización.

—Está cerrada —dijo Bárbol—. Obligué a Saruman a que la cerrara y me entregara las llaves. Ramaviva las tiene.

Ramaviva se inclinó como un árbol combado por el viento y entregó a Aragorn dos grandes llaves negras muy trabajadas, unidas por una argolla de acero.

—Ahora os doy nuevamente las gracias —dijo Aragorn—, y os digo adiós. Ojalá vuestro bosque crezca y prospere otra vez en paz. Y cuando hayáis colmado este valle, al oeste de las montañas, donde ya habitasteis en otros tiempos, habrá aún mucho espacio libre.

El rostro de Bárbol se entristeció.

—Las florestas pueden crecer —dijo—, los bosques pueden prosperar, pero no los Ents. No tenemos hijos Ents.

—Sin embargo, quizá ahora vuestra búsqueda tenga un nuevo sentido —dijo Aragorn—. Se os abrirán tierras en el Este que durante largo tiempo permanecieron cerradas.

Pero Bárbol meneó la cabeza y dijo: —Queda lejos. Y en estos tiempos hay demasiados Hombres por allá. ¡Pero estoy olvidando la hospitalidad y la cortesía! ¿Queréis quedaros y descansar un rato? ¿Y acaso a algunos os agradaría atravesar el Bosque de Fangorn y acortar así el camino de regreso? —Y miró a Celeborn y a Galadriel.

Pero todos con excepción de Legolas dijeron que había llegado la hora de despedirse y de partir, hacia el sur o hacia el oeste.

—¡Ven, Gimli! —dijo Legolas—. Ahora, con el permiso de Fangorn, podré visitar los sitios recónditos del Bosque de Ents, y ver árboles como no crecen en ninguna otra región de la Tierra Media. Tú cumplirás lo prometido, y me acompañarás; y así volveremos juntos a nuestros países en el Bosque Negro y más allá.

Y Gimli consintió, aunque al parecer no de muy buena gana.

—Aquí se disuelve al fin la Comunidad del Anillo —dijo Aragorn—. Espero sin embargo que pronto volveréis a mi país con la ayuda prometida.

—Volveremos, si nuestros señores nos lo permiten —dijo Gimli—. ¡Bien, hasta la vista, mis queridos hobbits! Pronto llegaréis sanos y salvos a vuestros hogares, y ya no perderé el sueño temiendo por vuestra suerte. Mandaremos noticias cuando podamos, y acaso algunos de nosotros volvamos a encontrarnos de tanto en tanto; pero temo que ya nunca más estaremos todos juntos otra vez.

Entonces Bárbol se despidió de todos, uno por uno, y se inclinó lentamente tres veces y con profundas reverencias ante Celeborn y Galadriel.

—Hacía mucho, mucho tiempo que no nos encontrábamos entre los árboles o las piedras. *A vanimar, vanimálion nostari!* —dijo—. Es triste que sólo ahora, al final, hayamos vuelto a vernos. Porque el mundo está cambiando: lo siento en el agua, lo siento en la tierra, lo huelo en el aire. No creo que nos encontremos de nuevo.

Y Celeborn dijo: —No lo sé, Venerable.

Pero Galadriel dijo: —No en la Tierra Media, ni antes que las tierras que están bajo las aguas emerjan otra vez. Entonces quizá volvamos a encontrarnos en los saucedales de Tasarinan en la primavera. ¡Adiós!

Merry y Pippin fueron los últimos en despedirse; y el viejo Ent recobró la alegría al mirarlos.

—Bueno, mis alegres amigos —dijo— ¿queréis beber conmigo otro trago antes de partir?

—Por cierto que sí —le respondieron, y el Ent los llevó a la sombra de uno de los árboles, y allí vieron un gran cántaro de piedra. Y Bárbol llenó tres tazones, y bebieron; y los hobbits vieron los ojos extraños del Ent que miraba por encima del borde del tazón.

—¡Cuidado, cuidado! —dijo Bárbol—. Porque ya habéis crecido desde la última vez que os vi.

Y los hobbits se echaron a reír y vaciaron de un trago los tazones.

—¡Y bien, adiós! —continuó Bárbol—. Y si en vuestra tierra tenéis alguna noticia de las Ent-mujeres, enviadme un mensaje.

Luego saludó a toda la comitiva moviendo las grandes manos y desapareció entre los árboles.

Ahora, camino al Paso de Rohan, los viajeros galopaban más rápidamente, y al fin, muy cerca del lugar en que Pippin había mirado la Piedra de Orthanc, Aragorn se despidió. Esta separación entristeció a los hobbits; porque Aragorn nunca los había defraudado, y los había guiado en muchos peligros.

—Me gustaría tener una Piedra con la que pudiese ver a los amigos —dijo Pippin— y hablar con ellos desde lejos.

—Ya no queda más que una que podría servirte —respondió Aragorn—, pues lo que verías en la piedra de Minas Tirith no te gustaría nada. Pero la Palantír de Orthanc la conservará el Rey, y así verá lo que pasa en el reino, y qué hacen los servidores. Porque no olvides, Peregrin Tuk, que eres un caballero de Gondor, y no te he liberado de mi servicio. Ahora partes con licencia, pero tal vez vuelva a llamarte. Y recordad, queridos amigos de la Comarca, que mi reino también está en el Norte, y algún día iré a vuestra tierra.

Aragorn se despidió entonces de Celeborn y de Galadriel, y la Dama le dijo: —Piedra de Elfo, a través de las tinieblas llegaste a tu esperanza, y ahora tienes todo tu deseo. ¡Emplea bien tus días!

Pero Celeborn le dijo: —¡Hermano, adiós! ¡Ojalá tu destino sea distinto del mío, y tu tesoro te acompañe hasta el fin!

Y con estas palabras partieron, y era la hora del crepúsculo, y cuando un momento después volvieron la cabeza, vieron al Rey del Oeste a caballo, rodeado por sus caballeros; y el sol poniente los iluminaba, y los arneses resplandecían como oro rojo, y el manto blanco de Aragorn parecía una llama. Aragorn tomó entonces la piedra verde y la levantó, y una llama verde le brotó de la mano.

Pronto la ahora menguada compañía dobló al oeste siguiendo el curso del Isen, y atravesando el Paso se internó en los páramos que se extendían del otro lado; y de allí fue hacia el norte y cruzó los lindes de las Tierras Brunas. Los Dunlendinos huían y se escondían ante ellos, pues temían a los Elfos, aunque en verdad no los veían con frecuencia. Pero los viajeros no se turbaron, ya que eran aún una compañía numerosa y bien provista; y avanzaron con serenidad, levantando las tiendas cuando y donde preferían.

En el sexto día de viaje desde que se separaran del Rey, atravesaron un bosque que bajaba de las colinas al pie de las Montañas Nubladas, que ahora se levantaban a la derecha. Cuando al caer el sol salieron una vez más a campo abierto, alcanzaron a un anciano que caminaba encorvado apoyándose en un bastón, vestido con harapos grises o que habían sido blancos; otro mendigo que se arrastraba lloriqueando le pisaba los talones.

—¡Si es Saruman! —exclamó Gandalf—. ¿Adónde vas?

—¿Qué te importa? —respondió el otro—. ¿Todavía quieres gobernar mis actos, y no estás contento con mi ruina?

—Tú conoces las respuestas —dijo Gandalf—: no y no. Pero de todos modos el tiempo de mis afanes está concluyendo. El Rey ha tomado ahora la carga. Si hubieras esperado en Orthanc lo habrías visto, y te habría mostrado sabiduría y clemencia.

—Mayor razón entonces para haber partido antes —dijo Saruman—, pues no quiero de él ni una cosa ni la otra. Y si en verdad esperas una respuesta a la primera pregunta, busco cómo salir de su reino.

—Entonces una vez más has equivocado el camino —dijo Gandalf—, y no veo en tu viaje ninguna esperanza. Pero dime, ¿desdeñarás nuestra ayuda? Pues te la ofrecemos.

—¿A mí? —dijo Saruman—. ¡No, por favor, no me sonrías! Te prefiero con el ceño fruncido. Y en cuanto a la Dama aquí presente, no confío en ella: siempre me ha odiado, y era tu cómplice. Estoy seguro de que te trajo por este camino para disfrutar con mi miseria. Si hubiese sabido que me seguíais, os habría privado de ese placer.

—Saruman —dijo Galadriel—, tenemos otras tareas y otras preocupaciones que nos parecen mucho más urgentes que la de seguirte los pasos. Di más bien que la suerte se ha apiadado de ti, porque ahora te brinda una última oportunidad.

—Si en verdad es la última, me alegro —dijo Saruman—, porque así me ahorrará la molestia de tener que volver a rechazarla. Todas mis esperanzas están en ruinas, mas no deseo compartir las vuestras. Si os queda alguna.

Un fuego le brilló un instante en los ojos.

—Dejadme en paz —dijo—. No en vano consagré largos años al estudio de estas cosas. Vosotros mismos os habéis condenado, y lo sabéis, y en mi vida errante será para mí un gran consuelo pensar que al destruir mi casa también habéis destruido la vuestra. Y ahora ¿qué nave os llevará a la otra orilla a través de un mar tan ancho? —se burló—. Será una nave gris, y con una tripulación de fantasmas.

Se echó a reír, pero la voz era cascada y desagradable.

—¡Levántate, idiota! —le gritó al otro mendigo, que se había sentado en el suelo, y lo golpeó con el bastón—. ¡Media vuelta! Si esta noble gente va en nuestra misma dirección, nosotros cambiaremos de rumbo. ¡Muévete, o te quedarás sin el pan duro de la cena!

El mendigo dio media vuelta y pasó junto a él encorvado y gimoteando. —¡Pobre viejo Grima! ¡Pobre viejo Grima! Siempre castigado y maldecido. ¡Cuánto lo odio! ¡Ojalá pudiera abandonarlo!

—¡Abandónalo entonces! —dijo Gandalf.

Pero Lengua de Serpiente, con los ojos sanguinolentos y aterrorizados, echó una breve mirada a Gandalf, y luego, arrastrando los pies rápidamente fue detrás de Saruman. Y cuando los dos miserables pasaban junto a la compañía, vieron a los hobbits, y Saruman se detuvo y les clavó los ojos, pero ellos lo miraron con piedad.

—¿Así que también vosotros habéis venido a regodearos, mis alfeñiques? No os preocupa lo que le falta a un mendigo, ¿no? Porque tenéis todo cuanto queréis, comida y espléndidos vestidos, y la mejor hierba para vuestras pipas. ¡Oh sí, lo sé! Sé de dónde proviene. ¿No le daríais a un mendigo lo suficiente para llenar una pipa, no lo haríais?

—Lo haría, si tuviese —dijo Frodo.

—Puedes quedarte con toda la que me queda —dijo Merry entonces—, si esperas un momento. —Se apeó del caballo y buscó en la alforja de la montura. Luego le extendió a Saruman un saquito de cuero.— Quédate con todo lo que hay —dijo—. Te lo cedo gustoso; la encontré entre los despojos de Isengard.

—¡Mía, mía, sí y a buen precio la compré! —gritó Saruman, arrebatándole la tabaquera—. Esto no es más que una restitución simbólica; porque tomaste mucho más, estoy seguro. De todos modos, un mendigo ha de estar agradecido, cuando un ladrón le devuelve siquiera una migaja de lo que le pertenece. Bien, te servirá de escarmiento si al volver a tu tierra, encuentras que las cosas no marchan tan bien como a ti te gustaría en la Cuaderna del Sur. ¡Ojalá por largo tiempo escasee la hierba en tu país!

—¡Gracias! —dijo Merry—. En ese caso quiero que me devuelvas mi tabaquera, que no es tuya y ha viajado conmigo mucho y muy lejos. Envuelve la hierba en uno de tus harapos.

—A ladrón, ladrón y medio —dijo Saruman, volviéndole la espalda a Merry; y dándole un puntapié a Lengua de Serpiente, se alejó en dirección al bosque.

—¡Bueno, lo que faltaba! —dijo Pippin—. ¡Ladrón! ¿Y qué indemnización tendríamos que reclamar nosotros por haber sido emboscados, heridos, y llevados a la rastra por los orcos a través de Rohan?

—¡Ah! —dijo Sam—. Y dijo la *compré*. ¿Cómo? me pregunto. Y no me gustó nada lo que dijo de la Cuaderna del Sur. Es hora de que volvamos.

—Por cierto que sí —dijo Frodo—. Pero no podremos llegar más rápido, si antes vamos a ver a Bilbo. Pase lo que pase, yo iré primero a Rivendel.

—Sí, creo que sería lo mejor —dijo Gandalf—. Pero ¡pobre Saruman! Temo que ya no se pueda hacer nada por él. No es más que una piltrafa. A pesar de todo, sé que Bárbol está en lo cierto: sospecho que aún es capaz de un poco de maldad mezquina y en menor escala.

Al día siguiente se internaron en las Tierras Brunas septentrionales, una región ahora deshabitada aunque verde y apacible. Septiembre llegó con días dorados y noches de plata; y cabalgaron tranquilos hasta llegar al Río de los Cisnes, y encontraron el antiguo vado, al este de las cascadas que se precipitaban en los bajíos. A lo lejos hacia el oeste, se extendían las marismas y los islotes envueltos en niebla, y el río que serpenteaba entre ellos para ir a volcarse en el Aguada Gris; allí entre los juncales había muchos cisnes.

Así entraron en Eregion, y por fin una mañana hermosa centelleó sobre las brumas; desde el campamento que habían levantado en una colina baja, los viajeros vieron a lo lejos en el este tres picos que se erguían a la luz del sol entre nubes flotantes: Caradhras, Celebdil y Fanuidhol. Estaban llegando a las cercanías de las Puertas de Moria.

Allí se demoraron siete días, porque se acercaba otra separación que era penosa para todos. Pronto Celeborn y Galadriel y su gente se encaminarían al este, y pasando por la Puerta del Cuerno Rojo descenderían la Escalera del Arroyo Sombrío hasta llegar al Cauce de Plata y a Lothlórien. Habían hecho aquella larga travesía por los caminos del oeste, porque tenían muchas cosas de que hablar con Elrond y con Gandalf, quienes se quedaron allí con ellos varios días. A menudo, cuando hacía ya un rato que los hobbits dormían profundamente, se sentaban todos juntos a la luz de las estrellas y rememoraban tiempos idos y las alegrías y tristezas que habían conocido en el mundo, o celebraban consejo, cambiando ideas acerca de los tiempos por venir. Si por azar hubiese pasado por allí algún caminante solitario, poco habría visto u oído, y le habría parecido ver sólo figuras grises, esculpidas en piedra, en memoria de cosas de otros tiempos y ahora perdidas en tierras deshabitadas. Porque estaban inmóviles, y no hablaban con los labios, y se comunicaban con la mente; sólo los ojos brillantes se movían y se iluminaban, a medida que los pensamientos iban y venían.

Pero al cabo todo quedó dicho, y de nuevo se separaron por algún tiempo, hasta que llegase la hora de la desaparición de los Tres Anillos. Envuelta en los mantos grises, la gente de Lórien cabalgó hacia las montañas, y se desvaneció rápidamente entre las piedras y las sombras; y los que iban camino a Rivendel continuaron mirando desde la colina, hasta que un relámpago centelleó en la bruma creciente, y ya no vieron nada más. Y Frodo supo que Galadriel había levantado el anillo en señal de despedida.

Sam volvió la cabeza y suspiró: —¡Cuánto me gustaría volver a Lórien!

Por fin un día atravesaron los altos páramos, y de improviso, como les parecía siempre a los viajeros, llegaron a la orilla del profundo valle de Rivendel, y abajo, a lo lejos, vieron brillar las lámparas en la casa de Elrond. Y descendieron, y cruzaron el puente, y llegaron a las puertas, y la casa entera resplandecía de luz y había cantos de alborozo por el regreso de Elrond.

Ante todo, antes de comer o de lavarse y hasta de quitarse las capas, los hobbits fueron en busca de Bilbo. Lo encontraron solo en la pequeña alcoba, atiborrada de papeles y plumas y lápices. Pero Bilbo estaba sentado en una silla junto a un fuego pequeño y chisporroteante. Parecía viejísimo, pero tranquilo. Y dormitaba.

Abrió los ojos y los miró cuando entraron.

—¡Hola, hola! —exclamó—. ¿Así que estáis de vuelta? Y mañana, además, es mi cumpleaños. ¡Qué oportunos! ¿Sabéis una cosa? ¡Cumpliré ciento veintinueve! Y en un año más, si duro, tendré la edad del Viejo Tuk. Me gustaría ganarle; pero ya veremos.

Después de la celebración del cumpleaños de Bilbo los cuatro hobbits permanecieron unos días más en Rivendel, casi siempre en compañía del viejo amigo, que ahora se pasaba la mayor parte del tiempo en su cuarto, salvo las horas de las comidas, para las cuales seguía siendo muy puntual, pues rara vez dejaba de despertarse a tiempo. Sentados alrededor del fuego le contaron por turno todo cuanto podían recordar de los viajes y aventuras. Al principio Bilbo simuló tomar unas notas; pero a menudo se quedaba dormido, y cuando despertaba solía decir: «¡Qué espléndido! ¡Qué maravilla! Pero ¿por dónde íbamos?» Entonces retomaban la historia a partir del instante en que Bilbo había empezado a cabecear.

La única parte que en verdad pareció mantenerlo despierto y atento fue el relato de la coronación y la boda de Aragorn.

—Estaba invitado a la boda, por supuesto —dijo—. Y tiempo hacía que la esperaba. Pero no sé cómo, cuando llegó el momento, me di cuenta de que tenía tanto que hacer aquí. ¡Y preparar la maleta es tan fastidioso!

Pasaron casi dos semanas y un día Frodo al mirar por la ventana vio que durante la noche había caído escarcha y las telarañas parecían redes blancas. Entonces supo de golpe que había llegado el momento de partir y de decirle adiós a Bilbo. El tiempo continuaba hermoso y sereno, después de uno de los veranos más maravillosos de que la gente tuviese memoria; pero había llegado octubre y el aire pronto cambiaría y una vez más comenzarían las lluvias y los vientos. Y aún les quedaba un largo camino por delante. Sin embargo, no era el temor al mal tiempo lo que preocupaba a Frodo. Tenía una impresión como de apremio, de que era hora de regresar a la Comarca. Sam sentía lo mismo, pues la noche anterior le había dicho:

—Bueno, señor Frodo, hemos viajado mucho y lejos, y hemos visto muchas cosas; pero no creo que hayamos conocido un lugar mejor que éste. Hay un poco de todo aquí, si usted me entiende: la Comarca y el Bosque de Oro y Gondor y las casas de los Reyes y las tabernas y las praderas y las montañas todo junto. Y sin embargo, no sé por qué pienso que convendría partir cuanto antes. Estoy preocupado por el Tío, si he de decirle la verdad.

—Sí, un poco de todo, Sam, excepto el Mar —había respondido Frodo; y ahora repetía para sus adentros—: Excepto el Mar.

Ese día Frodo habló con Elrond, y quedó convenido que partirían a la mañana siguiente. Para alegría del hobbit, Gandalf dijo: —Creo que yo también iré. Hasta Bree al menos. Quiero ver a Mantecona.

Por la noche fueron a despedirse de Bilbo.

—Y bien, si tenéis que marcharos, no hay más que hablar —dijo—. Lo siento. Os echaré de menos. De todos modos es bueno saber que andaréis por las cercanías. Pero me caigo de sueño.

Entonces le regaló a Frodo la cota de mithril y Dardo, olvidando que se las había regalado antes, y también tres libros de erudición que había escrito en distintas épocas, garrapateados de su puño y letra, y que llevaban en los lomos rojos el siguiente título: *Traducciones del Élfico por B.B.*

A Sam le regaló un saquito de oro. —Casi el último vestigio del botín de Smaug —dijo—. Puede serte útil, si piensas en casarte. —Sam se sonrojó.

"A vosotros no tengo nada que daros, jóvenes amigos —les dijo a Merry y Pippin—, excepto buenos consejos. —Y cuando les hubo dado una buena dosis, agregó uno final, según la usanza de la Comarca:— No dejéis que vuestras cabezas se vuelvan más grandes que vuestros sombreros. ¡Pero si no paráis pronto de crecer, los sombreros y las ropas os saldrán muy caros!

—Pero si usted quiere ganarle en años al Viejo Tuk —dijo Pippin—, no veo por qué nosotros no podemos tratar de ganarle a Toro Bramador.

Bilbo se echó a reír, y sacó de un bolsillo dos hermosas pipas de boquilla de nácar y con guarniciones de plata labrada. —¡Pensad en mí cuando fuméis en ellas! —dijo—. Los Elfos las hicieron para mí, pero ya no fumo. —Y de pronto cabeceó y se adormeció un rato, y cuando despertó dijo:— A ver, ¿por dónde íbamos? Sí, claro, entregando los regalos. Lo que me recuerda: ¿qué fue de mi anillo, Frodo, el que tú te llevaste?

—Lo perdí, Bilbo querido —dijo Frodo—. Me deshice de él, tú sabes.

—¡Qué lástima! —dijo Bilbo—. Me hubiera gustado verlo de nuevo. ¡Pero no, qué tonto soy! Si a eso fuiste, a deshacerte de él, ¿no? Pero todo es tan confuso, pues se han sumado tantas otras cosas: los asuntos de Aragorn, y el Concilio Blanco, y Gondor, y los Jinetes, y los Hombres del Sur, y los olifantes..., ¿de veras viste uno, Sam?; y las cavernas y las torres y los árboles dorados y vaya a saber cuántas otras cosas.

"Es evidente que yo volví de mi viaje por un camino demasiado recto. Gandalf hubiera podido pasearme un poco más. Pero entonces la subasta habría terminado antes que yo volviera, y entonces habría tenido más contratiempos aún. De todos modos ahora es demasiado tarde; y la verdad es que creo que es mucho más cómodo estar sentado aquí y oír todo lo que pasó. El fuego es muy acogedor aquí, y la comida es muy buena, y hay Elfos si quieres verlos. ¿Qué más puedes pedir?

> *El Camino sigue y sigue*
> *desde la puerta.*
> *El Camino ha ido muy lejos,*
> *y que otros lo sigan si pueden.*
> *Que ellos emprendan un nuevo viaje,*
> *pero yo al fin con pies fatigados*
> *me volveré a la taberna iluminada,*
> *al encuentro del sueño y el reposo.*

Y mientras murmuraba las palabras finales, la cabeza le cayó sobre el pecho y se quedó dormido.

La noche se adentró en la habitación, y el fuego chisporroteó más brillante; y al mirar a Bilbo dormido lo vieron sonreír. Permanecieron un rato en silencio; y entonces Sam, mirando alrededor y las sombras que se movían en las paredes, dijo con voz queda: —No creo, señor Frodo, que haya escrito mucho mientras estábamos fuera. Ya nunca escribirá nuestra historia.

En eso Bilbo abrió un ojo, casi como si hubiese oído. Y de pronto se despertó.

—Ya lo veis, me he vuelto tan dormilón —dijo—. Y cuando tengo tiempo para escribir, sólo me gusta escribir poesía. Me pregunto, Frodo, querido amigo, si no te importaría poner un poco de orden en mis cosas antes de marcharte. Recoger todas mis notas y papeles, y también mi diario, y llevártelos, si quieres. Te das cuenta, no tengo mucho tiempo para seleccionar y ordenar y todo lo demás. Que Sam te ayude, y cuando hayáis puesto las cosas en su sitio, volved, y les echaré una ojeada. No seré demasiado estricto.

—¡Claro que lo haré! —dijo Frodo—. Y volveré pronto, por supuesto: ya no habrá peligro. Ahora hay un verdadero rey, y pronto pondrá los caminos en condiciones.

—¡Gracias, mi querido amigo! —dijo Bilbo—. Es en verdad un gran alivio para mi cabeza. —Y dicho esto volvió a quedarse dormido.

Al día siguiente Gandalf y los hobbits se despidieron de Bilbo en su habitación, porque hacía frío al aire libre; y dijeron adiós a Elrond y a todos los de la casa.

Cuando Frodo estaba de pie en el umbral, Elrond le deseó buen viaje y lo bendijo.

—Me parece, Frodo, que no será necesario que vuelvas aquí a menos que lo hagas muy pronto. Dentro de un año, por esta misma época, cuando las hojas son de oro antes de caer, busca a Bilbo en los bosques de la Comarca. Yo estaré con él.

Nadie más oyó estas palabras, y Frodo las guardó como un secreto.

7

RUMBO A CASA

Por fin los hobbits emprendieron el viaje de vuelta. Ahora estaban ansiosos por volver a ver la Comarca; sin embargo, al principio cabalgaron a paso lento, pues Frodo había estado algo intranquilo. En el Vado del Bruinen se había detenido como si temiera aventurarse a cruzar el agua, y sus compañeros notaron que por momentos parecía no verlos, ni a ellos ni al mundo de alrededor. Todo aquel día había estado silencioso. Era el seis de octubre.

—¿Te duele algo, Frodo? —le preguntó en voz baja Gandalf que cabalgaba junto a él.

—Bueno, sí —dijo Frodo—. Es el hombro. Me duele la herida, y me pesa el recuerdo de la oscuridad. Hoy se cumple un año.

—¡Ay! —dijo Gandalf—. Ciertas heridas nunca curan del todo.

—Temo que la mía sea una de ellas —dijo Frodo—. No hay un verdadero regreso. Aunque vuelva a la Comarca, no me parecerá la misma; porque yo no seré el mismo. Llevo en mí la herida de un puñal, la de un aguijón y la de unos dientes; y la de una larga y pesada carga. ¿Dónde encontraré reposo?

Gandalf no respondió.

Al final del día siguiente el dolor y el desasosiego habían desaparecido, y Frodo estaba contento otra vez, alegre como si no recordase las tinieblas de la víspera. A partir de entonces el viaje prosiguió sin tropiezos, y los días fueron pasando pues cabalgaban sin prisa y a menudo se demoraban en los hermosos bosques, donde las hojas eran rojas y amarillas al sol del otoño. Y llegaron por fin a la Cima de los Vientos; y se acercaba la hora del ocaso y la sombra de la colina se proyectaba oscura sobre el camino. Frodo les rogó entonces que apresuraran el paso, y sin una sola mirada a la colina, atravesó la sombra con la cabeza gacha y arrebujado en la capa. Por la noche el tiempo cambió, y un viento cargado de lluvia sopló desde el oeste, frío e inclemente, y las hojas amarillas se arremolinaron como pájaros en el aire. Cuando llegaron al Bosque de Chet ya las ramas estaban casi desnudas, y una espesa cortina de lluvia ocultaba la Colina de Bree.

Así fue como hacia el final de un atardecer lluvioso y borrascoso de los últimos días de octubre, los cinco jinetes remontaron la cuesta sinuosa y llegaron a la Puerta Meridional de Bree. Estaba cerrada; y la lluvia les azotaba las caras y en el cielo crepuscular las nubes bajas se perseguían. Y los corazones se les encogieron, porque habían esperado una recepción más calurosa.

Cuando hubieron llamado varias veces, apareció por fin el Guardián, y vieron que llevaba un pesado garrote; los observó con temor y desconfianza; pero cuando reconoció a Gandalf, y notó que quienes lo acompañaban eran hobbits, a pesar de los extraños atavíos, se le iluminó el semblante y les dio la bienvenida.

—¡Entrad! —dijo, quitando los cerrojos—. No nos quedemos charlando aquí, con este frío y esta lluvia; una verdadera noche de rufianes, pero el viejo Cebadilla sin duda os recibirá con gusto en *El Poney,* y allí oiréis todo cuanto hay para oír, y mucho más.

—Y tú oirás más tarde todo cuanto nosotros tenemos para contar —rió Gandalf—. ¿Cómo está Harry?

El Guardián se enfurruñó. —Se marchó —dijo—. Pero será mejor que se lo preguntes a Cebadilla. ¡Buenas noches!

—¡Buenas noches a ti! —dijeron los recién llegados, y entraron; y vieron entonces que detrás del seto que bordeaba el camino habían construido una cabaña larga y baja, y que varios hombres habían salido de ella y los observaban por encima del cerco. Al llegar a la casa de Bill Helechal vieron que allí el cerco estaba descuidado, y que las ventanas habían sido tapiadas.

—¿Crees que lo habrás matado con aquella manzana, Sam? —dijo Pippin.

—Sería mucho esperar, señor Pippin —dijo Sam—. Pero me gustaría saber qué fue de ese pobre poney. Me he acordado de él más de una vez, y de los lobos que aullaban y todo lo demás.

Llegaron por fin a *El Poney Pisador*, que visto de fuera al menos no había cambiado mucho; y había luces detrás de las cortinas rojas en las ventanas más bajas. Tocaron la campana, y Nob acudió a la puerta, y abrió un resquicio y espió; y al verlos allí bajo la lámpara dio un grito de sorpresa.

—¡Señor Mantecona! ¡Patrón! ¡Han regresado!

—Oh, ¿de veras? Les voy a dar —se oyó la voz de Mantecona, y salió como una tromba, garrote en mano. Pero cuando vio quiénes eran se detuvo en seco, y el ceño furibundo se le transformó en un gesto de asombro y de alegría.

"¡Nob, tonto de capirote! —gritó—. ¿No sabes llamar por su nombre a los viejos amigos? No tendrías que darme estos sustos, en los tiempos que corren. ¡Bien, bien! ¿Y de dónde vienen ustedes? Nunca esperé volver a ver a ninguno, y es la pura verdad: marcharse así, a las Tierras Salvajes, con ese tal Trancos, y todos esos Hombres Negros siempre yendo y viniendo. Pero estoy muy contento de verlos, y a Gandalf más que a ninguno. ¡Adelante! ¡Adelante! ¿Las mismas habitaciones de siempre? Están desocupadas. En realidad, casi todas están vacías en estos tiempos, cosa que no les ocultaré, ya que no tardarán en descubrirlo. Y veré qué se puede hacer por la cena, lo más pronto posible; pero estoy corto de ayuda en estos momentos. ¡Eh, Nob, camastrón! ¡Avísale a Bob! Ah, me olvidaba, Bob se ha marchado: ahora al anochecer vuelve a la casa de su familia. ¡Bueno, lleva los poneys de los huéspedes a las caballerizas, Nob! Y tú, Gandalf, sin duda querrás llevar tú mismo el caballo al establo. Un animal magnífico, como dije la primera vez que lo vi. ¡Bueno, adelante! ¡Hagan de cuenta que están en casa!

El señor Mantecona en todo caso no había cambiado la manera de hablar, y parecía vivir siempre en la misma agitación sin resuello. Y sin embargo no había casi nadie en la posada, y todo estaba en calma; del salón común llegaba un murmullo apagado de no más de dos o tres voces. Y vista más de cerca, a la luz de las dos velas que había encendido y que llevaba ante ellos, la cara del posadero parecía un tanto ajada y consumida por las preocupaciones.

Los condujo por el corredor hasta la salita en que se habían reunido aquella noche extraña, más de un año atrás; y ellos lo siguieron, algo desazonados, pues era obvio que el viejo Cebadilla estaba tratando de ponerle al mal tiempo buena cara. Las cosas ya no eran como antes. Pero no dijeron nada, y esperaron.

Como era de prever, después de la cena el señor Mantecona fue a la salita para ver si todo había sido del agrado de los huéspedes. Y lo había sido por cierto: en todo caso los cambios no habían afectado ni a la cerveza ni a las vituallas de *El Poney*.

—No me atreveré a sugerirles que vayan a la Sala Común esta noche —dijo Mantecona—. Han de estar fatigados; y de todas maneras hoy no hay mucha gente allí. Pero si quisieran dedicarme una media hora antes de recogerse a descansar, me gustaría mucho charlar un rato con ustedes, tranquilos y a solas.

—Eso es justamente lo que también nos gustaría a nosotros —dijo Gandalf—. No estamos cansados. Nos hemos tomado las cosas con calma últimamente. Estábamos mojados, con frío y hambrientos, pero todo eso tú lo has curado. ¡Ven, siéntate! Y si tienes un poco de hierba para pipa, te daremos nuestra bendición.

—Bueno, me sentiría más feliz si me hubieras pedido cualquier otra cosa —dijo Mantecona—. Eso es algo justamente de lo que andamos escasos, pues la única hierba que tenemos es la que cultivamos nosotros mismos, y no es bastante. En estos tiempos no llega nada de la Comarca. Pero haré lo que pueda.

Cuando volvió traía una provisión suficiente para un par de días: un apretado manojo de hojas sin cortar.

—De las Colinas del Sur —dijo—, y la mejor que tenemos; pero no puede ni compararse con la de la Cuaderna del Sur, como siempre he dicho, aunque en la mayoría de las cosas estoy a favor de Bree, con el perdón de ustedes.

Lo instalaron en un sillón junto al fuego, y Gandalf se sentó del otro lado del hogar, y los hobbits en sillas bajas entre uno y otro; y entonces hablaron durante muchas medias horas, e intercambiaron todas aquellas noticias que el señor Mantecona quiso saber o comunicar. La mayor parte de las cosas que tenían para contarle dejaban simplemente pasmado de asombro al posadero, y superaban todo lo que él podía imaginar, y provocaban escasos comentarios fuera de: —No me diga —y el señor Mantecona lo repetía una y otra vez como si dudara de sus propios oídos—. No me diga, señor Bolsón ¿o era señor Sotomonte? Estoy tan confundido. ¡No me digas, Gandalf! ¡Increíble! ¡Quién lo hubiera pensado, en nuestros tiempos!

Pero él, por su parte, habló largo y tendido. Las cosas distaban de andar bien, contó. Los negocios no sólo no prosperaban; eran un verdadero desastre.

—Ya ningún forastero se acerca a Bree —dijo—. Y las gentes de por aquí se quedan en casa casi todo el tiempo, y a puertas trancadas. La culpa de todo la tienen esos recién llegados y esos vagabundos que empezaron a aparecer por el Camino Verde el año pasado, como ustedes recordarán; pero más tarde vinieron más. Algunos eran pobres infelices que huían de la desgracia; pero la mayoría eran hombres malvados, ladrones y dañinos. Y aquí mismo, en Bree, hubo disturbios, disturbios graves. Y tuvimos una verdadera refriega, y a alguna gente la mataron, ¡la mataron muerta! Si quieren creerme.

—Te creo —dijo Gandalf—. ¿Cuántos?

—Tres y dos —dijo Mantecona, refiriéndose a la gente grande y a la pequeña—. Murieron el pobre Mat Matosos, y Rowlie Manzanero, y el pequeño Tom Abrojos, de la otra vertiente de la Colina; y Willie Bancos de allá arriba, y uno de los Sotomonte de Entibo; toda buena gente, se la echa de menos. Y Harry Madreselva, el que antes estaba en la puerta del oeste, y ese Bill Helechal, se pasaron al bando de los intrusos, y se quedaron con ellos; y fueron ellos quienes los dejaron entrar, me parece a mí. La noche de la batalla, quiero decir. Y eso fue después que les mostramos las puertas y los echamos; pasó antes de fin de año; y la batalla fue a principios del Año Nuevo, después de la gran nevada.

"Y ahora les ha dado por robar y viven afuera, escondidos en los bosques del otro lado de Archet, y en las tierras salvajes allá por el norte. Es un poco como en los malos tiempos de antes de que hablan las leyendas, digo yo. Ya no hay seguridad en los caminos y nadie va muy lejos, y la gente se encierra temprano en las casas. Hemos tenido que poner centinelas todo alrededor de la empalizada y muchos hombres a vigilar las puertas durante la noche.

—Bueno, a nosotros nadie nos molestó —dijo Pippin— y vinimos lentamente, y sin montar guardias. Creíamos haber dejado atrás todos los problemas.

—Ah, eso no, señor, y es lo más triste del caso —dijo Mantecona—. Pero no me extraña que los hayan dejado tranquilos. No se van a atrever a atacar a gente armada, con espadas y yelmos y escudos y todo. Lo pensarían dos veces, sí señor. Y les confieso que yo mismo quedé un poco desconcertado hoy cuando los vi.

Y entonces, de pronto, los hobbits comprendieron que la gente los miraba con estupefacción, no por la sorpresa de verlos de vuelta sino por las ropas insólitas que vestían. Tanto se habían acostumbrado a las guerras y a cabalgar en compañías de atavíos relucientes, que no se les había ocurrido en ningún momento que las cotas de malla que les asomaban por debajo de los mantos, los yelmos de Gondor y de la Marca, las hermosas insignias de los escudos, podían parecer extravagancias en la Comarca. Hasta el propio Gandalf, que ahora cabalgaba en un gran corcel gris, todo vestido de blanco, envuelto en un amplio manto azul y plata, y con la larga espada Glamdring al cinto.

Gandalf se echó a reír. —Bueno, bueno —dijo—. Si sólo cinco como nosotros bastan para amedrentarlos, con peores enemigos nos hemos topado antes. En todo caso, te dejarán en paz por la noche, mientras estemos aquí.

—¿Y cuánto durará eso? —preguntó Mantecona—. No negaré que nos encantaría tenerlos con nosotros una temporada. Aquí no estamos acostumbrados a estos problemas, como ustedes saben, y los Montaraces se han marchado, por lo que me dice la gente. Creo que hasta ahora no habíamos apreciado bien lo que ellos hacían por todos nosotros. Porque hubo cosas peores que ladrones por estos lados. El invierno pasado había lobos que aullaban alrededor de la empalizada. Y en los bosques merodeaban formas oscuras, cosas horripilantes que le helaban a uno la sangre en las venas. Todo muy alarmante, si ustedes me entienden.

—Me imagino que sí —dijo Gandalf—. En casi todos los países ha habido disturbios en estos tiempos, graves disturbios. Pero ¡alégrate, Cebadilla! Has estado en un tris de verte envuelto en problemas muy serios, y me hace feliz saber que no te han tocado más de cerca. Pero se aproximan tiempos mejores. Mejores quizá que todos aquéllos de que tienes memoria. Los Montaraces han vuelto. Nosotros mismos hemos regresado con ellos. Y hay de nuevo un rey, Cebadilla. Y pronto se ocupará de esta región.

"Entonces se abrirá de nuevo el Camino Verde, y los mensajeros del rey vendrán al norte, y habrá un tránsito constante y las criaturas malignas serán expulsadas de las regiones desiertas. En verdad, con el paso del tiempo, los eriales dejarán de ser eriales, y donde antes hubo desiertos y tierras incultas habrá gentes y praderas.

El Señor Mantecona sacudió la cabeza.

—Que haya un poco de gente decente y respetable en los caminos, no hará mal a nadie —dijo—. Pero no queremos más chusma ni rufianes. Y no queremos más intrusos en Bree, ni cerca de Bree. Queremos que nos dejen en paz. No quiero ver acampar por aquí e instalarse por allá a toda una multitud de extranjeros que vienen a echar a perder nuestro país.

—Te dejarán en paz, Cebadilla —dijo Gandalf—. Hay espacio suficiente para varios reinos, entre el Isen y el

Aguada Gris, o a lo largo de las costas meridionales del Brandivino, sin que nadie venga a habitar a menos de varias jornadas de cabalgata de Bree. Y mucha gente vivía antiguamente en el norte, a un centenar de millas de aquí, o más, en el otro extremo del Camino Verde: en las Quebradas del Norte o en las cercanías del Lago del Crepúsculo.

—¿Allá arriba, cerca del Muro de los Muertos? —dijo Mantecona, con un aire aún más dubitativo—. Dicen que es una región habitada por fantasmas. Sólo ladrones se atreverían a vivir allí.

—Los Montaraces van allí —dijo Gandalf—. El Muro de los Muertos, dices. Así lo han llamado durante largos años; pero el verdadero nombre, Cebadilla, es Fornost Erain, Norburgo de los Reyes. Y allí volverá el Rey, algún día, y entonces verás pasar alguna hermosa gente.

—Bueno, esto suena un poco más alentador, lo reconozco —dijo Mantecona—. Y será sin duda bueno para los negocios. Siempre y cuando deje en paz a Bree.

—La dejará en paz —dijo Gandalf—. La conoce y la ama.

—¿De veras? —dijo Mantecona, perplejo—. Aunque no me imagino cómo puede conocerla, sentado en ese alto trono, allá en ese inmenso castillo, a centenares de millas de distancia, y bebiendo el vino de un cáliz de oro, no me extrañaría. ¿Qué es para él *El Poney* o un jarro de cerveza? ¡No porque mi cerveza no sea buena, Gandalf! Es excepcionalmente buena desde que viniste en el otoño del año pasado y le echaste una buena palabra. Y te diré que en medio de todos estos males, ha sido un consuelo, te diré.

—¡Ah! —dijo Sam—. Pero él dice que tu cerveza siempre es buena.

—¿Él dice?

—Claro que sí. Trancos. El jefe de los Montaraces. ¿No te ha entrado todavía en la cabeza?

Mantecona entendió al fin, y la cara se le transformó en una máscara de asombro: boquiabierto, los ojos redondos en la cara rechoncha, sin aliento.

371

—¡Trancos! —exclamó cuando pudo respirar otra vez—. ¡Él con corona y todo, y un cáliz de oro! Bueno, ¿dónde vamos a parar?

—A tiempos mejores, al menos para Bree —respondió Gandalf.

—Así lo espero, en verdad —dijo Mantecona—. Bueno, ha sido la charla más agradable que he tenido en un mes de días lunes. Y no negaré que esta noche dormiré más tranquilo y con el corazón aliviado. Ustedes me han traído en verdad muchas cosas en que pensar, pero lo postergaré hasta mañana. Estoy listo para acostarme, y no dudo que también ustedes se irán a dormir de buena gana. ¡Eh, Nob! —llamó, mientras iba hacia la puerta—. ¡Nob, camastrón!

"¡Nob! —se dijo en seguida, palmeándose la frente—. ¿Qué me recuerda esto?

—No otra carta de la que se ha olvidado, espero, señor Mantecona —dijo Merry.

—Por favor, por favor, señor Brandigamo, ¡no venga a recordármelo! Pero ahí tiene, me cortó el pensamiento. ¿Dónde estaba? Nob, caballerizas... Ah, eso era. Tengo aquí algo que les pertenece. Si se acuerdan de Bill Helechal y el robo de los caballos: el poney que ustedes le compraron, está aquí. Volvió solo, sí. Pero por dónde anduvo, ustedes lo sabrán mejor que yo. Parecía un perro viejo, y estaba flaco como una caña, pero vivo. Nob lo ha cuidado.

—¡Qué! ¡Mi Bill! —exclamó Sam—. Bueno, diga lo que diga el Tío, nací con buena estrella. ¡Otro deseo que se cumple! ¿Dónde está? —Y no quiso irse a la cama antes de haber visitado a Bill en el establo.

Los viajeros se quedaron en Bree el día siguiente, y el Señor Mantecona no tuvo motivos para quejarse de los negocios, al menos aquella noche. La curiosidad venció todos los temores, y la casa estaba de bote en bote. Por cortesía, los hobbits fueron a la Sala Común durante la velada y contestaron a muchas preguntas. Y como la gente de Bree tenía buena memoria, a Frodo le preguntaron muchas veces si había escrito el libro.

—Todavía no —contestaba—. Ahora voy a casa a poner en orden mis notas. —Prometió narrar los extraños sucesos de Bree, y dar así un toque de interés a un libro que al parecer se ocuparía sobre todo de los remotos y menos importantes acontecimientos del «lejano sur».

De pronto, uno de los más jóvenes pidió una canción. Y entonces hubo un silencio, y todos miraron al joven con enfado, y el pedido no fue repetido. Evidentemente nadie deseaba que algo sobrenatural ocurriera otra vez en la Sala Común.

Sin problemas durante el día, ni ruidos durante la noche, nada turbó la paz de Bree mientras los viajeros estuvieron allí; pero a la mañana siguiente se levantaron temprano, porque como el tiempo continuaba lluvioso deseaban llegar a la Comarca antes de la noche, y los esperaba una larga cabalgata. Todos los habitantes de Bree salieron a despedirlos, y estaban de mejor humor que el que habían tenido en todo un año; y los que aún no habían visto a los viajeros engalanados se quedaron pasmados de asombro: Gandalf con su barba blanca y la luz que parecía irradiar, como si el manto azul fuera sólo una nube que cubriera el sol; y los cuatro hobbits como caballeros andantes salidos de cuentos casi olvidados. Hasta aquellos que se habían reído al oírles hablar del Rey empezaron a pensar que quizá habría algo de verdad en todo aquello.

—Bien, buena suerte en el camino, y buen retorno —dijo el señor Mantecona—. Tendría que haberles advertido antes que tampoco en la Comarca anda todo bien, si lo que he oído es verdad. Pasan cosas raras, dicen. Pero una idea se lleva la otra, y estaba preocupado por mis propios problemas. Si me permiten el atrevimiento, les diré que han vuelto cambiados de todos esos viajes, y ahora parecen gente capaz de afrontar las dificultades con serenidad. No dudo que muy pronto habrán puesto todo en su sitio. ¡Buena suerte! Y cuanto más a menudo vuelvan, más halagado me sentiré.

Le dijeron adiós y se alejaron a caballo, y saliendo por la puerta del oeste se encaminaron a la Comarca. El poney Bill iba con ellos, y como antes cargaba con una buena cantidad de equipaje, pero trotaba junto a Sam y parecía satisfecho.

—Me pregunto qué habrá querido insinuar el viejo Cebadilla —dijo Frodo.

—Algo puedo imaginarme —dijo Sam, con aire sombrío—. Lo que vi en el Espejo: los árboles derribados y todo lo demás, y el viejo Tío echado de Bolsón de Tirada. Tendría que haber vuelto antes.

—Y es evidente que algo anda mal en la Cuaderna del Sur —dijo Merry—. Hay una escasez general de hierba para pipa.

—Sea lo que sea —dijo Pippin—, Lotho ha de andar detrás de todo eso, puedes estar seguro.

—Metido en eso, pero no detrás —dijo Gandalf—. Te olvidas de Saruman. Empezó a mostrar interés por la Comarca aun antes que Mordor.

—Bueno, te tenemos con nosotros —dijo Merry—, así que las cosas pronto se aclararán.

—Estoy ahora con vosotros —replicó Gandalf—, pero pronto no estaré. Yo no voy a la Comarca. Tendréis que deshacer vosotros mismos los entuertos: para eso habéis sido preparados. ¿No lo comprendéis aún? Mi tiempo ha pasado ya: no me incumbe a mí enderezar las cosas, ni ayudar a la gente a enderezarlas. En cuanto a vosotros, mis queridos amigos, no necesitaréis ayuda. Ahora habéis crecido. Habéis crecido mucho en verdad: estáis entre los grandes, y no temo por la suerte de ninguno de vosotros.

"Pero si queréis saberlo, pronto me separaré de vosotros. Tendré una larga charla con Bombadil: una charla como no he tenido en todo mi tiempo. Él ha juntado moho, y yo he sido una piedra condenada a rodar. Pero mis días de rodar están terminando, y ahora tendremos muchas cosas que decirnos.

Al poco rato llegaron al punto del Camino del Este en que se habían despedido de Bombadil; y tenían la esperanza y casi la certeza de que lo verían allí de pie, esperándolos para saludarlos al pasar. Pero no lo vieron, y había una bruma gris sobre las Quebradas de los Túmulos en el sur, y un velo espeso que cubría el Bosque Viejo en lontananza.

Se detuvieron y Frodo miró al sur con nostalgia.

—Me gustaría tanto volver a ver al viejo amigo. Me pregunto cómo andará.

—Tan bien como siempre, puedes estar seguro —dijo Gandalf—. Muy tranquilo; y no muy interesado, sospecho, en nada de cuanto hemos hecho o visto, salvo tal vez nuestras visitas a los Ents. Quizá en algún momento, más adelante, puedas ir a verlo. Pero yo en vuestro lugar me apresuraría, o no llegaréis al Puente del Brandivino antes que cierren las puertas.

—Si no hay ninguna puerta —dijo Merry—, no en el Camino; lo sabes muy bien. Está la Puerta de los Gamos, por supuesto; pero allí a mí me dejarán entrar a cualquier hora.

—No había ninguna puerta, querrás decir —dijo Gandalf—. Creo que ahora encontrarás algunas. Y acaso hasta en la Puerta de los Gamos tropieces con más dificultades de las que supones. Pero sabréis qué hacer. ¡Adiós, mis queridos amigos! No por última vez, todavía no ¡Adiós!

Hizo salir del Camino a Sombragrís, y el gran corcel cruzó de un salto la zanja verde que corría al lado, y a una voz de Gandalf desapareció galopando como un viento del norte hacia las Quebradas de los Túmulos.

—Bueno, aquí estamos, nosotros cuatro solos, los que partimos juntos —dijo Merry—. Hemos dejado por el camino a todos los demás, uno después de otro. Parece casi como un sueño que se hubiera desvanecido lentamente.

—No para mí —dijo Frodo—. Para mí es más como volver a dormir.

8

EL SANEAMIENTO DE LA COMARCA

Había caído la noche cuando, empapados y rendidos de cansancio, los viajeros llegaron por fin al puente del Brandivino. Lo encontraron cerrado: en cada una de las cabeceras del puente se levantaba una gran puerta enrejada coronada de púas; y vieron que del otro lado del río habían construido algunas casas nuevas: de dos plantas, con estrechas ventanas rectangulares, desnudas y mal iluminadas, todo muy lúgubre, y para nada en consonancia con el estilo característico de la Comarca.

Golpearon con fuerza la puerta exterior y llamaron a voces, pero al principio no obtuvieron respuesta; de pronto, ante el asombro de los recién llegados, alguien sopló un cuerno, y las luces se apagaron en las ventanas. Una voz gritó en la oscuridad:

—¿Quién llama? ¡Fuera! ¡No pueden entrar! ¿No han leído el letrero: *Prohibida la entrada entre la puesta y la salida del sol?*

—No podemos leer el letrero en la oscuridad —respondió Sam a voz en cuello—. Y si en una noche como ésta, hobbits de la Comarca tienen que quedarse fuera bajo la lluvia, arrancaré tu letrero tan pronto como lo encuentre.

En respuesta, una ventana se cerró con un golpe, y una multitud de hobbits provistos de linternas emergió de la casa de la izquierda. Abrieron la primera puerta y algunos de ellos se acercaron al puente. El aspecto de los viajeros pareció amedrentarlos.

—¡Acércate! —dijo Merry, que había reconocido a uno de los hobbits—. ¿No me reconoces, Hob Guardacercas? Soy yo, Merry Brandigamo, y me gustaría saber qué significa todo esto, y qué hace aquí un Gamuno como tú. Antes estabas en la Puerta del Cerco.

—¡Misericordia! ¡Si es el señor Merry, y en uniforme

de combate! —exclamó el viejo Hob—. ¡Pero cómo, si decían que estaba muerto! Desaparecido en el Bosque Viejo, eso decían. ¡Me alegro de verlo vivo, de todos modos!

—¡Entonces acaba de mirarme boquiabierto espiando entre los barrotes, y abre la puerta! —dijo Merry.

—Lo siento, señor Merry, pero tenemos órdenes.

—¿Órdenes de quién?

—Del Jefe, allá arriba, en Bolsón Cerrado.

—¿Jefe? ¿Jefe? ¿Te refieres al señor Lotho? —preguntó Frodo.

—Supongo que sí, señor Bolsón; pero ahora tenemos que decir «el Jefe», nada más.

—¡De veras! —dijo Frodo—. Bueno, me alegro al menos que haya prescindido de Bolsón. Pero ya es hora de que la familia se encargue de él y lo ponga en su justo lugar.

Entre los hobbits que estaban del otro lado de la puerta se hizo un silencio.

—No le hará bien a nadie hablando de esa manera —dijo uno—. Llegará a oídos de él. Y si meten tanta bulla despertarán al Hombre Grande que ayuda al Jefe.

—Lo despertaremos de una forma que lo sorprenderá —dijo Merry—. Si lo que quieres decir es que ese maravilloso Jefe tiene rufianes a sueldo venidos quién sabe de dónde, entonces no hemos regresado demasiado pronto. —Se apeó del poney de un salto, y al ver el letrero a la luz de las linternas, lo arrancó y lo arrojó del otro lado de la puerta. Los hobbits retrocedieron, sin decidirse a abrir.— Adelante, Pippin. Con nosotros dos bastará.

Merry y Pippin se encaramaron a la puerta, y los hobbits huyeron precipitadamente. Sonó otro cuerno. En la casa más grande, la de la derecha, una figura pesada y corpulenta se recortó bajo la luz del portal.

—¿Qué significa todo esto? —gruñó, mientras se acercaba—. Conque violando la entrada ¿eh? ¡Largo de aquí o los acogotaré a todos! —Se detuvo de golpe, al ver el brillo de las espadas.

—Bill Helechal —dijo Merry—, si dentro de diez segundos no has abierto esa puerta, tendrás que arrepentirte. Conocerás el frío de mi acero, si no obedeces. Y cuando la hayas abierto te irás por ella y no volverás nunca más. Eres un rufián y un bandolero.

Bill Helechal, acobardado, se arrastró hasta la puerta y la abrió.

—¡Dame la llave! —dijo Merry. El bandido se la arrojó a la cabeza y escapó hacia la oscuridad. Cuando pasaba junto a los poneys, uno de ellos le lanzó una coz que lo alcanzó en plena carrera. Con un alarido se perdió en la noche, y nunca más volvió a saberse de él.

—Buen trabajo, Bill —dijo Sam, refiriéndose al poney.

—Allá va el famoso Hombre Grande —dijo Merry—. Más tarde iremos a ver al Jefe. Lo que ahora queremos es alojamiento por esta noche, y como parece que han demolido la Posada del Puente, para levantar este caserío tétrico, ustedes tendrán que acomodarnos.

—Lo siento, señor Merry —dijo Hob—, pero no está permitido.

—¿Qué no está permitido?

—Alojar huéspedes imprevistos, y consumir alimentos de más, y esas cosas —dijo Hob.

—¿Qué diantre pasa? —preguntó Merry—. ¿Han tenido un año malo, o qué? Creía que el verano había sido espléndido, y la cosecha óptima.

—Bueno, sí, el año fue bastante bueno —dijo Hob—. Cultivamos mucho y de todo, pero no sabemos adónde va a parar. Son esos «recolectores» y «repartidores», supongo, que andan por aquí contando y midiendo y llevándoselo todo para almacenarlo. Es más lo que recolectan que lo que reparten, y la mayor parte de las cosas nunca las volvemos a ver.

—¡Oh, ya basta! —dijo Pippin, bostezando—. Todo esto es demasiado fatigoso para mí esta noche. Tenemos víveres en nuestros sacos. Danos sólo un cuarto donde echarnos a descansar. De todos modos, será mejor que muchos de los lugares que hemos conocido.

Los hobbits de la puerta todavía parecían inquietos, pues era evidente que se estaba quebrantando alguna norma; pero era imposible tratar de contradecir a cuatro viajeros tan autoritarios, todos armados por añadidura, y dos de ellos excepcionalmente altos y fornidos. Frodo ordenó que volvieran a cerrar las puertas. De todos modos, parecía justificado montar guardia mientras hubiese bandidos merodeando. Los cuatro compañeros entraron en la casa de los guardianes y se instalaron lo más cómodamente que pudieron. Era desnuda e inhóspita, con un hogar miserable en el que el fuego siempre se apagaba. En los cuartos de la planta alta había pequeñas hileras de camastros duros, y en cada una de las paredes un letrero y una lista de normas. Pippin los arrancó de un tirón. No tenían cerveza y muy poca comida, pero los viajeros compartieron lo que traían y todos disfrutaron de una cena aceptable; y Pippin quebrantó la Norma cuatro poniendo en el hogar la mayor parte de la ración de leña del día siguiente.

—Bueno, ¿qué les parece si fumamos un poco mientras nos cuentan las novedades de la Comarca? —dijo.

—No hay hierba para pipa ahora —dijo Hob—; y la que hay, se la han guardado los Hombres del Jefe. Todas las reservas parecen haber desaparecido. Lo que hemos oído es que carretones enteros de hierba partieron por el Camino Verde desde la Cuaderna del Sur, a través del Vado de Sarn. Eso fue al final del año pasado, después de la partida de ustedes. Pero ya antes la habían estado sacando en secreto de la Comarca, en pequeñas cantidades. Ese Lotho...

—¡Cierra el pico, Hob Guardacercas! —gritaron varios hobbits—. Sabes que no está permitido hablar así. El Jefe se enterará, y todos nos veremos en figurillas.

—No tendría por qué enterarse de nada, si algunos de los presentes no fueran soplones —replicó Hob, enfurecido.

—¡Está bien, está bien! —dijo Sam—. Es suficiente. No quiero saber nada más. Ni bienvenida, ni cerveza, ni hierba para pipa, y un montón de normas y de cháchara digna de los orcos. Esperaba descansar, pero por lo que veo tenemos afanes y problemas por delante. ¡Vamos a dormir y olvidémonos de todo hasta mañana!

Era evidente que el nuevo «Jefe» tenía medios para enterarse de las novedades. Desde el Puente hasta Bolsón Cerrado había unas cuarenta millas largas, pero alguien las había recorrido a gran velocidad. Y Frodo y sus amigos no tardaron en descubrirlo. No tenían aún planes definidos, pero pensaban de algún modo en ir todos juntos a Cricava, y descansar allí un tiempo. Ahora, sin embargo, viendo cómo estaban las cosas, decidieron ir directamente a Hobbiton. Así pues, al día siguiente tomaron el Camino, y marcharon a un trote lento pero constante. Aunque el viento había amainado, el cielo seguía gris, y el país tenía un aspecto triste y desolado; pero al fin y al cabo era primero de noviembre, en las postrimerías del otoño. No obstante, les sorprendió ver tantos incendios, y humaredas que brotaban desde muchos sitios en los alrededores. Una gran nube trepaba a lo lejos hacia el Bosque Cerrado.

Al caer de la tarde llegaron a las cercanías de Los Ranales, una aldea situada sobre el camino, a unas veintidós millas del Puente. Allí tenían la intención de pasar la noche: *El Leño Flotante* de Los Ranales era una buena posada. Pero cuando llegaron al extremo este de la aldea encontraron una barrera con un gran letrero que decía CAMINO CERRADO; y detrás de la barrera un nutrido pelotón de Oficiales de la Comarca provistos de garrotes y con plumas en los sombreros. Tenían una actitud arrogante y al mismo tiempo temerosa.

—¿Qué es todo esto? —dijo Frodo, casi tentado de soltar la carcajada.

—Es lo que es, señor Bolsón —dijo el Jefe de los Oficiales, un hobbit con tres plumas—. Están ustedes arrestados por Violación de Puerta, y por Destrucción de Normas, y por Ataque a Guardianes, y por Transgresiones Reiteradas, y por Haber Pernoctado en los Edificios de la Comarca sin Autorización, y por Sobornar a los Guardias con Comida.

—¿Y qué más? —dijo Frodo.

—Con esto basta para empezar —dijo el Jefe de los Oficiales de la Comarca.

—Si usted quiere, yo podría agregar algunos motivos más —dijo Sam—. Por Insultar al Jefe, por Tener Ganas de Estamparle un Puñetazo en la Facha Granujienta, y por Pensar que los Oficiales de la Comarca parecen una tropilla de Fantoches.

—Oiga, don, ya basta. Por orden del Jefe tienen que acompañarnos sin chistar. Ahora los llevaremos a Delagua y los entregaremos a los Hombres del Jefe; y cuando él se haya ocupado del caso, podrán decir lo que tengan que decir. Pero si no quieren quedarse en las Celdas demasiado tiempo, yo si fuera ustedes pondría punto en boca.

Ante la decepción de los Oficiales de la Comarca, Frodo y sus compañeros estallaron en carcajadas.

—¡No sea ridículo! —dijo Frodo—. Yo voy a donde me place, y cuando se me da la gana. Y da la casualidad que ahora iba a Bolsón Cerrado por negocios, pero si insisten en acompañarnos, bueno, es asunto de ustedes.

—Muy bien, señor Bolsón —le dijo el jefe, empujando hacia un lado la barrera—. Pero no olvide que está bajo arresto.

—No lo olvidaré —dijo Frodo—. Jamás. Pero quizá pueda perdonarlo. Y ahora, porque no pienso ir más lejos por hoy, si tiene la amabilidad de escoltarme hasta *El Leño Flotante,* le quedaré muy agradecido.

—No puedo hacerlo, señor Bolsón. La posada está clausurada. Hay una casa de Oficiales de la Comarca en el otro extremo de la aldea. Los llevaré allí.

—Está bien —dijo Frodo—. Vayan ustedes adelante, y nosotros los seguiremos.

Sam había estado observando a todos los oficiales, y descubrió a un conocido. —¡Eh, ven aquí, Robin Madriguera! —llamó—. Quiero hablarte un momento.

Tras una mirada tímida al jefe, que aunque parecía enfurecido no se atrevió a intervenir, el oficial Madriguera se separó de la fila y se acercó a Sam, que se había apeado del poney.

—¡Escúchame, botarate! —dijo Sam—. Tú, que eres de Hobbiton, bien podrías tener un poco más de sentido común. ¿Qué es eso de venir a detener al señor Frodo y todo lo demás? ¿Y qué historia es ésa de que la posada está clausurada?

—Están todas clausuradas —dijo Robin—. El Jefe no tolera la cerveza. O por lo menos así empezó la cosa. Pero los Hombres del Jefe se la guardan para ellos. Y tampoco tolera que la gente ande de aquí para allá; de modo que si eso se proponen, tendrán que ir a la Casa de los Oficiales y explicar los motivos.

—Tendría que darte vergüenza andar mezclado en tamaña estupidez —dijo Sam—. En otros tiempos una taberna te gustaba más por dentro que por fuera. Siempre andabas metiendo en ellas las narices, en las horas de servicio o en las de licencia.

—Y aún lo haría, Sam, si pudiera. Pero no seas duro conmigo. ¿Qué puedo hacer? Tú sabes por qué me metí de Oficial de la Comarca hace siete años, antes que empezara todo esto. Me daba la oportunidad de recorrer el país, y de ver gente, y de enterarme de las novedades, y de saber dónde tiraban la mejor cerveza. Pero ahora es diferente.

—Pero igual puedes renunciar, abandonar el puesto, si ya no es más un trabajo respetable —dijo Sam.

—No está permitido —dijo Robin.

—Si oigo decir varias veces más *no está permitido* —dijo Sam—, estallaré de furia.

—No lamentaría verlo, te lo aseguro —dijo Robin bajando la voz—. Si todos juntos estalláramos de furia alguna vez, algo se podría hacer. Pero son esos Hombres, Sam, los Hombres del Jefe. Están en todas partes, y si alguno de nosotros, la gente pequeña, trata de reclamar sus derechos, se lo llevan a las Celdas a la rastra. Primero apresaron al viejo Pastelón, Will Pieblanco, el Alcalde, y luego a muchos más. Y en los últimos tiempos las cosas han empeorado. Ahora les pegan a menudo.

—Entonces ¿por qué haces lo que ellos te ordenan? —le dijo Sam, indignado—. ¿Quién te mandó a Los Ranales?

—Nadie. Vivimos aquí, en la Casa Grande de los Oficiales. Ahora somos el Primer Pelotón de la Cuaderna del Este. Hay centenares de Oficiales de la Comarca, y todavía necesitan más, con todas estas nuevas normas. La mayor parte está en esto contra su voluntad, pero no todos. Hasta en la Comarca hay gente a quien le gusta meterse en los asuntos ajenos y darse importancia. Y todavía los hay peores: hay unos cuantos que hacen de espías, para el Jefe y para sus Hombres.

—¡Ah! Fue así como se enteraron de nuestra llegada ¿no? —preguntó Sam.

—Justamente. Nosotros ya no tenemos el derecho de utilizarlo, pero ellos emplean el viejo Servicio Postal Rápido, y mantienen postas especiales en varios lugares. Uno de ellos llegó anoche de Surcos Blancos con un «mensaje secreto», y otro lo llevó desde aquí. Y esta tarde se recibió un mensaje diciendo que ustedes tenían que ser arrestados y conducidos a Delagua, no a las Celdas directamente. Por lo que parece, el Jefe quiere verlos cuanto antes.

—No estará tan ansioso cuando el señor Frodo haya acabado con él —dijo Sam.

La Casa de los Oficiales de la Comarca en Los Ranales les pareció tan sórdida como la del Puente. Era de ladrillos toscos y descoloridos, mal ensamblados, y tenía una sola planta, pero las mismas ventanas estrechas. Por dentro era húmeda e inhóspita, y la cena fue servida en una mesa larga y desnuda que no había sido fregada en varias semanas. Y la comida no merecía un marco mejor. Los viajeros se sintieron felices cuando llegó la hora de abandonar aquel lugar. Estaban a unas dieciocho millas de Delagua, y a las diez de la mañana se pusieron en camino. Y habrían partido bastante más temprano si la tardanza no hubiese irritado tan visiblemente al jefe de los oficiales. El viento del oeste había cambiado y ahora soplaba del norte, y aunque el frío había recrudecido, ya no llovía.

Fue una comitiva bastante cómica la que partió de la villa, si bien los contados habitantes que salieron a admirar el «atuendo» de los viajeros no parecían estar muy seguros de si les estaba permitido reírse. Una docena de Oficiales de la Comarca habían sido designados para escoltar a los «prisioneros»; pero Merry los obligó a caminar adelante, y Frodo y sus amigos los siguieron cabalgando. Merry, Pippin y Sam, sentados a sus anchas, iban riéndose y charlando y cantando, mientras los oficiales avanzaban solemnes, tratando de parecer severos e importantes. Frodo en cambio iba en silencio, y tenía un aire triste y pensativo.

La última persona con quien se cruzaron al pasar fue un viejo campesino robusto que estaba podando un cerco.

—¡Hola, hola! —gritó con sorna—. ¿Ahora quién ha arrestado a quién?

Dos de los oficiales se separaron inmediatamente del grupo y fueron hacia el anciano.

—¡Jefe! —dijo Merry—. ¡Ordéneles a esos dos que vuelvan a la fila, si no quiere que yo me encargue de ellos!

A una orden cortante del cabecilla los dos hobbits volvieron malhumorados.

—Y ahora ¡adelante! —dijo Merry, y a partir de ese momento los jinetes marcharon a un trote bastante acelerado, como para obligar a los oficiales a seguirlos a todo correr. Salió el sol, y a pesar del viento frío pronto estaban sudando y resollando.

En la Piedra de las Tres Cuadernas se dieron por vencidos. Habían caminado casi catorce millas con un solo descanso al mediodía. Ahora eran las tres de la tarde. Estaban hambrientos, tenían los pies hinchados y doloridos y no podían seguir a ese paso.

—¡Y bien, tómense todo el tiempo que necesiten! —dijo Merry—. Nosotros continuamos.

—¡Adiós, Robin! —dijo Sam—. Te esperaré en la puerta de *El Dragón Verde,* si no has olvidado dónde está. ¡No te distraigas por el camino!

—Esto es una infracción, una infracción al arresto —dijo el jefe con desconsuelo—, y no respondo por las consecuencias.

—Todavía pensamos cometer muchas otras infracciones, y no le pediremos que responda —dijo Pippin—. ¡Buena suerte!

Los viajeros continuaron al trote, y cuando el sol empezó a descender hacia las Quebradas Blancas, lejano sobre la línea del horizonte, llegaron a Delagua y al gran lago de la villa; y allí recibieron el primer golpe verdaderamente doloroso. Eran las tierras de Frodo y de Sam, y ahora sabían que no había en el mundo un lugar más querido para ellos. Muchas de las casas que habían conocido ya no existían. Algunas parecían haber sido incendiadas. La encantadora hilera de negras cuevas hobbits en la margen norte del lago parecía abandonada, y los jardines que antaño descendían hasta el borde del agua habían sido invadidos por las malezas. Peor aún, había toda una hilera de lóbregas casas nuevas a la orilla del lago, a la altura en que el camino a Hobbiton corría junto al agua. Allí antes había habido un sendero con árboles. Ahora todos los árboles habían desaparecido. Y cuando miraron consternados el camino que subía a Bolsón Cerrado, vieron a la distancia una alta chimenea de ladrillos. Vomitaba un humo negro en el aire del atardecer. Sam estaba fuera de sí.

—¡Yo marcho adelante, señor Frodo! —gritó—. Voy a ver qué está pasando. Quiero encontrar al Tío.

—Antes nos convendría saber qué nos espera, Sam —dijo Merry—. Sospecho que el «Jefe» ha de tener una pandilla de rufianes al alcance de la mano. Necesitaríamos encontrar a alguien que nos diga cómo andan las cosas por estos parajes.

Pero en la aldea de Delagua todas las casas y las cavernas estaban cerradas y nadie salió a saludarlos. Esto les sorprendió, pero no tardaron en descubrir el motivo. Cuando llegaron a *El Dragón Verde*, el último edificio del camino a Hobbiton, ahora desierto y con los vidrios rotos, les alarmó ver una media docena de Hombres corpulentos y malcarados que holgazaneaban, recostados contra la pared de la taberna; tenían la piel cetrina y la mirada torcida y taimada.

—Como aquel amigo de Bill Helechal en Bree —dijo Sam.

—Como muchos de los que vi en Isengard —murmuró Merry.

Los bandidos empuñaban garrotes y llevaban cuernos colgados del cinturón, pero por lo visto no tenían otras armas. Al ver a los viajeros se apartaron del muro, y atravesándose en el camino, les cerraron el paso.

—¿Adónde creéis que vais? —dijo uno, el más corpulento y de aspecto más maligno—. Para vosotros, el camino se interrumpe aquí. ¿Y dónde están esos bravos oficiales?

—Vienen caminando despacio —contestó Merry—. Con los pies un poco doloridos, quizá. Les prometimos esperarlos aquí.

—Garn ¿qué os dije? —dijo el bandido volviéndose a sus compañeros—. Le dije a Zarquino que no se podía confiar en esos pequeños imbéciles. Tenían que haber enviado a algunos de los nuestros.

—¿Y eso en qué habría cambiado las cosas? —dijo Merry—. En este país no estamos acostumbrados a los bandoleros, pero sabemos cómo tratarlos.

—Bandoleros ¿eh? —dijo el hombre—. No me gusta nada ese tono. O lo cambias, o te lo cambiaremos. A vosotros, la gente pequeña, se os han subido los humos a la cabeza. No confiéis demasiado en el buen corazón del Jefe. Ahora ha venido Zarquino, y él hará lo que Zarquino diga.

—¿Y qué puede ser eso? —preguntó Frodo con calma.

—Este país necesita que alguien lo despierte y lo haga marchar como es debido —dijo el otro—, y eso es lo que Zarquino hará; y con mano dura, si lo obligan. Necesitáis un Jefe más grande. Y lo tendréis antes que acabe el año, si hay nuevos disturbios. Entonces aprenderéis un par de cosas, ratitas miserables.

—Me alegra de veras conocer vuestros planes —dijo Frodo—. Ahora mismo iba a hacerle una visita al señor Lotho, y es muy posible que también a él le interese conocerlos.

El bandido se echó a reír. —¡Lotho! Los conoce muy bien. No te preocupes. Él hará lo que Zarquino diga. Porque si un Jefe crea problemas, nosotros nos encargamos de cambiarlo. ¿Entiendes? Y si la gente pequeña trata de meterse donde no la llaman, sabemos cómo sacarlos del medio. ¿Entiendes?

—Sí, entiendo —dijo Frodo—. Para empezar, entiendo que estáis atrasados, atrasados de noticias. Han sucedido muchas cosas desde que abandonasteis el Sur. Tu tiempo ya ha pasado, y el de todos los demás rufianes. La Torre Oscura ha sucumbido, y en Gondor hay un Rey. E Isengard ha sido destruida y vuestro preciado amo es ahora un mendigo errante en las tierras salvajes. Me crucé con él por el camino. Ahora serán los mensajeros del Rey los que remontarán el Camino Verde, no los matones de Isengard.

El hombre le clavó la mirada y sonrió con sarcasmo.

—¡Un mendigo errante de las tierras salvajes! ¿De veras? Pavonéate si quieres, renacuajo presumido. De todas maneras no pensamos movernos de este amable país donde ya habéis holgazaneado de sobra. ¡Mensajeros del Rey! —Chasqueó los dedos en las narices de Frodo.— ¡Mira lo que me importa! Cuando vea uno, tal vez me fije en él.

Aquello colmó la medida para Pippin. Pensó en el Campo de Cormallen, y aquí había un rufián de mirada oblicua que se atrevía a tildar de «renacuajo presumido» al Portador del Anillo. Echó atrás la capa, desenvainó la espada reluciente, y la plata y el sable de Gondor centellearon cuando avanzó montado en el caballo.

—Yo soy un mensajero del Rey —dijo—. Le estás hablando al amigo del Rey, y a uno de los más renombrados en todos los países del Oeste. Eres un rufián y un imbécil. Ponte de rodillas en el camino y pide perdón, o te traspasaré con este acero, perdición de los trolls.

La espada relumbró a la luz del poniente. También Merry y Sam desenvainaron las espadas, y se adelantaron, prontos a respaldar el desafío de Pippin; pero Frodo no se movió. Los bandidos retrocedieron. Hasta entonces, se habían limitado a amedrentar e intimidar a los campesinos de Bree, y a maltratar a los azorados hobbits. Hobbits temerarios de espadas brillantes y miradas torvas eran una sorpresa inesperada. Y las voces de estos recién llegados tenían un tono que ellos nunca habían escuchado. Los helaba de terror.

—¡Largaos! —dijo Merry—. Si volvéis a turbar la paz de esta aldea, lo lamentaréis.

Los tres hobbits avanzaron, y los bandidos dieron media vuelta y huyeron despavoridos por el Camino de Hobbiton; pero mientras corrían hicieron sonar los cuernos.

—Bueno, es evidente que no hemos regresado demasiado pronto —dijo Merry.

—Ni un día. Tal vez demasiado tarde, al menos para salvar a Lotho —dijo Frodo—. Es un pobre imbécil, pero le tengo lástima.

—¿Salvar a Lotho? ¿Pero qué demonios quieres decir? —preguntó Pippin—. Destruirlo, diría yo.

—Me parece que tú no comprendes bien lo que sucede, Pippin —dijo Frodo—. Lotho nunca tuvo la intención de que las cosas llegaran a ese extremo. Ha sido un tonto y un malvado, y ahora está en una trampa. Los bandidos han tomado las riendas, recolectando, robando y abusando, y manejando o destruyendo las cosas a gusto de ellos, y en nombre de él. Y ni siquiera en nombre de él por mucho tiempo más. Ahora es un prisionero en Bolsón Cerrado, y ha de estar muy atemorizado, me imagino. Tendríamos que intentar rescatarlo.

—¡Esto sí que es inaudito! —exclamó Pippin—. Como broche de oro de nuestros viajes, nunca me lo habría imaginado: venir a combatir con bandidos y con semiorcos en la comarca misma... y además ¡para salvar a Lotho Granujo!

—¿Combatir? —dijo Frodo—. Bueno, supongo que podría llegarse a eso. Pero recordad: no ha de haber matanza de hobbits, por más que se hayan pasado al otro bando. Que se hayan pasado de verdad, quiero decir: no que obedezcan por temor las órdenes de los bandidos. Jamás en la Comarca un hobbit mató a otro hobbit con intención, y no vamos a empezar ahora. Y en la medida en que pueda evitarse, no se matará a nadie. Así que conservad la calma hasta el final.

—Pero si hay muchos de estos bandidos habrá lucha —dijo Merry—. Con sentirte horrorizado y triste, no rescatarás a Lotho, ni salvarás a la Comarca, mi querido Frodo.

—No —dijo Pippin—. No será tan fácil amedrentarlos de nuevo. Esta vez los tomamos por sorpresa. ¿Oíste sonar los cuernos? Es indudable que andan otros por las cercanías. Y cuando sean más numerosos, se sentirán mucho más audaces. Tendríamos que buscar algún sitio donde refugiarnos esta noche. Al fin y al cabo no somos más que cuatro, aunque estemos armados.

—Se me ocurre una idea —dijo Sam—. ¡Vayamos a lo del viejo Tom Coto, allá abajo, en el Sendero del Sur! Siempre fue de agallas. Y tiene un montón de hijos que toda la vida fueron amigos míos.

—¡No! —dijo Merry—. No tiene sentido «refugiarse». Eso es lo que la gente ha estado haciendo, y lo que a los bandidos les gusta. Caerán sobre nosotros en pandilla, nos acorralarán, y nos obligarán a salir por la fuerza; o nos quemarán vivos. No, tenemos que hacer algo, y pronto.

—¿Hacer qué? —dijo Pippin.

—¡Sublevar a toda la Comarca! —dijo Merry—. ¡Ahora! ¡Despertar a todo el mundo! ¡Odian todo esto, es evidente!; todos, excepto tal vez uno o dos bribones, y unos pocos imbéciles que quieren sentirse importantes, pero que en realidad no entienden nada de lo que está pasando. Pero la gente de la Comarca ha vivido tan cómoda y tranquila durante tanto tiempo que no sabe qué hacer. Sin embargo, una chispa bastará para encender los ánimos. Los Hombres del Jefe tienen que saberlo. Tratarán de aplastarnos y eliminarnos rápidamente. Nos queda muy poco tiempo.

"Sam, ve tú de una corrida a la Granja de Coto, si quieres. Es el personaje más importante de por aquí, y el más decidido. ¡Vamos! ¡Vamos! Voy a tocar el cuerno de Rohan, y les haré escuchar una música como nunca en la vida han oído.

Cabalgaron de regreso al centro de la aldea. Allí Sam dobló y partió al galope por el sendero que conducía al sur, a casa de los Coto. No se había alejado mucho cuando oyó de pronto la clara llamada de un cuerno que se elevaba vibrando. Resonó a lo lejos más allá de las colinas y de los campos; y era tan imperiosa aquella llamada que el propio Sam estuvo a punto de dar media vuelta y regresar a la carrera. El poney se encabritó y relinchó.

—¡Adelante, muchacho! ¡Adelante! —le gritó Sam—. Pronto regresaremos.

Un instante después notó que Merry cambiaba de tono, y el Toque de Alarma de Los Gamos se elevó, estremeciendo el aire.

¡Despertad! ¡Despertad! ¡Peligro! ¡Fuego! ¡Enemigos!¡Despertad!
¡Fuego! ¡Enemigos! ¡Despertad!

Sam oyó a sus espaldas una batahola de voces y el estrépito de puertas que se cerraban de golpe. Delante de él se encendían luces en el anochecer; los perros ladraban; había rumor de pasos precipitados. No había llegado aún al final del sendero, cuando vio al Granjero Coto que corría a su encuentro con tres de sus hijos, el Joven Tom, Alegre y Nick. Llevaban hachas, y le cerraron el paso.

—¡No! No es uno de esos bandidos —dijo la voz grave del granjero—. Por la estatura parece un hobbit, pero está vestido de una manera estrafalaria. ¡Eh! —gritó—. ¿Quién eres, y a qué viene todo este alboroto?

—Soy Sam, Sam Gamyi. Estoy de vuelta.

El Granjero Coto se le acercó y lo observó un rato en la penumbra. —¡Bien! —exclamó—. La voz es la misma, y tu cara no se ve peor de lo que era, Sam. Pero no te habría reconocido en la calle, con esa vestimenta. Has estado por el extranjero, dicen. Te dábamos por muerto.

—¡Eso sí que no! —dijo Sam—. Ni tampoco el señor Frodo. Está aquí con sus amigos. Y esto mismo es la causa de todo el alboroto. Están sublevando a la población de la Comarca. Vamos a echar de aquí a todos esos rufianes, y también al Jefe que tienen. Ya estamos empezando.

—¡Bien, bien! —exclamó el Granjero Coto—. ¡Así que la cosa ha empezado, por fin! De un año a esta parte, me ardía la sangre, pero la gente no quería ayudar. Y yo tenía que pensar en mi mujer y en Rosita. Estos rufianes no se arredran ante nada. ¡Pero vamos ya, muchachos! ¡Delagua se ha rebelado! ¡Tenemos que estar allí!

—Pero... ¿y la señora Coto, y Rosita? —dijo Sam—. No es prudente dejarlas solas.

—Mi Nibs está con ellas. Pero puedes ir y ayudarlo, si tienes ganas —dijo el Granjero Coto con una sonrisa. Y él y sus hijos partieron a todo correr hacia la aldea.

Sam se apresuró a entrar en la casa. En el escalón más alto del fondo del patio, la señora Coto y Rosita estaban de pie junto a la gran puerta redonda, y Nibs aguardaba frente a ellas, blandiendo una horquilla para el heno.

—¡Soy yo! —anunció Sam, todavía trotando—. ¡Sam Gamyi! Así que no trates de ensartarme, Nibs. De todos modos llevo puesta una cota de malla.

Se apeó del poney de un salto, y trepó los escalones. Los Coto lo observaron en silencio. —¡Buenas noches, señora Coto! —dijo Sam—. ¡Hola, Rosita!

—¡Hola, Sam! —dijo Rosita—. ¿Por dónde has andado? Decían que habías muerto; pero yo te he estado esperando desde la primavera. Tú no tenías mucha prisa ¿no es cierto?

—Tal vez no —respondió Sam, sonrojándose—. Pero ahora sí la tengo. Nos estamos ocupando de los bandidos y tengo que volver con el señor Frodo. Pero quise venir a echar un vistazo, a ver cómo estaba la señora Coto; y tú, Rosita.

—Estamos bien, gracias —dijo la señora Coto—. O al menos estaríamos bien si no fuese por esos rufianes.

—¡Bueno, vete! —dijo Rosita—. Si has estado cuidando al señor Frodo todo este tiempo ¿cómo se te ocurre dejarlo solo ahora, justo cuando las cosas se ponen más difíciles?

Aquello fue demasiado para Sam. O necesitaba una semana para contestarle, o no le decía nada. Bajó los escalones y volvió a montar el poney. Pero en el momento en que se disponía a partir, Rosita llegó, corriendo.

—¡Luces muy bien, Sam! —dijo—. ¡Vete, ahora! ¡Pero cuídate y vuelve en cuanto hayas arreglado cuentas con los bandidos!

Sam regresó y encontró en pie a toda la villa. Además de numerosos muchachos más jóvenes, ya se habían reunido más de un centenar de hobbits fornidos provistos de hachas, martillos pesados, cuchillos largos y gruesos bastones; y algunos llevaban arcos de caza. Y continuaban llegando otros de las granjas vecinas.

Algunos de los aldeanos habían encendido una gran hoguera, sólo para animar la velada, y porque era además una de las cosas prohibidas por el Jefe. Las llamas trepaban cada vez más brillantes a medida que avanzaba la noche. Otros, a las órdenes de Merry, estaban levantando barricadas a través del camino, a la entrada y a la salida de la aldea. Cuando los Oficiales de la Comarca se toparon con la primera barricada, quedaron estupefactos; pero tan pronto como vieron que las cosas pintaban mal, la mayoría se quitó las plumas y se plegó a la revuelta. Los otros huyeron furtivamente.

Sam encontró a Frodo y a sus amigos junto al fuego discurriendo con el viejo Tom Coto, y rodeados de una multitud de gente de Delagua que los miraba con admiración.

—Y bien, ¿cuál es el próximo movimiento? —dijo el Granjero Coto.

—No sé decirlo —respondió Frodo—, hasta tanto no tenga más información. ¿Cuántos son los bandidos?

—Es difícil saberlo —dijo Coto—. Andan siempre aquí y allá, yendo y viniendo. A veces hay cincuenta en las barracas, allá en lo alto del camino a Hobbiton; pero salen de correrías, a robar y a «recolectar», como ellos dicen. De todos modos, rara vez hay menos de una veintena alrededor del jefe, como lo llaman. Y él está en Bolsón Cerrado, o estaba, pero ya no sale. En realidad, nadie lo ha visto desde hace unas dos semanas: pero los Hombres no dejan que nadie se acerque.

—Pero Hobbiton no es el único lugar en que están acuartelados ¿no? —dijo Pippin.

—No, para colmo de males —dijo Coto—. Hay un buen puñado allá abajo, en el sur, en Valle Largo, y cerca del Vado de Sarn, dicen; y algunos más escondidos en Bosque Cerrado; y han construido barracas en El Cruce. Y están las Celdas Agujeros, como ellos las llaman: los viejos almacenes subterráneos en Cavada Grande, que han transformado en prisiones para los que se atreven a enfrentarlos. Sin embargo estimo que no hay más de trescientos en toda la Comarca, y tal vez menos. Podemos dominarlos, si nos mantenemos unidos.

—¿Tienen armas? —preguntó Merry.

—Látigos, cuchillos y garrotes, suficiente para el sucio trabajo que hacen; al menos eso es lo que han mostrado hasta ahora —dijo Coto—. Pero sospecho que sacarán a relucir otras, en caso de lucha. De todos modos, algunos tienen arcos. Han matado a uno o dos de los nuestros.

—¡Ya ves, Frodo! —dijo Merry—. Sabía que tendríamos que combatir. Bueno, ellos empezaron la matanza.

—No exactamente —dijo Coto—. O en todo caso no fueron ellos los que empezaron con las flechas. Los Tuk empezaron. Se da cuenta, señor Peregrin, el padre de usted nunca lo pudo tragar al tal Lotho, desde el principio; decía que si alguien tenía derecho a darse aires de jefe a esta hora del día, era el propio Thain de la Comarca, y no ningún advenedizo. Y cuando Lotho le mandó a los Hombres, no hubo modo de convencerlo. Los Tuk son afortunados, ellos tienen esas cavernas profundas allá en las Colinas Verdes, los Grandes Smials y todo eso, y los bandidos no pueden llegar hasta allí; y los Tuk no los dejan entrar en sus tierras. Si se atreven a hacerlo, los persiguen. Los Tuk mataron a tres que andaban robando y merodeando. Desde entonces los bandidos se volvieron más feroces. Y ahora vigilan de cerca las tierras de los Tuk. Ya nadie entra ni sale allí.

—¡Un hurra por los Tuk! —gritó Pippin—. Pero ahora alguien tendrá que entrar. Me voy a los Smials. ¿Alguien desea acompañarme a Alforzada?

Pippin partió con una media docena de muchachos, todos montados en poneys. —¡Hasta pronto! —gritó—. A campo traviesa hay sólo unas catorce millas. Por la mañana estaré de vuelta con todo un ejército de Tuk.

Desaparecieron en la oscuridad, mientras la gente los aclamaba y Merry los despedía con un toque de cuerno.

—Comoquiera que sea —dijo Frodo a todos los que se encontraban alrededor—, no quiero que haya matanza; ni aun de los bandidos, a menos que sea necesario para impedir que dañen a los hobbits.

—¡De acuerdo! —dijo Merry—. Pero creo que de un momento a otro tendremos la visita de la pandilla de Hobbiton. Y no van a venir precisamente a platicar. Procuraremos tratarlos con ecuanimidad, pero tenemos que estar preparados para lo peor. Tengo un plan.

—Muy bien —dijo Frodo—. Tú te encargarás de los preparativos.

En aquel momento, algunos hobbits que habían sido enviados a Hobbiton, regresaron a todo correr.

—¡Ya llegan! —dijeron—. Una veintena o más, pero dos han tomado hacia el oeste a campo traviesa.

—A El Cruce, me imagino —dijo Coto—, en busca de refuerzos. Quince millas de ida y quince de vuelta. No vale la pena preocuparse por el momento.

Merry se apresuró a dar las órdenes. El Granjero Coto se encargó de despejar las calles, enviando a todo el mundo a casa, excepto a los hobbits de más edad que contaban con algún tipo de arma. No tuvieron mucho que esperar. Pronto oyeron voces ásperas y pasos pesados; y en seguida vieron aparecer todo un pelotón de bandidos. Al ver la barricada se echaron a reír. No les cabía en la imaginación que en aquel pequeño país hubiese alguien capaz de enfrentar a veinte como ellos.

Los hobbits abrieron la barrera y se hicieron a un lado.

—¡Gracias! —dijeron los Hombres con sorna—. Y ahora, pronto a casa, y a dormir, antes que empecemos con los látigos. —Y avanzaron por la calle vociferando:— ¡Apagad esas luces! ¡Entrad en las casas y quedaos en ellas! De lo contrario nos llevaremos a cincuenta y los encerraremos en las Celdas durante un año. ¡Adentro! ¡El Jefe está perdiendo la paciencia!

Nadie hizo ningún caso a aquellas órdenes, pero a medida que los bandidos avanzaban, iban cerrando filas detrás de ellos y los seguían. Cuando los Hombres llegaron a la hoguera, allí estaba el viejo Coto, solo, calentándose las manos.

—¿Quién eres y qué estás haciendo aquí? —lo interpeló el cabecilla.

El Granjero Coto lo observó con una mirada lenta.

—Justamente iba a preguntarte lo mismo —respondió—. Éste no es tu país, y aquí no te queremos.

—Pues bien, nosotros te queremos a ti, en todo caso —dijo el cabecilla—. ¡Prendedlo, muchachos! ¡A las Celdas, y dadle algo que lo tranquilice un rato!

Los Hombres avanzaron un paso y se detuvieron. Alrededor de ellos se había alzado un clamor de voces, y advirtieron en ese momento que el Granjero Coto no estaba solo. En la oscuridad, al filo de la hoguera, se cerraba un círculo de hobbits que habían salido en silencio de entre las sombras. Eran unos doscientos, y todos armados.

Merry dio un paso adelante.

—Ya nos hemos conocido —le dijo al cabecilla—, y te advertí que no volvieras a aparecer por aquí. Ahora te vuelvo a advertir: estás a plena luz y rodeado de arqueros. Si te atreves a poner un solo dedo en este hobbit, o en cualquier otro de los presentes, serás hombre muerto. ¡Dejad en el suelo todas las armas!

El cabecilla echó una mirada en torno. Estaba atrapado. Pero con veinte secuaces para respaldarlo, no tenía miedo. Conocía poco y mal a los hobbits para darse cuenta del peligro en que se encontraba. Envalentonado, decidió luchar. No le iba a ser difícil abrirse paso.

—¡A la carga, muchachos! —gritó—. ¡Duro con ellos!

Esgrimiendo un largo puñal en la mano izquierda y un garrote en la derecha, se abalanzó contra el círculo de hobbits, procurando escapar hacia Hobbiton. Intentó atacar con violencia a Merry, que le cerraba el paso. Cayó muerto, traspasado por cuatro flechas.

A los restantes les bastó con eso. Se rindieron. Despojados de las armas y sujetos con cuerdas unos a otros, fueron conducidos a una cabaña vacía que ellos mismos habían construido, y allí, atados de pies y manos, los dejaron encerrados con una fuerte custodia.

Al cabecilla muerto lo llevaron a la rastra un poco más lejos, y lo enterraron.

—Parece casi demasiado fácil, después de todo ¿verdad? —dijo Coto—. Yo decía que éramos capaces de dominarlos. Lo que nos faltaba era una señal. Han vuelto en el momento justo, señor Merry.

—Todavía queda mucho por hacer —dijo Merry—. Si tus estimaciones son acertadas, aún no hemos dado cuenta ni de la décima parte de estos rufianes. Pero está oscureciendo. Creo que para el próximo golpe tendremos que esperar la mañana. Entonces le haremos una visita al Jefe.

—¿Por qué no ahora mismo? —dijo Sam—. No son mucho más de las seis. Y yo quiero ver al Tío. ¿Sabe qué ha sido de él, señor Coto?

—No está ni demasiado bien ni demasiado mal, Sam —dijo el Granjero—. En Bolsón de Tirada derribaron todos los árboles, y ése fue un golpe duro para el Viejo. Ahora está en una de esas casas nuevas que construyeron los Hombres cuando todavía hacían algo más que quemar y robar: a apenas una milla del linde de Delagua. Pero me viene a ver cada tanto, cuando puede, y yo cuido de que esté mejor alimentado que algunos de esos pobres infelices. Todo contra las *Normas,* por supuesto. Lo habría alojado en mi casa, pero eso no estaba permitido.

—Se lo agradezco de todo corazón señor Coto, y nunca lo olvidaré —dijo Sam—. Pero quiero verlo. El Jefe, y ese tal Zarquino, por lo que decían, podrían hacer algún desaguisado allá arriba, antes de la mañana.

—Está bien, Sam —dijo Coto—. Llévate a un par de mozalbetes, y ve a buscarlo y tráelo a mi casa. No necesitarás acercarte a la vieja aldea de Hobbiton en Delagua. Mi Alegre te indicará el camino.

Sam partió. Merry puso unos centinelas alrededor de la aldea, y junto a las barreras durante la noche. Luego fue con Frodo a casa del Granjero Coto. Se sentaron con la familia en la caldeada cocina, y los Coto, por pura cortesía, les hicieron unas pocas preguntas sobre los viajes que habían hecho, pero en verdad casi no escuchaban las respuestas: les interesaba mucho más lo que estaba aconteciendo en la Comarca.

—Todo empezó con Granujo, como nosotros lo llamamos —dijo el Viejo Coto—, y empezó apenas se fueron ustedes, señor Frodo. Tenía ideas raras, el Granujo. Quería ser el dueño de todo, y mandar a todo el mundo. Pronto se descubrió que ya tenía más de lo que era bueno para él; y continuaba acumulando más y más, aunque de dónde sacaba el dinero era un misterio: molinos y campos de cebada, y tabernas y granjas, y plantaciones de hierba para pipa. Ya antes de venir a vivir a Bolsón Cerrado había comprado el Molino de Arenas, según parece.

"Naturalmente, comenzó con las propiedades que le había dejado el padre en la Cuaderna del Sur; y parece que desde hacía un par de años estaba vendiendo grandes partidas que sacaba en secreto de la Comarca. Pero a fines del año pasado se atrevió a mandar carretones enteros, y no sólo de hierba. Los víveres comenzaron a escasear, y el invierno se acercaba. La gente estaba furiosa, pero él sabía cómo responder. Y empezaron a llegar Hombres y más Hombres, bandidos casi todos y algunos se llevaban las cosas en grandes carretas, y otros se quedaban. Y seguían llegando y llegando, y antes que nos diéramos cuenta de lo que pasaba, los teníamos instalados aquí y allá, y por toda la Comarca, y talaban los árboles y hacían excavaciones y construían cobertizos y casas dónde y cómo se les antojaba. Al principio, Granujo pagaba las mercancías y los daños; pero al poco tiempo los Hombres empezaron a darse aires, y a apropiarse de todo lo que querían.

"En ese entonces hubo algún descontento, pero no suficiente. El viejo Will, el Alcalde, marchó a Bolsón Cerrado, a protestar, pero nunca llegó a destino. Los bandidos le echaron mano y se lo llevaron y lo encerraron en una covacha en Cavada Grande, y allí está todavía. Desde entonces, poco después del Año Nuevo, no hemos tenido más Alcalde, y el Granujo se hizo llamar Jefe de los Oficiales de la Comarca, o Jefe a secas, y hacía lo que le daba la gana; y si a alguien «se le subían los humos», como ellos decían, corría la misma suerte de Will. Y así las cosas iban de mal en peor. No había hierba de pipa para nadie, excepto para los Hombres del Jefe; y como el Jefe no soportaba la cerveza, a menos que la bebieran sus Hombres, cerró todas las tabernas; y todo, menos las Normas, escaseaba a más y mejor; a menos que uno consiguiera esconder algo, cuando los rufianes iban de granja en granja recolectando «para un reparto equitativo»; lo cual significaba que ellos se quedaban con todo y nosotros con nada, salvo las sobras que acaso te dieran en las Casas de los Oficiales, si las podías tragar. Todo lo peor. Pero desde que llegó Zarquino, ha sido una verdadera calamidad.

—¿Quién es ese Zarquino? —preguntó Merry—. Se lo oí nombrar a uno de los rufianes.

—El rufián más rufián de toda la pandilla, no le quepa la menor duda —respondió Coto—. Fue en la época de la última cosecha, hacia fines de septiembre, cuando oímos hablar de él por primera vez. No lo hemos visto nunca, pero está allá arriba, en Bolsón Cerrado; y ahora él es el verdadero Jefe, supongo. Todos los bandidos hacen lo que él dice; y lo que él dice es hachar, quemar, destruir; y ahora han empezado a matar. Y ya ni siquiera con algún propósito, por malo que sea. Voltean los árboles y los dejan tirados allí, y queman las casas y no construyen otras.

"La historia del Molino de Arenas, por ejemplo. Granujo lo hizo demoler no bien se instaló en Bolsón Cerrado. Luego trajo una pandilla de Hombres sucios y malcarados para que construyesen uno más grande; y lo llenaron de bote en bote de ruedas y otros adminículos estrafalarios. El único que estaba contento con todo esto era el imbécil de Ted, y allí trabaja ahora, limpiando las ruedas para complacer a los Hombres, se da cuenta, allí donde el padre de él era el molinero y el dueño y señor. La idea de Granujo era moler más y más rápido, o eso decía. Tiene otros molinos semejantes. Pero para moler se necesita grano; y para el molino nuevo no había más grano que para el viejo. Pero desde que llegó Zarquino ya ni siquiera muelen. No hacen más que martillar y martillar, y echan un humo y un olor... Ya no hay más tranquilidad en Hobbiton, ni siquiera de noche. Y tiran inmundicias adrede; han infestado todo el curso inferior del El Agua, y ya empiezan a bajar al Brandivino. Si lo que se proponen es convertir la Comarca en un desierto, no podían haber buscado un camino mejor. Yo no creo que el tonto del Granujo esté detrás de todo. Para mí, que es Zarquino.

—¡Claro que sí! —interrumpió Tom el joven—. Si hasta a la propia madre del Granujo se la llevaron, a esa vieja Lobelia, y aunque nadie la podía ver ni en pintura, él al menos la quería. Alguna gente de Hobbiton estaba allí y vio lo que pasó. Ella viene bajando por el camino con su viejo paraguas. Unos cuantos bandidos van en sentido contrario con un carro.

”«¿Se puede saber adónde van?» ella dice.

”«A Bolsón Cerrado» ellos dicen.

”«¿A hacer qué?» ella dice.

”«A construir barracones para Zarquino» ellos dicen.

”«¿Con el permiso de quién?» ella dice.

”«De Zarquino» ellos dicen. «¡Así que quítate del medio vieja bruja!»

”«¡Zarquino les voy a dar yo, ladrones sucios, rufianes!» ella dice, y arriba con el paraguas contra el Jefe, casi el doble de altura. Y se la llevaron. A la rastra hasta las Celdas, y a su edad... Se han llevado a otros a quienes en verdad echamos de menos, claro, pero no es posible negarlo: ella mostró más coraje que muchos.

En medio de esta conversación entró Sam como una tromba acompañado por el Tío. El viejo Gamyi no parecía muy envejecido, pero estaba un poco más sordo.

—¡Buenas noches, señor Bolsón! —dijo—. Me alegro de

veras de verlo de vuelta sano y salvo. Pero tenemos una cuentita pendiente, como quien dice, usted y yo, si me permite el atrevimiento. No tenía que haber vendido Bolsón Cerrado, siempre lo he dicho. Ahí empezaron todas las calamidades. Y mientras usted andaba *merodeando* por ahí en países extraños, a la caza de Hombres Negros allá arriba en las montañas por lo que me dice mi Sam, si bien no aclara para qué, vinieron y socavaron Bolsón de Tirada, y estropearon todas mis patatas.

—Lo siento mucho, señor Gamyi —dijo Frodo—. Pero ahora estoy de vuelta y haré cuanto pueda por reparar los errores.

—Bien, eso sí que es decir las cosas bien —dijo el Tío—. El señor Frodo Bolsón es un verdadero gentilhobbit, siempre lo he dicho, piense lo que piense de otros que llevan el mismo nombre, con el perdón de usted. Y espero que mi Sam se haya comportado bien y satisfactoriamente.

—Más que satisfactoriamente, señor Gamyi —respondió Frodo—. En verdad, si usted puede creerlo, es ahora una de las personas más famosas en todas las tierras, y se están componiendo canciones que narran sus hazañas desde aquí hasta el Mar y más allá del Río Grande. —Sam se ruborizó, pero le echó a Frodo una mirada de gratitud, porque a Rosita le brillaban los ojos, y le sonreía.

—Cuesta un poco creerlo —dijo el Tío— aunque puedo ver que ha frecuentado extrañas compañías. ¿Qué pasó con la ropa de antes? Porque toda esa ferretería, por muy durable que sea, no me gusta nada.

A la mañana siguiente la familia Coto y todos sus huéspedes estuvieron en pie a primera hora. Durante la noche no hubo novedades, pero era evidente que no tardarían en presentarse otros problemas.

—Al parecer, allá arriba, en Bolsón Cerrado, no queda un solo rufián —dijo Coto—; pero la pandilla de El Cruce aparecerá de un momento a otro.

Después del desayuno llegó un mensajero, que vino cabalgando desde las Tierras de Tuk. Estaba de muy buen humor.

—El Thain ha sublevado toda la campiña —dijo—, y la noticia corre como fuego en todas direcciones. Los bandidos que vigilaban nuestras tierras, los que escaparon con vida, han huido hacia el sur. Y el Thain ha salido a perseguirlos, manteniendo a raya al grueso de la banda; pero ha enviado de regreso al señor Peregrin con toda la gente de que pudo prescindir.

La noticia siguiente fue menos favorable. Merry, que había pasado la noche afuera, llegó al galope a eso de las diez.

—Hay una banda numerosa a unas cuatro millas de distancia —dijo—. Vienen desde El Cruce, pero muchos de los fugitivos se han unido a ellos. Son casi un centenar, e incendian todo lo que encuentran. ¡Malditos sean!

—¡Ah! Éstos no se van a detener a conversar, matarán, si pueden —dijo el Granjero Coto—. Si los Tuk no llegan más pronto, lo mejor será que nos pongamos a cubierto y ataquemos sin discutir. Habrá un poco de lucha antes que se arregle todo esto, señor Frodo, es inevitable.

Pero los Tuk llegaron más pronto. Aparecieron al poco rato, un centenar, y venían en formación, desde Alforzada y las Colinas Verdes con Pippin a la cabeza. Merry contaba ya con una hobbitería fornida y lo bastante numerosa como para enfrentar a los bandidos. Los batidores informaron que la pandilla se mantenía unida. Sabían que la población rural en pleno se había sublevado, y no cabía duda de que venían decididos a sofocar sin miramientos el foco mismo de la rebelión, en Delagua. Pero por crueles y despiadados que fueran, no había entre ellos un jefe experto en las artes de la guerra, y avanzaban sin tomar precauciones. Merry elaboró rápidamente sus planes.

Los bandidos llegaron pisoteando ruidosamente por el Camino del Este, y sin detenerse tomaron el Camino de Delagua, que por un trecho trepaba entre barrancas altas coronadas de setos bajos. Al doblar un recodo, a unas doscientas yardas del camino principal, se toparon con una poderosa barricada levantada con viejos carretones puestos boca abajo. Tuvieron que detenerse. En el mismo momento se dieron cuenta de que los setos que flanqueaban el camino por ambos lados estaban atestados de hobbits. Y detrás de ellos, varios hobbits empujaban otros carretones que habían mantenido ocultos en un campo, cerrándoles de este modo la salida.

Una voz habló desde lo alto: —Y bien, han caído en una trampa —dijo Merry—. Lo mismo les sucedió a los bandidos de Hobbiton, y uno ha muerto y los restantes están prisioneros. ¡Depongan las armas! Luego retrocederán veinte pasos y se sentarán en el suelo. Cualquiera que intente escapar será hombre muerto.

Pero los rufianes no iban a dejarse amilanar con tanta facilidad. Unos pocos obedecieron, aunque azuzados por los insultos de sus compañeros, reaccionaron inmediatamente. Una veintena intentó escapar abalanzándose contra las carretas. Seis cayeron muertos, pero los restantes lograron huir, matando a dos hobbits, y luego se dispersaron campo traviesa en dirección al Bosque Cerrado. Otros dos cayeron mientras corrían. Merry lanzó un potente toque de cuerno, y otros le respondieron a la distancia.

—No irán muy lejos —dijo Pippin—. Todos estos campos están llenos de cazadores hobbits.

Atrás, los hombres atrapados en el sendero, trataban de escalar la barricada y las barrancas, y los hobbits tuvieron que matar a unos cuantos, con las flechas o con las hachas. Pero algunos de los más vigorosos y más encarnizados consiguieron salir por el oeste, y más decididos ahora a matar que a escapar, atacaron ferozmente. Varios hobbits cayeron, y los restantes empezaban a flaquear, cuando Merry y Pippin, que se encontraban en el flanco este, irrumpieron de improviso y se lanzaron contra los rufianes. Merry mató con sus propias manos al cabecilla, un bruto corpulento de mirada torcida que parecía un orco gigantesco. Luego replegó sus fuerzas, encerrando a los últimos remanentes de la pandilla en un amplio círculo de arqueros.

Al fin la batalla terminó. Casi setenta bandidos yacían sin vida en el campo, y doce habían sido tomados prisioneros. Entre los hobbits hubo diecinueve muertos y unos treinta heridos. A los rufianes muertos los cargaron en carretones, los transportaron hasta un antiguo arenal de las cercanías, y los enterraron: el Arenal de la Batalla, lo llamaron desde entonces. Los hobbits caídos fueron sepultados todos juntos en una tumba en la ladera de la colina, donde más tarde levantarían una gran lápida rodeada de jardines. Así concluyó la Batalla de Delagua, 1419, la última librada en la Comarca, y la única desde la Batalla de los Campos Verdes, 1147, en la lejana Cuaderna del Norte. Por consiguiente, aunque por fortuna costó pocas vidas, hay un capítulo dedicado a ella en el Libro Rojo, y los nombres de todos los participantes fueron inscritos en una Lista y aprendidos de memoria por los historiadores de la Comarca. De esa época viene el considerable incremento de la fama y la fortuna de los Coto; pero a la cabeza de la Lista figuran en todas las versiones los nombres de los Capitanes Meriadoc y Peregrin.

Frodo había estado presente en la batalla, pero no había desenvainado la espada, preocupado sobre todo en impedir que los hobbits, exacerbados por las pérdidas, matasen a aquellos adversarios que ya habían depuesto las armas. Una vez la batalla concluida, y encomendadas las tareas que seguirían, Merry, Pippin y Sam se reunieron con él, y cabalgaron de regreso en compañía de los Coto. Comieron un almuerzo tardío, y entonces Frodo dijo con un suspiro:

—Bueno, supongo que es hora de que nos ocupemos del «Jefe».

—Sí, y cuanto antes mejor —dijo Merry—. ¡Y no seas demasiado blando! Él es el responsable de haber traído a la Comarca a esos rufianes, y de todos los males que han causado.

El Granjero Coto reunió una escolta de unas dos docenas de hobbits fornidos. —Porque eso de que no quedan más rufianes en Bolsón Cerrado es una mera suposición —dijo—. No sabemos.

Se pusieron en camino, a pie. Frodo, Sam, Merry y Pippin encabezaban la marcha. Fue una de las horas más tristes en la vida de los hobbits. Allí, delante de ellos, se erguía la gran chimenea; y a medida que se acercaban a la vieja aldea en la margen opuesta del Delagua, entre la doble hilera de sórdidas casas nuevas que flanqueaban el camino, veían el nuevo molino en toda su hostil y sucia fealdad: una gran construcción de ladrillos a horcajadas sobre las dos orillas del río, cuyas aguas emponzoñaba con efluvios humeantes y pestilentes. Y a lo largo del Camino de Delagua, todos los árboles habían sido talados.

Un nudo se les cerró en la garganta cuando atravesaron el puente y miraron hacia la Colina. Ni aun la visión de Sam en el Espejo los había preparado para ese momento. La Vieja Alquería de la orilla occidental había sido demolida y reemplazada por hileras de cobertizos alquitranados. Todos los castaños habían desaparecido. Las barrancas y los setos estaban destrozados. Grandes carretones inundaban en desorden un campo castigado y arrasado. Bolsón de Tirada era una bostezante cantera de arena y piedra triturada. Más arriba, Bolsón Cerrado se ocultaba detrás de unas barracas.

—¡Lo han derribado! —gritó Sam—. ¡Han derribado el Árbol de la Fiesta! —Señaló el lugar donde se había alzado el árbol a cuya sombra Bilbo había pronunciado el Discurso de Despedida. Yacía seco en medio del campo. Como si aquello fuera la gota que colmaba el cáliz, Sam se echó a llorar.

Una risa acabó con las lágrimas. Un hobbit de expresión hosca holgazaneaba recostado contra el muro del patio del molino.

—¿No te gusta, Sam? —dijo, burlón—. Pero tú siempre fuiste un corazón tierno. Creía que te habías ido en uno de esos barcos de los que tanto hablabas, a navegar, a navegar. ¿A qué has vuelto? Ahora tenemos mucho que hacer en la Comarca.

—Ya lo veo —dijo Sam—. No hay tiempo para lavarse, pero sí para sostener paredes. Escuche, señor Arenas, yo tengo una cuenta que ajustar en esta aldea, y no venga a alargarla con burlas, o le resultará demasiado salada para su bolsillo.

Ted Arenas escupió por encima del muro. —¡Garn! —dijo—. No puedes tocarme. Soy amigo del Jefe. Pero él te tocará a ti, te lo aseguro, si te atreves a abrir la boca otra vez.

—¡No pierdas más tiempo con ese tonto, Sam! —dijo Frodo—. Espero que no sean muchos los hobbits que se han convertido en esto. Sería una desgracia mucho mayor que todos los males que han causado los Hombres.

—Eres un sucio y un insolente, Arenas —dijo Merry—. Y tus cálculos te han fallado. Justamente subíamos a la colina a desalojar a tu adorado Jefe. De sus Hombres, ya hemos dado cuenta.

Ted abrió la boca para responder, y quedó boquiabierto, porque acababa de ver la escolta que a una señal de Merry avanzaba por el puente. Entró como una flecha en el molino, y volvió a salir; traía un cuerno y lo sopló con fuerza.

—¡Ahórrate el aliento! —dijo Merry riendo—. Yo tengo uno mejor. —Y levantando el cuerno de plata lanzó una llamada clara que resonó más allá de la Colina; y de las cavernas y las cabañas y las deterioradas casas de Hobbiton, los hobbits respondieron y se volcaron por los caminos, y entre vivas y aclamaciones alcanzaron a la comitiva y siguieron detrás de ella rumbo a Bolsón Cerrado.

En lo alto del sendero todos se detuvieron, y Frodo y sus amigos siguieron solos: por fin llegaban a aquel lugar en un tiempo tan querido. En el jardín se apretaban las cabañas y cobertizos, algunos tan cercanos a las antiguas ventanas del lado oeste que no dejaban pasar un solo rayo de luz. Por todas partes había pilas de inmundicias. La puerta estaba cubierta de grietas y de cicatrices; la cadena de la campanilla se bamboleaba, suelta, y la campanilla no sonaba. Golpearon, pero no hubo respuesta. Por último empujaron, y la puerta cedió. Entraron. La casa apestaba, había suciedad y desorden por doquier, como si hiciera algún tiempo que nadie vivía en ella.

—¿Dónde se habrá escondido ese miserable de Lotho? —dijo Merry. Habían buscado en todas partes, sin encontrar a ninguna criatura viviente, excepto ratas y ratones—. ¿Les pedimos a los otros que registren las barracas?

—¡Esto es peor que Mordor! —dijo Sam—. Mucho peor, en un sentido. Duele en carne viva, como quien dice; pues es parte de nosotros, y la recordamos como era antes.

—Sí, esto es Mordor —dijo Frodo—. Una de sus obras. Saruman creía estar trabajando para él mismo, pero en realidad no hacía más que servir a Mordor. Y lo mismo hacían aquellos a quienes Saruman engañó, como el avaro Lotho.

Merry echó en torno una mirada de consternación y repugnancia. —¡Salgamos de aquí! —dijo—. De haber sabido todo el mal que ha causado, le habría cerrado el gaznate con mi tabaquera.

—¡No lo dudo, no lo dudo! Pero no lo hiciste, de modo que ahora puedo darte la bienvenida. —De pie, en la puerta, estaba Saruman en persona, bien alimentado y satisfecho de sí mismo. Los ojos le chisporroteaban, divertidos y maliciosos.

La luz se hizo de súbito en la mente de Frodo. —¡Zarquino! —exclamó.

Saruman se echó a reír. —De modo que ya has oído mi nombre ¿eh? Así, creo, me llamaban en Isengard todos mis súbditos. Una prueba de afecto, sin duda.* Pero parece que no esperabas verme aquí.

—No por cierto —dijo Frodo—. Pero podía haberlo imaginado. Un poco de maldad mezquina. Gandalf me advirtió que aún eras capaz de eso.

—Muy capaz —dijo Saruman—, y más que de un poco. Me hacéis gracia vosotros, señoritos hobbits, cabalgando por ahí con todos esos grandes personajes, tan seguros y tan pagados de vuestras pequeñas personitas. Creíais haber salido muy airosos de todo esto, y que ahora podíais volver tranquilos a casa, a disfrutar de la paz del campo. La casa de Saruman podía ser destruida,

* Probablemente de origen orco: *sharku*, El Viejo.

y él expulsado, pero nadie podía tocar la vuestra. ¡Oh, no! Gandalf iba a cuidar de vuestros asuntos.

Saruman volvió a reír.

—¡Él, justamente! Cuando sus instrumentos dejan de servirle, los deja a un lado. Pero vosotros teníais que seguir pendientes de él, fanfarroneando y perdiendo el tiempo, y volviendo por un camino dos veces más largo que el necesario. Bien, pensé, si son tan estúpidos, llegaré antes y les daré una lección. Una mano lava la otra. La lección habría sido más dura si me hubierais dado un poco más de tiempo, y más Hombres. De todos modos, pude hacer muchas cosas que os será difícil reparar o deshacer en vuestra vida. Y será un placer para mí pensarlo, y resarcirme así de las injurias que he recibido.

—Bueno, si eso te da placer —dijo Frodo—, te compadezco. Temo que sólo será un placer en el recuerdo. ¡Márchate de aquí inmediatamente y no vuelvas nunca más!

Los hobbits de la aldea, al ver salir a Saruman de una de las cabañas, se habían amontonado junto a la puerta de Bolsón Cerrado. Cuando oyeron la orden de Frodo, murmuraron con furia: —¡No lo deje ir! ¡Mátelo! Es un malvado y un asesino. ¡Mátelo!

Saruman miró el círculo de caras hostiles y sonrió.

—¡Mátelo! —repitió, burlón—. ¡Matadlo vosotros, si creéis ser bastante numerosos, mis valientes hobbits! —Se irguió, y los ojos negros se clavaron en ellos con una mirada sombría.— ¡Mas no penséis que al perder todos mis bienes perdí también todo mi poder! Aquel que se atreva a golpearme será maldecido. Y si mi sangre mancha la Comarca, la tierra se marchitará, y nadie jamás podrá curarla.

Los hobbits retrocedieron. Pero Frodo dijo: —¡No lo creáis! Ha perdido todo su poder, menos la voz que aún puede intimidaros y engañaros, si le prestáis atención. Pero no quiero que lo matéis. Es inútil pagar venganza con venganza. ¡Márchate de aquí, Saruman, y por el camino más corto!

—¡Serpiente! ¡Serpiente! —gritó Saruman; y de una de

las cabañas vecinas, arrastrándose como un perro, salió Lengua de Serpiente—. ¡De nuevo a los caminos, Serpiente! —dijo Saruman—. Estos delicados amigos y señoritos nos echan otra vez a los caminos. ¡Sígueme!

Saruman se volvió como si fuera a partir, y Lengua de Serpiente lo siguió, arrastrándose. Pero en el momento en que Saruman pasaba junto a Frodo un puñal le centelleó en la mano, y lanzó una rápida estocada. La hoja rebotó contra la oculta cota de malla, y se quebró, con un golpe seco. Una docena de hobbits, con Sam a la cabeza, se abalanzaron con un grito y derribaron al villano.

—¡No, Sam! —exclamó Frodo—. No lo mates, ni aun ahora. No me ha herido. En todo caso, no deseo verlo morir de esta manera inicua. En un tiempo fue grande, de una noble raza, contra la que nunca nos hubiéramos atrevido a levantar las manos. Ha caído, y devolverle la paz y la salud no está a nuestro alcance; mas yo le perdonaría la vida, con la esperanza de que algún día pueda recobrarlas.

Saruman se levantó y clavó los ojos en Frodo. Tenía una mirada extraña, mezcla de admiración, respeto y odio.

—Has crecido, Mediano —dijo—. Sí, has crecido mucho. Eres sabio, y cruel. Me has privado de la dulzura de mi venganza, y en adelante mi vida será un camino de amargura, sabiendo que la debo a tu clemencia. ¡La odio tanto como te odio a ti! Bien, me voy, y no te atormentaré más. Mas no esperes de mí que te desee salud y una vida larga. No tendrás ni una ni otra. Pero eso no es obra mía. Yo sólo te lo auguro.

Se alejó, mientras los hobbits se apartaban para que pasase; pero los nudillos les palidecían al apretarlos sobre las armas. Lengua de Serpiente titubeó, y luego siguió a su amo.

—¡Lengua de Serpiente! —llamó Frodo—. No es preciso que lo sigas. Que yo sepa, tú no me has hecho ningún mal. Podrás tener reposo y alimento aquí, por algún tiempo, hasta que estés más fuerte y puedas seguir tu verdadero camino.

Lengua de Serpiente se detuvo y se volvió a mirarlo, casi decidido a quedarse. Saruman dio media vuelta.

—¿Ningún mal? —graznó—. ¡Qué esperanza! Cuando sale de noche furtivamente, es sólo para contemplar las estrellas. Pero ¿no oí preguntar a alguien dónde estaba escondido el pobre Lotho? Tú lo sabes ¿no es verdad, Serpiente? ¿Se lo vas a decir?

Lengua de Serpiente se encogió y gimió: —¡No, no!

—Entonces, yo se lo diré —dijo Saruman—. Serpiente mató a vuestro Jefe, mis pobres amiguitos, a vuestro buen pequeño patrón. ¿No es verdad, Serpiente? Lo apuñaló mientras dormía, creo. Lo enterró, espero; aunque últimamente Serpiente ha pasado mucha hambre. No, Serpiente no es bueno en realidad. Mejor será que lo dejéis en mis manos.

En los ojos rojos de Lengua de Serpiente apareció una mirada de odio salvaje. —Tú me dijiste que lo hiciera —siseó.

Saruman lanzó una carcajada. —Y tú haces lo que Zarquino te dice, siempre, ¿verdad, Serpiente? Pues bien, ahora te dice: ¡sígueme! —Y mientras el otro se arrastraba, le lanzó un puntapié a la cara y echó a andar. Pero algo se quebró en ese instante. Lengua de Serpiente se irguió de pronto, y sacó un puñal que llevaba escondido; gruñendo como un perro saltó sobre la espalda de Saruman, y tirándole la cabeza hacia atrás, le hundió la hoja en la garganta; luego, con un aullido, echó a correr sendero abajo. Antes que Frodo pudiera recobrarse ni pronunciar una sola palabra, tres arcos hobbits silbaron en el aire, y Lengua de Serpiente se desplomó sin vida.

Ante el espanto de todos, alrededor del cadáver de Saruman se formó una niebla gris, que subió lentamente a gran altura como el humo de una hoguera, mientras una figura pálida y amortajada asomaba sobre la Colina. Vaciló un instante, de cara al poniente; pero una ráfaga de viento sopló desde el oeste, y la figura se dobló, y con un suspiro se deshizo en nada.

Frodo miró el cadáver con horror y piedad, y de pronto le pareció ver en él largos años de muerte; y el rostro marchito se contrajo, y se transformó en jirones de piel sobre una calavera horrenda. Levantando el manto sucio que se extendía junto al cadáver, Frodo lo cubrió, y se alejó.

—Y he aquí el final —dijo Sam—. Un final horrible, y no desearía haberlo visto; pero es una liberación.

—Y el final definitivo de la Guerra, espero —dijo Merry.

—También yo lo espero —dijo Frodo suspirando—. El golpe definitivo, pero pensar que ha caído aquí, a las puertas mismas de Bolsón Cerrado. En medio de todas mis esperanzas y todos mis temores, jamás imaginé nada semejante.

—Yo no diré que es el fin, hasta que hayamos arreglado este desbarajuste —dijo Sam con aire sombrío—. Y eso nos llevará mucho tiempo y trabajo.

9

LOS PUERTOS GRISES

Poner orden en el desbarajuste les costó mucho trabajo, pero llevó menos tiempo del que Sam había temido. Al día siguiente de la batalla Frodo fue a Cavada Grande y liberó a los presos de las Celdas. Uno de los primeros que encontraron fue el pobre Fredegar Bolger, ya no más el Gordo Bolger. Lo habían tomado prisionero en los Tejones, cerca de las colinas de Scary, cuando los bandidos habían fumigado el refugio de un grupo de rebeldes que él encabezaba.

—¡Al fin de cuentas te hubiera convenido venir con nosotros, pobre viejo Fredegar! —dijo Pippin, mientras lo llevaban, pues estaba demasiado débil para caminar.

Fredegar abrió un ojo y valientemente trató de sonreír.

—¿Quién es este joven gigante de la voz potente? —musitó—. ¡No será el pequeño Pippin! ¿Qué número de sombrero calzas ahora?

Luego encontraron a Lobelia. Estaba muy envejecida la pobre, cuando la sacaron de un calabozo oscuro y estrecho. Pero ella se empeñó en salir con sus propias piernas, cojeando y tambaleándose; y cuando apareció apoyada en el brazo de Frodo, con el paraguas siempre apretado en la mano, fue tan calurosa la acogida, y hubo tantas ovaciones y tantos aplausos que se deshizo en lágrimas. Nunca en su vida había sido tan popular. Pero la noticia del asesinato de Lotho la trastornó a tal punto que no quiso volver nunca más a Bolsón Cerrado. Se lo devolvió a Frodo, y se fue a vivir con su familia, los Ciñatiesa de Casadura.

Y cuando murió la pobre criatura en la primavera siguiente —al fin y al cabo ya tenía más de cien años—, Frodo se enteró, sorprendido y profundamente conmovido, de que le había dejado todo su dinero y el de Lotho para que ayudase a los hobbits a quienes las calamidades de la Comarca habían dejado sin hogar. Y así terminó aquella larga enemistad.

El viejo Will Pieblanco había estado encerrado en las Celdas más tiempo que todos, y aunque tal vez lo maltrataran menos, necesitaba comer mucho antes de volver a la alcaldía, y Frodo aceptó el cargo de Suplente hasta que el señor Pieblanco estuviese de nuevo en condiciones. Lo único que hizo durante su mandato fue reducir el número de los Oficiales de la Comarca, y limitarles las funciones a lo que era adecuado y normal. El cometido de echar del país a los últimos rufianes fue confiado a Merry y a Pippin, y cumplido rápidamente. Las pandillas que se habían refugiado en el sur, al tener noticias de la Batalla de Delagua, huyeron ofreciendo poca resistencia al Thain. Antes de Fin de Año los contados sobrevivientes quedaron cercados en los bosques, y aquellos que se rindieron fueron puestos en las fronteras.

Mientras tanto los trabajos de restauración avanzaban con rapidez y Sam estaba siempre ocupado. Los hobbits son laboriosos como las abejas, cuando la situación lo requiere y si se sienten bien dispuestos. Ahora había millares de manos voluntarias de todas las edades, desde las pequeñas pero ágiles de los jóvenes y las muchachas hasta las arrugadas y callosas de los viejos y aun de las abuelas. Para el Año Nuevo no quedaba en pie ni un solo ladrillo de las Casas de los Oficiales, ni de ningún edificio construido por los «Hombres de Zarquino»; pero los ladrillos fueron todos empleados en reparar numerosas cavernas antiguas, a fin de hacerlas más secas y confortables. Se encontraron grandes cantidades de provisiones, y víveres, y cerveza que los rufianes habían escondido en cobertizos y graneros y en cavernas abandonadas, especialmente en los túneles de Cavada Grande y en las viejas canteras de Scary. Y así, en las fiestas de aquel Fin de Año hubo una alegría que nadie había esperado.

Una de las primeras tareas que se llevaron a cabo en Hobbiton, antes aún de la demolición del molino nuevo, fue la limpieza de la Colina y de Bolsón Cerrado, y la restauración de Bolsón de Tirada. El frente del nuevo arenal fue nivelado y transformado en un gran jardín cubierto, y en la parte meridional de la colina excavaron nuevas cavernas y las revistieron de ladrillos. La Número Tres le fue restituida al Tío, quien solía decir, sin preocuparse de quiénes pudieran oírlo:

—Es viento malo aquel que no trae bien a nadie, como siempre he dicho, y es bueno lo que termina mejor.

Hubo algunas discusiones a propósito del nombre que le pondrían a la nueva calle. Algunos propusieron *Jardines de la Batalla,* otros *Smials Mejores.* Pero al cabo, con el buen sentido propio de los hobbits, le pusieron simplemente *Tirada Nueva.* Y no era más que una broma al gusto de Delagua el referirse a ella con el nombre de Terminal de Zarquino.

La pérdida más grave y dolorosa eran los árboles, pues por orden de Zarquino todos habían sido talados sin piedad a lo largo y a lo ancho de la Comarca; y eso era lo que más afligía a Sam. Sobre todo porque llevaría largo tiempo curar las heridas, y sólo sus bisnietos verían alguna vez la Comarca como había sido en los buenos tiempos.

De pronto un día (porque había estado demasiado ocupado durante semanas enteras para dedicar algún pensamiento a sus aventuras), se acordó del don de Galadriel. Sacó la cajita y la mostró a los otros Viajeros (porque así los llamaban ahora a todos) y les pidió consejo.

—Me preguntaba cuándo lo recordarías —dijo Frodo—. ¡Ábrela!

Estaba llena de un polvo gris, suave y fino, y en el medio había una semilla, como una almendra pequeña de cápsula plateada.

—¿Qué puedo hacer con esto? —dijo Sam.

—¡Echa el polvo al aire en un día de viento y deja que él haga el trabajo! —dijo Pippin.

—¿Dónde? —dijo Sam.

—Escoge un sitio como vivero, y observa qué les sucede a las plantas que están en él —dijo Merry.

—Pero estoy seguro de que a la Dama no le gustaría que me lo quedara yo solo, para mi propio jardín, habiendo tanta gente que ha sufrido y lo necesita —dijo Sam.

—Recurre a tu sagacidad y tus conocimientos, Sam —dijo Frodo—, y luego usa el regalo para ayudarte en tu trabajo y mejorarlo. Y úsalo con parsimonia. No hay mucho, y me imagino que todas las partículas tienen valor.

Entonces Sam plantó retoños en todos aquellos lugares en donde antes había árboles especialmente hermosos o queridos, y puso un grano del precioso polvo en la tierra, junto a la raíz. Recorrió la Comarca, a lo largo y a lo ancho, haciendo este trabajo, y si prestaba mayor cuidado a Delagua y a Hobbiton nadie se lo reprochaba. Y al terminar, descubrió que aún le quedaba un poco del polvo, y fue a la Piedra de las Tres Cuadernas, que es por así decir el centro de la Comarca, y lo arrojó al aire con su bendición. Y la pequeña almendra de plata, la plantó en el Campo de la Fiesta, allí donde antes se erguía el árbol; y se preguntó qué planta crecería. Durante todo el invierno, esperó tan pacientemente como pudo, tratando de contenerse para no ir a ver a cada rato si algo ocurría.

La primavera colmó con creces las más locas esperanzas de Sam. En su propio jardín los árboles comenzaron a brotar y a crecer como si el tiempo mismo tuviese prisa y quisiera vivir veinte años en uno. En el Campo de la Fiesta despuntó un hermoso retoño: tenía la corteza plateada y hojas largas y se cubrió de flores doradas en abril. Era en verdad un *mallorn*, y la admiración de todos los vecinos. En años sucesivos, a medida que crecía en gracia y belleza, la fama del árbol se extendió por todos los confines de la Comarca y la gente hacía largos viajes para ir a verlo; el único *mallorn* al oeste de las Montañas y al este del Mar, y uno de los más hermosos del mundo.

Desde todo punto de vista, 1420 fue en la Comarca un año maravilloso. No sólo hubo un sol esplendente y lluvias deliciosas, en los momentos oportunos y en proporciones perfectas; una atmósfera de riqueza y de prosperidad, una belleza radiante, superior a la de esos veranos mortales que en esta Tierra Media centellean un instante y se desvanecen. Todos los niños nacidos o concebidos en aquel año, y fueron muchos, eran hermosos y fuertes, y casi todos tenían abundantes cabellos dorados, hasta entonces raros entre los hobbits. Hubo tal cosecha de frutos que los hobbits jóvenes nadaban por así decir en fresas con crema; e iban luego a sentarse en los prados a la sombra de los ciruelos y comían hasta que los huesos de las frutas se apilaban en pequeñas pirámides, o como cráneos amontonados por un conquistador, y así continuaban. Y ninguno se enfermaba, y todos estaban contentos, excepto aquellos que tenían que segar los pastos.

En las viñas de la Cuaderna del Sur pesaban los racimos, y la cosecha de «hoja» fue asombrosa; y hubo tanto trigo que para la Siega todos los graneros estaban abarrotados. La cebada de la Cuaderna del Norte fue tan excelente que la cerveza de 1420 quedó grabada en la memoria de todos durante largos años, y llegó a ser un dicho proverbial. Y así una generación más tarde no era raro que un viejo campesino al dejar el pichel sobre la mesa de una taberna, luego de beber una pinta de cerveza bien ganada, exclamara con un suspiro: —¡Ah, ésta sí que era una auténtica catorce veinte!

Al principio Sam se quedó con Frodo en casa de los Coto. Pero cuando Tirada Nueva estuvo terminada, fue a vivir con el Tío. Además de todas sus otras ocupaciones, conducía las obras de limpieza y restauración de Bolsón Cerrado; pero más a menudo recorría la Comarca para ver cómo progresaban los trabajos de forestación. Y por estar lejos de Hobbiton a comienzos de marzo, no supo que Frodo había estado enfermo. El trece de ese mes el Granjero Coto encontró a Frodo tendido en la cama; aferraba una piedra blanca que llevaba al cuello suspendida de una cadena, y hablaba como en sueños.

—Ha desaparecido para siempre —decía—, y ahora todo ha quedado oscuro y desierto.

Pero la crisis pasó, y al regreso de Sam el veinticinco, Frodo se había recobrado, y no le dijo nada de él mismo. Entre tanto los trabajos de limpieza de Bolsón Cerrado quedaron concluidos, y Merry y Pippin llegaron desde Cricava trayendo de vuelta el antiguo mobiliario y todos los enseres de la casa, y la vieja cueva volvió a ser la misma de antes.

Al fin todo estuvo pronto, y Frodo dijo: —¿Cuándo piensas venir a vivir conmigo, Sam?

Sam pareció un poco turbado.

—No es necesario que vengas en seguida, si no quieres —dijo Frodo—. Pero sabes que el Tío siempre estará a un paso, y estoy seguro de que la Viuda Rumble cuidará bien de él.

—No es eso, señor Frodo —dijo Sam, y se puso muy rojo.

—Y bien ¿qué es entonces?

—Es Rosita, Rosita Coto —dijo Sam—. Parece que no le gustó nada que yo me fuera de viaje, a la pobrecita; pero como yo no había hablado, no podía decir nada. Y no le hablaba, porque tenía algo que hacer, antes. Pero ahora he hablado, y me dice: «¡Y bueno, ya has perdido un año! ¿Para qué esperar más?» «¿Perdido? —le digo—. Yo no lo llamaría así.» Pero entiendo lo que ella quiere decir. Me siento como quien dice partido en dos.

—Comprendo—dijo Frodo—: ¿Quieres casarte, pero también quieres vivir conmigo en Bolsón Cerrado? Mi querido Sam, ¡nada más sencillo! Cásate lo más pronto posible, y ven a instalarte aquí con Rosita. Hay espacio suficiente en Bolsón Cerrado para la familia más numerosa que puedas desear.

Y así todo quedó arreglado. Sam Gamyi se casó con Rosa Coto en la primavera de 1420 (año famoso también por el gran número de matrimonios), y fueron a vivir a Bolsón Cerrado. Y si Sam se creía favorecido por la suerte, Frodo sabía que él lo era todavía más: no había en la Comarca un hobbit que fuera cuidado con tanto celo y amor como él. Cuando todos los trabajos de reparación estuvieron preparados y en ejecución, se entregó a una vida tranquila, escribiendo mucho y releyendo todas sus notas. Renunció al cargo de Alcalde Suplente en la Feria Libre de mediados de aquel verano, y el viejo y entrañable Will Pieblanco pudo volver a presidir los Banquetes durante otros siete años.

Merry y Pippin vivieron juntos por un tiempo en Cricava, y hubo un incesante ir y venir entre Los Gamos y Bolsón Cerrado. Las canciones, las historias y los modales de los jóvenes Viajeros, junto con las fiestas que daban a menudo eran muy populares en la Comarca. Los «Señoriles», los llamaba la gente con la mejor intención, pues encendía los corazones verlos cabalgar ataviados con brillantes cotas de malla, y escudos resplandecientes, riendo y cantando canciones de países lejanos; y si ahora eran grandes y magníficos, en otros aspectos no habían cambiado nada, aunque eran sin duda más corteses, más joviales y más alegres que antes.

Frodo y Sam, en cambio, adoptaron de nuevo la vestimenta ordinaria, y sólo cuando era necesario lucían los largos mantos grises, finamente tejidos, y sujetos al cuello con hermosos broches; y el señor Frodo llevaba siempre una joya blanca que pendía de una cadena, y con la que jugueteaba a menudo.

Ahora las cosas marchaban bien, con la constante esperanza de que mejorarían más aún, y Sam vivía atareado y tan colmado de dicha como hasta un hobbit pudiera desear. Nada turbó para él la paz de aquel año, excepto una cierta preocupación por Frodo, que se había retirado poco a poco de todas las actividades de la Comarca. A Sam le apenaba que lo trataran con tan escasos honores en su propio país. Pocos eran los que conocían o deseaban conocer sus hazañas y aventuras; la admiración y el respeto de todos recaían casi exclusivamente en el señor Meriadoc y en el señor Peregrin y (aunque esto Sam lo ignoraba) también en él. Y en el otoño apareció una sombra de los antiguos tormentos.

Una noche Sam entró en el estudio y encontró a su amo muy extraño. Estaba palidísimo, con la mirada como perdida en cosas muy lejanas.

—¿Qué le pasa, señor Frodo? —dijo Sam.

—Estoy herido —respondió él—, herido; nunca curaré del todo.

Pero luego se levantó, y pareció que el malestar había desaparecido, y al otro día era de nuevo el Frodo de siempre. Sólo más tarde Sam reparó en la fecha: seis de octubre. Dos años antes, ese mismo día, se había hecho la oscuridad en la hondonada de la Cima de los Vientos.

Pasó el tiempo, y llegó el año 1421. Frodo volvió a caer enfermo en marzo, pero con un gran esfuerzo consiguió ocultarlo, porque Sam tenía otras cosas en qué pensar. El primer hijo de Sam y Rosita nació el veinticinco de marzo, una fecha que Sam anotó.

—Y bien, señor Frodo —dijo—. Estoy en un aprieto. Rosa y yo habíamos decidido llamarlo Frodo, con el permiso de usted; pero no es *él,* es *ella.* Aunque es la niña más bonita que hayamos podido desear, porque afortunadamente se parece más a Rosa que a mí. De modo que no sabemos qué hacer.

—Bueno, Sam —dijo Frodo— ¿qué tienen de malo las antiguas tradiciones? Elige un nombre de flor, como Rosa. La mitad de las niñas de la Comarca tienen nombres semejantes ¿y qué puede ser mejor?

—Supongo que tiene usted razón, señor Frodo —dijo Sam—. He escuchado algunos nombres hermosos en mis viajes, pero se me ocurre que son demasiado sonoros para usarlos de entrecasa, por así decir. El Tío dice: «Escoge uno corto, así no tendrás que acortarlo luego». Pero si ha de ser el nombre de una flor, entonces no me importa que sea largo: tiene que ser una flor hermosa, porque vea usted, señor Frodo, yo creo que es muy hermosa, y que va a ser mucho más hermosa todavía.

Frodo pensó un momento. —Y bien, Sam, ¿qué te parece *elanor,* la estrella-sol? ¿Recuerdas, la pequeña flor de oro que crecía en los prados de Lothlórien?

—¡También ahora tiene razón, señor Frodo! —dijo Sam, maravillado—. Eso es lo que yo quería.

La pequeña Elanor tenía casi seis meses, y 1421 había entrado ya en el otoño, cuando Frodo llamó a Sam al estudio.

—El jueves próximo será el Cumpleaños de Bilbo, Sam. —dijo—, y sobrepasará al Viejo Tuk. ¡Cumplirá ciento treinta y un años!

—¡Es verdad! —dijo Sam—. ¡Qué maravilla!

—Pues bien, Sam, me gustaría que hablaras con Rosa y vieras si puede arreglarse sin ti, y entonces podríamos partir juntos. Claro, ahora no puedes alejarte demasiado ni por mucho tiempo —dijo con cierta tristeza.

—No, no en verdad, señor Frodo.

—Claro que no. Pero no importa; podrías acompañarme un trecho. Dile a Rosa que no estarás ausente mucho tiempo, no más de dos semanas, y que regresarás sano y salvo.

—Me gustaría tanto ir con usted a Rivendel, señor Frodo, y ver al señor Bilbo —dijo Sam—. Y sin embargo el único lugar en que realmente quiero estar es aquí. Estoy partido en dos.

—¡Pobre Sam! ¡Así habrás de sentirte, me temo! —dijo Frodo—. Pero curarás pronto. Naciste para ser un hobbit sano e íntegro, y lo serás.

Durante los dos o tres días siguientes Frodo, con la ayuda de Sam, revisó todos los papeles y manuscritos, y le dio las llaves. Había un libro voluminoso encuadernado en cuero rojo: las páginas altas estaban ahora casi llenas. Al principio, había muchas hojas escritas por la mano débil y errabunda de Bilbo, pero la escritura apretada y fluida de Frodo cubría casi todo el resto. El libro había sido dividido en capítulos; el capítulo 80 estaba inconcluso, y seguido de varios folios en blanco. En la página correspondiente a la portada, había numerosos títulos, tachados uno tras otro:

*Mi Diario. Mi Viaje Inesperado. Historia de una
Ida y de una Vuelta.
Y Qué Sucedió Después.
Aventuras de Cinco Hobbits. La Historia del Gran Anillo,
compilada por
Bilbo Bolsón, según las observaciones personales del autor y
los relatos de sus amigos. Nosotros y la Guerra del Anillo.*

Aquí terminaba la letra de Bilbo, y luego Frodo había escrito.

LA CAÍDA
DEL
SEÑOR DE LOS ANILLOS
Y
EL RETORNO DEL REY

(Tal como los vio la Gente Pequeña; siendo éstas las memorias de Bilbo y Frodo de la Comarca, completadas con las narraciones de sus amigos y la erudición del Sabio.)

Junto con extractos de los Libros de Tradición, traducidos por Bilbo en Rivendel.

—¡Pero lo ha terminado casi, señor Frodo! —exclamó Sam—. Bueno, ha trabajado en serio.

—Yo he terminado con lo mío, Sam —dijo Frodo—. Las últimas páginas son para ti.

El veintiuno de septiembre partieron juntos, Frodo montado en el poney en que había recorrido todo el camino desde Minas Tirith, y que ahora se llamaba Trancos; y Sam en su querido Bill. Era una mañana dorada y hermosa, y Sam no preguntó a dónde iban. Creía haberlo adivinado.

Tomaron por el Camino de Cepeda hasta más allá de las colinas, dejando que los poneys avanzaran sin prisa rumbo al Bosque Cerrado. Acamparon en las Colinas Verdes, y el veintidós de septiembre, cuando caía la tarde, descendieron apaciblemente entre los primeros árboles.

—¡Fue detrás de ese árbol donde usted se escondió la primera vez que apareció el Jinete Negro, señor Frodo! —dijo Sam, señalando a la izquierda—. Ahora parece un sueño.

Había llegado la noche, y las estrellas centelleaban en el cielo del este, cuando los compañeros pasaron delante

de la encina seca y descendieron la colina entre la espesura de los avellanos. Sam estaba silencioso y pensativo.
De pronto advirtió que Frodo iba cantando en voz queda,
cantando la misma vieja canción de caminantes, pero las
palabras no eran del todo las mismas:

> *Aun detrás del recodo quizá todavía esperen*
> *un camino nuevo o una puerta secreta;*
> *y aunque a menudo pasé sin detenerme,*
> *al fin llegará un día en que iré caminando*
> *por esos senderos escondidos que corren*
> *al oeste de la Luna, al este del Sol.*

Y como en respuesta, subiendo por el camino desde el
fondo del valle, llegaron voces que cantaban:

> *A! Elbereth Gilthoniel*
> *silivren penna míriel*
> *o menel aglar elenath,*
> *Gilthoniel, A! Elbereth!*
> *Aún recordamos, nosotros que vivimos*
> *bajo los árboles en esta tierra lejana,*
> *la luz de las estrellas*
> *sobre los Mares del Oeste.*

Frodo y Sam se detuvieron y aguardaron en silencio entre las dulces sombras, hasta que un resplandor anunció
la llegada de los viajeros.

Y vieron a Gildor y una gran comitiva de hermosa gente élfica, y luego, ante los ojos maravillados de Sam, llegaron cabalgando Elrond y Galadriel. Elrond vestía un
manto gris y lucía una estrella en la frente, y en la mano
llevaba un arpa de plata, y en el dedo un anillo de oro
con una gran pieza azul: Vilya, el más poderoso de los
tres. Pero Galadriel montaba en un palafrén blanco, envuelta en una blancura resplandeciente, como nubes alrededor de la Luna; y ella misma parecía irradiar una luz
suave. Y tenía en el dedo el anillo forjado de *mithril*, con
una sola piedra que centelleaba como una estrella de es-

carcha. Y cabalgando lentamente en un pequeño poney gris, cabeceando de sueño y como adormecido, llegó Bilbo en persona.

Elrond los saludó con un aire grave y gentil, y Galadriel los miró, con una sonrisa.

—Y bien, señor Samsagaz —dijo—. Me han dicho, y veo, que has utilizado bien mi regalo. De ahora en adelante la Comarca será más que nunca amada y bienaventurada. —Sam se inclinó en una profunda reverencia, pero no supo qué decir. Había olvidado qué hermosa era la Dama Galadriel.

Entonces Bilbo despertó y abrió los ojos. —¡Hola, Frodo! —dijo—. ¡Bueno, hoy le he ganado al Viejo Tuk! Así que eso está arreglado. Y ahora creo estar pronto para emprender otro viaje. ¿Tú también vienes?

—Sí, yo también voy —dijo Frodo—. Los Portadores del Anillo han de partir juntos.

—¿Adónde va usted, mi amo? —gritó Sam, aunque por fin había comprendido lo que estaba sucediendo.

—A los Puertos, Sam —dijo Frodo.

—Y yo no puedo ir.

—No, Sam. No todavía, en todo caso; no más allá de los Puertos. Aunque también tú fuiste un Portador del Anillo, si bien por poco tiempo. También a ti te llegará la hora, quizá. No te entristezcas demasiado, Sam. No siempre podrás estar partido en dos. Necesitarás sentirte sano y entero, por muchos años. Tienes tantas cosas de que disfrutar, tanto que vivir y tanto que hacer...

—Pero —dijo Sam, mientras los ojos se le llenaban de lágrimas—, yo creía que también usted iba a disfrutar en la Comarca, años y años, después de todo lo que ha hecho.

—También yo lo creía, en un tiempo. Pero he sufrido heridas demasiado profundas, Sam. Intenté salvar la Comarca, y la he salvado; pero no para mí. Así suele ocurrir, Sam, cuando las cosas están en peligro: alguien tiene que renunciar a ellas, perderlas, para que otros las conserven. Pero tú eres mi heredero: todo cuanto tengo y podría haber tenido te lo dejo a ti. Y además tienes a Rosa, y a Elanor; y vendrán también el pequeño Frodo y la pequeña Rosa, y Merry, y Rizos de Oro, y Pippin; y acaso otros que no alcanzo a ver. Tus manos y tu cabeza serán necesarios en todas partes. Serás el Alcalde, naturalmente, por tanto tiempo como quieras serlo, y el jardinero más famoso de la historia; y leerás las páginas del Libro Rojo, y perpetuarás la memoria de una edad ahora desaparecida, para que la gente recuerde siempre el Gran Peligro, y ame aún más entrañablemente el país bienamado. Y eso te mantendrá tan ocupado y serás tan feliz como es posible serlo, mientras continúe tu parte de la Historia.

«¡Y ahora ven, cabalga conmigo!

Entonces Elrond y Galadriel prosiguieron la marcha; la Tercera Edad había terminado, y los Días de los Anillos habían pasado para siempre, y así llegaba el fin de la historia y los cantos de aquellos tiempos. Y con ellos partían numerosos Elfos del Alto Linaje que ya no querían habitar en la Tierra Media; y entre ellos, colmado de una tristeza que era a la vez venturosa y sin amargura, cabalgaban Sam, y Frodo, y Bilbo; y los Elfos los honraban complacidos.

Aunque cabalgaron a través de la Comarca durante toda la tarde y toda la noche, nadie los vio pasar, excepto las criaturas salvajes de los bosques; o aquí y allá algún caminante solitario que vio de pronto entre los árboles un resplandor fugitivo, o una luz y una sombra que se deslizaba sobre las hierbas, mientras la luna declinaba en el poniente. Y cuando la Comarca quedó atrás, y bordeando las faldas meridionales de las Quebradas Blancas llegaron a las Quebradas Lejanas y a las Torres, vieron en lontananza el Mar; y así descendieron por fin hacia Mithlond, hacia los Puertos Grises en el largo estuario de Lune.

Cuando llegaron a las puertas, Círdan el Guardián de las Naves se adelantó a darles la bienvenida. Era muy alto, de barba larga, y todo gris y muy anciano, salvo los ojos que eran vivos y luminosos como estrellas; y los miró, y se inclinó en una reverencia, y dijo: —Todo está pronto.

Entonces Círdan los condujo a los Puertos, y un navío blanco se mecía en las aguas, y en el muelle, junto a un gran caballo gris, se erguía una figura toda vestida de blanco que los esperaba. Y cuando se volvió y se acercó a ellos, Frodo advirtió que Gandalf llevaba en la mano, ahora abiertamente, el Tercer Anillo, Narya el Grande, y la piedra engarzada en él era roja como el fuego. Entonces aquellos que se disponían a hacerse a la Mar se regocijaron, porque supieron que Gandalf partiría también.

Pero Sam tenía el corazón acongojado, y le parecía que si la separación iba a ser amarga, más triste aún sería el solitario camino de regreso. Pero mientras aún seguían allí de pie, y los Elfos ya subían a bordo, y la nave estaba casi pronta para zarpar, Pippin y Merry llegaron, a galope tendido. Y Pippin reía en medio de las lágrimas.

—Ya una vez intentaste tendernos un lazo, y te falló, Frodo. Esta vez estuviste a punto de conseguirlo, pero te ha fallado de nuevo. Sin embargo, no ha sido Sam quien te traicionó esta vez, ¡sino el propio Gandalf!

—Sí —dijo Gandalf— porque es mejor que sean tres los que regresen, y no uno solo. Bien, aquí, queridos amigos, a la orilla del Mar, termina por fin nuestra comunidad en la Tierra Media. ¡Id en paz! No os diré: no lloréis; porque no todas las lágrimas son malas.

Frodo besó entonces a Merry y a Pippin, y por último a Sam, y subió a bordo; y fueron izadas las velas, y el viento sopló, y la nave se deslizó lentamente a lo largo del estuario gris; y la luz del frasco de Galadriel que Frodo llevaba en alto centelleó y se apagó. Y la nave se internó en la Alta Mar rumbo al Oeste, hasta que por fin en una noche de lluvia Frodo sintió en el aire una fragancia y oyó cantos que llegaban sobre las aguas; y le pareció que, como en el sueño que había tenido en la casa de Tom Bombadil, la cortina de lluvia gris se transformaba en plata y cristal, y que el velo se abría y ante él aparecían unas playas blancas, y más allá un país lejano y verde a la luz de un rápido amanecer.

Pero para Sam la penumbra del atardecer se transformó en oscuridad, mientras seguía allí en el Puerto; y al mirar el agua gris vio sólo una sombra que pronto desapareció en el Oeste. Hasta entrada la noche se quedó allí, de pie, sin oír nada más que el suspiro y el murmullo de las olas sobre las playas de la Tierra Media, y aquel sonido le traspasó el corazón. Junto a él, estaban Merry y Pippin, y no hablaban.

Por fin los tres compañeros dieron media vuelta y se alejaron, sin volver la cabeza y cabalgaron lentamente rumbo a la Comarca; y no pronunciaron una sola palabra durante todo el viaje de regreso; pero en el largo camino gris, cada uno de ellos se sentía reconfortado por los demás.

Y finalmente cruzaron las lomas y tomaron el Camino del Este; y Pippin y Merry cabalgaron hacia Los Gamos; y ya empezaban a cantar de nuevo mientras se alejaban. Pero Sam tomó el camino de Delagua, y así volvió a casa por la Colina, cuando una vez más caía la tarde. Y llegó, y adentro ardía una luz amarilla; y la cena estaba pronta, y lo esperaban. Y Rosa lo recibió, y lo instaló en su sillón, y le sentó a la pequeña Elanor en las rodillas.

Sam respiró profundamente. —Bueno, estoy de vuelta —dijo.

J.R.R. Tolkien

EL SEÑOR
DE LOS ANILLOS

Apéndices

Apéndice A

ANALES DE LOS REYES Y LOS GOBERNANTES

En lo que concierne a las fuentes de la mayor parte del material contenido en los siguientes Apéndices, en especial de A a D, véase la nota al final del prólogo [vol. I]. La sección A III, *El pueblo de Durin,* deriva probablemente de Gimli el Enano, que mantuvo su amistad con Peregrin y Meriadoc y volvió a encontrarlos muchas veces en Gondor y en Rohan.

Las leyendas, historias y conocimientos reunidos en las fuentes son muy extensos. Sólo se dan aquí algunas selecciones, en la mayor parte de los casos muy abreviadas. Se pretende así ilustrar algún aspecto de la Guerra del Anillo y llenar algunos huecos en el cuerpo principal de la historia. Sólo se hace una breve referencia a las antiguas leyendas de la Primera Edad, que son el interés principal de Bilbo, pues conciernen a los ancestros de Elrond y los reyes y los capitanes Númenóreanos. Los extractos textuales de anales e historias más extensos se ponen entre comillas. La inclusión de textos de más reciente data se han encerrado entre corchetes. Las notas entre comillas pertenecen a las fuentes. El resto pertenece a la redacción.[1]

Las fechas señaladas corresponden a la Tercera Edad, a no ser que se agreguen las iniciales S.E. (Segunda Edad) o C.E. (Cuarta Edad). Se ha afirmado que la Tercera Edad terminó cuando los Tres Anillos desaparecieron en septiembre de 3021, pero a los efectos de los registros de Gondor, el año 1 de la C.E. empezó el 25 de marzo de 3021. Para la equivalencia de las fechas según el cómputo temporal de Gondor y la Comarca, véase el final del Apéndice D. En las listas, las fechas que siguen al nombre de los reyes y gobernantes corresponden a la de su muerte, si sólo una aparece. El signo † indica una muerte prematura en una batalla o de algún otro modo, aunque no siempre se incluya la crónica del acontecimiento.

1. Se dan unas pocas referencias a la presente edición de la trilogía de *El Señor de los Anillos,* y a *El Hobbit* [ediciones de 2002].

I

LOS REYES NÚMENÓREANOS

(i)

NÚMENOR

Fëanor fue el más grande de los Eldar en el ejercicio de las artes y de las ciencias, pero también el más orgulloso y el que menos se dejó regir por otra voluntad que la suya. Hizo las Tres Joyas, los *silmarilli*, e incluyó en ellas el fulgor de los Dos Árboles, Telperion y Laurelin,[2] que iluminaban la tierra de los Valar. Morgoth el Enemigo codiciaba las Joyas, y las robó después de destruir los Árboles, las llevó consigo a la Tierra Media y las ocultó en su gran fortaleza de Thangorodrim.[3] En contra de la voluntad de los Valar, Fëanor abandonó el Reino Bendecido y se exilió en la Tierra Media, arrastrando consigo a gran parte de su pueblo; porque en su orgullo, se proponía arrebatar las Joyas a Morgoth por la fuerza. Después de eso tuvo lugar la desdichada guerra de los Eldar y los Edain contra Thangorodrim, en la que fueron por fin totalmente derrotados. Los Edain (*Atani*) eran tres pueblos de Hombres que, llegados los primeros al Oeste de la Tierra Media y a las costas del Gran Mar, se aliaron con los Eldar contra el Enemigo.

Hubo tres uniones entre los Eldar y los Edain: Lúthien y Beren; Idril y Tuor; Arwen y Aragorn. Por esta última, las ramas desde tanto tiempo atrás divididas de los Medio Elfos, volvieron a unirse y el linaje fue restaurado.

Lúthien Tinúviel era hija del Rey Thingol Mantogrís de Doriath en la Primera Edad, pero su madre era Melian, del pueblo de los Valar. Beren era hijo de Barahir, de la Primera Casa de los Edain. Juntos arrancaron un *silmaril* de la Corona de Hierro de Morgoth.[4] Lúthien se volvió mortal, y los Elfos lo perdieron para siempre. Dior fue hijo de Lúthien. Elwing fue hija de Dior y tuvo en custodia el *silmaril*.

Idril Celebrindal fue la hija de Turgon, rey de la ciudad escondida de Gondolin.[5] Tuor fue hijo de Huor, de la Casa de Ha-

---

2. Cf. I. 343; II. 211; III. 339-340; no quedó en la Tierra Media nada parecido a Laurelin el Dorado.

3. I. 341; II. 434.

4. I. 276; II. 434.

5. *El Hobbit,* 62; I. 441.

dor, la Tercera Casa de los Edain y la que alcanzó mayor renombre en las guerras contra Morgoth. De ellos nació Eärendil el Marinero.

Eärendil desposó a Elwing, y con el poder del *silmaril* dejó atrás las Sombras[6] y llegó al Extremo Occidente; y hablando allí como embajador tanto de los Elfos como de los Hombres, obtuvo la ayuda con la que Morgoth fue vencido. No se le permitió a Eärendil volver a tierras mortales y, llevando en su barca el *silmaril,* se hizo a la vela por los cielos como una estrella, y como signo de esperanza para los habitantes de la Tierra Media oprimidos por el Gran Enemigo o sus servidores.[7] Sólo en los *Silmarilli* se preservó la antigua luz de los Dos Árboles de Valinor antes de que Morgoth los envenenara; pero los otros dos *Silmarilli* se perdieron al final de la Primera Edad. La historia completa de todas estas cosas, y mucho más relacionado con los Elfos y los Hombres, se cuenta en *El Silmarillion*.

Los hijos de Eärendil fueron Elros y Elrond, los *Peredhil* o Medio Elfos. Sólo en ellos se preservó la línea de los heroicos capitanes de los Edain de la Primera Edad; y después de la caída de Gil-galad,[8] sólo los descendientes de los Altos Elfos representaron en la Tierra Media este linaje.

Al fin de la Primera Edad, los Valar pidieron a los Medio Elfos una elección irrevocable entre ambos linajes: tenían que pertenecer a uno o a otro. Elrond escogió la especie de los Elfos, y se convirtió en maestro de sabiduría. A él por tanto se le concedió la misma gracia que a los Altos Elfos que todavía se demoraban en la Tierra Media: que cuando por fin se cansaran de las tierras mortales, podrían embarcarse en los Puertos Grises y trasladarse al Extremo Occidente; y esta gracia se continuó después del cambio del mundo. Pero a los hijos de Elrond también se les dio a elegir: abandonar con él los círculos del mundo; o, si no, volverse mortales y morir en la Tierra Media. Para Elrond, por tanto, todos los azares de la Guerra del Anillo estaban cargados de dolor.[9]

Elros escogió pertenecer a la especie de los Hombres y quedarse con los Edain; pero se le concedió una larga vida, muchas veces más larga que la de los hombres ordinarios.

6. I. 328-331.
7. I. 502-508; II. 434, 446; III. 255, 266.
8. I. 84, 265-266.
9. III. 342, 347.

Como recompensa por lo sufrido en la causa contra Morgoth, los Valar, los Guardianes del Mundo, concedieron a los Edain una tierra donde vivir, apartada de los peligros de la Tierra Media. La mayor parte de ellos, por tanto, navegó por el Mar, y guiados por la Estrella de Eärendil llegaron a la gran Isla de Elenna, al extremo oeste de las Tierras Mortales. Allí fundaron el reino de Númenor.

En medio de la tierra había una alta montaña, la Meneltarma, y desde su cima los de vista penetrante podían avistar la torre blanca del Puerto de los Eldar en Eressëa. Desde allí los Eldar visitaban a los Edain y los enriquecían con conocimientos y múltiples regalos; pero una orden habían impuesto los Valar a los Númenóreanos, la «Prohibición de los Valar»: les estaba vedado navegar hacia el oeste perdiendo de vista sus propias costas, o intentar poner pie en las Tierras Imperecederas. Porque aunque se les había concedido una larga vida, en un comienzo tres veces la de los Hombres ordinarios, tenían por fuerza que seguir siendo mortales, pues no les estaba permitido a los Valar quitarles el Don de los Hombres (o el Destino de los Hombres, como se lo llamó después).

Elros fue el primer Rey de Númenor, conocido luego por el nombre alto élfico de Tar-Minyatur. Los descendientes de Elros tuvieron larga vida, pero siguieron siendo mortales. Más tarde, cuando se volvieron poderosos, lamentaron amargamente la elección que había hecho Elros, pues deseaban la inmortalidad en el curso de la vida del mundo, que era el hado de los Eldar, y murmuraron contra la Prohibición. De este modo empezaron la rebelión que con ayuda de las malas enseñanzas de Sauron provocó la Caída de Númenor y la ruina del mundo antiguo, como se cuenta en la *Akallabêth*.

Éstos son los nombres de los Reyes y las Reinas de Númenor: Elros Tar-Minyatur, Vardamir, Tar-Amandil, Tar-Elendil, Tar-Meneldur, Tar-Aldarion, Tar-Ancalimë (la primera Reina Regente), Tar-Anárion, Tar-Súrion, Tar-Telperiën (la segunda Reina), Tar-Minastir, Tar-Ciryatan, Tar-Atanamir el Grande, Tar-Ancalimon, Tar-Telemmaitë, Tar-Vanimeldë (la tercera Reina), Tar-Alcarin, Tar-Calmacil.

Después de Calmacil, los Reyes recibieron el cetro adoptando nombres en lengua Númenóreana (o Adûnaica): Ar-Adûnakhôr, Ar-Zimrathôn, Ar-Sakalthôr, Ar-Gimilzôr, Ar-Inziladûn. Inziladûn se arrepintió de la actitud de los Reyes y adoptó el nombre de Tar-Palantir, «El de Vista Penetrante». La hija de Inziladûn tuvo que haber sido la cuarta Reina, Tar-Míriel, pero el sobrino del Rey usurpó el cetro y se convirtió en Ar-Pharazôn el Dorado, último rey de los Númenóreanos.

En los días de Tar-Elendil, los primeros barcos de los Númenóreanos volvieron a la Tierra Media. La hija mayor de Tar-Elendil se llamaba Silmariën. El hijo de Silmariën fue Valandil, primero de los Señores de Andúnië en el oeste de la tierra, y fue renombrado por la amistad que lo unía a los Eldar. De él descendieron Amandil, el último señor, y su hijo Elendil el Alto.

El sexto Rey tuvo sólo una hija. Ella fue la primera Reina; pues fue entonces cuando se promulgó una ley para la casa real: el mayor de los hijos del Rey, cualquiera fuera su sexo, recibiría el cetro.

El reino de Númenor perduró hasta el término de la Segunda Edad, y su poder y esplendor crecieron de continuo; y hasta bien pasada la mitad de la Edad también crecieron la sabiduría y la dicha de los Númenóreanos. El primer signo de la sombra que habría de caer sobre ellos apareció en los días de Tar-Minastir, undécimo Rey. Él fue quien envió una gran fuerza en ayuda de Gil-galad. Amaba a los Eldar, pero los envidiaba. Los Númenóreanos se habían convertido por entonces en grandes marineros, habían explorado todos los mares hacia el este y empezaban a añorar las aguas prohibidas del Occidente; y cuanto más dichosa era su vida, tanto más deseaban la inmortalidad de los Eldar.

Además, después de Minastir, los Reyes se hicieron codiciosos, y buscaban la riqueza y el poder. En un principio los Númenóreanos habían llegado a la Tierra Media como maestros o amigos de los Hombres menos afortunados, afligidos por Sauron; pero luego sus puertos se convirtieron en fortalezas, y dominaron vastas tierras costeras. Atanamir y sus sucesores impusieron altos tributos, y los barcos de los Númenóreanos volvían cargados de botín.

Fue Tar-Atanamir quien primero habló abiertamente en contra de la Prohibición y declaró que la vida de los Eldar le pertenecía por derecho. Así, la sombra creció y el pensamiento de la muerte oscurecía el corazón de la gente. Entonces los Númenóreanos se dividieron: por una parte, estaban los Reyes y quienes los seguían, y se apartaron de los Eldar y los Valar; por la otra, unos pocos que se llamaron a sí mismos los Fieles. Vivían casi todos al oeste de la tierra.

Los Reyes y sus seguidores fueron abandonando poco a poco el empleo de las lenguas Eldarin; y por último el vigésimo Rey tomó un nombre real de la lengua Númenóreana, y se llamó a sí mismo Ar-Adûnakhôr, «Señor del Occidente». Esto les pareció a los Fieles de mal agüero, porque hasta entonces sólo le habían dado ese título a uno de los Valar, o al mismo Rey Antiguo.[10] Y, en verdad, Ar-Adûnakhôr empezó a perseguir a los Fieles y a castigar a los que empleaban las lenguas élficas abiertamente; y los Eldar ya no fueron a Númenor.

No obstante, el poder y la riqueza de los Númenóreanos siguieron aumentando, pero la edad que alcanzaban fue decreciendo a medida que crecía el temor a la muerte, y la alegría los abandonó. Tar-Palantir intentó poner remedio al mal; pero era demasiado tarde, y en Númenor hubo rebelión y lucha. Cuando murió, su sobrino, jefe de la rebelión, se apoderó del cetro y se convirtió en el Rey Ar-Pharazôn. Ar-Pharazôn el Dorado fue el más orgulloso y poderoso de todos los Reyes, y no deseaba nada menos que llegar a gobernar el mundo.

Decidió desafiar a Sauron el Grande por el dominio de la Tierra Media; y por fin él mismo se hizo a la mar en un gran navío y desembarcó en Umbar. Tan grandes eran los Númenóreanos en poderío y esplendor que los propios servidores de Sauron lo abandonaron; y Sauron se humilló rindiendo honores y pidiendo clemencia.

Entonces Ar-Pharazón, en la locura de su orgullo, lo llevó como prisionero a Númenor. No transcurrió mucho tiempo antes de que Sauron hechizara al Rey y dominara a los consejeros y pronto cambió el corazón de todos los Númenóreanos, excepto los que quedaban de los Fieles, y los arrastró a la oscuridad.

Y Sauron le mintió al Rey, diciéndole que la vida sempiterna sería de quien se apoderara de las Tierras Imperecederas, y que la Prohibición había sido impuesta sólo para impedir que los Reyes de los Hombres superaran a los Valar. —Pero los grandes Reyes toman lo que les pertenece por derecho —dijo.

Por fin Ar-Pharazôn escuchó este consejo, porque sentía la mengua de sus días y el temor de la Muerte le impedía todo otro pensamiento. Preparó entonces las más grandes fuerzas que nunca hubiera visto el mundo, y cuando todo estuvo dispuesto, hizo resonar las trompetas y se hizo a la mar; y quebrantó la Prohibición de los Valar, yendo a hacer la guerra para

10. I. 330.

arrancarles a los Señores de Occidente la vida sempiterna. Pero cuando Ar-Pharazôn puso pie en las costas de Aman la Bienaventurada, los Valar recurrieron al Único, y el mundo cambió. Númenor sucumbió y fue tragado por el Mar y las Tierras Imperecederas quedaron separadas para siempre de los círculos del mundo. Así llegó a su fin la gloria de Númenor.

Los últimos conductores de los Fieles, Elendil y sus hijos, escaparon de la Caída en nueve barcas llevando consigo un vástago de Nimloth y las siete Piedras Videntes (que los Eldar les habían regalado);[11] y fueron arrastrados por un huracán y arrojados a las costas de la Tierra Media. Allí establecieron en el noroeste los reinos Númenóreanos en el exilio, Arnor y Gondor.[12] Elendil fue el Alto Rey y vivió en el norte, en Annúminas; y el gobierno del sur fue encomendado a sus hijos, Isildur y Anárion. Fundaron allí Osgiliath, entre Minas Ithil y Minas Anor,[13] no lejos de los confines de Mordor. Porque este bien al menos, creían ellos, había resultado de la ruina: que Sauron hubiera perecido también.

Pero no era así. Sauron, por cierto, había sido atrapado en la destrucción de Númenor, y la forma corpórea en que había andado tanto tiempo pereció entonces; pero huyó a la Tierra Media como un espíritu de odio transportado por un viento oscuro. Le fue imposible recobrar otra vez una forma que pareciera adecuada a los ojos de los hombres y se volvió negro y espantoso, y de ahí en adelante sólo mediante el terror conservó su poder. Dominó nuevamente Mordor y se escondió allí por un tiempo en silencio. Pero mucha fue su cólera cuando se enteró que Elendil, a quien odiaba por sobre todos, se le había escapado y gobernaba ahora un reino fronterizo.

Por tanto, al cabo de un tiempo, hizo la guerra a los Exiliados, antes de que hubieran echado raíces. Orodruin irrumpió una vez más en llamas y recibió un nuevo nombre en Gondor: *Amon Amarth*, el Monte del Destino.

Pero Sauron atacó demasiado pronto, antes de haber recuperado su propio poder, mientras que el poder de Gil-galad había aumentado en su ausencia; y con la Última Alianza que se constituyó contra él, Sauron fue vencido y el Anillo Único le fue arrebatado.[14] Así llegó a su término la Segunda Edad.

11. II. 269, III. 339.
12. I. 340-341.
13. I. 345.
14. I. 341.

LOS REINOS EN EXILIO

La Línea Septentrional

Herederos de Isildur

Arnor.   Elendil †S.E. 3441, Isildur †2, Valandil 249,[15] Eldacar
339, Arantar 435, Tarcil 515, Tarondor 602, Valandur †652,
Elendur 777, Eärendur 861.

Arthedain.   Amlaith de Fornost[16] (hijo mayor de Eärendur)
946, Beleg 1029, Mallor 1110, Celepharn 1191, Celebrin-
dor 1272, Malvegil 1349,[17] Argeleb I †1356, Arveleg I 1409,
Araphor 1589, Argeleb II 1670, Arvegil 1743, Arveleg II
1813, Araval 1891, Araphant 1964, Arvedui Último Rey
†1975. Fin del Reino Septentrional.

Capitanes.   Aranarth (hijo mayor de Arvedui) 2106, Arahael
2177, Aranuir 2247, Aravir 2319, Aragorn I †2327, Araglas
2455, Arahad I 2523, Aragost 2588, Aravorn 2654, Arahad
II 2719, Arassuil 2784, Arathorn I †2848, Argonui 2912,
Arador †2930, Arathorn II †2933, Aragorn II C.E. 120.

La Línea Austral

Herederos de Anárion

Reyes de Gondor.   Elendil (Isildur y) Anárion † S.E. 3440, Meneldil hijo de Anárion, 158, Cemendur 238, Eärendil 324,
Anardil 411, Ostoher 492, Rómendacil I (Tarostar) †541,
Turambar 667, Atanatar I 748, Siriondil 830. Aquí seguían
los cuatro «Reyes de los Barcos»:

Tarannon Falastur 913. Fue el primer rey que no tuvo hijos; lo sucedió el hijo de su hermano Tarciryan. Eärnil I
†936, Ciryandil †1015, Hyarmendacil I (Ciryaher) 1149.
Gondor alcanzó entonces el pináculo de su poder.

Atanatar II Alcarin «el Glorioso» 1226, Narmacil I 1294.

---

15. Era el cuarto hijo de Isildur, nacido en Imladris. Los hermanos de Valandil
fueron muertos en los Campos Gladios.

16. Después de Eärendur, los Reyes ya no adoptaron nombres en la forma alto
élfica.

17. Después de Malvegil, los Reyes de Fornost volvieron a reclamar la totalidad
de Arnor y adoptaron nombres con el prefijo *ar*(*a*).

Fue el segundo rey que no tuvo hijos; lo sucedió su hermano menor. Calmacil 1304, Minalcar (regente 1240-1304), coronado como Rómendacil II 1304, murió en 1366, Valacar. En este tiempo empezó el primer desastre de Gondor: la Lucha entre Parientes.

Eldacar, hijo de Valacar (llamado al principio Vinitharya), depuesto en 1437. Castamir el Usurpador †1447. Eldacar, vuelto al trono, murió en 1490.

Aldamir (segundo hijo de Eldacar) †1540, Hyarmendacil II (Vinyarion) 1621, Minardil †1634, Telemnar †1636. Telemnar y todos sus hijos perecieron en la peste; fue sucedido por su sobrino, el hijo de Minastan, hijo segundo de Minardil. Tarondor 1798, Telumehtar Umbardacil 1850, Narmacil II †1856, Calimehtar 1936, Ondoher †1944. Ondoher y sus hijos fueron muertos en batalla. Al cabo de un año, en 1945, la corona le fue dada al general victorioso Eärnil, descendiente de Telumehtar Umbardacil. Eärnil II 2043, Eärnur †2050. Aquí llega a su término la línea de los Reyes, hasta que fue restaurada por Elessar Telcontar en 3019. El reino fue entonces regido por los Senescales.

Senescales de Gondor. La Casa de Húrin: Pelendur 1998. Gobernó por un año después de la caída de Ondoher, y aconsejó a Gondor rechazar las pretensiones de Arvedui a la corona. Vorondil el Cazador 2029.[18] Mardil Voronwë «el Firme», primero de los Senescales Regentes. Sus sucesores dejaron de usar nombres del alto élfico.

Senescales Regentes. Mardil 2080, Eradan 2116, Herion 2148, Belegorn 2204, Húrin I 2244, Túrin I 2278, Hador 2395, Barahir 2412, Dior 2435, Denethor I 2477, Boromir 2489, Cirion 2567. En este tiempo los Rohirrim llegaron a Calenardhon.

Hallas 2605, Húrin II 2628, Belecthor I 2655, Orodreth 2685, Ecthelion I 2698, Egalmoth 2743, Beren 2763, Beregond 2811, Belecthor II 2872, Thorondir 2882, Túrin II 2914, Turgon 2953, Ecthelion II 2984, Denethor II. Fue el último de los Senescales Regentes y lo sucedió su segundo hijo, Faramir, Señor de Emyn Arnen, Senescal del Rey Elessar, C.E. 82.

18. Véase III. 21. Las blancas vacas salvajes que todavía se encontraban cerca del Mar de Rhûn, según se decía, descendían de las Vacas de Araw el cazador, único de los Valar que visitaba a menudo la Tierra Media en los Días Antiguos. *Oromë* es la forma en alto élfico de este nombre (III. 145).

ERIADOR, ARNOR Y LOS HEREDEROS DE ISILDUR

«Eriador fue el antiguo nombre de todas las tierras comprendidas entre las Montañas Nubladas y las Montañas Azules; al sur limitaba con el Aguada Gris y el Glanduin que desemboca en él por encima de Tharbad.

»En sus tiempos de esplendor, Arnor incluía a toda Eriador con excepción de las regiones más allá del Lune y de las tierras al este del Aguada Gris y el Sonorona, donde se encontraban Rivendel y Acebeda. Más allá del Lune estaba el país élfico, verde y sereno, que los Hombres no visitaban; pero los Enanos vivían, y viven todavía, sobre la ladera oriental de las Montañas Azules, en especial al sur del Golfo de Lune, donde tienen minas aún en actividad. Por esta razón estaban acostumbrados a trasladarse al este por el Camino Grande, como lo habían hecho durante largos años hasta que llegaron a la Comarca. En los Puertos Grises vivía Círdan el Carpintero de Barcos; y hay quien afirma que vive allí todavía, hasta que el Último Barco se haga a la vela hacia el Occidente. En los días de los Reyes la mayor parte de los Altos Elfos que se demoraban todavía en la Tierra Media vivían junto con Círdan o a rodillas del mar de Lindon. Si aún quedan algunos, son muy pocos.»

El Reino del Norte y los Dúnedain

Después de Elendil e Isildur hubo ocho Altos Reyes en Arnor. Después de Eärendur, por causa de disensiones entre sus hijos, el reino se dividió en tres: Arthedain, Rhudaur y Cardolan. Arthedain se encontraba en el noroeste e incluía la tierra entre el Brandivino y el Lune, y también la tierra al norte del Camino Grande hasta las Colinas de los Vientos. Rhudaur estaba al nordeste y se extendía entre las Landas de Etten, las Colinas de los Vientos y las Montañas Nubladas, pero incluía también las tierras llamadas el Ángulo, entre el Fontegrís y el Sonorona. Cardolan estaba al sur y sus límites eran el Brandivino, el Aguada Gris y el Camino Grande.

En Arthedain la línea de Isildur se mantuvo y perduró, pero no tardó en interrumpirse en Cardolan y Rhudaur. Hubo allí a menudo disputas entre los reinos que apresuraron la declinación de los Dúnedain. El principal motivo de las contiendas era la posesión de las Colinas de los Vientos y la tierra del oeste hasta Brce. Tanto Rhudaur como Cardolan querían apoderarse de Amon Sûl (la Cima de los Vientos), que se alzaba en la frontera entre ambos reinos; porque en la Torre de Amon Sûl se guardaba la *Palantír* principal, y las otras dos estaban en poder de Arthedain.

«Fue a comienzos del reinado de Malvegil de Arthedain cuando el mal llegó a Arnor. Porque en ese tiempo el reino de Angmar se encontraba en el norte, más allá de las Landas de Etten. Sus tierras se extendían a ambos lados de las Montañas, y había allí muchos hombres malvados, y Orcos, y otras criaturas salvajes. [El señor de esa tierra era conocido como el Rey Brujo, pero no se supo hasta más tarde que era en verdad el jefe de los Espectros del Anillo, que había ido al norte con el propósito de destruir a los Dúnedain en Arnor (lo que era quizá posible porque estaban desunidos) mientras que Gondor se mantenía fuerte.]»

En los días de Argeleb, hijo de Malvegil, como no quedaban descendientes de Isildur en los otros reinos, los reyes de Arthedain volvieron a reclamar todo Arnor. Rhudaur se opuso. Allí los Dúnedain eran pocos, y el poder estaba en manos de un jefe malvado de los Hombres de la Colina, que tenía un pacto secreto con Angmar. Por tanto, Argeleb fortificó las Colinas de los Vientos;[19] pero fue muerto en batalla con Rhudaur y Angmar.

Arveleg hijo de Argeleb, con ayuda de Cardolan y Lindon, expulsó al enemigo de las Colinas; y por muchos años Arthedain y Cardolan se mantuvieron fuertes en una frontera a lo largo de las Colinas de los Vientos, el Camino Grande y el curso inferior del Fontegrís. Se dice que en este tiempo Rivendel fue sitiado.

Un gran ejército salió de Angmar en 1409 y, cruzando el río, penetró en Cardolan y rodeó la Cima de los Vientos. Los Dúnedain fueron derrotados y Arveleg recibió la muerte. La Torre de Amon Sûl fue quemada y arrasada; pero la *palantír* se salvó y fue llevada en retirada a Fornost, Rhudaur fue ocupada por hombres malévolos sometidos a Angmar[20] y los Dúnedain que se quedaron allí fueron muertos o huyeron al oeste. Cardolan fue asolada. Araphor, hijo de Arveleg, no había alcanzado la madurez todavía, pero era valiente y, con ayuda de Círdan, rechazó al

19. I. 262.
20. I. 286.

enemigo de Fornost y las Quebradas del Norte. Un resto de los fieles entre los Dúnedain de Cardolan resistió también en Tyrn Gorthad (las Quebradas de los Túmulos) o se refugiaron en los bosques que se extendían por detrás.

Se dice que durante un tiempo Angmar fue sometida por los Elfos que venían de Lindon; y de Rivendel, porque Elrond trajo ayuda por sobre las Montañas desde Lórien. Fue en ese entonces cuando los Fuertes que habían vivido en el Ángulo (entre el Fontegrís y el Sonorona) huyeron por el oeste y el sur a consecuencia de las guerras y el miedo a Angmar, y porque la tierra y el clima de Eriador, especialmente en el este, habían empeorado y se hicieron inhóspitos. Algunos volvieron a las Tierras Ásperas y vivieron junto a los Campos Gladios, convirtiéndose en un pueblo ribereño de pescadores.

En los días de Argeleb II llegó la peste a Eriador desde el sureste, matando a la mayor parte del pueblo de Cardolan, especialmente en Minhiriath. Los Hobbits y todas las otras gentes sufrieron mucho, pero la peste fue decreciendo mientras avanzaba hacia el norte, y no afectó demasiado las partes septentrionales de Arthedain. El fin de los Dúnedain de Cardolan ocurrió en este tiempo, y los malos espíritus salidos de Angmar y Rhudaur entraron en los túmulos desiertos y se instalaron allí.

«Se dice que los túmulos de Tyrn Gorthad, como las Quebradas de los Túmulos se llamaron otrora, son muy antiguos, y muchos fueron levantados en los días de la Primera Edad por los antepasados de los Edain, antes de que cruzaran las Montañas Azules y penetraran en Beleriand, de la que Lindon es todo lo que queda ahora. Por tanto, esas colinas fueron reverenciadas por los Dúnedain después de su regreso; y allí tuvieron sepultura muchos de sus señores y sus reyes. [Dicen algunos que el túmulo en que el Portador del Anillo quedó encerrado había sido la tumba del último príncipe de Cardolan, que cayó en la guerra de 1409.]»

«En 1974 el poder de Angmar se hizo fuerte otra vez, y el Rey Brujo descendió sobre Arthedain antes que terminara el invierno. Ocupó Fornost y rechazó a la gran mayoría del resto de los Dúnedain más allá del Lune; entre ellos estaban los hijos del rey. Pero el Rey Arvedui resistió hasta el final en las Quebradas del Norte, y luego huyó hacia el norte con algunos miembros de la guardia; y lograron huir gracias a sus caballos.

»Por un tiempo Arvedui se ocultó en los túneles de las viejas minas de los Enanos, cerca del lejano extremo de las Montañas, pero al fin el hambre lo obligó a buscar la ayuda de los Lossoth, los Hombres de las Nieves de Forochel.[21] Encontró a algunos reunidos en un campamento cerca de las orillas del mar; pero no ayudaron al rey de buen grado, pues éste no tenía nada que ofrecerles, excepto unas pocas joyas que para ellos carecían de valor; y tenían miedo del Rey Brujo, quien (decían) podía traer la escarcha o el deshielo a su antojo. Pero, compadeciéndose en parte por el macilento rey y sus hombres, y también porque éstos iban armados, les dieron algo de alimento y les construyeron chozas de nieve. Allí tuvo que esperar Arvedui a que le llegara ayuda desde el sur; pues sus caballos habían muerto.

»Cuando Círdan supo por Aranarth, hijo de Arvedui, que el rey había huido hacia el norte, envió sin demora una barca a Forochel en su busca. La barca llegó allí por fin al cabo de muchos días, pues habían soplado vientos desfavorables, y los marineros vieron desde lejos el pequeño fuego que los hombres perdidos habían logrado encender con maderas encontradas en la playa. Pero el invierno tardó en soltar su presa aquel año; y aunque era ya marzo, el hielo sólo empezaba a quebrarse, y se extendía lejos de la costa.

»Cuando los Hombres de las Nieves vieron la barca, sintieron asombro y temor, porque no recordaban haber visto nada semejante en el mar; pero se habían vuelto más amistosos, y llevaron al rey en trineos junto con los otros sobrevivientes hasta donde se atrevieron a llegar. De este modo, un bote que izaron de la barca pudo acercarse al rey.

»Pero los Hombres de las Nieves estaban intranquilos porque, decían, olían peligro en el aire. Y el jefe de los Lossoth dijo a Arvedui: "¡No montes ese monstruo del Mar! Que los marineros nos traigan alimentos si los tienen y otras cosas que necesitamos, y podrás quedarte aquí hasta que el Rey Brujo vuelva a casa. Porque en verano pierde poder; pero ahora su aliento es mortal y muy largo su brazo frío".

21. Forman éstos un pueblo extraño y hostil, resto de los Forodwaith, Hombres de los días lejanos, acostumbrados al crudo frío del reino de Morgoth. En verdad ese frío continúa aún en la región, aunque no se extiende más allá de las cien leguas al norte de la Comarca. Los Lossoth habitan en la nieve y se dice que son capaces de correr sobre el hielo con huesos sujetos a los pies y que tienen carros sin ruedas. Habitan sobre todo, inaccesibles a sus enemigos, en el gran Cabo de Forochel, que cierra hacia el noroeste la inmensa bahía de ese nombre; pero a menudo acampan en las costas australes de la bahía al pie de las Montañas.

»Pero Arvedui no hizo caso. Le dio las gracias, y al partir le entregó su anillo diciendo: "Esto tiene un valor que tú no entiendes. Por su sola antigüedad. No tiene poder, sólo la estimación de los que aman mi casa. No te dará ayuda, pero si alguna vez lo necesitas, mi gente pagará por él un rescate con todo aquello que tú desees".[22]

»No obstante, el consejo de Lossoth era bueno, fuera por azar o por previsión; porque antes de que la barca hubiera llegado a mar abierto, se levantó una gran tormenta que llegó con nieves enceguecedoras desde el norte; y arrastró de vuelta la barca sobre el hielo y el hielo se apiló contra ella. Los marineros de Círdan nada pudieron hacer, y por la noche el hielo quebró el casco, y el barco se fue a pique. Así pereció Arvedui el último Rey, y junto con él quedaron sepultadas en el mar las *palantíri*.[23] Transcurrió mucho tiempo antes de que los Hombres de las Nieves tuvieran noticia del naufragio de Forochel.»

El pueblo de la Comarca sobrevivió, aunque la guerra pasó como un viento sobre ellos, y la mayoría huyó a esconderse. Enviaron en ayuda del rey a algunos arqueros que nunca más retornaron; y otros fueron también a la batalla en que Angmar fue vencida (de la que más se dice en los anales del Sur). Luego, en la paz que sobrevino, el pueblo de la Comarca se gobernó a sí mismo y prosperó. Eligieron a un Thain en reemplazo del Rey, y se sintieron satisfechos; aunque durante un tiempo muchos continuaron esperando el retorno del Rey. Pero por último se abandonó esa esperanza, y sólo se conservó el dicho *Cuando el Rey regrese*, con el que se referían a un bien que no podía alcanzarse, o a un mal que no podía evitarse. El primer Thain de la Comarca fue un tal Bucca de Marjala, del que pretendían descender los Gamoviejo. Se convirtió en Thain en el año 379 de nuestro calendario (1979).

22. De este modo se salvó el anillo de la Casa de Isildur; porque los Dúnedain pagaron luego rescate por él. Se dice que no era otro que el anillo que Felagund de Nargothrond dio a Barahir y que Beren recobró con gran peligro.

23. Éstas eran las Piedras de Annúminas y Amon Sûl. La única Piedra que quedaba en el norte era la que se guardaba en la Torre sobre Emyn Beraid que mira al Golfo de Lune. La guardaban los Elfos, y aunque nunca lo supimos, permaneció allí hasta que Círdan la llevó a bordo del barco de Elrond cuando partió (I. 74, 159-160). Pero se nos dice que no era como las otras y que no estaba en concordancia con ellas; miraba sólo al Mar. Elendil la colocó de modo tal que mirando a través veía con «visión directa» Eressëa en el desaparecido Occidente; pero los mares que cedieron debajo cubrieron Númenor para siempre.

Después de Arvedui el Reino del Norte llegó a su fin, pues los Dúnedain eran pocos ahora, y todos los pueblos de Eriador disminuyeron. No obstante, la línea de los reyes continuó con los Capitanes de los Dúnedain, de los cuales Aranarth, hijo de Arvedui, fue el primero. Arahael, hijo de Aranarth, fue criado en Rivendel, y después de él fueron criados allí todos los hijos de los capitanes; y también en ese sitio se conservaron las heredades de la casa: el anillo de Barahir, los fragmentos de Narsil, la estrella de Elendil y el cetro de Annúminas.[24]

«Cuando el reino se deshizo, los Dúnedain pasaron a la sombra y se convirtieron en un pueblo secreto y errante, y sus hechos y trabajos se cantaron o registraron rara vez. Poco es ahora lo que se recuerda de ellos desde la partida de Elrond. Aunque aun antes de que terminara la Paz Vigilante, las criaturas malignas empezaron a atacar Eriador o a invadirla en secreto, la mayoría de los Capitanes alcanzó una larga vida. Aragorn I, según se dice, fue muerto por los lobos, que desde entonces hasta ahora siguieron siendo un peligro en Eriador. En los días de Arahad I, los Orcos, que, como después se supo, ocupaban desde hacía mucho tiempo y en secreto las fortalezas de las Montañas Nubladas, con el propósito de bloquear todos los accesos a Eriador, salieron de pronto a la luz. En 2509 Celebrían, esposa de Elrond, viajaba a Lórien cuando fue detenida en el Paso del Cuerno Rojo. Los Orcos atacaron repentinamente, desmembrando la escolta, atraparon a Celebrían y se la llevaron. Elladan y Elrohir fueron tras ella y consiguieron rescatarla, pero no antes de que la atormentaran y recibiera una herida ponzoñosa.[25] Fue llevada de regreso a Imladris, y aunque Elrond le curó el cuerpo, ya no se sentía contenta en la Tierra Media, y al año

24. El cetro era la principal señal de realeza en Númenor, nos dice el Rey; y también lo era en Arnor, cuyos reyes no llevaban corona, sino una única gema blanca, la Elendilmir, la Estrella de Elendil, sujeta a la frente con una redecilla de plata (I. 210; III. 159, 180, 333). Al hablar de una corona (I. 245, 347) Bilbo sin duda se refería a Gondor; parece haber estado bien familiarizado con los asuntos referidos a la línea de Aragorn. Se dice que el cetro de Númenor sucumbió junto con Ar-Pharazôn. El de Annúminas era la vara de plata de los Señores de Andúnië, y es probablemente ahora la obra más antigua salida de manos de Hombres que se preserva en la Tierra Media. Tenía ya más de cinco mil años cuando Elrond la cedió a Aragorn (III. 339). La forma de la corona de Gondor provenía del yelmo de guerra Númenóreano. En un principio fue de hecho un simple yelmo; y se dice que fue el que llevó Isildur en la Batalla de Dagorlad (porque el yelmo de Anárion fue aplastado por la piedra arrojada desde Barad-dûr que le causó la muerte). Pero en los días de Atanatar Alcarin fue reemplazado por el yelmo enjoyado que se utilizó en la coronación de Aragorn.

25. I. 319.

siguiente se encaminó a los Puertos y cruzó el Mar. Y más adelante, en los días de Arassuil, los Orcos, que se multiplicaban otra vez en las Montañas Nubladas, empezaron a asolar las tierras, y los Dúnedain y los hijos de Elrond lucharon contra ellos. Fue en este tiempo cuando una gran banda avanzó tanto hacia el oeste, que al fin penetró en la Comarca, y fueron entonces expulsados por Bandobras Tuk.»[26]

Hubo quince Capitanes antes de que naciera el decimosexto y último, Aragorn II, que fue Rey de Gondor y de Arnor a la vez. «Nuestro Rey, lo llamamos; y cuando se traslada al norte a la casa restaurada de Annúminas, y permanece un tiempo junto al Lago del Crepúsculo, todos en la Comarca se sienten felices. Pero no penetra en esta tierra y se somete a la ley que él mismo ha promulgado, según la cual, nadie de la Gente Grande ha de cruzar los límites de la Comarca. No obstante, cabalga a menudo hasta el Gran Puente, y da allí la bienvenida a sus amigos y a cualquier otro que desee verlo; y algunos vuelven con él cabalgando y se quedan en su casa tanto como les cuadra. El Thain Peregrin ha estado allí tres veces; y también ha estado allí el Señor Samsagaz, el Alcalde. La hija de Samsagaz, Elanor la Hermosa, es una de las doncellas de la Reina Estrella de la Tarde.»

Era el orgullo y la maravilla de la Línea Septentrional que, aunque habían perdido el poder y el número de sus miembros había menguado a través de múltiples generaciones, la sucesión de padre a hijo nunca quedó interrumpida. Además, aunque la duración de la vida de los Dúnedain decrecía de continuo en la Tierra Media, después del fin de los reyes la mengua era aún más rápida en Gondor, y muchos de los Capitanes del Norte alcanzaban a vivir todavía dos veces la edad de los Hombres, y mucho más que aun los más viejos de entre nosotros. Aragorn en verdad vivió hasta los ciento noventa años, más que ninguno de ese linaje desde el Rey Arvegil; pero en Aragorn Elessar se renovó la dignidad de los reyes de antaño.

(iv)

GONDOR Y LOS HEREDEROS DE ANÁRION

Hubo treinta y un reyes en Gondor después de Anárion, que fue muerto ante la Barad-dûr. Aunque la guerra nunca cesó en

26. I. 21.

las fronteras, durante más de mil años los Dúnedain del Sur ganaron en riqueza y poder por tierra y por mar hasta el reinado de Atanatar II, que fue llamado Alcarin el Glorioso. No obstante, ya habían aparecido signos de decadencia; porque los altos hombres del Sur se casaban tarde y sus hijos eran escasos. El primer rey que no tuvo hijos fue Falastur, y el segundo, Narmacil I, el hijo de Atanatar Alcarin.

Fue Ostoher, el séptimo rey, el que reedificó Minas Anor, que los reyes que vinieron luego prefirieron en el verano a Osgiliath. En este tiempo los hombres salvajes del Este atacaron a Gondor por primera vez. Pero Tarostar, hijo de Ostoher, los derrotó y los expulsó, y recibió el nombre de Rómendacil, el «Vencedor del Este». Sin embargo, más adelante fue muerto en batalla por nuevas hordas de Hombres del Este. Fue vengado por su hijo Turambar, que ganó amplios territorios en el este.

Con Tarannon, el duodécimo rey, empezó la línea de los Reyes de los Barcos, que construían navíos y extendieron el dominio de Gondor a lo largo de las costas hacia el oeste y al sur de las Bocas del Anduin. Para conmemorar sus victorias como Capitán de los Ejércitos, Tarannon recibió la corona con el nombre de Falastur, «Señor de las Costas».

Eärnil I, el sobrino que lo sucedió, reparó el viejo puerto de Pelargir, y construyó una gran flota. Sitió por mar y por tierra a Umbar, y la tomó, y la convirtió en un gran puerto y fortaleza del poder de Gondor.[27] Pero Eärnil no sobrevivió mucho tiempo a su triunfo. Se perdió con muchos barcos y hombres en medio de una tormenta no lejos de Umbar. Ciryandil, su hijo, continuó la construcción de navíos; pero los Hombres de los Harad, conducidos por los señores expulsados de Umbar, atacaron con gran poder esa fortaleza y Ciryandil cayó en batalla en Haradwaith.

Durante muchos años Umbar fue sitiada, pero el poder marítimo de Gondor impidió que la tomasen. Ciryaher, hijo de Ciryandil, esperó su oportunidad y cuando hubo reunido suficiente fuerza, descendió desde el norte por mar y por tierra, y

27. El gran cabo y el estuario cercado por tierra de Umbar había pertenecido a Númenor desde los días de antaño; pero era una fortaleza de los Hombres del Rey, que se llamaron después Númenóreanos Negros, corrompidos por Sauron, que odiaban por sobre todo a los seguidores de Elendil. Después de la caída de Sauron, la raza declinó rápidamente o se mezcló con los Hombres de la Tierra Media, pero heredaron sin mengua el odio de Gondor. Por tanto, Umbar sólo fue tomada con un costo muy alto.

cruzando el Río Harnen, sus ejércitos derrotaron por completo a los Hombres de los Harad, y los reyes de Harad tuvieron que reconocer el dominio de Gondor (1050). Ciryaher recibió entonces el nombre de Hyarmendacil, «el Vencedor del Sur».

Ningún enemigo se atrevió a retar el poder de Hyarmendacil durante el resto de su prolongado reinado. Fue rey por ciento treinta y cuatro años, el más largo reinado de la Línea de Anárion con una sola excepción. En ese entonces Gondor alcanzó la cima de su poder. El reino se extendía hacia el norte hasta Celebrant y los bordes australes del Bosque Negro; al oeste hasta el Aguada Gris; al este hasta el mar interior de Rhûn; al sur hasta el Río Harnen, y desde allí a lo largo de la costa hasta la península y el puerto de Umbar. Los Hombres de los Valles del Anduin reconocieron su autoridad; y los reyes de Harad rendían homenaje a Gondor, y sus hijos vivían como rehenes en la corte. Mordor era una tierra desolada, pero era vigilada por grandes fortalezas que guardaban sus pasos.

Así llegó a su fin el linaje de los Reyes de los Barcos. Atanatar Alcarin, hijo de Hyarmendacil, vivió con gran esplendor, al punto que los hombres decían: *Las piedras preciosas son pedregullo en Gondor para que los niños jueguen con ellas.* Pero Atanatar amaba la tranquilidad y no hizo nada por conservar el poder que había heredado, y el temperamento de sus dos hijos era de igual temple. La decadencia de Gondor empezó antes que él muriera, y sin duda fue advertida por sus enemigos. Se descuidó la vigilancia de Mordor. No obstante, sólo en los días de Valacar sucedió el primer gran mal en Gondor: la guerra civil de la Lucha entre Parientes, en la que hubo gran pérdida y ruina que nunca pudieron repararse por entero.

Minalcar, hijo de Calmacil, era hombre de gran vigor, y en 1240 Narmacil, para deshacerse de preocupaciones, lo nombró Regente del reino. Desde ese momento, gobernó en Gondor en nombre de los reyes hasta que sucedió a su padre. Tenía sobre todo una inquietud: los Hombres del Norte.

Habían crecido mucho en número durante la paz provocada por el poder de Gondor. Los reyes los favorecieron, pues eran los más próximos en parentesco entre los Hombres inferiores a los Dúnedain (que en su mayoría descendían de los pueblos de los que habían salido los Edain de antaño); y les concedieron vastas tierras más allá del Anduin al sur del Gran Bosque Verde, para que sirvieran de defensa contra los Hombres del Este. Porque en el pasado los hombres del Este habían atacado casi siempre desde la planicie que se extendía entre el Mar Interior y los Montes de Ceniza.

En los días de Narmacil I, esos ataques se reanudaron, aunque con escasa fuerza al principio; pero el regente supo que los Hombres del Norte no siempre eran fieles a Gondor, y algunos se sumaban a las fuerzas de los Hombres del Este, fuera por la codicia del botín o por apoyar las querellas entre los príncipes. Por tanto, en 1248 Minalcar condujo a una gran fuerza y entre Rhovanion y el Mar Interior derrotó a un gran ejército de los Hombres del Este y destruyó todos sus campamentos y colonias al este del Mar. Tomó entonces el nombre de Rómendacil.

A su regreso Rómendacil fortificó la orilla occidental del Anduin hasta la desembocadura del Limclaro, y prohibió que ningún extranjero descendiera por el Río más allá de Emyn Muil. El fue quien edificó los pilares de las Argonath a la entrada de Nen Hithoel. Pero como tenía necesidad de contar con hombres y deseaba fortalecer la frontera entre Gondor y los Hombres del Norte, tomó a muchos de ellos a su servicio y concedió a algunos un alto rango en sus ejércitos.

Rómendacil dio muestras de favor especial a Vidugavia, que lo había ayudado en la guerra. Se llamó a sí mismo Rey de Rhovanion, y era por cierto el más poderoso de los príncipes del Norte, aunque su propio reino estaba entre el Bosque Verde y el Río Celduin.[28] En 1250 Rómendacil envió a su hijo Valacar como embajador para que habitara un tiempo con Vidugavia y se familiarizara con la lengua, maneras y política de los Hombres del Norte. Pero Valacar excedió sobremanera los designios de su padre. Llegó a amar las tierras septentrionales y a sus gentes, y se casó con Vidumavi, hija de Vidugavia. Transcurrieron algunos años antes de que regresara. Fue este matrimonio lo que desencadenó más tarde la guerra de la Lucha entre Parientes.

«Porque los altos hombres de Gondor miraban ya con desconfianza a los Hombres del Norte que había entre ellos; y era cosa inaudita hasta entonces que el heredero de la corona o hijo alguno del Rey se casara con alguien de una raza menor y extranjera. Había ya rebelión en las provincias del sur cuando el Rey Valacar llegó a viejo. La reina había sido una bella y noble señora, pero de corta vida de acuerdo con el hado de los Hombres Menores, y los Dúnedain temían que sus descendientes se

28. El Río Rápido.

445

le asemejaran, y malograran la majestad de los Reyes de los Hombres. Además, no estaban dispuestos a aceptar como señor a un hijo de ella, que aunque ahora se llamaba Eldacar, había nacido en un país extranjero y se había llamado Vinitharya, nombre del pueblo de su madre.

»Por tanto, cuando Eldacar sucedió a Valacar, hubo guerra en Gondor. Pero no fue fácil despojar a Eldacar de su herencia. A la estirpe de Gondor, sumaba el espíritu intrépido de los Hombres del Norte. Era apuesto y valiente, y no parecía que envejeciese más prontamente que su padre. Cuando los confederados conducidos por los descendientes de los reyes se levantaron contra él, los resistió hasta que se le agotaron las fuerzas. Por último fue sitiado en Osgiliath, y allí estuvo largo tiempo hasta que el hambre y las más grandes fuerzas de los rebeldes lo hicieron salir, dejando la ciudad en llamas. Durante ese sitio e incendio la Torre de la Bóveda de Osgiliath quedó destruida, y la *palantír* se perdió en las aguas.

»Pero Eldacar esquivó a sus enemigos, y fue al Norte, en busca de sus parientes de Rhovanion. Allí muchos se le unieron, tanto de los Hombres del Norte al servicio de Gondor, como de los Dúnedain de las partes septentrionales del reino. Porque muchos de entre estos últimos habían aprendido a estimarlo, y muchos más llegaron a odiar al usurpador. Era éste Castamir, nieto de Calimehtar, hermano menor de Rómendacil II. No sólo era uno de los más cercanos por la sangre a la corona; era también quien más secuaces tenía entre los rebeldes; porque era el Capitán de los Barcos y contaba con el apoyo de la gente de las costas y de los grandes puertos de Pelargir y Umbar.

»Castamir no había ocupado el trono mucho tiempo cuando mostró que era un hombre altivo y poco generoso. Era en verdad un hombre cruel, como lo había demostrado por primera vez en la toma de Osgiliath. Fue causa de la muerte de Ornendil, hijo de Eldacar, que había sido capturado; y la matanza y la destrucción habidas en la ciudad por orden suya excedieron con mucho las necesidades de la guerra. Esto se recordó en Minas Anor y en Ithilien; y allí el amor por Castamir disminuyó todavía más cuando se vio que cuidaba muy poco de las tierras, que sólo pensaba en las flotas, y que se proponía mudar el sitio del trono a Pelargir.

»Así pues, había sido rey sólo diez años, cuando Eldacar, pensando que la oportunidad era propicia, avanzó con un gran ejército desde el norte, y el pueblo se le unió desde Calenardhon y Anórien e Ithilien. Hubo una gran batalla en Lebennin en los Cruces del Erui, donde se derramó con abundancia la mejor sangre de Gondor. El mismo Eldacar mató a Castamir en combate, y de ese modo vengó a Ornendil; pero los hijos de Castamir escaparon, y con otros de su parentela y muchas gentes de las flotas resistieron largo tiempo en Pelargir.

»Cuando hubieron reunido allí todas las fuerzas que pudieron (porque Eldacar no tenía barcos para atacarlos por mar), se hicieron a la vela y se establecieron en Umbar. Levantaron allí un refugio para todos los enemigos del rey, y un señorío independiente. Umbar estuvo en guerra con Gondor durante el curso de muchas vidas humanas, amenazando las costas y todo el tráfico por mar. No fue nunca otra vez completamente sometida hasta los días de Elessar; y la región del Sur de Gondor se convirtió en tierra disputada entre los Corsarios y los Reyes.»

«La pérdida de Umbar resultó penosa para Gondor, no sólo porque el reino quedaba disminuido al sur, y el dominio de los Hombres de los Harad se debilitaba, sino porque fue allí donde Ar-Pharazôn el Dorado, último Rey de Númenor, había desembarcado y había humillado el poderío de Sauron. Aunque grandes daños sobrevinieron después, aun los seguidores de Elendil recordaron con orgullo la llegada del gran ejército de Ar-Pharazôn desde las profundidades del Mar; y en la más alta colina del promontorio que dominaba el Puerto, habían levantado un gran pilar blanco. Estaba coronado por un globo de cristal que recibía los rayos del Sol y de la Luna y resplandecía como una estrella brillante que podía verse con tiempo despejado aun desde las costas de Gondor o muy lejos en el mar occidental. Así se erguía, hasta que después de la segunda aparición de Sauron, Umbar cayó bajo el dominio de sus servidores, y el monumento recordatorio de aquella humillación fue derribado.»

Después del retorno de Eldacar, la sangre de la casa real y de las otras casas de los Dúnedain se mezcló aún más con la de los Hombres Menores. Porque muchos de los grandes habían muerto en la Lucha entre Parientes; mientras que Eldacar favorecía a los Hombres del Norte con cuya ayuda había recuperado la corona, y Gondor se repobló con los muchos hombres que venían de Rhovanion.

Al principio esta mezcla no apresuró la decadencia de los Dúnedain como se había temido; pero la mengua continuó, como antes. Porque la causa era sin duda la Tierra Media misma, y la lenta retirada de los dones de los Númenóreanos después de la caída del País de la Estrella. Eldacar vivió hasta los doscientos treinta y cinco años, y fue rey durante cincuenta y ocho, de los cuales pasó diez en el exilio.

El segundo y más grande mal le advino a Gondor durante el reinado de Telemnar, el vigésimo sexto rey, cuyo padre, Minardil, hijo de Eldacar, fue muerto en Pelargir por los Corsarios de Umbar (encabezados por Angamaitë y Sangahyando, los biznietos de Castamir). Poco después hubo una peste mortal transportada por los vientos oscuros venidos del Este. El Rey y sus hijos murieron, y parte del pueblo de Gondor, especialmente los que vivían en Osgiliath. Entonces, por la fatiga y la escasez de los hombres, la vigilancia de las fronteras de Mordor fue abandonada, y las fortalezas que guardaban los pasos quedaron vacías.

Más adelante se advirtió que estas cosas sucedían mientras la Sombra se hacía cada vez más profunda en el Bosque Verde; muchas criaturas malignas reaparecieron entonces, signos del despertar de Sauron. Es cierto que los enemigos de Gondor sufrieron también, de lo contrario hubieran aprovechado su debilidad; pero Sauron sabía esperar, y era posible que poder entrar en Mordor fuera lo que más deseaba.

Cuando el Rey Telemnar murió, los Árboles Blancos de Minas Anor también se marchitaron y murieron. Pero Tarondor, su sobrino, que lo sucedió, plantó un vástago en la ciudadela. Él fue quien mudó el sitio del trono a Minas Anor de manera permanente, pues Osgiliath estaba ahora desierta en parte, y empezaba a mostrar síntomas de ruina. Pocos de los que habían huido de la peste a Ithilien o a los valles occidentales estaban dispuestos a regresar.

Tarondor, que accedió joven al trono, fue de todos los reyes de Gondor el que tuvo un más largo reinado, pero poco más pudo conseguir que reordenar el reino, y renovar poco a poco sus fuerzas. Mas Telumehtar, hijo de Tarondor, recordando la muerte de Minardil y perturbado por la insolencia de los Corsarios, que atacaban las costas aun hasta las Anfalas, reunió sus fuerzas y en 1810 tomó Umbar por asalto. En esa guerra perecieron los últimos descendientes de Castamir, y los reyes volvieron a dominar en Umbar por un tiempo. Telumehtar añadió a su nombre el título de Umbardacil. Pero en los nuevos males que no tardaron en precipitarse sobre Gondor, Umbar se perdió otra vez y cayó en manos de los Hombres de Harad.

El tercer mal fue la invasión de los Aurigas, que minaron las fuerzas menguantes de Gondor en guerras que duraron casi cien años. Los Aurigas eran un pueblo, o una confederación de múltiples pueblos, que venía del Este; pero eran más fuertes y estaban mejor armados que ningún otro que hubiera aparecido antes. Viajaban en grandes carromatos, y sus capitanes luchaban en cuadrigas. Agitados, como se supo después, por emisarios de Sauron, atacaron de repente a Gondor, y el Rey Narmacil II murió en combate más allá del Anduin en 1856. El pueblo de Rhovanion oriental y austral fue sometido a esclavitud; y las fronteras de Gondor se retiraron por ese tiempo hasta el Anduin y las Emyn Muil. [Se cree que en este tiempo los Espectros del Anillo volvieron a Mordor.]

Calimehtar, hijo de Narmacil II, ayudado por una rebelión en Rhovanion, vengó a su padre con una gran victoria sobre los Hombres del Este en Dagorlad en 1899, y por algún tiempo el peligro quedó eliminado. Fue durante el reinado de Araphant en el Norte, y de Ondoher, hijo de Calimehtar, en el Sur, que ambos reinos volvieron a consultarse después de una separación y un silencio muy largos. Porque por fin entendieron que un cierto poder y una cierta voluntad estaba dirigiendo el ataque desde múltiples sitios sobre los sobrevivientes de Númenor. Fue en ese tiempo cuando Arvedui, heredero de Araphant, se casó con Fíriel, hija de Ondoher (1940). Pero ninguno de estos dos reinos pudo enviar ayuda al otro; porque Angmar volvió a atacar a Arthedain al mismo tiempo que los Aurigas reaparecían con grandes fuerzas.

Muchos de los Aurigas se encaminaron al sur de Mordor y se aliaron con los hombres de Khand y del Cercano Harad; y en medio de este gran ataque que llegaba a la vez desde el norte y el sur, Gondor estuvo a punto de sucumbir. En 1944 el Rey Ondoher y sus dos hijos, Artamir y Faramir, cayeron en la batalla al norte del Morannon, y el enemigo invadió Ithilien. Pero Eärnil, Capitán del Ejército Austral, obtuvo una gran victoria en el sur de Ithilien y destruyó el ejército de Harad que había cruzado el Río Poros. Apresurándose hacia el norte, reunió a cuantos pudo del Ejército Septentrional en retirada y atacó el campamento principal de los Aurigas mientras estaban de fiesta pensando que Gondor había sido vencida y que ahora no había más que recoger el botín. Eärnil tomó por asalto el campamento y puso fuego a los carromatos, y expulsó de Ithilien al enemigo, que huyó con gran desorden. Muchos de los que huyeron delante de él perecieron en las Ciénagas de los Muertos.

449

«A la muerte de Ondoher y de sus hijos, Arvedui del Reino del Norte reclamó la corona de Gondor como heredero directo de Isildur y como marido de Fíriel, única hija sobreviviente de Ondoher. La reclamación fue rechazada. En esto Pelendur, el Senescal del Rey Ondoher, desempeñó un papel fundamental.

»El Consejo de Gondor respondió: "La corona y el reino de Gondor sólo pertenecen a los herederos de Meneldil, hijo de Anárion, a quien Isildur cedió este reino. En Gondor la heredad se concede por la línea de los hijos solamente; y no tenemos noticia de que la ley sea distinta en Arnor".

»A esto Arvedui replicó: "Elendil tuvo dos hijos, de los cuales Isildur fue el mayor y el heredero. Hemos oído que el nombre de Elendil se mantiene hasta hoy a la cabeza del linaje de los Reyes de Gondor, pues se lo ha reconocido como rey supremo de todas las tierras de los Dúnedain. Mientras Elendil vivía todavía, el gobierno conjunto del Sur pasó a los hijos; pero cuando Elendil cayó, Isildur partió para hacerse cargo del trono, y de igual manera dio el gobierno del Sur al hijo de su hermano. No renunció a la realeza en Gondor, ni tenía la intención de que el reino de Elendil quedara dividido por siempre.

»"Además, en la Númenor de antaño el cetro pasaba al vástago mayor, fuera éste varón o mujer. Es cierto que la ley no se observó en las tierras de exilio, siempre perturbadas por la guerra; pero ésa era la ley de nuestro pueblo, a la que ahora nos referimos, pues los hijos de Ondoher han muerto sin dejar descendencia".[29]

»A esto Gondor no respondió. La corona fue reclamada por Eärnil, el capitán victorioso; y le fue conferida con la aprobación de todos los Dúnedain de Gondor, pues Eärnil pertenecía a la casa real. Era el hijo de Siriondil, hijo de Calimmacil, hijo de Arciryas, hermano de Narmacil II. Arvedui no insistió en su reclamación, pues no tenía poder ni voluntad para oponerse a la elección de los Dúnedain de Gondor; no obstante, la reclamación no fue nunca olvidada por sus descendientes aun después de desaparecido el reinado. Pues se acercaba ahora el tiempo en que el Reino del Norte llegaría a su fin.

»Arvedui fue en verdad el último rey, como significa su nombre. Se dice que este nombre le fue dado al nacer por Mal-

---

29. Esa ley se promulgó en Númenor (como lo supimos por el Rey) cuando Tar-Aldarion, el sexto rey, no tuvo sino una hija. Ella se convirtió en la primera Reina Regente, Tar-Ancalime. Pero antes no era ésa la ley. Tar-Elendil, el cuarto rey, fue sucedido pro su hijo Tar-Meneldur, aunque su hija Silmarien era la mayor. No obstante, Elendil descendía de Silmarien.

beth el Vidente. "*Arvedui* lo llamarás —le dijo al padre—, porque será el último en Arthedain. Aunque una opción tendrán los Dúnedain, y si escogen al que parezca menos prometedor, tu hijo cambiará de nombre y será rey de un gran reino. De lo contrario, habrá mucho dolor y se perderán muchas vidas humanas en tanto los Dúnedain no se levanten y se unan nuevamente."

»En Gondor también sólo un rey siguió a Eärnil. Quizá si la corona y el cetro hubieran permanecido juntos, el reino se habría mantenido y muchos males se habrían evitado. Pero Eärnil era un hombre sabio y nada arrogante, aun cuando, como a la mayor parte de los hombres de Gondor, el reino de Arthedain le parecía poca cosa, a pesar de la estirpe de sus señores.

»Envió mensajeros a Arvedui anunciándole que recibía la corona de Gondor de acuerdo con las leyes y necesidades del Reino Austral. "Pero no olvido —decía— la lealtad de Arnor, ni niego nuestro parentesco, ni deseo que los reinos de Elendil queden separados. Te enviaré ayuda cuando la necesites, en la medida de mis posibilidades."

»Sin embargo, transcurrió mucho tiempo antes de que Eärnil se sintiera seguro e hiciera lo que había prometido. El Rey Araphant continuó resistiéndose a los ataques de Angmar con fuerzas cada vez menores, y lo mismo hizo Arvedui cuando lo sucedió; pero por último, en el otoño de 1973, llegaron mensajes a Gondor de que Arthedain estaba en un grave aprieto, y que el Rey Brujo preparaba un ataque definitivo contra él. Entonces Eärnil envió a su hijo Eärnur al norte con una flota tan rápidamente como pudo, y con fuerzas tan grandes como consiguió reunir. Demasiado tarde. Antes de que Eärnur llegara a los puertos de Lindon, el Rey Brujo había conquistado Arthedain y Arvedui había muerto.

»Pero cuando Eärnur llegó a los Puertos Grises, hubo gran alegría y sorpresa tanto entre los Elfos como entre los Hombres. Tan grande era el calado y el número de las naves, que apenas encontraron albergue en los puertos, aunque tanto el Harlond como el Forlond también estaban colmados; y de ellas descendió todo un poderoso ejército con pertrechos y provisiones para una guerra de grandes reyes. O así le pareció al pueblo del Norte, aunque no era ésta sino una reducida fuerza de todo el poderío de Gondor. Sobre todo fueron alabados los caballos, pues muchos de ellos provenían de los Valles del Anduin, y los cabalgaban jinetes altos y hermosos, y príncipes orgullosos de Rhovanion.

»Entonces Círdan convocó a todos los que quisieran acudir

desde Lindon o Arnor, y cuando todo estuvo pronto, el ejército cruzó el Lune y marchó hacia el norte a desafiar al Rey Brujo de Angmar. Moraba entonces, según se dice, en Fornost, que había poblado con gentes malignas, usurpando la casa y el gobierno de los reyes. Pero era orgulloso, y no esperó a que el enemigo atacara su fortaleza, y le salió al encuentro creyendo que los arrojaría al Lune, como a otros antes.

»Pero el Ejército del Oeste descendió sobre él desde las Colinas del Crepúsculo, y hubo una gran batalla en la llanura entre Nenuial y las Quebradas del Norte. Las fuerzas de Angmar ya cedían y se retiraban hacia Fornost, cuando el cuerpo principal de jinetes que habían rodeado las colinas descendieron desde el norte y los dispersaron en una fuga desordenada. Entonces el Rey Brujo, con todo lo que pudo recuperar del desastre, huyó hacia el norte, a las tierras de Angmar. Antes de que pudiera llegar al refugio de Carn Dûm, la caballería de Gondor le dio alcance con Eärnur, que cabalgaba al frente. Al mismo tiempo una fuerza al mando de Glorfindel el Señor Elfo acudió de Rivendel. Entonces tan completa fue la derrota de Angmar, que ni un hombre ni un Orco de ese reino quedó al oeste de las Montañas.

»Pero se dice que cuando todo estaba perdido, el mismo Rey Brujo apareció de repente, vestido de negro, con máscara negra, montado en un caballo negro. El miedo ganó a todos los que lo vieron; pero él escogió descargar todo su odio sobre el Capitán de Gondor, y con un grito terrible lanzó la cabalgadura contra él. Eärnur se le hubiera resistido, pero su caballo no pudo soportar la embestida, y giró y se lo llevó lejos antes de que hubiera podido dominarlo.

»Entonces el Rey Brujo rió, y ninguno de quienes lo escucharon pudo olvidar el horror de ese grito. Entonces Glorfindel se acercó montado en su caballo blanco, y aún mientras reía, el Rey Brujo dio media vuelta para huir y desapareció en las sombras. Porque la noche descendió sobre el campo de batalla, y el Rey Brujo se perdió, y nadie supo adónde había ido.

»Eärnur volvió entonces, pero Glorfindel, mirando la oscuridad que se espesaba, dijo: "¡No lo persigas! No volverá a esta tierra. Lejos está todavía su condenación, y no caerá por mano de hombre". Muchos recordaron estas palabras, pero Eärnur estaba enfadado y sólo pensaba en vengar su ignominia.

»Así terminó el reino maligno de Angmar; y así se ganó Eärnur, Capitán de Gondor, el gran odio del Rey Brujo; pero muchos años transcurrieron aún antes de que eso fuera revelado.»

Fue así que durante el reinado de Eärnil, como se supo más tarde, el Rey Brujo en su huida desde el Norte llegó a Mordor, y allí reunió a los otros Espectros del Anillo, de los que él era jefe. Pero sólo en el año 2000 salieron de Mordor por el Paso de Cirith Ungol y pusieron sitio a Minas Ithil. La tomaron en 2002 y se apoderaron de la *palantír* de la torre. No fueron expulsados mientras duró la Tercera Edad; y Minas Ithil se convirtió en sitio de terror, y recibió el nuevo nombre de Minas Morgul. Mucha de la gente que quedaba todavía en Ithilien la abandonó entonces.

«Eärnur era hombre semejante a su padre en valor, pero no en sabiduría. Era hombre de cuerpo fuerte y temple inflamable; pero no quería tomar mujer, pues no conocía otro placer que la lucha o el ejercicio de las armas. Llevaba a cabo proezas tales que nadie en Gondor podía oponérsele en los juegos de armas en los que se deleitaba, y parecía antes un campeón que un capitán o un rey, y retuvo su vigor y su habilidad hasta más avanzada edad que lo que era habitual por entonces.»

Cuando Eärnur fue coronado en 2043, el Rey de Minas Morgul lo desafió, reprochándole que no se hubiera atrevido a enfrentarlo en la batalla del Norte. Esa vez Mardil el Senescal contuvo la cólera del rey. Minas Anor, que era la ciudad principal del reino desde los tiempos del Rey Telemnar, y residencia de los reyes, se llamaba ahora Minas Tirith, una ciudad siempre en guardia contra el mal de Morgul.

Eärnur había empuñado el cetro sólo siete años cuando el Señor de Morgul lo desafió de nuevo y lo provocó diciéndole que a un timorato corazón juvenil había ahora sumado la debilidad de la vejez. Entonces Mardil ya no pudo disuadirlo, y Eärnur cabalgó con una pequeña escolta de caballeros hasta las puertas de Minas Morgul. Nada más se supo de cuantos integraron esa cabalgata. Se creía en Gondor que el desleal enemigo había tendido una trampa al rey, y que éste había muerto en tormento en Minas Morgul; pero como no había testigos de esa muerte, Mardil el Buen Senescal rigió Gondor en nombre de Eärnur por muchos años.

Ahora bien, los descendientes de los reyes eran pocos. Habían disminuido mucho en número durante la Lucha entre Parientes; y desde entonces los reyes eran celosos en extremo y vigilaban de cerca a todos sus consanguíneos. Con frecuencia aquellos sobre quienes recaía alguna sospecha huían a Umbar, y allí se sumaban a los rebeldes; mientras que otros renunciaban a su linaje y tomaban esposas que no eran de sangre Númenóreana. De modo que no era posible encontrar pretendiente alguno de la sangre de los reyes, o cuya pretensión fuera escuchada por todos; y todos temían el recuerdo de la Lucha entre Parientes, pues sabían que si volvía a asomar una disensión semejante, significaría el fin de Gondor. Por tanto, aunque los años se prolongaban, el Senescal siguió gobernando Gondor, y la corona de Elendil estaba en el regazo del Rey Eärnil en las Casas de los Muertos, donde Eärnur la había dejado.

Los Senescales

La Casa de los Senescales se llamó la Casa de Húrin, porque descendían del Senescal del Rey Minardil (1621-1634), Húrin de Emyn Arnen, hombre de la raza Númenóreana. Los reyes habían elegido siempre a los Senescales de entre sus descendientes; y después de los días de Pelendur, la Senescalía se volvió hereditaria igual que el reinado, de padre a hijo o al pariente más próximo.

Cada nuevo Senescal, en verdad, tomaba el cargo jurando «esgrimir el bastón de mando y gobierno en nombre del rey, hasta que él vuelva». Pero pronto estas palabras pasaron a ser un mero ritual a las que se hacía poco caso, pues los Senescales ejercían todo el poder de los reyes. No obstante, muchos en Gondor creían aún que un Rey volvería por cierto en algún tiempo futuro; y algunos recordaban el antiguo linaje del Norte, que según se rumoreaba todavía vivía en las sombras. Pero contra tales pensamientos, los Senescales Regentes endurecían su corazón.

No obstante, los Senescales nunca se sentaban en el antiguo trono; y no llevaban corona, ni empuñaban ningún cetro. Sólo esgrimían un bastón de mando de color blanco como insignia; y su estandarte era blanco y sin ninguna figura; pero el estandarte real había sido negro, con un árbol blanco en flor bajo siete estrellas.

Después de Mardil Voronwë, que fue reconocido como el primero de la línea, se sucedieron veinticuatro Senescales Regentes de Gondor, hasta el tiempo de Denethor II, el vigésimo sexto y último. Al principio estuvieron tranquilos, porque aquéllos eran los días de la Paz Vigilante, durante la cual Sauron se retiró ante el poder del Concilio Blanco, y los Espectros del Anillo permanecieron ocultos en el Valle de Morgul. Pero desde los tiempos de Denethor I, nunca volvió a haber verdadera paz, y aun cuando no hubiera en Gondor una gran guerra, o una guerra plenamente declarada, sus fronteras estaban bajo una amenaza constante.

En los últimos años de Denethor I, la raza de los uruks, orcos negros de gran fuerza, salieron por primera vez de Mordor, y en 2475 atravesaron Ithilien y se apoderaron de Osgiliath. Boromir, hijo de Denethor (de quien tomó nombre Boromir de los Nueve Caminantes), los derrotó y recuperó Ithilien; pero Osgiliath quedó en ruinas, y el gran puente de piedra fue destruido. Nadie vivió allí desde entonces. Boromir fue un gran capitán, y aun el Rey Brujo le temía. Era noble y hermoso de rostro, hombre fuerte de cuerpo y de voluntad, pero recibió una herida de Morgul en esa guerra; con el tiempo el cuerpo se le encogió de dolor y murió doce años después que su padre.

Después de Boromir empezó el largo gobierno de Cirion. Era cauteloso y precavido, pero el brazo de Gondor se había acortado, y poco más pudo hacer que defender las fronteras, mientras que sus enemigos (o el poder que los movía) preparaban contra él ataques imprevisibles. Los Corsarios asolaban las costas, pero era en el norte donde el mayor peligro lo acechaba. En las amplias tierras de Rhovanion, entre el Bosque Negro y el Río Rápido, habitaba ahora un pueblo feroz, a la sombra de Dol Guldur. A menudo hacían incursiones a través del bosque hasta que el valle de Anduin, al sur del Gladio, quedó casi desierto. El número de estos Balchoth crecía de continuo con otros de especie semejante que venían del este, mientras que el pueblo de Calenardhon había declinado. A Cirion le fue muy duro defender la línea del Anduin.

«Previendo la tormenta, Cirion envió mensajeros al norte en busca de ayuda; pero demasiado tarde, porque en ese año (2510), los Balchoth, habiendo construido muchos grandes botes y balsas en las costas orientales del Anduin, cruzaron el Río como un enjambre, y barrieron a los defensores. Un ejército que avanzaba desde el sur fue interceptado y expulsado hacia el norte más allá del Limclaro, y allí fue súbitamente atacado por una horda de Orcos venidos de las Montañas, y rechazado hacia el Anduin. Entonces desde el Norte, más allá de toda esperanza, llegó ayuda, y los cuernos de los Rohirrim se escucharon por primera vez en Gondor. Eorl el Joven llegó con sus jinetes y dispersó al enemigo, y persiguió a muerte a los Balchoth por los campos de Calenardhon. Cirion le concedió a Eorl esa tierra para habitar en ella, y él le hizo a Cirion el Juramento de Eorl: de amistad dispuesta a acudir cuando fuese necesario o a la llamada de los Señores de Gondor.»

En los días de Beren, el decimonoveno Senescal, un peligro aún mayor cundió en Gondor. Tres grandes flotas, desde mucho atrás preparadas, vinieron de Umbar y Harad, y atacaron las costas de Gondor con grandes fuerzas; y el enemigo llevó a cabo muchos desembarcos penetrando en el norte hasta la desembocadura del Isen. Al mismo tiempo los Rohirrim fueron atacados desde el este y el oeste, y sus tierras fueron asoladas, y ellos expulsados a los valles de las Montañas Blancas. En ese año (2758) empezó el Largo Invierno con fríos y grandes nevadas venidas del norte y el este que duraron casi cinco meses. Helm de Rohan y sus dos hijos perecieron en esa guerra; y hubo miseria y muerte en Eriador y Rohan. Pero en Gondor al sur de las montañas, las cosas no iban tan mal, y antes de que llegara la primavera, Beregond, hijo de Beren, había vencido a los invasores. Inmediatamente envió ayuda a Rohan. Era el más grande capitán surgido en Gondor desde Boromir; y cuando sucedió a Beren (2763), Gondor empezó a recobrarse. Pero Rohan se curó de las heridas más lentamente. Fue por esta razón que Beren dio la bienvenida a Saruman, y le entregó las llaves de Orthanc; y desde ese año en adelante (2759) Saruman vivió en Isengard.

Fue en los días de Beregond cuando se libró la Guerra de los Enanos y los Orcos en las Montañas Nubladas (2793-2799), de la que sólo rumores llegaron al sur, hasta que los Orcos, al huir de Nanduhirion, intentaron cruzar Rohan y establecerse en las Montañas Blancas. Hubo lucha por muchos años en los valles antes de que el peligro hubiera pasado.

Cuando murió Belecthor II, el vigésimo primer Senescal, el Árbol Blanco murió también en Minas Tirith; pero se lo dejó en pie «hasta que el Rey regresara», porque no fue posible recoger vástago alguno.

En los días de Túrin II, los enemigos de Gondor empezaron a ponerse de nuevo en movimiento; porque el poder de Sauron crecía otra vez, y el día de su despertar no estaba ya lejano. Todo el pueblo de Ithilien, salvo los más osados de entre ellos, partió y se dirigió hacia el oeste por sobre el Anduin, pues la tierra estaba infectada de Orcos de Mordor. Fue Túrin el que hizo construir refugios secretos para sus soldados en Ithilien, de los cuales Henneth Annûn fue el más vigilado y el mejor provisto de hombres. También volvió a fortificar la isla de Cair Andros[30] para defender Anórien. Pero el mayor peligro lo acechaba desde el sur, donde los Haradrim habían ocupado las tierras meridionales, y había violentas luchas a lo largo del Poros. Cuando Ithilien fue invadido por grandes fuerzas, el Rey Folcwine de Rohan cumplió con el Juramento de Eorl y pagó la deuda de la ayuda a Beregond y envió muchos hombres a Gondor. Auxiliado por Folcwine, Túrin obtuvo una victoria en el cruce del Poros; pero los hijos del rey cayeron ambos en combate. Los Jinetes les dieron sepultura como ellos acostumbraban, y los tendieron juntos en un montículo, pues eran hermanos gemelos. Durante mucho tiempo estuvo levantado sobre la orilla del río, *Haudh in Gwanur*, y los enemigos de Gondor temían pasar junto a él.

Turgon siguió a Túrin, pero de su tiempo se recuerda sobre todo que dos años antes de que muriera, Sauron se levantó de nuevo y se manifestó abiertamente; y volvió a Mordor, que venía esperándolo desde hacía mucho. Entonces la Barad-dûr se irguió una vez más, y el Monte del Destino irrumpió en llamas, y los últimos pobladores de Ithilien escaparon de allí. Cuando Turgon murió, Saruman hizo suya a Isengard, y la fortificó.

«Ecthelion II, hijo de Turgon, era hombre de sabiduría. Con el poco poder que le quedaba, empezó a fortalecer el reino contra los ataques de Mordor. Llamó a todos los hombres de valor que vivían cerca o lejos y que quisieran servirlo, y a los que se demostraron dignos les dio rango y los recompensó. En mucho de lo que hizo tuvo la ayuda y el consejo de un gran capitán al que amaba más que a nadie. Thorongil lo llamaban los hombres en Gondor, el Águila de la Estrella, porque era rápido y tenía la vista afilada, y llevaba una estrella de plata en el manto; pero nadie conocía su verdadero nombre ni tampoco la tierra en la que había nacido. Fue el encuentro de Ecthelion desde Rohan, donde había servido al Rey Thengel, pero no era uno de los Rohirrim. Era un gran conductor de hombres, por tierra y por mar, pero volvió a las sombras desde donde había venido, antes del fin de los días de Ecthelion.

»Thorongil advertía a menudo a Ecthelion que la fuerza de

---

30. Este nombre significa «Barco de la Larga Espuma», porque la isla tenía la forma de un gran barco con una alta proa que apuntaba hacia el norte, contra la cual rompía la blanca espuma del Anduin sobre las rocas abruptas.

los rebeldes de Umbar era un gran peligro para Gondor, y una amenazada para los feudos del sur que podía resultar mortal, si Sauron presentaba guerra abierta. Por fin obtuvo autorización del Senescal y reunió una pequeña flota y se dirigió inesperadamente a Umbar por la noche y allí incendió gran parte de los barcos de los Corsarios. Él mismo venció al Capitán del Puerto en batalla sobre los muelles y retiró luego su flota con muy escasas pérdidas. Pero cuando volvió a Pelargir, para pena y asombro de todos, no regresó a Minas Tirith, donde lo aguardaban grandes honores.

»Envió un mensaje de despedida a Ecthelion en el que decía: "Otras tareas me llaman ahora, señor, y mucho tiempo y muchos peligros han de pasar antes de que vuelva a Gondor, si es ése mi destino". Aunque nadie pudo adivinar qué tareas fueran aquéllas, ni quién lo había llamado, se supo al menos hacia dónde había ido. Porque tomó un bote y cruzó el Anduin, y allí dijo adiós a sus compañeros y prosiguió solo la marcha; y cuando se lo vio por última vez, volvía la cara hacia las Montañas de la Sombra.

»Hubo aflicción en la Ciudad por la partida de Thorongil, y a todos los hombres les pareció una gran pérdida, salvo a Denethor, el hijo de Ecthelion, hombre a la sazón maduro para la Senescalía, a la que tuvo acceso al cabo de cuatro años, a la muerte de su padre.

»Denethor II fue un hombre orgulloso, alto, valiente y de aire más soberano que ningún otro hombre que hubiera aparecido en Gondor durante muchas vidas; y era sabio además, y previsor, y conocedor de la ciencia. En verdad era tan parecido a Thorongil como el más cercano de sus parientes, y sin embargo sólo era el segundo después del forastero en el corazón de los hombres y en la estima del padre. En ese tiempo muchos creyeron que Thorongil había partido antes de que el rival se convirtiera en amo; aunque en verdad Thorongil nunca había competido con Denethor ni se había dado posición más alta que la de servidor de su padre. Y los consejos que ambos daban al Senescal sólo divergían en un asunto: Thorongil a menudo advertía a Ecthelion que no confiara en Saruman el Blanco, de Isengard, y que prefiriera a Gandalf el Gris. Pero era poco el amor que había entre Denethor y Gandalf; y después de pasados los días de Ecthelion, el Peregrino Gris ya no fue tan bien recibido en Minas Tirith. Por tanto, más tarde, cuando todo fue puesto en claro, muchos creyeron que Denethor, que era de inteligencia sutil y veía más lejos y más profundamente que los demás, había descubierto en verdad quién era el forastero Thorongil, y que sospechaba que él y Mithrandir pretendían suplantarlo.

»Cuando Denethor se convirtió en Senescal (2984), resultó un señor imperioso que quería manejar todos los hilos. Hablaba poco. Escuchaba consejos y luego hacía lo que se le antojaba. Se había casado tarde (2976), tomando por esposa a Finduilas, hija de Adrahil de Dol Amroth. Era una señora de gran belleza y gentil corazón, pero murió antes de que hubieran transcurrido doce años. Denethor la amaba, a su manera, más que a nadie, salvo al mayor de los hijos que ella le había dado. Pero les pareció a los hombres que Finduilas languidecía en la ciudad guardada, como una flor de los valles del mar sobre una roca estéril. La sombra del este la llenaba de horror, y volvía la mirada siempre al sur, hacia el mar por el que sentía nostalgia.

»Después de la muerte de Finduilas, Denethor se volvió más lóbrego y silencioso que antes, y permanecía sentado a solas largas horas en la torre, meditando, previendo que el ataque de Mordor se produciría antes de que él muriera. Se creyó después que, en busca de conocimiento, pero orgulloso, y pensando que tenía la fuerza de voluntad suficiente, había osado mirar la *palantír* de la Torre Blanca. Ninguno de los Senescales se había atrevido a esto antes, ni siquiera los reyes Eärnil y Eärnur después de la caída de Minas Ithil, cuando la *palantír* de Isildur llegó a manos del Enemigo; porque la Piedra de Minas Tirith era la *palantír* de Anárion, la que estaba en más estrecho acuerdo con la que poseía Sauron.

»De este modo Denethor tuvo gran conocimiento de las cosas que sucedían en el reino y de las de muchos más allá de las fronteras, y los hombres se maravillaban; pero pagó caro este conocimiento, pues envejeció prematuramente combatiendo con la voluntad de Sauron. Entonces el orgullo creció en Denethor junto con la desesperación, hasta que vio en todos los hechos de aquel tiempo sólo un único combate entre el Señor de la Torre Blanca y el Señor de la Barad-dûr, y desconfiaba de todos cuantos oponían resistencia a Sauron, a no ser que lo sirviesen sólo a él.

»Así llegó el tiempo de la Guerra del Anillo, y los hijos de Denethor se hicieron hombres. Boromir, el mayor en cinco años, era el preferido del padre y semejante a él en facciones y orgullo, pero no en mucho más. Parecía un hombre de la especie del Rey Eärnur de antaño, pues no tomaba esposa y sólo las armas lo deleitaban; audaz y fuerte, no le interesaba el conocimiento, salvo el de las historias de las batallas antiguas. Faramir, el más joven, era como él en aspecto, pero distinto de mente. Leía en el corazón de los hombres con tanta penetración como su padre, y lo que en ellos leía lo movía a la piedad antes que al desprecio. Era de porte gentil, y un amante de la ciencia y de la música, por lo que muchos en aquellos días juzgaban su coraje menor que el de su hermano. Pero no era así, salvo en que no buscaba la gloria en el peligro sin propósito. Recibía complacido a Gandalf cuando éste visitaba la Ciudad, y aprendía de él lo que podía; y en esto, como en muchos otros asuntos, desagradaba a su padre.

»No obstante, un gran amor unía a los hermanos, y los había unido desde la infancia, cuando Boromir era el auxilio y el protector de Faramir. No había habido desde entonces celos ni rivalidad entre ellos, ni por el favor del padre, ni por la alabanza de los hombres. No le parecía a Faramir que nadie en Gondor pudiera convertirse en rival de Boromir, heredero de Denethor, Capitán de la Torre Blanca; e igual pensaba Boromir. No obstante, no fue así en la prueba. Pero de todo lo que les acaeció a estos tres en la Guerra del Anillo se habla mucho en otro lugar. Y al cabo de la Guerra, los días de los Senescales Regentes llegaron a su fin; porque el heredero de Isildur y Anárion regresó un día; y la monarquía se reanudó, y el estandarte del Árbol Blanco flameó una vez más en la Torre de Ecthelion.»

(v)

UN FRAGMENTO DE LA HISTORIA DE ARAGORN Y ARWEN EXTRAÍDO DE LOS ANALES DE LOS REYES Y GOBERNADORES

«Arador era el abuelo del Rey. Su hijo Arathorn pidió por esposa a Gilraen la Bella, hija de Dírhael, que era a su vez descendiente de Aranarth. A esa unión se oponía Dírhael: porque Gilraen era joven y no había alcanzado aún la edad en la que las mujeres de los Dúnedain solían desposarse.

»"Además —decía—, Arathorn es un hombre severo y en la fuerza de la edad, y llegará a capitán antes de lo que se espera; sin embargo, me dice el corazón que tendrá una vida breve."

»Pero Ivorwen, su esposa, que también era vidente, respondió: "¡Mayor razón entonces para darse prisa! Los días se oscurecen antes de la tempestad, y se avecinan grandes acontecimientos. Si estos dos se desposan ahora, aún pueden nacer esperanzas para nuestro pueblo; pero si la boda se posterga, la esperanza se desvanecerá para siempre hasta el final de esta Edad".

»Y aconteció que cuando hacía apenas un año que Arathorn y Gilraen se habían casado, Arador fue tomado prisionero por los trolls de las montañas en los Páramos Fríos al norte de Rivendel, y asesinado; y Arathorn se convirtió en el Capitán de los Dúnedain. Al año siguiente Gilraen le dio un hijo, y lo llamaron Aragorn. Pero Aragorn tenía apenas dos años cuando Arathorn partió a combatir contra los orcos con los hijos de Elrond, y pereció con un ojo atravesado por una flecha orca; y así tuvo en verdad una vida breve para alguien de su raza, pues apenas contaba sesenta años cuando cayó.

»Aragorn, que era ahora el Heredero de Isildur, fue llevado entonces a vivir con su madre en la casa de Elrond, y Elrond hizo las veces de padre para él, y llegó a amarlo como a un hijo. Pero lo llamaban Estel, que quiere decir "Esperanza", y su nombre verdadero y su linaje fueron mantenidos en secreto por orden de Elrond, porque los Sabios sabían entonces que el Enemigo trataba de descubrir al heredero de Isildur, si quedaba alguno sobre la faz de la tierra.

»Pero cuando Estel tenía apenas veinte años de edad, aconteció que retornó a Rivendel después de llevar a cabo grandes hazañas en compañía de los hijos de Elrond; y Elrond lo miró y se sintió feliz, porque vio que era noble y hermoso, y había alcanzado a una edad temprana la madurez, si bien llegaría a ser más grande aún, de cuerpo y de espíritu. Aquel día pues, Elrond lo llamó por su nombre, y le dijo quién era y de quién era hijo; y le entregó los bienes hereditarios.

»"He aquí el Anillo de Barahir —dijo—, símbolo de nuestro remoto parentesco; y he aquí también los fragmentos de Narsil. Con ellos, aún podrás cumplir grandes hazañas; pues preveo que tendrás una vida más larga que la común entre los Hombres, a menos que sucumbas víctima del Mal, o que fracases en la prueba. Pero la prueba será dura y larga. El Cetro de Annúminas lo retengo, pues aún tienes que ganarlo."

»Al día siguiente, a la hora del crepúsculo, Aragorn paseaba solitario por los bosques, con el corazón alegre; y cantaba, porque tenía muchas esperanzas, y porque el mundo era bello. Y de pronto, mientras aún cantaba vio a una doncella que caminaba por un prado entre los troncos blancos de los abedules; y se detuvo maravillado, creyendo haberse extraviado en un sueño, o que le había sido concedido el don de los músicos élficos, que hacen aparecer ante los ojos de quienes escuchan las cosas que cantan.

»Porque Aragorn iba cantando un fragmento de la Balada de Lúthien, la que narra el encuentro de Lúthien y Beren en la Floresta de Neldoreth. Y he aquí que Lúthien caminaba ante sus propios ojos en Rivendel, envuelta en un manto de plata y azur, hermosa como el crepúsculo en el Hogar de los Elfos; los cabellos oscuros le flotaban movidos por una brisa súbita, y una diadema de gemas que parecían estrellas le ceñía la frente.

»Por un momento Aragorn la contempló en silencio, pero temiendo que se desvaneciera para siempre, la llamó gritando: "*¡Tinúviel, Tinúviel!*", tal como Beren en los Días Antiguos.

»La doncella entonces se volvió, y sonrió, y dijo: "¿Quién eres? ¿Y por qué me llamas con ese nombre?".

»Y él respondió: "Porque creí que eras en verdad Lúthien Tinúviel, cuya balada venía cantando. Pero si no eres ella, caminas como ella".

»"Muchos lo han dicho —respondió ella en tono grave—. Sin embargo no me llamo como ella, aunque acaso nuestros destinos sean semejantes. Pero tú, ¿quién eres?"

»"Estel me llamaban —respondió él—, pero soy Aragorn, hijo de Arathorn, Heredero de Isildur, Señor de los Dúnedain." Sin embargo, mientras lo decía, sentía que ese alto linaje, que tanto le había regocijado el corazón, poco valor tenía ahora, y no era nada comparado con la dignidad y la belleza de la joven.

»Pero ella rompió a reír alegremente, y dijo: "Entonces somos parientes lejanos. Porque yo soy Arwen, hija de Elrond, y también me llamo Undómiel".

»"Suele ocurrir —dijo Aragorn—, que en tiempos de peligro los hombres oculten el tesoro más preciado. Pero Elrond y tus hermanos me asombran; porque aunque he vivido en esta casa desde mi niñez, nunca había oído hablar de ti. ¿Cómo es posible que no nos hayamos encontrado antes? ¡Tu padre no te habrá guardado bajo llave junto con sus tesoros!"

»"No", dijo ella, y alzó los ojos hacia las Montañas que se erguían al este. "He vivido largo tiempo en la tierra de mi madre, en la lejana Lothlórien. Y he venido hace poco, a visitar nuevamente a mi padre. Hacía muchos años que no paseaba en Imladris."

»Aragorn se sorprendió, porque no parecía tener más edad que él, que sólo había vivido una veintena de años en la Tierra

Media. Pero Arwen lo miró a los ojos y dijo: "¡No te asombres! Los hijos de Elrond tenemos la vida de los Eldar".

»Aragorn se turbó, porque vio en los ojos de Arwen la luz élfica y la sabiduría de años incontables; pero desde aquel momento amó a Arwen Undómiel, hija de Elrond.

»En los días que siguieron Aragorn se volvió silencioso, y su madre adivinó que algo extraño le había ocurrido; y por fin cedió a las preguntas de ella, y le contó el encuentro entre los árboles en el crepúsculo.

»"Hijo mío —dijo Gilraen—, tu ambición es alta, hasta para el descendiente de numerosos reyes. Porque esta dama es la más noble y la más hermosa que hoy pisa la tierra. Y no es propio de un mortal unirse en matrimonio a la raza de los Elfos."

»"Sin embargo, también nosotros pertenecemos en parte a esa raza —replicó Aragorn—, si es cierto lo que he aprendido en la historia de mis antepasados."

»"Es verdad —dijo Gilraen—, pero eso fue hace largo tiempo, y en otra edad de este mundo, antes que nuestra raza declinara. Por esto temo: porque sin la buena voluntad del Señor Elrond los herederos de Isildur no tardarán en extinguirse. Pero no creo que en este asunto puedas contar con la benevolencia de Elrond."

»"Amargos serán entonces mis días —dijo Aragorn—, y a solas caminaré por las tierras salvajes."

»"Tal será en verdad tu destino", dijo Gilraen; y si bien tenía en cierta medida el don de adivinación propio de su gente, nada más dijo acerca del futuro, ni habló con nadie de lo que su hijo le había confiado.

»Pero Elrond veía muchas cosas y leía en muchos corazones. Un día pues, antes de fin de año, llamó a Aragorn a su cámara y le dijo: "¡Aragorn, hijo de Arathorn, Señor de los Dúnedain, escúchame! Un gran destino te espera, sea el de elevarte más alto que todos tus antepasados desde los días de Elendil, o caer en la oscuridad con todos los sobrevivientes de tu estirpe. Pasarás por largos años de prueba. No tomarás esposa, ni te ligarás a mujer alguna con promesa de matrimonio, hasta que llegue tu hora, y hayas demostrado ser digno".

»Entonces Aragorn se turbó y dijo: "¿Acaso mi madre os ha hablado?".

»"No, por cierto —dijo Elrond—. Tus propios ojos te han traicionado. Pero no hablo solamente de mi hija. Por ahora no te comprometerás con la hija de ningún otro. Pero en cuanto a

Arwen la Bella, Señora de Imladris y de Lórien, Estrella de la Tarde de su pueblo, es de un linaje más alto que el tuyo, y ya ha vivido en el mundo tanto tiempo que para ella no eres más que un retoño del año, frente a un joven abedul de numerosos estíos. Está muy por encima de ti. Y así, creo, ha de parecerle a ella. Pero aun cuando no fuera así, y el corazón de ella se inclinara hacia ti, de todas maneras me entristecería a causa del destino que pesa sobre nosotros."

»"¿Qué destino es ése?"

»"Mientras yo habite aquí, ella vivirá con la juventud de los Eldar —respondió Elrond—, pero cuando me llegue la hora de partir, ella me acompañará, si tal es su elección."

»"Veo —dijo Aragorn— que he puesto los ojos en un tesoro no menos precioso que el de Thingol, que en un tiempo deseó Beren. Éste es mi destino." Pero de pronto despertó en él el don de adivinación de los de su estirpe, y dijo: "¡Pero ved, señor Elrond! Los años de vuestra morada en el mundo están concluyendo, y a vuestros hijos pronto les tocará elegir entre separarse de vos y abandonar la Tierra Media".

»"Es verdad —dijo Elrond—. Pronto, según nuestras cuentas, aunque aún habrán de transcurrir muchos años de los Hombres. Mas no habrá para Arwen, mi bienamada, otra elección posible, a menos que tú, Aragorn hijo de Arathorn, te interpongas entre nosotros y obligues a uno de los dos, a ti o a mí, a una separación amarga más allá del fin del mundo. Tú no sabes aún lo que deseas de mí. —Suspiró, y luego de un silencio, miró al joven con ojos graves y añadió—: Los años traerán lo que habrán de traer. No volveremos a hablar de esto hasta que hayan transcurrido muchos. Los días se ensombrecen, y muchos males se avecinan."

»Entonces Aragorn se despidió afectuosamente de Elrond; y al día siguiente dijo adiós a su madre, y a toda la casa de Elrond, y a Arwen, y partió a las tierras salvajes. Durante casi treinta años se consagró a la causa contra Sauron; y se convirtió en amigo de Gandalf el Sabio, y aprendió de él mucha sabiduría. Hizo con él numerosos viajes peligrosos, pero con el correr de los años a menudo partía solo. Las empresas que acometía eran largas y duras, y adquirió un aspecto un tanto hosco y severo, salvo las raras veces que sonreía; y aun así los Hombres lo consideraban digno de honores, como un rey en el exilio, cuando no ocultaba su verdadero semblante. Porque viajaba adoptando las apariencias más diversas, y conquistó gloria y fama con nombres diferentes. Cabalgó con el ejército de los Rohirrim, y combatió en mar y tierra por el Señor de Gondor; y entonces, a la hora de la victoria, se alejó de los Hombres del Oeste, y partió solo al Este, y llegó a lo más profundo de las tierras del Sur, explorando los corazones de los Hombres, tanto malos como buenos, y desenmascarando las confabulaciones y estratagemas de los siervos de Sauron.

»Así se convirtió en el más intrépido de los Hombres vivientes, hábil en las artes y versado en las tradiciones de ellos, y más que todos ellos; porque tenía una sabiduría élfica, y en los ojos llevaba una luz que cuando se encendía pocos eran capaces de soportar. El rostro era triste y severo a causa del destino que pesaba sobre él, pero siempre conservaba viva una esperanza en el fondo del corazón, del que la alegría brotaba a veces como un manantial de una roca.

»Y aconteció que cuando Aragorn tenía cuarenta y nueve años de edad, retornó de los peligros en los oscuros confines de Mordor, donde ahora Sauron moraba otra vez consagrado al mal. Estaba muy fatigado y anhelaba volver a Rivendel y descansar algún tiempo antes de emprender nuevos viajes a los países lejanos; y en camino llegó a las fronteras de Lórien, y fue admitido por la Dama Galadriel en la tierra escondida.

»Él lo ignoraba, pero también Arwen Undómiel se encontraba allí, pasando otra vez una temporada con los parientes de su madre. Había cambiado muy poco, porque los años mortales no la habían tocado; pero tenía el semblante más grave, y rara vez se la oía reír. Pero Aragorn había alcanzado la plena madurez de cuerpo y de mente, y Galadriel le rogó que se despojara de las raídas ropas de caminante, y lo vistió de plata y de blanco, con un manto gris élfico, y una gema brillante en la frente. Entonces, superior a los Hombres de todas las especies, parecía más semejante a un Señor de los Elfos de las Islas del Oeste. Y así fue como lo volvió a ver por primera vez Arwen después de la larga separación; y mientras avanzaba hacia ella bajo los árboles de Caras Galadhon cargados de flores de oro, Arwen hizo su elección, y su destino quedó sellado.

»Entonces, durante toda una estación, pasearon juntos por los claros de Lothlórien, hasta que llegó para él la hora de volver a partir. Y en la Noche del Solsticio de Verano, Aragorn, hijo de Arathorn, y Arwen, hija de Elrond, fueron a la hermosa colina de Cerin Amroth, en el corazón del país, y caminaron descalzos sobre la hierba inmortal entre las elanor y las niphredil que florecían en torno. Y desde allí, desde lo alto de la colina, miraron al este hacia la Sombra y al oeste hacia el Crepúsculo; y se juraron eterna fidelidad y fueron felices.

»Y Arwen dijo: "Oscura es la Sombra, y sin embargo mi corazón se regocija; porque tú, Estel, estarás entre los grandes cuyo valor habrá de destruirla".

»Pero Aragorn respondió: "¡Ay!, no puedo preverlo, y cómo eso podría ocurrir es un misterio para mí. Pero con tu esperanza, esperaré. Y rechazo la Sombra para siempre. Pero tampoco, Dama, es para mí el Crepúsculo; porque soy mortal, y si tú, Estrella de la Tarde, te unes a mí, también tendrás que renunciar al Crepúsculo".

»Y ella quedó entonces inmóvil y silenciosa como un árbol blanco, con la mirada perdida en el oeste, y dijo al fin: "A ti me uniré, Dúnadan, y me alejaré del Crepúsculo. Aunque aquélla es la tierra de mi gente y la morada secular de todos los de mi raza". Arwen amaba entrañablemente a su padre.

»Cuando Elrond se enteró de la elección de su hija, guardó silencio, aunque tenía una congoja en el corazón, y el destino largamente temido no era fácil de soportar. Pero cuando Aragorn retornó a Rivendel lo llamó a su lado, y le dijo: "Hijo mío, vendrán años en los que toda esperanza se desvanecerá, y más allá nada es claro para mí. Y ahora una sombra ha asomado entre nosotros. Quizá así está escrito, que merced a mi pérdida pueda ser restaurado el reino de los Hombres. Por lo tanto, aunque te amo, te digo a ti: Arwen Undómiel no desmedrará la gracia de su vida por una causa menor. No será la esposa de ningún Hombre, a menos que éste sea al mismo tiempo el Rey de Gondor y de Arnor. A mí, aun la victoria no podrá traerme más que tristeza y separación... pero para ti será una esperanza de felicidad por algún tiempo. ¡Ay, hijo mío! Temo que a Arwen el Destino de los Hombres pueda parecerle duro, al final".

»Así quedaron las cosas entre Elrond y Aragorn, y no volvieron a hablar del tema; pero Aragorn partió una vez más a afrontar el peligro y la fatiga. Y mientras el mundo se ensombrecía, y el miedo se cernía sobre la Tierra Media, a medida que el poder de Sauron se acrecentaba, y que Barad-dûr se erguía, más alta cada día y más poderosa, Arwen permaneció en Rivendel, y en ausencia de Aragorn velaba por él de lejos con el pensamiento; y en la larga pero esperanzada espera hizo para él un estandarte, un estandarte real, que nadie podría desplegar sino aquel que reivindicase el señorío de los Númenóreanos y la corona de Elendil.

»Al cabo de unos pocos años, Gilraen se despidió de Elrond y regresó a Eriador, con su propia gente, y allí vivía sola; y a su hijo, que pasaba largos años en países lejanos, lo veía en muy raras ocasiones. Pero una vez, cuando Aragorn regresó al Norte, y fue a verla, ella le dijo antes de que él volviera a irse: "Ésta es nuestra última separación, Estel, hijo mío. Como a cualquiera de los Hombres comunes, también a mí me han envejecido las preocupaciones; y ahora que la veo acercarse, sé que no podré soportar la oscuridad de nuestro tiempo que se agolpa en la Tierra Media. Pronto habré de partir".

»Aragorn trató de confortarla, diciendo: "Todavía puede haber una luz más allá de las tinieblas; y si la hay, quisiera que la vieras y fueras feliz".

»Pero ella le respondió con este *linnod*:

Onen i-Estel Edain, ú-chebin estel anim,[31]

y Aragorn partió con el corazón oprimido. Gilraen murió antes de la primavera siguiente.

»Así fueron llegando los años de la Guerra del Anillo, cuyos hechos se narran en otra parte: de cómo fueron revelados los medios imprevisibles para derrotar a Sauron, y de cómo se cumplió una esperanza más allá de toda esperanza. Y aconteció que en la hora de la derrota Aragorn llegó desde el mar y desplegó el estandarte de Arwen en la batalla de los Campos del Pelennor, y ese día fue por primera vez aclamado como rey. Y por fin, cuando todo hubo terminado, entró en posesión de la herencia de los antepasados y recibió la corona de Gondor y el cetro de Arnor; y en el Día del Solsticio de Verano del año de la Caída de Sauron tomó la mano de Arwen Undómiel, y fueron desposados en la ciudad de los Reyes.

»La Tercera Edad terminó así con victoria y esperanza; pero uno de los más tristes en medio de todos los dolores de aquella Edad fue la separación de Elrond y Arwen, porque era el Mar el que los separaba, y un destino más allá del fin del mundo. Cuando el Gran Anillo fue destruido, y los Tres quedaron despojados de todo poder, Elrond, cansado al fin, abandonó la Tierra Media para nunca más regresar. Pero Arwen había elegido ser una mujer mortal, y su destino no quiso sin embargo que muriese antes de haber perdido todo lo que había ganado.

»Como Reina de los Elfos y de los Hombres, vivió con Ara-

31. Di Esperanza a los Dúnedain, y no he conservado ninguna para mí.

gorn durante ciento veinte años de gloria y de ventura; pero al fin Aragorn sintió que se acercaba a la vejez, y supo que los días de aquella larga vida estaban terminando. Entonces le dijo a Arwen: "Al fin, Dama Estrella de la Tarde, la más hermosa de este mundo, y la más amada, mi mundo empieza a desvanecerse. Y bien: hemos recogido y hemos gastado, y ahora se aproxima el momento de pagar".

»Arwen sabía muy bien lo que él pensaba hacer, pues lo había presentido hacía largo tiempo; y a pesar de todo, el dolor la abrumó: "¿Querrías, entonces, mi señor, abandonar antes de tiempo a los tuyos que viven de tu palabra?", dijo.

»"No antes de mi tiempo —respondió él—. Si no parto ahora, pronto tendré que hacerlo por la fuerza. Y Eldarion, nuestro hijo, es un hombre ya maduro."

»Entonces, fue a la Casa de los Reyes en la Calle del Silencio, y se tendió en el largo lecho que le habían preparado. Allí le dijo adiós a Eldarion, y le puso en las manos la corona alada de Gondor y el cetro de Arnor; y entonces todos se retiraron excepto Arwen, y allí se quedó junto al lecho de Aragorn. Y no obstante su gran sabiduría y su mismo linaje, no pudo dejar de suplicarle que se quedara todavía por algún tiempo. Aún no estaba cansada de los días, y ahora sentía el sabor amargo de la mortalidad que ella misma había elegido.

»"Dama Undómiel —dijo Aragorn—, dura es la hora sin duda, pero ya estaba señalada el día en que nos encontramos bajo los abedules blancos en el jardín de Elrond, donde ya nadie pasea. Y en la colina de Cerin Amroth cuando tú y yo rechazamos la Sombra y renunciamos al Crepúsculo, aceptamos este destino. Reflexiona un momento, mi bienamada, y pregúntate si en verdad preferirías que esperara a la muerte, y verme caer del trono, achacoso y decrépito. Oh Dama, soy el último de los Númenóreanos y el último Rey de los Días Antiguos; y a mí me ha sido concedida no sólo una vida tres veces más larga que la de los Hombres de la Tierra Media, sino también la gracia de abandonarla voluntariamente, y de restituir el don. Ahora, por lo tanto, me voy a dormir."

»"No te diré palabras de consuelo, porque para semejante dolor no hay consuelo dentro de los confines de este mundo; a ti te toca una última elección: arrepentirte y partir hacia los Puertos llevándote contigo hacia el Oeste el recuerdo de los días que hemos vivido juntos, un recuerdo que allí será siempre verde, pero sólo un recuerdo; o de lo contrario esperar el Destino de los Hombres."

»"No, amado señor —dijo ella—, esa elección ya no existe desde hace largo tiempo. No hay más navíos que puedan conducirme hasta allí, y tendré en verdad que esperar el Destino de los Hombres, lo quiera o no lo quiera. Pero una cosa he de decirte, Rey de los Númenóreanos: hasta ahora no había comprendido la historia de tu pueblo y la de su caída. Me burlaba de ellos, considerándolos tontos y malvados, mas ahora los compadezco al fin. Porque si en verdad éste es, como dicen los Eldar, el don que el Único concede a los Hombres, es en verdad un don amargo."

»"Así parece —dijo él—. Pero no nos dejemos abatir en la prueba final, nosotros que otrora renunciamos a la Sombra y al Anillo. Con tristeza hemos de separarnos, mas no con desesperación. ¡Mira! No estamos sujetos para siempre a los confines del mundo, y del otro lado hay algo más que recuerdos. ¡Adiós!"

»"¡Estel, Estel!", exclamó Arwen, y mientras le tomaba la mano y se la besaba, Aragorn se quedó dormido. Y de pronto, se reveló en él una gran belleza, una belleza que todos los que más tarde fueron a verlo contemplaron maravillados, porque en él veían unidas la gracia de la juventud y el valor de la madurez, y la sabiduría y la majestad de la vejez. Y allí yació largo tiempo, una imagen del esplendor de los Reyes de los Hombres en la gloria radiante anterior al desgarramiento del mundo.

»Pero Arwen salió de la Casa, y la luz se le había extinguido en los ojos, y a los suyos les pareció que se había vuelto fría y gris como un anochecer de invierno que llega sin una estrella. Entonces dijo adiós a Eldarion, y a sus hijas, y a todos aquellos a quienes había amado; y abandonó la ciudad de Minas Tirith y se encaminó al país de Lórien, y allí vivió sola bajo los árboles que amarilleaban hasta que llegó el invierno. Galadriel había desaparecido y también Celeborn había partido, y el país estaba silencioso.

»Y allí por fin, cuando caían las hojas de mallorn pero no había llegado aún la primavera,[32] se acostó a descansar en lo alto de Cerin Amroth; y allí estará la tumba verde, hasta que el mundo cambie, y los días de la vida de Arwen se hayan borrado para siempre de la memoria de los hombres que vendrán luego, y la elanor y la niphredil no florezcan más al este del mar.

»Aquí termina esta historia, tal como ha llegado a noso-

32. I. 466.

tros desde el Sur; y después de la desaparición de Estrella de la Tarde nada más se dice en este libro acerca de los días antiguos.»

II

LA CASA DE EORL

«Eorl el Joven era señor de los Hombres de Éothéod. Esa tierra se encontraba cerca de las fuentes del Anduin, entre las más lejanas estribaciones de las Montañas Nubladas y el extremo norte del Bosque Negro. Los Éothéod se habían trasladado a esas regiones en los días del Rey Eärnil II desde las tierras de los valles del Anduin entre Carroca y los Gladios, y eran por origen parientes cercanos de los Beórnidas y de los hombres de los bordes occidentales del bosque. Los antepasados de Eorl se decían descendientes de los reyes de Rhovanion, cuyo reino se extendía más allá del Bosque Negro, antes de la invasión de los Aurigas, y de este modo se consideraban parientes de los reyes de Gondor que descendían de Eldacar. Amaban sobre todo las llanuras y eran aficionados a los caballos y a todo cuanto se relacionaba con cabalgatas; pero había muchos hombres en los valles centrales del Anduin en aquellos días, y además la sombra de Dol Guldur estaba alargándose, de modo que cuando supieron de la derrota del Rey Brujo, buscaron otras tierras en el Norte, y expulsaron al resto del pueblo de Angmar al lado oriental de las Montañas. Pero en los días de Léod, padre de Eorl, habían llegado a ser un pueblo numeroso y se sentían otra vez algo bastante apretados en la tierra natal.

»En el año dos mil quinientos diez de la Tercera Edad, un nuevo peligro amenazó a Gondor. Una gran hueste de hombres salvajes venidos del nordeste invadió Rhovanion, y descendiendo de las Tierras Pardas, cruzó el Anduin en balsas. Al mismo tiempo, por azar o designio, los Orcos (que en ese tiempo, antes de trabarse en guerra con los Enanos, estaban en la plenitud de sus fuerzas) descendieron de las Montañas. Los invasores penetraron en Calenardhon, y Cirion, Senescal de Gondor, envió mensajeros al norte en busca de ayuda; porque había una vieja amistad entre los Hombres del Valle del Anduin y el pueblo de Gondor. Pero en el valle del Río los hombres eran ahora pocos, y estaban esparcidos, y sólo lentamente podían prestar la ayuda que se les pedía. Por fin le llegó a Eorl la noticia del apuro en que se encontraba Gondor, y aunque parecía ya tarde, partió con un gran ejército de jinetes.

»Así llegó a la batalla del Campo de Celebrant, porque ése era el nombre de la tierra verde que se extendía entre el Cauce de Plata y el Limclaro. Allí se encontraba en peligro el ejército septentrional de Gondor. Derrotado en El Páramo y aislado del sur, había sido expulsado más allá del Limclaro, y fue entonces atacado de súbito por la hueste de Orcos que lo rechazó hacia el Anduin. Se había perdido toda esperanza cuando, inesperadamente, los Jinetes llegaron del Norte y atacaron al enemigo por la retaguardia. Entonces se invirtió la fortuna de la batalla y el enemigo fue rechazado en medio de una gran matanza hacia el Limclaro. Eorl condujo a sus hombres tras ellos, y tan grande fue el miedo que cundió delante de los jinetes, que los invasores de El Páramo fueron también ganados por el pánico, y los Jinetes les dieron caza por las planicies de Calenardhon.»

El pueblo de esa región se había vuelto escaso desde la Peste, y la mayor parte de los que quedaban habían sido muertos por los Hombres salvajes del Este. Cirion, por tanto, en recompensa por la ayuda recibida, cedió Calenardhon entre el Anduin y el Isen a Eorl y su pueblo; y ellos enviaron mensajeros al norte en busca de sus mujeres y sus hijos y sus bienes y se instalaron en esa tierra. Le dieron nuevo nombre: la Marca de los Jinetes, y se llamaron a sí mismos los Eorlingas; pero en Gondor esta tierra recibió el nombre de Rohan, y a su pueblo llamaron los Rohirrim (esto es, los Señores de los Caballos). De este modo Eorl se convirtió en el primer Rey de la Marca, y eligió como morada una colina verde al pie de las Montañas Blancas, que eran la frontera austral del reino. Allí vivieron los Rohirrim en calidad de hombres libres, regidos por sus propios reyes y leyes, pero en perpetua alianza con Gondor.

«Muchos señores y guerreros, y muchas bellas y valientes mujeres, se nombran en los cantos de Rohan que el Norte todavía recuerda. Frumgar, dicen, era el nombre del capitán que llevó a su pueblo a Éothéod. De su hijo, Fram, cuentan que dio muerte a Scatha, el gran dragón de Ered Mithrin, y la tierra desde entonces se vio libre de grandes gusanos y tuvo paz. De este modo ganó Fram gran riqueza, pero estaba enemistado con los Enanos, que reclamaban el tesoro de Scatha. Fram no quiso cederles ni un centavo, y les envió en cambio los dientes de Scatha, con los que había hecho un collar, diciendo: "Joyas como éstas no tendréis de seguro en vuestros tesoros, pues no es fácil conseguirlas". Dicen algunos que los Enanos dieron muerte a Fram por este insulto. No hubo gran amor entre Éothéod y los Enanos.

»El padre de Eorl se llamaba Léod. Era domador de caballos salvajes; porque abundaban en aquel tiempo en esa tierra. Atrapó a un potro blanco que pronto se convirtió en un caballo fuerte, y hermoso, orgulloso e indomable. Cuando Léod se atrevió a montarlo, el caballo se lo llevó lejos y terminó por dar en tierra con Léod, que golpeó de cabeza contra una roca y murió. Tenía entonces sólo cuarenta y dos años, y su hijo era un joven de dieciséis.

»Eorl juró que vengaría a su padre. Persiguió largo tiempo al caballo, y por último lo vio; y sus compañeros creyeron que intentaría acercársele hasta que lo tuviera a tiro de arco, y que entonces lo mataría. Pero cuando se le aproximaron, Eorl se irguió y dijo en alta voz: "¡Ven aquí, Aflicción del Hombre, y recibe un nombre nuevo!". Para gran asombro de todos, el caballo miró a Eorl, se le acercó y se quedó allí junto a él, y Eorl le dijo: "Felaróf te llamo. Amabas tu libertad y no te culpo. Pero tienes ahora una grave deuda conmigo, y me someterás tu libertad hasta el fin de tus días".

»Entonces Eorl lo montó y Felaróf se sometió; y Eorl cabalgó en él de vuelta a su casa sin embocadura ni riendas; y siempre en adelante cabalgó en él de ese modo. El caballo comprendía todo cuanto los hombres decían, pero no permitía que nadie lo montara, salvo Eorl. En Felaróf cabalgó Eorl al Campo de Celebrant; porque la vida de ese caballo fue tan larga como la de los Hombres, y lo mismo la de sus descendientes. Eran éstos los *mearas,* que no soportaban a nadie salvo al Rey de la Marca o a sus hijos, hasta el tiempo de Sombragrís. Dijeron los hombres de ellos que Béma (a quien los Eldar llaman Oromë) tuvo que haber traído a su antepasado desde el Occidente por sobre el Mar.»

«De los Reyes de la Marca que hubo entre Eorl y Théoden, de ninguno se ha hablado más que de Helm Mano de Hierro. Era un hombre ceñudo de gran fuerza. Había en aquel tiempo un hombre llamado Freca, que se pretendía descendiente del Rey Fréawine, aunque tenía, según dicen, abundante sangre Dunlendina y cabellos oscuros. Se volvió rico y poderoso y poseía extensas tierras a ambas márgenes del Adorn.[33] Cerca de las

33. Desemboca en el Isen al oeste de Ered Nimrais.

fuentes del Adorn se hizo construir una fortaleza y hacía muy poco caso del rey. Helm no le tenía confianza, pero le pedía que asistiera a los consejos de palacio, y él iba cuando le parecía bien.

»A uno de esos consejos Freca fue con una gran compañía de hombres y pidió la mano de la hija de Helm para su hijo Wulf. Pero Helm dijo: "Te has vuelto grande desde la última vez que estuviste aquí; pero es casi todo grasa, me parece". Y los hombres rieron al oírlo, porque Freca era ancho de cintura.

»Entonces Freca tuvo un ataque de rabia e insultó al rey, y terminó por decir: "Los reyes viejos que rechazan el bastón que se les ofrece, suelen caer de rodillas". Helm respondió: "¡Vamos! El matrimonio de tu hijo no es más que una bagatela. Que Helm y Freca hablen de él más tarde. Entretanto el rey y el consejo tienen asuntos urgentes que considerar".

»Cuando la reunión del consejo hubo terminado, Helm se puso de pie y apoyó su gran mano sobre el hombro de Freca diciendo: "El rey no permite bravatas en esta casa, pero los hombres están más libres fuera". Y obligó a Freca a andar por delante de él fuera de Edoras al campo. A los hombres de Freca que se acercaban, les decía: "¡Alejaos! No nos hacen falta testigos. Hablaremos solos de un asunto privado. ¡Id y hablad con mis hombres!" Y miraron a su alrededor y vieron que los hombres del rey y sus amigos los excedían con mucho en número, y retrocedieron.

»"Pues bien, Dunlendino —dijo el rey—, sólo tienes que vértelas con Helm, sin compañía y desarmado. Pero ya has dicho mucho, y ahora me toca hablar a mí. Freca, tu locura ha crecido junto con tu vientre. ¡Hablas de bastones! Si a Helm le disgusta un bastón retorcido que arrojan contra él, lo rompe. ¡Así!" Y le asestó a Freca un golpe tal con el puño, que éste cayó de espaldas sin sentido, y al poco tiempo murió.

»Helm proclamó entonces al hijo de Freca y sus parientes, enemigos del rey; y ellos huyeron, porque Helm envió sin demora a muchos jinetes a las fronteras occidentales.»

Cuatro años más tarde (2758) sobrevinieron grandes dificultades en Rohan, y desde Gondor no era posible enviar ayuda alguna porque tres flotas de Corsarios la estaba atacando y había guerra en todas las costas. Al mismo tiempo Rohan era invadida otra vez desde el Este, y los Dunlendinos aprovecharon la oportunidad y cruzaron el Isen y bajaron desde Isengard. Pronto se supo que Wulf era quien los conducía. Eran una fuer-

473

za poderosa, pues se les habían sumado enemigos de Gondor que habían desembarcado en las desembocaduras del Lefnui y el Isen.

Los Rohirrim fueron derrotados y sus tierras invadidas; y los que no fueron muertos o esclavizados huyeron a los valles de las montañas. Helm fue expulsado con grandes bajas desde los Cruces del Isen y se refugió en Cuernavilla y el desfiladero que había detrás (que se conoció luego como el Abismo de Helm). Allí fue sitiado. Wulf tomó Edoras y se instaló en Meduseld llamándose rey. Allí cayó Haleth, hijo de Helm, último de todos, en defensa de las puertas.

«Poco después empezó el Largo Invierno, y Rohan quedó bajo la nieve casi durante cinco meses (desde noviembre de 2758 hasta marzo de 2759). Tanto los Rohirrim como sus enemigos sufrieron grandemente a causa del frío, y también de la escasez, que duró todavía más. En el Abismo de Helm hubo una gran hambruna después de Yule; y desesperado, en contra del consejo del rey, Háma, el hijo menor, condujo un grupo de hombres en una incursión en busca de alimentos, pero se perdieron en la nieve. Helm se volvió feroz y macilento por causa del hambre y la pena; pero el temor que despertaba valía tanto como la fuerza de muchos defensores. Salía solo, vestido de blanco, y entraba como un troll de las nieves en los campamentos del enemigo y mataba a muchos hombres con las manos desnudas. Se creía que no llevaba armas y que ninguna era capaz de dañarlo. Los Dunlendinos decían que si no encontraba alimentos, devoraba hombres. Esta historia se contó mucho tiempo en las Tierras Brunas. Helm tenía un gran cuerno, y no pasó mucho tiempo sin que se advirtiera que antes de una salida, soplaba en él, y que el eco del cuerno resonaba en el Abismo; y entonces las fuerzas enemigas sentían tanto miedo que en lugar de unirse para atraparlo o matarlo, huían descendiendo por Valle.

»Una noche los hombres oyeron que sonaba el cuerno, pero Helm no regresó. A la mañana brilló el sol, el primero en largos días, y vieron una figura blanca todavía erguida en la Empalizada, sola, porque ninguno de los Dunlendinos osaba acercársele. Allí estaba Helm, muerto como una piedra; pero no había doblado las rodillas. No obstante, los hombres dijeron que el cuerno se escuchaba aún de vez en cuando en el Abismo, y que el espectro de Helm andaba entre los enemigos de Rohan y los mataba de miedo.

»Poco después el invierno cedió. Entonces Fréaláf, hijo de

Hild, hermana de Helm, descendió del sagrario, al que muchos habían huido; y con una pequeña compañía de hombres sorprendió a Wulf en Meduseld y le dio muerte, y reconquistó Edoras. Hubo grandes inundaciones después de las nieves, y el valle de Entaguas se convirtió en un pantano gigantesco. Los invasores del Este perecieron o se retiraron; y al fin vino ayuda de Gondor, por los caminos del este y del oeste de las montañas. Antes de que terminase el año (2759), los Dunlendinos fueron expulsados, aun de Isengard, y entonces Fréaláf fue rey.

»Helm fue transportado de Cuernavilla y sepultado en el noveno montículo. Desde entonces el blanco *simbelmynë* creció allí muy denso, de modo que el montículo parecía estar siempre cubierto de nieve. Cuando Fréaláf murió, se levantó el primero de una nueva hilera de montículos.»

Los Rohirrim quedaron muy disminuidos a causa de la guerra y la escasez y la pérdida de ganado y de caballos; y fue una gran fortuna que ningún peligro de consideración los amenazara después por muchos años, pues sólo en los tiempos del Rey Folcwine recobraron sus viejas fuerzas.

Fue en ocasión de la coronación de Freáláf cuando apareció Saruman portando regalos y hablando con grandes halagos del valor de los Rohirrim. Todos lo consideraron un huésped merecedor de la mejor de las bienvenidas. Poco después fue a Isengard, autorizado por Beren, Senescal de Gondor. Pues Gondor consideraba aún que Isengard era una fortaleza del reino, y no una parte de Rohan. También dio a Saruman en custodia las llaves de Orthanc. Ningún enemigo había logrado nunca dañar esa torre, ni tampoco entrar en ella.

De este modo Saruman empezó a comportarse como señor de los Hombres; porque al principio habitó en Isengard como teniente del Senescal y guardián de la torre. Pero a Fréaláf esto lo complacía tanto como a Beren, y le alegraba que Isengard estuviera en manos de un amigo capaz. Durante largo tiempo pareció que era un amigo, y quizá en un principio lo fuera en verdad. Aunque después casi todos estuvieron seguros de que Saruman había ido a Isengard en la esperanza de encontrar la Piedra que estaba todavía allí, y con el propósito de acrecentar su propio poder. Por cierto, después del último Concilio Blanco (2953) trabajó en secreto contra Rohan. Luego se instaló en Isengard como si le perteneciera e hizo de él un lugar poderoso y temible, como si quisiera rivalizar con Barad-dûr. Escogía a sus amigos y sirvientes entre quienes odiaban a Gondor y a Rohan, fueran Hombres u otras criaturas aún más malvadas.

Primer Linaje

Año[34]

2845-2545   1. *Eorl el Joven.*   Así llamado porque sucedió a su padre en plena juventud y conservó los cabellos rubios y la tez rosada hasta el fin de sus días. Éstos fueron reducidos por un renovado ataque de los Hombres del Este. Cayó en la batalla de El Páramo, y así se levantó el primer montículo. También se sepultó allí a Felaróf.

2512-2570   2. *Brego.*   Expulsó al enemigo de El Páramo, y Rohan no volvió a ser atacada durante mucho tiempo. En 2569, completó el gran palacio de Meduseld. En la fiesta su hijo Baldor prometió que andaría por «el Sendero de los Muertos», y nunca volvió.[35] Brego murió de pena al año siguiente.

2544-2645   3. *Aldor el Viejo.*   Era el segundo hijo de Brego. Fue conocido como el Viejo porque alcanzó una edad muy avanzada, y fue rey durante setenta y cinco años. En sus tiempos el número de los Rohirrim aumentó y expulsaron o sometieron a los últimos Dunlendinos que habían quedado al este del Isen, se extendieron hasta poblar el Valle Sagrado y otros valles de las montañas. De los tres reyes siguientes poco se ha hablado, porque en ese entonces Rohan tuvo paz y prosperó.

2570-2659   4. *Fréa.*   Hijo mayor, pero cuarto vástago de Aldor; era ya viejo cuando ocupó el trono.

2594-2680   5. *Fréawine.*

2619-2699   6. *Goldwine.*

2644-2718   7. *Déor.*   En este tiempo los Dunlendinos atacaban con frecuencia, cruzando el Isen. En 2710

---

34. Las fechas corresponden al cómputo de Gondor (Tercera Edad). Las que aparecen en el margen son las del nacimiento y muerte.

35. III. 68, 83.

ocuparon el círculo desierto de Isengard y no pudieron ser desalojados.

2668-2741 8. *Gram.*

2691-2759 9. *Helm Mano de Hierro.* Al finalizar este reinado, Rohan sufrió grandes pérdidas por causa de la invasión y el Largo Invierno. Helm y sus hijos Haleth y Háma perecieron entonces. Fréaláf, hijo de la hermana de Helm, ocupó el trono.

Segundo Linaje

2726-2798 10. *Fréaláf Hildeson.* En los días de Fréaláf, Saruman llegó a Isengard, de donde habían sido expulsados los Dunlendinos. En un principio, en los días de escasez y debilidad que siguieron, la amistad de Saruman benefició a los Rohirrim.

2752-2842 11. *Brytta.* El pueblo lo llamó *Léofa*, pues todos lo amaban; era generoso y ayudaba a los necesitados. En ese tiempo hubo guerra con los Orcos expulsados del Norte que buscaban refugio en las Montañas Blancas.[36] Cuando murió, se creyó que ya no había más Orcos, pero no era así.

2780-2851 12. *Walda.* Reinó sólo nueve años. Fue muerto en compañía de todos sus compañeros en una emboscada que les tendieron los Orcos, una vez que cabalgaban por los senderos del Sagrario.

2804-2864 13. *Folca.* Fue un gran cazador, pero juró no volver a perseguir bestias salvajes en tanto quedara un solo Orco en Rohan. Cuando se encontró el último reducto de Orcos y se los destruyó, fue a cazar el gran jabalí de Everholt al Bosque de Firien. Llegó a matarlo, pero el jabalí lo había lastimado con los colmillos y murió poco después a consecuencia de las heridas.

2830-2903 14. *Folcwine.* Cuando llegó al trono, ya los Rohirrim se habían recuperado. Reconquistó la frontera occidental (entre el Adorn y el Isen) que habían ocupado los Dunlendinos. Rohan había recibido una gran ayuda de Gondor en los días de desgracia. Por tanto, cuando oyó que los Haradrim atacaban a Gondor con grandes fuerzas, envió a

36. III. 456.

muchos hombres en auxilio del Senescal. Deseaba conducirlos él mismo, pero lo disuadieron, y en vez de él fueron sus hijos gemelos Folcred y Fastred (nacidos en 2858). Cayeron uno al lado del otro en la batalla de Ithilien (2885). Túrin II de Gondor envió a Folcwine una rica indemnización en oro.

2870-2953   15. *Fengel.*   Era el tercer hijo y el cuarto vástago de Folcwine. No se lo recuerda con elogios. Nunca tenía bastante de provisiones y riquezas, y disputaba con los mariscales y sus hijos. Thengel, su tercer vástago y único varón, abandonó Rohan cuando llegó a la edad adulta, y vivió largo tiempo en Gondor, donde ganó honores al servicio de Turgon.

2905-2980   16. *Thengel.*   Se casó tarde, en 2943, con Morwen de Lossarnach en Gondor, aunque ella tenía diecisiete años menos que él. Le dio tres hijos en Gondor, de los cuales Théoden, el segundo, fue el único varón. Cuando Fengel murió, los Rohirrim lo llamaron, y él volvió de mala gana. Pero fue un rey de mérito y sabiduría, aunque en palacio se empleaba el lenguaje de Gondor y no a todos les parecía bien. Morwen le dio otras dos hijas en Rohan; y la última, Théodwyn, fue la más hermosa aunque tardía (2963) hija de la vejez de Thengel. Théoden quiso mucho a su hermana.

Poco después del regreso de Thengel, Saruman se declaró Señor de Isengard y empezó a perturbar a Rohan, amenazando sus fronteras y apoyando a sus enemigos.

2948-3019   17. *Théoden.*   Fue llamado Théoden Ednew en las historias de Rohan, pues empezó a declinar hechizado por Saruman. Pero Gandalf lo curó, y en el último año de su vida se incorporó y llevó a sus hombres a la victoria en Cuernavilla, y poco después a los Campos de Pelennor, la más grande batalla de esa Edad. Cayó ante las puertas de Mundburgo. Por un tiempo descansó en la tierra natal, entre los Reyes muertos de Gondor, pero fue trasladado y sepultado en el octavo montículo del linaje de Fréaláf en Edoras. Luego, empezó un nuevo linaje.

En 2989 Théodwyn se casó con Éomund de Folde Este, primer Mariscal de la Marca. Su hijo Éomer nació en 2991, y su hija Éowyn en 2995. En ese tiempo Sauron conspiraba otra vez, y la sombra de Mordor llegaba a Rohan. Los Orcos empezaron a invadir las regiones orientales y mataban o robaban caballos. Otros bajaban también de las Montañas Nubladas; algunos de ellos eran grandes uruks al servicio de Saruman, aunque transcurrió mucho tiempo antes de que se lo sospechase. Éomund tenía sobre todo a su cargo las fronteras del este; y era un gran amante de los caballos y odiaba a los Orcos. Si llegaban nuevas de alguna incursión, a menudo los buscaba a caballo, inflamado de ira, desprevenido y con pocos hombres. Sucedió así que fue muerto en 3002; persiguió a una pequeña banda hasta los bordes de Emyn Muil, y fue allí sorprendido por una tropa que acechaba entre los peñascos.

No mucho después Théodwyn cayó enferma y murió, con gran pena del rey. Llevó a los hijos de ella y les dio el nombre de hijo e hija. Sólo tenía un hijo propio, Théodred, que contaba entonces veinticuatro años; porque la reina Elfhild había muerto en el parto y Théoden no había vuelto a casarse. Éomer y Éowyn crecieron en Edoras y vieron cómo la sombra oscura caía sobre las estancias de Théoden. Éomer se asemejaba a sus antepasados; pero Éowyn era esbelta y alta, con una gracia y orgullo que le venían del Sur, de Morwen de Lossarnach, a la que los Rohirrim habían llamado Resplandor del Acero.

2991-C.E.   63 (3084) *Éomer Éadig.*   Cuando era joven todavía, se convirtió en Mariscal de la Marca (3017) y se le dio el cargo de Éomund en la frontera del este. En la Guerra del Anillo, Théodred cayó en batalla con Saruman en los Vados de Isen. Por tanto, antes de morir en los Campos del Pelennor, Théoden designó como heredero suyo a Éomer, y lo llamó rey. Ese día también Éowyn ganó renombre porque luchó en esa batalla cabalgando disfrazada; y fue después conocida en la Marca como la Señora del Brazo Escudado.[37]

---

37. Porque la maza del Rey Brujo quebró el brazo en que llevaba el escudo; pero éste fue aniquilado y de este modo se cumplieron las palabras que mucho antes le dijo Gorfindel al Rey Eärnur: que el Rey Brujo no caería por mano de hom-

Éomer se convirtió en un gran rey, y como era joven cuando sucedió a Théoden, reinó durante sesenta y cinco años, más que ninguno de los reyes que lo precedieron salvo Aldor el Viejo. En la Guerra del Anillo, hizo amistad con el Rey Elessar y con Imrahil de Dol Amroth; y cabalgaba con frecuencia a Gondor. En el último año de la Tercera Edad se casó con Lothíriel, hija de Imrahil. Tuvieron un hijo, Elfwine el Hermoso, que reinó después de Éomer.

En los días de Éomer, los hombres que lo deseaban tenían paz en la Marca, y el pueblo creció tanto en los valles de las montañas como en las llanuras, y los caballos se multiplicaron. En Gondor gobernaba entonces el Rey Elessar, y también en Arnor. Era rey en las tierras de todos esos antiguos reinos, excepto en Rohan; porque renovó para Éomer el regalo de Cirion, y Éomer hizo otra vez el Juramento de Eorl. Lo cumplió con frecuencia. Porque aunque Sauron ya había desaparecido, los odios y los males que sembrara no habían muerto, y el Rey del Oeste tenía muchos enemigos que someter antes que el Árbol Blanco pudiera crecer en paz. Y dondequiera que fuese el Rey Elessar con sus guerras, el Rey Éomer iba con él; y más allá del Mar de Rhûn y en los campos lejanos del Sur, se oía el trueno de la caballería de la Marca, y el Caballo Blanco sobre Verde voló con muchos vientos hasta que Éomer envejeció.

III

EL PUEBLO DE DURIN

En lo que concierne al principio de los Enanos, los Eldar tanto como los Enanos mismos cuentan historias extrañas, pero muy anteriores a nuestros días, y de las que poco se dirá aquí. Durin es el nombre que daban los Enanos al mayor de los Siete Padres de la raza, y el antecesor de todos los reyes de los Barbiluengos.[38]

---

bre. Porque se dice en los cantos de la Marca que en este hecho Éowyn recibió ayuda del escudero de Théoden, y que tampoco él era un Hombre sino un Mediano de un país remoto, aunque Éomer le rindió honores en la Marca y le dio el nombre de Escanciador. [Este Escanciador no era otro que Meriadoc el Magnífico, que fue Señor de los Gamos.]

38. *El Hobbit*, 63.

Dormía solo, hasta que en las profundidades del tiempo y el despertar de aquel pueblo, se desplazó a Azanulbizar, y moró en las cuevas sobre Kheled-zâram, al este de las Montañas Nubladas, donde las Minas de Moria fueron luego celebradas en cantos.

Allí vivió tanto tiempo que se lo conoció hasta muy lejos como Durin el Inmortal. No obstante, al fin murió, antes de que terminaran los Días Antiguos, y su tumba estaba en Khazad-dûm; pero su linaje no terminó nunca y cinco veces nació un heredero en la Casa, tan parecido al anterior que todos recibieron el nombre de Durin. Los Enanos sostenían en verdad que era el Inmortal que había vuelto; pues tienen muchos cuentos y creencias extraños acerca de sí mismos y del destino que les espera en el mundo.

Al cabo de la Primera Edad el poder y la riqueza de Khazad-dûm se habían acrecentado sobremanera, porque mucha gente y mucha ciencia y artesanías la habían enriquecido, cuando las antiguas ciudades de Nogrod y Belegost en las Montañas Azules se arruinaron con el quebrantamiento de Thangorodrim. El poder de Moria sobrevivió durante los Años Oscuros y el dominio de Sauron, porque aunque Eregion se destruyó y Moria cerró sus puertas, las estancias de Khazad-dûm eran muy fuertes y profundas, y colmadas de un pueblo demasiado numeroso y valiente como para que Sauron pudiera conquistarlas desde fuera. De este modo la riqueza de Khazad-dûm permaneció intacta largo tiempo, aunque su pueblo empezó a declinar.

Sucedió que en medio de la Tercera Edad, Durin fue rey, el sexto de ese nombre. El poder de Sauron, servidor de Morgoth, crecía en el mundo, aunque la Sombra en el Bosque frente a Moria no se reconocía aún como lo que era. Todas las criaturas malignas estaban agitándose. Por entonces los Enanos cavaban muy hondo bajo Barazinbar en busca de *mithril*, el metal de valor incalculable que año a año era más difícil de encontrar.[39] De ese modo despertaron[40] una encarnación del terror que había huido de Thangorodrim y yacía oculta en los cimientos de la tierra desde la llegada de la Hueste del Occidente: un Balrog de Morgoth. Durin fue muerto por él, y al año siguiente, también Náin I, hijo de Durin ; y así pasó la gloria de Moria, y su pueblo fue destruido o huyó muy lejos.

39. I. 442.
40. O liberado de prisión; bien pudo haber ocurrido que la malicia de Sauron ya lo hubiera despertado.

La mayor parte de los que escaparon se dirigieron al Norte, y Thráin I, hijo de Náin, llegó a Erebor, la Montaña Solitaria, cerca del borde oriental del Bosque Negro, y empezó allí nuevas obras, y se convirtió en Rey bajo la Montaña. En Erebor encontró una gran joya, la Piedra del Arca, el Corazón de la Montaña.[41] Pero Thorin I, hijo de Thráin, fue hacia el Norte, a las Montañas Grises, donde estaba juntándose la mayoría del pueblo de Durin; porque esas montañas eran ricas y estaban poco exploradas.

Pero había dragones en los yermos de allende las montañas; y al cabo de muchos años cobraron fuerza, y se multiplicaron e hicieron la guerra a los Enanos y estropearon sus obras. Finalmente, Dáin I, junto con su hijo segundo, fue muerto a las puertas de sus estancias por un gran dragón frío.

No mucho después la mayor parte del Pueblo de Durin abandonó las Montañas Grises. Grór, hijo de Dáin, se encaminó con muchos seguidores a las Colinas de Hierro; pero Thrór, el heredero de Dáin, junto con Borin, hermano de su padre, y el resto del pueblo, regresó a Erebor. Thrór llevó a la Gran Estancia de Thráin la Piedra del Arca, y él y su pueblo prosperaron y se enriquecieron y tuvieron la amistad de todos los Hombres de las cercanías. Porque no sólo hacían cosas asombrosas y bellas, sino también armas y armaduras de gran valor; y había un gran tráfico de minerales entre ellos y sus parientes de las Colinas de Hierro. De este modo los Hombres del Norte que vivían entre el Celduin (Río Rápido) y el Carnen (Aguas Rojas) se hicieron fuertes y rechazaron a todos los enemigos del Este; y los Enanos vivían en la abundancia y había fiestas y canciones en las Estancias de Erebor.[42]

De este modo el rumor de la riqueza de Erebor se extendió y llegó a oídos de los dragones, y por fin Smaug el Dorado, el más grande de los dragones de entonces, se alzó y sin advertencia alguna se lanzó contra el Rey Thrór y descendió sobre las Montañas envuelto en llamas. No transcurrió mucho tiempo antes de que todo el reino fuera destruido, y la cercana ciudad de Valle quedó deshecha y abandonada; pero Smaug penetró en la Gran Estancia y yació allí sobre un lecho de oro.

Muchos de los parientes de Thrór escaparon del saqueo y el incendio; y último de todos y por una puerta secreta salió el mismo Thrór, en compañía de su hijo Thráin II. Se alejaron ha-

41. *El Hobbit*, 277.
42. *El Hobbit*, 33.

cia el sur con su familia,[43] emprendiendo un largo camino errante. Con ellos iba también una pequeña compañía de parientes y fieles seguidores.

Años después Thrór, ahora viejo, pobre y desesperado, dio a su hijo Thráin el único gran tesoro que aún poseía: el último de los Siete Anillos, y luego se alejó con un solo compañero, llamado Nár. Del Anillo le dijo a Thráin al despedirse:

—Puede que esto sea el fundamento de una nueva fortuna para ti, aunque parece improbable. Pero se necesita oro para hacer oro.

—¿No pensarás en regresar a Erebor? —preguntó Thráin.

—No a mi edad —dijo Thrór—. Delego en ti y en tus hijos la venganza contra Smaug. Pero estoy cansado de la pobreza y del desprecio de los Hombres. Parto a ver qué puedo encontrar.

No dijo adónde iba. Quizá la edad y el infortunio y el mucho meditar sobre el pasado esplendor de Moria lo habían enloquecido un poco; o, quizá el Anillo estaba volcándose hacia el mal ahora que su amo había despertado, y llevaba a la locura y la destrucción. Desde las Tierras Brunas, donde estaba viviendo entonces, fue hacia el norte con Nár, y cruzaron el Paso del Cuerno Rojo y descendieron a Azanulbizar.

Cuando Thrór llegó a Moria, las Puertas estaban abiertas. Nár le rogó que tuviera cuidado, pero él no le hizo ningún caso, y entró orgullosamente como un heredero que retorna. Pero no volvió. Nár se quedó un tiempo en las cercanías, escondido. Un día oyó un fuerte grito y el sonido de un cuerno, y un cuerpo fue arrojado a la escalinata. Temiendo que fuera Thrór, empezó a acercarse arrastrándose, pero de dentro de las puertas salió una voz:

—¡Ven, barbudo! Podemos verte. Pero hoy no es necesario que tengas miedo. Te precisamos como mensajero.

Entonces Nár se aproximó y vio en efecto que era el cuerpo de Thrór, pero tenía la cabeza seccionada y la cara vuelta hacia abajo. Y al arrodillarse allí, oyó la risa de un Orco y la voz dijo:

—Si los mendigos no aguardan a la puerta y se escurren dentro intentando robar, eso es lo que les hacemos. Si alguno

43. Entre los que estaban los hijos de Thráin II: Thorin (Escudo de Roble), Frerin y Dís. Thorin era por entonces un jovenzuelo, de acuerdo con la duración de la vida de los Enanos. Se supo luego que otras gentes del Pueblo de bajo la Montaña habían escapado, más de lo que se creyó en un principio; pero la mayor parte fue a las Colinas de Hierro.

de los vuestros mete aquí otra vez sus inmundas barbas, recibirá el mismo tratamiento. ¡Ve y dilo! Pero si su familia desea saber quién es ahora el rey aquí, el nombre está escrito en su cara. ¡Yo lo escribí! ¡Yo lo maté! ¡Yo soy el amo!

Entonces Nár dio vuelta la cabeza de Thrór y vio marcado en runas de los Enanos, de modo que él podía leerlo, el nombre AZOG. Ese nombre quedó marcado desde entonces en el corazón de Nár y en el de todos los Enanos. Nár se inclinó para recoger la cabeza, pero la voz de Azog[44] dijo:

—¡Déjala caer! ¡Lárgate! Ahí tienes tu paga, mendigo barbado. —Un pequeño saco golpeó a Nár. Contenía unas pocas monedas de escaso valor.

Llorando, Nár huyó por el Cauce de Plata abajo; pero miró una vez atrás, y vio que por las puertas habían salido unos Orcos que estaban despedazando el cuerpo y arrojando los trozos a los cuervos negros.

Ésa fue la historia que Nár le contó a Thráin; y cuando Nár lloró y se mesó las barbas, él guardó silencio. Siete días se quedó sentado sin hablar. Por último, se puso de pie y dijo:

—¡No es posible soportarlo! —Ése fue el principio de la Guerra de los Enanos y los Orcos, que fue larga y mortal, y se libró casi toda ella en sitios profundos bajo tierra.

Thráin sin demora envió mensajeros con la historia al norte, al este y al oeste; pero transcurrieron tres años antes que las fuerzas de los Enanos estuvieran preparadas. El Pueblo de Durin reunió a todas sus huestes y a ellas se unieron las grandes fuerzas enviadas por las Casas de otros Padres; porque estaban coléricos a causa de este agravio al heredero del Mayor de la raza. Cuando todo estuvo dispuesto, atacaron y saquearon una por una todas las fortalezas de los Orcos que pudieron encontrar, desde Gundabad hasta los Gladios. Ambos bandos fueron implacables, y hubo muerte y hechos de crueldad de noche y de día. Pero los Enanos obtuvieron la victoria por su fuerza y por sus armas sin par y por el fuego de su furia mientras buscaban a Azog en cada escondrijo bajo la montaña.

Por fin todos los Orcos que huían delante de ellos se reunieron en Moria, y la persecución llevó las huestes de los Enanos a Azanulbizar. Era ése un gran valle que se extendía entre los brazos de las montañas en torno al lago de Kheled-zâram y había sido antaño parte del reino de Khazad-dûm. Cuando los

44. Azog era el padre de Bolgo; véase *El Hobbit*, 35.

Enanos vieron las puertas de sus antiguas mansiones sobre la ladera de la montaña, lanzaron un gran grito que resonó como un trueno en el valle. Pero una gran hueste de enemigos estaba dispuesta en orden de batalla sobre las laderas encima de ellos, y por las puertas salió una multitud de Orcos reservados por Azog en caso de necesidad.

En un principio la suerte estuvo contra los Enanos, pues era un oscuro día de invierno sin sol, y los Orcos no perdieron tiempo en vacilaciones, y excedían en número al enemigo, y se encontraban en el terreno más alto. Así empezó la Batalla de Azanulbizar (o Nanduhirion en lengua élfica): al recordarla los Orcos se estremecen todavía y los Enanos lloran. El primer ataque de la vanguardia, conducido por Thráin, fue rechazado con pérdidas, y Thráin se encontró en un bosque de grandes árboles que en ese entonces todavía crecían no lejos de Kheled-zâram. Allí cayeron Frerin, su hijo, y Fundin, su pariente, y muchos otros, y Thráin y Thorin fueron heridos.[45] En otros sitios de la batalla prevalecía uno u otro bando, con grandes matanzas, hasta que por último el pueblo de las Colinas de Hierro decidió la suerte del día. Llegados últimos y descansados al campo, los guerreros de Náin, hijo de Grór, vestidos de cota de malla, se abrieron paso a través de los Orcos hasta los umbrales mismos de Moria al grito de «¡Azog, Azog!», derribando con sus piquetas a todos cuantos se les pusieron en el camino.

Entonces Náin se detuvo ante las Puertas y gritó en muy alta voz: «¡Azog! ¡Si estás dentro sal fuera! ¿O el juego en el valle te parece demasiado rudo?»

A lo cual Azog salió, y era un gran Orco con una enorme cabeza guarnecida de hierro, y no obstante ágil y fuerte. Lo acompañaban muchos que se le parecían, los soldados de su guardia, y mientras éstos se entendían con la escolta de Náin, se volvió hacia él, y dijo: «¿Cómo? ¿Otro mendigo a mi puerta? ¿Tengo que marcarte también a ti?» Se abalanzó sobre Náin y lucharon. Pero Náin estaba medio ciego de ira y sentía la fatiga de la batalla, mientras que Azog estaba descansado y era feroz y muy astuto. No tardó Náin en asestar un golpe con todas las fuerzas que aún le quedaban, pero Azog se hizo a un lado y le dio una patada en la pierna, de modo que la piqueta de Náin se astilló contra la piedra en la que había estado y el Enano cayó

45. Se dice que el escudo se partió, y que él lo arrojó, y con el hacha cortó una rama de roble que sostuvo en la mano izquierda para parar los golpes asestados por sus enemigos o esgrimiéndola como una porra. De este modo obtuvo su nombre.

hacia adelante. Entonces Azog dio una rápida media vuelta y le hacheó el cuello. La cota de malla resistió el filo, pero tan pesado fue el golpe que a Náin se le quebró el cuello y cayó.

Entonces Azog rió y levantó la cabeza para lanzar un gran grito de triunfo; pero el grito se le murió en la garganta. Porque vio que todo su ejército huía en desorden y que los Enanos iban de un lado a otro matando a diestro y siniestro, y los que podían huir de ellos, corrían hacia el sur chillando. Y casi todos los soldados que guardaban Azanulbizar yacían muertos. Se volvió y escapó hacia las Puertas.

Escaleras arriba detrás de él saltó un Enano con un hacha roja. Era Dáin Pie de Hierro, hijo de Náin. Justo ante las puertas atrapó a Azog, y allí le dio muerte, y le rebanó la cabeza. Esto se consideró una gran hazaña, pues Dáin era entonces sólo un muchacho en las cuentas de los Enanos. Una larga vida y múltiples batallas tenía por delante, hasta que viejo, pero erguido, caería por fin en la Guerra del Anillo. Aunque era valiente y lo ganaba la cólera, se dice que al descender de las Puertas tenía la cara gris de quien ha sentido mucho miedo.

Cuando por fin ganaron la batalla, los Enanos que quedaban se reunieron en Azanulbizar. Tomaron la cabeza de Azog, le metieron en la boca el saco de monedas, y la clavaron en una pica. Mas no hubo fiesta ni canciones esa noche; porque no había pena que alcanzara para tantos muertos. Apenas la mitad de ellos, se dice, podían mantenerse en pie o tener esperanzas de cura.

No obstante, por la mañana Thráin se les presentó. Tenía un ojo cegado sin cura posible y estaba cojo a causa de una herida en la pierna; pero dijo: —¡Bien! Obtuvimos la victoria. ¡Khazad-dûm es nuestra!

Entonces ellos respondieron: —Puede que seas el Heredero de Durin, pero aun con un solo ojo tendrías que ver más claro. Libramos esta batalla por venganza y venganza nos hemos tomado. Aunque no tiene nada de dulce. Nuestras manos son demasiado pequeñas y la victoria se nos escapa si esto es una victoria.

Y los que no pertenecían al Pueblo de Durin dijeron también: —Khazad-dûm no era la casa de nuestros Padres. ¿Qué significa para nosotros a no ser la esperanza de obtener un tesoro? Pero ahora, si hemos de retirarnos sin recompensa ni la indemnización que se nos debe, cuanto antes volvamos a nuestras propias tierras, tanto mejor.

Entonces Thráin se volvió a Dáin y dijo: —¿Me abandonará mi propio pueblo?

—No —dijo Dáin—. Tú eres el padre de nuestro Pueblo, y hemos sangrado por ti, y sangraríamos otra vez. Pero no entraremos en Khazad-dûm. Tú no entrarás en Khazad-dûm. Sólo yo he mirado a través de la sombra de las Puertas. Más allá de la sombra te espera todavía el Daño de Durin. El mundo ha de cambiar y algún otro poder que no es el nuestro ha de acudir antes que el Pueblo de Durin llegue a entrar en Moria otra vez.

Así fue que después de Azanulbizar los Enanos se dispersaron de nuevo. Pero primero, con gran trabajo, despojaron a todos sus muertos para que no vinieran los Orcos y les sacaran las armas y cotas de malla. Se dice que todos los Enanos que abandonaron el campo de batalla iban agobiados bajo un gran peso. Luego levantaron muchas piras y quemaron todos los cuerpos de sus parientes. Hubo muchos árboles derribados en el valle, que en adelante quedó desnudo, y las emanaciones de la quema se vieron desde Lórien.[46]

Cuando de los terribles fuegos quedaron cenizas, los aliados volvieron a sus propios países, y Dáin Pie de Hierro condujo al pueblo de Náin de regreso a las Colinas de Hierro. Entonces, de pie junto a los restos de la gran hoguera, Thráin le dijo a Thorin Escudo de Roble: —¡Algunos pensarán que esta cabeza se pagó cara! Cuando menos, hemos dado nuestro reino por ella. ¿Volverás conmigo al yunque? ¿O mendigarás tu pan en puertas orgullosas?

—Al yunque —respondió Thorin—. El martillo por lo menos mantendrá los brazos fuertes hasta que puedan blandir otra vez instrumentos más afilados.

De modo que Thráin y Thorin, con los que quedaban de sus seguidores (entre los que se contaban Balin y Glóin), volvieron a las Tierras Brunas, y poco después se mudaron y erraron por Eriador, hasta que levantaron un hogar en el exilio al este de las Ered Luin, más allá del Lune. De hierro era la mayor parte de las cosas que forjaron en aquellos días, pero en cierto modo

46. Tal tratamiento de los muertos pareció ofensivo a los Enanos, pues estaba en contra de lo que ellos acostumbraban; pero construir tumbas como las que ellos solían hacer (pues sepultan a sus muertos sólo en piedra, no bajo tierra) les habría llevado muchos años. Por tanto, recurrieron al fuego antes que dejar a los suyos librados a bestias, aves y orcos devoradores de carroña. Pero se honró a los que cayeron en Azanulbizar, y hasta el día de hoy suele decir un Enano de uno de sus mayores: «Fue un Enano incinerado», y eso basta.

prosperaron, y poco a poco fueron creciendo en número.[47] Pero, como había dicho Thrór, el Anillo necesitaba oro para hacer oro, y de ese o de cualquier otro metal precioso tenían muy poco o nada.

De este Anillo algo ha de decirse aquí. Los Enanos del Pueblo de Durin pensaban que era el primero de los Siete en haber sido forjado; y dicen que le fue dado al Rey de Khazad-dûm, Durin III, por los herreros élficos, y no por Sauron, aunque sin la menor duda había puesto en él un poder maligno, pues había ayudado en la forja de todos los Siete. Pero sus poseedores no lo exhibían ni hablaban de él, y rara vez lo cedían en tanto no sintieran que se acercaba la muerte, para que otros no supiesen dónde se guardaba. Algunos creían que había quedado en Khazad-dûm, en las tumbas secretas de los reyes, si no había sido descubierto y robado; pero entre la parentela del Heredero de Durin se creía (erróneamente) que Thrór lo había llevado puesto cuando regresara allí de prisa. Qué había sido entonces de él, lo ignoraban. No fue encontrado en el cuerpo de Azog.[48]

No obstante, como los Enanos creen ahora, es posible que Sauron hubiera descubierto con sus artes quién tenía este Anillo, el último, y que los singulares infortunios de los herederos de Durin fueran en gran parte consecuencia de la malicia de Sauron. Porque por este medio no era posible corromper a los Enanos. El único poder que los Anillos tuvieron sobre ellos fue el de poner en sus corazones la codicia del oro y otras cosas preciosas, de modo que si les faltaban, todo otro bien les parecía desdeñable, y se llenaban de cólera y de deseos de venganza contra quienes los privaban de ellas. Pero desde un principio fueron hechos de una especie que resistía con firmeza cualquier clase de dominio. Aunque podían ser muertos o quebrantados, no era posible reducirlos a sombras esclavizadas a otra voluntad; y por la misma razón ningún Anillo afectó sus vidas, ni hizo que fueran más largas o más cortas. Y por eso Sauron los odió todavía más, y más deseó quitarles lo que tenían.

Fue quizá en parte a causa de la malicia del Anillo que Thráin, al cabo de algunos años, se sintió inquieto y descontento. No pensaba en otra cosa que en el oro. Por fin, cuando ya no

47. Tenían muy pocas mujeres. Dís, hija de Thráin, estaba allí. Fue madre de Fíli y Kíli, que nacieron en las Ered Luin. Thorin no tuvo esposa.
48. I. 376.

pudo soportarlo, volvió sus pensamientos a Erebor, y decidió regresar. No dijo nada a Thorin del peso que tenía en el corazón; se despidió y partió junto con Balin y Dwalin y unos pocos más.

Poco se sabe de lo que le sucedió luego. Parecería ahora que tan pronto como se puso en camino, los emisarios de Sauron le dieron caza. Los lobos lo persiguieron, los Orcos le tendieron emboscadas, unos pájaros malvados arrojaron sombra sobre su camino, y cuanto más intentaba ir hacia el norte, tantos más infortunios se lo impedían. Hubo una noche oscura en que él y sus compañeros andaban de un lado a otro más allá del Anduin, y por causa de una lluvia negra se vieron obligados a buscar refugio bajo los árboles del Bosque Negro. A la mañana Thráin había desaparecido, y sus compañeros lo llamaron en vano. Lo buscaron durante muchos días hasta que por fin, perdida toda esperanza, partieron y volvieron junto a Thorin. Sólo mucho después se supo que Thráin había sido atrapado vivo y llevado a las mazmorras de Dol Guldur. Allí recibió tormento y le arrebataron el Anillo, y allí por fin murió.

De este modo Thorin Escudo de Roble se convirtió en el Heredero de Durin, pero un heredero sin esperanzas. Cuando Thráin se perdió, tenía noventa y cinco años, un gran enano de orgulloso porte, pero parecía contento en Eriador. Allí trabajó mucho tiempo y traficó y almacenó riquezas; y la población aumentó con la llegada de muchos miembros errantes del Pueblo de Durin, que cuando oyeron decir que estaba en el Oeste, acudieron a él. Ahora tenían hermosas estancias en las montañas y almacenes de bienes, y sus días no parecían tan duros, aunque en sus canciones hablaban siempre de la distante Montaña Solitaria.

Los años se prolongaron. Los rescoldos en el corazón de Thorin volvieron a llamear mientras meditaba en los males de su Casa y en la herencia que le había tocado: la venganza contra el Dragón. Pensaba en armas y en ejércitos y en alianzas, mientras el gran martillo resonaba sobre el yunque; pero los ejércitos se habían dispersado y las alianzas estaban rotas y el pueblo tenía pocas hachas; y un gran odio sin esperanza ardía en él, mientras golpeaba el hierro rojo sobre el yunque.

Pero por último hubo un encuentro azaroso entre Gandalf y Thorin que cambió la suerte de la Casa de Durin, y que condujo a otros y más grandes fines. En una ocasión[49] Thorin, que vol-

49.   15 de marzo de 2941.

vía al oeste de un viaje, se detuvo en Bree a pasar la noche. Allí estaba también Gandalf. Se dirigía a la Comarca, que no había visitado desde hacía unos veinte años. Estaba fatigado y pensó en descansar allí por un tiempo.

Entre otros cuidados le preocupaba el peligroso estado en que se encontraba el Norte; porque sabía ya entonces que Sauron proyectaba la guerra, y que intentaba, tan pronto como se sintiera bastante fuerte, atacara Rivendel. Pero para impedir que el Este tratara de recuperar las tierras de Angmar y los pasos septentrionales de las montañas, ahora sólo contaban los Enanos de las Colinas de Hierro. Y más allá se extendía la desolación del Dragón. Sauron podría utilizar al Dragón con espantosas consecuencias. ¿Cómo entonces eliminar a Smaug?

Justo cuando Gandalf estaba sentado y pensando en todo esto, se le acercó Thorin y le dijo: —Señor Gandalf, sólo os conozco de vista, pero me gustaría conversar con vos. Porque últimamente habéis visitado a menudo mis pensamientos, como si estuviera obligado a buscaros. En verdad, así lo habría hecho si hubiera sabido dónde estabais.

Gandal lo miró con asombro. —Esto es extraño, Thorin Escudo de Roble —dijo—. Porque también yo he pensado en ti; y aunque ahora voy a la Comarca, no olvidaba que ese camino conduce también a tus palacios.

—Llamadlos así si os place —dijo Thorin—. No son sino pobres viviendas en el exilio. Pero seríais bien recibido, si vinieseis. Porque dicen que sois sabio y que sabéis más que nadie de lo que pasa en el mundo; y tengo muchas cosas en la mente y me gustaría recibir vuestro consejo.

—Iré —dijo Gandalf—; porque supongo que al menos compartimos una preocupación. Tengo en la mente al Dragón de Erebor, y no creo que el nieto de Thrór lo haya olvidado.

En otro lugar se cuenta qué resultó de ese encuentro: del extraño plan que trazó Gandalf para ayudar a Thorin, y de cómo Thorin y sus compañeros se pusieron en camino desde la Comarca en busca de la Montaña Solitaria y de ello resultaron satisfechos grandes fines que nadie había previsto. Aquí sólo se recuerdan las cosas que están directamente relacionadas con el Pueblo de Durin.

El Dragón fue muerto por Bardo de Esgaroth, pero hubo batalla en el Valle. Porque los Orcos descendieron sobre Erebor tan pronto como se enteraron del regreso de los Enanos; y fueron conducidos por Bolgo, hijo de Azog, a quien Dáin había dado muerte en su juventud. En esa primera Batalla de Valle, Thorin Escudo de Roble fue mortalmente herido; y murió, y fue sepultado en una tumba bajo las Montañas con la Piedra del Arca sobre el pecho. Allí también cayeron Fíli y Kíli, los hijos de su hermana. Pero Dáin Pie de Hierro, primo de Thorin, que había acudido desde las Colinas de Hierro y era también heredero legítimo, se convirtió entonces en el Rey Dáin II, y el Reino bajo la Montaña quedó restaurado, como había deseado Gandalf. Dáin fue un gran rey y muy sabio, y los Enanos prosperaron y volvieron a ser fuertes.

A fines del verano de ese mismo año (2941) Gandalf terminó por prevalecer sobre Saruman y el Concilio Blanco, y atacaron a Dol Guldur, y Sauron se retiró y se dirigió a Mordor para estar allí a salvo, según creyó, de todos sus enemigos. Así fue que cuando por fin hubo guerra, el principal ataque fue contra el Sur; sin embargo, aun así, Sauron podría haber causado gran daño en el Norte con su mano derecha largamente extendida, si el Rey Dáin y el Rey Brand no le hubieran cerrado el paso. Como Gandalf les dijo después a Frodo y a Gimli, cuando vivieron juntos un tiempo en Minas Tirith.

No mucho antes habían llegado a Gondor noticias de acontecimientos lejanos.

«Me dolí de la caída de Thorin —dijo Gandalf—, y ahora oímos que Dáin ha caído, luchando otra vez en Valle, mientras nosotros luchábamos aquí. La llamaría una gran pérdida, si no fuera más bien una maravilla que a una edad ya avanzada aún pudiera blandir el hacha con tanto vigor como dicen que lo hizo, de pie junto al cuerpo del Rey Brand ante las Puertas de Erebor hasta que cayó la oscuridad.

»No obstante, todo pudo haber sido muy diferente, y mucho peor. Cuando penséis en la gran Batalla de los Pelennor, no olvidéis las batallas en Valle y el valor del Pueblo de Durin. Pensad en lo que podría haber sido. Fuego de dragones y salvajes espadas en Eriador, la noche en Rivendel. Pudo no haber habido Reina en Gondor. Quizá hubiéramos vuelto de la victoria para encontrar sólo ruinas y ceniza. Pero eso se evitó porque tropecé con Thorin Escudo de Roble una noche en Bree al empezar la primavera. Un encuentro casual, como decimos en la Tierra Media.»

Dís era la hija de Thráin II. Es la única mujer enana que se menciona en estas historias. Dijo Gimli que hay pocas mujeres entre los Enanos, probablemente no más que un tercio de toda la población. Rara vez andan fuera, salvo en casos de extrema necesidad. Son en voz y apariencia, y en el atuendo, si han de emprender un viaje, tan parecidas a los varones enanos, que los ojos y los oídos de otros pueblos no pueden distinguirlas. Esto ha dado origen entre los Hombres a la tonta creencia de que no hay mujeres enanas, y que los Enanos «nacen de la piedra».

Esta escasez de mujeres es lo que hace que el pueblo de los Enanos crezca con tanta lentitud, y que se sientan en peligro cuando no tiene morada segura. Porque los Enanos toman sólo una esposa o marido en el término de sus vidas, y son extremadamente celosos, como en todo lo que atañe a sus derechos. El número de los enanos varones que se casan es en realidad menor a un tercio del total. Porque no todas las mujeres toman marido: algunas no lo desean; otras desean al que no pueden tener, y por tanto, no aceptan a ningún otro. En cuanto a los varones, hay muchos también que no desean el matrimonio, concentrados en sus artesanías.

Gimli, hijo de Glóin, alcanzó renombre por ser uno de los Nueve Caminantes que se puso en marcha con el Anillo; y permaneció en compañía del Rey Elessar mientras duró la Guerra. Fue llamado Amigo de los Elfos por la gran amistad que lo unió a Legolas, hijo del Rey Thranduil, y por la gran veneración que sentía por la Señora Galadriel.

Después de la caída de Sauron, Gimli llevó consigo al sur parte del Pueblo de los Enanos de Erebor, y se convirtió en Señor de las Cavernas Centelleantes. Él y su pueblo hicieron grandes obras en Gondor y Rohan. En Minas Tirith forjaron puertas de *mithril* y acero para reemplazar las que había derribado el Rey Brujo. Legolas también llevó hacia el sur a los Elfos del Bosque Verde, y vivieron en Ithilien, que se convirtió una vez más en el país más hermoso de las tierras del oeste.

Pero cuando el Rey Elessar abandonó la vida, Legolas siguió por fin el deseo de su corazón y navegó por el Mar.

Sigue aquí una de las últimas notas del Libro Rojo

Hemos oído decir que Legolas llevó consigo a Gimli, hijo de Glóin, por causa de la amistad que los unía, más grande que ninguna otra habida entre Elfo y Enano. Si es esto verdad, es por cierto muy extraño: que un Enano estuviera dispuesto a

El linaje de los Enanos de Erebor tal como fue dispuesto por Gimli, hijo de Glóin, para conocimiento del Rey Elessar.

Durin el Inmortal
(Primera Edad)

*Durin VI
1731-1980†

*Náin I
1832-1981†

*Thráin I
1934-2190

*Thorin I
2035-2289

*Glóin I
2136-2385

*Óin
2238-2488

*Náin II
2338-2585

*Dáin I
2440-2589†

Borin
2450-2711

*Thrór
2542-2790†

Frór
2552-2589†

Grór
2563-2805

Farin
2560-2803

*Thráin II
2644-2850†

Náin
2665-2799†

Fundin
2662-2799†

Gróin
2671-2923

*Thorin II
Escudo de Roble
2746-2941†

Frerin
2751-2799†

Dís
2760

*Dáin II
Pie de Hierro
2767-3019†

Balin
2763-2994†

Dwalin
2772-3112

Óin
2774-2994†

Glóin
2783-C.E. 15

Fíli
2859-2941†

Kíli
2864-2941†

*Thorin III
Yelmo de Piedra
2866

Gimli
Amigo de los Elfos
2879-3141
(C.E. 120)

(Durin VII
& Último)

Fundación de Erebor, 1999.
Dáin I muerto por un dragón, 2589.
Retorno a Erebor, 2590.
Saqueo de Erebor, 2770.
Asesinato de Thrór, 2790.
Congregación de los Enanos, 2790-93.
Guerra de los Enanos y los Orcos, 2793-99.

Batalla de Nanduhirion, 2799.
Thráin emprende un camino errante, 2841.
Muerte de Thráin y pérdida de su Anillo, 2850.
Batalla de los Cinco Ejércitos y muerte de Thorin II, 2941.
Balin va a Moria, 2989.

* Se señalan de este modo los nombres de los que se consideraron reyes del Pueblo de Durin, estuvieran o no en el exilio. De los otros compañeros de Thorin Escudo de Roble en el viaje a Erebor, Ori, Nori y Dori, pertenecían también a la Casa de Durin, y eran parientes más remotos de Thorin. Bifur, Bofur y Bombur descendían de los Enanos de Moria, pero no pertenecían a la línea de Durin. Para † véase p. 467.

abandonar la Tierra Media, o que los Eldar lo recibieran, o que los Señores del Occidente lo permitiesen. Pero se dice que Gimli partió también por deseos de volver a ver la belleza de Galadriel; y es posible que ella, poderosa entre los Eldar, hubiera obtenido esta gracia para él. Más no puede decirse acerca de este asunto.

Apéndice B

LA CUENTA DE LOS AÑOS

(CRONOLOGÍA DE LAS TIERRAS OCCIDENTALES)

La *Primera Edad* terminó con la Gran Batalla, en la que el Ejército de Valinor derribó Thangorodrim[1] y venció a Morgoth. Entonces la mayor parte de los Noldor regresó al Lejano Occidente[2] y vivió en Eressëa, a la vista de Valinor; y muchos de los Sindar también se hicieron a la mar.

La *Segunda Edad* terminó con la primera derrota de Sauron, servidor de Morgoth, y la apropiación del Anillo Único.

La *Tercera Edad* llegó a su fin con la Guerra del Anillo; pero se considera que la *Cuarta Edad* no empezó hasta la partida del Señor Elrond, y la llegada del tiempo del dominio de los Hombres y la declinación de todos los demás «pueblos hablantes» en la Tierra Media.[3]

En la Cuarta Edad las edades anteriores se llamaron a menudo los *Días Antiguos*; pero ese nombre correspondía en rigor a los días que precedieron al destierro de Morgoth. Las historias de ese tiempo no se recogen aquí.

La Segunda Edad

Éstos fueron los años oscuros para los Hombres de la Tierra Media, y los días de gloria de Númenor. Los registros de lo acaecido en la Tierra Media son escasos y breves, y su fecha es a menudo incierta.

En el comienzo de esta edad, muchos de los Altos Elfos habitaban aún en la Tierra Media; muchos de ellos en Lindon, al oeste de Ered Luin. Pero antes de la construcción de Barad-dûr, muchos de los Sindar se encaminaron al este, y algunos reinaron en los bosques distantes, sobre gentes que eran casi todas

1. I. 341.
2. II. 270.
3. III. 338.

495

Elfos Silvanos. Thranduil, rey en el norte del Gran Bosque Verde, era uno de ellos. En Lindon, al norte del Lune, vivía Gil-galad, último heredero de los reyes de los Noldor en exilio. Fue reconocido como Alto Rey de los Elfos del Oeste. En Lindon, al sur del Lune, vivió por un tiempo Celeborn, pariente de Thingol; su esposa era Galadriel, la más renombrada de las mujeres élficas. Era hermana de Finrod Felagund, Amigo de los Hombres, otrora Rey de Nargothrond, que dio su vida para salvar a Beren, hijo de Barahir.

Más adelante algunos de los Noldor se instalaron en Eregion, al oeste de las Montañas Nubladas y cerca de las Puertas Occidentales de Moria, pues supieron que habían descubierto *mithril* en Moria.[4] Los Noldor fueron grandes artesanos y se mostraron más amistosos con los Enanos que los Sindar; pero la amistad entre el pueblo de Durin y los herreros Elfos de Eregion fue la más estrecha que hubo entre las dos razas. Celebrimbor fue Señor de Eregion y el más grande de sus artesanos; era descendiente de Fëanor.

Año

1	Fundación de los Puertos Grises y de Lindon.
32	Los Edain llegan a Númenor.
c. 40	Muchos Enanos abandonan las viejas ciudades de Ered Luin y se dirigen a Moria y crecen en número.
442	Muerte de Elros Tar-Minyatur.
c. 500	Sauron empieza a agitarse otra vez en la Tierra Media.
548	Nacimiento en Númenor de Silmariën.
660	Los primeros barcos de los Númenóreanos aparecen en las costas.
750	Los Noldor fundan Eregion.
c. 1000	Sauron, alarmado por el creciente poder de los Númenóreanos, escoge Mordor para hacer de él una fortaleza. Empieza la construcción de Barad-dûr.
1075	Tar-Ancalimë se convierte en la primera Reina Regente de Númenor.
1200	Sauron intenta seducir a los Eldar. Gil-galad se niega a tener trato con él; pero conquista a los herreros de Eregion. Los Númenóreanos inician la construcción de puertos permanentes.
c. 1500	La habilidad de los herreros Elfos, instruidos por Sau-

4. p. I. 442.

ron, alcanza su cima. Empiezan la forja de los Anillos dc Podcr.

c. 1590   Los Tres Anillos son completados en Eregion.

c. 1600   Sauron forja el Anillo Único en Orodruin. Termina la construcción de Barad-dûr. Celebrimbor advierte los designios de Sauron.

1693   Empieza la guerra de Sauron y los Elfos. Se ocultan los Tres Anillos.

1695   Las fuerzas de Sauron invaden Eriador. Gil-galad envía a Elrond a Eregion.

1697   Eregion es ahora una tierra yerma. Muerte de Celebrimbor. Se cierran las Puertas de Moria. Elrond se retira con el resto de los Noldor y encuentra refugio en Imladris.

1699   Sauron asuela Eriador.

1700   Tar-Minastir envía una gran flota desde Númenor a Lindon. Sauron es derrotado.

1701   Sauron es expulsado de Eriador. Las Tierras del Oeste tienen paz por largo tiempo.

c. 1800   Los dominios de los Númenóreanos empiezan a extenderse a lo largo de las costas. El poder de Sauron llega al este. La sombra cae sobre Númenor.

2251   Tar-Atanamir recibe el cetro. Comienza la rebelión y división de los Númenóreanos. Por ese tiempo aparecen por primera vez los Nazgûl o los Espectros del Anillo, esclavos de los Nueve Anillos.

2280   Umbar se convierte en la gran fortaleza de Númenor.

2350   Se construye Pelargir. Se convierte en el puerto principal de los Fieles Númenóreanos.

2899   Ar-Adûnakhôr recibe del cetro.

3175   Arrepentimiento de Tar-Palantir. Guerra civil en Númenor.

3255   Ar-Pharazôn el Dorado se apodera el cetro.

3261   Ar-Pharazôn se hace a la mar y desembarca en Umbar.

3262   Sauron es llevado prisionero a Númenor; 3262-3310 Sauron seduce al Rey y corrompe a los Númenóreanos.

3310   Ar-Pharazôn inicia la construcción de la Gran Armada.

3319   Ar-Pharazôn ataca Valinor. Caída de Númenor. Elendil y sus hijos escapan.

3320   Fundación de los Reinos en Exilio: Arnor y Gondor. Las Piedras se dividen (II. 270-271). Sauron vuelve a Mordor.

3429   Sauron ataca a Gondor, toma Minas Ithil, y quema el Árbol Blanco. Isildur huye por el Anduin y va al encuentro de Elendil en el Norte. Anárion defiende Minas Anor y Osgiliath.

3430   Última Alianza de Elfos y Hombres.

3431   Gil-galad y Elendil marchan hacia el este, a Imladris.

3434   El ejército de la Alianza cruza las Montañas Nubladas. Batalla de Dagorlad y derrota de Sauron. Empieza el sitio de Barad-dûr.

3440   Anárion es muerto.

3441   Sauron es vencido por Elendil y Gil-galad, que mueren en combate. Isildur se apodera del Anillo Único. Sauron desaparece y los Espectros del Anillo entran en la sombra. Fin de la Segunda Edad.

La Tercera Edad

Fueron éstos los años de la declinación de los Eldar. Durante mucho tiempo tuvieron paz, sirviéndose de los Tres Anillos mientras Sauron dormía y el Anillo Único estaba extraviado; pero no intentaron nada nuevo y vivían de recuerdos. Los Enanos se ocultaron en sitios profundos, guardando sus tesoros; pero cuando el mal empezó a asomar otra vez y reaparecieron los dragones, uno por uno estos antiguos tesoros empezaron a ser saqueados, y los Enanos se convirtieron en un pueblo errante. Durante largo tiempo, Moria siguió siendo un lugar seguro, pero sus habitantes menguaron hasta que muchas de las vastas mansiones quedaron oscuras y vacías. La sabiduría y la longitud de la vida de los Númenóreanos también decrecieron, al paso que iban mezclándose con Hombres menores.

Cuando quizá mil años habían pasado, y la primera sombra cayó sobre el Gran Bosque Verde, los *Istari* o Magos aparecieron en la Tierra Media. Se dijo más tarde que venían del Lejano Occidente, enviados para contrarrestar la fuerza enemiga y unir a quienes estaban dispuestos a resistirse. Pero les estaba prohibido recurrir al poder para combatir el poder o intentar dominar a los Elfos o a los Hombres mediantes la fuerza o el miedo.

Llegaron por tanto con aspecto de Hombres, aunque no había jóvenes entre ellos y envejecían muy lentamente, y tenían muchos poderes, mentales y manuales. No revelaron sus verdaderos nombres sino a muy pocos[5] y utilizaban los nombres que

5. II. 373.

se les atribuían. Los dos más altos de este grupo (cuyo número, según se afirma, era de cinco miembros) eran llamados por los Eldar Curunír, «el Hombre Hábil», y Mithrandir, «el Peregrino Gris», pero los Hombres del Norte los llamaban Saruman y Gandalf. Curunír viajaba a menudo al Este, aunque residió por fin en Isengard. Mithrandir era el más amigo de los Eldar, y viajaba sobre todo por el Oeste, y nunca tuvo una morada permanente.

Durante toda la Tercera Edad la custodia de los Tres Anillos fue sólo conocida por aquellos que los poseían. Pero al final se supo que habían estado en poder de los tres más grandes Eldar: Gil-galad, Galadriel y Círdan. Gil-galad, antes de morir, entregó el suyo a Elrond; luego Círdan le dio el suyo a Mithrandir. Porque Círdan veía más lejos y con mayor profundidad que nadie en la Tierra Media, y dio la bienvenida a Mithrandir en los Puertos Grises, pues sabía de dónde venía y adónde retornaría.

—Toma este anillo, Maestro —le dijo—, porque tus trabajos serán pesados; pero te dará consuelo en la fatiga que te has impuesto. Pues éste es el Anillo del Fuego, y con él podrás reanimar los corazones en un mundo que se enfría. En cuanto a mí, mi corazón está con el Mar, y habitaré junto a las costas grises hasta que parta el último barco. Te esperará.

Año

2	Isildur planta un vástago del Árbol Blanco en Minas Anor. Entrega el Reino Austral a Meneldil. Desastre de los Campos Gladios; muerte violenta de Isildur y sus tres hijos mayores.
3	Ohtar lleva los fragmentos de Narsil a Imladris.
10	Valandil se convierte en Rey de Arnor.
109	Elrond se casa con Celebrían, hija de Celeborn.
130	Nacimiento de Elladan y Elrohir, hijos de Elrond.
241	Nacimiento de Arwen Undómiel.
420	El Rey Ostoher reconstruye Minas Anor.
490	Primera invasión de los Hombres del Este.
500	Rómendacil I derrota a los Hombres del Este.
541	Rómendacil muere en combate.
830	Falastur inicia el linaje de los Reyes de los Barcos de Gondor.
861	Muerte de Eärendur y división de Arnor.
933	El Rey Eärnil I toma Umbar, que se convierte en fortaleza de Gondor.
936	Eärnil se pierde en el mar.
1015	El Rey Ciryandil es muerto en el sitio de Umbar.

1050   Hyarmendacil conquista a los Harad. Gondor alcanza la cima de su poder. Por ese tiempo una sombra cae sobre el Bosque Verde, y los Hombres empiezan a llamarlo Bosque Negro. Los Periannath son mencionados por primera vez en los documentos con la llegada de los Pelosos a Eriador.

c. 1100   Los Sabios (los Istari y los principales Eldar) descubren que un poder maligno se ha fortalecido en Dol Guldur. Se pensó que era uno de los Nazgûl.

1149   Empieza el reinado de Atanatar Alcarin.

c. 1150   Los Albos entran en Eriador. Llegan los Fuertes por el Paso del Cuerno Rojo y se trasladan al Ángulo, o las Tierras Brunas.

c. 1300   Las criaturas malignas empiezan a multiplicarse otra vez. Los Orcos aumentan en las Montañas Nubladas y atacan a los Enanos. Reaparecen los Nazgûl. El jefe de éstos se traslada al norte, a Angmar. Los Periannath emigran hacia el oeste; muchos se asientan en Bree.

1356   El Rey Argeleb es muerto en batalla con Rhudaur. Por este tiempo los Fuertes abandonan el Ángulo y algunos retornan a las Tierras Ásperas.

1409   El Rey Brujo de Angmar invade Arnor. Matan al Rey Arveleg I. Defensa de Fornost y Tyrn Gorthad. La Torre de Amon Sûl es destruida.

1432   Muere el Rey Valacar de Gondor y empieza la Lucha entre Parientes.

1437   Incendio de Osgiliath y pérdida de la *palantír*. Eldacar huye a Rhovanion; su hijo Ornendil es asesinado.

1447   Vuelve Eldacar y expulsa al usurpador del trono, Castamir. Batalla de los Cruces de Erui. Sitio de Pelargir.

1448   Los rebeldes escapan y toman Umbar.

1540   Muere el Rey Aldamir en la guerra contra los Harad y los Corsarios de Umbar.

1551   Hyarmendacil II derrota a los Hombres de Harad.

1601   Muchos Periannath emigran de Bree, y Argeleb II les da tierras más allá del Baranduin.

c. 1630   Los Fuertes, venidos de las Tierras Brunas, se unen a ellos.

1634   Los Corsarios asuelan Pelargir y matan al Rey Minardil.

1636   La Gran Peste hace estragos en Gondor. Muerte del Rey Telemmar y de sus hijos. Muere el Árbol Blanco en Minas Anor. La peste se extiende hacia el norte y el oeste, asolando muchas partes de Eriador. Más allá del Baranduin los Periannath sobreviven, pero sufren grandes pérdidas.

1640   El Rey Tarondor traslada la sede del trono a Minas Anor, y planta allí un vástago del Árbol Blanco. Empieza la ruina de Osgiliath. Mordor queda sin guardia.

1810   El Rey Telumehtar Umbardacil reconquista Umbar y expulsa a los Corsarios.

1851   Empiezan los ataques de los Aurigas contra Gondor.

1856   Gondor pierde sus territorios orientales y Narmacil II muere en combate.

1899   El Rey Calimehtar derrota a los Aurigas en Dagorlad.

1900   Calimehtar levanta la Torre Blanca en Minas Anor.

1940   Las comunicaciones entre Gondor y Arnor se restablecen, y los dos reinos pactan una alianza. Averdui se casa con Fíriel, hija de Ondoher de Gordon.

1944   Ondoher muere en combate. Eärnil derrota al enemigo en Ithilien Meridional. Gana luego la Batalla del Campamento y rechaza a los Aurigas hasta las Ciénagas de los Muertos. Arvedui reclama la corona de Gondor.

1945   Eärnil II recibe la corona.

1974   Fin del Reino del Norte. El Rey Brujo invade Arthedain y toma Fornost.

1975   Arvedui se ahoga en la Bahía de Forochel. Se pierden las *palantíri* de Annúminas y Amon Sûl. Eärnur conduce una flota a Lindon. El Rey Brujo es derrotado en la Batalla de Fornost y es perseguido hasta las Landas de Etten. Desaparece del Norte.

1976   Aranarth obtiene el título de Capitán de los Dúnedain. Las heredades de Arnor son entregadas en custodia a Elrond.

1977   Frumgar conduce a los Éothéod al Norte.

1979   Bucca de Marjala se convierte en el primer Thain de la Comarca.

1980   El Rey Brujo se dirige a Mordor y reúne allí a los Nazgûl. Aparece un Balrog en Moria y mata a Durin VI.

1981	Matan a Náin I. Los Enanos huyen de Moria. Muchos de los Elfos Silvanos de Lórien escapan al sur. Amroth y Nimrodel desaparecen.
1999	Thráin I marcha hasta Erebor y funda un reino de enanos «bajo la Montaña».
2000	Los Nazgûl salen de Mordor y sitian Minas Ithil.
2002	Caída de Minas Ithil, conocido luego como Minas Morgul. Se apoderan de la *palantír*.
2043	Eärnur se convierte en Rey de Gondor. El Rey Brujo lo desafía.
2050	Se renueva el desafío. Eärnur cabalga a Minas Morgul y desaparece. Mardil se convierte en el primer Senescal Regente.
2060	Crece el poder de Dol Guldur. Los Sabios temen que quizá Sauron esté cobrando forma otra vez.
2063	Gandalf se dirige a Dol Guldur. Sauron se retira y se esconde en el Este. Empieza la Paz Vigilante. Los Nazgûl permanecen inactivos en Minas Morgul.
2210	Throin I abandona Erebor y se encamina hacia el norte, a las Montañas Grises, donde ahora está reunida la mayor parte del resto del Pueblo de Durin.
2340	Isumbras I se convierte en el decimotercer Thain, y el primero de la línea de los Tuk. Los Gamoviejo ocupan Los Gamos.
2460	Termina la Paz Vigilante. Sauron regresa con fuerzas incrementadas a Dol Guldur.
2463	Se crea el Concilio Blanco. Por este tiempo Déagol el Fuerte encuentra el Anillo Único y es asesinado por Sméagol.
2470	Por este tiempo Sméagol-Gollum se oculta en las Montañas Nubladas.
2475	Se reinicia el ataque contra Gondor. Osgiliath queda finalmente en ruinas. Destruyen el puente de piedra.
c. 2480	Los Orcos empiezan a construir fortalezas secretas en las Montañas Nubladas para cerrar así todos los pasos a Eriador. Sauron puebla a Moria con sus criaturas.
2509	Celebrían, de viaje a Lórien, es detenida en el Paso del Cuerno Rojo y recibe una herida envenenada.
2510	Celebrían se hace a la mar. Orcos y Hombres del

Este invaden Calenardhon. Eorl el Joven obtiene la victoria del Campo de Celebrant. Los Rohirrim se instalan en Calenardhon.

2545 Eorl cae en la batalla de El Páramo.

2569 Brego, hijo de Eorl, termina de construir el Castillo de Oro.

2570 Baldor, hijo de Brego, entra por la Puerta Prohibida y desaparece. Por este tiempo los Dragones vuelven a verse en el extremo Norte y empiezan a atormentar a los Enanos.

2589 Dáin I es muerto por un Dragón.

2590 Thrór vuelve a Erebor. Grór, su hermano, va a las Colinas de Hierro.

c. 2670 Tobold planta «hierba para pipa» en la Cuaderna del Sur.

2683 Isengrim II se convierte en el décimo Thain y empieza la excavación de los Grandes Smials.

2698 Ecthelion I reconstruye la Torre Blanca en Minas Tirith.

2740 Los Orcos inician una vez más la invasión de Eriador.

2747 Bandobras Tuk derrota a una banda de Orcos en la Cuaderna del Norte.

2758 Rohan es atacada desde el oeste y el este y es invadida. Las flotas de los Corsarios atacan Gondor. Helm de Rohan se refugia en el Abismo de Helm. Wulf se apodera de Edoras.

2758-2759 Llega el Largo Invierno. Grandes sufrimientos y pérdida de vidas en Eriador y Rohan. Gandalf acude en ayuda del pueblo de la Comarca.

2759 Muerte de Helm. Fréaláf expulsa a Wulf e inicia el segundo linaje de Reyes de la Marca. Saruman se instala en Isengard.

2770 Smaug el Dragón desciende sobre Erebor. Valle es destruida. Thrór consigue escapar con Thráin II y Thorin II.

2790 Thrór es muerto por un Orco, en Moria. Los Enanos se unen para declarar una guerra de venganza. Nacimiento de Gerontius, más tarde conocido como el Viejo Tuk.

2793 Empieza la Guerra de los Enanos y los Orcos.

2799 Batalla de Nanduhirion ante la Puerta Este de Moria. Dáin Pie de Hierro regresa a las Colinas de

Hierro. Thráin II y su hijo Thorin marchan hacia el oeste. Se instalan en el sur de Ered Luin más allá de la Comarca (2802).

2800-2864 Los Orcos del Norte perturban a Rohan. Dan muerte al Rey Walda (2861).

2841 Thráin II decide regresar a Erebor, pero es perseguido por los sirvientes de Sauron.

2845 Thráin el Enano es apresado en Dol Guldur; le quitan el último de los Siete Anillos.

2850 Gandalf vuelve a entrar en Dol Guldur, y descubre que allí el amo es Sauron, que está reuniendo todos los Anillos y buscando noticias del Único y del Heredero de Isildur. Encuentra a Thráin y recibe la llave de Erebor. Thráin muere en Dol Guldur.

2851 Se reúne el Concilio Blanco. Gandalf insta a que ataquen Dol Guldur. La opinión de Saruman prevalece.[6] Saruman empieza a buscar cerca de los Campos Gladios.

2852 Muere Belecthor II de Gondor. Muere el Árbol Blanco sin que sea posible hallar ningún vástago suyo. Se deja en pie el Árbol Muerto.

2885 Incitados por los emisarios de Sauron, los Haradrim cruzan el Poros y atacan Gondor. Los hijos de Folcwine de Rohan mueren sirviendo a Gondor.

2890 Nace Bilbo en la Comarca.

2901 La mayor parte de las gentes que quedan en Ithilien abandonan la provincia a causa de los ataques de los Uruks de Mordor. Se construye el refugio secreto de Henneth Annûn.

2907 Nacimiento de Gilraen, madre de Aragorn II.

2911 El Invierno Cruel. El Baranduin y otros ríos se congelan. Los Lobos Blancos invaden Eriador desde el Norte.

2912 Las inundaciones devastan Enedwaith y Minhiriath. Tharbad queda en ruinas y es abandonada.

2920 Muerte del Viejo Tuk.

2929 Arathorn, hijo de Arador de los Dúnedain, se casa con Gilraen.

2930 Arador es muerto por los Trolls. Nacimiento de

6. Fue luego evidente que Saruman había empezado por entonces a desear la posesión del Anillo Único, y tenía esperanzas de que se revelara de por sí y buscara a su amo, si se dejaba a Sauron en paz por algún tiempo.

Denethor II, hijo de Ecthelion II, en Minas Tirith.

2931 Aragorn, hijo de Arathorn II, nació el 1 de marzo.

2933 Matan a Arathorn II. Gilraen se lleva a Aragorn a Imladris. Elrond lo recibe como hijo propio y le da el nombre de Estel (Esperanza). Se oculta el origen de «Estel».

2939 Saruman descubre que los servidores de Sauron registran el Anduin cerca de los Campos Gladios, y que por tanto Sauron se ha enterado del fin de Isildur. Se alarma, pero no informa al Concilio.

2941 Thorin Escudo de Roble y Gandalf visitan a Bilbo en la Comarca. Bilbo se encuentra con Sméagol-Gollum y descubre el Anillo. Se reúne el Concilio Blanco; Saruman acepta atacar Dol Guldur, pues ahora quiere impedir que Sauron registre el Río. Sauron, después de trazados sus planes, abandona Dol Guldur. La Batalla de los Cinco Ejércitos en Valle. Muerte de Thorin II. Bardo de Esgaroth mata a Smaug. Dáin de las Colinas de Hierro se convierte en Rey bajo la Montaña (Dáin II).

2942 Bilbo regresa a la Comarca con el Anillo. Sauron vuelve en secreto a Mordor.

2944 Bardo reconstruye Valle y se convierte en Rey. Gollum abandona las Montañas y busca al «ladrón» del Anillo.

2948 Nace Théoden, hijo de Thengel, Rey de Rohan.

2949 Gandalf y Balin visitan la casa de Bilbo en la Comarca.

2950 Nace Finduilas, hija de Adrahil de Dol Amroth.

2951 Sauron se manifiesta, y se fortalece en Mordor. Empieza la reconstrucción de Barad-dûr. Gollum se vuelve hacia Mordor. Sauron envía a tres de los Nazgûl a ocupar nuevamente Dol Guldur. Elrond revela a «Estel» su verdadero nombre y sus antepasados, y le entrega los fragmentos de Narsil. Arwen, recién venida de Lórien, se encuentra con Aragorn en los bosques de Imladris. Aragorn parte a las Tierras Salvajes.

2953 Última reunión del Concilio Blanco. Se discute el tema de los Anillos. Saruman finge haber descubierto que el Anillo Único ha bajado por el Anduin hacia el Mar. Saruman se retira a Isengard, y lo fortifica. Como siente celos de Gandalf y le teme, envía espías para que vigilen todo lo que hace, y advierte el interés del mago por la Comarca. No tarda en tener agentes en Bree y la Cuaderna del Sur.

2954   El Monte del Destino estalla otra vez en llamas. Los últimos habitantes de Ithilien huyen cruzando el Anduin.

2956   Aragorn se encuentra con Gandalf y se inicia la amistad entre ellos.

2957-2980   Aragorn empieza sus grandes viajes y vagabundeos. Como Thorongil, sirve disfrazado a Thengel de Rohan y también a Ecthelion II de Gondor.

2968   Nacimiento de Frodo.

2976   Denethor se casa con Finduilas de Dol Amroth.

2977   Bain, hijo de Bardo, se convierte en Rey de Valle.

2978   Nacimiento de Boromir, hijo de Denethor II.

2980   Aragorn entra en Lórien y vuelve a encontrarse con Arwen Undómiel. Aragorn le da el anillo de Barahir y se prometen fidelidad en la colina de Cerin Amroth. Por este tiempo Gollum llega a los confines de Mordor y hace amistad con Ella-Laraña. Théoden se convierte en Rey de Rohan.

2983   Nace Faramir, hijo de Denethor. Nacimiento de Samsagaz.

2984   Muerte de Ecthelion II. Denethor II se convierte en Senescal de Gondor.

2988   Finduilas muere joven.

2989   Balin abandona Erebor y penetra en Moria.

2991   Nace en Rohan Éomer, hijo de Éomund.

2994   Balin perece y la colonia de los Enanos es destruida.

2995   Nace Éowyn, hermana de Éomer.

c. 3000   La sombra de Mordor se prolonga. Saruman se atreve a utilizar la *palantír* de Orthanc, pero queda atrapado por Sauron, que tiene la Piedra de Ithil. Traiciona al Concilio. Los espías de Saruman cuentan que los Montaraces vigilan de cerca la Comarca.

3001   La fiesta de despedida de Bilbo. Gandalf sospecha que el Anillo de Bilbo es el Único. Doblan la guardia de la Comarca. Gandalf pide nuevas de Gollum y recurre a la ayuda de Aragorn.

3002   Bilbo se convierte en huésped de Elrond y se instala en Rivendel.

3004 Gandalf visita a Frodo en la Comarca y sigue haciéndolo a intervalos durante los próximos cuatro años.

3007 Brand, hijo de Bain, se convierte en Rey de Valle. Muerte de Gilraen.

3008 En el otoño Gandalf visita a Frodo por última vez.

3009 Gandalf y Aragorn buscan de vez en cuando a Gollum durante los ocho años siguientes, registrando los valles del Anduin, el Bosque Negro y Rhovanion hasta los confines de Mordor. En algún momento durante el curso de estos años Gollum se aventuró a entrar en Mordor y fue capturado por Sauron. Elrond manda a buscar a Arwen, que regresa a Imladris; las Montañas y todas las tierras del este están volviéndose peligrosas.

3017 Gollum deja Mordor. Aragorn lo atrapa en las Ciénagas de los Muertos, y lo llevan a Thranduil en el Bosque Negro. Gandalf visita Minas Tirith y lee el pergamino de Isildur.

LOS GRANDES AÑOS

3018

Abril

12 Gandalf llega a Hobbiton.

Junio

20 Sauron ataca Osgiliath. En ese tiempo Thranduil es atacada y Gollum escapa.

Julio

4 Boromir se pone en camino desde Minas Tirith.

10 Gandalf es tomado prisionero en Orthanc.

Agosto

Se pierde todo rastro de Gollum. Se cree que por ese tiempo, perseguido a la vez por los Elfos y los servidores de Sauron, se refugió en Moria; pero cuando descubrió por fin el camino a la Puerta Oeste, no pudo salir.

18 Gandalf escapa de Orthanc al amanecer. Los Jinetes Negros cruzan los Vados de Isen.

19 Gandalf llega a Edoras como mendigo, y se le niega la entrada.

20 Gandalf consigue entrar en Edoras. Théoden le ordena partir: —Toma el caballo que quieras, pero vete antes de mañana.

21 Gandalf encuentra a Sombragrís, pero el caballo no permite que se le acerque. Lo sigue por los campos a gran distancia.

22 Los Jinetes Negros llegan al Vado de Sarn al atardecer; expulsan a la guardia de los Montaraces. Gandalf da alcance a Sombragrís.

23 Cuatro Jinetes entran en la Comarca antes del amanecer. Los otros persiguen a los Montaraces hacia el este y luego vuelven a vigilar el Camino Verde. Un Jinete Negro llega a Hobbiton al caer la noche. Frodo abandona Bolsón Cerrado. Gandalf deja Rohan montado en Sombragrís.

24 Gandalf cruza el Isen.

26 El Bosque Viejo. Frodo se encuentra con Bombadil.

27 Gandalf cruza el Aguada Gris. Segunda noche con Bombadil.

28 Los Hobbits, atrapados por un Tumulario. Gandalf llega al Vado de Sarn.

29 Frodo llega a Bree por la noche. Gandalf visita al Tío.

30 A horas tempranas Cricava y Bree son invadidas por sorpresa. Frodo abandona Bree. Gandalf va a Cricava y llega a Bree por la noche.

Octubre

1 Gandalf abandona Bree.

3 Es atacado durante la noche en la Cima de los Vientos.

6 El campamento al pie de la Cima de los Vientos es atacado por la noche. Frodo resulta herido.

9 Glorfindel abandona Rivendel.

11 Expulsa a los Jinetes del Puente de Mitheithel.

13 Frodo cruza el Puente.

18 Glorfindel encuentra a Frondo a la hora del crepúsculo. Gandalf llega a Rivendel.

20 Huida a través del Vado de Bruinen.

24 Frodo se recupera y despierta. Boromir llega a Rivendel por la noche.

25 Concilio de Elrond.

25 La Compañía del Anillo abandona Rivendel al caer la tarde.

3019

Enero

8 La Compañía llega a Acebeda.

11, 12 Nieve en Caradhras.

13 Ataque de los Lobos al amanecer. La Compañía llega a la Puerta Oeste de Moria al caer la noche. Gollum empieza a rastrear al Portador del Anillo.

14 Noche en la Sala vigésima primera.

15 El Puente de Khazad-dûm y la caída de Gandalf. La Compañía llega tarde por la noche a Nimrodel.

17 La Compañía llega a Caras Galadhon al atardecer.

23 Gandalf persigue al Balrog hasta la cima de Zirak-zigil.

25 Arroja al Balrog cuesta abajo y muere. El cuerpo de Gandalf yace en la cima de Zirak-zigil.

Febrero

14 El Espejo de Galadriel. Gandalf vuelve a la vida y permanece en trance.

16 Adiós a Lórien. Gollum, escondido en la orilla occidental, observa la partida.

17 Gwaihir lleva a Gandalf a Lórien.

23 Los botes son atacados durante la noche cerca de Sarn Gebir.

25 La Compañía atraviesa las Argonath y acampa en Parth Galen. Primera Batalla de los Vados de Isen; muere Théodred, hijo de Théoden.

26 Disolución de la Comunidad. Muerte de Boromir; se oye su cuerno en Minas Tirith. Meriadoc y Peregrin son capturados. Frodo y Samsagaz entran en Emyn Muil oriental. Aragorn parte en persecución de los Orcos al caer la tarde. Éomer oye decir que la banda de Orcos ha descendido desde Emyn Muil.

27 Aragorn llega al acantilado occidental al alba. Éomer, en contra de las órdenes de Théoden, parte del Folde Este aproximadamente a medianoche en persecución de los Orcos.

28 Éomer da alcance a los Orcos justo a la entrada del Bosque de Fangorn.

29   Meriadoc y Pippin escapan y se encuentran con Bárbol. Los Rohirrim atacan al amanecer a los Orcos y los destruyen. Frodo desciende de Emyn Muil y se encuentra con Gollum. Faramir ve el bote funerario de Boromir.

30   Reunión de la Cámara de los Ents. Éomer, al volver a Edoras, se encuentra con Aragorn.

Marzo

1   Frodo empieza al amanecer la travesía de las Ciénagas de los Muertos. Continúa la Cámara de los Ents. Aragorn se encuentra con Gandalf el Blanco. Parten a Edoras. Faramir abandona Minas Tirith y va a Ithilien con una misión.

2   Frodo alcanza el extremo de las Ciénagas. Gandalf llega a Edoras y cura a Théoden. Los Rohirrim cabalgan hacia el este contra Saruman. Segunda Batalla de los Vados de Isen. Derrota de Erkenbrand. La Cámara de los Ents finaliza en la tarde. Los Ents se dirigen a Isengard y llegan allí por la noche.

3   Théoden retrocede al Abismo de Helm. Empieza la Batalla de Cuernavilla. Los Ents terminan la destrucción de Isengard.

4   Théoden y Gandalf parten del Abismo de Helm a Isengard. Frodo llega a los montículos de lava al borde de la Desolación de Morannon.

5   Théoden llega a Isengard al mediodía. Parlamento con Saruman en Orthanc. Los Nazgûl alados pasan sobre el campamento en Dol Baran. Gandalf va con Peregrin a Minas Tirith. Frodo se esconde a la vista de Morannon y parte en el crepúsculo.

6   Aragorn es alcanzado por los Dúnedain a horas tempranas. Théoden parte de Cuernavilla hacia el Valle Sagrado. Aragorn se pone en camino más tarde.

7   Faramir lleva a Frodo a Henneth Annûn. Aragorn llega al Sagrario a la caída de la noche.

8   Aragorn toma «los Senderos de los Muertos» al romper el día; llega a Erech a medianoche. Frodo abandona Henneth Annûn.

9   Gandalf llega a Minas Tirith. Faramir abandona Henneth Annûn. Aragorn parte de Erech y llega a Calembel. Frodo alcanza por la tarde el camino de Morgul. Théoden llega al Sagrario. La oscuridad se extiende alrededor de Mordor.

10   El Día Sin Alba. El Acantonamiento de Rohan: los Rohi-

rrim dejan cabalgando el Valle Sagrado. Faramir es rescatado por Gandalf fuera de las puertas de la Ciudad. Aragorn cruza Ringló. Un ejército de Morannon toma Cair Andros y entra en Anórien. Frodo pasa por la Encrucijada y ve partir a las huestes de Morgul.

11 Gollum visita a Ella-Laraña, pero se arrepiente al ver a Frodo dormido en las cercanías. Denethor envía a Faramir a Osgiliath. Aragorn llega a Linhir y penetra en Lebennin. Rohan Oriental es invadido desde el norte. Primer ataque a Lórien.

12 Gollum lleva a Frodo a la guarida de Ella-Laraña. Faramir se retira a los Fuertes de la Calzada. Théoden acampa bajo Minrimmon. Aragorn rechaza al enemigo hacia Pelargir. Los Ents derrotan a los invasores de Rohan.

13 Frodo es capturado por los Orcos de Cirith Ungol. Invaden Pelennor. Faramir resulta herido. Aragorn llega a Pelargir y captura la flota. Théoden en el Bosque de Drúadan.

14 Samsagaz encuentra a Frodo en la Torre. Minas Tirith es sitiada. Los Rohidrrim, conducidos por los Hombres Salvajes, llegan al Bosque Gris.

15 En horas tempranas el Rey Brujo irrumpe por las Puertas de la Ciudad. Denethor se incinera a sí mismo en una pira. Se oyen los cuernos de los Rohirrim al cantar el gallo. Batalla del Pelennor. Muere Théoden. Aragorn levanta el estandarte de Arwen. Frodo y Samsagaz escapan y emprenden el viaje al norte a lo largo del Morgai. Batalla bajo los árboles en el Bosque Negro; Thranduil rechaza las fuerzas de Dol Guldur. Segundo ataque a Lórien.

16 Debate de los comandantes. Frodo desde el Morgai contempla el campamento del Monte del Destino.

17 Batalla de Valle. Caen el Rey Brand y el Rey Dáin Pie de Hierro. Muchos Enanos y Hombres se refugian en Erebor y son allí sitiados. Shagrat lleva a Barad-dûr la capa, la cota de malla y la espada de Frodo.

18 El Ejército del Oeste parte de Minas Tirith. Frodo llega a la vista de la Garganta de Hierro. En el camino de Durthang a Udûn es atrapado por los Orcos.

19 El Ejército llega al valle de Morgul. Frodo y Samsagaz escapan y marchan a lo largo del camino a Barad-dûr.

22 La noche terrible. Frodo y Samsagaz abandonan el camino y se vuelven hacia el sur al Monte del Destino. Tercer ataque a Lórien.

23 El Ejército sale de Ithilien. Aragorn despide a los de corazón poco animoso. Frodo y Samsagaz arrojan armas y pertrechos.

24 Frodo y Samsagaz al pie del Monte del Destino. Los campamentos del Ejército en la Desolación de Morannon.

25 El Ejército es rodeado en las Colinas de Lava. Frodo y Samsagaz llegan a los Sammath Naur. Gollum se apodera del Anillo y se precipita en las Grietas del Destino. Caída de Barad-dûr y desaparición de Sauron.

Después de la caída de la Torre Oscura y la desaparición de Sauron, la Sombra abandonó el corazón de aquellos que se le oponían, pero en cambio el miedo y la desesperación cayeron sobre sirvientes y aliados. Tres veces Lórien había sido atacada desde Dol Guldur, pero además del valor de ese pueblo élfico, el poder que había en esa tierra era demasiado grande para que alguien pudiera conquistarla, a no ser que Sauron hubiera ido allí él mismo. Aunque los hermosos bosques de las fronteras fueron tristemente dañados, se rechazaron los asaltos; y cuando la Sombra partió, Celeborn avanzó y llevó al ejército de Lórien por sobre el Anduin en muchos botes. Se apoderaron de Dol Guldur y Galadriel derribó los muros y dejó al desnudo las mazmorras, y el bosque quedó limpio.

En el Norte también había habido guerra y males. El reino de Thranduil fue invadido, y hubo una prolongada batalla bajo los árboles y una gran ruina provocada por el fuego; pero al fin Thranduil obtuvo la victoria. Y en el día de Año Nuevo de los Elfos, Celeborn y Thranduil se encontraron en medio del bosque; y dieron al Bosque Negro el nuevo nombre de *Eryn Lasgalen*, El Bosque de las Hojas Verdes. Thranduil prefirió reinar sobre toda la región septentrional hasta las montañas que se levantan en el bosque; y Celeborn escogió todo el bosque austral bajo los Estrechos, y lo llamó Lórien Oriental; y el ancho bosque que separaba estas dos regiones le fue dado a los Beórnidas y a los Hombres del Bosque. Pero pocos años después de que Galadriel dejara la Tierra Media, Celeborn se cansó del reino y fue a Imladris a vivir con los hijos de Elrond. En el Bosque Verde nada perturbó la vida de los Elfos Silvanos, pero en Lórien sólo quedaron unos pocos de los anteriores habitantes, y no hubo ya luz ni canciones en Caras Galadon.

En el tiempo en que los grandes ejércitos sitiaban Minas Tirith, una hueste de los aliados de Sauron que venían amenazando desde hacía mucho las fronteras del Rey Brand, cruzó el río Carnen, y Brand fue obligado a retroceder hasta Valle. Allí recibió ayuda de los Enanos de Erebor; y tuvo lugar la gran batalla el pie de las Montañas. Duró tres días, pero al final tanto el Rey Brand como el Rey Dáin Pie de Hierro resultaron muertos, y los Hombres del Este obtuvieron la victoria. Pero no pudieron tomar las Puertas, y muchos, tanto Enanos como Hombres, se refugiaron en Erebor, y resistieron allí.

Cuando llegaron nuevas de las grandes victorias en el Sur, el ejército septentrional de Sauron sintió un gran desánimo, y los sitiados salieron y lo pusieron en desordenada fuga, y el resto huyó al Este y ya nunca más perturbó Valle. Entonces Bardo II, hijo de Brand, se convirtió en Rey de Valle, y Thorin III Yelmo de Piedra, hijo de Dáin, se convirtió en el Rey bajo la Montaña. Enviaron sus embajadores a la coronación del Rey Elessar; y desde entonces los dos reinos fueron siempre amigos de Gondor, mientras duraron, y estuvieron bajo la corona y la protección del Rey del Oeste.

LOS PRINCIPALES DÍAS
DESDE LA CAÍDA DE BARAD-DÛR HASTA EL FIN
DE LA TERCERA EDAD[7]

3019
C. de la C. 1419

27 de marzo. Bardo II y Thorin III Yelmo de Piedra expulsan al enemigo de Valle. *28* Celeborn cruza el Anduin; empieza la destrucción de Dol Guldur.

6 de abril. Encuentro de Celeborn y Thranduil. *8* Los Portadores del Anillo reciben honores en el Campo de Cormallen.

1 de mayo. Coronación del Rey Elessar; Elrond y Arwen parten de Rivendel. *8* Éomer y Éowyn se dirigen a Rohan con los hijos de Elrond. *20* Elrond y Arwen llegan a Lórien. *27* La escolta de Arwen abandona Lórien.

14 de junio. Los hijos de Elrond se encuentran con la escolta y conducen a Arwen a Edoras. *16* Parten hacia Gondor. *25* El Rey Elessar encuentra el vástago del Árbol Blanco.

1 de Lithe. Arwen llega a la Ciudad.

Día de Año Medio. Boda de Elessar y Arwen.

18 de julio. Éomer vuelve a Minas Tirith. *19* La escolta funeraria del Rey Théoden se pone en camino.

---

7. Los meses y los días son dados de acuerdo con el calendario de la Comarca.

7 *de agosto.* La escolta llega a Edoras. *10* Funeral del Rey Théoden. *14* Los huéspedes se despiden del Rey Éomer. *18* Llegan al Abismo de Helm. *22* Llegan a Isengard; se despiden del Rey del Oeste al atardecer. *28* Alcanzan a Saruman; Saruman se vuelve hacia la Comarca.

6 *de septiembre.* Hacen alto a la vista de las Montañas de Moria. *13* Celeborn y Galadriel parten; los demás se encaminan a Rivendel. *21* Vuelven a Rivendel. *22* Bilbo cumple ciento veintinueve años. Saruman llega a la Comarca.

5 *de octubre.* Gandalf y los Hobbits abandonan Rivendel. *6* Cruzan el Vado de Bruinen; Frodo vuelve a sentirse dolorido. *28* Llegan a Bree al caer la noche. *30* Abandonan Bree. Los «Viajeros» llegan al Puente del Brandivino con la oscuridad.

1 *de noviembre.* Son arrestados en Los Ranales. 2 Llegan a Delagua e incitan al pueblo de la Comarca. *3* Batalla de Delagua y Desaparición de Saruman. Fin de la Guerra del Anillo.

3020
C. de la C. 1420: El Gran Año de la Abundancia

13 *de marzo.* Frodo cae enfermo (al cumplirse el aniversario de haber sido envenenado por Ella-Laraña).

6 *de abril.* El mallorn florece en el Campo de la Fiesta.

1 *de mayo.* Samsagaz se casa con Rosa.

Día de Año Medio. Frodo renuncia al cargo de Alcalde, y vuelve a ocuparlo Will Pieblanco.

22 *de septiembre.* Bilbo cumple ciento treinta años.

6 *de octubre.* Frodo vuelve a caer enfermo.

3021
C. de la C. 1421: El Fin de la Tercera Edad

13 *de marzo.* Frodo cae enfermo otra vez. 25 Nacimiento de Elanor la Bella,[8] hija de Samsagaz. Empieza la Cuarta Edad de acuerdo con el cómputo del tiempo de Gondor.

21 *de septiembre.* Frodo y Samsagaz parten de Hobbiton. 22 En Bosque Cerrado se encuentran con la Última Cabalgata de los Guardianes de los Anillos. 29 Llegan a los Puertos Grises. Frodo y Bilbo se hacen a la mar con los Tres Guardianes. Fin de la Tercera Edad.

6 *de octubre.* Samsagaz vuelve a Bolsón Cerrado.

---

8. Se la conoció como «la Bella» a causa de su hermosura; muchos decían que antes parecía una doncella Elfo que una hobbit. Tenía los cabellos dorados, cosa muy rara en la Comarca; pero otras dos hijas de Samsagaz también los tenían así, y muchos de los niños nacidos por entonces.

C. de la Comarca

1422   Con el comienzo de este año empezó la Cuarta Edad según la cuenta de la Comarca; pero los años continuaron enumerándose de acuerdo con el cómputo de la Comarca.

1427   Renuncia Will Pieblanco. Samsagaz es elegido Alcalde de la Comarca. Peregrin Tuk se casa con Diamante de Quiebra Larga. El Rey Elessar promulga un edicto por el que se les prohíbe a los Hombres entrar en la Comarca, a la que convierte en País Libre con la protección del Cetro Septentrional.

1430   Nace Faramir, hijo de Peregrin.

1431   Nace Rizos de Oro, hija de Samsagaz.

1432   Meriadoc, llamado el Magnífico, se convierte en Señor de Los Gamos. El Rey Éomer y la Señora Éowyn de Ithilien le envían grandes regalos.

1434   Peregrin se convierte en el Tuk y el Thain. El Rey Elessar hace del Thain, el Señor y el Alcalde, Consejeros del Reino del Norte. El Señor Samsagaz es elegido Alcalde por segunda vez.

1436   El Rey Elessar se dirige hacia el norte y permanece un tiempo junto al Lago del Crepúsculo. Llega al Puente del Brandivino y saluda allí a sus amigos. Concede la Estrella de los Dúnedain al Señor Samsagaz, y Elanor es designada doncella de honor de la Reina Arwen.

1441   El Señor Samsagaz es Alcalde por tercera vez.

1442   El Señor Samsagaz, su esposa y Elanor se dirigen a Gondor y permanecen allí un año. El señor Tolman Coto se desempeña como Alcalde delegado.

1448   El Señor Samsagaz es designado Alcalde por cuarta vez.

1451   Elanor la Bella se casa con Fastred de Encinaverde en Quebradas Lejanas.

1452   La Frontera Occidental, desde Quebradas Lejanas hasta las Colinas de las Torres *(Emyn Beraid)*,[9] se suma a la Comarca como regalo del Rey. Muchos hobbits se mudan allí.

1454   Nace Elfstan Belinfante, hijo de Fastred y Elanor.

1455   El Señor Samsagaz es Alcalde por quinta vez. Solicita

---

9. I. 20, III. 442 nota 26.

que el Thain nombre a Fastred Guardián de la Frontera Occidental. Fastred y Elanor se instalan en Torres de Abajo en las Colinas de las Torres, donde sus descendientes, los Belinfantes de las Torres, vivieron mucho tiempo.

1463   Faramir Tuk se casa con Rizos de Oro, hija de Samsagaz.

1469   El Señor Samsagaz es designado Alcalde por séptima y última vez; al concluir este mandato, en 1476, tenía noventa y seis años.

1482   Muerte de la Señora Rosa, esposa del Señor Samsagaz, el Día de Año Medio. El 22 de septiembre Samsagaz parte de Bolsón Cerrado. Llega a las Colinas de las Torres, donde ve a Elanor por última vez; le entrega el Libro Rojo, que queda en manos de los Belinfantes. Según Elanor la tradición cuenta que Samsagaz dejó atrás las Torres y fue a los Puertos Grises y se hizo a la Mar, último de los Portadores del Anillo.

1484   En la primavera de ese año llegó un mensaje desde Rohan a Los Gamos: el Rey Éomer quería ver una vez más al Señor Escanciador. Meriadoc era ya viejo entonces (102), pero todavía vigoroso. Consultó con su amigo el Thain, y no tardaron en repartir bienes y cargos entre sus hijos y se pusieron en camino por el Vado de Sarn y no se los volvió a ver en la Comarca. Se dijo que el Señor Meriadoc llegó a Edoras y estuvo con el Rey Éomer antes de que éste muriera en el otoño. Luego él y el Thain Peregrin fueron a Gondor y pasaron allí los breves años que les restaban de vida hasta que murieron y fueron sepultados en Rath Dínen entre los grandes de Gondor.

1541   El 1 de marzo de este año[10] murió por fin el Rey Elessar. Se dice que los lechos de Meriadoc y Peregrin se pusieron a los lados del lecho del gran rey. Entonces Legolas construyó un navío gris en Ithilien y navegó por el Anduin abajo hasta el Mar; y con él, según se dice, iba Gimli el Enano. Y cuando ese barco partió, la Comunidad del Anillo en la Tierra Media llegó a su fin.

10. Cuarta Edad (Gondor) 120.

Apéndice C

ÁRBOLES GENEALÓGICOS

Los nombres que se dan en estos Árboles Genealógicos no son sólo una selección entre muchos otros. La mayoría pertenece a los invitados a la Fiesta de Despedida de Bilbo, o a sus antepasados directos. Se reproducen también unos pocos más de las personas que intervinieron en los acontecimientos de la Comarca. Se da además cierta información genealógica acerca de Samsagaz, el fundador de la familia *Jardner*, más tarde muy famosa e influyente.

Las cifras que siguen a los nombres indican el año del nacimiento (y el de la muerte cuando quedó registro de la fecha). Todas las fechas corresponden al cómputo del tiempo de la Comarca, calculado a partir del cruce del Brandivino por los hermanos Marcho y Blanco en el Año 1 de la Comarca (Tercera Edad, 1601).

LOS BOLSÓN DE HOBBITON

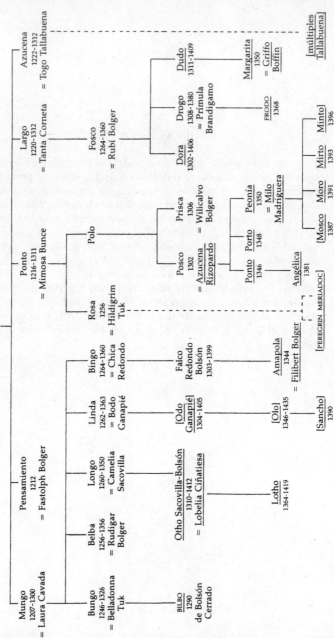

LOS TUK DE GRANDES SMIALS

*Isengrim II (Décimo Thain de la línea Tuk) 1020-1122

*Isumbras III 1066-1159

Bandobras (Toro Bramador) 1104-1206

Muchos descendientes, incluyendo los Tuk del Norte de Quiebra Larga

*Ferumbras II 1101-1201

*Fortinbras I 1145-1248

*Gerontius, El Viejo Tuk 1190-1320 = Adamanta Redondo

*Isengrim III 1232-1330 (sin hijos)

Hildigard (murió joven)

*Isumbras IV 1238-1339

Hildigrim 1240-1341 = Rosa Bolsón

Isembold 1242-1346 (muchos descendientes)

Hildifons 1244 (partió de viaje y no regresó)

Isembard 1247-1346

Hildibrand 1249-1334

Belladonna 1252-1334 = Bungo Bolsón [BILBO]

Donnamira 1256-1348 = Hugo Boffin

Mirabella 1260-1360 = Gorbadoc Brandigamo q.v.

Isengar 1262-1360 (se dice que se hizo a la mar en su juventud)

Flambard 1287-1389

Segismundo 1290-1391

Adelardo 1328-1423

Ferdinando 1340

Rosamunda 1338 = Odovacar Bolger

Ferdibrando 1383

[Fredegard] 1380

Reginard 1369

Everardo 1380

tres hijas

[seis hijos]

[Prímula]

[FRODO]

*Fortinbras II 1278-1380

Adalgrim 1280-1382

tres hijas

*Paladin II 1333-1434 = Eglantina Ribera

Esmeralda 1336 = Saradoc Brandigamo

MERIADOC

*Ferumbras III 1316-1415 (soltero)

Perla 1375

Pimpinela 1379

Pervinca 1385

*Peregrin I 1390 = Diamante de la Quiebra Larga

*Faramir I 1430 = Rizos de Oro, hija del Señor Samsagaz

LOS BRANDIGAMO DE LOS GAMOS

Gorhendad Gamoviejo de Marjala, c. 740 empezó la construcción de las *Estancias de Brandi* y adoptó el nombre de *Brandigamo*.

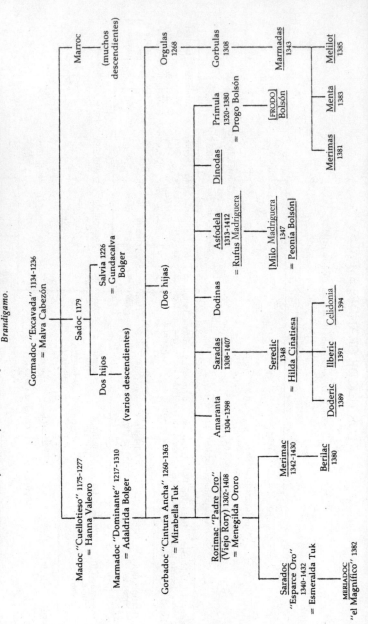

EL ÁRBOL GENEALÓGICO DEL SEÑOR SAMSAGAZ

(que muestra también el encumbramiento de las familias Jardner de la Colina y Belinfantes de las Torres)

Hamfast
de Gamwich
1160
|
Sabio Gamwich 1200
(traslado a Campotieso)

Hob Gammich
el Cordelero
("Viejo Gammidyi")
1246

Hobson (Cordelero)
1285-1384

Andisagaz
Cordelero
de Campotieso
1323
= Campanilla Buenchico

Anson
1361

Cavada, el mano verde
de Hobbiton
1210

Rowan   Halfred   Erling   Hending   Rosa
1249   Manoverde   1254   1259   1262
         1251
         (jardinero)

Cavada Manoverde
1292

HAMFAST
(Ham Gamyi) el Tío
1326-1428

May   Halfred de Sobremonte
1328   1332

Halfast 1372

empezó con el
"Primo Cavada"
en Hobbiton
como jardinero

Hamson   Halfred   Margarita   May   SAMSAGAZ   Caléndula
1365   1369   1372   1376   1380   1383
                                         (jardinero)
                                         = Rosa Coto

Hamfast   Cottar
de Gamwich   1220
1160

Coto   Carl
1260   1263

Cavada Coto
("Cava Larga") de Delagua
1302

Tol Coto ("Tom")
1341-1440
= Azucena Pardo

Tol   ROSA   Wilcome   Wilcome   Arquero   Carl
(Tom) 1384   (Alegre)   ("Will")   (Nick)   (Nibs)
1380   = Sam   1384   1346   1386   1389
       Gamyi

Margarita   Hamfast   Primula   Bilbo   Rubí   Robin   Tol (Tom)
1433   1432   1435   1436   1438   1440   1442

=

Pippin   RIZOS DE ORO
1429   1431
          = Faramir I
          hijo del Thain Peregrin I

Rosa   Merry   Margarita   May   SAMSAGAZ
1425   1427   1372   1376   1380

FRODO Jardner
1423

ELANOR la Bella
1421
= Fastred de Encinaverde

Holfast Jardner
1462

Harding de la Colina
1501

Se trasladaron a las *Fronteras del Occidente*, tierra por entonces recién colonizada (cedida por el Rey Elessar) entre las Quebradas Lejanas y las Colinas de las Torres. De ellos provenían los *Belinfantes de las Torres*, Guardianes de la Frontera Occidental, que heredaron el Libro Rojo e hicieron varias copias con múltiples notas y agregados.

CALENDARIO DE LA COMARCA
PARA TODOS LOS AÑOS

(1) *Postyule*

YULE	7	14	21	28
1	8	15	22	29
2	9	16	23	30
3	10	17	24	—
4	11	18	25	—
5	12	19	26	—
6	13	20	27	—

(4) *Astron*

1	8	15	22	29
2	9	16	23	30
3	10	17	24	—
4	11	18	25	—
5	12	19	26	—
6	13	20	27	—
7	14	21	28	—

(7) *Postlithe*

LITHE	7	14	21	28
1	8	15	22	29
2	9	16	23	30
3	10	17	24	—
4	11	18	25	—
5	12	19	26	—
6	13	20	27	—

(10) *Crudo Invierno*

1	8	15	22	29
2	9	16	23	30
3	10	17	24	—
4	11	18	25	—
5	12	19	26	—
6	13	20	27	—
7	14	21	28	—

(2) *Solmath*

—	5	12	19	26
—	6	13	20	27
—	7	14	21	28
1	8	15	22	29
2	9	16	23	30
3	10	17	24	—
4	11	18	25	—

(5) *Thrimidge*

—	6	13	20	27
—	7	14	21	28
1	8	15	22	29
2	9	16	23	30
3	10	17	24	—
4	11	18	25	—
5	12	19	26	—

(8) *Wedmath*

—	5	12	19	26
—	6	13	20	27
—	7	14	21	28
1	8	15	22	29
2	9	16	23	30
3	10	17	24	—
4	11	18	25	—

(11) *Blotmath*

—	6	13	20	27
—	7	14	21	28
1	8	15	22	29
2	9	16	23	30
3	10	17	24	—
4	11	18	25	—
5	12	19	26	—

(3) *Rethe*

—	3	10	17	24
—	4	11	18	25
—	5	12	19	26
—	6	13	20	27
—	7	14	21	28
1	8	15	22	29
2	9	16	23	30

(6) *Antelithe*

—	4	11	18	25
—	5	12	19	26
—	6	13	20	27
—	7	14	21	28
1	8	15	22	29
2	9	16	23	30
3	10	17	24 LITHE	

Día de Año Nuevo
(Sobrelithe)

(9) *Halimath*

—	3	10	17	24
—	4	11	18	25
—	5	12	19	26
—	6	13	20	27
—	7	14	21	28
1	8	15	22	29
2	9	16	23	30

(12) *Anteyule*

—	4	11	18	25
—	5	12	19	26
—	6	13	20	27
—	7	14	21	28
1	8	15	22	29
2	9	16	23	30
3	10	17	24 yule	

Cada año empezaba con el primer día de la semana, el sábado, y terminaba con el último, el viernes. El Día de Año Medio y, en los años bisiestos, el Sobrelithe, no tenían nombre. El Lithe anterior al Día de Año Medio recibía el nombre de Lithe 1 y el posterior, el de Lithe 2. El Yule al cabo del año era el Yule 1, y el del comienzo, Yule 2. El Sobrelithe era día de festividad especial, pero no tuvo lugar en ninguno de los años importantes para la historia del Gran Anillo. Tuvo lugar en 1420, el año de la famosa cosecha y el magnífico verano: se dice que la alegría de la celebración de ese año fue mayor que ninguna otra de la que se tiene memoria o registro.

LOS CALENDARIOS

El Calendario de la Comarca difería del nuestro en varios aspectos. El año, no cabe duda, tenía la misma duración,[1] pues aunque aquellos tiempos parezcan lejanos en relación con los años transcurridos y la duración de la vida de los hombres, no son tan remotos de acuerdo con la memoria de la Tierra. Los Hobbits han registrado que no tenían «semana» cuando eran todavía un pueblo nómada, y aunque tenían «meses» gobernados más o menos por la luna, su registro de las fechas y cálculos del tiempo eran vagos e inexactos. En las tierras occidentales de Eriador, cuando habían empezado a asentarse, adoptaron el cómputo del Rey de los Dúnedain, que, en última instancia, era de origen Eldarin; pero los Hobbits de la Comarca introdujeron varias alteraciones menores. Este calendario, o «Cómputo de la Comarca» como se lo llamó, fue finalmente adoptado también en Bree, salvo que en la Comarca contaban el Año 1 como el año de la colonización de la región.

Es a menudo difícil descubrir en las viejas historias y tradiciones datos precisos sobre cosas que la gente conocía perfectamente y daba por sobrentendidas en su propio tiempo (tales como el nombre de las letras, o de los días de la semana, o el nombre y duración de los meses). Pero como consecuencia del generalizado interés en la genealogía y en la historia que mostráron los eruditos hobbits después de la Guerra del Anillo, las gentes de la Comarca se interesaron no poco por las fechas; y hasta idearon unos cuadros complicados para señalar las relaciones de sus propios sistemas con otros. No soy un especialista en estos temas, y puede que haya cometido muchos errores; pero de cualquier modo la cronología de los años cruciales 1418 y 1419 C. de la C. ha sido trazada en el Libro Rojo con tanto cuidado, que en este punto no puede haber muchas dudas acerca de los días y de los tiempos.

Parece claro que los Eldar en la Tierra Media, que disponían de más tiempo, como observó Samsagaz, computaban en períodos largos, y la palabra Quenya *yén*, que a menudo se traduce como «año» (I. 526), significa en realidad 144 años de los nuestros. En la medida de lo posible, los Eldar preferían contar en grupos de seis y de doce. Al «día» solar lo llamaban *ré*, em-

1. 365 días, 5 horas, 48 minutos, 46 segundos.

pezaba con la puesta de sol y concluía en la puesta de sol siguiente. El *yén* comprendía 52.596 días. Por motivos rituales más que prácticos, los Eldar observaban una semana o *enquië* de seis días; y el *yén* comprendía 8.766 de estas *enquier,* computadas a lo largo de todo el período.

En la Tierra Media los Eldar observaban también un período breve o año solar llamado *coranar* o «ronda solar», cuando se lo consideraba desde un punto de vista astronómico. Pero por lo común se lo llamaba *loa,* «desarrollo» (especialmente en las tierras del noroeste), pues los Elfos solían dar más importancia a los cambios vegetales que acompañaban a las estaciones. El *loa* se dividía en períodos, que podrían considerarse meses largos o estaciones cortas. Por supuesto, éstas variaban de acuerdo con las distintas regiones; pero los Hobbits sólo citan el Calendario de Imladris. En ese calendario había seis de esas estaciones, cuyos nombres Quenya eran *tuilë, lairë, yávië, quellë, hrívë, coirë,* que pueden traducirse «primavera, verano, otoño, marchitamiento, invierno, movimiento». Los nombres Sindarin eran *ethuil, laer, iavas, firith, rhîw, echuir.* «Marchitamiento» se llamaba también *lasse-lanta,* «caída de las hojas» o, en Sindarin, *narbeleth,* «mengua del sol».

Lairë y *hrívë* tenían ambas 72 días, y el resto 54 cada una. El *loa* empezaba con *yestarë,* el día inmediatamente anterior a *tuilë,* y terminaba con *mettarë,* el día inmediatamente posterior a *coirë.* Entre *yávië* y *quellë* se insertaban los tres *enderi* o «días medios». Doblando los *enderi* (agregando 3 días) cada 12 años, se completaba un año de 365 días.

No se sabe con certeza cómo resolvían las posibles inexactitudes. Si el día fuera entonces de la misma duración que ahora, el *yén* habría sido demasiado largo, en más de un día. Había sin duda alguna inexactitud, como se advierte en una nota de los Calendarios del Libro Rojo. En el «Cómputo de Rivendel», dice la nota, el último año de cada tres *yén* se acortaba en tres días; y se omitía la duplicación de los tres *enderi* de ese año; «pero eso no ocurría en nuestro tiempo». No se registra como enmendaban las otras inexactitudes.

Los Númenóreanos cambiaron estos cómputos. Dividieron el *loa* en períodos más breves, de longitud más regular; e iniciaron el año en mitad del invierno, como habían hecho los Hombres del Noroeste en la Primera Edad. Más adelante dieron a la semana una duración de 7 días, y computaron el día desde la salida del sol (en el mar oriental) hasta la puesta.

El sistema Númenóreano, tal como se lo utilizaba en Númenor y también en Arnor y Gondor hasta el fin de los reyes, se llamaba Cómputo de los Reyes. El año normal tenía 365 días. Se dividía en 12 *astar* o meses, de los que diez tenían 30 días y dos 31. Los *astar* largos estaban situados antes y después del Año Medio, aproximadamente nuestros junio y julio. El primer día del año se llamaba *yestarë*, el día medio (el 183), *loëndë*, y el último, *mettarë*; estos tres días no pertenecían a ningún mes. Cada cuatro años, salvo el último de una centuria (*haranyë*), dos *enderi* o «días medios» se sustituían por el *loëndë*.

En Númenor el cómputo empezaba con la S.E. 1. El *déficit* provocado por el descuento de un día del último año de una centuria no se compensaba hasta el último año de un milenio; y había un *déficit milenario* de 4 horas, 46 minutos y 40 segundos. Esta adición se hizo en Númenor en los años 1000, 2000, 3000 de la S.E. Después de la Caída en 3319 de la S.E., los exiliados conservaron el sistema, perturbado luego por el comienzo de la Tercera Edad con una nueva numeración: 3442 S.E. se convirtió en 1 T.E. Al hacer del 4. T.E. un año bisiesto en lugar de 3 T.E. (3444 S.E.) se introdujo 1 año más breve de sólo 365 días, con lo que hubo un déficit de 5 horas, 48 minutos, 46 segundos. Las adiciones correspondientes al milenio se hicieron 441 años más tarde: en 1000 T.E. (4441 S.E.) y 2000 (5441 S.E.). Para reducir los consiguientes errores y la acumulación de los déficit milenarios, Mardil el Senescal introdujo un calendario revisado que entraría en vigencia en 2060 T.E., después de una adición especial de 2 días a 2059 (5500 S.E.), y que concluía 5 ½ milenios a partir del sistema Númenóreano. Pero esto dejaba inalterado un déficit de unas 8 horas. Hador añadió un día al año 2360, aunque la deficiencia no era de tanta magnitud. Luego ya no se hicieron más enmiendas. (En 3000 T.E. la amenaza de una guerra inminente fue causa de que se descuidaran estas cuestiones.) Al finalizar la Tercera Edad, al cabo de 660 años, el déficit no había alcanzado aún a un día.

El Calendario Revisado que introdujo Mardil se llamó el Cómputo de los Senescales y fue al fin adoptado por la mayor parte de los que hablaban la lengua Oestron, salvo los Hobbits. Los meses tenían todos 30 días y se introducían 2 días fuera de los meses: uno entre el tercero y el cuarto mes (marzo, abril) y otro entre el noveno y el décimo (septiembre, octubre). Esos 5 días fuera de los meses, *yestarë*, *tuilérë*, *loëndë*, *yáviérë* y *mettarë*, eran días festivos.

Los Hobbits eran gente apegada a las tradiciones, y siguieron utilizando el Cómputo de los Reyes, adaptado a las costumbres locales. Los meses tenían todos 30 días; pero había 3 días más de verano, llamados en la Comarca los Lithe o los días de Lithe, entre junio y julio. El último día del año y el primero del año siguiente se llamaban días de Yule. Los días de Yule y de Lithe quedaban excluidos de los meses, de modo que el 1 de enero era el segundo y no el primer día del año. Cada cuatro años, con excepción del último de la centuria,[2] había cuatro días Lithe. Los días de Yule y de Lithe eran las festividades mayores y ocasiones de celebración. El día de Lithe adicional seguía al Día de Año Medio, de modo que el 184.º día de los años bisiestos se llamaba Sobrelithe, y se lo celebraba de una manera especial. En total el Yule incluía seis días: los últimos tres y los primeros tres de cada año.

La gente de la Comarca introdujo una pequeña innovación propia (a la larga también adoptada en Bree), que llamaron Reforma de la Comarca. Les pareció que la mudanza de los nombres de los días de la semana en relación con las fechas anuales era desarreglada e inconveniente. De modo que en tiempos de Isengrim II dispusieron que el día suelto que alteraba la sucesión no tuviese nombre correspondiente a la semana. Desde entonces el Día de Año Medio (y el Sobrelithe) se conoció sólo por su nombre, y no perteneció a semana alguna (I. 244). Como consecuencia de esta reforma, el año empezaba siempre el Primer Día de la Semana y terminaba el Último Día; y una cierta fecha de cualquier año tenía siempre el mismo nombre como día de la semana, de modo que la gente de la Comarca ya no se cuidó de poner el día de la semana en las cartas o diarios.[3] Esto les pareció adecuado y conveniente en el orden local, pero no lo era tanto cuando se alejaban de Bree.

En las notas que preceden, como también en la narración, he utilizado los nombres modernos de los meses y los días de la semana; designaciones, por supuesto, ajenas a los Eldar, los Dú-

2. En la Comarca, donde el año 1 correspondía al 1601 de la T.E. En Bree, donde el año 1 correspondía al 1300 de la T.E., era el primer año del siglo.

3. Se advertirá, si se mira un Calendario de la Comarca, que el único día de la semana en que no empezaba ningún mes era el viernes. De modo que se volvió un chiste corriente en la comarca hablar de «un primer viernes» cuando se referían a un día inexistente, o un día en que podrían ocurrir cosas muy improbables como el vuelo de un cerdo o (en la Comarca) el paseo de un árbol. La expresión completa era «un primer viernes de caída de Verano».

nedain y los Hobbits. La traducción de los nombres Oestron me pareció esencial para evitar confusiones, y además las épocas del año a las que se refieren nuestros nombres son poco más o menos las mismas.

No obstante, parece que se pretendía que el Día de Año Medio correspondiera al solsticio de verano. En ese caso las fechas de la Comarca estaban adelantadas en unos diez días, y nuestro Día de Año Nuevo correspondía aproximadamente al 9 de enero de la Comarca.

En el Oestron se conservaron los nombres Quenya de los meses como los nombres latinos que aún se utilizan en muchas lenguas modernas. Eran: *Narvinyë, Nénimë, Súlimë, Víressë, Lótessë, Nárië, Cermië, Urimë, Yavannië, Narquelië, Hísimë, Ringarë*. Los nombres Sindarin (usados sólo por los Dúnedain) eran: *Narwain, Nínui, Gwaeron, Gwirith, Lothron, Nórui, Cerveth, Urui, Ivanneth, Narbeleth, Hithui, Girithron*.

En esta nomenclatura, sin embargo, los Hobbits, tanto de la Comarca como de Bree, no utilizaban los nombres Oestron, y se atenían a las anticuadas denominaciones locales, que según parece habían tomado en la antigüedad de los Hombres de los valles del Anduin; sea como fuere, en Valle y en Rohan se encontraron nombres parecidos (cf. las notas acerca de las lenguas al final del volumen). Los Hobbits habían olvidado en general y desde hacía tiempo el significado de estos nombres, aun en los casos en que lo habían conocido; y en consecuencia la forma de algunas palabras era de origen oscuro: *math,* por ejemplo, terminación de algunas de esas palabras, era una alteración de *mes.*

Los nombres de la Comarca se encuentran en el Calendario. Puede observarse que *Solmath* a menudo se pronunciaba, y a veces se escribía, *Somaz; Thrimidge* con frecuencia se escribía *Thrimich* (en forma arcaica *Thrimilch*); y *Blotmath* se pronunciaba *Blodmaz* o *Blommaz*. En Bree los nombres diferían; eran: *Frery, Solmath, Rethe, Chithing, Thrimidge, Lithe, los Días de Verano, Mede, Wedmath, Harvestmath* [Cosechador], *Wintring* [Hibernal], *Blooting* y *Yulemath. Frery, Chithing* y *Yulemath* se utilizaban también en la Cuaderna del Este.[4]

4. Era una broma en Bree hablar del «Crudo Invierno en la Comarca (barrosa)», pero según el pueblo de la Comarca, Wintring [Hibernal] era una alteración de Bree del nombre más antiguo, que originalmente se había referido al cumplimiento y acabamiento del año antes del invierno, y que provenía de tiempos anteriores a la adopción del Cómputo de los Reyes, cuando el año nuevo empezaba después de la cosecha.

La semana Hobbit derivaba de la de los Dúnedain, y los nombres eran traducciones de los que se daban a los días en el viejo Reino del Norte, nombres que, a su vez, derivaban de los Eldar. La semana de seis días de los Eldar tenía días dedicados a —se llamaban de acuerdo con— las Estrellas, el Sol, la Luna, los Dos Árboles, los Cielos y los Valar o Poderes, en ese orden, y el último día era el principal de la semana. Los nombres en Quenya eran *Elenya, Anarya, Isilya, Aldúya, Menelya, Valanya* (o *Tárion*); los nombres en Sindarin eran *Orgilion, Oranor, Orithil, Orgaladhad, Ormenel, Orbelain* (o *Rodyn*).

Los Númenóreanos retuvieron las dedicatorias y el orden, pero alteraron el cuarto día, *Aldëa* (*Orgaladh*), refiriéndolo al Árbol Blanco, del que según se creía descendía Nimloth, que crecía en el Patio del Rey en Númenor. Además, como deseaban tener un séptimo día y eran además grandes marinos, insertaron un «día del Mar», *Eärenya* (*Oraearon*), después del Día de los Cielos.

Los Hobbits adoptaron esta disposición, pero el significado de los nombres traducidos no tardó en olvidarse o no se lo tuvo en cuenta, y las formas quedaron muy reducidas, especialmente en la pronunciación cotidiana. La primera traducción de los nombres Númenóreanos se llevó a cabo por lo menos dos mil años antes del fin de la Tercera Edad, cuando la semana de los Dúnedain (el cómputo más tempranamente adoptado por pueblos extranjeros) fue adoptado por los Hombres del Norte. En cuanto a los nombres de los meses, los Hobbits adoptaron estas traducciones, aunque en otras zonas del Oestron se utilizaron los nombres Quenya.

En la Comarca no se preservaron muchos documentos antiguos. Al cabo de la Tercera Edad, el más notable de cuantos habían sobrevivido era Pielamarilla o el Anuario de Alforzada.[5] Los primeros textos parecen haberse incorporado cuando menos novecientos años antes de los tiempos de Frodo; y muchos aparecen citados en los anales y genealogías del Libro Rojo. En éstos los nombres de los días de la semana aparecen en formas arcaicas, de las que las más antiguas son las siguientes: 1) *Sterrendei,* 2) *Sonnendei,* 3) *Lunendei,* 4) *Martesdei,* 5) *Mercuresdei,* 6) *Jovesdei,* 7) *Altesdei.* En el lenguaje del tiempo de la Guerra de los Anillos se habían convertido en *Dister, Disol, Dilún, Dimar, Dimer* (o *Dimier*), *Dijov, Dialt.*

---

5. Registro de los nacimientos, los matrimonios y los decesos de las familias Tuk, como también de otros asuntos como ventas de terrenos y distintos acontecimientos de la Comarca.

He traducido estos nombres a los nuestros, empezando por el domingo y el lunes, que así aparecen en la semana de la Comarca, y he dado en orden los otros nombres. Ha de tenerse en cuenta, sin embargo, que la relación de estos nombres con la vida cotidiana era completamente distinta en la Comarca. El último día de la semana, el viernes (Dialt) era el principal día de descanso (después del mediodía) y de fiestas por la noche. Así pues, el sábado era como nuestro lunes, y el jueves como nuestro sábado.[6]

Pueden mencionarse otros pocos nombres referidos al tiempo, aunque no se los utilizara para cómputos precisos. Los nombres más comunes de las estaciones eran *tuilë*, primavera; *lairë*, verano; *yávië*, otoño (o cosecha), *hrívë*, invierno; pero éstas no tenían una definición exacta, y *quellë* (o *lasselanta*) se utilizaba también para designar el fin del otoño y los comienzos del invierno.

Los Eldar prestaban especial atención al «crepúsculo» (en las regiones septentrionales), sobre todo en los momentos en que aparecían y desaparecían las estrellas. Tenían muchos nombres para estos períodos, y los más habituales eran *tindómë* y *undómë*; el primero se refería principalmente a la hora cercana al alba, y *undómë* al atardecer. El nombre Sindarin era *uial*, que podía definirse como *minuial* y *aduial*. Éstos se llamaban a menudo en la Comarca *penumbra de la mañana* y *penumbra de la tarde*. Cf. Lago Penumbra de la Tarde como traducción de Nenuial.

El Cómputo de la Comarca es el único que tiene importancia para la historia de la Guerra del Anillo. Todos los días, meses y fechas están traducidos en el Libro Rojo a términos de la Comarca, o una nota señala la equivalencia correspondiente. Por tanto, los meses y los días a lo largo de *El Señor de los Anillos* corresponden al Calendario de la Comarca. Los únicos puntos en que las diferencias entre este calendario y el nuestro tienen importancia, en relación con la historia del período crucial, el fin de 3018 y comienzos de 3019 (C. de la C. 1418, 1419), son los siguientes: octubre de 1418 tiene solamente 30 días, el 1 de enero es el segundo día de 1419 y febrero tiene 30 días; de modo que el 25 de marzo, fecha de la caída de Barad-dûr, co-

6. Por tanto, en la canción de Bilbo (I. 229) he utilizado el sábado y el domingo en lugar del jueves y el viernes.

rrespondería a nuestro 27 de marzo si nuestros años empezaran en el mismo punto estacional. La fecha, empero, era el 25 de marzo, tanto de acuerdo con el Cómputo del Rey como el de los Senescales.

El Nuevo Cómputo empezó en el Reino restaurado en 3019 T.E. Representaba una vuelta al Cómputo del Rey adaptado para ajustarse al principio de la primavera del *loa* Eldarin.[7]

En el Nuevo Cómputo el año empezaba el 25 de marzo del viejo estilo, conmemorando la caída de Sauron y las hazañas de los Portadores del Anillo. Los meses conservaban los viejos nombres, empezando ahora con *Víressë* (abril), pero refiriéndose ahora a períodos que en general empezaban cinco días antes. Todos los meses tenían 30 días. Había tres *Enderi* o días medios (de los cuales el segundo se llamaba *Loëndë*), entre *Yavannië* (septiembre) y *Narquelië* (octubre), que correspondían al 23, el 24 y el 25 de septiembre del viejo estilo. Pero para honrar a Frodo, el 30 de *Yavannië*, que correspondía al ex 22 de septiembre, fecha de su cumpleaños, se convirtió en día festivo, y la necesidad de tener en cuenta el año bisiesto se satisfizo duplicando esta festividad, que se llamó *Cormarë* o Día del Anillo.

Se consideró que la Cuarta Edad había comenzado con la partida del Señor Elrond, que tuvo lugar en septiembre de 3021, pero en las cuentas del Reino, la Cuarta Edad empezó en el año 1 de acuerdo con el Nuevo Cómputo; es decir, el 25 de marzo, el 3021 del viejo estilo.

Durante el reinado de Elessar este cómputo se adoptó en todas sus tierras con excepción de la Comarca, donde se mantuvo el viejo calendario y se continuó con el Cómputo de la Comarca. Así pues, el año 1 de la Cuarta Edad se llamó 1422; y en la medida en que los Hobbits tuvieron en cuenta el cambio de Edad, sostuvieron que la Cuarta había empezado el día 2 de Yule y no en el precedente mes de marzo.

No hay registro de que el pueblo de la Comarca conmemorara el 25 de marzo ni el 22 de septiembre; pero en la Cuaderna del Oeste, especialmente en las cercanías de la Colina de Hobbiton, creció la costumbre de descansar y bailar el 6 de abril en el Campo de la Fiesta, cuando el tiempo lo permitía. Algunos dijeron que ese día era el cumpleaños del viejo Sam Jar-

---

7. Aunque en realidad el *yestarë* del Nuevo Cómputo ocurría antes que en el Calendario de Imladris, en el que correspondía poco más o menos al 6 de abril de la Comarca.

ner; otros, que era el día en que el Árbol Dorado floreció por primera vez en 1420, y otros que era el Año Nuevo de los Elfos. En Los Gamos, cada 2 de noviembre se hacía sonar el Cuerno de la Marca al ponerse el sol, y a continuación había hogueras y celebraciones.[8]

8. Aniversario de cuando sonó por primera vez en la Comarca en 3019.

Apéndice E

Escritura y ortografía

I

PRONUNCIACIÓN DE LAS PALABRAS Y LOS NOMBRES

El Lenguaje Oestron o Común se ha traducido por entero a sus equivalentes ingleses [castellanos]. Todos los nombres y las palabras especiales hobbits han de pronunciarse en consecuencia: por ejemplo, *Bolger* se pronuncia como la *g* en el inglés *bulge,* y *mathom* rima con el inglés *fathom.*

Al transcribir los antiguos escritos intenté representar los sonidos originales (en la medida en que pueden determinarse) con la mayor exactitud posible, y al mismo tiempo obtener palabras y nombres que no resulten extraños en letras modernas. El Quenya alto élfico se ha deletreado como el latín, cuando los sonidos del Quenya lo permitían. Por este motivo se ha preferido la *c* a la *k* en ambas lenguas Eldarin.

Los que se interesen en semejantes detalles han de tener en cuenta los siguientes puntos.

CONSONANTES

C   tiene siempre el valor de *k* aun antes de *e* e *i: celeb,* «plata», debe pronunciarse *keleb.*

CH se utiliza solamente para representar el sonido que se oye en *bach* (en alemán o galés), no el que tiene en inglés *church* [o en castellano *hacha*]. Salvo al final de las palabras y ante *t* este sonido se debilitó hasta tener el valor de una *h* [aspirada] en el lenguaje de Gondor, y ese cambio quedó registrado en unos pocos nombres, tales como *Rohan, Rohirrim. (Imrahil* es un nombre Númenóreano.)

DH representa la *th* sonorizada (suave) del inglés *these clothes* [en castellano *d* entre vocales o al final de palabra]. Se relaciona habitualmente con la *d,* como en S. *galadh,* «árbol»; *alda* en Q.; pero a veces deriva de *n* + *r,* como en *Caradhras,* «Cuerno Rojo», de *caran-rass.*

F   representa el sonido *f*, salvo al final de palabras, donde se la utiliza para representar el sonido de una *v* prolongada: *Nindalf, Fladrif.*

G   tiene sólo el sonido de *g* en el inglés *give* [en castellano el de *g* seguida de *a, o, u* o de *gu* seguidas de *e, i*]: *gil*, «estrella», en *Gildor, Gilraen, Osgiliath.*

H   sola, sin otra consonante, tiene el valor de *h* [aspirada] en *house, behold*. La combinación Quenya *ht* tiene el sonido *cht*, como en alemán *echt, acht;* v.g. el nombre *Telumehtar*, «Orión».[1] Véanse también CH, DH, L, R, TH, W, Y.

I   inicialmente delante de otra vocal tiene el sonido consonántico de *y* en *you* [o en castellano *yo*] sólo en Sindarin: como en *Ioreth, Iarwain*. Véase Y.

K   se utiliza en nombres que no pertenecen a las lenguas élficas con el mismo valor que la *c* fuerte; así pues, *kh* representa el mismo sonido que *ch* en Orco *Grishnákh* o en Adûnaic (Númenóreano) *Adunakhor*. Sobre la lengua de los Enanos (Khuzdul), véase nota más abajo.

L   representa poco más o menos el mismo sonido que la *l* inicial en inglés de *let* [o en castellano *lecho*]. No obstante, en cierto grado se «palatizaba» entre *e, i* y una consonante, o en los finales, después de *e, i*. (Los Eldar probablemente habrían transcrito las palabras inglesas *bell, fill*, como *beol, fiol*.) LH representa el mismo sonido pero sordo (habitualmente derivado de *sl*-inicial). En Quenya (arcaico) esto se escribe *hl*, pero en la Tercera Edad se pronunciaba de ordinario como *l*.

NG   igual a *ng* como en [castellano o en] inglés *finger*, salvo en los finales, donde se pronunciaba como en inglés *sing*. Este último sonido también existía inicialmente en Quenya, pero se los transcribió como *n* (como en *Noldo*) de acuerdo con la pronunciación de la Tercera Edad.

PH   tiene el mismo sonido que *f*. Se utiliza *a*) cuando el sonido *f* ocurre al final de una palabra, como en *alph*, «cisne»; *b*) cuando el sonido *f* se relaciona con una *p* o deriva de ella, como en *i-Pheriannath*, «los Medianos» (*perian*); *c*) en medio de unas pocas palabras, como una *ff* larga (de *pp*), como en *Ephel*, «cerco exterior», y *d*) en Adûnaic y Oestron, como en *Ar-Pharazôn* (*pharaz*, «oro»).

QU   se utilizó como *cw*, combinación muy frecuente en Quenya, aunque no existía en Sindarin.

---

1. Habitualmente llamada en Sindarin *Menelvagor* (I. 124), Q. *Menelmacar.*

R   una *r* vibrante, en todas las posiciones; el sonido no se perdía delante de las consonantes (como en inglés *part*). Se dijo que los Orcos y algunos Enanos utilizaban una *r* uvular, sonido que los Eldar encontraban desagradable. RH representa una *r* sorda (habitualmente derivada de una combinación inicial más antigua, *sr-*). En Quenya se escribía *hr*. Cf. L.

S   es siempre sorda, como en inglés *so, geese*; el sonido *z* [*s* sonora, no el sonido *z* en castellano] no existía en el Quenya o el Sindarin contemporáneos. SH, que aparece en Oestron y en las lenguas de Orcos y Enanos, representa un sonido similar al de *sh* en inglés.

TH   el sonido sordo *th* en inglés *thin cloth* [o el de *z* en español *paz*]. Esto se convirtió en *s* en el Quenya hablado, aunque todavía se escribía con una letra diferente; como en Q. *Isil*, S. *Ithil*, «Luna».

TY   representa un sonido probablemente similar al de la *t* en inglés *tune*. Derivaba principalmente de *c* o *t + y*. El sonido de *ch* en inglés [o castellano], frecuente en Oestron, era a menudo sustituido por *ty* entre los hablantes de esa lengua. Cf. HY en el artículo Y.

V   tiene el valor de *v* en inglés [y en castellano], pero no se usa al final de palabra. Véase F.

W   tiene el valor de *w* en inglés. HW es una *w* sorda, como en inglés *white* (según la pronunciación del norte). No era un sonido inicial infrecuente en Quenya, aunque en este libro no parece haber ningún ejemplo. En la transcripción del Quenya se utilizan tanto *v* como *w*, a pesar de la asimilación de la escritura a la del latín, pues los dos sonidos, distintos al principio, se daban en la lengua.

Y   se utiliza en Quenya para representar el sonido consonántico *y*, como en inglés *you* [o en castellano *yo*]. En Sindarin *y* es una vocal (véase más adelante). HY guarda la misma relación con *y* que HW con *w*, y representa un sonido semejante al del inglés *hew, huge*; *h* en Quenya *eht, iht* tenía el mismo sonido. El sonido de *sh* en inglés, corriente en Oestron, era a menudo sustituido por *hy*. Cf. TY más arriba. HY por lo general derivaba de *sy-* y *khy-*; en ambos casos las palabras Sindarin tienen una *h* inicial, como en Q. *Hyarmen*, «sur», S. *Harad*.

Téngase en cuenta que las consonantes dobles, como *tt, ll, ss, nn*, representan consonantes largas. Al final de palabras de más de una sílaba, estas consonantes se acortaban por lo general, como en *Rohan*, de *Rochann* (arcaico, *Rochand*).

En Sindarin, las combinaciones *ng, nd, mb,* muy frecuentes en las lenguas Eldarin primitivas, tuvieron diversos cambios. *Mb* se convirtió en *m* en todos los casos, pero aún contaba como consonante larga en cuanto al acento, y por tanto se escribía *mm* siempre que pudiera haber dudas acerca del acento.[2] *Ng* permaneció inalterada salvo en los comienzos y los finales de palabra, donde pasó a ser una simple nasal (como en inglés *sing*). *Nd* se convirtió por lo general en *nn,* como en *Ennor,* «Tierra Media», Q. *Endóre;* pero se mantuvo como *nd* al final de los monosílabos tónicos, como *thond,* «raíz» (cf. *Morthond,* «Raíz Negra»), y también delante de *r,* como en *Andros,* «Larga Espuma». Esta *nd* aparece también en algunos nombres antiguos derivados de un período anterior, como en *Nargothrond, Gondolin, Beleriand.* En la Tercera Edad la *nd* final en las palabras largas se había convertido en *n,* de *nn,* como en *Ithilien, Rohan, Anórien.*

VOCALES

Para las vocales se utilizan las letras *i, e, a, o, u,* y (en Sindarin solamente) *y.* Por lo que sabemos los sonidos representados con estas letras (exceptuando la *y*) eran los comunes, aunque sin duda no es posible detectar muchas variedades locales.[3] Es decir, los sonidos eran aproximadamente los representados por *i, e, a, o, u* en las palabras inglesas *machine, were, father, for, brute* [o las castellanas *máquina, era, padre, por, bruto*] sin que cuente la cantidad.

En Sindarin *e, a, o* largas tenían la misma cualidad que las cortas, pues habían derivado de éstas en tiempos relativamente recientes (las *é, á, ó,* más antiguas habían sido alteradas). En Quenya las *é* y *ó* largas, cuando eran pronunciadas correctamente,[3]

---

2. Como en *galadhremmin ennorath* (I. 333), «tierras de árboles entretejidos de la Tierra Media». *Remmirath* (I. 123) contiene *rem,* «red». Q. *rembe + mîr,* «joya».

3. Escribiendo *ei, ou* (o sus equivalentes en los escritos contemporáneos) se demuestra la bastante difundida pronunciación de *é* y *ó* largas, más o menos como en inglés *say no,* tanto en Oestron como en la articulación de los nombres Quenya por los hablantes de Oestron. Pero tales pronunciaciones se consideraban incorrectas o rústicas. Por supuesto, en la Comarca eran habituales. Por tanto los que pronuncien *yéni únótime* «largos años innumerables», como es natural hacerlo en inglés, se equivocarán poco más que Bilbo, Meriadoc o Peregrin. Se dice que Frodo tuvo «gran facilidad para la emisión de sonidos extranjeros».

como lo hacían los Eldar, eran más estiradas y más «densas» que las vocales cortas.

Sólo el Sindarin entre las lenguas contemporáneas tenía la *u* «modificada» o anterior, más o menos como la *u* de *lune* en francés. Era en parte una modificación de *o* y *u*, en parte derivada de los diptongos más antiguos *eu, iu*. Para este sonido se había utilizado *y* (como en el antiguo inglés), como en *lyg*, «serpiente», Q. *leuca*, o *emyn*, plural de *amon*, «colina». En Gondor esta *y* se pronunciaba comúnmente como una *i*.

Las vocales largas se señalan habitualmente mediante el «acento agudo», como en ciertas variedades de la escritura Fëanoriana. En Sindarin las vocales largas en los monosílabos tónicos se señalan con el circunflejo, pues en tales casos tienden a prolongarse especialmente;[4] por ejemplo, *dûn*, pero *Dúnadan*. El uso de circunflejo en otras lenguas, como el Adûnaic o la de los Enanos, no tiene significación especial, y sólo se lo utiliza para señalar que éstas son lenguas extranjeras (como ocurre con el uso de *k*).

La *e* final no es nunca muda o un mero signo de longitud como en inglés. Para señalar esta *e* final con frecuencia (pero no de manera coherente) se escribe *ë*.

Los grupos *er, ir, ur* (finales o delante de una consonante) no han de pronunciarse como en inglés *fern, fir, fur*, sino más bien como en inglés *air, eer, oor*.

En Quenya *ui, oi, ai,* y *iu, eu, au* son diptongos (es decir, se pronuncian en una sola sílaba). Todo otro par de vocales es bisilábico. Esto se señala a menudo escribiendo *ëa* (*Eä*), *ëo, oë*.

En Sindarin los diptongos se escriben *ae, ai, ei, oe, ui* y *au*. Otras combinaciones no constituyen diptongos. La escritura de *au* final como *aw* se acomoda a la costumbre inglesa pero no es en realidad infrecuente en la ortografía Fëanoriana.

Todos estos diptongos[5] eran diptongos «descendentes», es decir, acentuados en el primer elemento, y compuestos de vocales simples pronunciadas juntas. Así pues, *ai, ei, oi, ui* han de

---

4. También en *Annûn*, «puesta de sol», *Amrûn*, «salida del sol», por influencia de las emparentadas *dûn*, «oeste», y *rhûn*, «este».

5. Originalmente. Pero *iu* en Quenya durante la Tercera Edad se pronunciaba como un diptongo ascendente, como *yu* en inglés *yule*.

pronunciarse respectivamente como las vocales en inglés en *rye* (no *ray*), *grey, boy, ruin;* y *au* (*aw*) como en *loud, how* y no como en *laud, haw.*

No hay nada en inglés que corresponda de cerca a *ae, oe, eu; ae* y *oe* pueden pronunciarse como *ai, oi.*

La posición del acento no se señala en las lenguas Eldarin, ya que depende de la forma de la palabra. En las palabras de dos sílabas, prácticamente sin excepción, recae en la primera. En las palabras largas recae en la penúltima cuando contiene una vocal larga, un diptongo o una vocal seguida por dos (o más) consonantes. Cuando la penúltima sílaba contiene (como ocurre a menudo) una vocal corta seguida de una sola consonante (o de ninguna), el acento recae sobre la antepenúltima sílaba. Las palabras de este último tipo son frecuentes en las lenguas Eldarin, especialmente en el Quenya.

En los ejemplos que siguen la vocal acentuada se señala mediante una mayúscula: *isIldur, Orome, erEssëa, fËanor, ancAlima, elentÁri, dEnethor, periAnnath, ecthElion, pelArgir, silIvren.* Palabras del tipo de *elentÁri,* «reina estrella», rara vez se presentan en Quenya cuando la vocal es *é, á, ó,* a no ser que se trate de palabras compuestas (como en este caso); son más corrientes con las vocales *í, ú,* como *andÚne,* «puesta de sol, oeste». No sucede lo mismo en Sindarin, salvo en palabras compuestas. Obsérvese que en Sindarin *dh, th, ch* son consonantes singulares y en las escrituras originales se las representa asimismo con letras singulares.

En las palabras que no provienen del Eldarin las letras tienen los mismos valores cuando no se lo indica especialmente, salvo en el caso de la lengua de los Enanos. En ésta, que no posee los sonidos representados arriba por *th* y *ch* (*kh*), *th* y *kh* se aspiran, es decir *t* o *k* seguidas de una aspiración, poco más o menos como en inglés *backhand, outhouse.*

El sonido de la *z* es el de la *z* inglesa [*c* suave en castellano]. *Gh* en la Lengua Negra o en Orco representa una «fricativa sonora» (relacionada con *g* como *dh* con *d*): como *ghâsh* y *agh.*

A los nombres «exteriores» o humanos de los Enanos se les

dieron formas nórdicas, pero el valor de las letras es el descrito. También en el caso de los nombres de personas y lugares de Rohan (cuando no se han modernizado), salvo que aquí *éa* y *éo* constituyen diptongos, que pueden representarse por el conjunto *ea* del inglés *bear*, y el *eo* de *Theobald*; y es la *u* modificada. Las formas modernizadas son fácilmente reconocibles y deben pronunciarse como en inglés [castellano]. Son en su mayoría nombres de lugares como *Durharrow* (de *Dúnharg*) [Sagrario], con excepción de *Shadowfax* [Sombragrís] y *Wormtongue* [Lengua de Serpiente].

II

ESCRITURA

Las escrituras y letras utilizadas en la Tercera Edad eran todas en última instancia de origen Eldarin, y ya en aquel tiempo muy antiguas. Habían alcanzado la etapa de pleno desarrollo alfabético, pero todavía se utilizaban modos más antiguos en los que sólo las consonantes eran representadas por letras.

Los alfabetos eran de dos especies principales, independientes en un principio: las *Tengwar* o *Tîw*, que se traducen aquí como «letras», y las *Certar* o *Cirth*, que se traducen como «runas». Las *Tengwar* estaban concebidas para ser escritas con pluma o pincel, y las formas cuadriculadas de las inscripciones derivaban en este caso de las formas escritas. Las *Certar* se utilizaban en inscripciones grabadas o talladas.

Las *Tengwar* eran las más antiguas, pues habían sido concebidas por los Noldor, los más hábiles de los Eldar en tales materias, mucho antes de que se exiliaran. Las letras Eldarin más antiguas, las Tengwar de Rúmil, no se utilizaban en la Tierra Media. Las letras posteriores, las Tengwar de Fëanor, era en gran medida una nueva invención, aunque algo debían a las letras de Rúmil. Fueron llevadas a la Tierra Media por los Noldor exiliados, y de ese modo llegaron a conocerlas los Edain y los Númenóreanos. En la Tercera Edad se habían extendido casi exactamente por la misma zona donde se conocía la Lengua Común.

Las Cirth fueron concebidas por primera vez en Beleriand por los Sindar, y durante mucho tiempo sólo se utilizaron para inscribir nombres y breves conmemoraciones en madera o piedra. A ese origen deben sus formas angulosas, muy seme-

	I	II	III	IV
1	1 p	2 p	3 q	4 q
2	5 p	6 p	7 cq	8 q
3	9 b	10 b	11 d	12 d
4	13 bo	14 bo	15 cd	16 dd
5	17 m	18 m	19 cc	20 u
6	21 n	22 n	23 u	24 u
	25 y	26 y	27 ⊤	28 s
	29 ૮	30 ૭	31 ε	32 з
	33 λ	34 d	35 λ	36 o

jantes a las runas de nuestro tiempo, aunque diferían de éstas en los detalles, y la disposición era enteramente distinta. Las Cirth en su forma más antigua y simple se extendieron hacia el este durante la Segunda Edad, y muchos pueblos las conocieron, los Hombres y los Enanos y aun los Orcos; todos ellos las alteraron de acuerdo con sus necesidades y la poca o mucha habilidad que tenían para esas artes. Los Hombres de Valle utilizaban todavía una de esas formas simples, y también los Rohirrim.

Pero en Beleriand, antes del fin de la Primera Edad, las Cirth, en parte por influencia de las Tengwar de los Noldor, se reordenaron y se desarrollaron todavía más. El alfabeto más completo y ordenado fue el que se conoció como Alfabeto de Daeron, pues de acuerdo con la tradición élfica, Daeron, el trovador y maestro de historias del Rey Thingol de Doriath, fue el que lo inventó. Entre los Eldar el Alfabeto de Daeron no tenía formas verdaderamente cursivas, pues para escribir los Elfos adoptaron las letras Fëanorianas. De hecho, casi todos los Elfos del Occidente abandonaron por entero la utilización de runas.

En el país de Eregion, sin embargo, el Alfabeto de Daeron se mantuvo, y de allí pasó a Moria, donde se convirtió en el alfabeto preferido de los Enanos. Lo utilizaron siempre desde entonces y lo llevaron consigo al Norte. De ahí que en tiempos posteriores se lo llamara a menudo *Angerthas Moria* o las Largas Hileras Rúnicas de Moria. Al igual que con el lenguaje, los Enanos recurrieron a las formas de escritura vigentes y muchos también escribían con habilidad las letras Fëanorianas; pero para su propia lengua adoptaron las Cirth, y a partir de ellas desarrollaron otras formas, que podían ser escritas con pluma.

(i)

LAS LETRAS FËANORIANAS

El cuadro exhibe en caligrafía normal todas las letras que se usaban comúnmente en las Tierras Occidentales durante la Tercera Edad. La disposición es la más usual de entonces y sigue el orden en que se las recitaba.

Esta escritura no era en su origen un «alfabeto», es decir una serie azarosa de signos, cada cual con un valor independiente propio, recitados en un orden tradicional ajeno a las formas y funciones de las letras.[6] Era más bien un sistema de signos consonánticos, de estilo y formas similares, que podían adaptarse según elección o conveniencia para representar las consonantes de las lenguas practicadas (o concebidas) por los Eldar.

Ninguna de las letras tenía un valor fijo; pero poco a poco fueron reconociéndose ciertas relaciones entre ellas.

El sistema comprendía veinticuatro letras primarias, 1-24, dispuestas en cuatro *témar* (series); cada una de ellas tenía seis *tyeller* (grados). Había también «letras adicionales», como las 25-36. De éstas, las 27 y 29 son las únicas letras estrictamente independientes; las restantes son modificaciones de otras letras. Había también unos cuantos *tehtar* (signos) de usos variados. Éstos no aparecen en el cuadro.[7]

Cada una de las *letras primarias* estaba formada por un *telco* (tallo) y un *lúva* (arco). Las formas que se ven en 1-4 se consideraban normales. El tallo podía ser alzado, como en 9-16, o reducido, como en 17-24. El arco podía ser abierto, como en las series I y III, o cerrado, como en II y IV; y en ambos casos podía duplicarse: v. g., en 5-8.

En la Tercera Edad la costumbre había modificado la libertad teórica de aplicación, al punto que la serie I se aplicaba a las series dentales o *t* (*tincotéma*), y la II a las labiales o *p* (*parmatéma*). La aplicación de las series III y IV variaba de acuerdo con los requerimientos de las diferentes lenguas.

En lenguas como el Oestron, en las que abundaban las consonantes[8] tales como nuestras *ch, j, sh,* la serie III se aplicaba habitualmente a ellas; en ese caso la serie IV se aplicaba a la serie normal *k* (*calmatéma*). En Quenya, que tenía además de la *calmatéma* una serie palatal (*tyelpetéma*) y una serie labializada (*quessetéma*), las palatales se representaban mediante un signo diacrítico Fëanoriano que indicaba «sigue *y*» (por lo común dos puntos colocados debajo), mientras que la serie IV era una serie *kw*.

6. La única relación en nuestro alfabeto que les habría parecido inteligible a los Eldar es la que hay entre P y B; y su mutua separación y la separación de F, M, V les habría parecido absurda.

7. Muchos de ellos aparecen en los ejemplos dados en la inscripción en I. 81, que se transcribe en I. 357. Se utilizaban principalmente para representar sonidos vocálicos; en Quenya se consideraban de ordinario modificaciones de las consonantes acompañantes; o para representar más bevemente las combinaciones consonánticas que son más frecuentes.

8. La representación de los sonidos es aquí la misma que la empleada en la transcripción que se explica arriba, salvo que *ch* representa aquí la *ch* en la palabra inglesa *church* [o la castellana *hacha*]; *j* representa el sonido de la *j* inglesa y *zh* el sonido escuchado en *azure* y *occasion*.

Dentro de estas aplicaciones generales, por lo corriente se observaban también las siguientes relaciones. Las letras normales de grado 1 se aplicaban a las «oclusivas sordas»: *t, p, k*, etc. La duplicación del arco indicaba la adición de «sonoridad»: así, si 1, 2, 3, 4 = *t, p, ch, k* (o *t, p, k, kw*), 5, 6, 7, 8 = *d, b, j, g* (o *d, b, g, gw*). La elevación del arco indicaba que la consonante se abría en una «fricativa»: así, suponiendo los valores precedentes para grado 1, grado 3 (9-12) = *th, f, sh, sch* (o *th, f, kh, khw/hw*), y grado 4 (13-16) = *dh, v, zh, gh* (o *dh, v, gh, ghw/w*).

El sistema Fëanoriano original tenía también un grado con ramificaciones que se extendían tanto por encima como por debajo de la línea. Estas ramificaciones representaban de ordinario consonantes aspiradas (v. g. *t + h, p + h, k + h*), pero podían representar también otras variantes consonánticas cuando las circunstancias así lo requerían. No eran necesarias en las lenguas de la Tercera Edad que utilizaban esta escritura; pero estas formas se utilizaban mucho como variantes (las que se distinguen más claramente del grado 1) de los grados 3 y 4.

El grado 5 (17-20) se aplicaba habitualmente a las consonantes nasales: así, 17 y 18 eran los signos más comunes de *n* y *m*. De acuerdo con el principio observado más arriba, el grado 6 tuvo que haber representado las nasales sordas, pero como tales sonidos (ejemplificados por *nh* en galés o *hn* en inglés antiguo) se daban muy raramente en las lenguas de que se trata, el grado 6 (21-24) se utilizaba con mayor frecuencia para las consonantes más débiles o «semivocálicas» de cada una de las series. Entre las letras primarias, este grado comprendía las de forma más pequeña y sencilla. Así, 21 se utilizaba con frecuencia para representar una *r* débil (no vibrante), que originalmente se daba en el Quenya, y que se consideraba en el sistema la consonante más débil de las *tincotéma;* 22 se utilizaba para representar la *w;* cuando la serie III se utilizaba como serie palatal, 23 se usaba comúnmente para representar una *y* consonántica.[9]

Dado que algunas de las consonantes del grado 4 tendían a hacerse más débiles en la pronunciación y se aproximaban a las del grado 6 o se mezclaban con ellas (como se lo describe arriba) muchas de las consonantes últimas dejaron de tener una

9. La inscripción de las Puertas Occidentales de Moria es un ejemplo de un modo, utilizado para la escritura en Sindarin, en el que el grado 6 representaba las nasales simples; pero el grado 5 representaba las nasales dobles o largas, muy frecuentes en Sindarin: 17 = *nn,* pero 21 = *n.*

función clara en las lenguas Eldarin; y las letras que representaron vocales derivaron en amplia medida de estas mismas letras.

NOTA

El deletreo normal del Quenya divergía de las aplicaciones de las letras aquí descritas. El grado 2 se utilizaba para las combinaciones *nd, mb, ng, ngw,* frecuentes todas, pues *b, g, gw* aparecían sólo en ellas, mientras que para *rd, ld,* se utilizaban las letras especiales 26, 28. (Para *lv,* no para *lw,* muchos hablantes, especialmente Elfos, utilizaban *lb:* esto se escribía con 27 + 6, pues *lmb* no podía darse nunca.) De modo similar, el grado 4 se utilizaba para las combinaciones extremadamente frecuentes *nt, mp, nqu,* pues el Quenya no tenía *dh, gh, ghw,* y para *v* se utilizaba la letra 22. Véase más adelante la denominación de las letras Quenya.

Las letras adicionales. N.º 27 era normalmente utilizada para representar la *l.* N.º 25, en su origen una modificación de 21, se utilizaba para representar una *r* «plenamente» vibrante. Los N.ᵒˢ 26, 28 eran modificaciones de éstas. Se utilizaban con frecuencia para representar las sordas *r* (*rh*) y *l* (*lh*) respectivamente. Pero en Quenya se las utilizaba para *rd* y *ld.* 29 representaba *s,* y 31 (con rizo duplicado) *z* en las lenguas que eran necesarias. Las formas invertidas 30 y 32, aunque podían utilizarse como signos independientes, en general se utilizaban como meras variantes de 29 y 31, de acuerdo con la conveniencia de la escritura, v. g., se usaban mucho acompañando a *tehtar* superpuestos.

N.º 33 fue originalmente una variación que representaba cierta variedad (más débil) de 11; en la Tercera Edad se la utilizó principalmente para representar la *h.* 34 se usaba sobre todo (si se la usaba) para representar una *w* sorda (*hw*). 35 y 36, cuando se las usaba como consonante, se las aplicaba sobre todo a la *y* y la *w* respectivamente.

Las vocales se representaban de modo diverso por *tehtar,* habitualmente colocados sobre la letra consonántica. En lenguas como el Quenya, en la que la mayor parte de las palabras terminan en vocales, el *tehta* se ponía encima de la consonante precedente; en las semejantes al Sindarin, en que la mayor parte de las palabras terminan en consonante, se colocaba en la consonante siguiente. Cuando no había consonante alguna en la po-

543

sición requerida, el *tehta* se ponía sobre el «breve portador», una de cuyas formas comunes se asemejaba a una i sin punto. Los *tehtar* utilizados en las diversas lenguas para representar las vocales eran abundantes. Los más comunes, habitualmente aplicados a (variedades de) *e, i, a, o, u* se muestran en los ejemplos dados. Los tres puntos, la forma más frecuente de representación de la *a*, se escribían de diversos modos en la escritura rápida; a menudo se utilizaba una especie de circunflejo.[10] El punto único y el «acento agudo» se utilizaban con frecuencia para representar la *i* y la *e* (pero en ciertos sistemas de la *e* y la *i*). Los rizos se utilizaban para representar la *o* y la *u*. En la inscripción del Anillo el rizo abierto hacia la derecha representaba la *u;* pero en la inscripción [en algunas ediciones] de la página del título representa la *o*, y el rizo abierto hacia la izquierda, la *u*. Se prefería el rizo hacia la derecha, y la aplicación dependía de la lengua de que se trataba; en la Lengua Negra la *o* no era frecuente.

Las vocales largas se representaban generalmente colocando el *tehta* sobre el «portador largo», una de cuyas formas comunes era una especie de *j* sin punto. Pero para el mismo fin, solía doblarse el *tehta*. Esto, sin embargo, sólo era frecuente en el caso de los rizos, y a veces en el del «acento». Como signo de *y* siguiente se utilizaban sobre todo dos puntos.

La inscripción de la Puerta del Oeste constituye un ejemplo de «plena escritura» en la que las vocales se representan mediante letras separadas. Aparecen todas las letras vocálicas utilizadas en Sindarin. Puede observarse el uso del N.º 30 como signo de la *y* vocálica; también de los diptongos poniendo el *tehta* que representa la *y* siguiente sobre la letra vocálica. El signo de *w* (necesario para la expresión de *au, aw*) era el rizo *u* o una modificación del mismo ~. Pero los diptongos a menudo se escribían enteros, como en la transcripción. En este modo la vocal larga se indicaba por lo general mediante el «acento agudo», llamado en este caso *andaith*, «marca larga».

Además de los *tehtar* ya mencionados había varios otros utilizados sobre todo para abreviar la escritura; en especial indicaban combinaciones de consonantes frecuentes que de este modo no se escribían por entero. Entre éstos se utilizaba a me-

10. En Quenya, en que la *a* es sumamente frecuente, su signo se omitía a menudo por completo. Así, *calma*, «lámpara», solía escribirse *clm*. Esto se leía naturalmente como *calma*, pues *cl* no era una combinación inicial posible en Quenya, y *m* no se daba nunca al final. Una lectura posible era *calama*, pero esa palabra no existía.

nudo una barra (o un signo semejante al *tilde* castellano) sobre una consonante para indicar que era precedida por la nasal de la misma serie (como en *nt, mp, nk*); pero un signo similar colocado debajo indicaba de ordinario que la consonante era larga o doble.

Se utilizaba un gancho curvado hacia abajo unido al arco (como en *hobbits,* la última palabra en la página del título) para indicar una *s* siguiente, especialmente en las combinaciones *ts, ps, ks* (*x*), frecuentes en Quenya.

Por supuesto, no había «modo» que representara el inglés. A partir del sistema Fëanoriano podría inventarse uno fonéticamente adecuado. La breve inscripción de la portada no es un verdadero ejemplo. Muestra sobre todo lo que podría haber conseguido un hombre de Gondor que vacilara entre los valores de las letras para él familiares y la tradicional escritura del inglés. Es posible observar que se emplea aquí un punto debajo (una de cuyas funciones era representar las vocales débiles oscurecidas) para la representación de *and* [y] no enfatizada, pero se utiliza también en *here* [aquí] para representar la *e* final muda; *the* [el], *of* [de] y *the* [los] se expresan mediante abreviaturas (*dh* extendida, *v* extendida y, la última, mediante un trazo colocado debajo).

Los nombres de las letras. En todos los modos cada letra y signo tenía un nombre; pero estos nombres se concibieron teniendo en cuenta los usos fonéticos en cada modo particular. No obstante, se consideraba a menudo deseable, especialmente para describir los usos de las letras en otros modos, que cada letra tuviera un nombre. Para este fin se utilizaban comúnmente los nombres Quenya «en pleno», aun cuando se refirieran a usos que eran peculiares de esa lengua. Cada «nombre en pleno» era una palabra en Quenya que contuviera la letra en cuestión. En lo posible, era el primer sonido de la palabra; pero cuando el sonido o la combinación expresada no se daba inicialmente, aparecía inmediatamente después de la vocal inicial. Los nombres de las letras del cuadro eran 1) *tinco,* metal; *parma,* libro; *calma,* lámpara; *quesse,* pluma; 2) *ando,* puerta; *umbar,* destino; *anga,* hierro; *ungwe,* telaraña; 3) *thúle* (*súle*), espíritu; *formen,* norte; *harma,* tesoro (o *aha,* ira); *hwesta,* brisa; 4) *anto,* boca; *ampa,* gancho; *anca,* mandíbulas; *unque,* un hueco; 5) *númen,* oeste; *malta,* oro; *noldo* (más arcaico, *ngoldo*), alguien perteneciente al clan de los Noldor; *nwalme* (más arcaico *ngwalme*),

tormento; 6) *óre*, corazón (mente interior); *vala*, poder angé-
lico; *anna*, regalo; *vilya*, aire, cielo (más arcaico *wilya*); *rómen*,
este; *arda*, región; *lambe*, lengua; *alda*, árbol; *silme*, luz estelar; *silme nuquerna* (*s* invertida); *áre*, luz solar (o *esse*, nombre); *áre nuquerna; hyarmen*, sur; *hwesta sindarinwa, yanta*, puente; *úre*, calor.
Toda variante es una consecuencia de que los nombres fueran
anteriores a ciertos cambios que afectaron al Quenya tal como
lo hablaban los Exiliados. Así, N.º 11 se llamaba *harma* cuando
representaba la *ch* fricativa en todas sus posiciones, pero cuando este sonido se convirtió en *h* aspirada inicialmente[11] (aunque estuviera situada en medio de la palabra), se adoptó el
nombre *aha*. Originalmente *áre* era *áze*, pero cuando esta *z* se
mezcló con 21, el signo se utilizó en Quenya para la muy frecuente combinación *ss* en esa lengua, y se le dio el nombre de
esse. Se le daba a 12 el nombre *hwesta sindarinwa* o «*hw* de los Elfos Grises», porque en Quenya tenía el sonido *hw*, y no eran necesarios signos distintos para *chw* y *hw*. Los nombres de letras
más comúnmente conocidos y usados eran 17 *n*, 33 *hy*, 25 *r*, 9 *f*:
númen, hyarmen, rómen, formen = oeste, sur, este, norte (cf. Sindarin *dûn* o *annûn, harad, rhûn* o *amrûn, forod*). Estas letras comúnmente indicaban los puntos cardinales O, S, E, N aun en
lenguas que utilizaban nombres del todo diferentes. En las Tierras Occidentales se los nombraba en este orden, empezando
de cara al oeste; de hecho, *hyarmen* y *formen* significaban en verdad región de mano izquierda y región de mano derecha (lo
contrario del ordenamiento de muchas lenguas humanas).

LAS CIRTH

Las *Certhas Daeron* se concibieron originalmente para representar
sólo los sonidos del Sindarin. Las *cirth* más antiguas eran los N.ᵒˢ
1, 2, 5, 6; 8, 9, 12; 18, 19, 22; 29, 31; 35, 36; 39, 42, 46, 50; y una
certh que variaba entre 13 y 15. La asignación de valores no era sis-
temática. Los N.ᵒˢ 39, 42, 46, 50 eran vocales y siguieron sién-
dolo en todos los desarrollos posteriores. Los N.ᵒˢ 13, 15 se utilizaban para representar *h* o *s*, según el 35 se utilizara para
representar *s* o *h*. Estas vacilaciones entre *s* y *h* se mantuvieron

---

11. Para la representación de la *h* aspirada, el Quenya utilizó originalmente un
sencillo tallo elevado sin arco llamado *halla*, «alto». Éste podía colocarse ante una
consonante para indicar que era sorda y aspirada; la *r* y la *l* sordas se pronuncia-
ban así por lo general, y se transcriben *hr, hl*. Más adelante se utilizó 33 para representar la *h* independiente, y el valor de *hy* (su valor más antiguo) se representaba añadiendo el *tehta* para la *y* siguiente.

siempre. En los caracteres que consistían en un «tallo» y una «rama», 1-31, el acople de la rama, si correspondía a un lado solamente, se hacía de ordinario sobre el derecho. La inversa no era infrecuente, pero no tenía ninguna significación fonética.

En su forma más antigua, la extensión y la elaboración de estas *certhas* se llamaron *Angerthas Daeron,* pues las adiciones a las viejas *cirth* y su reorganización se atribuyeron a Daeron. Lo más probable, sin embargo, es que las principales adiciones, la introducción de dos nuevas series, 13-17 y 23-28, fueran invención de los Noldor de Eregion, pues se utilizaron para la representación de sonidos desconocidos en el Sindarin.

En la reordenación de las *Angerthas* pueden observarse los siguientes principios (evidentemente inspirados en el sistemas Fëanoriano): 1) la adición de un trazo a una rama añadía «sonorización»; 2) la inversión de la *certh* indicaba apertura a una «fricativa»; 3) la colocación de la rama a ambos lados del tallado añadía sonorización y nasalización. Estos principios se seguían regularmente, salvo en un punto. En Sindarin (antiguo) era necesario un signo que representara una *m* fricativa (o una *v* nasal) y como el mejor modo de lograrlo era la inversión del signo de *m,* al N.º 6, fácilmente reversible, se le atribuía el valor de *m,* pero al N.º 5 se le atribuía el valor *hw.*

El N.º 36, cuyo valor teórico era el de *z,* se lo utilizaba en la escritura del Sindarin o del Quenya para la representación de *ss:* cf. 31 Fëanoriana. El N.º 39 se utilizaba para *i* o *y* (consonántica); 34 y 35 se utilizaban indistintamente para la representación de *s;* y 38 se utilizaba para la secuencia *nd,* aunque la forma no la relacionaba claramente con las dentales.

En el Cuadro de Equivalencias, las de la izquierda, cuando están separados por—, son los valores de las *Angerthas* más antiguas. Los de la derecha son los valores de las *Angerthas Moria*[12] de los Enanos. Los Enanos de Moria, como puede verse, introdujeron varios cambios de valor asistemáticos, como también ciertas nuevas *cirth:* 37, 40, 41, 53, 55, 56. Este desarreglo de valores era consecuencia de dos causas principales: 1) la alteración de los valores de 34, 35, 54 en relación con *h* (el comienzo claro o glótico de una palabra con una vocal inicial que se daba en Khuzdul) y *s;* 2) el abandono de los N.ºˢ 14, 16, que los Ena-

12. Los entre ( ) son valores que se dan sólo en la utilización élfica; ★ señala *cirth* sólo utilizadas por los Enanos.

1 p	16 zh	31 l	46 e
2 b	17 nj—z	32 lh	47 ę̄
3 f	18 k	33 ng—nd	48 a
4 v	19 g	34 s—h	49 ā
5 hw	20 kh	35 s—'	50 o
6 m	21 gh	36 z—ŋ	51 ō
7 (mh) mb	22 ŋ—n	37 ng*	52 ö
8 t	23 kw	38 nd—nj	53 n*
9 d	24 gw	39 i (y)	54 h—s
10 th	25 khw	40 y*	55 *
11 dh	26 ghw,w	41 hy*	56 *
12 n—r	27 ngw	42 u	57 ps*
13 ch	28 nw	43 ū	58 ts*
14 j	29 r—j	44 w	+h
15 sh	30 rh—zh	45 ü	&

nos reemplazaron por 29, 30. También pueden observarse el uso consecuente de 12 para representar la *r*; la invención de 53 para la *n* (y su confusión con 22); el empleo de 17 como *z*, de 54 como *s*, y en consecuencia de 36 como *n* y de la nueva *certh* 37 para *ng*. Las nuevas 55, 56 fueron en su origen una forma reducida, la mitad de 46, y se utilizaron para vocales como las que se escuchan en la palabra inglesa *butter*, frecuentes en la lengua de los Enanos y también en Oestron. Cuando eran débiles o evanescentes, a menudo se reducían a un mero trazo sin tallo. Esta *Angerthas Moria* se encuentra representada en la inscripción fúnebre.

Los Enanos de Erebor utilizaron aún otra modificación de este sistema, conocido con el nombre de modo de Erebor, del que el Libro de Mazarbul es un ejemplo. Sus principales características eran: la utilización de 43 como *z*; de 17 como *ks* (*x*); y la invención de las dos nuevas *cirth*, 57, 58 para *ps* y *ts*. También reintrodujeron 14, 16 para los valores *j, zh*; pero utilizaron 29, 30 para *g, gh*, o como meras variaciones de 19, 21. Estas peculiaridades no se incluyen en el cuadro, con excepción de las *cirth* ereborianas especiales 57, 58.

Apéndice F

I

LOS LENGUAJES Y LOS PUEBLOS DE LA TERCERA EDAD

La lengua representada en esta historia por el inglés [castellano] era el *Oestron* o la «Lengua Común» hablada en el oeste de la Tierra Media durante la Tercera Edad. En el curso de esa edad se había convertido en la lengua nativa de casi todos los pueblos hablantes (salvo los Elfos) que vivían dentro de los límites de los viejos reinos de Arnor y Gondor; es decir, a lo largo de todas las costas desde Umbar hacia el norte, hasta la Bahía de Forochel, y tierra adentro hasta las Montañas Nubladas y las Ephel Dúath. El Oestron se había extendido también hacia el norte, remontando el Anduin, por las tierras al oeste del Río y al este de las montañas hasta los Campos Gladios.

En tiempos de la Guerra del Anillo, cuando concluía la edad, tenía aún estos límites como lengua nativa, aunque amplias extensiones de Eriador habían sido abandonadas por entonces, y sobre las orillas del Anduin, entre los Gladios y Rauros, vivían pocos Hombres.

Unos pocos de los antiguos Hombres Salvajes acechaban todavía en el Bosque Drúadan en Anórien; y en las colinas de las Tierras Brunas había todavía restos de un viejo pueblo, antiguos habitantes de gran parte de Gondor. Éstos conservaron sus propias lenguas; mientras que en las llanuras de Rohan vivía ahora un pueblo nórdico, los Rohirrim, que habían penetrado en esa tierra unos quinientos años antes. Pero el Oestron era utilizado como segunda lengua por todos los que conservaban un idioma propio, aun por los Elfos, no sólo en Arnor y Gondor, sino en todos los valles del Anduin y hacia el este hasta los límites del Bosque Negro. Aun entre los Hombres Salvajes y los Dunlendinos, que evitaban a los extraños, había algunos que eran capaces de hablarlo, aunque de manera entrecortada.

Hace ya mucho, en los Días Antiguos, los Elfos se dividieron en dos grandes ramas: los Elfos del Oeste (los *Eldar*) y los Elfos del Este. A esta última especie pertenecía la mayor parte de los pueblos que habitaban el Bosque Negro y Lórien; pero sus lenguas no aparecen en esta historia, en la que todos los nombres y las palabras élficas se dan en la forma *Eldarin*.[1]

De las lenguas *Eldarin,* en este libro aparecen dos: el alto élfico o *Quenya* y la de los Elfos Grises o *Sindarin.* El alto élfico es una antigua lengua de Eldamar, más allá del Mar, la primera en la que aparecen documentos escritos. No era ya una lengua nativa, sino que se había convertido, por así decir, en una especie de «latín élfico», y los Altos Elfos, que habían vuelto a la Tierra Media al término de la Primera Edad, lo utilizaban todavía en las ceremonias y en los elevados asuntos de la ciencia y el canto.

En su origen la lengua de los Elfos Grises estaba emparentada con el *Quenya*; porque era la lengua de aquellos Eldar que habían llegado a las orillas de la Tierra Media y no habían atravesado el Mar, quedándose un tiempo en las costas del país de Beleriand. Allí Thingol Mantogrís de Doriath era el rey, y en el largo crepúsculo la lengua había cambiado junto con los cambios de las tierras mortales, y se había apartado mucho de la lengua de los Eldar de más allá del Mar.

Los Exiliados, que habitaban entre la más abundante población de los Elfos Grises, habían adoptado el *Sindarin* para el uso cotidiano; por tanto, ésa era la lengua de todos los Elfos y señores élficos que aparecen en esta historia. Pues éstos eran todos de raza Eldarin, aun cuando el pueblo al que gobernaran fuera de clanes menores. La más noble de todos era la Señora Galadriel, de la casa real de Finarfin y hermana de Finrod Felagund, Rey de Nargothrond. En el corazón de los Exiliados la nostalgia por el Mar fue una inquietud que jamás se apaciguó; dormitaba en el corazón de los Elfos Grises, pero, una vez despierta, ya no era posible calmarla.

---

1. Durante este período en Lórien se hablaba Sindarin aunque con un acento peculiar, pues la mayor parte de la gente era de origen silvano. Este acento y su limitada familiaridad con el Sindarin confundió a Frodo (como lo señala en *El libro del Thain* un comentarista de Gondor). Todas las palabras élficas mencionadas en I, II, caps. 6, 7, 8, son de hecho Sindarin, como lo son también la mayor parte de los nombres de lugares y personas. Pero *Lórien, Caras Galadhon, Amroth, Nimrodel* son probablemente de origen silvano y adaptadas al Sindarin.

El *Oestron* era una lengua humana, aunque enriquecida y dulcificada por la influencia élfica. Era en su origen la lengua de aquellos a los que los Eldar llamaron *Atani* o *Edain,* los «Padres de los Hombres», específicamente el pueblo de las Tres Casas de los Amigos de los Elfos que, avanzando hacia el oeste, entraron en Beleriand durante la Primera Edad y ayudaron a los Eldar en la Guerra de las Grandes Joyas contra el Poder Oscuro del Norte.

Después de la derrota del Poder Oscuro, en la que la mayor parte de Beleriand quedó anegada o destruida, se concedió a los Amigos de los Elfos, como recompensa, que también ellos, al igual que los Eldar, pudieran trasladarse hacia el oeste por sobre el Mar. Pero como el Reino Imperecedero les estaba prohibido, se apartó para ellos una gran isla, más occidental que ninguna otra tierra mortal. El nombre de esa isla fue *Númenor* (Oesternesse). Por tanto, la mayor parte de los Amigos de los Elfos habitó en Númenor, y allí se hicieron grandes y poderosos, marinos de renombre y señores de múltiples navíos. Eran hermosos de cara y de elevada estatura y tenían una vida tres veces más larga que la de los Hombres de la Tierra Media. Éstos fueron los Númenóreanos, los Reyes de los Hombres, a quienes los Elfos llamaron los *Dúnedain.*

Sólo los *Dúnedain* entre todas las razas de los Hombres conocían y hablaban la lengua élfica; sus antepasados habían aprendido la lengua Sindarin, y la transmitieron a sus hijos junto con todo lo que sabían, y cambió muy poco con el paso de los años. Y los sabios de entre ellos aprendieron también el Alto Élfico, Quenya, y lo estimaron por encima de toda otra lengua, y en ella dieron nombre a múltiples sitios de reverencia y fama y a muchos hombres de la realeza y de gran renombre.[2]

Pero la lengua nativa de los Númenóreanos siguió siendo sobre todo su lengua humana ancestral, el Adûnaic, y a ella volvieron en sus postreros días de orgullo los reyes y señores, abandonando la lengua élfica, salvo sólo unos pocos que con-

2. Quenya, por ejemplo, son los nombres *Númenor* (o, completo, *Númenórë*) y *Elendil, Isildur* y *Anárion,* y todos los nombres reales de *Gondor,* con inclusión de *Elessar,* «Piedra Élfica». La mayor parte de los nombres de las otras gentes de los Dúnedain, tales como *Aragorn, Denethor, Gilraen* tienen forma Sindarin, pues son a menudo los nombres de Elfos u Hombres recordados en los cantos y las historias de la Primera Edad (como *Beren, Húrin*). Unos pocos tienen formas mezcladas, como *Boromir.*

servaban su antigua amistad con los Eldar. En los años de su poder, los Númenóreanos habían mantenido muchos fuertes y puertos sobre las costas occidentales de la Tierra Media para beneficio de sus barcos; y uno de los principales estaba en Pelargir, cerca de las Bocas del Anduin. Allí se hablaba el Adûnaic, y mezclado con muchas palabras de las lenguas de hombres menores, se convirtió en la Lengua Común que se extendió a lo largo de las costas entre todos los que tenían trato con Oesternesse.

Después de la Caída de Númenor, Elendil condujo de regreso a los sobrevivientes de los Amigos de los Elfos a las costas noroccidentales de la Tierra Media. Allí vivían ya muchos que eran en parte o plenamente de sangre Númenóreana; pero pocos de ellos recordaban la lengua élfica. De modo que los Dúnedain fueron así desde un principio más escasos en número que los hombres menores entre quienes vivían y a quienes gobernaban, pues eran señores de larga vida y gran sabiduría y poder. Por tanto, en el trato con otros pueblos y en el gobierno de sus vastos reinos emplearon la Lengua Común; pero la ampliaron y la enriquecieron con muchas palabras extraídas de las lenguas élficas.

En los días de los reyes Númenóreanos, esta ennoblecida lengua se extendió ampliamente aun entre pueblos enemigos, y los Dúnedain mismos la utilizaron cada vez más, de modo que en el tiempo de la Guerra del Anillo la lengua élfica era sólo conocida por una parte pequeña de los pueblos de Gondor, y menos aún eran los que la hablaban cotidianamente. Éstos vivían sobre todo en Minas Tirith y las regiones vecinas, y en la tierra de los príncipes tributarios de Dol Amroth. No obstante, los nombres de casi todos los lugares y personas del reino de Gondor tenían forma y significación élficas. El origen de unos pocos estaba olvidado y provenían sin duda de antes de que los barcos de los Númenóreanos se hicieran a la mar; entre éstos se contaban *Umbar, Arnach* y *Erech*; y los nombres de montañas *Eilenach* y *Rimmon. Forlong* era también un nombre de la misma especie.

La mayor parte de los Hombres de las regiones septentrionales de las tierras del oeste descendían de los *Edain* de la Primera Edad y de parientes suyos muy próximos. Por tanto, sus lenguas estaban emparentadas con el Adûnaic, y algunas conservaban todavía cierta semejanza con la Lengua Común. De esta especie eran los pueblos de los valles del curso superior del Anduin: los Beórnidas y los Hombres del Bosque Negro; y, más hacia el norte y el este, los Hombres de Lago Largo y de Valle. De las tierras que se extendían entre los Gladios y Carroca, provenía el pueblo que se conoció en Gondor como los Rohirrim, los Señores de los Caballos. Hablaban todavía su lengua ancestral, y en ella dieron nuevos nombres a la mayor parte de los lugares de su nuevo país; y se llamaron a sí mismos los Eorlingas o los Jinetes de la Marca. Pero los señores de ese pueblo hablaban la Lengua Común con espontaneidad y nobleza según la manera de los aliados de Gondor; porque en Gondor, de donde provenía, el Oestron era aún de un estilo más gracioso y antiguo.

Muy distinto era el lenguaje de los Hombres Salvajes del Bosque de Drúadan. También distinto o sólo remotamente emparentado, era el lenguaje de los Dunlendinos. Eran éstos un resto de los pueblos que habían habitado en los valles de las Montañas Blancas en eras pasadas. Los Hombres Muertos del Sagrario pertenecían a ese clan. Pero en los Años Oscuros otros se habían trasladado a los valles australes de las Montañas Nubladas; y desde allí algunos fueron a las tierras desiertas adentrándose hacia el norte hasta las Quebradas de los Túmulos. De ellos provenían los Hombres de Bree; pero se habían sometido mucho antes al Reino Septentrional de Arnor y habían adoptado la lengua Oestron. Sólo en las Tierras Brunas los Hombres de esta raza conservaron su propia lengua y costumbres; era éste un pueblo poco comunicativo, estaba enemistado con los Dúnedain, y odiaba a los Rohirrim.

De esa lengua nada aparece en este libro, salvo el nombre *Forgoil,* que dieron a los Rohirrim (que, según se dice, significa Cabezas de Paja). «Oscuros» y «dunlendinos» son los nombres que los Rohirrim les dieron, porque eran cetrinos y de cabellos negros; no existe conexión entre las palabras «oscuro», «bruno» [*dunn*] y la palabra Sindarin *Dûn,* «oeste».

DE LOS HOBBITS

Los Hobbits de la Comarca y de Bree habían adoptado la Lengua Común desde hacía ya probablemente unos mil años. La empleaban a su propio modo con espontaneidad y descuido; aunque los más instruidos de entre ellos dominaban aún un lenguaje más formal cuando la ocasión lo requería.

No hay registro de que haya habido una lengua peculiar de los hobbits. En días antiguos siempre parecen haber empleado las lenguas de los Hombres de las cercanías. De este modo no tardaron en adoptar la Lengua Común después de haber penetrado en Eriador, y por el tiempo en que se asentaron en Bree ya habían empezado a olvidar la otra lengua. Ésta era evidentemente una lengua humana hablada en los alrededores del curso superior del Anduin, emparentada con la de los Rohirrim; aunque los Fuertes del sur parecen haber adoptado una lengua relacionada con el Dunlendino antes de que llegaran al norte de la Comarca.[3]

De todas estas cosas en tiempos de Frodo había todavía algunas huellas en las palabras y los nombres locales, y muchos tenían una estrecha semejanza con los que aparecían en Valle o en Rohan. Era esto muy evidente en el nombre de los días, los meses y las estaciones; varias otras palabras de la misma especie (tales como *mathom* y *smial*) eran todavía de uso corriente, y muchas más se preservaban en los nombres de los lugares de Bree y la Comarca. Los nombres personales de los Hobbits eran también peculiares y muchos provenían de días remotos.

Hobbit era el nombre que habitualmente aplicaba el pueblo de la Comarca a todos los de su especie. Los Hombres los llamaban *Medianos* y los Elfos *Periannath*. El origen de la palabra *hobbit* había sido olvidado por la mayoría. Parece, sin embargo, haber sido al principio un nombre que los Fuertes y los Albos dieron a los Pelosos, y una forma desgastada de una palabra más enteramente preservada en Rohan: *holbytla*, «cavadores de agujeros».

DE OTRAS RAZAS

Ents. El pueblo más antiguo que sobrevivía en la Tercera Edad eran los *Onodrim* o *Enyd*. *Ents* se los llamaba en la lengua de Rohan. Conocieron a los Eldar en los días antiguos, y de ellos tomaron por cierto no una lengua, pero sí el deseo de hablar. La lengua que se forjaron difería de todas las otras: lenta, sonora, acumulativa, repetitiva, de largo aliento por cierto; formada por una multiplicidad de matices vocálicos y distinciones de tono y cantidad que ni siquiera los más eruditos de entre los Eldar intentaron representar. La empleaban sólo entre ellos; pero no les hacía falta mantenerla en secreto, pues nadie era capaz de aprenderla.

Sin embargo, los Ents eran hábiles para las lenguas, las aprendían pronto y jamás las olvidaban. Pero preferían las lenguas de los Eldar, y la que más les gustaba era el antiguo alto élfico. Las palabras y los nombres extraños que los Hobbits regis-

---

3. Los Fuertes del Ángulo, que regresaron a las Tierras Ásperas, habían ya adoptado la Lengua Común; pero *Déagol* y *Sméagol* son nombres de la lengua humana en las inmediaciones de los Gladios.

traron (de los empleados por Bárbol y los otros Ents) son, pues, élficos o fragmentos de lenguas élficas entrelazadas a la manera de los Ents.[4] Algunas son Quenya: como *Taurelilómëa-tumbalemorna Tumbaletaurëa Lómëanor,* que puede traducirse como: «Bosqueplurisombrío-negro-valleprofundo Boscosovalleprofundo Tierralúgubre», con lo que Bárbol quería expresar poco más o menos: «hay una sombra negra en los profundos valles del bosque». Algunas son Sindarin: como *Fangorn,* «barba-(de)-árbol», o *Fimbrethil,* «haya esbelta».

Los Orcos y la Lengua Negra. Orco es el nombre que otras razas dieron a este pueblo inmundo en la lengua de Rohan. En Sindarin era *orch.* La palabra *uruk* de la Lengua Negra, sin la menor duda, estaba relacionada con ella, aunque se aplicaba por lo general sólo a los grandes soldados Orcos que por ese tiempo salían de Mordor e Isengard. Las especies menores eran llamadas, especialmente por los Uruk-hai, *snaga,* «esclavo».

Los Orcos fueron criados por primera vez por el Poder Oscuro en los Días Antiguos. Se dice que no tenían lengua propia, pero tomaban lo que podían de otras y lo pervertían a su antojo; no obstante, sólo conseguían jergas brutales, apenas suficientes para sus propias necesidades, a no ser que se tratara de maldiciones e insultos. Y estas criaturas, colmadas de malicia y que odiaban aun a los de su propia especie, no tardaron en desarrollar tantos bárbaros dialectos como grupos o colonias había de esta raza, de modo que la lengua orca les era de poca utilidad para comunicarse entre las diversas tribus.

Así fue que en la Tercera Edad los Orcos utilizaron para comunicarse entre sus diversos grupos la lengua Oestron; y muchas de las tribus más antiguas, como las que se demoraban todavía en el Norte y las Montañas Nubladas, utilizaban desde hacía mucho el Oestron como lengua nativa, aunque de una manera que apenas resultaba menos desagradable que el orco. En esta jerga, *tark* [tarco], «hombre de Gondor», era una forma corrompida de *tarkil,* palabra Quenya utilizada en Oestron para designar a quien tuviera ascendencia Númenóreana; véase III. 242.

Se dice que la Lengua Negra fue inventada por Sauron en

4. Salvo cuando los Hobbits parecen haber intentado representar los murmullos y las llamadas más breves emitidas por los Ents; *a-lalla-lalla-rumba-kamanda-lindor-burúme* tampoco es élfico, y el único intento existente (probablemente muy inexacto) de representar un fragmento de la lengua éntica.

los Años Oscuros, y que había querido convertirla en la de todos los que los servían, pero que fracasó en este propósito. De la Lengua Negra, sin embargo, derivaban muchas de las palabras ampliamente difundidas entre los Orcos durante la Tercera Edad, tales como *ghâsh*, «fuego», pero después de la primera derrota de Sauron, la forma antigua de la lengua fue olvidada por todos, excepto por los Nazgûl. Cuando Sauron se levantó otra vez, se convirtió nuevamente en la lengua de Barad-dûr y de los capitanes de Mordor. La inscripción del Anillo estaba en la antigua forma de la Lengua Negra, mientras que la maldición de los Orcos de Mordor, en II. 49, era una forma más corrupta utilizada por los soldados de la Torre Oscura, de quienes era capitán Grishnâkh. *Sharku* en esa lengua significa *viejo*.

Trolls. La palabra *troll* se utilizó para traducir la Sindarin *Torog*. En un principio, mucho tiempo atrás, en el crepúsculo de los Días Antiguos, éstas eran criaturas de naturaleza torpe y estúpida, y no tenían más lenguaje que las bestias. Pero Sauron las utilizó, enseñándoles lo poco que podían aprender y acrecentándoles la inteligencia con maldad. Por tanto, los Trolls tomaban el lenguaje que podían aprender de los Orcos; y en las Tierras Occidentales los Trolls de Piedra hablaban una forma corrompida de la Lengua Común.

Pero a fines de la Tercera Edad apareció en el sur del Bosque Negro y en las fronteras montañosas de Mordor una raza de Trolls nunca vista antes, *Olog-hai* se llamaban en Lengua Negra. Que Sauron los hubiera criado, nadie lo dudada, aunque no se sabía a partir de qué cepa. Algunos sostenían que no eran Trolls, sino Orcos gigantes; pero los Olog-hai eran en cuerpo y mente muy distintos aun de los más grandes de los Orcos, a quienes sobrepasaban en tamaño y poder. Eran Trolls, pero llenos de la mala voluntad de su amo: una raza feroz, fuerte, ágil, salvaje y astuta, pero más dura que la piedra. A diferencia de la antigua raza del Crepúsculo, podían soportar el Sol en tanto los dominara la voluntad de Sauron. Hablaban poco, y la única lengua que conocían era la Lengua Negra de Barad-dûr.

Enanos. Los Enanos constituyen una raza aparte. De su extraño comienzo y por qué son semejantes a los Elfos y a los Hombres y a la vez difieren de ellos, lo cuenta el Silmarillion; pero de esta historia los Elfos menores de la Tierra Media no tenían conocimiento, mientras que las historias de Hombres posteriores se confunden con memorias de otras razas.

Constituyen en su mayoría una raza persistente, grave, reservada, laboriosa, que no olvida las injurias (ni los actos de bondad), amantes de la piedra, de las gemas, de las cosas que cobran forma en sus manos de artesanos, más que de las cosas con vida propia. Pero no son malos por naturaleza, y pocos son los que sirvieron al Enemigo por libre voluntad, sea lo que fuere lo alegado por los Hombres. Porque los Hombres de antaño codiciaban los tesoros y las obras de los Enanos, y hubo enemistad entre ambas razas.

Pero en la Tercera Edad, y en muchos lugares, había aún gran amistad entre los Hombres y los Enanos; y era propio de la naturaleza de los Enanos que, al viajar y trabajar y traficar por las tierras, como lo hicieron después de la destrucción de sus antiguas mansiones, emplearan las lenguas de los hombres entre los que vivían. No obstante, en secreto (un secreto que, a diferencia de los Elfos, no revelaban de buen grado ni siquiera a los amigos), empleaban su extraña propia lengua, muy poco cambiada por los años; porque se había convertido en una lengua de sabiduría más que en una lengua materna, y la atendían y la guardaban como un tesoro del pasado. Pocas son las gentes de otras razas que hayan podido dominarla. En esta historia sólo aparece en los nombres de lugares que Gimli reveló a sus compañeros; y en el grito de batalla que lanzó en el sitio de Cuernavilla. Ése al menos no era un secreto, y había sido escuchado en muchos campos de lucha desde que el mundo era joven. *Baruk Khazâd! Khazâd aimênu!* «¡Hachas de los Enanos! ¡Los Enanos están sobre vosotros!»

El nombre del propio Gimli, sin embargo, y los nombres de toda su parentela son de origen septentrional (humano). Sus propios nombres secretos e «interiores», sus verdaderos nombres, los Enanos no los han revelado nunca a nadie de otra raza. No los inscriben ni siquiera sobre sus tumbas.

II

SOBRE LA TRADUCCIÓN

Al presentar el asunto del Libro Rojo como historia que pueda leer la gente de la actualidad, el entero marco lingüístico se ha traducido en la medida de lo posible a términos de nuestro propio tiempo. Sólo las lenguas ajenas a la Lengua Común se han dejado en su forma original; pero éstas aparecen sobre todo en los nombres de personas y lugares.

La Lengua Común, como lenguaje de los Hobbits y sus historias, inevitablemente se ha volcado al inglés [castellano] moderno. En el proceso se han reducido las diferencias entre las variedades observadas en el Oestron. Se ha intentado en parte representar estas variedades como variaciones del inglés [castellano]; pero la divergencia entre la pronunciación y el idioma de la Comarca y la lengua Oestron en boca de los Elfos y los altos hombres de Gondor era mayor que lo que se muestra en este libro. En verdad, los Hobbits hablaban en su mayoría un dialecto rústico, mientras que en Gondor y Rohan se utilizaba una lengua más antigua, más formal y más tersa.

Puede observarse aquí un punto de esta divergencia, puesto que, aunque con frecuencia importante, no fue posible representarlo. La lengua Oestron, en los pronombres de la segunda persona (y a menudo también en los de la tercera), hacía una distinción, independientemente del número, entre el tratamiento «familiar» y el «respetuoso». Pero una de las peculiaridades del idioma de la Comarca consistía en que las formas de tratamiento respetuoso habían desaparecido del uso coloquial. Sólo se conservaban entre los aldeanos, especialmente los de la Cuaderna del Oeste, que las utilizaban como tratamientos de afecto. A cosas como ésta se refería la gente de Gondor cuando hablaba de la rareza de la lengua Hobbit. Peregrin Tuk, por ejemplo, en los primeros días que pasó en Minas Tirith, utilizaba las formas familiares con las gentes de todo rango, incluyendo al Señor Denethor. Esto pudo haber divertido al viejo Senescal, pero los sirvientes seguramente se asombraron. Sin duda esta utilización pródiga de las formas familiares contribuyeron a esparcir el rumor de que Peregrin era persona de alta jerarquía en su país.[5]

Se advertirá que algunos Hobbits, como Frodo, y otras personas como Gandalf y Aragorn, no siempre emplean el mismo estilo. Esto es intencional. Los más eruditos y capaces de entre los Hobbits tenían cierto conocimiento del «lenguaje de los libros», como se lo llamaba en la Comarca; y eran rápidos para

5. En uno o dos pasajes se intentó sugerir estas distinciones mediante la utilización incoherente de *thou* [el vos castellano]. Dado que este pronombre es ahora desacostumbrado y arcaico, se lo usa sobre todo para representar el lenguaje ceremonial; pero a veces el reemplazo de *you* [tú] por *thou, thee* [vos, vuestro] tiene por intención mostrar un cambio significativo de la forma respetuosa o, entre hombre y mujer, normal, a la forma de tratamiento familiar.

observar y adoptar el estilo de aquellos con los que tenían trato. De cualquier modo era natural para gente tan viajera que hablaran poco más o menos como aquellos que encontraban, especialmente en el caso de hombres a quienes, como Aragorn, les era difícil ocultar de dónde venían y la empresa que tenían entre manos. Sin embargo en aquellos días los enemigos del Enemigo veneraban lo antiguo, en la lengua no menos que en otros asuntos. Los Eldar, que por sobre todo eran hábiles con las palabras, dominaban múltiples estilos, aunque hablaban con un máximo de naturalidad en el modo que más se aproximara a su propio lenguaje, aún más antiguo que el de Gondor. También los Enanos la hablaban con habilidad, adaptándose sin trabajo a la compañía de los Eldar, aunque algunos opinaban que la pronunciación era algo gutural y áspera. Pero los Orcos y los Trolls hablaban a su antojo, sin amor por las palabras ni las cosas; y su lenguaje era de hecho más degradado e inmundo que lo que he mostrado. No creo que nadie desee una transmisión más fiel, aunque no es difícil encontrar ejemplos. Todavía suele oírse un modo de hablar semejante entre gente de mentalidad no muy distinta de la de los Orcos; monótono y repetitivo de odio y desprecio, demasiado alejado del bien como para retener siquiera fuerza verbal, salvo para los oídos de aquellos a los que sólo lo sórdido resulta vigoroso.

Traducciones de este tipo, por supuesto, son frecuentes por inevitables en cualquier narración que trate del pasado. Rara vez van más allá. Pero yo las he dejado atrás. También he traducido todos los nombres en Oestron de acuerdo con su sentido. Cuando en este libro aparecen nombres o títulos ingleses [castellanos] esto significa que los nombres en Lengua Común eran corrientes por ese entonces, además, o en lugar de, los que aparecen en lenguas extrañas (de ordinario élficas).

Los nombres Oestron eran por regla general traducciones de otros más antiguos: como Rivendel, Fontegrís, Cauce de Plata, Playa Larga, El Enemigo, la Torre Oscura. La significación de algunos difería: como Monte del Destino para *Orodruin*, «montaña ardiente», o Bosque Negro para *Taur e-Ndaedelos*, «bosque del gran temor». Unos pocos eran alteraciones de nombres élficos: Lune y Brandivino, por ejemplo, derivaban de *Lhûn* y *Baranduin*.

Este procedimiento necesita quizá de una cierta defensa. Me pareció que presentar todos los nombres en su forma original habría oscurecido un rasgo esencial de esos tiempos tal como lo percibían los Hobbits (cuyo punto de vista quise preservar por sobre toda otra cosa): el contraste entre una lengua ampliamente difundida, tan ordinaria y habitual para ellos como es para nosotros el inglés, y los restos vivientes de lenguas mucho más antiguas y venerables. Si todos los nombres se transcribieran tal cual, serían igualmente remotos para el lector moderno; por ejemplo, si el nombre élfico *Imladris* y la traducción Oestron *Karningul* se hubieran dejado los dos inalterados. Pero referirse a Rivendel como Imladris, sería como llamar hoy Camelot a Winchester, excepto que la identidad era indudable, mientras que en Rivendel vivía aún un señor de renombre, mucho más viejo de lo que sería hoy Arturo si fuera todavía rey en Winchester.

Para el nombre de la Comarca (*Sûza*) y todos los otros lugares de los Hobbits, se han adoptado, pues, formas inglesas [castellanas]. Esto rara vez resultó difícil, pues tales nombres comúnmente estaban constituidos por elementos similares a los nuestros, más sencillos en inglés; fueran palabras todavía corrientes como *hill* [colina] o *field* [campo], o algo simplificadas como *ton* en lugar de *town* [ciudad]. Pero algunos derivaban, como se observó ya, de viejas palabras hobbit en desuso, y a éstas se las representó por elementos semejantes en inglés, tales como *wich*, o *bottle*, «morada», o *michel*, «grande».

Pero en el caso de las personas, los apellidos hobbits en la Comarca y Bree, eran peculiares en aquellos días, especialmente por el hábito desarrollado desde hacía algunos siglos: los nombres de familia heredados. La mayor parte de estos apellidos tenían significaciones obvias (en la lengua corriente, derivados de motes puestos por broma o de nombres de lugares o [especialmente en Bree] de plantas y árboles). La traducción de éstos no era de gran dificultad; pero quedaban uno o dos nombres antiguos de significación olvidada; en este caso me contenté con las formas inglesas, como Took [Tuk] por *Tûk* o Boffin por *Bophîn*.

En la medida de lo posible, he tratado los nombres de pila de la misma manera. Los Hobbits daban comúnmente a sus hijas el nombre de flores o de joyas. A los hijos varones les ponían nombres que no tenían significado en el lenguaje cotidiano; y algunos de los nombres de las mujeres eran similares. De esta clase son Bilbo, Bungo, Polo, Lotho, Tanta, Nina, etcétera. Hay muchas semejanzas inevitables aunque occidentales con nombre que ahora llevamos o conocemos: por ejemplo, Otho, Odo, Drogo, Dora, Cora y otros por el estilo. Estos nombres los he conservado aunque por lo general alteré finales, pues en los nombres Hobbit la *a* era una terminación masculina y *o* y *e* eran femeninas.

Sin embargo, en algunas viejas familias, especialmente las de origen Albo como los Tuk y los Bolger, era costumbre poner nombres de pila altamente sonoros. Como la mayoría de éstos parecen haber sido extraídos de leyendas del pasado, de Hombres tanto como de Hobbits, y muchos de ellos, aunque sin significado para los Hobbits contemporáneos, tenían una estrecha semejanza con los nombres del Valle del Anduin, o de Valle, o de la Marca, los he transformado en esos antiguos nombres, en gran parte de origen franco o godo, que usamos hoy todavía o que encontramos en nuestra historia. Así, de cualquier modo, he conservado el cómico contraste entre los sobrenombres y los nombres del que los mismos Hobbits eran conscientes. Rara vez se han utilizado nombres de origen clásico; porque los equivalentes más próximos al latín y al griego en los conocimientos de los Hobbits eran las lenguas élficas, que los Hobbits apenas utilizaban. Pocos de entre ellos conocieron nunca las «lenguas de los reyes», como las llamaron.

En Los Gamos, los nombres eran diferentes de los del resto de la Comarca. El pueblo del Marjal y sus vástagos al otro lado del Brandivino eran peculiares por diversos motivos, como se ha dicho. Muchos de sus extraños nombres los heredaron sin duda de la vieja lengua de los Fuertes del sur. A éstos por lo general los he dejado inalterados, pues si resultan extraños ahora, también lo eran entonces. Tenían un estilo que quizá podríamos considerar vagamente «celta».

Como la supervivencia de huellas de la antigua lengua de los Fuertes y de los Hombres de Bree se asemeja a la supervivencia de elementos celtas en Inglaterra, he imitado a veces a estos últimos en mi traducción. De este modo Bree, Combe (Coomb [Valle]), Archet y Chetwood [Bosque de Chet] están modelos sobre estas reliquias de la nomenclatura inglesa, escogidos de acuerdo con el significado: *bree*, «hill» [«colina»]; *chet*, «wood» [«bosque»]. Pero sólo un nombre de persona ha sido alterado de este modo. Se escogió Meriadoc para dar cabida al hecho de que el nombre abreviado de este personaje, Kali, significaba en Oestron «jovial, alegre», aunque era en realidad una abreviación del nombre gamo Kalimac, cuya significación estaba ya perdida.

En mis transposiciones no he utilizado nombres de origen hebreo u otros parecidos. Nada en los nombres Hobbit corresponde a ese elemento. Nombres breves como Sam, Tom, Tim, eran abreviaciones corrientes de nombres hobbits existentes, como Tomba, Tolma, Matta y otros por el estilo. Pero Sam y su padre Ham se llamaban en realidad Ban y Ran. Éstas eran abreviaturas de *Banazîr* y *Ranugad*, originalmente apodos que significaban «mentecato, simple» y «lerdo»; pero aunque eran palabras que había caído en desuso en el lenguaje coloquial, continuaron siendo nombres tradicionales en ciertas familias. Por tanto, he intentado preservar estos rasgos utilizando Samwise [Samsagaz] y Hamfast [Hamveloz], modernizaciones del inglés antiguo *samwís* y *hámfæst,* con significados semejantes.

Habiendo avanzado hasta aquí en mi intento de modernizar y hacer familiar el lenguaje y los nombres de los Hobbits, me encontré inmerso en otro proceso. Las lenguas humanas relacionadas con el Oestron, me pareció, tenían que volcarse en formas relacionadas con el inglés. En consecuencia hice que la lengua de Rohan se pareciera al inglés antiguo, pues estaba relacionada tanto con la Lengua Común (más remotamente) como con la vieja lengua de los Hobbits del norte (muy de cerca), y comparada con el Oestron era una lengua arcaica. En varios pasajes del Libro Rojo se observa que cuando los Hobbits oyeron la lengua de Rohan, reconocieron muchas palabras y consideraron que estaba emparentada con la de ellos, de modo que pareció absurdo dejar los nombres y las palabras registradas de los Rohirrim en un estilo completamente distinto.

En varios casos he modernizado las formas y la ortografía de los nombres de lugares de Rohan, como en *Dunharrow* [El Sagrario] o *Snowbourn* [Río Nevado]; pero no he sido coherente, pues he seguido a los Hobbits. Alteraron los nombres que oían de la misma manera si estaban constituidos por elementos que reconocían o si se parecían a nombres de sitios de la Comarca; pero a muchos los dejaron inalterados, como lo hice yo, por ejemplo, en el caso de *Edoras,* «las cortes». Por las mismas razones se han modernizado también unos pocos nombres personales, como Shadowfax [Sombragrís] y Wormtongue [Lengua de Serpiente].[6]

6. Este procedimiento lingüístico de ningún modo implica que los Rohirrim se asemejaran en otros aspectos a los antiguos ingleses, ni en cultura ni en arte, ni en los armamentos ni en los métodos de lucha, salvo de un modo general, consecuencia de las circunstancias: un pueblo más simple y primitivo que vivía en contacto con una cultura más elevada y venerable, y que ocupaba tierras que otrora habían formado parte de su dominio.

Esta asimilación sirvió también para representar las palabras Hobbit locales que eran de origen nórdico. Se les ha dado la forma que ciertas palabras perdidas del inglés habrían podido tener, si hubieran llegado hasta nuestros días. Así pues, *mathom* pretende evocar la vieja palabra inglesa *máthm,* y de ese modo representar la relación de la palabra hobbit contemporánea *kast* con la de Rohan *kastu.* Del mismo modo *smial* (o *smile*), «madriguera», es una forma probable para una palabra derivada de *smygel,* y representaba adecuadamente la relación de *trân* en lengua hobbit, con *trahan* en lengua de Rohan. *Sméagol* y *Déagol* son equivalentes y proceden de los nombres *Trahald,* «excavación, horadación», y *Nahald,* «secreto», en las lenguas septentrionales.

La lengua aún más septentrional de Valle sólo se ve en este libro en los nombres de los Enanos venidos de esa región, que continuaban usando la lengua de los Hombres de allí y adoptaban sus nombres «exteriores» en esa lengua. Es posible observar que en [las ediciones inglesas de] este libro, como en *The Hobbit,* se ha utilizado la forma *dwarves* [enanos], aunque los diccionarios nos dicen que el plural de *dwarf* [enano] es *dwarfs* [enanos]. Hubiera sido *dwarrows* (o *dwerrows*) si el singular y el plural hubieran seguido su propio camino a lo largo de los años, como lo han hecho *man* [hombre] y *men* [hombres] o *goose* [ganso] y *geese* [gansos]. Pero ya no hablamos tan a menudo de un enano como lo hacemos de un hombre o aun de un ganso, y el recuerdo no se ha conservado tan fresco entre los Hombres como para mantener una forma plural para una raza relegada ahora a los cuentos de hadas, donde al menos se preserva una sombra de verdad, o, por último, a las historias sin sentido [*nonsense-stories*], en las que se han convertido en meras figuras de diversión. Pero en la Tercera Edad todavía relumbraba un vestigio del viejo carácter y poderío de los Enanos aunque ya algo oscurecido: éstos son los descendientes de los Naugrim de los Días Antiguos, en cuyo corazón arde todavía el antiguo fuego de Aulë el Herrero y echa humo el rescoldo de su viejo rencor contra los Elfos; y en cuyas manos vive aún la habilidad para los trabajos de piedra que nadie ha sobrepasado nunca.

Es para señalar esto que me he aventurado a utilizar la forma *dwarves,* y así apartarlos, quizá, de los cuentos algo tontos de estos más modernos días. *Dwarrows* habría sido mejor; pero he utilizado esa forma sólo en *Dwarrowdelf,* para representar el nombre de Moria en la Lengua Común: *Phurunargian.* Pues eso significaba «excavación de los enanos» y era ya entonces una palabra antigua. Pero Moria era un nombre élfico dado sin amor; porque los Eldar, aunque en momentos de necesidad en sus amargas luchas con el Poder Oscuro y sus sirvientes, abrieran fortalezas bajo tierra, no habitaban allí por elección. Amaban la tierra verde y las luces del cielo; y Moria significa Abismo Negro en la lengua Eldar. Pero los Enanos, y este nombre por lo menos no permaneció secreto, lo llamaron *Khazad-dûm*, la Mansión de los Khazad; porque tal es el nombre con que designan a su propia raza, y lo ha sido desde que se los dio Aulë, cuando los creó en las profundidades del tiempo.

Elfos se ha utilizado tanto para traducir *Quendi*, «los hablantes», el nombre alto élfico de toda la especie, como *Eldar*, el nombre de las Tres Familias que buscaron el Reino Imperecedero y llegaron allí en el principio de los Días (con la sola excepción de los *Sindar*). Esta vieja palabra era en verdad la única disponible, y se intentó ajustar al recuerdo de este pueblo tal como lo preservaban los hombres, o las mentes de Hombres que no fueran del todo distintas. Pero se la ha rebajado, y a muchos ahora sugiere fantasías ya bonitas o tontas, que tanto difieren de los Quendi de antaño como las mariposas de los rápidos halcones. (Por supuesto, ninguno de los Quendi tuvo nunca alas, que les eran tan ajenas como a los hombres.) La raza de los Elfos era alta y hermosa, los Hijos mayores del mundo, y entre ellos los Eldar eran como reyes, ahora desaparecidos: el Pueblo del Gran Viaje, el Pueblo de las Estrellas. Eran altos, de piel clara y ojos grises, aunque tenían los cabellos oscuros, salvo en la casa dorada de Finarfin; y había más melodía en su voz que en cualquier voz mortal que hoy pueda escucharse. Eran valientes, pero la historia de los que retornaron en exilio a la Tierra Media fue dolorosa; y aunque el destino de los Padres marcó un día esa historia, su propio destino no es el de los Hombres. El dominio de los Elfos cesó hace mucho tiempo, y habitan ahora más allá de los círculos del mundo, y nó retornan.

NOTA SOBRE TRES NOMBRES: *Hobbit, Gamyi y Brandivino*

Hobbit es una invención. En Oestron, la palabra usada para referirse a este pueblo, las raras veces que se lo hacía, era *banakil*, «mediano». Pero en ese tiempo el pueblo de la Comarca y de Bree utilizaba la palabra *kuduk*, que no se daba en ningún otro sitio. Meriadoc, sin embargo, consigna que el Rey de Rohan utilizaba la palabra *kûd-dûkan*, «morador de cuevas». Dado que, como se ha dicho, los Hobbits habían hablado en otro tiempo una lengua estrechamente emparentada con la de los Rohirrim, parece probable que *kuduk* fuera una forma desgastada de *kûd-dûkan*. A esta última, por razones ya explicadas, la he traducido como *holbytla*, y *hobbit* constituye una palabra que bien podría ser una forma desgastada de *holbytla*, si ese nombre hubiera aparecido en nuestra lengua antigua.

Gamyi. De acuerdo con la tradición familiar difundida en el Libro Rojo, el apellido *Galbasi* o, en forma reducida, *Galpsi*, provenía de la aldea de *Galabas*, que, según se creía popularmente, derivaba de *galab-*, «juego», y un antiguo elemento *bas-*, más o menos equivalente a nuestro *wick, wich*. Por tanto, *Gamwich* (pronúnciese *Gammich*) pareció una traslación bastante justa. No obstante, al reducir *Gammidyi* a *Gamyi* para representar a *Galpsi*, no hubo intención de aludir a la conexión de Samsagaz con la familia de Coto, aunque una broma de esa especie habría sido bastante del gusto hobbit, si en su lenguaje hubiera alguna justificación.

Coto, en verdad, representa *Hlothran*, un nombre de aldea bastante corriente en la Comarca, derivado de *hloth*, «una morada o cueva de dos cuartos», y *ran(u)*, un pequeño grupo de tales moradas sobre la ladera de una colina. Como apellido puede ser una alteración de *hlothram(a)*, «habitante de una cueva». *Hlothram*, que he traducido Hombre del Coto, era el nombre del abuelo del granjero Coto.

Brandivino. Los nombres hobbits de este río eran una alteración del élfico *Baranduin* (acentúese *and*), derivado de *baran*, «castaño dorado»; y *duin*, «río (grande)». Brandivino parecía una natural corrupción de los tiempos modernos. En realidad, el viejo nombre hobbit era *Branda-nîn*, «agua de los bordes», que habría sido traducido más precisamente como Riacho de la Frontera; pero por una broma que se había vuelto habitual, referida una vez más al color del río, por ese entonces se lo llamaba *Bralda-hîm*, «cerveza impetuosa».

Ha de tenerse en cuenta, sin embargo, que cuando los Gamoviejo (*Zaragamba*) cambiaron de nombre para llamarse Brandigamo (*Brandagamba*), el primer elemento significaba «tierra fronteriza», y Lindegamo hubiera sido más precisa. Sólo un Hobbit muy audaz se habría aventurado a llamar al Señor de los Gamos *Braldagamba* delante de él.

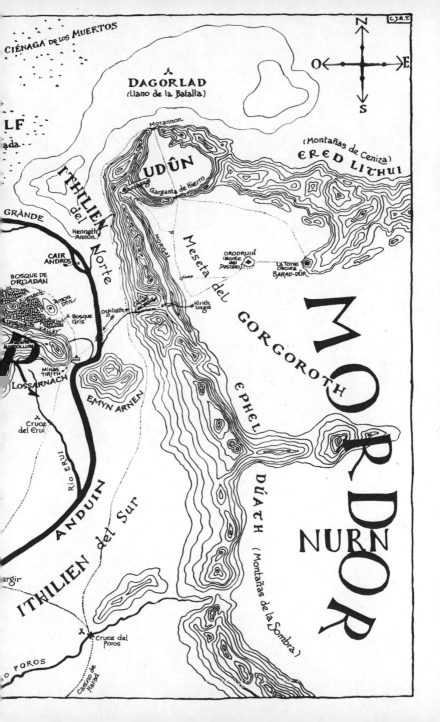

ÍNDICE TEMÁTICO DE
EL SEÑOR DE LOS ANILLOS

I Canciones y poemas

a) *Temas*

b) *Primeras líneas*

Que se te enfríen las manos,
el corazón y los huesos, I
204

Saliendo de la duda, saliendo
de las tinieblas, III 158

Tres Anillos para los Reyes Elfos bajo el cielo, I 82

Venimos, venimos con un redoble de tambor: ¡ta-runda
runda runda rom!, II 109
Vive sin respirar, II 302

II Personas, bestias y monstruos

Referencias seleccionadas

538, II 279, 291-323, 326-
352, 376, 394-407, 409-419,
421-424, 428-433, 436-442,
444, 449, 451, 454-455, III
109, 297-304; Sméagol, I
85-86, II 295-296, 298-300,
III 297

Gorbag, II 466, 469-475, III
232, 236-237, 240-243,
253-262

Gordo Terronillo, I 208-209,
212, 214

gorgûn, III 135-136. *Véase también* Orcos

Gothmog, III 157

Gram, III 346

Gran Enemigo, I 276

Granujo, III 388. *Véanse también* Sacovilla-Bolsón, Lotho

Gríma, II 151, 153-156, 158-
160, 235, III 356, 408-409.
Véase también Lengua de
Serpiente

Grimbeorn, I 321

Grimbold (del Bosque Oscuro), mariscal que se distinguió en las batallas de los
Vados del Isen; comandó el
ala izquierda y cayó en la
batalla del Pelennor, II
204, III 142, 166

Grishnákh, II 56, 62-66, 68-71

Gritones, III 271

Guardacercas, Hob, III 376-
379

Guardia (de la Ciudadela),
III 32, 42, 100, 173, 211;
Guardias, III 17-18, 42,
333 (cf. III 97-98, 120),
Guardián de Faramir, III
335

Guardián de las Casas de Curación, III 193, 320-322, 330

Guardián del Agua, I 449

Guardianes, los, I 21

Guthláf, III 144, 153, 161

Gwaihir, el Señor de los Vientos, I 367-368, II 123, 134,
III 305, 307-308

Hacedor del Anillo, I 89

Hador, I 380, II 386

Halbarad, III 50-67 *passim*,
161

Haldir, I 477-494, 499, 516-
518, 533

Háma, II 145-147, 151, 154-
156, 158, 171

Haradrim, I 344, II 385, III
86, 156, 307

Hardin, III 161

Hasufel, II 45, 136, 143, III 48

Hayala, II 228

Helechal, I 224

Bill, I 237, 256-257, 259,
261, III 365, 368, 378,
386

Helm, II 174-175, 178, 182,
189-190, III 346, 472-475

Helmingas, II 182

Herefara, III 161

Hermosa Gente, *véase* Elfo

Herreros Elfos de Eregion,
I 340, 357

Herubrand, III 161

Hirgon, III 85-87, 140

Hirluin, III 45, 156, 161

Historiadores de la Comarca,
III 403

Hobbit, Hobbits, I 15-33, 41-
564 *passim*, II 9 ss., III 312.
Llamados también Gente
Pequeña, I 217, III 420.
Otros nombres: Medianos,
I 347, II 10, 54, III 12; Se-
ñor Mediano (Pippin), III

Varda, *véase* Elbereth
Variags, III 157, 159
Vorondil, III 21

Walda, III 346
Wídfara, III 141-142

Yrch, pl. del élfico *orch* = orco,
I 480, 538

Zarcillo, *véase* Finglas
Zarquino, III 396, 398-399.
Véase Saruman

III Lugares

*El número de página indica la primera vez que aparece
el nombre en el texto;
en algunos nombres de interés se han añadido más referencias*

Comarca, la, I 16-28, 33-34, 41-42, 46-49, II 90, III 22-23, 376, 379-384

Comarcas del Este, II 329

Cormallen, Campo de, III 318

Cortina, de la Ventana, la, II 379. *Véase también* Henneth Annûn

Costa Citerior, I 474

Cricava, I 103, 147, 252, III 380

Cruce, el, III 393

Cuaderna del Este, I 23, 27, 110, III 382

Cuaderna del Norte, I 27, 73, 403, II 342

Cuaderna del Oeste, I 23, 27, 44, 226

Cuaderna del Sur, I 25, 27, 65, II 214, 237, III 357

Cuadernas, las, I 27-28

Cuernapiedra, II 172

Cuernavilla, II 172, 174, 176, III 52

Cuerno de Plata, I 396, II 133

Cuerno Rojo, el (Caradhras), I 396, 409

Cúpula de las Estrellas, II 271

Dagorlad, I 341, II 309, 374, III 86

Defensas del Norte, I 516

Delagua, I 42, 46, 51, 73, III 283

Desfiladero, el, II 463-464

Dientes de Mordor, II 324-325

Dol Amroth, III 14

Dol Baran, II 258

Dol Guldur, I 351, II 450

Doriath, I 341, II 450

Dorthonion (Orod-na-Thôn), II 86

Dragón Verde, El, I 73, 102, III 385

Drúadan, Bosque de, III 136, 345

Durin, Puente de (Puente de Khazad-dûm), II 132; Torre de, II 133

Durthang, III 275, 281

Dwimordene (Valle de Ilusión), nombre que dan a Lórien en Rohan, II 150-151

Edoras, I 367, II 44, 131, 140, 142, III 48

Egladil, I 483, 519

Eilenach, III 10, 132

Eldamar, I 329, 519, II 270

Emyn Arnen, III 14, 335

Emyn Muil, I 520, II 19, 277, III 26

Encrucijada, la, II 415, 419, III 98, 213

Ent, Bosque del (Fangorn), II 42, 201, III 351

Entaguas, río, I 520, II 19, III 94

Entibo, I 217, 224, III 368

Ephel Dúath (Montañas de la Sombra), II 325, III 213

Erebor, I 29, III 204, 209, 482-483 = Montaña Solitaria

Erech, III 60, 199; Colina de, III 61, 71; Piedra de, III 60-61, 69-72. *Véase también* Piedra Negra

Ered Lithui (Montañas de Ceniza), II 324, III 223, 274

Ered Nimrais (Montañas Blancas), I 362, II 385, 393, III 14

Eregion, I 77. *Véase también* Acebeda

Erelas, III 10, 94

Eressëa, I 343, III 318

Eriador, I 18-19, 35, 250, III 436 ss.

593

595

597

Galathilion, III 339. *Véase tam-
bién* Árbol
galenas (hierba para pipa),
I 26, III 192
ghâsh, I 456
Glamdring, espada de Gan-
dalf, I 391, 433, 461, II
146, III 369
Gran Cuerno, II 386
Gran Joya, I 388, III 309
Gran Oscuridad, II 85
Gran Señal, II 471
Grandes Guerras (contra
Morgoth y Sauron), II 91
Grandes Naves, II 91
Grond, el Martillo Infernal
(Maza de Morgoth), III
129-130
Guerra del Anillo, I 34, III 419;
la Guerra, II 54, 63, III 410
Gúthwinë, espada de Éomer,
II 179

Hacha de Durin, I 448
Hálito Negro, I 250, III 184-
185
Hechicería (popularmente
atribuida a los Magos),
II 192-193, 226, III 139,
159
Herbario de la Comarca, I 25
Herugrim, espada de Théo-
den, II 158
Hierba del oeste, véase Hierba
para pipa
Historia de Aragorn y de Arwen,
I 35, III 460 ss.
hithlain (hilo de niebla), I 517
Hobbit, El I 15, 29
Hobbitería en armas, I 27
Hoja Valle Largo, I 25, II 219,
III 192
hojas de reyes (Athelas), III 183

Invierno Cruel, I 253, 403
Ithil, piedra de, *véase* palantír
ithildin (estrella-luna), I 427,
443

Juego de los Enigmas, I 30, 90

La Cuenta de los Años, I 36
La Hoz, I 251
Lassemista, II 107-108
Laurelin, *véase* Árbol
lebethron, II 409, III 332
lembas (*len-bas,* «pan del camino»), I 515, 540, II 28, 66,
III 254, 286; pan del camino, I 515, II 115, III 253;
pan élfico, II 352, III 274;
pan de Elfos, II 30, 433, III
287; galleta élfica, II 100,
III 254
Lengua Antigua, I 122
Lengua Común, la (Oes-
tron), I 19, 82, II 35, III
41, Apéndice F
Lenguaje élfico, I 35; lengua
élfica, I 35, 428, 476; len-
gua de los elfos, I 120, 125;
lengua, I 302; lengua de los
Altos Elfos (Quenya), I 122
Libro, *véanse Libro Rojo, Libro
del Thain*
Libro de Mazarbul, I 449
Libro del Thain, I 35
*Libro Rojo de la Frontera del Oes-
te,* I 15, 32, III 403, 423; *Li-
bro Rojo de Periannath* (una
copia hecha en Gondor),
I 34
Libros de Tradición, III 420
Lithe (solsticio de verano),
I 28
Llave de Orthanc, II 249, 255
Llaves de Barad-dûr, II 249

ÍNDICE

EL RETORNO DEL REY

APÉNDICES